中村璋八
伊野弘子 訳注

中右記部類紙背漢詩集

汲古書院

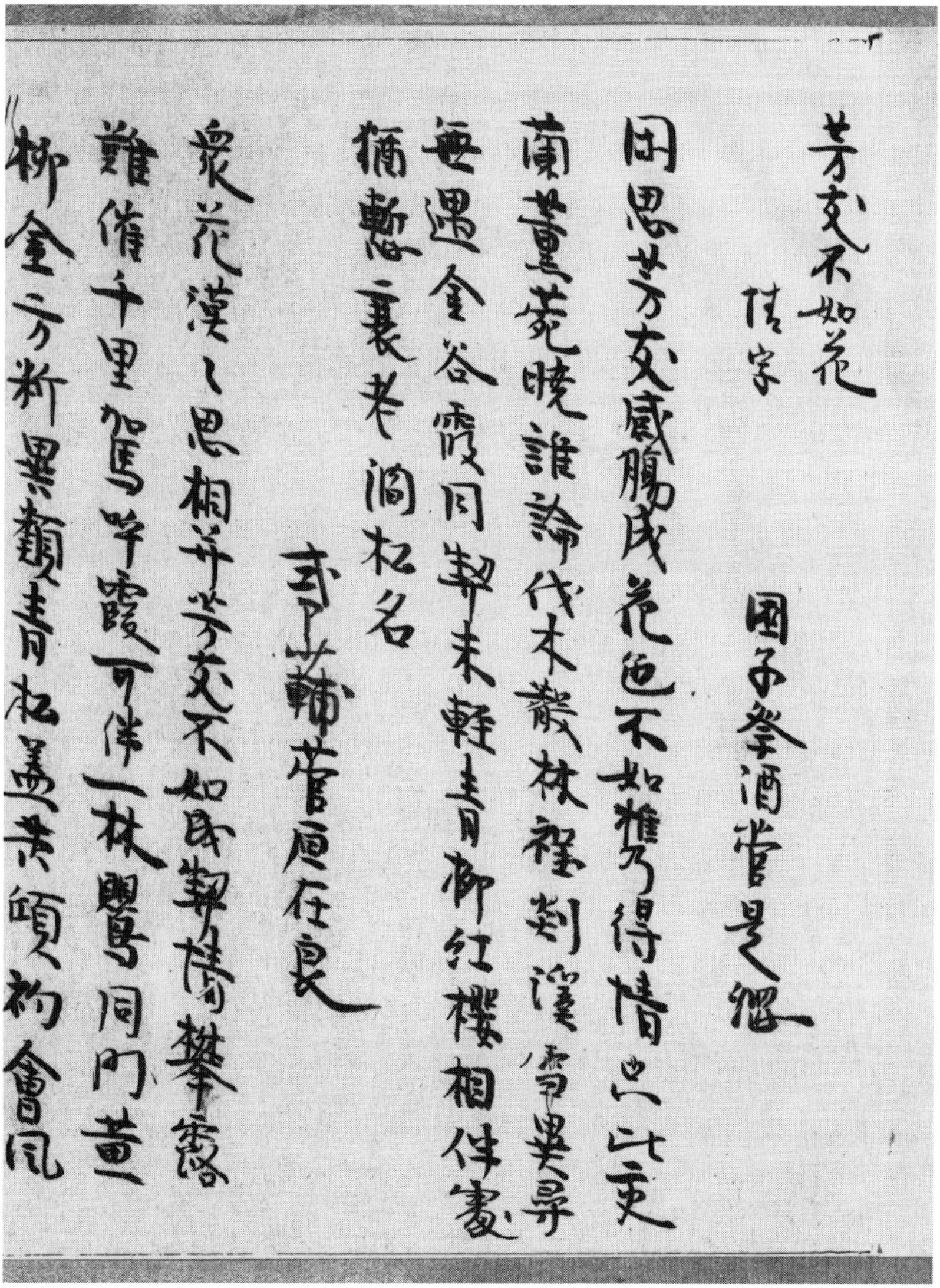

中右記部類紙背漢詩集　巻七巻頭

（宮内庁書陵部蔵）

目次

解説

『中右記』は、中御門右大臣藤原宗忠が、寛治元年（一〇八七）に起筆されてから保延四年（一一三八）二月に出家するまでの約五二年間にわたる私暦記である。この膨大な日記は、わが子孫の出仕の志に備えて便宜上部類分けされた。部類記とは、漫然と書き綴られた日記の記事を検索し易いように項目分けされたものである。

藤原宗忠の子には、宗能（内大臣）・宗成（参議）・覚晴（興福寺別当）・宗重（刑部少輔）の四人男の子がいる。長男宗能は、応徳元年（一〇八四）誕生。次男宗成は応徳四年（一〇八七）三月誕生。この年の四月は「寛治」と改元された。三男覚晴は、寛治四年（一〇九〇）誕生。四男宗重は、寛治五年（一〇九一）誕生。すべて安産（平産）であると『中右記』に記されている。

宗忠は宮家に忠を尽くしながら、自分自身が昇進することに懸命であったように、子息たちの立身出世に強い願望を抱いていた。三年がかりの部類の作業が終了した保安元年（一一二〇）六月十七日条には、私暦記の部類分けが終了した喜びを述べると共に、「これは他人のためにしたことではなく、我が家のための忘備録として、老骨に鞭打って頑張った」ことを強調している。

保安元年（一一二〇）六月十七日条の『中右記』の記事には、

「今日私暦記部類了。従寛治元年、至此五月卅日、卅四年間暦記也、合十五帙、百六十巻也。従去々年至今日分侍男共、且令書写、且令切続、終其功也。是只四位少将宗若遂奉公之志者、為令勤公事、所抄出也。為他人定表嗚呼欤、為我家、何不備忽忘哉。仍強尽老骨、所部類也。全不披露、凡不可外見、努力々々。若諸子之中、居朝官時、可借見少将也。」

と記されている。この部類の清書には、長男宗能が命ぜられた。宗能はその当時少将であったが、のちに内大臣にまで昇進しているので、父親としては満足したことであろう。次男宗成は、父親の願いも空しく、父存命中の五十四歳で他界した。三男は出家して興福寺別当に。四男宗重は勘解由河原で殺害されたと『百錬抄』は伝えている。

本詩集を発見した川口久雄教授によれば、「天永二年中納言殿作文に宗忠に一子侍従宗成が参加し作品の一篇を本集に残しているが、宗成又はそれに近い人を本集の撰者と考えられる――後略。」と次男宗成の功績も推理しつつ、「寛弘期より院政期に至る一二〇年の間、主として七言律詩、総計四五五首、うち一六三人は詩人として全く知られなかったところ、わが文学史上に新たに記録さるべきものである。――中略――こういう大部なものが成立後間もなく埋没して長い歴史の時間、杳として消息を断っていたのである。」と『中右記部類紙背王朝漢詩集の出現とその内容』（平安朝日本漢文学史の研究）に記され、日本漢文学史に加筆されるべき一大漢詩集の出現を発表された。

この漢詩集は、白楮紙で公卿補任や下文・勘文・消息文などの貴重資料なのに共に反古にされ、継ぎ合わされて巻子本とした。その紙背に綴り合わされたものであり、もちろん表には、中右記部類が整理され、書き続けられていったものである。

紙背にされたものの、川口氏の功績によって再び世に出たこの膨大な作品群と、未知の作者も調べてみると、和歌の世界ではかなり活躍している人々が多く、漢詩も和歌も両面での研鑽が、平安朝の男性達に要求されていたことが見えてくる。本書で調査した作者についてのプロフィールを巻末に紹介した。

戸田芳美著『中右記』（副題・躍動する院政時代の群像）＝そしえて＝には、藤原宗忠についての詳細が記され、興味が尽きない。その冒頭一、「立身の道」の二には「弁官と行事所」の項があり、宗忠が寛治八年六月十三日臨時除目で右中弁に任じられた時の感動を伝えている。弁官は才智の任ずる所であり、誰でも与えられるものではない。しかも藤原家は先祖代々この弁官の職を任じられている。百年もの後まで朝恩は深く、遂に自分も右中弁に任じられた。これはまた稽古の力でもあるのだと、才智と稽古の力を強調していることが紹介されている。宗忠三十三歳の時である。嘉承元年（一一〇六）四十五歳の暮、臨時除目で権中納言に昇任し、長男宗能もその前年から蔵人に補せられて順調な昇進を遂げている。宗忠は住居を五条烏丸の「五条亭」から公家奉公の便宜のため、二条大路より北側の中御門に新築した。中御門亭である。さらにその北側に中御門北亭ができて、長男宗能が移転して来た。

宗忠は、自身やその子孫の立身出世については、かなり情熱を注ぎ職務にも忠実であり、献身的ではあるが、漢詩に関する評価価値観はいかがなものであったのか。料紙獲得のためとはいえ、紙背にされたこと自体、まず私暦記を子孫に残し、朝廷にも存在を誇示することが優先されていることは否めない。しかし、自らも作詩したり、詩宴を主催したり、自邸に文人を招いたり、作文会も催したりして文化的活躍も果たしている。

そこでメモ書き程度に書き留められた漢詩群は、各巻に散見され、宮内庁書陵部によって整理され、翻刻されて昭和四十七年明治書院より出版され、平安朝後期の漢文学史に新たな一頁が生み出されたことになる。

書名を『中右記部類紙背漢詩集』とすることに、いささかの抵抗があり、簡潔な書名も考案したかったが、すでに通用されたものをそのまま用い、川口久雄氏の『中右記部類紙背王朝無名漢詩集』という名称の中から「王朝無名」の四文字を削除させていただいた。

『平安朝日本漢文学史の研究』川口久雄著（明治書院）の詳細な研究に導かれながら、注釈を試みた。挫折の繰り返しで着手してから永い年月を経た。その間、気長に待機して助言して下さった汲古書院の石坂叡志社長はじめ編集部の小林詔子さんに心から感謝申し上げます。

伊野　弘子

凡例

一　本書は、宮内庁書陵部圖書寮叢刊・平安鎌倉未刊詩集のうち、『中右記部類紙背漢詩集』の翻刻を底本として使用させていただいた。

一　本書は、内容を詩会・詩宴別に区分するために、番号・詩作年月日・詩題を付し、その都度頁を改めた。基本的には、宮内庁書陵部圖書寮叢刊の翻刻に従ったものである。

一　各詩題には、詩題解説を付した。

一　天理図書館蔵本・宮内庁書陵部蔵本の鎌倉期と思われる写本は、それぞれに影印本をいただいたので、常時手元に備え、翻刻本を照合しながら注釈に努めた。

一　本書は、読者の便を考えて、基本的に詩一篇を一頁に収め、現代語訳も本文と同じく、一句ごとに改行し、更に語釈も一頁の中に組み入れた。

一　本書は、紙背文書という特色から、虫損は比較的少ないが、浸湿による墨流れが多く解読不能の箇所が、特に巻末に多く見られる。推測は出来るだけ避けて、不明のまま提出するように心掛けた。

一　本書の訓読については、平安朝独特の用語の使用は避けて、読めば意味が通し易い平易な文語文体になるように努めた。漢詩文らしいリズムを考慮したつもりである。

一　本書の巻五・巻九は、天理大学附属天理図書館に所蔵されている。

一　本書の巻七は、従来、宮本長則氏個人蔵とされていたが、現在は宮内庁書陵部に所蔵されている。

一　本書の巻十・巻十八は昭和三十年以来、宮内庁書陵部に所蔵されている。

一　本書の巻二十八は、勧修寺家旧蔵本であったが、現在は京都大学文学部に所蔵されている。

一　本書は宮内庁書陵部のご厚意により、巻頭と巻七・巻十の一部に図版を掲載させていただいた。

中右記部類巻五　紙背漢詩集

一　長元七年五月十五日　月是作松花　二十三首

詩題解説

「月是作松花」の詩題は、元来欠題であったものを、翻刻の時点で、『日本紀略』に拠って補ったものである。長元七年五月十五日　月是為松花二十三首（『日本紀略』ヲ以テ題ヲ補ス）と注記されている。『日本紀略』長元七年条を見ると、「五月十六日乙亥、関白左大臣家三十講之間。令文人賦詩題云月是為松花。」の記事が見られる。日付に一日のずれがあるが、時の関白頼通邸で行われた法華三十講の行事の一つに詩宴が催されたのであろう。

詩題の「月是為松花」は疑問である。このまま素直に訓読すれば「月は是れ松花為り。」であり、「月が松花である。」となる。主題に寄せる二十三の詩篇の中には「作松花」という語を含むものが十一篇あり、「為松花」は一篇もない。詩題を直接読み込んでいない摘句五首を除けば律詩十八篇中十一篇に「作松花」の語が見られる。『日本紀略』の記事はともかくとして、詩題は「月是作松花」と改めたい。なお、平仄の点から見ても、「為松花」（○○○）ではなく「作松花」（×○○）が妥当である。

長元七年（一〇三四）、時の関白左大臣は藤原頼通。寛仁三年（一〇一九）十二月二十三日関白となり、治安元年（一〇二一）高陽院が完成し移居。同年延円が、高陽院庭園を造る。『拾芥抄』は高陽院について「中御門南、堀川東、南北二町、南町」とあり、『大鏡』には、「方四町にて四面に大路ある京中の家は、冷泉院のみとこそ思ひ候ひつれ。」又『古事談』第六に「宇治殿（頼通）京極殿（師実）を御車後に乗せて御行ありけるに（中略）仍高陽院をば四町を築籠て令作給云々」とある。万寿元年（一〇二四）には、後一条天皇の行幸を得てこの高陽院で駒くらべが行われた。これは『栄華物語』『小右記』などに詳しい。その庭園のすばらしさは、「この世のことと見えず。」「寝殿の北南西東などには皆池あり。」「山はまことの奥山と見」「池の面遥にすみ渡り、左右の釣殿などなべてならずをかし。」（以上栄華物語）特に長元八年（一〇三五年）五月十六日（本詩宴の翌年）行われた「高陽院水閣歌合」は有名で、庭園の様子を詳細に物語っている。

また、頼通は、父道長が宇治別業で文人を集めて賦詩させた（寛仁三年十月二三日『紀略』）ように頼通も長元六年（一〇三三）十月十二日、宇治別業で賦詩させた記事が『紀略』に見える。また、長元二年（一〇二九）には、高陽院でも詩会を催しているのでこの詩宴の場は、宇治別業・高陽院の何れかと限定することは難しい。

本宴の翌年「長元八年五月十六日関白左大臣頼通歌合「（前述・「高陽院水閣歌合」）の冒頭の説明書きによれば、「長元八年五月十六日、於高陽院水閣有和歌合。州講聴聞之余有此興矣。」とあり、法華経州講の法会を営み、その聴聞の余興のような形で歌合せが行われたことが記されている。頼通は四月三十日から五月十八日にかけた法会を営んだ。『歌合集』（岩波大系本頭注）。その法会の余興をいかに人々が期待していたか、『歌合集』を更に遂って見ると「同十五日、講演畢後、諸卿或以退出交談之次、事及明日の興。（中略）雖講経畢僧侶未退蓋為見象外之佳遊也。」とある。十五日には法華の講が終わっているにも拘らず、明日の歌合の楽しみに心が弾み、僧侶達も退出せずに歌合せを心待ちにしている様子が伝わってくる。同様に詩宴も、法華講の余興として楽しまれたものと思われる。長元六年の宇治別業での詩宴、同八年の高陽院での歌合せ、その間にはさまれた長元七年の詩宴の場所はいずれになるのであろうか。

本詩群に頻出する熟語について各詩の語釈に記入不可能なものを次にまとめて説明する。

○**松花**　松の花。別名は松黄・松華。千年に一度、満月の光を受けて咲くと言われている伝説上の花。『抱朴子』による。月の光を浴びて、松が白く照らし出されたその情景を、幻想的に「松花」と称し、詩題として設定したものであろう。

○**秦嶺・呉江**　同詩題二十三首のうち、秦嶺が十一・呉江が九見られる。秦嶺は、陝西省南部の山脈で、長安の南方にあたる。呉江は、呉地方を流れる川であるが、川の特定はできない。なぜ中国の名山秦嶺と、呉江が多出するのか考えるに、一つには作詩現場から見える山と川を、秦嶺・呉江に見立てた。その二に園内に築山・引水があり、それを秦嶺・呉江に見立てた。その三に、唐土の名所を屏風に描き、詩を題する「内裏坤元禄屏風」ようのものが、しつらえられていたか。等々の想定が可能である。上記古記録類に見られる頼通邸の庭園のすばらしさから推して、実景の山や川を、通常秦嶺・呉江と賞して賛美していたように思われる。

○**程**　時間、空間、また物事の状態に関して、漠然と大よその範囲をいう。ころ・折・時分・ようすなど

一―1　月是作松花

左衛門督　源　師房

団々漢月感相驚
況作松花色正明
秦嶺艶粧生夜漏
呉江濃淡任陰晴
初開円影東昇夕
漸散清光西落程
一部楽章終曲後
更令墨客放詩情

団々たる漢月　感じて相(とも)に驚く
況(いわ)んや松花を作(な)して　色正(まこと)に明らかなるをや
秦嶺の艶粧は　夜漏に生じ
呉江の濃淡は　陰晴に任(まか)す
初めて開く　円影　東に昇りし夕べ
漸く散る　清光　西に落つる程(ほど)
一部の楽章　終曲の後(のち)
更に墨客(ぼっかく)をして詩情を放たしむ

〈現代語訳〉　月が、松の花を咲かせた。
まんまるい満月が出て、その美しさに感じ入り、ともに驚嘆した。
まして、その月光に照らし出された松は、千年に一度見られるという松花が咲いたように、色がまことにはっきりしているのだから。
秦山のように立派な山が美しい粧いをこらすのは、（月の出る）夜中になってから、
呉江にも似た美しい川は、暗く曇るもよし、明るく晴れるのも、またよしで、すべては天候まかせ、その折々ですばらしい。
はじめ月影が動いて、東の空に満月が昇った夕刻から、
次第にその光がおとろえながら西空に落ちていく頃。
詩宴の一部始終が果ててしまったが、
その余韻に浸っている文人達の詩情は尽きることなく湧いてくる。

〈語　釈〉
○**団々**　丸いようす。（『文選・班婕・怨歌行』「裁為合歓扇、團團似明月」）　○**漢月**　漢は空。（『和漢朗詠集・雑・鶴』「叫漢遥驚孤枕夢、和風漫入五絃弾。」源順）　○**松花**（12頁参照）　○**秦嶺**（12頁参照）　○**艶粧**　美しいよそおい。　○**夜漏**　夜の時間。
○**呉江**（12頁参照）　○**濃淡**　厚化粧したような晴天の景色と薄化粧のような曇天の景色（『蘇東坡・飲湖上初晴後雨』「水光瀲灔晴方好、山色空濛雨亦奇、若把西湖比西子、淡粧濃抹兩相宜」）の詩を意識している。
○**一部**　一部始終。　○**楽章**　吟ずることを目的として作られる詩歌。（「楽章、謂楽書篇章、詩也」〈疏〉　○**墨客**　書画、詩文にたけた人。文人。（『田氏家集・189』「何時墨客列朝衣」）ここでは、頼通邸に招かれた詩人たち。

一―2

池亭夏至夜尤晴
月作松花色幾明
真偽遂知山曙後
異同誰弁嶺含程
影加煙葉開応翫
輝照風枝綻正軽
講演法華薫修旧
積功深任結縁情

右衛門督　経通

池亭に夏至り　夜尤(もっと)も晴るれば
月は松花を作(な)し　色幾ばくか明らかならん
真偽は遂に知れり　山曙(あ)けし後(のち)
異同は誰か弁ぜん　嶺含みし程
影は煙葉に加え　開(さ)けば応(まさ)に翫ずべし
輝きは風枝を照らし　綻(ほころ)ぶれば正に軽し
法華(ほっけ)を講演すること　薫修(くんじゅう)旧(ふる)く
功を積み任を深めん　結縁(けちえん)の情

〈現代語訳〉

ここ頼通邸の庭にある池のほとりのあずまやに夏が来て、夜もっとも晴れ渡ると、満月の光を浴びて松の花が開き、その色は何と明るいことだろう。松花というものが本当に有るのかどうか、遂に知ることが出来る。山の端に月が昇りあたりが明るくなった後の松を見よ。松花ではないと誰が議論できようか。月光で嶺がすっぽり包みこまれている頃。月影は松の葉に光をそそぎ、松花が開くという。開けば、まさに喜びめでるべきである。月の輝きは、松の気高い枝を照らし、松の花がほころび実に軽やかである。頼通邸では、法華経に依る講演がとり行われているが、こんな仏道の修行はもう昔から続けられている折、私も功徳を積み、信用を深めよう。そして良い仏縁が結ばれますように。

〈語　釈〉

○**池亭**　池のほとりのあずまや。　○**夏至**　夏至（げし）は、現代の暦では六月二十二日頃。旧暦では四月二十八日頃に当たる。ここでは、夏、至るとよんだ。（『白氏・9・〇四二七・思帰』「春違採蘭期、夏至一陰生。」）　○**尤**　もっとも。とりわけ。はなはだ。

○**真偽**　月光を受けて千年に一度咲くと言われる松花の伝説は、嘘かまことか。　○**山曙**　ここでは山際に月が昇り夜明けのように明るくなること。　○**異同**　異なる点。違い。同は添え字で意味はない。　○**嶺含程**　嶺がすっぽり月に包みこまれている状態。

○**煙葉**　かすんでぼんやり見える松の葉。

○翫　めでて喜ぶ。　○薫修　仏教の修行をいう。（『八十華厳経二十五』「恆普薫修一切菩薩」）　○結縁　衆生が得道・成仏のために、縁を仏に結ぶこと。また、仏が世を救うために、衆生に縁を結ぶこと。

一―3

権中納言　定頼

遶岸煙松花一綻
是夜素月仮光明
当晴自有影相類
何趁虚山嶺上行

岸を遶(めぐ)る煙松　花一(みな)綻ぶ
是の夜の素月　光明を仮りしなり
晴るるに当たれば　自ら有り　影相の類(すがた)
何ぞ虚山に趁(ゆ)きなやみ　嶺上　行かん

〈現代語訳〉


岸辺の周りで、ぼんやり霞んでいる松が、一斉に綻びて、その花を咲かせている。

今宵の月は明るく、その月の光を受けて咲いたものである。

この様に晴れてさえいれば、自然と月影に照らし出されるものがある。（これこそ松花である。）

どうして人気のない山で行きなやみ、松花を求めて、嶺の上を散策しようとするのだろう。（今眼前ですばらしい松花の咲くのを見ているというのに。）

〈語　釈〉

○遶岸　岸辺をとりまく。ここでは頼通邸の庭園内に池があり、その池の周囲をとりかこむように松が植えられているものであろう。
○煙松　松の葉は細かく密集している。その姿は煙っているように、霞んでいるように見えるところから、煙松と呼ばれる。（『白氏・13・〇六六五・長安閑居』「風竹松煙晝掩關、意中長似在深山。無人不恠長安住、何獨朝朝暮暮閑。」）　○一綻　一は、みな。すべて。一斉に等の意があり、綻は花が開きかける。みな一斉に花がほころびる。　○素月　白い月。光の明るい月。（『陶潜・雑詩』「白日淪西阿、素月出東嶺」）　○仮光明　仮は借りる。明るい素月の光を借りて花が一斉に綻びた情景をいう。　○当晴　ちょうど晴天の日にあたれば。　○影相類　松花は千年に一度、満月の光を受けて咲くと言われる伝説上の花。皓々と照らし出された松の姿は、花が開いた姿そのものの様子をしている。影相は影像。月光を浴びた松。類はすがた。月光を浴びた松のすがたの意。
○虚山　誰もいない奥深い山。　○趁　ゆきなやむ。　○嶺上行　松花を探し求めて高い嶺をあてもなく散策する。

一―4

時属蕤賓松韻清
月光照刻帯花明
千年露影霧収後
百尺霞粧雲静程
東岸早闌迎夜色
北枝還怪忘春情
栽将堂亦守貞節
地富風流又表栄

宰相中将　顕基

時は蕤賓（ずいひん）に属（あた）り　松韻（いん）　清し
月光照刻し　花を帯びて　明らかなり
千年の露影　霧　収（おさ）まりし後
百尺（せき）の霞粧　雲　静かなる程
東岸　早くも闌（たけなわ）に　夜色を迎へ
北枝　還（また）も怪しむ　春情を忘るるかと
栽は　堂と将（とも）に　亦（また）　貞節を守り
地は　風流に富み　又　栄を表はす

〈現代語訳〉

季節はまさに五月、松風は清々しい音を立てている。

月の光は時刻に応じてその輝きを増し、松に花を咲かせようと明るく照らし出している。

千年にしてはじめてその姿を表したのだ、霧が晴れた後に。

百尺にも及ぶほど長々と、美しく粧っているような松花が見られるのだ、空には風もなく雲も動かないこの夜に。

東岸は早くもたけなわの夜景を迎えようとしているのに、
北側の梅の枝を見ると、春の去った今、咲き誇ったあの春の情をすっかり忘れてしまったのではないかとあやしまれるようだ。

とは言うものの、庭園の植木は、建物とともにまたいつに変わらぬ節操を守り続けるかのように整然としている。

この地はいつも意匠をこらして美しく飾られ、手入れが行き届き、それがまた、永遠の繁栄を表している。

〈語　釈〉
○**蕤賓**（ずいひん）五行では旧暦五月に配当されている。五月の別名。音楽の十二律の一つ。（『禮記・月令』「其音徴、律中蕤賓。」『淮南子・天文訓』「律受蕤賓。蕤賓者安而服也。」『白氏・巻65・三七五』「蕤賓掩抑嬌多怨。散水玲瓏峭更清。」）　○**松韻**　松韻。松風の音。松声。　○**刻**　昼夜を分けて百刻とし、春分、秋分は昼夜各々五十刻。冬至は昼四十刻、夜六十刻。夏至はその反対。照刻とは時刻の推移に合わせて、月光が次第に輝きを増したり、光を失っていく様子を表現したもの。　○**帯花**　月光に照らし出された松が、さながら白い花を咲かせているように見える様。（『白氏・16・九二八』「正是帯花時。草木自榮衰」）　○**霧収**　霧が消える。和歌では「霧はるる」　○**百尺**　長いもののたとえ。　○**東岸**、**北枝**　五行で東は来るもの。北は去ったものをいう。
○**春情**　惜を情と改めた。

一―5

澄々円月動心情
況作松花望裏明
光入煙枝霞艶遍
影加翠葉雪膚清
開非朝露漢晴後
落豈暁風雲掩程
自契千年蓮府地
送春迎夏久期栄

権左中弁　経任

澄々たる円月　心情を動かす
況んや松花を作すや　望裏明らかなり
光は煙枝に入りて　霞艶　遍(あまね)く
影は翠葉に加はり　雪膚(せっぷ)　清(きよ)し
開(さ)くは　朝露(あさつゆ)にあらず　漢(そら)　晴れし後(のち)
落つるは　豈(あに)暁風か　雲　掩ふ程
自(みず)ら千年を契る　蓮府の地
春を送り　夏を迎へ　久しく栄えんことを期す

〈現代語訳〉

清く澄み切った満月は、私を感動させる。

ましてその満月の光を受けて松の花が咲いていることを、今、私はこの目ではっきりと見ることが出来る。

月の光は、松の一枝一葉を照らし、隅々までなまめかしい化粧をしているようであり、
月影は、松の緑に射し込んで、雪の肌のように清らかである。

この松花が咲いたのは、他の花のように朝露を帯びて開いたのではなく、空が晴れ上がったので咲いたものであり、
その松花を散らすのは、何と暁け方の風であったのか。（そうではない。）それはちょうど雲が月を掩ったので見えなくなったのだ。

本当に千年に一度咲くという約束を、この頼通邸の庭園で、みずから果たしてくれて（伝説上の）松花が咲いた。

春を送り、夏を迎え、季節はめぐっていくけれど、幾久しいご繁栄をお祈り申し上げます。

〈語　釈〉
○**澄々**　澄んで清らかな様子。　○**円月**　満月。　○**況**　まず程度の低いものを述べ、次に述べようとすることを出して強調する抑揚、累加の語。　○**望裏**　視線の中。視界。（『菅家文草・巻1・39・八月十五夕待月席上各分一字詩』「三更待月事何如、目倦心疲望裏疎。」）　○**煙枝**　松の枝。正格平起式の本詩の欠字部は、平声なので「枝」を補ってみた。　○**雪膚**　雪肌。月が池に浮かぶ姿は、あくまでも白く、雪肌を思わせる。　○**豈**　なんと～なのだ。松花は、月の落ちる夜明けと共に散ってしまう。花が咲く準備をする暁け方に、何と散ってしまうことだよ、という驚き。　○**蓮府地**　蓮府は大臣の邸宅。時の関白左大臣藤原頼通邸。
○**期**　あてにして待つ。期待する。（『廣韻』「期信也」『玉篇』「期當也」）

一－6

夜月蒼々得勝名
松花相似望中明
初開嶺上高昇夕
漸落山西半隠程
十八公夢春外思
大夫封爵暁来情
何唯霊翰生光耀
累葉儒林竊待栄

式部大輔　大江　挙周

夜月　蒼々として　勝名を得(え)
松花相(あい)似たり　望中の明(めい)
初めて嶺上に開き　高く昇りし夕(ゆうべ)
漸く山西に落ち　半ば隠るるの程
十八公の夢　春外の思ひ
大夫の封爵(ほう)　暁来の情
何ぞ　唯(ただ)に霊翰(れいかん)のみ　光耀(こうよう)を生ずるや
累葉の儒林もまた　竊(ひそ)かに栄を待つに

〈現代語訳〉
今夜の月は、蒼々と澄み、まことに名月の名にかなうみごとなものである。有名な松花も、この満月の明るさの中に花開いたように見える。この松花が初めて咲いたのは、月が山の上に高く昇った時刻であり、花が次第に落ちていったのは、月が山の西側に隠れようとする頃である。官吏栄進の夢を抱き、希望に胸をふくらませていた春は、まだ遠いものと思っていたが、このたび式部大輔の位を賜り、やっと夜明けがやって来たという思いである。しかし、よく考えてみると、どうして、唯この松（私）だけに光が当たり奇跡的に花が咲いたのだろう。私同様に、先祖代々儒学者として学問に励み、研鑽を積みながら、ひそかに栄進を期待している仲間は多いのに。

〈語　釈〉
○**夜月**　日が暮れ果ててのち昇る月。作詩時五月十五夜の月は、そんな月である。　○**蒼々**　青白い月光の形容。（『史記・天官書』「正月與斗牽牛、晨出東方、名曰監徳、色蒼々有光。」）　○**十八公夢**　松の字を分解すると十八公となる。呉の国の丁固は、松の木が腹上に生えている夢を見て、十八年後に公になると予言し、果たしてその通りになったという故事。（『芸文類聚88・木部上・松』）数字では九が最高。その二倍の十八に公（高官）を合字して作られた「松」は、最高の位官を表す。従って十八公夢は、高位高官を夢見ること。　○**大夫**　平安時代は五位。作詩時、挙周は式部大輔（大学寮で卿に次ぐ高官）に叙せられている。　○**封爵**　五位になることを叙爵といい、爵位に応じた土地や年俸を授けられることを封爵という。　○**累葉**　代々。歴代。　○**儒林**　儒学者の仲間。

一―7

縁底青松忽吐栄
月華来照似花明
風枝欺艶金波夕
煙葉仮粧碧漢晴
開先陽春光上後
落期暁漏影西程
従斯毎事応珍重
豈亦秦皇伝勝名

左近衛少将　資房

縁底(なにによりてか)　青松は　忽(たちま)ちに吐栄(はなひら)くや
月華　来たり照らせば　花明に似たり
風枝は　艶を欺く　金波の夕べ
煙葉は　粧(よそおい)を仮る　碧漢の晴れ
開(さ)くは　陽春に先んじ　光　上(のぼ)りし後(のち)
落つるは　暁漏(あかとき)に期(あた)る　影　西する程
斯(こ)れ従(よ)り毎事(ことごと)に　応(まさ)に珍重すべし
豈(あに)亦　秦皇　勝名を伝へんや

〈現代語訳〉

いったい、どうしてこの青々とした松は、忽ちのうちに花が咲いたのだろう。

月の光が松を照らし出すと、花が白く咲いたように見える。

風に揺れる松の枝は、青々とした松の本来の色や、つやをあざむいているように、月の輝く夜である。

松の葉は、美しく化粧しているようである、この晴れ渡った大空の下に。

さて、この松の花が咲いたのは、陽春の曲が始まるより前で、月が昇った後であり、（開宴の曲に合わせて詩宴が始まり、）

その花が散り、曲の終わるのは、ちょうど暁にあたり、月影が西に沈む頃合いである。（終宴の曲と共に詩宴が果てる。）

これより後は、ことあるごとにまさに珍重すべきである。

どうして秦の始皇帝のような名声が伝えられないことがあろうか。きっと勝れた名が残されるに違いない。

〈語　釈〉
○**縁底**（なにによりてか。なんぞ。）何に基づいて。どんな力が作用して。　○**吐栄**　吐も栄も、ともに花が咲くこと、花が開くという意味をもつもので「はなひらく。」と訓読した。　○**月華**　月の光。月光。　○**花明**　白い花。　○**欺艶**　元来青色の松の色が、月光を浴びて白い花が咲いたように見える。　○**煙葉**（13頁参照）　○**仮粧**　化粧に同じ。美しく粧うこと。
○**碧漢**　青々とした天空。青空。　○**陽春**　楽曲名。詩宴は管絃を伴う。ここでは月が昇り松を照らす。松花が一斉に咲き、陽春の曲が流れ出す。宴会開始の曲でもあろう。　○**暁漏**　暁の時刻。花が散る時刻は暁であり、月の沈む時である。管絃も同時に終了の曲で終わる設定であろう。　○**毎事**　つねに。ことあるごとに。（『論語』八佾「子入大廟、毎事問」）　○**豈**　ここでは反語。
○**秦皇**　秦の始皇帝。不老長寿を求めたことで有名な王であることから、松の木の不老・不変・長寿を表す。

一―8

元来夜月得佳名
况作松花処々明
試折一枝風不馥
高望細葉露相瑩
金波玉蘂呉江暁
皓色素葩秦嶺晴
為対蒼々雲外影
絃歌自為九成声

右中弁　源　資通

元来(もとより)　夜月は　佳名を得たり
况(いわ)んや　松花を作(な)すや　処々に明らかなり
試みに一枝を折るも　風は馥(かを)らず
高く細葉を望めば　露は相瑩(ひか)る
金波　玉蘂　呉江の暁
皓色　素葩(そは)　秦嶺の晴
対を為す　蒼々たる雲外の影
絃歌　自ら為る　九成の声

＜現代語訳＞

もともと、夜になって出る十五夜の月は、特に美しいという評判である。

まして、その月に照らし出されて、松花が咲けば、到るところが光りかがやき、まことに明るい。

試みに、一枝を折って香りを嗅いでみるが、風は花の甘い馥りを運んでは来ない。（実は松だから。）

目を高くあげて上の方の松葉を見上げると、夜露に濡れて、月と共にあざやかに輝いている。

月光は、玉のように美しい花を一面に咲かせる、呉江の夜明けにも似たこころよさよ。

白く光る月は、白く美しい花を咲かせている、秦嶺山の晴れ渡った姿のようだ。

景色全体が絶好の対を為していることよ。青々と、この世離れした美しい情景そのものが。

そして遂に宴も果てようとしているのだろう、いつの間にか背後に聞こえる管弦の音も、最後の九成の曲となっている。

＜語　釈＞

○佳名　ほまれ高い名声。　**○高望**　低い位置から高いところを見上げる。下から上を見る。
○細葉　松の葉。　**○相瑩**　露も松葉も月光を浴びて、ともにきらきら輝いている。相は瑩（かがやく）状態を強調する意味をもつ。
○金波　月光。　**○玉蘂**　玉は美称。蘂は蕊と同じ。花。　**○呉江**　（12頁参照）　**○皓色**　白く光る色。月光をさす。
○素葩　白い花びら。ここでは松花をさす。　**○秦嶺**　（12頁参照）　**○雲外影**　この世離れした美しさ。　**○九成声**　音楽の一曲が終わることを一成といい、全九曲で終了する。九曲が終わると同時に宴会も終了となる。（『大鏡・巻二・太政頼忠』「作文のふね・管絃の舟・和歌のふねにわかたせ給ひて。」）

一—9

夏天迎夜望相驚
月作松花静照程
開自雲根煙不馥
点何霞底緑唯明
林梢暮影新装思
江岸暁光欲落情
仙種今移斯地得
遥期向後万年栄

兵部権大輔　菅原　忠貞

夏天は夜を迎へ　望みて相(とも)に驚く
月は松花を作(な)し　静かに照らす程
開くに　雲根自(よ)りするも　煙りは馥(かお)らず
点(したた)るは　何れの霞底ぞ　緑は唯に明らかなるに
林梢の暮影　装ひを新むる思ひ
江岸の暁光　落ちむと欲するの情(こころ)
仙種　今　斯(こ)の地に移るを得て
遥かに期す　向後　万年の栄を

〈現代語訳〉

八月十五夜を迎え、満月を見て、皆一斉に驚嘆した。

月光は松に花を咲かせ、その松花を静かに照らし出すころ。

花を咲かせるのは、山頂より月が昇り、その月光が松花を咲かせているはずなのに、花は美しく薫ってはいないし、霞む（松林の）どの辺りに月の光が射し込んだのだろうか、松の緑はただ明るく照らされているだけなのに。

緑の梢が林立する夕暮れの景色は、白い花が咲いてすっかり装いを替えてしまったようであり、岸辺に夜明けの気配が漂いはじめると、その花も月と共に落ちそうな風情である。

（松花を咲かせる）仙人が、遂にこの頼通邸に移って来てくださったということは、このにち、遥かに万年までも繁栄することを願い約束されてのことでしょう。

〈語　釈〉
○夏天　ここでは旧暦五月十五夜の空。　**○程**　時間・空間・物ごとの状態に関して、およその範囲をいう。　**○開**　花が咲くことと、月が動き出すことの二つを掛けている。月が昇り、その月光を浴びて松花が花開くこと。　**○雲根**　雲は山から生じるところから、山の高いところ、山頂をいう。　**○馥**　よい香り。芳香。　**○暮影**　夕暮れの景色。　**○新装**　緑の松が月光を浴びて白い花（松花）のような姿に変わること。　**○落**　月が落ちる意と、その月が落ちるのと同時に松花も散り落ちる情景を掛けている。　**○仙種**　仙人。山に入って不老不死の術を得た人。年をとっても死なないことを「仙」という。仙は遷と同義。人間界から遷って山に入るので、にんべんの横に山を書く。（『説文』）　**○遥**　万年にかかる。遠く万年の後までも。　**○向後**　今から後。今後。

一―10

兵部大輔　師長

澄々月色碧空晴
是作松花望中明
雑蘂争開林映処
新粧未遍嶺衜程
光埋翠蕚欺春眼
枝仮素葩蕩夜情
楚岸呉江遥誰趁
一庭佳趣幾千名

澄々たる月色　碧空晴るれば
是(まこと)に松花を作(な)し　望中　明らかなり
雑蘂(ずい)　開くを争(きそ)ひ　林映る処
新粧　未だ遍(あまね)からず　嶺衜(れいどう)の程
光は　翠蕚(すいがく)を埋(うず)め　春眼を欺く
枝は　素葩(そは)に仮(か)へ　夜情を蕩(とか)す
楚岸　呉江　遥かにして　誰か趁(ゆ)かん
一庭の佳趣　幾千の名あるに

〈現代語訳〉

清く澄んだ月、空があくまでも晴れわたれば、本当に松花が咲いたのだ。見渡す限り、こんなにも明るい。いろいろなつぼみは開花を競っているように、林立する松に、光が射し込む所からつぎつぎと花は開いていく。花は一気に咲くわけではない。月が嶺の道に従って動くので、光の射し込む順に開いていくのだ。その月光は、松をもえぎ色にうずめて、まるで新緑の芽のようであり、枝は素朴な花にかえて、夜の情趣はとめどなく湧いてくる。中国の楚の岸も、呉江も、有名ではあるけれど、あんな遠いところに、一体誰が行こうとするのだろう。誰も行かない。このお庭のすばらしい景色こそ、むしろそれ以上の限りない名声を誇っているのに。

〈語　釈〉

○**是**　これこそまことに。語調を強める助辞。　○**望中**　望月(満月)の望と、視界に入るすべてのもの(見渡す限り)を掛けている。満月に照らし出された見渡す限りのもの。　○**雑蘂**　集まっている花のつぼみ。ここでは松葉の一葉一葉。　○**未遍**　まだ満開でない。　○**嶺衜**　衜は道と同じ。月の移行するようすは、山嶺に道が付いていて、その道の上を規則正しく動いて行くように見える。　○**春眼**　春の草木の芽。　○**素葩**　白い花。　○**仮**　かえる。(『白氏・71・三六九・禽蟲』「彼此仮名非本物、其間何怨復何恩。」)　○**蕩**　とりとめがない。　○**楚岸**　長江の洞庭湖付近の川で楚江といい、景勝地として名高い。　○**呉江**　(12頁参照)　○**佳趣**　よいおもむき。(『白氏・14・七六・春夜喜雪、有懐王二十三』「夜雪有佳趣、幽人出書帷。」)

一―11

夏雲収尽月華生
松是作花望裏明
景色凝匂秦嶺夕
一千守瑞漢天晴
煙開岸仮陽春眼
緑白林欺麗日情
非啻青標葩素艶
風枝更入管絃声

東宮学士　義忠

夏雲　収(おさ)め尽くれば　月華　生ず
松は是れ　花を作し　望裏　明らかなり
景色　匂ひを凝(こ)らす　秦嶺の夕べ
一千　瑞を守る　漢天(そら)の晴
煙開の岸　陽春の眼(まなこ)を仮り
緑白の林　麗日の情を欺く
啻(ただ)に　青標に非ず　葩素(はそ)の艶(えん)
風枝　更に入る　管弦の声

〈現代語訳〉

夏雲がすっかり晴れると、月光が照りはじめる。（その月の光を受けて、）松はあたかも花が咲いたようになり、見渡す限り明るく輝いている。その景色は、趣向を凝らして、秦嶺のようにすばらしい。藤原家が長年にわたり、諸侯のしるしである玉を守り続けて来られた今宵、空は晴れ渡っている。雲が晴れた岸辺は、陽春ではないかと見まちがうほど、松花が白く輝いている。うす緑色の松林は、うららかな春の情景ではないかと思われる。ただ青い松がすばらしいだけではなく、この素朴な花の、何と艶やかなことよ。こんなにも風流な枝をわたる風の音も、管弦の響きを引き入れて、更に趣をそえていることだ。

〈語　釈〉

○収尽　雲がはれること。　**○月華**　月の光。（『白氏・14・〇七四二・晩秋夜』「碧空溶溶月華静、月裏愁人弔孤影。」）
○望裏　望中に同じ。見渡す限り。（一―10参照）　**○凝匂**　匂は、趣向・おもむき。趣向を凝らす、おもむきを凝らす。
○守瑞　瑞は、天子が諸侯を封ずる時に授けるしるしの玉。藤原家は代々その玉を守って繁栄しつづけた。（『説文』「瑞以玉為信也。」）
○漢天　天の川のことをいうが、ここでは天の語調をととのえるため、漢を冠した。　**○煙開**　雲がはれる。（『白氏・16・〇九八九・江亭夕望』「日欲没時紅浪沸、月初生処白煙開」）　**○啻**　打ち消しを伴って、ただ～のみにあらず。　**○風枝**　枝をわたる風。松風と共に、風枝は風旨にも通じるので、趣き深く風流な松花に風が吹いてくる。

一—12

中宮亮　為善

夏天対月夢方驚
暗作松花四望明
秦嶺三更含暖露
呉江一夜遇春晴
緑蘿変蔕出山後
翠蓋借葩渡漢程
池波皎然雲未曙
叩舷乗興管絃清

夏天　月に対(むか)ひて　夢かと方(まさ)に驚く
暗(ひそか)に　松花を作(な)すや　四望　明らかなり
秦嶺の三更は　暖露を含み
呉江の一夜は　春晴に遇ふ
緑蘿(りょくら)は蔕(へた)を変ず　山に出でし後
翠蓋は葩(はな)を借る　漢(そら)に渡る程(あいだ)
池浪　皎然として　雲　未だ曙(あ)けず
舷(ふなべり)を叩き　興に乗らむ　管弦　清し

＜現代語訳＞

夏空の月に向かって、これは夢ではないかと驚いた。

人知れず、ひそかに松花を作ったのであろうか、あたり一面たいそう明るい。

深夜のすばらしい山は、暖かい露を含み、
美しい川は、一晩中晴れた春に遇ったように明るい。

青々とした「かづら」は「へた」を白く変えていったようだ、月が山から出たのちに。(青い松が白く変わった。)

かさのように覆われた松の枝は、花びらを借りているようだ、月が空を渡って行く間。(月の光を受けた、白い松花。)

池の波は皎々と輝き、まだ夜は明けそうもない。

だから舷を叩き、興に乗って、もっと楽しもう。ほら、管弦の音色もどこからか清く美しく聞こえてくる。

＜語　釈＞

〇夏天　夏空。作詩時の旧暦五月十五日は、真夏。　**〇四望**　四方を眺める。四方のながめ。(『白氏・1・〇〇二六・登楽遊園望詩』「独上楽遊園、四望天日曛。」『同8・〇三四九・登商山最高頂』「高高此山頂、四望唯烟雲。」　**〇秦嶺**　(12頁参照)　**〇呉江**　すばらしい川の象徴的な存在。秦山と同様に使われている。　**〇三更**　深夜。十二時前後。　**〇緑蘿**　みどりのつた。碧蘿ともいう。(『文選・郭璞・遊仙詩其三』「緑蘿結高林、蒙籠蓋一山。」)　**〇翠蔕**　松の枝葉のこと。かさのようにまるくおおっている姿からいう。　**〇渡漢**　空をわたる。漢は空。渡るの主語は月。　**〇叩舷**　ふなべり。(舟の側面)をたたく。歌などの拍子をとること。(『文選・郭璞郭景純・江賦』「忽忘夕而宵帰、詠採菱以叩舷」)

一—13　　公資

松花本自只聞名
新見催来任月明
老幹仮粧従日暮
霊標雇色待雲晴
光添煙葉綻無艶
影落風枝開有声
貞節寄言君識否
久沈澗底仰恩情　有注

松花は本自(もとより)　只に名を聞くのみ
新見の催来(もよお)さるれば　月の明に任かす
老幹は粧を仮りて　日の暮るるに従ひ
霊標は　色を雇(やと)ひて　雲の晴るるを待つ
光は　煙葉に添ひ　綻ぶれど　艶無し
影は　風枝に落ち　開(さ)きて　声有り
貞節なる言を寄するを　君　知るや否や
久しく澗底に沈み　恩情を仰がむ（注有り）

〈現代語訳〉
松花というものは、もともとただその名声を聞いているだけで、実際には見たこともない。そんな疑わしい見識を改めようという詩宴が開催された今宵、月の明るさに任せるだけである。老木も日暮れに従って、その粧いは次第に変わっていく。神秘的な松樹は、どこからか花を咲かせるための色彩をかりて、雲の晴れるのを待っている。月光が松葉につき添うように照らし出すと、花は綻びるが、どうにも艶がない。月影が風流な松の枝に落ちると、花が開いてどよめきが起こった。私もこの松のように貞節を守り、忠義を尽くしているということづてが、あなた様のお耳に入っているでしょうか。どうでしょうか。もう長い間、不出世の身でいますが、ここに改めて主君のお慈しみを仰ぎとう存じます。

〈語　釈〉
○**本自**　もとより。元来。　○**新見**　新しいものを見る。または、従来の見識を改める。　○**老幹**　古い松の木。長寿のしるし。○**霊標**　神聖な松の木。　○**雇色**　緑色の松に花を咲かせるために、色を借りる。用例未見。　○**有声**　どよめきの声が一斉に起こる。美しさ、或いは意外性、待ち望んでいたものが表れたことへの称賛の声が湧く。　○**貞節**　松の貞節と同じように、我が身が主君に対して貞節を守っているということ。　○**寄言**　何かにつけて、人を介しては伝言する。ことづてをする。○**識否**　知っているのか、知らないのか。文末につく否は疑問形。　○**澗底**　渓谷の底。不出世の身をたとえる。

一―14

望月夏天眼幾驚
似松花好太清明
綻非風力過梢後
開自漏闌照蓋程
繋影枝当千歳運
学粧林任一宵情
託根勝地誠宜矣
毎送星霜欲表貞

散位　平　範国

望月の夏天　眼(まなこ)幾ばくか驚かさむ
松花に似て好(みめよ)し　太(はなは)だ清明なり
綻ぶは　風力に非ず　梢を過ぎし後
開くは　漏闌自(よ)りす　蓋(かさ)を照らす程
影を繋ぐ枝は　千歳の運に当たり
粧ひを学ぶ林は　一宵の情に任(まか)す
根を託す勝地　誠に宜しきかな
星霜を送る毎に　貞を表はさむと欲す

〈現代語訳〉


満月の夏空は、まことにすばらしく、どんなにか驚嘆させられることだろう。

その月光に照らし出された松は、まるで松花のように美しく、たいそう清らかで明るい。

花が咲き始めたのは、春風に依るものではなく、月の光が松の梢をそよとよぎった後であり、
咲いたのは、日が暮れてから、月が松を皎々と照らし出す頃である。

月影を繋ぐという、あてにならない期待をされている松の枝は、千年に一度咲くという松花を見る幸運に恵まれたから、
花が咲いているように見えるこの松林は、今宵ばかりのおもむきに任せよう。

松がしっかり根づいている景勝地、誠に結構なものではないか。

年月を送るたびごとに、その年、その年の主君への貞節を表明致したく存じ上げます。

〈語　釈〉

○望月　満月。十五夜の月。『日本紀略』によると、五月十六日となっている。　**○好**　みめよい。美しい。　**○綻**　花が咲きかける。　**○風力**　ここでは、春風の力。　**○漏闌**　漏は時刻。闌は晩。くれどき。　**○繋影**　繋影捕風。影をつなぎ、風を捕えるように、とりとめもない、あてにならないことをいう。　**○千歳運**　千年に一度だけ得られる幸運。　**○学粧**　学はまねる。花が咲いているような姿をまねる。　**○託根**　事物の根源をよりどころとする。（松がしっかり根づいている。）　**○星霜**　移り変わる年月のたとえ。歳星（木星）は、黄道を一年に一宮ずつ経て十二年で天を一周し、霜は毎年降りるのでいう。

一―15

落不園旋穿蓋処
開唯二八照煙程
青枝帯雪孤輪影
翠葉留春一夜晴

落つも　園旋せず　蓋(かさ)を穿つ処
開(さ)くは　唯に二八のみ　煙(えだ)を照らす程
青枝は　雪を帯ぶ　孤輪の影
翠葉は　春を留む　一夜の晴

右衛門権佐　平　雅康

〈現代語訳〉

月の光が地上に落ちても、庭園全体を万遍なく照らされたのではなく、松の木の間に射し込むだけであった。満開になるのは、今宵十六日だけで、月が松の一葉一葉を照らし出す頃である。松の青い枝は、まるで雪が積もっているように白く見える、たった一つの月の光に映し出されて。緑の松の葉は、行く春を惜しむ花のように、一夜ばかりは、晴れ渡っている。（今夜だけは、花が咲いたように見える。）

〈語　釈〉

○落　月の光が地上に落ちる。　**○園旋**　庭園をめぐる。　**○穿蓋**　蓋は松の枝の、かさに似た様子をいい、穿はその枝の間を穿つように射し込む月光をいう。　**○二八**　二×八で十六日。『日本紀略』に「五月十六日乙亥、関白左大臣家三十講之間。令文人賦詩題云月是為松花。」とあり、詩宴の日は、十六日であろう。本詩宴については、詩題解説で触れたように、もともと欠題であったものを『日本紀略』によって補ったものである。紀略の記事も十六日であるのに、敢えて十五日とされているのは、満月は十五夜であるという認識に基づいて、翻刻者が意図的に変更したものであろうか。例年、頼通は法華経卅講の法会を十五日に行っていて、その余興として、詩宴、歌合せ等を翌十六日に開催している。　**○煙**　本詩宴群二十三首のうち、「煙」は、一―9・一―11・一の15に見られ、「煙葉」は、一―2・一―7・一―13・一―19に見られる。一の3には「煙松」。一―5には「煙枝」。一―8は「細葉」とあるが、いずれも「松」そのものをさす。細葉である松は、けむっているような、靄っているような、霞がかかっているようなようすに見える。従って解釈をする際に、常に「かすんでいる松」「ぼんやり見える枝」「もやのかかった葉」などと修飾語を付ける必要はないように思われる。『和漢朗詠集・巻下松』に「琴商改曲吹煙、簫瑟催心学雨辰。」とあり、永済註には、「吹煙　といふも煙とは松をいふ也。」とある。この解に従いたい。　**○留春**　行く春を惜しむ。

一―16　　大学頭　時棟

萱葉借粧鸞宿処
桂花分影鶴栖程
光添秦嶺春林艶
色発呉江暁岸栄

萱葉（わすれぐさ）粧ひを借る　鸞　宿りし処
桂花　影を分つ　鶴　栖（す）みし程
光は　秦嶺に添（ま）す　春林の艶
色（おもむき）は　呉江に発す　暁岸の栄

〈現代語訳〉

松花は忘れ草のような姿に似ている、神聖な鸞鳥が宿っているこの松林に、月の光が少しずつ射し込んで来たよ、（霊鳥である）鶴の栖んでいるこの松林に。光は輝きを増し、秦嶺のような山の姿を映し出し、春の林もきらきらと美しく、そのおもむきは、呉江に咲いたように、暁の岸辺をかざっている。（頼通様の繁栄を祈って）

〈語　釈〉
○萱葉　萱はわすれぐさ、萱草。ゆり科の多年草。山野に自生し、夏、ゆりに似た卵黄色の六弁の花をつける。これを食べると憂いを忘れ、酔ったような状態になるという。また女性が身につけると懐妊し、必ず男児を産むと言われている。（『嵇中散集・巻三・養生論』「且豆令人重、楡令人瞑、合歓蠲忿、萱葉忘憂、愚智所共知也。」）　**○鸞**　神鳥の名。羽毛に五色を備え、鳴き声は五音階に合う。仙人が乗る霊鳥。　**○桂花**　月の異名。月の中に桂の花が咲いているといわれている。　**○色**　おもむき。様子。
○発　はなさく。

一−17

開棠雨霑天暮後
落非風力日登程
粧迷秦嶺雲収色
匂誤呉江浪映声

施薬院使　為祐

開(さ)きし棠(やまなし)　雨　霑(うるお)す　天(そら)　暮れし後
落つるは　風力に非ず　日　登りし程
粧(すがた)は　秦嶺かと迷(まど)う　雲　収まりし色
匂(おもむき)は　呉江かと誤(あやま)つ　浪　映(は)えし声

〈現代語訳〉
棠の花が雨に打たれているような風情の松花が咲いた。空が暮れたのちに。（月の光に照らされて。）花が散るのは、風に吹かれたからではない。夜が明け、日が登ったからだ。（月が沈んだから。）その姿（松花）は、秦嶺かと見えるほどすばらしい。雲が消え、晴れ渡った月光に照らし出され、おもむきは、呉江かと間違うほど美しく、波がきらきら光っているようだ。

〈語　釈〉
○施薬院使　施薬院の長官。施薬院は、奈良時代の天平二年（七三〇年）、光明皇后によって創設された病者の施療施設。初め、藤原氏が経費を負担する施設であったが、のち役所となり、長官・別当（のち使）以下の四等官および医師が任命された。諸国より薬種を貢上させて収容された京中の病人を治療し、京中の孤児・貧窮者を救済するため、東西京に設けられた悲田院と並んで救護活動をした。このほか諸国・諸寺にも同様の施設が設けられた。　**○棠**　バラ科の落葉高木。高さ一〇～一五メートル。葉は互生し、長さ七～一二センチメートルで先端はとがり、縁に細鋸歯がある。四月ごろ枝先に白色の五弁花を散房状につける。また、五月頃に咲く棠梨（ヤマナシ）の花というもので、ずみ（桷）の異名というものもある。いずれも白い花をつけるというところから、松花のイメージとして用いたものであろう。　**○雨霑**　雨に濡れてしっとりうるおう。　**○風力**　風の力。花を散らすのは通常風の力である。
○粧　ようす。すがた。　**○雲収**　雲が消える。和語であろうか。　**○匂**　和語。におう。艶があって美しい。色が美しく映える。におい。かおり。等々の意味があるが、ここでは、松花の咲いている周辺の様子であるから、おもむきの意。　**○浪映**　月に照らされて、浪がきらきら輝いているようす。　**○声**　ひびき、音の意。楽曲名に「浪映声」のようなものがあったのかもしれないが不明。

一―18

林間月影皎然清
自作松花逐夜明
百尺欺春雲斂暁
満枝仮艶霧枝程
鶴応好鳥棲猶静
蘿又新葩附不軽
此地別栽期万歳
木中汝是幾含栄

民部少輔　孝親

林間の月影　皎然として清く
自ら松花を作(な)せば　夜を逐(お)ひて明らかなり
百尺　春かと欺(あざむ)く　雲の斂(おさ)めし暁
満枝　艶を仮る　霧の枝(ささえ)し程
鶴は　応(まさ)に好鳥なるべし　棲(す)めど猶静かに
蘿(つた)は　又新たに葩(はなひら)き　附(つ)けど軽からず
此の地、別(こと)に栽(う)へ　万歳を期すれば
木中の汝は、是れ幾(ねが)はくは栄を含(おも)はむ

〈現代語訳〉

松林の中にさし込む月の光は、白く輝いて清らかであり、

（その光を浴びて）自然に松花が咲くと、夜が深まるにつれ、ますます明るくなる。

松の枝はどこもかしこも花盛りで、春ではないかと欺いているようだ、雲をおさめて、明け方の景色のよう。

枝いっぱいに花が咲いていているようだ、夕霧の立ちこめるころ。

鶴はまことに良い鳥で、松林に栖んでいても静かに気品があり、（わがご主君様のようで、）

松にからまる蘿は、新しい花を開かせたように、枝にまとわりついて決して軽くはない。（我々臣下は蘿のよう。）

この庭園に、盛運を願って特別に植えたものであるから、
木に咲いた松花よ。お前は幾久しい繁栄をどうか祈っていて下さい。

〈語　釈〉
○**林間**　林の中。ここでは松林の中。　○**皎然**　色の白いさま。あきらかなさま。月の皎々と輝くさま。　○**逐夜**　夜を追って。夜毎に。（『白氏・64・三〇五三・戯招諸客』「黄醅緑醑迎冬熟、絳張紅爐逐夜開」）　○**百尺**　十丈。転じて長いこと。ここでは丈の高い松の木のこと。（『白氏・4・〇一五一・澗底松』「有松百尺大十囲、在澗底寒且卑。」）　○**満枝**　枝いっぱい。　○**霧枝**　露を含んだ枝であろうかと思われるが、同句内に枝が二つ使われているので、試みに「霧の枝(ささ)へし」と動詞に読み、「霧のたちこめる。」と解してみた。　○**木中汝**　木に咲いた松花。松の木に花の精が宿っているような捉え方。　○**含栄**　含は心に抱く。栄は繁栄。繁栄するよう、心の中で祈ること。なお、草木が花を持つことを含葩ということから、栄（はな）を含むとも考えられる。

一―19　弾正少弼　定義

濃艶不芳秦嶺暁　　濃艶　芳（かお）らず　秦嶺の暁
攢枝有色漢天晴　　攢枝　色有り　漢天の晴
光籠煙葉応装露　　光　煙葉に籠り　露を装ふべく
影照鶴翎欲代鸎　　影　鶴翎（れい）を照らせば　鸎に代へなむとす

〈現代語訳〉
あでやかで美しい姿の松花は、香らないまま夜明けを迎え、（本当の花ではないから。）沢山の松の枝は、青々とした姿を見せて、空は晴れわたる。（朝の景色は、もと通りの松の青さにもどっている。）月光が、松葉の中に射しこむと、露が宿っているように白く見え、花が咲いたよう、月影が、松に栖む鶴の羽を照らすと、（花と間違えて）鶯がやって来ているようだ。

〈語　釈〉
○弾正　律令制で、内外の非法を問いただし、風俗を粛正することをつかさどる役所。長官（かみ）・次官（すけ）・判官（じょう）・主典（さかん）の四等官と、巡察弾正などの職員がある。親王および左右大臣以下の朝臣の非違をも、太政官を経ず、直ちに奏聞し得たが、後世、その職掌は検非違使に移り、実体を失った。弾正少弼は、弾正台の次官。弾正の尹（かみ）を補佐するもの。もとは一名で正五位下相当官であったが、のち大弼として従四位下相当官が置かれたため、それまでの弼は少弼となった。　**○濃艶**　あでやかで美しい。（『李白・清平調』「一枝濃艶露凝香、雲雨巫山枉断腸。」）　**○秦嶺**　（12頁参照）　**○攢枝**　松の枝。　**○漢天**　もともと天の川のことであるが、ことにこだわらず、語調を調えるためのもので、空。　**○煙葉**　松の葉は針葉で、他の植物の葉と異なり細いので、けむっているように見えるところから、煙葉という。とくに霞のかかった葉という意味ではなく、霞がかかっているように見える松葉の意。　**○鶴翎**　鶴の羽。

一―20

碧宵斂靄何攸驚
月作松花望裏明
繞朶漢天新霽後
掃根秦嶺漸衜程
雲膚隔蓋粧猶嬾
風力払梢色豈軽
請見池頭君子樹
芳栄遥契桂華生

碧宵　靄（もや）を斂（あつ）めて　何ぞ　攸（はるか）に驚かむ
月は　松花を作（な）し　望裏　明らかなり
朶（えだ）を繞（めぐ）る漢天　新たに霽（は）れし後
根を掃ふ秦嶺　漸く衜（みちゆ）く程
雲膚　蓋を隔てども　粧ひ　猶（なお）　嬾（ものう）く
風力　梢を払へば　色（いろどり）　豈　軽やかならむや
請うて　池頭を見れば　君子の樹
芳栄　遥かに契らむ　桂華の生ぜしを

実範

〈現代語訳〉


碧く晴れ渡った夜空なのに、靄が立ちこめるようで、何だろうと、遠くから驚いて見ていると、月光が松花を咲かせたのだ。見渡す限りはっきりとわかる。

松花の咲く枝をとりまく空は、雨が上がってすっきりと晴れている。

松の根元まで射しこんだ月の光は、秦嶺に、漸く月が昇って動きはじめた頃。

雪の膚のような月が、松のはるか上の方に見えても、松花はまだ充分に咲ききれない。

風がそっと梢に吹きわたると、いろどりは何と薄く軽やかではないか。（ひらひらと美しい。）

池のほとりを見せていただくと、常緑の松がすっくと立っていて、
名声高いご繁栄を遥か遠い月の世界から約束してくれたのでしょう。満月が昇り、松花が咲いたということを。

〈語　釈〉

○**碧宵**　碧く晴れた夜空。　○**斂靄**　靄をあつめる。もやもやしている状態。　○**望裏**　見渡す限り。視界に入るすべてのもの。
○**漢天**　空。語調をととのえるために漢の字を用いているので、天の川の意の漢天ではない。　○**新霽**　降っていた雨が上がったばかり。　○**掃根**　根を掃う。木の根もとまで月の光が射し込む状態。　○**秦嶺**　立派な山の象徴。（十二頁参照）　○**衜**　月が山の尾根に沿って移動すること。　○**雲膚**　雲の肌のような月。雪の肌は真白い肌の形容であるが、月を雲にたとえているのは、中に桂の形があるからか。雪の誤字か。　○**嬾**　ものうい。花が充分咲ききれない。　○**池頭**　池辺。池のほとり。
○**君子樹**　常緑の松。　○**芳栄**　名声が高い。　○**桂華**　月の異名。（一―16参照）

一―21

夜月蒼々望裏生
松花是為桂華明
綻誰待雨呉江夕
開不因春秦嶺晴
已似帰根光落処
漫如盈朶影斜程
今看深奥蓮経席
遺韻遥伝王舎城

夜月　蒼々として　望裏生ず
松花は是れ　桂華の明らかなるが為なり
綻ぶに　誰か雨を待たむ　呉江の夕べ
開くは　春に因らず　秦嶺の晴
已に　根に帰る似(ごと)し　光　落ちし処
漫(すずろ)に　朶(えだ)に盈つる如し　影　斜(かたぶ)く程
今　看る　深奥なる蓮経の席
遺韻(いん)　遥かに伝ふ　王舎城

実綱

＜現代語訳＞
夜の月が蒼々と目の前に昇って来た。
松花というものは、ほかでもなく、月の明るさ故に咲いたものである。
花のつぼみが綻びるのに、誰が雨を待つ必要があろうか。呉江に日が暮れればそれでよく、
春が来たから、花が咲くというわけではなく、秦嶺が晴れていればよい。（月が出れば咲く。）
もはや、根源に立ちかえったようだ。もうすでに月光が松の根もとまで照らし出している。
なんとなく、松の枝に花がだんだん満ちて来たようだ、月影が傾いた頃。
今、奥深い法華講の席に列して参りましたが、
読経の余韻は、はるか印度の釈迦の王舎城まで伝えられましょう。

＜語　釈＞
○**蒼々**　月の青白い色のさま。他に草木や空の色の青さにもいう。　○**望裏**　視界に入る全てのもの。見渡す限り。
○**綻**　花のつぼみが開きはじめる。　○**呉江**　特定した川ではなく、美しい川の象徴。（12頁参照）　○**秦嶺**　特定した山ではなく、立派な山の代表。（12頁参照）　○**帰根**　根本に帰る。（『老子・十六』「帰根曰静、是謂復命。」）
○**漫**　すずろに。そぞろに。ゆっくりと。　○**影斜程**　月の位置によって、照らされる松の枝の部位も異なってくるので、月が斜めに傾く頃、たくさんの枝も照らし出され、松花が多く見えるようになる。　○**蓮経**　法華経の異称。　○**遺韻**　読経の声。
○**王舎城**　インドの釈迦の城。昔の魔迦陀国にあり、頻婆沙羅王が都とした所。釈迦入滅後、仏典の第一回結集が行われた所。

一—22

蒼々夜月動心情
自作松花望裏明
枝仮素葩匂不馥
梢欺玉蘂影空瑩
開敷秦嶺雲収夕
凋落呉江霧暗程
偏仰恩輝齢漸老
為憐澗底久含貞

左衛門権少尉　明衡

蒼々たる夜月　心情（こころ）を動かす
自ら松花を作して　望裏明らかなり
枝は　素葩（そは）を仮れども　匂は馥（かお）らず
梢は　玉蘂（ぎょくずい）かと欺けども　影は空に瑩（あざや）かなり
開きて　秦嶺に敷くは　雲　収（きえ）し夕
凋（しぼ）みて　呉江に落つるは　霧　暗き程
偏へに恩輝を仰ぎ　齢（よわい）漸く老い
憐みを為す　澗底　久しく貞を含まむ

〈現代語訳〉
蒼々とした今夜の月は、こころを感動させる。（心から感動する。）その月光を受けて、自然に松花が咲き、見渡す限りはっきりと見える。枝には、白い花が咲いているようだが、匂いは芳しく香ってこないし、梢は、美しいはなぶさのように見えるが、実は月光が空に美しく輝いているだけである。花が咲いて、山全体を敷き詰めているように見えるのは、雲が消えて、晴れわたった夜であり、花がしぼんで、呉江に散っていくように見えるのは、霧が月影をさえぎる時である。私は、輝かしい恩徳をいただきながら、年齢も次第に老いて参りました。こんなにお慈悲を頂いて、つまらない身ではありますが、幾久しい貞節を心に抱き続けます。

〈語　釈〉
○**蒼々**　月の青白いさま。　○**心情**　こころ。情緒。心境。　○**望裏**　見わたす限り。　○**素葩**　白い花。白い花びら。
○**玉蘂**　美しい花ぶさ。　○**敷**　一面にひろげる。　○**雲収**　雲が消える。　○**秦嶺**　立派な山の象徴。（12頁参照）
○**呉江**　立派な川の象徴。　○**恩輝**　恵みの光。天子の輝かしい恩徳。　○**為憐**　為は受身の「る・らる」に当たる。憐はいつくしむ。いつくしまれる。かわいがっていただく。　○**澗底**　たにぞこ。谷の深い所。（『菅家文草・巻五・四〇四・松』「故山辞澗底、新地近仙亭。」）　○**含**　心にいだく。

一―23

蒼々漢月向深更
自作松花只蕩情
百尺嵐晴寒艶潔
一林緑白暁光明
新粧秦嶺開雲後
落蘂呉江照浪程
莫導今宵佳色好
万年此地契芳栄

文章得業生　源　親範

蒼々たる漢月　深更に向かへば
自ら松花を作し　只に情(こころ)を蕩(うごか)すのみ
百尺　嵐　晴るれば　寒艶　潔(きよ)く
一林　緑　白(しら)みて　暁光　明(あ)く
新粧の秦嶺　雲を開けし後
落蘂の呉江　波を照らす程
導(い)ふ莫(な)かれ　今宵のみ　佳色　好しと
万年　此の地にて　芳栄を契らむ

長元七年五月十五日　題者　忠貞　講師　公資

〈現代語訳〉

あおく澄みきった空が、深夜にもなると、
自然に松花が咲いたので、その美しさに只々感動してしまうばかり。
高い松の木にかかる靄が、さっと晴れると、淡くあでやかで、美しい月が清らかに照り、
庭園の緑の松林は白くなってきて、まるで夜が明けたような明るさだ。
秦嶺のような山々も、新しく粧いを変えたようだ、雲が消えてからは、
呉江のような美しい川に、はなびらが散っているようだ、波がきらきら輝いて。
でも言わないで下さい。今宵ばかりが、こんなにも景色がすばらしいなどと。
遠く万年先までも、この庭園の弥栄を約束して下さい。
長元七年（一〇三四）五月十五日　題者は菅原忠貞、講師は藤原公資

〈語　釈〉

○蒼々　あおあおと照らす月のようす。　**○漢月**　本来、天の川のことであるが、語調をととのえるために二文字熟語としている。
○深更　夜ふけ。深夜。　**○蕩情**　心を感動させる。　**○百尺**　松の異称。　**○嵐**　やまにかかる靄。　**○暁光**　夜明けの日の光。明け方の明るさ。
○寒艶　淡いあでやかさ。または、ぞっとするような美しさか。　**○開雲**　雲が消える。
○落蘂　花びらが散る。　**○莫導**　言わないでくれ。　**○佳色**　すばらしい景色。

二　某年冬月某日　松色雪中鮮　詩欠

七言冬日於秘書閣同賦松色雪中鮮詩一首　以清為韻

勘解由次官　藤原明衡

詩題解説

二―1　七言、冬日、秘書閣に於いて同じく「松の色　雪中に鮮やかなり」の詩を賦す

作詩の年月日は不明であるが、藤原明衡が勘解由使の次官であった年代である。勘解由使は、令外の官で、平安時代の官吏交替を監督する官。新任者が前任者から無事に事務を引き継いだことを証明する解由状を審査する役。長官一人、次官二人以下の職員が定められ、長官は従四位下の相当官。次官である明衡は、康平六年（一〇六四）76歳で従四位下となっているので、当然それ以前の年代となる。

三　某年春月某日　寒松猶有雪　七首

詩題解説

作詩の年月日は不明であるが、作者群の生没年から推察すると、没年の最も早い藤原義忠（長久二年）以前を考えなければならない。作者七名の共通した詩壇活躍時期を考えてみると、長暦年間（一〇三七－一〇三九年）の作であろうと思われる。

なお、本詩宴の作者は、源氏より資通。藤原氏より義忠、義綱、実政。橘氏より師成、資成。平氏より定家と、氏姓にこだわらず、むしろ幅広く参加している。

また、首聯・尾聯を伴わない、対句のみのいわゆる摘句であるため、詩題より推測して、解釈をしなければならないので、意が通じ難いものが多い。

三―1　春日同賦寒松猶有雪　以春為韻　資通

嶺冷色連梅艶暁
渓踈影掩柳眉春
隠倫更代照書士
樵客如何尋友人

嶺の冷色　連なり　梅艶の暁
渓(たに)の踈影　掩ふ　柳眉の春
隠倫は更代し　書士を照らす
樵客は如何　友人を尋ねむ

〈現代語訳〉

春日、同じく「寒松猶雪有り」の詩題をうけて。（春を以って韻と為す。）

冷たい雪の残った山々に、美しい梅が咲いて夜明けがやって来た。

枝がまだまばらに見える谷間にも、柳の芽がふくらむ春が訪れる。

冬ごもりしていた仙人（主君）は変わって、春が来たので人事異動があり、書士を照らしはじめた。（活動を始めた。）

（そう言えば）きこりはどうなったのだろう。いつまでも冬ごもりしていないで、友人をたずねてごらんなさい。

〈語　釈〉
○**踈影**　疏影。梅の異称。（『林逋（和靖）・山園小梅詩』「疏影横斜水清浅、暗香不動月黄昏。」）　○**隠倫**　隠淪のことか。仙人。主君のこと。　○**更代**　交代。入れ代わる。平安時代以後、大臣以外の諸官を任命する朝廷の儀式に除目があり、春には地方官を任命し、秋には京官を任命する。つまり人事異動の時期。　○**書士**　諸士のことであろうか。または読書人か。ここでは人事異動（除目）で、官職を得た人。　○**樵客**　きこり。きこりも仙人。人事異動に伴って暗示的な存在。山中で修行するだけではなく、そろそろツテを頼って就職活動をするようにと誘いかけている。

三－2

義忠

林踈□見残輝宿
巌□還迷旧色新
草木青消渓冷暁
□梅応白混封春

林踈 □見れば 残輝 宿り
巌□ 還た迷ふ 旧色 新たむるかと
草木の青 消え 渓冷やかに暁け
□梅は白に応へ 混ざりて春を封ず（に対ふ）

〈現代語訳〉

松がまばらに生えている林をふと見ると、残照をとどめているようだ。山を見上げると、また迷いそうだ、春はどこへ行ってしまったのだろう。（冬が戻ったようだ。）草木の青々とした春色は消え、（雪が残っているので）谷は冷たく明けようとする。梅の花も白く咲いて、春を封じ込めようとしているように、青い松に混然と溶けこむ。（梅と残雪が混然として、寒のもどりのようだ）

〈語　釈〉
○残輝　残暉。沈もうとする夕陽の光。残照。　**○旧色**　旧い景色。作詩時は春であるので、ここでは冬景色。　**○混**　ここでは、松の緑に梅の白さが混ざり合うことか。梅の白さと残雪の白さが混ざり合うことか。　**○封春**　暖かい春が来て咲いた梅を散らさないよう、春を封じ込めたい気持ちであろうか。写本では「対春」とも読めるところから、梅と残雪が春に対している、または春をむかえようとしている。と解することも可能か。

三―3

雨染豈銷樵路暁
嵐余未尽隠門春
韓公薬冷埋鉛粉
商老棲踈鏁玉塵

師成

雨 染(そ)むるに 豈 銷(け)さむや 樵路の暁
嵐 余りて 未だ尽きず 隠門の春
韓公の薬 冷ややかに 鉛粉に埋められ
商老の棲(すみか) 踈(うと)く 玉塵に鏁(とざ)さる

〈現代語訳〉
雨が降って緑を萌え出させたのに、どうして消してしまうのだろう。きこりの通う夜明けの山路を、靄はまだ残っていて、隠遁者の家にも春が訪れたというのに。仙薬を売った韓公（韓康）の薬も冷たくなってしまったよ、この雪のような白梅に埋められ、商老のすみかさえ、うっかりしていて、雪のような梅にとじこめられてしまった。

〈語　釈〉
○雨染　ひと雨降って、緑を萌え出させる。（『白氏・53・二三三二・早春憶微子』「沙頭雨染班班草、水面風駆瑟瑟波。」）　**○樵路**　きこりの通り道。　**○嵐余**　靄がまだ残っている状態。　**○隠門**　隠遁者の家。　**○韓公**　韓康、字は伯休。後漢の人。仙道を得て山に入り、薬草を採り長安で売ったが、小娘に見破られ、山中に逃げ込んだという。（『後漢書・逸民伝』）　**○商老**　宋の尹躬か。字は商老。江陵・新喩の宰。『易解』・『冬官解』・『文集』等の著がある。　**○玉塵**　雪の異称。梅の比喩。

三―4　　平　定家

晩色纔残渓未暁　　晩色　纔かに残し　渓（たに）　未だ暁けず
軽粧半尽嶺知春　　軽粧　半ば尽き　嶺　春を知る
月幽処圧澗間草　　月の幽（かす）かなる処　澗間の草を圧（お）し
風冷程埋洞裏塵　　風の冷やかなる程　洞裏の塵を埋（うず）む

〈現代語訳〉
夜の気配をわずかに残して、谷間はまだ明けていないが、雪景色も溶けかけて、山の嶺には春が来たことがわかる。月の光がかすかに照らし出して、谷間の草を一面に映し出し、風が冷たく吹く頃には、深い谷の中を残雪が埋めつくす。

〈語　釈〉
○晩色　夜の気配。　○軽粧　うっすらとした雪景色。　○半尽　雪が半ば消えかける状態。　○幽　月光がかすかであること。
○圧　主語は月。月が澗間の草を照らす。　○洞裏塵　深い谷の中の塵のような残雪

三－5

藤原　義綱

巌阿漫積未迎暖
嶺上弥封如隔春
暫宿難分疑月暮
半残応□誤花晨

巌阿　漫（みだ）りに積もりて　未だ暖を迎へず
嶺上　弥（あまね）く封（対ひ）じて　春を隔つる如し
暫く宿れば　分かち難し　月かと疑ひし暮
半ば残れば　□に応ず　花かと誤ちし晨（あした）

〈現代語訳〉

岩山に雪がむやみにたくさん積もったので、まだ暖かい春は迎えられそうもない。

雪が山の上全体を封じ込めて、（山に向かって）春の到来をふさいでいるようだ。

しばらくの間積もったままでいると、月光を浴びているのかと見まちがえるような夕暮れ時の少し溶けかけた様子は、□まるで花が開いたような朝の景色である。

〈語　釈〉
○巌阿　山のくま。岩山の奥まったところ。　**○漫**　むやみに、ほしいままに。　**○弥**　あまねく。ますます。　**○封**　とじ込める。

三―6

橘　資成

松門氷□残鉛粉
蘿洞嵐吹対玉塵
漠々未看渓草緑
靡々纔混嶺梅春

松門　氷□　鉛粉を残し
蘿洞(らどう)　嵐　吹きて　玉塵に封(対す)ぜらる
漠々として　未だ見ず　渓草の緑
靡々(びび)として　纔(わず)かに混ふ　嶺梅の春

〈現代語訳〉

門前の松には、氷が□、雪はまだ残っている。

ひかげの方は、つむじ風がさっと吹いて、雪に封じ込められた。（雪に対き合っている。）

うす暗くてまだ看ることはできない、谷に草が萌え、緑色になることを。

春の訪れは、ゆっくりとしているが、わずかながらも山に梅の花が混じっているのが見える。

〈語　釈〉
○**鉛粉**　おしろい。雪の比喩。　○**蘿洞**　ひかげ。つたの生えたほらあな。　○**玉塵**　雪の異称。　○**漠々**　薄暗いさま。（『杜甫・茅屋為秋風所破』「秋天漠々向昏黒」）畳言。　○**靡々**　繊細で美しい。ゆっくりゆく。

三―7　　藤原　実政

谷鸎翅嬾半凝処
□□□纔積辰
路湿制公唯就□
棲埋商老幾奇春

谷の鸎翅（おうし）　嬾（ものう）げなり　半ば凝りし処
□□□　纔かに積もりし辰（とき）
路ゆけば　制公を湿らせ　唯に□に就くのみ
棲（す）めば　商老（しょうろう）を埋（うず）め　幾ばくぞ奇（めず）らしき春

〈現代語訳〉
谷をわたり鳴く鶯の羽は、ものうげである。まだ元気がない。こんなにも寒く氷るような処だから。
□□□、雪が少し積もった時。
路は制公（不明）をしっとりさせて、唯、□に就いているだけである。
棲めば商老（尹躬）を埋め、何とめずらしい春ではないか。

〈語　釈〉
○鸎翅　うぐいすの羽。　○嬾　ものうい。わかい。ここでは、春先の鶯の羽だから後者。　○辰　とき。　○制公　不明。
○商老　宋の尹躬か。不明。

四　長治元年十一月十日　白雪満庭松　十一首

詩題解説

長治元年（一一〇四）に、大江家国が因州の員外刺史として因幡国（山陰道八か国の一つ。今の鳥取県東部。）に在任中、その書亭で開かれた作文会である。この年の五月因幡権守重隆が歌合わせを催したり、同族の大江匡房が歌合わせを催すなど、和歌の活躍が目立っている。詩題の「白雪満庭松」（白雪、庭松に満てり）の庭の松は、一本の松で、書亭の軒先まで張り出していて、枝は地面を這うように低く伸びている。自然のままでなく鑑賞用に手入れをされた松であろう。偃蓋の松。また、戸外で眺めているのではなく、屋内から眺めてているものと思われる。

四―1　七言冬日於因州員外刺史書亭同賦白雪満庭松詩　以寒為韻并序　度支員外郎　江　家国

紛々白雪動心端
旁満庭松幾足看
当砌霊標望尚冴
逼簷貞幹色難乾
氷封行潦琴声咽
月照晴沙蓋影寒
四運忽兮将代謝
悵然不耐歳華闌

紛々たる白雪　心端（こころ）を動かす
旁（あまね）く　庭松に満つれば　幾ばくか看るに足らむ
砌（みぎり）に当たりし霊標　望みて冴えむことを尚（ねが）ひ
簷（のき）に逼（せま）れる貞幹　色　乾（か）れ難しゆ
氷　行潦（こうろう）を封ずれば　琴声　咽（むせ）び
月　晴沙を照らせば　蓋影　寒し
四運は忽ちなり　将に代謝せむとす
悵然として耐へず　歳華の闌（く）るるに

＜現代語訳＞七言、冬の日に、因州の員外吏刺の書亭で、一緒に「白雪が庭の松いっぱいに降り積もっている」という詩題で詠んだ。

降りしきる雪を見れば、心から感動する。

庭の松いっぱいに雪が積もって来て、その姿は何とすばらしく、一見の価値がある。

その松は、石だたみにまで根が張り、遠くをのぞみ見て、冴えることを願うようであり、
葉は軒先まで張り出して、青々とした色は、枯れることもなさそうだ。

水たまりに張った氷は、まるで琴の音が咽ぶような音を立て、
月が明るく照らしはじめると、雪を帯びた松を寒々と映し出す。

自然の移り変わりは、何と早いことよ、もう季節が入れ代わろうとしている。

（悲しみに）うちひしがれて耐えることが出来ない。青春時代が終わりに近づいていることに。

＜語　釈＞
○**度支**　会計官のこと　○**紛々**　雪が盛んに降る様子。　○**心端**　心胆と同義であろう。胆は仄字であり端は韻字であるから。
○**旁**　あまねく。　○**霊標**　松の梢。　○**尚**　ねがう。　○**簷**　檐の別字。のき。ひさし。　○**貞幹**　松の幹。
○**行潦**　道路のたまり水。『詩経・召南』「于彼行潦」）　○**晴砂**　明るい光に照らされた砂。　○**四運**　四季。春・夏・秋・冬。
○**代謝**　新しいものと古いものが入れ替わる。　○**悵然**　がっかりするさま。恨み嘆くさま。　○**歳華**　としつき。春の景色。転じて青春時代。　○**闌**　終わりに近づく。

四—2

白雪紛々歳漸闌
満庭松上望中寒
標交牆柳添花点
枝払階蓂訝月残
風老士林梳素髪
煙生仙竈転銀丸
六旬衰暮悵難嬾
夜学篇携六出看

前上野介　藤原　敦基

白雪紛々として　歳　漸く闌(く)れ
庭松の上に満つれば　望中寒し
標(こずえ)は　牆柳に交はり　花を添へて点じ
枝は　階蓂(かいめい)を払ひ　月を訝(いぶか)りて残る
風老の士林　素髪を梳(す)き
煙生の仙竈(そう)　銀丸を転がす
六旬の衰暮　悵(うら)みても嬾(なま)け難し
夜学なれど　篇　携へ　六出(りくしゅつ)を看む

＜現代語訳＞

白雪が盛んに降って、歳の瀬が迫ってきた。

庭の松の上に雪が積もって、見渡す限り寒々としている。

梢は、垣根の柳まで伸びていて、柳に（白い小さな雪の）花を添えているよう。

枝は、階前の暦草を吹き払って、月光が射しこんでいる様子で白く残っている。

年老いた様子ではあるが、読書人の仲間達は、白髪頭をくしけずり、
煙が立ちのぼる竈で、仙薬の銀丸を作っている。

私は六十歳にもなり、老い衰えてしまったけれど、老齢を嘆いても、怠けるわけにはいかない。

晩学だが書物を持って、老骨に鞭打ち庭の白雪を見に行こう。

＜語　釈＞
○**紛々**　雪がさかんに降るさま。　○**歳**　みのりの意味もある。　○**闌**　ここでは、年の終わり。たけなわの意味もある。
○**牆柳**　垣根の柳。　○**標**　松の梢。　○**階蓂**　暦草。尭帝の時、階前に生じたという草。　○**訝月**　月が明るく輝いているかと思う程、あたりの景色が白々としている。　○**士林**　立派な人々。文士の仲間。　○**素髪**　白髪頭。　○**仙竈**　仙薬を作るためのかま。　○**銀丸**　仙薬は銀色の丸薬なのであろう。　○**六旬**　旬は十。六十年。六は老陰の数。（『易経・繫辞上・天五・地六』「老陽極九、老陰極六」）　○**嬾**　なまける、わかい、ものうい。等々あるが、この場合、なまける。　○**夜学**　ここでは晩学のことか。　○**六出**　雪の異称。六花。六出花。六出公。

四―3

何物前庭寄眼看
雪盈松樹感心丹
掩沙低葉凌光冴
当砌茂陰帯色寒
枝上日臨花半尽
梢間天曙月猶残
五旬老鬢白相似
顧歯此時欲歳闌

散位　平　祐俊

何物ぞ　前庭　眼(まなこ)を寄せて看る
雪は松樹に盈ち　心丹(こころ)に感ず
沙を掩(おお)ふ低葉　光を凌(しの)ぎて冴え
砌(みぎり)に当る茂陰　色を帯びて寒し
枝上に　日　臨めば　花は半ば尽き
梢間に　天　曙(あ)くれど　月は猶(なお)残るごとし
五旬の老鬢　白は相似たり
歯(よわい)を顧みれば　此の時　歳は闌(く)れなむとす

〈現代語訳〉

いったい何が、この前庭の目前いっぱいにに集まって来たのか。目を近づけてよく見ると、雪が、松の樹にいっぱい降り積もって、そのすばらしさに心から感動させられた。
地面を這うように、低く伸びている枝葉は、光よりも冴えわたり、
石だたみまで伸びている松の茂みも、雪の白色を帯びて寒々としている。
枝の上に太陽があたると、白い花のような雪は少し溶けてきて、
梢の間にも朝が来たけれど、月光がまだ残っているようだ。(雪が残っている。)
五十歳の老いぼれの私の鬢の白さにも似て、雪はまだらに白い。
ふと齢を考えてみたこの時、もうすでに今年も終わりに近づいている。(私の人生の終わりに近い。)

〈語　釈〉

○**心丹**　心胆、丹心と同じ。こころ。　○**掩沙**　砂の上に掩いかぶさる。　○**当砌**　石だたみまで根が張っている。大きく根の張った立派な松樹。　○**帯色**　ここでは、雪の白い色を帯びる。　○**花**　ここでは、松に降り積もった雪。　○**半尽**　雪が半ば溶けかかっている。　○**五旬**　五十歳。　○**白相似**　五十歳の老人の鬢の白さと、半ば溶けかけた雪のようすが、似ているということで、どちらも、まだらに白い。　○**顧歯**　歯は齢。年齢。年齢を考える。　○**歳闌**　歳末。歳晩。ここでは、自分の人生の終末を重ねている。

四―4

白雪靡々欲飽看
庭松縁底満猶残
枝留宿鶴沙痕冴
梢仮春花戸外寒
繞砌暮煙還帯月
当門古蓋似傾紈
不図令見嵆中散
相愍自然感禁難

散位　尹時

白雪　靡々（びび）たり　飽看せむとす
庭松　縁底（なんぞ）　満ちて　猶（なお）　残れるや
枝は　宿鶴を留（とど）め　沙痕（さこん）　冴え
梢は　春花を仮りて　戸外　寒し
砌（みぎり）を繞る　暮煙　還（また）た　月を帯び
門に当たりし　古蓋　似て　紈（しろぎぬ）を傾く
図らずも　嵆中散を見（み）しむれば
相（とも）に自然を愍（あわれ）まむ　禁を感（おも）ふこと難（かた）ければ

〈現代語訳〉


白雪がこまやかに美しく降っている。飽きるほど眺めたいものだ。

庭の松に積もった雪は、満ち溢れてこぼれても、どうして、まだ降りやまないのか。

松の枝には鶴が住みついていると言われ、白い雪の跡は冴えわたっているし、（鶴の白さと雪の白さ。）

松の梢は、まるで春の花が咲いているようだが、戸外に出ると寒い。

いしだたみをとりまいたように、霞は月を飾って空に還るようだし、
門まで張り出している古い松の枝は、雪をかぶって白絹を傾けている風情だ。

予期しない、こんな景色の中で、嵆康の詩に出会ったのだから、
お互いに大自然をあわれみ、いつくしもう、禁中からはかけ離れた世界だから。

〈語　釈〉

○靡々　繊細で美しい。ゆっくりゆく。なびき従う。　**○飽看**　飽きるほど看る。十分に見る。　**○縁底**　なんぞ。どうして。
○宿鶴　松には鶴が宿っているといわれている。　**○沙痕**　砂の白さと雪の白さを重ね、雪の降り積んでいる情景。
○仮春花　松に雪の降り積もったようすが、春の花を仮りて来たように、春の花が咲いているように見える。　**○古蓋**　年齢を重ねた松の枝。　**○嵆中散**　嵆康の文集『嵆中散集』のこと。嵆康は三国時代の魏の人。字は叔夜。魏の王室の娘と結婚し中散大夫になった。老荘を好み、琴を弾き、詩を詠じて楽しんだ。竹林の七賢の一人。鍾会に憎まれ司馬昭に殺された。作詩当時のテキストに『嵆中散集』も使われていたものと思われる。　**○禁**　禁中。天子。

四－5

紛々白雪撥簾看
剰満庭松望裏寛
光□風標簷下乱
色埋雨蓋砌前寒
窓梅交朶花倶綻
籬竹湿陰煙不乾
毎属玄冬雖照読
無成独取労心肝

散位　藤原　宗兼

紛々たる白雪　簾を撥(かか)げて看る
剰(あまつさ)へ　庭松に満つれば　望裏　寛(ひろ)し
光　風標に□ば　簷(えん)下乱れ
色　雨蓋に埋もれば　砌前寒し
窓梅　朶(えだ)に交じりて　花は倶に綻び
籬竹　陰に湿りて　煙(えん)は乾(か)れず
玄冬に属(つら)なる毎(ごと)に　照読すと雖も
成すこと無くも　独り取りて心肝(こころ)を労(いた)はらむ

＜現代語訳＞

降りしきる白雪は、（香炉峰の雪のように）簾を掲げて看る価値がある。ましてや、庭の松に雪が積もると、視界も広々と感じられる。あたりに明かりが射しこんだように、立派な人柄を□すが、のき下は乱れ、色は白く、雨上がりの松の葉を埋め尽くすが、石だたみの前はとても冷え冷えとしている。窓辺の梅が、雪の積もった松の枝と交わって、一緒に花が咲いたような風情でもあり、籬の竹が湿気を帯びても枯れないように、松の葉が枯れることはない。いつも冬が来ると、雪明かりで読書をするといっても、成功することのない身の上であるが、書物を手に心をいたわって暮らしましょう。（精進いたしましょう。）

＜語　釈＞

○紛々　雪がさかんに降るようす。　**○撥簾**　すだれを巻き上げる。（『白氏16・〇九七八・香鑪峯下、新卜山居、草堂初成、偶題東壁重題』「遺愛寺鐘欹枕聴、香鑪峯雪撥簾看。」）　**○剰**　ましてや、その上。　**○望裏**　見わたす限り。　**○風標**　風采。人柄・人品の立派な様子。　**○簷下**　のき下。　**○籬竹**　竹で編んだまがき。　**○煙**　松の葉。松葉は針葉であるため、全体が、ぼんやりと霞がかかっているように見えるため、煙葉、または煙という。　**○乾**　枯れること。　**○玄冬**　冬の別名。（旧暦十一月）五行で冬は北方。水に配当される。水の色は黒。　**○照読**　照雪。雪あかりで読書をすること。または蛍のあかりで本を読むこと。　**○独取**　一人書物を取ることか。　**○労**　いたわる。

四－6

大内記　敦光

終朝翫雪土盤桓
旁満庭松興未闌
百尺月斜排戸望
数株花重巻簾看
門賓仮蓋衣還湿
沙鶴馴枝翅共寒
歳々対来論勁節
大夫樹与記言官

終朝（ひねもす）　雪を翫（もてあそ）び　土　盤桓（ばんかん）すれば
旁（あまね）く　庭松に満つれど　興（おもむき）　未だ闌（たけなわ）ならず
百尺の月　斜けば　戸を排（お）して望み
数株の花　重なれば　簾を巻きて看る
門賓　蓋（かさ）を仮るも　衣　還（ま）た湿（うるお）ひ
沙鶴　枝に馴るるも　翅（つばさ）　共に寒し
歳々対来し　勁節を論ず
大夫樹と　記言官と

〈現代語訳〉
一日中、雪を楽しんで、地上をさまよっていたので、
庭の松にいっぱい雪が降り積もっているが、まだ感興は最高潮とはいえない。
はるか遠い空に月が傾くと、戸を押し開けて眺め、
幾株かの花が咲いたように、松の枝に雪が積もっているのを、簾を巻き上げて見ることだ。
食事に来た客は、雪をよけて、松の蓋の下にいたが、着物は湿ってしまい、
松に栖む鶴は、枝に馴れているものの、この雪で、つばさもお客様共々寒い。
毎年毎年やって来ては、どちらが強くて屈しない操であるか論じ合いますね。
大夫樹と言われる松と、記言官である私自身と。

〈語　釈〉
○**終朝**　夜明けより朝食までの間。または一日中。ヒネモスニ。　○**翫雪**　雪を楽しむ。　○**盤桓**　ぐるぐる廻る。さまよう。
○**百尺**　長いこと。　○**門賓**　食客。料理を食べに来る客。　○**仮蓋**　松のかさの下で雨（雪）やどりをする。　○**勁節**　強くて屈しない操。　○**大夫樹**　松の異称。秦の始皇帝が、泰山でにわか雨にあい、松の木の下に雨宿りし、その松を五大夫に封じた故事がある。（『史記・秦始皇紀』「乃遂上泰山　立石封祠祀。下、風雨暴至、休於樹下。因封其樹為五大夫。」）　○**記言官**　作者敦光の官職。大内記は、詔・勅・宣命を作り、位記を書く職。儒者で、文章の上手なものを選任。ウチノシルスツカサ。

四－7

終朝雪下素輝寛
庭上松間望幾寒
心誤瑞花開戸外
眼迷瓊樹梃欄干
低枝掩砌煙還冴
偃蓋逼簷月自残
冬主忽知君子節
任他衆木表貞難

朝散大夫　公明

終朝　雪下　素輝　寛（のび）やかなり
庭上の松間　望めば幾ばくか寒からむ
心は　瑞花（ずいこ）かと誤ちて　戸外に開き
眼（まなこ）は　瓊樹（けいじゅ）かと迷（まど）ひて　欄干に梃（つえ）す
低枝は　砌（みぎり）を掩ひ　煙（まつ）還た冴え
偃蓋（えんがい）は　簷（のき）に逼（せま）り　月　自ら残る
冬主　忽ちに知る　君子の節
任他（さもあらばあれ）　衆木　貞を表はすことの難ければ

〈現代語訳〉

夜明けの雪景色は、白い光が、のびやかに輝きわたっている。

庭の松にも雪が積もり、見ただけでも、どんなにか寒いだろうと震え上がる。

心は、めでたい花（瑞花）が咲いたのかと錯覚し、戸を開いて外に出ようとし、
眼は仙樹である瓊樹ではないかと迷い、手すりから身をのりだした。

低くたれた枝は、石だたみに掩いかぶさるように、雪をのせた重みでさがった松に月光が冴え、
松の曲がった枝が、軒下まで伸びていて、有明けの月（残月）が、まだ残っている。

冬の主である雪は、にわかに松が君子のように節操が堅いことを知った。

ままよ。多くの木（落葉樹）は、貞節を表明することは困難なことだから。

〈語　釈〉
○**終朝**　早朝。夜明け頃。　○**素輝**　雪景色の白い輝き。　○**瑞花**　めでたい花。　○**瓊樹**　神仙の木。仙木。　○**砌**　いしだたみ。みぎり。　○**煙**　松そのものを煙と表現する場合が多いが、「冴」の対を考えれば、名詞で読むべきであろう。　○**偃蓋**　横たわっている笠。またはその形をした松。偃蓋の松。枝を大きく拡げて、高い所から低い所へ伸びている松。　○**簷**　檐。のき。ひさし。屋根の下端に張り出した部分。　○**月自残**　作詩時の十一月十日は残月ではない。従ってここでは、残月のような白い雪。　○**冬主**　雪。　○**君子節**　君子は徳のある人。節は節操。　○**衆木**　落葉樹。君子樹の松だけが冬も青々としていることの対比。

四－8

庭上有松寄眼看
紛々白雪満梢寛
光随霊幹高低点
影逐攅枝長短寒
撫養還嫌凝撓易
移栽先樌鎖侵難
豊年瑞与巡年種
計会一時蕩寸丹

勘解由次官　実光

庭上に松有り　眼(まなこ)を寄せて看る
紛々たる白雪　梢に満ちて寛(のび)やかなり
光は　霊幹に随ひ　高く低く点じ
影は　攅枝(さんし)を逐(お)ひ　長く短く寒し
撫養すれど　還(ま)た嫌ひ　凝れば撓(たわ)むるに易く
移栽するに　先づ樌す　鎖(つな)げば侵すに難し
豊年の瑞与(ずいよ)　年を巡り　種まかむ
計会　一時　寸丹を蕩(うご)かす

〈現代語訳〉

庭先にりっぱな松がある。その木をしげしげと眺める。

たくさんの白雪は、松の梢にいっぱい積もって、ゆったりした景色だ。

月光は、その松の梢に積もった雪を、高く低く照らし出し、
月影の白い光は、たくさんの枝を逐うように、長くまた短く、寒々と映し出している。

雪は鑑賞するのには良いが、たくさん積もると枝が折れ易くなり、松をいためる。

移し植えるには、まず水をそそぎ、たくさんの松を連ねて傷つけにくくする。

雪が多いということは、豊年の予兆であるから、年が巡り来年になったら種をまこう。

そんな計画を立てるそのいっときは、心が洗われるような感動を覚える。（胸がわくわくする。）

〈語　釈〉
○**霊幹**　松の木。　○**撫養**　撫育。いつくしみ育てる。　○**凝**　雪がたくさん積もること。　○**撓**　たわめる。まげる。
○**移栽**　草木を移し植える。移植。　○**樌**　木が集まり生えることであるが、灌と同意なので、ここでは水をそそぐこと。
○**瑞予**　めでたい予兆。ここでは雪が多いので、豊年になる予兆。　○**巡年**　年が巡り、来年になる。　○**計会**　はかりごとをする。相談する。計画を立てる。　○**寸丹**　こころ。　○**蕩**　動かす。ゆする。動揺する。

四―9

庭上移栽松樹攢
満来白雪自団々
低枝欲掃玉度積
高蓋不遮沙月寒
華髪衰翁携杖立
粉顔佳妓倚簾看
久伝累葉家門業
聚汝年々其幾般

文章得業生　令明

庭上に移栽せし　松樹の攢(あつまり)
満来(あまねし)　白雪　自ら団々たり
低枝は　掃(はら)はむと欲すれど　玉　度(たびたび)積もり
高蓋は　遮(さえきせ)らず　沙月　寒し
華髪の衰翁　杖を携(たずさ)へて立ち
粉顔の佳妓(かぎ)　簾に倚(よ)りて看る
久しく累葉を伝ふ　家門の業
聚(あつ)むること　汝　年々　其れ幾般(いくたび)ぞ

〈現代語訳〉
庭先に移し植えた松樹も、枝がよく茂り、その松いっぱいに、白雪が積もると、自然に枝もたれてくる。低くたれた枝は、払いのけようとするが、雪は次々に積もってくるし、高い梢は、何も遮られるものはないので、砂上を照らす月のように寒々と雪が積もる。白髪の衰えた老人は、杖にすがって立って、この景色を眺め、美しく化粧した美女は、すだれにそっと倚りかかって見ている。もう永年に亘って、先祖代々伝えられた一族の職業は、文章の家柄であるが、庭の松である汝よ、毎年、どれほどの雪（客）を聚めて来たのか。

〈語　釈〉
○**庭上**　庭さき。　○**攢**　あつまる。　○**満来**　来は助字。あまねく。一面に。　○**団々**　垂れるさま。ここでは丸いようすではない。雪の重さで枝が下に垂れ下がるようす。　○**玉**　雪をさす。　○**華髪**　しらが。　○**衰翁**　衰えた老人。作者自身。　○**粉顔**　化粧した女性。　○**佳妓**　美しい女性。　○**倚簾**　遠景と見るのなら「撥簾」となるところ、眼前の庭を見るのだから、「倚簾」としたところに工夫が見られる。女性らしいしぐさ。　○**累葉**　先祖代々。　○**家門業**　藤原氏一族の多岐に亘る繁栄は著しいものがあるが、ここでは、文章家の分野にしぼってもよいか。　○**汝**　家を象徴しているような松に対する呼びかけの語。

四—10

紛々白雪寄眸看
多満庭松望裏寒
深鏁先諳繁葉令
旁凝断識勁枝攅
砂風払蓋輝飄易
軒月当梢色決難
幸接英華詩席末
放遊共忘漏更闌

学生　資光

紛々たる白雪　眸を寄せて看る
多く庭松に満ちて　望裏寒し
深く鏁(つな)がれば　先ず諳(そら)んぜむ　繁葉の令
旁凝(まじわりかた)むれば　断じて識らむ　勁枝の攅
砂風　蓋(かさ)を払へば　輝き　飄(ただよ)ひ易く
軒月(けんげつ)　梢(こずえ)に当たれば　色　決め難し
幸ひにも英華に接す　詩席の末
放遊し　共に忘れむ　漏更の闌(た)くるを

〈現代語訳〉
たくさんの白雪に、目を向けてよく見ると、
雪が庭の松に、なんといっぱい積もっていて、見渡す限り寒々とした光景だ。
深いつながりができたので、まず、たくさんの（言葉の）文体を十分心得て、暗記しよう。（松の葉のように）
交際を堅く結べば、きっと力強い枝のあつまりとなることがわかるだろう。（松の枝のように）
風がさっと吹いて来て、松の枝を払うと、白雪は輝いて、ひらひらと漂いやすく、
月が高く昇って、松の梢を照らすと、青いはずの松の色が変わっている。
私は、幸運なことに、こんなすばらしい詩人の仲間の末席に加えて頂けたのだから、
思い切り楽しんで、共に時のたつのを忘れよう。

〈語　釈〉
○紛々　雪の乱れ舞うさま。　**○望裏**　見渡す限り。　**○鏁**　鎖。つながり。ご縁ができる。　**○諳**　そらんじる。
○繁葉令　作詩の作法。多くの語彙を、松の繁った葉にたとえ、その語を並べて作詩するためのきまり（令）と言うのであろう。
○旁凝　旁はまじわり。交際。凝はかたまる。堅い交際のことか。　**○勁枝攅**　たくさんの枝があつまって（あつめて）強い枝に成長する。（雪よけに、枝を集めて吊す方法も、のちに考案されたものか。）　**○軒月**　高くあがる月。　**○英華**　すぐれた詩人。文人たち。　**○詩席末**　詩宴の席の末席。自分を謙遜した言い方。　**○放遊**　勝手気ままに思いきり遊ぶ。　**○漏更**　更漏。時刻。
○闌　おわりに近づく。

四―11

藤原　知明

庭松百尺遶欄干
白雪満来動寸丹
栽砌霊標疑月照
当窓勁節似花攢
鵝毛点葉応銷緑
鶴氅埋枝欲倍寒
君子結交傾蓋友
可期此地万年歓

庭松百尺(ひゃくせき)　欄干(らんかん)を遶(めぐ)る
白雪満(み)ち来(き)て　寸丹(こころ)を動かす
砌に栽(う)えし　霊標　月の照らすかと疑ひ
窓に当たりし　勁節　花の攢(あつ)まれるが似(ごと)し
鵝毛　葉に点ずれば　応に緑を銷(け)すべく
鶴氅(かくしょう)　枝を埋むれば　寒さを倍(ま)さむとす
君子の結交　傾蓋の友
期すべし　此の地　万年の歓

長治元年十一月十日作　題者大学頭　講師戸部大夫　読師前上州

＜現代語訳＞
この庭の松は、たいそう長く、欄干をとりまくように作られている。その松の枝に、白雪が積もって、（実にすばらしく）心から感動する。石だたみにそって植えられた（神木である）松は、月に照らされているかのように白い雪に覆われ、窓まで伸びた松の枝は、雪を帯びて、花が集まっているように見える。がちょうの白い毛のような雪が、松の葉に細かく散らばって、緑を消してしまいそうで、雪が降り積もって着物のように、松の枝をすっぽり埋められると、寒さが倍増する。（孔子と程子の故事のように、）松のもとで親しく交際する私たちですから、この場所で幾久しくいつまでも歓びが尽くせますように、期待したいものです。

＜語　釈＞
○**百尺**　十丈。転じて長いことのたとえ。　○**霊標**　松の敬称。神が宿るとされる松。　○**勁節**　松の敬称。強い貞節の松。○**鵝毛**　がちょうの白いむな毛。雪の白さのたとえ。　○**鶴氅**　鶴の羽で織った着物。雪の降り積もった松。　○**結交**　交際する。（『史記・刺客・荊軻伝』「太子曰、願因先生得結交於荊卿、可乎、田光曰、敬諾」）　○**傾蓋友**　一見して親しく交わる。孔子と程子が路上で会い、互いに車のほろを傾けて親しく語り合った故事がある。（『後漢書・朱穆伝論』「紵衣傾蓋。［注］傾蓋謂駐車交蓋也。」『孔子家語・観思第八』「孔子之郯。遭程子於塗、傾蓋而語、終日甚相親。顧謂子路曰、取束帛以贈先生。」）

五　応徳元年六月二十五日　松間風似秋　五首

詩題解説

応徳元年（一〇八四年）の夏も終わろうとする旧暦六月二十五日、場所は不明であるが、『中右記』『作文大体』『韻華集』などを著し、『中右記』を部類した藤原宗忠が23歳ごろの作品群であり、宗忠と、大変近い存在であったと思われる藤原敦基（39歳）藤原敦光（22歳）や、出自不明であるが、藤厚資時、やや年長と思われる源基俊らと共に作文したものである。藤原明衡の子敦基は、43歳で文章博士となり、数々の業績を残している。また、藤原敦光も明衡の子であるが、四歳で父と死別した異母兄の敦基の養子となり、44歳で文章博士となっている。残された漢詩の数は大変多い。敦基・敦光は、藤原明衡を父にもつ異母兄弟であり、更に養子縁組をした親子でもある。ごく内輪の会と言えよう。

とは言うものの、のちの文章博士達を含む本詩題のグループは、何れも優秀作品揃いである。

五―1　夏日同賦松間風似秋　題中

柱下史　敦基

夏朝何事似秋空
鬱々松間索々風
葉戦宋生情自冷
枝飄潘氏興初通
忽驚爽籟呉江上
新報商声秦嶺中
蓬戸日長閑放処
適逢華客感難窮

夏の朝(あした)なるに　何事ぞ　秋空に似たるは
鬱々たる松間　索々たる風
葉は　宋生に戦(そよ)ぎ　情(こころ)　自ら冷ややかに
枝は　潘氏に飄(ただよ)ひ　興(おもむき)　初めて通ず
忽ち　爽籟に驚く　呉江の上(ほとり)
新たに　商声を報(しら)す　秦嶺の中
蓬戸　日　長(た)くるまで　閑放せし処
適(たまたま)　華客に逢ひ　感(おもい)　窮まり難し

〈現代語訳〉　夏の日「松の間を吹き抜ける風は、秋のようだ」という詩題でいっしょに詠じた詩（詩中に題を入れる）
夏の朝というのに、いったいどうしたことであろう、まるで秋の空のようだ。くらい松林の間には、もの淋しげな風がさらさらと吹き過ぎる。
松の葉は、宋玉にそよいで来ているようで、心情も自然に冷えきっていましたが、枝が、潘岳のように、ひらひら漂うので、感興は初めて通じ合うことができました。
突然、すがすがしい秋風に驚いて目が覚めました。呉江のように美しい水辺で。
すると、新たに、澄んだ悲しげな秋の音が聞こえて来ます。秦嶺のような、すばらしい山の中に。
そまつな私の家では、日も暮れるまで、のんびりと気ままに暮らしていましたが、
偶然、親しいかたがたに逢い、感激もひとしおです。

〈語　釈〉
○鬱々　樹木がこんもりと茂っているようす。　**○索々**　さくさく、さらさら、からからなどと音のするようす。　**○戦**　風がそよぐ。　**○宋生**　宋玉。前二九〇―前二二三。戦国時代楚の人。屈原の弟子。作品は『楚辞』に「九弁」『文選』に「神女賦」・「高唐賦」などが収められている。秋の悲しさを歌う。（『楚辞・九弁』「悲哉秋之為気也、蕭瑟兮草木揺落而変衰。」）　**○潘氏**　潘岳。二四八―三〇〇。晉の文人。字は安仁。美男で有名。作品に「悼亡詩」「秋興賦」などがある。　**○爽籟**　秋風のさわやかな響き。（『和漢朗詠集・巻上・秋・九月尽』「縦令孟賁而追、何遮爽籟於風境」源順）　**○呉江**　（12頁参照）　**○秦嶺**　（12頁参照）
○商声　五音の一つ。秋の声。強く澄み悲しげな音。虫の音や風の音。　**○蓬戸**　そまつな家。　**○華客**　賓客。

五―2

夏日開襟心自通
松間傾耳似秋風
素商空報入琴処
初伏応忘飄蓋中
秦嶺気寒声叵弁
呉江響爽聞猶同
蘭朋桂友憐吾否
齢及二毛愁豈窮

散位　源　基俊

夏日　襟を開けば　心　自ら通ず
松間に　耳を傾くれば　秋風に似たり
素商　報を空しうす　琴に入る処
初伏　忘るべし　蓋(かさ)を飄す中
秦嶺の気　寒うして　声(ひびき)　弁じ叵く
呉江の響き　爽やかにして　聞きて猶(なお)同じごとし
蘭芳　桂友　吾を憐むや否や
齢(よわい)　二毛に及び　愁ひ　豈(あ)に窮まらむや

＜現代語訳＞
夏の日に、襟を開いて心を打ち明けると、お互いに心は自然と通じ合うものだ。
松間に、耳を傾けていると、もう秋風が吹いて来たかのように聞こえる。
秋が来たのかと思うと、そのしらせは空しく、松風が秋を奏でる琴の調べに似ているだけではあるが、
やはり夏の暑いことは、当然忘れるべきであろう、松の枝に風が吹いて秋風のように聞こえる間だけでも。
山（秦嶺）の気配は、寒々としていて、響きは、何の音か区別がつかず、
川（呉江）の流れる音は、さわやかで、よく聞いても、みな同じようだ。
若き良き友よ、私をいとおしんでくれるでしょうか、どうでしょうか。
年をとって白髪まじりになれば、かなしみも恐らく窮極のものとなるのではないでしょうか。

＜語　釈＞
○**開襟**　えりを開く。転じて心を打ち開ける。　○**素商**　秋の異称。素秋。　○**初伏**　夏至のあとの三番目の庚の日を初伏という。四番目の庚の日を中伏、立秋後の最初の庚の日を末伏という。陰気が起ころうとするが陽気に押さえられて出ることが出来ず蔵伏しているから伏日といい、三伏ともいう。この時期は非常に暑い。　○**秦嶺**　立派な山の総称。（12頁参照）　○**呉江**　美しい川の総称。（12頁参照）　○**叵**　可の字を反対にして不可の意を示す。かたい。むずかしい。　○**蘭朋**　香り高い立派な友人。　○**桂友**　桂のように立派な友人。蘭桂で、りっぱな友人。　○**二毛**　しらがまじりの人。白い毛と黒い毛の意味。

五—3

夏天何処足歓遊
鬱々松間風似秋
枝動暗催潘氏興
蓋飄誤作宋生愁
商声還報呉江上
金韵更幽秦嶺頭
閑対緑陰消苦熱
染毫応喜汗先収

右近少将　宗忠

夏天　何れの処か　歓遊するに足らむ
鬱々たる松間　風は秋の似(ごと)し
枝　動けば　暗(ひそ)かに催(うなが)す　潘氏(はんし)の興(おもき)
蓋(かさ)　飄(ひるがえ)れば　誤りを作(な)す　宋生(そうせい)の愁(うれい)
商声　還(ま)た報ず　呉江の上(ほとり)
金韵(きんいん)　更に幽(かす)かなり　秦嶺の頭(ほとり)
閑(しず)かに緑陰に対(むか)へば　苦熱(くねつ)を消し
毫(ふで)を染め　応(まさ)に喜ぶべし　汗先づ収まりしを

〈現代語訳〉
夏の暑い空の下、どんなところで、思う存分に遊び楽しむことができるのだろう。うす暗い松間を吹き抜ける風は、まるで秋風のようだ。松の枝が風に揺れて、ひそかに潘岳の興（秋興賦）を催促しているようでもあり、密集した松葉に風が吹き抜けると、宋玉の悩む姿かと錯覚しそうになる。秋が来たことを、また知らせているようだ、川（呉江）のほとりでは、秋のこころよい音は、更に奥深く響いて来る、山（秦嶺）の上から。心しずかに松の木陰に対座していると、厳しい暑さも消えていく。筆を染めて（詩を書いて）大いに喜ぶべきは、松風のおかげで、汗がまずおさまったことだ。

〈語　釈〉
○**歓遊**　よろこび遊ぶ。　○**潘氏**　潘岳。（五—1参照）　○**宋生**　宋玉。（五—1参照）　○**誤作**　錯覚すること。
○**商声**　秋の声。商は五音の一。強く澄んで悲しげな音楽の調子。季節では秋。五行では金。方位では西。商声は、秋風の音や虫の声など。（『管子・幼官』「聞商声、治湿気。」）　○**呉江**　美しい川の代表。（12頁参照。）　○**金韵**　前出の商声と同じ。秋の音色。秋のこころよい風のひびき。　○**秦嶺**　りっぱな山の代表。（12頁参照。）　○**苦熱**　酷熱。厳しい暑さ。（『蘇軾・秋懐詩』「苦熱念西風、常恐来無時。」）　○**染毫**　筆を染める。染筆。ここでは詩を書くこと。

五－4

蓊鬱松間感幾通
有風颯々似秋風
扇鎖煩熱宜加爵
吹報微涼識入夢
爽気攢枝蕭瑟処
商声密葉学吟中
佳賓遊蕩呉江岸
河朔従斯誰会同

散位　藤　資時

蓊鬱(おううつ)たる松間　感(おも)ひ　幾ばくか通ぜむ
風有り　颯々(さっさつ)として　秋風の似(ごと)し
扇(あお)ぎて　煩熱を鎖(とざ)せば　宜(よろ)しく爵を加ふべく
吹きて　微涼を報(しら)せば　夢に入るを識る
爽気(そうき)　枝を攅(あつ)め　蕭瑟(しょうしつ)なる処
商声　葉を密にす　学吟の中
佳賓　遊蕩す　呉江の岸
河朔(かさく)　斯(こ)れ従(よ)り　誰と会同せむ

＜現代語訳＞

生い茂る松間に、感動は、どんなにかひろがることだろう。

颯風が、さっと吹いて来て、まるで秋風ようだ。

扇いで、この暑苦しさを消してさし上げますから、どうかさかずきを賜りたい。（官位を上げて下さい。）

松風が吹いて、微かながらも涼しさが感じられたら、心は夢の中と思って下さい。

さわやかな気が、松の枝を集め、秋風がもの淋しく吹いていますし、
悲しげな秋の風の音は、松の葉を厚く重ねるように、みんな熱心に詩歌を学んでいます。

（ふと看ると）立派なお客様方が、川の岸辺で、お酒を飲んで楽しんでいます。

（避暑のために）河朔で酒を飲みたい私は、さて、これからどなたと合流いたしましょうか。

＜語　釈＞
○蓊鬱　草木が盛んに生い茂るようす。　**○通**　ひろがる。　**○颯々**　さっと吹く風の音。　**○煩熱**　暑く苦しい。
○加爵　爵は、さかずき。さかずきを受ける。中国古代の祭礼では、神酒を受けるのに身分によって順序・量の区別があったので、転じて位の意に用いる。　**○攅枝**　枝が密集する。　**○蕭瑟**　秋風が、もの淋しく吹くようす。（『楚辞・九弁』「悲哉秋之為気也、蕭瑟兮草木揺落而変衰。」）　**○商声**　秋の声。（五－3参照）　**○学吟**　詩歌を学ぶ。　**○佳賓**　よい客。　**○呉江**　美しい川の代表。（12頁参照）　**○河朔**　河朔の飲、後漢の劉松が袁紹の子弟と黄河の北、河朔で夏のさなかに酒を飲んで避暑をした故事。

五—5　　　　藤　敦光

陰森松樹感相通
気冷似秋颯々風
爽籟暗来飄朶処
初涼先到払梢中
煙霏更訝商声報
緑動自知夏景空
避暑何唯河朔飲
呉江傾蓋是猶同

陰森たる松樹　感(おも)ひ　相通ず
気は冷ややかに　秋に似たり　颯々たる風
爽籟(そうらい)　暗(ひそ)かに来たり　朶(えだ)を飄す処
初涼　先ず到れり　梢を払ふ中
煙　霏れば　更に訝(あや)しむ　商声の報かと
緑　動けば　自ら知る　夏景の空しきを
暑を避くるは　何ぞ唯に河朔の飲のみならむや
呉江の傾蓋　是れ猶(なお)　同じごとし

応徳元年六月廿五日　講師　進士

〈現代語訳〉

この薄暗く、ものさびしい松の樹を見て、感じることは、お互いに共通しているようだ。

ひんやりとした空気は、まるで秋のようで、涼しい風がさっと吹き抜ける。

秋風のさわやかな響きが、かすかに聞こえ、松の枝を揺らしていて、
初秋の涼しさが、まずやって来たようだ、松の梢の中に。

もやが、ひらひら漂うと、なおさらのこと秋の到来を告げているのかと錯覚するが、
緑の葉が揺れるのを見ると、期待も空しく、まだ夏の景色であることを知らされる。

暑さを凌ぐ方法は「河朔の飲」だけしかない、などと言って酒ばかり飲む必要はない。

（孔子と程子の故事のように）我々も川のほとりの松の蓋の下で、涼をとりながら親しんでいる。同じことではないか。

〈語　釈〉
○**陰森**　樹木が繁って暗いようす。（『和漢朗詠集・下・故宮付破宅』「陰森古柳疎槐、春無春色。獲落危牖壊宇、秋有秋声。」）
○**颯々**　風がさっと吹くさま。　○**爽籟**　秋風のさわやかな響き。（五—1参照）　○**初涼**　秋の初めの涼しい気候。（『白氏・65・三一八・池上即事』「久陰新霽宜絲管、苦熱初涼入綺羅」）　○**商声**　秋の声、秋声。（五—3参照）　○**河朔飲**　後漢末の劉松が袁紹の子弟と河朔（黄河以北）で三伏の際に酣飲して暑を避けた故事から、避暑の酒をいう。（『初学記』「光祿大夫劉松、北鎮袁紹軍与紹子弟日共宴飲、常以三伏際、昼夜酣飲、極酔以避一時暑、故河朔有避暑之飲。」）　○**呉江**　（12頁参照）　○**傾蓋**　一見して親しく交わる。孔子と程子が路上で出会い、一見しただけで蓋を傾け、親しく語り合ったという故事に基づく。（四—11参照）

六　永承三年某月某日　松風調雅琴　十五首

詩題解説

「松風雅琴を調ぶ」の詩題は、唐初の李嶠詩「松声入夜琴」などを参考として設定されたものであろう。松風の音色を琴の調べになぞらえる美意識は、当時の和歌の世界でも多く見出せる。

本詩宴では、十五首のうち、七言律詩は四首のみ。他はすべて頷聯・頸聯の対句を摘出した摘句となっている。

詩群の特徴として、琴曲名の羅列ではないかと思われるほど、多くの曲名が織り込まれている。琴曲名と言えば蔡邕の『琴操』が、まず考えられるものの、歌詩五曲、十二操、九引、河間雑歌二十四の計五十の曲名の中に、わずかに「別鶴操」と「箕山操」を見出すばかりである。そこで現存する最古の琴譜といわれる『碣石調幽蘭』を見ると、「白雪」「幽蘭」「望秦」「風入松」「烏夜啼」などが見られ、『琴暦』には、「白魚歎」「風入松」「烏夜啼」「石上流泉」「陽春弄」なども見られる。しかし、本詩群のおびただしいと思われるほどの琴曲名に比して、まだまだ不足である。そこで『初学記』に目を通すと、第十六・楽部下・琴第一に、本詩群に採られた琴曲名のほとんどを見出すことが出来た。玄宗皇帝の命により、唐の徐堅らが編纂した古典の肝要なことばや故事を集め分類したものが『初学記』で、本詩群のテキストとして用いられたであろうことが想像できる。

あるいは机上の作詩であったかも知れず、敢えて製作月日を入れなかったのかもしれない。

六―1　松風調雅琴　　佐国

隴水呉江晴後曲
箕山秦嶺雨中情
幽蘭便□丁家夢
密葉空伝子野声

隴水（ろうすい）　呉江　晴後の曲
箕山（きざん）　秦嶺　雨中の情
幽蘭は便ち□　丁家の夢
密葉　空しく伝ふ　子野の声

〈現代語訳〉

松風が、みやびな琴を奏でているようだ。

（あの有名な）隴水も呉江も、水の流れる音色は、晴後の曲（雨上がり）のようであり、雨に打たれている箕山も秦嶺も、雅琴のしらべのようだ。

幽蘭の曲は、すなわち、□丁家の夢のようだ。

生い茂った松の葉は、空しく哀調を帯びた子夜のメロディーを伝えているようだ。

〈語　釈〉
○雅琴　前漢武帝の時代、音楽は礼楽思想により律せられ、琴は儒家の専門楽器となり、君子の修養に欠くことのできない重要な楽器として尊重された。みやびやかな琴。その音色。（『風俗通・声音第六』「雅琴者楽之統也。与八音並行。然君子所常御者。琴最親密。不離於身。」）（六―4参照）　**○隴水**　甘粛省を流れる川の名。　**○呉江**　呉地方の川。（12頁参照）　**○箕山**　箕山操という琴曲名がある。許由作。（蔡邕編纂『琴操』）また、堯の時、許由と巣父のふたりが、世俗的な名誉を嫌がって、箕山に隠れた故事もある。（『漢書・鮑宣伝』）山名と琴曲を掛けている。　**○秦嶺**　（12頁参照）呉江の対になっているが、唐代の琴楽譜『碣石調幽蘭』譜に、「望秦」という琴曲があるので、やはり山名と曲名を掛けていると思われる。　**○幽蘭**　琴曲名。（六―3参照）
○丁家夢　『蒙求』の標題「丁固生松」のこと。三国、呉の丁固は松が腹の上に生ずる夢を見て、十八年後に、公に栄達する予兆であると予言し、その通りになったという。松の字は十八公の合字。（六―5参照）　**○子野声**　楽府の題名「子夜呉歌」をさすか。子野という女性のうたった歌の曲に合わせて、のちの詩人が作った替え唄。また李白詩もある。哀調を帯びたメロディーで人々の心をひいたと言われる。（子野は、子夜の誤りかと思われる。）

六―2

雅琴何物自調成
窓下風松聴有声
一再行伝衡葉処
宮商韻理入枝程
学烏啼曲鶴栖動
仮緑綺名青蓋軽
我是儒林庸味□
可猥交君子幾恵

国成

雅琴　何物ぞ　自ら　調(しら)べ成れるは
窓下　松に風ふき　聴けば　声有り
一再　行きて伝ふ　葉を衝(つ)きし処
宮商　韻(ひびき)　理(ととの)ふ　枝に入る程
烏啼の曲を学べば　鶴栖(かくせい)　動き
緑綺の名を仮れば　青蓋　軽し
我は是れ儒林　庸味(ようまい)□なれども
猥(さか)んに君子に交はり　恵みを幾(ねが)ふべし

〈現代語訳〉
雅琴とは、いったいどんなものであろうか。自然に音楽の調子が、出来上がるとは。
窓の側の松に、風が吹いてきて、耳を澄ませば、何か音（色）が聞こえてくる。
一、二度行き来して音を伝えている、松の葉の動いているあたりに。
音楽の調子も韻律もととのっている。松の枝に風がそよぐころ。
烏夜啼の曲を練習しているような風の音色に、松に栖む鶴も感動し、
有名な琴、緑綺で奏でているような松風の音に、青々とした松の蓋も軽やかだ。
私は、儒者の仲間の一人で、まことにつまらない身ではありますが、
しきりに、立派な皆様方とお付合い願い、どれ程多くの恩恵にあずかったことでしょう。

〈語　釈〉
○雅琴　みやびな琴。（六―1・六―4参照）　**○風松**　「風入松」という琴曲名が見られる。　**○一再**　一・二度。
○宮商　五音の中の宮の調べと商の調べ。五音とは、宮・商・角・徴・羽であり、第一絃が宮絃、第二絃が商絃である。宮絃は君を表わし、商絃を臣とみなすので、通常、君・臣は同列に置かない。（六―3参照）　**○韵理**　調律が整う。　**○入枝**　風が松の枝に入る。　**○烏啼曲**　「烏夜啼」という琴曲が六朝宋の王義慶作曲として琴譜に採録され、今日まで広く演奏されている。『碣石調幽蘭譜』は現存する最古の琴譜でこの中にも収録されている。　**○緑綺**　漢の司馬相如が梁王から賜った琴の名。『後漢書・蔡邕伝注』に「伝玄琴賦序曰、斉桓公有鳴琴曰号鐘、楚荘有鳴琴曰繞梁、司馬相如有緑綺、蔡邕有焦尾、皆名器也。」　**○儒林**　儒者の仲間。
○庸味　つまらないもの。

六ー3

文武相加飄蓋処
宮商自理動枝程
庭涼屡送幽蘭曲
澗冷高伝緑水声

経成

文武　相（とも）に加ふ　蓋（かさ）を飄す処
宮商　自ら理（ととの）ふ　枝を動かす程
庭は涼しく　屡々（しばしば）送る　幽蘭の曲
澗（たに）は冷ややかに　高く伝ふ　緑水の声

〈現代語訳〉
学問も武芸も兼備しているように、やわらかい風、強い風が松の梢に風が吹きわたり、
（詩作もできれば、管弦もできる人達がこの松のもとに集い）
楽器の調律も、自然にととのえられ（良い響きが）松の枝にそよぐころ。
（松風が吹くと、妙なる楽器を奏でているように枝が揺れる）
庭には「幽蘭の曲」が流れている様な、涼しげな風をしばしば送り、
（幽蘭の曲は、涼しげな松風に乗って演奏され、君の恩に感謝し）
谷間からは、澄みきった「緑水の調べ」が高らかに伝わってくる。
（緑水の曲は、澄んだ音色で、不出世の身を嘆くように、高く奏でられる）

〈語　釈〉
○文武　文の道と武の道。文事と武事。学問と武術。文武兼備。硬軟自在。　**○宮商**　琴の一絃と二絃。五音の宮・商・角・徴・羽で五絃。更に少宮・少商を加えて七絃となる。宮絃は君を表し、商絃は臣を表すので、同列に置かないのが通常であるが、琴の名手として有名な嵇康（竹林の七賢の一人）は、「広陵散」という報仇を主題とした曲を演奏する際に、調絃の第二絃（商絃）を緩めて、第一絃（宮絃）と同音にした調絃法を用いた。これは従来の伝統的な琴楽の儒教的な精神に相反するものであり、嵇康の反骨精神の表れであると言われている。のち、この奏法は広く普及され、琴楽史上、画期的な試みと評価されている。
○幽蘭曲　琴曲名。（『文選・13・雪賦』謝恵連「楚謡以幽蘭儷曲。」（注）「宋玉諷賦曰……臣援琴而鼓之、為幽蘭白雪之曲。」）『琴書存目』（周慶雲編）によると、古逸叢書影写唐巻子本として、『碣石調幽蘭』の名が見られ、これは現存する最古の琴譜として、最も貴重な資料とされている。その序文によれば、「会稽の人、丘公は、梁時代の末、九疑山に隠遁していたが、彼の作品は楚調の美の限りを尽くしていた。中でも『幽蘭』は傑出していて、その旋律は微妙であり、主題となすところは深遠であったので、誰も学びとることができなかった。没後、この曲を伝える子がなかったので、この旋律をここに抄録する。」とある。（京都西賀茂の神光院所蔵）
○緑水声　『初学院・16・琴第一』の中の嵇康琴賦に「初渉淥水、中奏清徴。」とあるが、判然としない。（琴曲名であろう。）

六—4

仙洞何今俗客驚
風松調得雅琴清
緑飄難弁孤桐曲
煙動易迷折柳声
韵理幽蘭通夢処
響弾濛雨遏封程
幸誇尭日恩光至
遥伴千年一樹貞

実綱

仙洞(せんとう)　何ぞ今　俗客(ぞっかく)を驚かさむ
風松　調べ得て　雅琴　清し
緑　飄れば　弁じ難し　孤桐の曲
煙　動けば　迷ひ易し　折柳の声
韵(しらべ)　理(ととの)ふる幽蘭　夢に通ひし処
響(ひびき)　弾(かな)でし濛雨(こさめ)　封を遏(あつ)する程
幸(ねが)はくは　尭日を誇り　恩光至らば
遥か千年を伴(ともな)はむ　一樹の貞

〈現代語訳〉

仙洞御所に参集して、どうして今、この平凡な私は驚かされるのであろう。
松を吹く風の音に調和して、優雅な琴の音色も清々しい。
緑の松に、風が吹くと、その音色は「孤桐の曲」が奏でられているかのように聞こえ、
（演奏者の手が、かき上げるように楽器を鳴らすと、孤桐の曲のよう。）
松の葉が、かすかに揺れると「折柳の曲」のような音色が聞こえてくる。
（琴をつまびく手が、静かに動いていると、折柳曲を奏でているようだ。）
韻律の整った幽蘭の曲がはじまると、（丁固のように）夢が叶えられそうで、
響き合う琴の音色は「濛雨（こさめ）の曲」で、音曲は終了となる。
どうか、尭の時代のような繁栄を誇り、恵みの光をそそいでいただきたく、
遠い千年も先まで、この松のように貞節を尽くし、お仕え致します。

〈語　釈〉

○雅琴　『文選・16・声音第六・哀傷・長門賦』「援雅琴以変調兮。奏愁思之不可長。」とあり、李善注に「雅琴の琴は禁であり、雅は正である。」という。『風俗通』に、「雅琴者、楽之統也。……故琴之為言禁也、雅之為言正也。言君子守正以自禁也。」といい、雅琴とは、楽器の要であって、君子はいつも携行し、身体から離さないものであるという。　**○孤桐曲**　琴の素材は桐。司馬相如の所有する名器「緑綺」で奏でる琴曲。（『李白詩・琴賛』「嶧陽孤桐、石聳天骨」）　**○折柳声**　楽府、横笛曲の名。折楊柳（『李白詩・春夜洛城）

聞笛詩』「誰家玉笛暗飛声、散入春風満洛城、此夜曲中聞折柳、何人不起故園情。（注）横吹二十八曲中有折楊柳。」）　○幽蘭　琴曲名。（六－3参照）　○通夢　丁固の夢の故事をさす。（六－5参照）　○濛雨　こさめ。曲名か。

六－5

孤幹漫飄絃自咽
霊標頻靡韵方清
秦王賞授商颷曲
丁固夢驚白雪声

右兵衛佐　藤　師基

孤幹　すずろに飄へれば　絃　自ら　咽ぶ
霊標　頻りに靡けば　韵　方に清し
秦王　賞び授く　商颷の曲
丁固の夢なるかと驚く　白雪の声

〈現代語訳〉
一本の松が、風に吹かれてひるがえると、まるで、絃が自然に咽び泣くような音を出す。霊が宿るという松は、しきりに風に靡いて、その響きは、まことにすがすがしい。
かつて秦の始皇帝が、たいそうよろこんで授けたという商颷の曲が聞こえ、昇進を夢みた丁固のように、夢の中、ふと目覚めてみると、いつしか音楽は、白雪の曲に変わっている。

〈語　釈〉
○孤幹　一本の松。　○霊標　霊が宿るといわれ、不思議な力をもつ松の木。　○韵　ひびき。字音のうち、初めの子音を除いた残りの音。　○秦王　秦皇。秦の始皇帝。秦の初代の天子。戦国諸国を滅ぼし、前二二一年、皇帝の位に就き、郡県制度を行った。　○商颷曲　商は五音の一つ。強くて澄み、悲しげな調子。五行では金。方位では西。四季では秋に当たる。「秋風の曲」とでもいうのであろうか。颷の文字不明。　○丁固夢　三国時代、呉の丁固はかつて松が腹の上に生える夢を見て、のち十八年して公になるのであろうと予言したが、果たしてその通りになったという故事がある。松という字は「十八公」の合字である。『蒙求』の標題に「丁固生松」とある。（『芸文類聚・88・木部上・松』「張勃呉録曰、丁固松樹生其腹、人謂曰、松字十八公也、後十八年、其為公乎。」）（六－1参照）　○白雪声　（六の6参照）琴曲。現存する最古の琴譜『碣石調幽蘭譜』と、『琴暦』にその名が見られる。（『初学記・16・琴第一』「清角発而陽気亢、白雪奏而風雨零。」）

六―6

縁底雅琴調正成
青松風入響弥清
攅枝自動南薫曲
細葉還含白雪声
幽韻低昇頻払処
繁絃断続漫飄程
幸逢我后千年運
欲慰儒林散木情

縁底（なんぞ）雅琴　調べ　正（うるわ）しく成れるは
青松　風入りて　響き　弥々（いよいよ）清ければなり
攅枝　自ら動きて　南薫の曲
細葉　還（ま）た含みて　白雪の声
幽韻（ゆういん）　低昇し　頻りに払ふ処
繁絃　断続す　漫（すず）ろに飄す程
幸ひにして　我が后（きみ）に逢へり　千年の運
儒林を慰めむと欲す　散木の情

文範

＜現代語訳＞

どうして、雅琴の調べは、こんなにも美しいのだろう。

青々とした松に吹く風の響きは、いよいよすがすがしく冴えわたるからである。

枝が風に揺れ動き、まるで南薫の曲が聞こえてくるようであり、
松葉の風にそよぐ姿は、また白雪の曲を含んでいるような雰囲気だ。

奥ゆかしい音色は、高く低く聞こえてくる、松風がしばしば吹いてくる処に
急な琴の音色が、風のまにまに、切れ切れに聞こえる、松風に吹き上げられたとき。

幸運なことに、我が主君にお目に掛ることができました。これは千載一遇の好機です。

どうか我々儒者の仲間たちを安心させていただきたい。役にもたたない身ではありますが。

＜語　釈＞

○縁底　なんぞ。　**○雅琴**　りっぱな琴。（六―4参照）　**○調**　音楽の調子。音色。　**○南薫曲**　古代舜帝の作と言われている「南風詩」のこと。神農が琴を創作し、舜が五弦の琴を弾いて南風の詩を歌ったという。（『風俗通・声音第六・琴』「神農作琴。尚書、舜弾五弦之琴、歌南風之詩、而天下治。」）　**○白雪声**　琴曲名。白雪曲。楚地方の歌曲で高尚なため、難曲とされている。春秋時代、晋の楽官、師曠の作品と伝えられて、明以後は多くの琴譜に採録されている。『碣石調幽蘭賦』の七番目に、『琴暦』も七番目にこの名が見られる。（『初学記・16・箏第二』「晋賈彬箏賦……唱葛天之高韻、讃幽蘭与白雪」）　**○幽韻**　おくゆかしい音色。
○繁絃　琴（音楽）の調子が、急で騒がしいこと。　**○儒林**　儒学者たち。　**○散木情**　役に立たない樹木のような心。

六―7

定義

仙松二樹夏風生
加調雅琴妙曲清
誰得横来枝乱暮
自夜操出葉冷程
欺絃更動青煙色
鳴蓋遂伝白雪声
若子林間今寄悟
七絃定奏万年情

仙松　二樹ありて　夏風　生ず
加ふるに　雅琴を調ぶれば　妙曲　清し
誰か得む　横来するに　枝　乱れし暮
自ら　夜　繰り出さむ　葉　冷えし程
絃を欺きて　更に動ず　青煙の色
蓋を鳴らして　遂に伝ふ　白雪の声
若し子　林間にて　今　悟りを寄せなば
七絃　定ず奏せむ　万年の情

〈現代語訳〉

ここには、すばらしい松が二本あって、快い夏の風がそよいでいる。おまけに、その風が松間に吹きわたり、まるで琴を奏でているような清々しい音色が聞こえてくる。誰が勝手気ままなことができるのだろうか、松の枝が揺れ乱れるこの夕暮れに。自然に夜になったら音楽を演奏するだろう、松葉の冷える夜更けまで。楽器（琴）の絃を奏でているかと錯覚するように、青く細い松葉が、風に揺れ動き、松の枝をも鳴らして、遂には「白雪の曲」を演奏しているように聞こえてくる。もし、松風よ、この松林の中で、今、真理を悟ることが出来るとしたら、七弦の琴で、かならず奏でましょう。万年までも繁栄し、変わらぬ貞節を誓う気持ちを。

〈語　釈〉

○**仙松**　松に対する敬称。神が宿るといわれるような、不思議な力を持つ松。　○**雅琴**　りっぱな琴。（六―4参照）○**妙曲**　すぐれた音楽の曲。　○**横来**　かって気まま。来は助字。　○**繰出**　音楽を演奏する。　○**青煙**　松の葉は細葉であるため、一見して煙っているように見えるので、松そのものをいう。　○**蓋**　松の枝葉のこんもりとまとまっている姿が、かさに似ているところから、松の枝葉をいう。　○**白雪声**　琴曲名。（六の6参照）　○**子**　男子の美称。尊称。あなた。きみ。ここでは松風に言いかけたもの。　○**七絃**　琴は最初五絃であったものが、周文王と武王が一絃ずつ加え、七絃になったと伝えられている。（『初学記・16・楽部下・琴第一』「三礼図曰、琴第一為宮、次絃為商、次為角、次為羽、次為徴、次為少宮、次為少商。」）

六－8

風松蕭瑟韵方清
調得雅琴感緒驚
魚聴繁絃江漾暁
鶴添別操岸涼程
煙飄枝誤南薫曲
月冷梢迷白雪声
為望咸池息綺遒
可憐□夜老来情

明衡

風松　蕭瑟として　韵(ひびき)　方(まさ)に清し
雅琴を調べ得て　感緒(かんしょ)　驚く
魚は　繁絃を聴き　江　漾(ただよ)ひて暁け
鶴は　別操を添へ　岸　涼しき程(ころ)
煙飄の枝　南薫の曲かと誤り
月冷の梢　白雪の声かと迷(まど)ふ
為に咸池を望みて　綺遒(きどう)に息(いこ)ふ
憐れむべし　□夜　老来の情

〈現代語訳〉

松に吹く風はもの寂しく、その音色はまことにすがすがしい。

まるで、すばらしい琴で演奏されているようで、心から感動させられる。

魚が、繁雑な琴の音を聴き、川にただよいながら夜が明けるように、
鶴が別鶴操の曲に合わせて舞っているようなおもむきで、岸辺も涼しい頃。

かすみが、松の枝にたなびき、まるで「南薫の曲」を奏でているように聞こえ、
月が、梢に冷たい光を放つと、白々とした光景に合わせ「白雪の曲」が聞こえてくるようである。

君の為に、黄帝が作ったといわれる楽曲「咸池」を奏でてほしいとのぞんで、美しい道に休む。

感に堪えないのは、□夜、年を取ってしまったことをしみじみと感じたことですよ。

〈語　釈〉
○**風松**　まつかぜ。風が松に吹き込んで、琴の音色に聞こえる。晋の嵆康作の琴譜に「風入松」がある。　○**蕭瑟**　ものさびしいさま。秋風の吹くさま。(『楚辞・九弁』「悲哉秋之為気也、蕭瑟兮草木揺落而変衰。」) なお、瑟は琴の大型のもので、二十五絃のものもある。　○**雅琴**　りっぱな琴。(六－4参照)　○**感緒**　文学的な感覚や情緒。思いのはしばし。(『菅家後集・四四・叙意一百韻』「文華何処落、感緒此間牽。」)　○**漾**　もと漢水上流の川の名。かりて、ただよう。うかぶ。　○**別操**　蔡邕編纂の『琴操』の中に、商陵牧子作「別鶴操」の名が見られる。鶴は松に宿るもの。別れを悲しんで鳴く鶴の声が主題の曲。　○**南薫曲**　南風詩に同じ。(六－6参照)　○**白雪声**　琴曲名(六－6参照)　○**咸池**　黄帝が作ったといわれる音楽の名。(『芸文類聚・41・楽部一・論楽』「以太一楽天、以咸池楽地、以肆夏楽人、以大夏楽四時」)　○**綺遒**　美しい道。

六－9　　　　　　　　　　　　　　　　　長国

露竹木頭添一曲
灯桐焦尾伴繁声
枝鳥叔夜絃無施 上声
蓋動楽天友暗迎

露竹　木頭　一曲を添ふ
灯桐の焦尾　伴繁の声
枝鳥　叔夜　絃　施(ゆる)むる無く
蓋(かさ)　動きて　楽天　友　暗(ひそ)かに迎ふ

〈現代語訳〉
露を帯びた竹も、風流心がなく、でくのぼうではあるが、松風の響きに一曲を添えている。焼かれた桐で作られた、有名な焦尾琴で「伴繁の曲」を奏でているようだ。梢をわたる鳥の音色も美しく、(嵆康)叔夜のように二絃をゆるめて反抗的な演奏はしない。松風に枝が揺れると、白楽天の三友の詩のように、ひそかに琴を楽しむ心境である。

〈語　釈〉
○露竹　露を帯びた竹。　**○木頭**　頭脳の鈍い者をそしることば。でくのぼう。　**○焦尾**　焦尾琴。後漢の蔡邕が、桐の燃える音を聞いて、それが良材であることを知り、燃え残りの桐を譲り受けて作った琴。尾部が焦げているので焦尾琴という。**○伴繁声**　琴曲名であろうか。竹と松の音。　**○叔夜**　嵆康のあざな。琴の名手。気性が激しく、反逆の精神に徹し、鐘会に怨まれて処刑された。琴の第一絃を「宮」といい、君主を表現する。第二絃を「商」といい、臣下を表わす。従って演奏する際に同列にしないのが通例であるが、嵆康(叔夜)は、調絃の際第二絃の商絃をゆるめて、「広陵散」という報仇の曲を演奏し、反逆精神を披露したと言われている。(六－3参照)　**○楽天**　白楽天。琴・酒・詩を最も愛すべき三友であるとうたった「北窓三友詩」は有名。『白氏・62・二九八五・北窓三友』「今日北窓下、自問何所為、欣然得三友、三友者為誰、琴罷輒挙酒、酒罷吟詩、―中略―古人多若斯、嗜詩有淵明、嗜琴有啓期、嗜酒有伯倫、三人皆我師。―後略」

六―10

煙和呉燼響偏脆
鶴代周郎舞更軽
葉戦易迷蘭曲思
蘿飄還誤葛絃情

煙 呉燼(ごじん)と和し 響き 偏へに脆(もろ)し
鶴は 周郎に代はり 舞へば更に軽し
葉 戦(そよ)げば 迷ひ易し 蘭曲の思ひ
蘿(つた) 飄(ひるが)へりて 還(ま)た誤つ 葛絃の情

実政

〈現代語訳〉
かすんでいるように見える松の葉は、焦尾琴の音色に調和して、その響きはまことにやわらかく、かろやかに、松に栖む鶴は、音舞の名手、周郎に代わって舞うので、その舞いは更に軽快である。松風に葉がそよぐと、まるで幽蘭の曲が演奏されているかのような錯覚に陥り、松にかかる蘿かずらが、風に飄ると、まるで葛絃の曲が奏でられているような気がする。

〈語 釈〉
○**煙** 松葉。または松。　○**呉燼** 焦尾琴のことか。　○**周郎** 周瑜のことか。三国時代、呉の孫権の武将。説明を加えること。
○**蘭曲** 幽蘭曲。(六―3参照)　○**蘿** つた。松の木にからまるつたかずら。またはノキシノブのことか。　○**葛絃情** 葛が絃の役目をしている気持ちをいうのか、曲名か。

六－11

軽標欲和南薫曲
疎韵応嘲子餞情
緑水呉江波起後
幽蘭秦嶺蓋傾程

軽標　南薫の曲に和せむと欲し
疎韵（そいん）応（まさ）に子餞の情を嘲（わら）ふべし
緑水　呉江　波　起こりし後
幽蘭　秦嶺　蓋（かさ）　傾くる程

〈現代語訳〉

（風が吹いて）松の梢を軽やかになびかせると、良い音が聞こえ、「南薫の曲」に調和しようとしている。韻律をゆっくりする（作詩がうまくいかない）と嘲けられて当然だ、まばらに聞こえる松風の音色は、まるで、丁固の夢を追う心境を嘲笑するようだ。

「緑水の曲」は、ちょうど、呉江に波が起きたような音色であり、

「幽蘭の曲」は、秦嶺で傘を傾け合って親しんだという故事を彷彿させるものがある。

〈語　釈〉
○**軽標**　軽い梢。ここでは松の梢。松標。　○**南薫曲**　南風詩。（六－6参照）　○**疎韵**　疎韻。そまつな詩。つまらない詩。
○**子餞情**　子餞は丁固のあざな。（六－5参照）　○**緑水**　音曲名であろうか。淥水であれば、『初学記・晋嵇康琴賦』に「唯意所擬、初渉淥水、中秦清徴、撫絃按歌。」と見られるが、なお不明。　○**呉江**　（12頁参照）
○**幽蘭**　代表的な琴曲名。（六－3参照）　○**秦嶺**　（12頁参照）　○**蓋傾**　一見して親しくなること。（五－5参照）

六―12

迷素指弾籠月後
伝焦尾響払煙程
千年欲奏南薫曲
孤節相和白雪声

左少史　中原　実定

迷(まど)ひて　素指は弾(ひ)く　籠(ろう)月の後
伝へて　焦尾(しょうび)は響く　払煙の程
千年　奏でむと欲す　南薫の曲
孤節　相和す　白雪の声

〈現代語訳〉
ぼんやりと、白い指が琴をつまびいているようだ。月が雲にかくれてからは。
あの有名な伝説を伝えて、焦尾琴は美しく鳴り響く、雲の消えた頃。
（松は千年というが）千年もの長い間、演奏し続けてほしいものだ。「南薫の曲」を。
たった一本の松に風が吹きこんで「白雪の曲」にまことによく調和しているようだ。

〈語　釈〉
○**素指**　白い指。　○**籠月**　月が雲に隠れる。　○**焦尾**　蔡邕の焦尾琴。（六―9参照）　○**払煙**　もやが晴れる。
○**南薫曲**　（六―6参照）　○**孤節**　一本の松。　○**白雪声**　（六―6参照）

六―13

掩抑露枝頻動処
施張煙蓋漸飄程
丁公夢変子期曲
秦□□伝蜀雨声

掩抑（えんよく）し　枝を露（あら）はし　頻りに動く処
施張し　蓋（かさ）を煙らし　漸く飄（ひるがえ）る程
丁公の夢　変りて　子期の曲
秦□　□伝ふ　蜀雨の声

孝言

〈現代語訳〉
（松風が吹いて）おさえこんだり、枝をあらわしたり、しきりに枝葉が動くかと思うと、張りひろげて、松の蓋をけむらせて、松の枝葉が風に飄えっているような、そんな仕草で琴を弾ずる姿さえ目に浮かぶ。そうした松の夢からふと気がつくと、曲はすでに「子期の曲」にと変わっている。秦（嶺の曲も、空しく）伝わって来るかと思えば、「蜀雨曲」も聞こえるようだ。

〈語　釈〉
○**掩抑**　おさえとどめる。（『白氏・3・〇一四一・五絃弾』「第五絃声最掩抑、隴水凍咽流不得」）　○**露枝**　枝をあらわにする。
○**施張**　張りひろげる。のべひろげる。　○**丁公夢**　丁固生松夢。出世を夢見る。（六―5参照）　○**子期曲**　鍾子期の曲。伯牙が琴を弾いているのを、鍾子期が聴いて、その音色を高山流水のように感じ「何てすばらしいのだろう。太山のように立派である」と感心し、鍾子期もまた、「何てすばらしいのだろう。滔々と流れること、長江や黄河のようである」と言った。子期が死ぬと伯牙は琴を壊し絃を切って、生涯二度と琴を弾くことはなかったという。
○**秦□□伝**　この欠字部分、嶺と空の字を補う。（秦嶺空しく伝ふ。）　○**蜀雨声**　楽曲名であろうが、琴・瑟・箏のいずれの楽器かは不明。

六―14

枝柱更誤操中曲
梢動還迷指底声
秦嶺雲飛孤鶴舞
呉江浪畳濯魚驚

治郎丞　源　資宗

枝は　柱(ささ)へ　更に誤(あやま)つ　操中の曲
梢は　動き　還(ま)た迷ふ　指底の声
秦嶺に　雲　飛びて　孤鶴　舞ひ
呉江に　浪　畳(かさ)なりて　濯(たく)魚　驚く

〈現代語訳〉

吹く風を枝が支えどっしりしているので、ますますわからなくなりそう、十二操のどの曲であろうかと。

（吹く風に松の枝がさからうので、ますますわからなくなる、いったい十二操の琴曲のうちの、どの曲なのか。）

吹く風に梢が揺れるので、拍子とりの棒（梢）は、また迷ってしまう、つまびく琴の音色に。

秦嶺に雲がかかり、孤鶴の舞を楽しんでいるようでもあり、

（秦山に雲のかかった姿は、孤鶴の舞を見ているようにすばらしい。）

呉江の浪が増水して、大きな魚が驚いているような、舞曲が連想される。

〈語　釈〉
○**枝柱**　琴の支え柱は、「ことじ」となり、ほかに「さからう」の意もある。「ことじ」と読めば、次句の「梢動」と対にならないので、柱を動詞に読んだ。　○**操中曲**　蔡邕が編纂した『琴操』には、五曲、十二操、九引の名が見られる。その十二操の中の曲であろう。
○**指底声**　つまびく琴の音。　○**秦嶺**　（12頁参照）　○**孤鶴**　琴曲「別鶴操」に合わせて舞う、舞の一種であろうか。
○**呉江**　（12頁参照）　○**濯魚**　大きい魚をうたった楽曲名。

六―15　　学生　藤　国綱

張豈朱絃応葉戦　　張れば　朱絃を豈(ねが)ひ　葉の戦(そよ)ぎに応(こた)へ
撫非雪梅任梢軽　　撫すれば　雪梅に非ず　梢の軽きに任(まか)す
勁枝遥学童華曲　　勁枝　遥かに学ぶ　童華の曲
貞操久含別鶴声　　貞操　久しく含む　別鶴の声

永承三年　講師　実政

＜現代語訳＞

琴に絃を張るなら、（白楽天の）朱絃を張りたい。松の葉の風にそよぐ音色にも呼応できるだろうし、（琴に張った絃は、何と（白楽天の）朱絃ではないか。松の葉の風のそよぎにぴったりだ。）

琴を奏でるのは、白梅のような指ではない。松風が吹いて梢が軽やかに揺れる葉ずれの音に任せればよい。

松の枝のように、強くなりなさいと、遠い昔から教えられてきました。童華曲によって。

松は、いつも変わらぬ貞節を尽くすもの、常に緑色で美しく、松に栖む鶴にちなんで「別鶴の曲」も聞こえてくるようだ。

永承三年（一〇四八）講師　実政（四五歳）

＜語　釈＞
○**張**　琴に絃を張る。　○**豈**　ねがう。『文選・曹植・朔風』「君不垂眷、豈云其識。＝注＝善曰、豈冀也。」なんと！という感嘆詞。
○**朱絃**　朱色の絃。（『初学記・16・筝第二』「顧愷之筝曰、其器也則端万脩直、華文素質、侯瑾筝賦曰、物順合於律呂音叶同於宮商、朱絃徴而慷慨兮、哀気切而懐傷。」）　○**撫**　琴をかなでる。　○**雪梅**　翻刻は雪猶であるが、意味が通じないので、原典と照合し梅と改めた。雪のように白い梅。　○**勁枝**　松の枝。強く冬の寒さにも耐える力のある枝。　○**童華曲**　童謡のようなものか。
○**貞操**　常緑樹である松は、常に変わらぬ貞節の樹とされている。　○**久含**　長年に亘って松に住みついている。（鶴
○**別鶴声**　琴曲名。（六―8参照）

七　承暦四年十一月二十三日　池水隔松見　九首

詩題解説

一〇八〇年二月、皇居高陽院が焼失し、内裏に入御。八月には藤原信長を太政大臣・藤原俊家を右大臣・藤原能長を内大臣としている。同詩宴に先立つ九月二十六日、源俊房・源経信・大江匡房らを招じて聯句を行い、詩宴を張ったことが『水左記』に見られる。その二ヵ月後の詩宴でる。池の傍らに松があり、その松を隔てて池の水を眺めるという趣向である。

前長門守惟宗孝言が題者となり、大内記藤原敦光が読師をつとめ、文章得業生の高階忠嗣が講師となり、みごとな枝ぶりの松の木とその木越しに見える池水の風情をよく詠じ合っている。

七―1　冬日同賦池水隔松見

散位　源　有宗

池頭風払白沙晴
水隔勁松見尚清
葉隙纔分潭澂処
枝間適弁岸斜程
氷紈裁出青羅襲
瓊粉粧成翠扇横
多歳徒雖携学業
不知博依（声上）拙詩情

池の頭（ほとり）　風払ひて　白沙　晴れたり
水は　勁松を隔て　見れば　尚（なお）　清し
葉隙（げき）　纔（わず）かに分かつ　潭（きし）　澂（きよ）き処
枝間　適（まさ）に弁（わか）つ　岸　斜（なな）めなる程
氷紈（がん）　裁（た）ち出（いだ）し　青羅　襲（かさ）ね
瓊粉（けいふん）　粧ひ成り　翠扇　横たはる
多歳　徒（いたず）らに学業に携はると雖も
知らず　博依（はくい）　拙詩の情

＜現代語訳＞　冬の日、みんなで「池の水を松を隔てて見る」という詩題で詠ずる。
池のほとりに、さっと風が吹いて、白砂も美しく輝いている。
その池水を松越しに眺めると、なおさらすがすがしく見える。
葉の隙間から、わずかながらも池と白砂の境界が見え、水の清さが際立っていて、
枝の間から見ると、松の枝が岸に斜めに伸びたところが、まさに池と区別できる処。
その姿は、ちょうど白絹を裁断した上に、青いうすぎぬを重ね着したようであり、
玉の粉で、きれいにお化粧をした美女が、みどり色のうちわを持って横たわっているようだ。
永年にわたり、ただ学業に励んで参りましたものの、
詩の作法も存じませんで、つたない詩ですが、詠じましょう。

＜語　釈＞
○**池頭**　池のほとり。　○**白沙**　白砂。　○**勁松**　寒さに負けず、色を変えない松。堅い貞操や貞臣のたとえ。　○**潭**　きし。みぎわ。　○**澂**　澄の本字。水が静かで清い。すきとおる。　○**氷紈**　斉の国に産する、出来映えの非常に美しい純白の絹。
○**青羅**　青いうすぎぬ。　○**襲**　重ね着をする。衣服を重ねて着る。　○**瓊粉**　玉の粉。（『白氏・4・〇一四六・百錬鏡』「瓊粉金膏磨瑩已、化為一片秋潭水。」）　○**翠扇**　緑色のうちわ。（『和漢朗詠集・巻上・蓮』「煙開翠扇清風暁、水泛紅衣白露秋」）
○**博依**　詩の作法。広く物に託して自分の志をのべる。（『禮記・学記』「不学博依、不能安詩。」）依は上声の注がある。

七―2

隔松何物見猶好
池水満科潔又清
透蓋緑蘋当眼泛
引枝白浪満望軽
千秋分得如穿節
明月漏来不礙貞
今遇群賢相勧誘
慭掃蓬門養老情

沈老　惟宗　孝言

松を隔つれば　何物ぞ　見れば猶(なお)好(よろ)し
池水　満科　潔く　又清(すが)し
蓋(かさ)を透(すか)す　緑蘋(ひん)　眼に当たりて泛(うか)び
枝を引く　白浪　望みを満たして軽し
千秋　分かち得て　節を穿(つら)ぬる如く
明月　漏れ来たれど　貞を礙(さまた)げず
今　群賢に遇ひ　相(とも)に勧誘す
慭(なまじい)に　蓬門を掃かむ　養老の情

＜現代語訳＞
松を隔てた向うに何があるのだろう。見るとやはりすばらしかった。
池の水は満ち満ちて、けがれもなく、また清らかだ。
松の蓋を透かしてみると、緑の浮き草が、目にとびこむように泛んで見え、
松の枝が池の方まで伸びて、さざ波をたてた池の水もいっぱいで、希望に満ち溢れているように軽やかだ。
千年も枯れない松と、中国の千秋池を、この地に分けて頂いて再現し、人間関係のあるべき定めを、つらぬいているように、
たとえ明月が、さし込んで来ても、常緑の松の貞節が、さまたげられることはない。
今、多くの優れた皆様方にお会いして、お互いに誘い合っているので、
ご無理でも拙宅にお越し下さい。そまつな家を掃除してお待ちしましょう。それが自らの老いを慰めることになるのですから。

＜語　釈＞
○**沈老**　老いに沈む。老境に陥る。　○**猶**　やはり。（『孟子・尽心上』「掘井九軔、而不及泉、猶為棄井也。」）　○**満科**　満ち溢れているほどの量。　○**緑蘋**　緑のうきくさ。翻刻「縁」は緑の誤り。　○**満望**　希望に満ち溢れる。　○**千秋**　唐の玄宗皇帝以来、天子の誕生日を千秋節という。その千秋節に演奏した曲名を千秋という。また、成都の城東に千秋の池もある。その池名と、千年も枯れない松を掛けている。　○**節**　人間としてのあるべき姿。　○**礙**　さまたげる。じゃまをする。　○**群賢**　多くの優れた人々。　○**慭**　なまじいに。気がすすまなくてもつとめて。無理にでも。または発語の「ねがう」「ねがわくは」の訓も可能か。
○**蓬門**　そまつな家。または隠者の家。

七—3

大内記　藤原　敦基

溶々池水浅深平
近隔庭松望裏清
漁火自分煙暗色
竜舟緩過雨乾声
斜穿密葉浪花透
纔漏攅枝潭月晴
為対幽深形勝道
呉江景気可同情

溶々たる池水　浅く深く　平らかなり
近けれど　庭松を隔つれば　望裏　清し
漁火　自ら分らかにす　煙暗の色
竜舟　緩やかに過ぎて　雨乾の声
斜めに　密葉を穿てば　浪花　透り
纔かに　攅枝に漏れて　潭月　晴れたり
対を為す幽深　形勝の道
呉江の景気　情を同じうすべし

＜現代語訳＞
たくさんの水をたたえた池は、浅い所も深い所も表面は平らで穏やかである。
庭内の近くにある池だが、松越しに眺めた景色は、すがすがしく感じられる。
それはちょうど、いさり火が、うす暗い川面に、自然にその存在を明らかにするようでもあり、
竜舟（天子の舟）が、ゆっくりと雨上がりの風の音を伴って、水面を通過するような風情である。
松葉越しに斜めに池を眺めやると、水しぶきがおどっているように見え、
夜ともなれば、枝のすきまから、わずかに月光が漏れているが、池に写った月は枝越しでないから、全部が見えて晴れやかだ。
松と池とは、もの静かさと奥深さで絶好の対となっていて、すばらしい風景である。
あの有名な呉江のようすも、情趣は、きっと同じようなものであろう。

＜語　釈＞
○**溶々**　水の多いようす。　○**望裏**　視界に入るすべての景色。見渡す限り。　○**漁火**　いさり火。魚を集めるためのかがり火。
○**自分**　分は明らかにする。自然に明らかにする。　○**竜舟**　天子の乗る舟。　○**雨乾声**　雨上がりに、さわさわと吹く風の音。
○**密葉**　たくさんの松の葉。（『芸文類聚・88・木部上・松』「梁范雲・詠寒松詩曰、脩条払層漢、密葉帳天湾、凌風知頸節、負霜見直心。」）　○**潭月**　水に写った月。　○**幽深**　静かで奥深い。幽遠。　○**呉江**　美しい川の代表。（12頁参照）
○**景気**　ようす。ありさま。　○**同情**　情はおもむき。情趣。同じような情趣。似たようなおもむき。

七－4

文章得業生　高階　忠嗣

一従池水動心情
唯見隔松晩浪清
翠帳斜垂娃面透
碧雲半絶月眉生
風枝適漏蘆洲色
煙葉纔通荻浦晴
曲岸林辺今作恥
凡材争表歳寒貞

一(はじめ)　池水を従(ほしいまま)にし　心情を動かす
唯　松を隔てて見れば　晩浪　清し
翠張　斜めに垂れ　娃面(あいめん)　透り
碧雲　半ば絶え　月眉　生ず
風枝　適々(たまたま)漏るれば　蘆洲の色
煙葉　纔(わず)かに通ずれば　荻浦(ていほ)の晴
曲岸の林辺に　今　恥を作(な)す
凡材は　争(いか)でか表はさむ　歳寒の貞

〈現代語訳〉
まずはじめに、池を自由に散策して、（その美しさに）感動したが、その池を、ただ松を隔てて見るだけで、夕暮れの波は、まことにすがすがしい。（緑のとばりのような）松の枝は、斜めに垂れて、美しい顔にも似た池の水面にうつっているようであり、大空に浮く雲の切れ間から、美人の眉にも似た下弦の月が見えてきた。松の枝に、わずかに月光が漏れると、池は芦が生えた中洲のように見え、松葉を透かして月光がかすかに射し込むと、荻の生えた川辺にも似ている。（変化に富んだ）曲がった岸、（趣深い）松のあたりで、私は今、恥をさらしています。才能のない身で、どのようにしたら、老いてなお、この松のように貞節を表明することができましょう。

〈語　釈〉
○**一**　はじめ。　○**従**　ほしいままにする。自由に散策する。　○**晩浪**　夕暮れどきの池の波。少し風が出て波立つ。
○**翠張**　緑のとばり。松の枝のたれたようす。　○**娃面**　美しい顔。美しい池の水面の表現。　○**碧雲**　大空の雲。
○**月眉**　下弦の月。二十三日の月。　○**風枝**　松のこと。　○**煙葉**　松のこと。　○**蘆洲**　芦が生えている中州。
○**荻浦**　荻の生えた水辺。　○**凡材**　凡才。つまらない人間。凡人。　○**争**　反語。どうして…なのか。　○**歳寒**　老年のたとえ。（『論語・子罕』「歳寒、然後、知松柏後彫也。」）

七―5

何因池水興相并
閑見隔松清又清
戯藻鱸魚穿蓋泛
浴流鴎鳥介枝軽
素波望得風踈処
明月越来雨溅程
吟詠此時方作導
久交綺席幾揺情

文章生　惟宗　仲親

何に因りてか　池水　興は　相并(あつ)まる
閑かに　松を隔てて見れば　清く　又清(す)めり
藻に戯(たわ)ぶれし　鱸魚(すずき)は　蓋(かさ)を穿(うが)ちて泛(うか)び
流れに浴せし　鴎鳥(かもめ)は　枝を介(へだ)てて軽し
素波　望み得たり　風　踈(うと)き処
明月　越し来れり　雨　溅(はら)ひし程
吟詠す　此の時　方(まさ)に導(い)ふを作(な)す
久しく綺席(きせき)に交はりて　幾ばくか情を揺(ゆる)がさむ

＜現代語訳＞

どんなわけでこの池は、感興が次々に湧いてくるのだろう。

閑かに松を隔ててこの池を見ると、清らかに澄みきっていて美しい。

池の藻に戯れ泳いでいる鱸は、（枝越しに眺めているその）松の枝の間から、ひょっこり顔を出し、
池の流れに水あそびをしているかもめは、松の枝を隔てて軽やかだ。

（折しも）待ち望んでいた白い波が起こった。ここは風があまり吹かない処なのに。

そして夜ともなれば、明月が昇り、雨音にも似た松風が吹いてくる。

詩を吟詠しているこの時こそ、まさに言うことができる。今こそ申し上げましょう。

長い間、立派な文人達とお付き合いしていただき、どんなにか感動していることでしょう。（ありがとうございます。）

＜語　釈＞
○**相并**　たくさん集まる。たくさん重なる。　○**戯藻**　藻の中を魚が遊んでいるようす。藻だけは動いているが、魚の姿は見えない。
○**鱸魚**　すずき。日本では、成長するにつれて、こっぱ・せいご・ふっこ・すずき　と呼び名が変わる出世魚の一種。
○**鴎鳥**　かもめ。　○**介枝**　枝をへだてる。松の枝ごし。　○**素波**　白い波。　○**風踈**　あまり風が吹かない。
○**雨溅**　溅は、葉の落ちる音。さくさく。雨が降って葉の落ちるような音のすることか。又、溅は、はらうという意味もあるので、雨上がりの時の風の音か。　○**作導**　導は言う。作は為す。　○**綺席**　美しいむしろ。転じて立派な人々の集まる席。

七－6

池上何因興味生
隔松更見水方清
葉繁半弁浪花色
煙暗纔望潭月晴
心寄藻魚枝透処
目遮洲鶴蓋踈程
留年汝結千年契
瀉影岸辺久表貞

江　有元

池上　何に因りてか　興味　生ぜむ
松を隔てて　更に見れば　水は方（まさ）に清らかなり
葉　繁れども　半ば弁ず　浪花の色
煙　暗けれど　纔（わず）かに望む　潭月の晴
心　藻魚に寄す　枝　透（す）きし処
目（まなこ）　洲鶴（すかく）に遮（さえぎ）らる　蓋（かさ）　踈き程
年を留むる　汝と　千年の契を結び
影を瀉（そそ）ぎし岸辺　久しく貞を表はさむ

〈現代語訳〉

池のほとりでは、何がもとで一番興味が湧いてくるのだろう。
松越しに、もういちど池を見直すと、水は実に清らかだ。
松の葉は青々と繁っているが、池水の白い浪しぶきと、はっきり区別できるし、
夜ともなれば、うす暗い松葉越しに、かすかに月が見え、その月が水面に写ってまことに美しい。
心の中では、藻にたわむれる魚を思い描いて、松の枝越しに池を眺めやるのだが、
目は、中洲の鶴の姿に遮られ、魚の姿を見ることはできない。
年を留めて、千年も生きるという鶴よ。お前と末永い長寿を約束したように、
岸辺まで枝を伸ばした松の姿を水面に写し出し、永遠に変わらぬ貞節を表明したい。

〈語　釈〉

〇池上　池のほとり。　**〇何因**　何が原因で。何がもとになって。　**〇半弁**　半分に分ける。弁は意符の刀（刂）と音符の辡とから成る。刀で半分に分ける。　**〇浪花**　白い波しぶき。しらなみ。　**〇煙**　松。松葉　〇潭月　水に写る月。　**〇藻魚**　池の中の藻に遊ぶ魚。魚の名にもあるが、ここでは当たらない。藻に在る魚は、その在るべき所を得たもの。（『詩経・小雅・魚藻』「魚在在藻、頒在其頭、王在在鎬、豈楽飲酒。」）　**〇洲鶴**　洲は、川の中の水流に囲まれた土地。なかす。そこにおり立った鶴。
〇留年　鶴は千年も生きるといわれる。年を留めているようである。　**〇汝**　ここでは鶴への呼びかけ。または松と解することも可能。　**〇表貞**　貞節を表明する。

七—7

平　祐俊

溶々池水眼先驚
自隔貞松見尚清
従翠蓋間窺渚思
遮風枝隙愛流情
半蔵潭月煙稠暮
纔望浪花葉透程
洙泗久雖携学業
轍魚何日遇浮栄

溶々たる池水　眼(まなこ)先ず驚く
自ら　貞松を隔て　見れば尚(なお)　清らかなり
翠蓋の間に従ひ　渚(なぎさ)を窺ひし思ひ
風枝の隙を遮(さえぎ)り　流れを愛せし情(こころ)
半ば潭月を蔵し　煙は稠(あつま)りて暮れ
纔(わず)かに浪花を望む　葉の透(す)けし程
洙泗(しゅし)　久しく　学業を携ふと雖も
轍魚(てつぎょ)　何れの日か　浮栄に遇はむ

〈現代語訳〉
広大な池の水を見て、まずは驚かされることである。
その池を、松を隔てた位置で眺めると、尚一層清らかだ。
松の緑のまにまに、池の水辺の様子を、のぞき見しているような思いもするし、
風に揺れる枝のあいだを遮って、水の流れをいとおしみたい気がする。
池水に写る月を、半ば隠すように、あたり一面、靄がかかって日暮れとなり、
池の白波だけが、かろうじて松の葉越しに見える頃となった。
私は儒学を学びはじめて、もう久しくこの学業に携わっているとはいうものの、
所詮、わだちの水たまりで苦しんでいる魚同然ですので、何時になったら世俗的な栄華に遇うことができましょう。

〈語　釈〉
○溶々　広大なようす。水のさかんに溢れるようす。　**○翠蓋**　松の緑。　**○風枝**　風に吹かれる松の枝。　**○潭月**　水に写る月。　**○稠**　多い。密集している。　**○浪花**　白波。　**○洙泗**　洙水と泗水が、孔子の故郷、今の山東省曲阜を流れていて、孔子が、この川のほとりで門人達を教育したということから、転じて、孔子の学統、つまり儒学のことをいう。　**○轍魚**　轍は、わだち。わだちの水たまりで苦しんでいる魚。　**○浮栄**　浮き世の栄え。世俗的な栄華。

七—8

学生　惟宗　広親

池水何因足動情
隔松見処眼方清
枝難籠浪嵐寒暮
蓋不蔵流月落程
自緑蘿間望積翠
穿煙葉隙対昆明
染毫採紙雖吟詠
只恥踈才接衆英

池水　何に因りてか　情を動かすに足らむ
松を隔てて見る処　眼　方（まさ）に清らかなり
枝は　浪を籠（こ）め難く　嵐　寒き暮
蓋（かさ）は　流れを蔵（かく）さず　月　落つる程
緑蘿の間自（よ）り　積翠を望み
煙葉の隙を穿（うが）ちて　昆明に対す
毫（ふで）を染め　紙を採り　吟詠すと雖も
只　踈才を恥ずも　衆英に接す

〈現代語訳〉

この池水は、どうして、これほどまでに感動させられるのであろう。松を隔てて池を眺めると、視界に入る池は、まことに清らかである。松の枝は、池の浪を独占する（枝が浪を隠す）ことは困難で、山気は寒々と暮れ、松の枝ぶりが、池の流れを隠すこともなく（池水がほどよく見えて）夜は更けて行く。松に生える青々としたかずらの合間を伝って、遥か青山を望み、細く茂った松葉の、わずかな隙間を穿つように、その空間から昆明池のようなこの池と対面する。筆を染め、紙を取り出して詩作し、今ここで吟詠を致しますものの、只々、乏しい才能を恥じ入るばかりですが、優秀な皆様方とのおちかづきを願っております。

〈語　釈〉

○**何因**　何が原因で。何がもとになって。　○**籠浪**　籠は独占する。浪をとじこめ、かくす。　○**嵐**　山気。　○**緑蘿**　青々としたかずら。（『文選・郭景純・遊仙詩』「緑蘿結高林、蒙籠蓋一山。」）　○**積翠**　積み重なった緑。青山。　○**煙葉**　松の葉。針葉であるため、もやっているように見えるので言う。　○**昆明**　昆明池。前漢の武帝が、雲南省の滇池になぞらえて、都の長安に作らせた大きい池の名。武帝はここで水戦訓練をやったという。西暦七九七年、勅して水を満たしたと伝えられている。（『杜甫・秋興八首』「昆明池水漢時功、武帝旌旗在眼中。」）　○**染毫**　筆を墨で染める。　○**踈才**　乏しい才能。　○**衆英**　多くの英才たち。

七―9

学生　惟宗　政孝

廻頭閑見興旁生
池水隔松遮眼程
纔望葉間沙月冷
遥窺条裏浪花清
潭心双鯉穿煙躍
岸脚孤舟透縁行
想像呉春江浦色
相同斯地晩風情

頭を廻らして　閑かに見れば　興は　旁（あまね）く生ず
池水　松を隔てて　眼を遮りし程
纔（わず）かに　葉間を望めば　沙月　冷やかに
遥（はる）かに　条裏を窺へば　浪花　清し
潭心の双鯉　煙を穿ちて躍り
岸脚の孤舟　縁を透り（とお）て行く
呉春を想像すれば　江浦の色
斯の地と相同じうす　晩風の情

承暦四年十一月廿三日　題者　前長門　講師　高秀才　読師　大内記

〈現代語訳〉

あたりを一廻り、しずかに眺めると、感興はたくさん湧いてくる。松越しに池を眺めると、松に視界は遮られる。わずかに松葉の隙間から見る月は、地上にその光を落とし冷ややかに、遠く、枝の向こう側を見遣ると、さざ波立つ清らかな池が見える。深い淵の底から（手紙を託した）二匹の鯉が、うす暗い水面をつき破って躍り出たといい、（一つの便りもなく）ぽつんと岸辺にある一そうの舟は、岸に沿って行ってしまった。呉の国（江蘇省）の春の情景を想像してみると、長江のほとりが浮かんで来る。ここは、そんな中国の有名な地と同じ趣がある、特に夕風の吹く頃の風情は。

承暦四年（一〇八〇）十一月二十三日、題者　前長門、講師　高秀才、読師大内記

〈語　釈〉

○**沙月**　砂上を照らす月。（『和漢朗詠集・夏・納涼・匡衡』「燕昭王招涼之珠、当沙月兮自得。」）　○**条裏**　枝の向こう。
○**浪花**　しらなみ。　○**潭心**　よどみの中心。深淵の底。　○**双鯉**　客が持って来た二匹の鯉の腹中から手紙が出て来たという故事による。（『文選・新楽府・飲馬長城窟行』「客従遠方来、遺我双鯉魚、呼児烹鯉魚、中有尺素書」）　○**岸脚**　岸辺。
○**孤舟**　一そうの舟。（『杜甫・登岳陽楼』「親朋無一字、老病有孤舟」）　○**透縁**　透は通る、通過する。縁は川のふち。川の岸辺を通る。　○**呉春**　中国南方の呉江の春景色。　○**江浦**　揚子江のほとり。川のほとり。

八　某年某月某日　酌酒対寒松　二首

詩題解説

藤原明衡が式部少輔の時代は、永承四年、六八歳の時である。詩の内容から推測すると、遠来の客（蓬嶋客）を粗末なあばらや（茅屋）に迎えて、大勢の文才家達（巧文林）と酒を酌み交わした。そこで「酌酒対寒松」という詩題で作文の会を設けた、ということになろう。資料の残る、もう一人の同席者源隆綱は、弱冠二十歳前後になるであろう。羽林風思（近衛兵のような容貌）であたっかもしれない。しかし、同句内に羽林の林と巧文林の林と同字がだぶって入れられていることは明衡の作品としては、いかがなものかと思われる。さらに、この二作品は写本で見る限り明らかに墨が濃い。書体も他の作品と異るように見受けられる。例えば、「松」は他と異り楷書である。何らかの作為も感じられる二首である。

八―1　酌酒対寒松

式部少輔　藤　明衡

酌来旨酒足沈吟
閑対寒松動寸心
秦嶺霜朝巡未尽
呉江雪夜酔弥深
十分自湛千年色
玉盞更浮翠蓋陰
茅屋今逢蓬嶋客
羽林風思巧文林

旨き酒を酌来(く)めば　沈吟するに足れり
閑(しず)かに寒松に対ひて　寸心(こころ)を動かす
秦嶺に霜おりし朝(あした)　巡れど未だ尽きず
呉江に雪ふりし夜　酔ひは弥々(いよいよ)深し
十分に自ら湛(たた)ふ　千年の色
玉盞　更に浮かぶ　翠蓋の陰
茅屋(ぼうおく)にて今逢へり　蓬嶋(ほうしょ)の客(かく)
羽林の風思　巧文の林

〈現代語訳〉

美酒をつげば、心を落ち着かせ、検討しながら（作詩をしながら）口ずさむには充分だ。心静かに寒さに耐える冬の松と対座すると、感動もしきりである。かの高山（秦嶺）に霜がおりた寒い朝、酒は巡って来るが、未だ飲み尽くせない。あの大河（呉江）に雪が降った夜、酔いはますます深くなるばかり。この松は、千年もの長い間、青々とした緑色を変えることなく、今いただいているさかずきに満たされた酒に、更に深い緑の枝を写し出す。この拙宅で、仙人が住むと言われている遠い嶋からの客に、今こそ会うことが出来た。天子を守る近衛兵のような風貌の、しかも文章に巧みな大勢の皆様方に。

〈語　釈〉

○**旨酒**　うまい酒。美酒。　○**沈吟**　もの思いにふけって口ずさむ。思いを潜め、検討しながら（作詩をしながら）口ずさむ。
○**寸心**　こころ。心の在り場所を一寸四方と考えたのでいう。　○**秦嶺**　（12頁参照）　○**巡**　主語は酒。
○**呉江**　（12頁参照）　○**自湛**　主語は詩題の寒松。　○**千年色**　松は、千年もの長い間、青々とした色を変えることのない常緑樹である。
○**玉盞**　玉は美称。盞はさかずき。　○**更浮**　主語は寒松。松の姿が盃に移し出されているようす。
○**茅屋**　そまつなあばら屋。　○**蓬嶋**　蓬島。蓬莱山。瀛州・方丈・蓬莱山の神仙三山の一。　○**羽林**　天子を守る近衛兵。
○**風思**　おもむき。　○**巧文林**　文章に巧みな大勢の人々。

八―2

酔見呉江封雪色
飲聞秦嶺靡風音
帯煙梢下傾罇思
鏁翠葉前転盞心

右近衛権少将　源　隆綱

酔(え)ひて　呉江を見れば　雪に封(ふう)ぜられし色
飲みて　秦嶺を聞けば　風に靡(なび)きし音
煙を帯びし梢下(しょうか)　罇を傾くる思ひ
翠を鏁(つな)ぎし葉前　盞を転ぜし心

〈現代語訳〉
酒に酔って川を見ると、すっかり雪に封じ込められたように寒々とした景色であり、酒を飲みながら山の音を聞くと、風の為に傾いてしまうようなすごい音がする。細い松葉が、ぼんやり霞んだように見える木の下では、酒樽を傾けたい思いがするし、青々とした葉を連ねている松の前では、さかずきを転がし、飲み重ねたい気分である。

〈語　釈〉
○**呉江**　（12頁参照）　○**封雪色**　見渡すかぎりの雪景色。　○**秦嶺**　（12頁参照）　○**鏁**　鎖の別字。とざす。つなぐ。ここでは、緑の松葉をつなぐ、つらねる。　○**転盞**　さかずきを転がす。酒を飲み続ける、飲み重ねる意。

九　寛治四年四月二十日　松樹臨池水　二十三首

詩題解説

当時の有名な詩人たちが、鳥羽離宮に招かれ、大詩宴が催された。白河法皇造営の離宮である。参会者は、官職身分を残らず冠し、氏名を連ねる。本詩集の中でも異色であり、その重大さを感じるが、年表では特筆されていない。唯一岩波書店発行『日本文化総合年表』にわずかに記載されているのみである。池水に松の枝が伸びている姿を、帝の姿と重ねつつ、帝を礼賛し、栄華を祈念し、恩恵を感謝する。詩人たちは、その腕を惜しみなく発揮し、主催者である藤原師通にその成果を競って披露している。主催者・作題者・講師・読師がいる大詩宴の形式をはっきりと知ることができる貴重な資料である。会場となった城南宮は、平安京の守護神とされ、平安後期では方除けの神とされていた。京都市伏見区中島鳥羽離宮町七に現存し、日本庭園の美を極め、春・秋には「曲水宴」も催される。

九―1　七言早夏行幸城南同賦松樹臨池水

参議正三位行左大弁兼民部大輔勘解由長官越前守　大江匡房

仙家池水正泓澄
松樹臨来殊有情
草聖帯煙残月晴
波長衣（声去）緑晩風清
亜枝瀉色金塘裏
密葉浸陰玉岸程
勝地宸遊看不飽
千秋万歳幾相迎

仙家（せんか）の池水　正に泓澄（おうちょう）たり
松樹　臨来（のぞ）めば　殊に情　有り
草聖　煙を帯びて　残月　晴れ
波長　緑を衣（き）て　晩風清し
亜枝　色を瀉（うつ）す　金塘の裏
密葉　陰を浸す　玉岸の程
勝地の宸遊　看れども　飽きず
千秋　万歳　幾たびか相迎へむ

〈現代語訳〉

（城南にある鳥羽院の）離宮の池水は、深く澄みきっていて、まことにすばらしく、その池を見おろすような松樹の姿は、格別におもむき深いものがございます。墨を流したような、真っ黒な池に靄が立ちこめる朝ともなれば、ありあけの月が見られ、さざ波を立てた池の水が、緑の衣を着たような日暮れ時ともなれば、夕風がすがすがしく吹き抜けます。更に松は、青々とした色を、美しい堤に流しこむように写し出していますし、松の繁った葉は、その緑陰をすばらしい岸辺にしみこませてくれます。こんな絶景の離宮での、帝の行幸のお姿は、どんなに見ても飽きることはありません。千年も万年も続く御栄えをお祈りし、又、このようにお迎えできます機会に恵まれますように、お願い申し上げます。

〈語　釈〉

○**仙家**　ここでは、鳥羽離宮。寛治元年（一〇八七年）白河上皇が、山城国紀伊郡鳥羽に造営した離宮。のち、鳥羽上皇も入居した。○**泓澄**　水の深く澄むようす。　○**草聖**　草書に巧みな後漢の張芝が、池に臨んで書を学び、水はそのために墨のように真っ黒になったと言われる。　○**残月**　ありあけの月。　○**衣緑**　緑を着る。衣は去声の注があるので、緑色の衣を着るの意となる。○**亜枝**　二またに分かれた松の枝。　○**密葉**　密集している松の葉。　○**玉岸**　玉は美称・りっぱな岸。　○**勝地**　景色のすぐれた景勝地。　○**宸遊**　天子の行幸。みゆき。　○**千秋万歳**　千年も万年もの長寿を祝うことば。

九―2

左大臣正二位臣　源朝臣俊房上

今尋勝地幸臨成
松樹臨池新表貞
浴鳥宿煙無待暮
潜鱗聞雨不知晴
岸風自入千年翠
潭月便兼万葉栄
扈従群官何側目
綸言難避動詩情

今こそ　勝地を尋ね　幸臨　成れり
松樹　池に臨みて　新ためて　貞を表はす
浴鳥は　煙に宿りて　暮るるを待つ無く
潜鱗は　雨を聞きて　晴るるを知らず
岸風　自ら入れり　千年の翠（みどり）に
潭月　便ち兼ねたり　万葉の栄（さかえ）を
扈従（こしょう）　群官　何（なん）すれぞ側目（そくもく）するや
綸言（りんげん）は避け難くも　詩情を動かさむ

〈現代語訳〉

今こそ、この景勝地（鳥羽離宮）への行幸が実現いたしました。
松の樹は、池を見下ろすように植えられていて、改めて貞節を表明しているようです。
水遊びをしていた池の鳥は、水しぶきの中でかすんでいるので、日暮れを待つこともなく、
水中にもぐっている魚は、雨のように水の音が聞こえているので、空が晴れていることに気づかないようです。
岸を吹く風は、いつも青々として枯れない松の中に吹き込み、
池に写った月は、空の月ともども、永遠の繁栄を祈っているようです。
天子のお供の方々も、同席させて頂く私どもも、みなさんどうして目をそらし、まともに見ようとしないのですか。（堅くならないで）
みことのりは、取り消しはできないまでも、この景観を前に私どもは詩情のおもむくままに詠じましょう。（みことのりではないから）

〈語　釈〉

○幸臨　天子が行幸すること。臨は、高貴の人がその場へ出向くこと。（『文選・十六・哀傷・司馬長卿・長門賦』「脩薄具而自設兮、君曽不肯乎幸臨。」）　**○宿煙**　水しぶきの中で、けむって見える。　**○潜鱗**　水中に深くひそんでいる魚。　**○潭月**　水面に写った月。　**○万葉栄**　万代、万世までの繁栄を、松の多くの葉にかけて、永遠の繁栄をいう。　**○扈従**　天子の乗り物の供をする。随従、随行、供奉。　**○側目**　おそれて目をそらし、まともに見ない。伏目になって、まともに見ない。　**○綸言**　天子のことば。みことのり。綸は太い糸のこと。初めは糸のように細くても、外に出て行われる時は、綸のように太くなるという。「綸言如汗」とは、汗が一度出たら再び元に戻らないように、天子のことばは、一度出ると取り消したり改めたり出来ないこと。

九―3

内大臣正二位兼行左近衛大将臣　藤原朝臣師通上
鸞輿占勝夏陰迎
松樹臨池積水情
蒼翠払雲添浦色
孤高帯月聴波声
廻塘風舞鑑流潔
曲岸鶴栖知影清
忝見仙家佳会処
猶欣聖代属昇平
鸞輿(らんよ)　勝を占(せん)し　夏陰　迎ふ
松樹　池に臨めば　積水の情(おもむき)あり
蒼翠(そうすい)　雲を払ひて　浦の色を添へ
孤高　月を帯びて　波の声を聴く
塘(つつみ)を廻(めぐ)り　風　舞へば　流れに鑑(かんが)みて潔(きよ)く
岸を曲り　鶴　栖めば　影を知りて清し
忝げなくも見(まみ)ゆ　仙家の佳会する処
猶(なお)　欣ばしきは　聖代の昇平に属(あた)るを

〈現代語訳〉

天子の乗り物（白河上皇）がこの景勝地（鳥羽院）を卜定して行幸され、夏の日陰が（涼しく）お迎えをしました。

松の樹が池のほとりに植えられ、池を見下ろすと、池の水が増すように、天子(松)が人民(池)にご来臨賜ると、人々が潤うようです。

空にすっくと立つ緑の松（天子）は、雲を払いのけて、池の水（人民）に恩沢をそそいで下さっている様子で（池の水も美しく、）

一人高くそびえる松（天子）は、月の光を帯びながらも池の波（人民）の声に耳を傾けて下さっています。

池のつつみを廻って風の舞う風景は、池の流れを照らして立派です。

曲がった岸辺の松に鶴が栖み、その姿が池に写るようすは、まことに清らかです。（帝の影庇がわかります。）

私も、有難いことに天子にお目通りが叶いました。この離宮のすばらしい宴会で。

それ以上に欣ばしいことは、すばらしい天子が治めるこの世の中は、平和な時代にあたることです。

〈語　釈〉
○**鸞輿**　天子の乗り物。ここでは白河上皇の鳥羽殿への行幸をさす。　○**占勝**　行幸地を卜定すること。寛治元年（西暦一〇八七）白河上皇が、山城国紀伊郡鳥羽に離宮を造営し、鳥羽殿（院）と呼ばれた。現在の京都市伏見区下鳥羽と竹田にまたがる地である。当時の習慣として行幸先は陰陽師に占わせて決定していた。　○**積水**　たくさん集まった水で、海の意もあるが、ここでは、帝の威徳で水かさも増すこと。　○**蒼翠**　松の緑と帝をかけている。　○**添浦色**　池の美しい色をますます引き立たせる。　○**孤高**　郡を抜いて高くそびえている。天子をさす。　○**鑑流**　水の流れに照らしてみる。　○**知影**　影は影庇、庇護。天子のおたすけであることを知っている。　○**仙家**　ここでは鳥羽離宮のこと。　○**聖代**　すばらしい天子の治世。　○**昇平**　平和な世。

九－4

勝地由来松旅生
自臨池水幾多情
一千年露滴舷色
五大夫風払岸声
麈尾枝繁堤暗淡
竜鱗操泛浪泓澄
今逢希代宸遊盛
宜矣霊標共表貞

正二位行権大納言兼民卿皇后宮大夫臣　源朝臣経信上

勝地は由来（もとより）松　旅生せり
自ら池水を臨みて　幾ばくの多情ぞ
一千年の露　舷（ふなばた）に滴り（したた）し色
五大夫の風　岸を払ふ声
麈尾の枝　繁れば　堤　暗淡として
竜鱗の操　泛べば　浪　泓澄（おうちょう）たり
今　希代（きだい）に逢ひ　宸遊　盛んなり
宜しき矣（かな）　霊標　共に貞を表はさむ

〈現代語訳〉

この景勝地には、もともと、まず松が自生していたところです。自然に池水を見下ろすような所にあって、どんなにか多くの思いを抱いたことでしょう。一千年もの長い間、松の露が、舟の舷にしたたり落ち、松風が、さっと岸に吹きこんでくる音が聞こえてきます。細かい松の枝が繁っているので、池の堤はうすぐらく、天子の威光を示すような老松の幹が、そのおもむきを池に写し出すと、浪は深く澄みきっています。今、世にもめずらしい御来臨にめぐり会い、公宴もたけなわです。松よ、一緒に帝への貞節を表明しようではありませんか。けっこうなことです。

〈語　釈〉

○**勝地**　景勝地。　○**由来**　もともと。元来。　○**旅生**　自生。野生。　○**五大夫**　松の異称。秦の始皇帝が泰山に登り、風雨にあい、松の下で雨宿りをし、その松樹に五大夫の爵位を与えたという故事による。（『史記・秦始皇紀』「始皇東行郡縣、乃遂上泰山、立石封祠祀。下風雨暴至、休於樹下。因封其樹為五大夫。」）　○**麈尾**　枝の形容になるので、松の細葉をいうのか。　○**竜鱗操**　松の意。竜鱗は竜のうろこ。老松の幹もうろこのようである。操は松の節操。天子の威光を表わす。　○**泓澄**　深く澄みきる。　○**希代**　世にもめずらしい。奇世。　○**宸遊**　みゆき。行幸。　○**宜矣**　宜はよい、よろしい。矣は句末の助字。句の中間において感嘆・詠嘆を表すので、「よろしきかな」と訓読した。　○**霊標**　松。

九—5

松樹森々何足驚
臨来池水太多情
波臣鱗上緑旁掩
草聖硯中煙未晴
徳及淵泉皆竭節
恩無涯岸欲抽貞
千秋計会今看取
偃蓋□塘称旧名

参議正三位行右大弁兼右京大夫越前権守　藤原朝臣通俊上

松樹　森々として　何ぞ驚くに足らむ
池水を臨来(のぞ)みて　太(はなは)だ　多情なり
波臣の鱗上　緑　旁(あまね)く掩ひ
草聖の硯中　煙　未だ晴れず
徳は　淵泉に及び　皆　節を竭(つく)し
恩は　涯岸(はて)無く　貞を抽(おさ)めむと欲す
千秋の計会　今　看取せり
偃蓋　□塘　旧名を称(たた)へむ

＜現代語訳＞

高くそびえる松樹を見ていても、別に驚くこともありません。その松が、池を見下ろすような姿のすばらしさに、たいそう多くの感情が湧くのです。池の魚のうろこの上にまで、松の緑で覆い尽くされているようで、草書の名人の硯のように黒くよどんだ池の水面（松が写り）に、もやがあるように未だ晴れることはありません。天子の徳は、深淵にまで及び、人民は皆忠節をつくしてお仕えしますし、天子の恩は、涯てしなく行きわたり、人民は、我さきにと貞節を尽くそうと致します。松のように、いつまでも変わらぬ繁栄を祈ろうとする相談をしているところを、今日この目で見ました。横たわった形をした松の枝が堤まで伸び、昔から伝えられている有名な由来をたたえましょう。

＜語　釈＞

○森々　高くそびえるようす。（『晉書・和嶠伝』「嶠、森森如千丈松。」）　**○波臣**　魚のこと。（『荘子・雑篇外物』「鮒魚来、子何為者耶、対曰、我東海波臣也。」）　**○草聖**　草書の極めて巧みな人。（『杜少陵集・巻二・飲中八仙歌』「張旭三杯草聖伝、脱帽露頂王公前、揮毫落紙如雲煙」（九—1参照）。）　**○淵泉**　思慮の深淵なこと。淵のように深く、泉のように湧く、思慮深いことのたとえ。　**○竭**　つくす。ある限りを出す。　**○涯岸**　はて。かぎり。　**○抽貞**　抽は、おさめる。抽心が真心を表す意のように、貞節を尽くすの意味か。『本朝無題詩・58』に「抽節」の語があり、「節操をきわだたせている。」と解されている。同義語であろう。　**○千秋**　長い年月。　**○計会**　相談。計画。　**○偃蓋**　横たわっているように枝を伸ばした松。

九―6

樹中松樹独伝名
池水臨来知有情
翠柳傍波応一列
新荷傾蓋不相争
沙頭雨晴万株影
岸脚風高百尺声
此地鸞輿初幸日
蓬莱宮欲献長生

蔵人頭正四位下行左中弁臣　藤原朝臣季仲上

樹中の松樹　独り名を伝ふ
池水に臨来(のぞ)めば　情(こころ)有るを知れり
翠柳は　波に傍(そ)ひて　応(まさ)に一列ならむとし
新荷は　蓋を傾けて　相(とも)に争はず
沙頭　雨晴るれば　万株の影
岸脚　風高うして　百尺(せき)の声
此の地　鸞輿(らんよ)にて　初めて幸(みゆき)せし日
蓬莱宮にて　長生を献(たてまつ)らむと欲す

＜現代語訳＞
数多くある樹の中でも、松の樹だけは、すぐれていると有名でございます。その松が池を見下ろすように植えられている姿にこそ、真意が理解できるというもので、まことにすばらしい。みずみずしい緑の柳が、池の波にそっている様子は、行儀よく一列に並んでいるようで、芽吹いたばかりの蓮の若葉は、（孔子と程子のように）お互いの葉を傾け合っているようで、決して争うようなことはありません。池のほとりに雨が上がると、太陽に照らされた多くの樹々が影を落とし、岸辺から（雨後の）風が、高く吹き上げて、（松樹に吹きこみ）松風の音が長い間聞こえています。この地（鳥羽院）に、帝がお車で初めて行幸あらせられました。不老不死の仙人が住む宮殿のようなこの離宮で、帝のご長寿をお祈り申し上げます。

＜語　釈＞
○有情　本当の意義。真実。ここでは、なぜ松樹だけが有名なのか、本当の意味。　**○新荷**　荷は蓮。はす。芽を出したばかりのハス。　**○傾蓋**　初めて会ったのに、古くからの友人のように親しむこと。孔子と程子が道の途中で出会い、互いに車の蓋を傾けて立ち話をしたという故事による。（『孔子家語・致思』「孔子之剡、遭程子於塗。傾蓋而語、終日甚相親。顧謂子路曰、取束帛以贈先生。」）
○沙頭　川原のほとり。　**○万樹**　すべての樹木。多くの樹。　**○岸脚**　岸辺。　**○百尺声**　百尺は長いことをいうが、大きい松樹を表現することも多い。『本朝無題詩全注釈』参照。松風の音。　**○鸞輿**　天子の乗り物。（九―2参照）
○蓬莱宮　不老不死の仙人が住む宮殿。（『白氏・12・〇五九六・長恨歌』「昭陽殿裏恩愛絶。蓬莱宮中日月長。」）

九－7
正四位下行右中弁臣　源朝臣師頼上
森々松樹久持栄
景泛仙池殊有情
煙葉遮潭舟道暗
松枝払岸鶴眠驚
嵇康質旧鑑流立
丁固夢留当浪清
水閣秋台添勝趣
善哉再遇幸臨程
森々たる松樹　久しく栄(ほまれ)を持(たも)つ
景(かげ)は　仙池に泛べて　殊に情有り
煙葉　潭(ふち)を遮(さえぎ)れば　舟道暗く
松枝　岸を払へば　鶴眠驚く
嵇康の質　旧(ひさ)しければ　流れに鑑みて立ち
丁固の夢　留むれば　浪に当りて清し
水閣の秋台　勝趣を添へたり
善(よ)き哉(かな)　再び遇はむ　幸臨の程

〈現代語訳〉

高くそびえ立つこの松の樹は、長年に亘り、名誉を保って参りました。その松の影が、御所の池に姿を写す様子は、殊更に風情がございます。煙っているような松の葉が、池の水に覆いかぶさると、舟遊びの水面も、うす暗く、松の枝が、風に揺られ、岸辺を払うようにすると、松に栖む鶴も驚いて目を覚まします。嵇康（叔夜）のように精錬潔白な松の本質は、久しく伝えられ、その姿を手本として池の水に写して立っています。出世を夢見た丁固の夢にこだわれば、松の影に当たった波しぶきは清らかです。水辺に建てられた西方の高どのは、一層勝れた情趣を添えています。何とよいことではありませんか。再びこのようなご来臨の栄を賜りますよう、願い奉ります。

〈語　釈〉

○**森々**　高くそびえるようす。（九－5参照。）　○**景**　影。松の姿。　○**仙池**　離宮の池。　○**煙葉**　松の葉。
○**舟道**　舟行（ふなあそび）と同じか。　○**嵇康質**　竹林七賢の一人。嵇康。字は叔夜（二二三～二六二）の、精錬潔白な本質。松を比喩。
○**鑑流立**　鏡に照らして見る、手本として見る。池の水にその姿を手本として写し出すように松の木が立っている。立の主語は松樹。
○**丁固夢**　松は十八公の合字。丁固が、腹の上に松の生じる夢を見て、十八年後に公になるであろうと予言し、その通りになったという故事がある。（六－1・六－5参照）　○**秋台**　秋は五行では西。西の高どの。　○**勝趣**　景勝のおもむき。勝れた情趣。

九―8

正四位下行太皇太后宮亮臣　源朝臣道時上

碧池水湛浅深清
松樹陰臨足動情
籠岸高標随日茂
浸流古蓋歴年傾
鵷鸞鏡冶帷簾掛
鸚鵡盃巡錦帳横
今見廻塘君子徳
朽株早晩遇芳栄

碧池　水湛へ　浅く深く清らかに
松樹の陰　臨めば　情を動かすに足れり
岸を籠めし高標　日に随ひて茂り
流れに浸(つか)りし古蓋　年を歴(へ)て傾(かたぶ)く
鵷鸞(えんらん)の鏡　冶(みが)きて　帷簾(いれん)掛(か)かげ
鸚鵡(おうむ)の盃　巡りて　錦帳　横たはる
今見る　塘(いけ)を廻りて　君子の徳
朽株も早晩　芳栄に遭はむ

〈現代語訳〉


あおあおとした池の水は、いっぱいに満ち溢れ、浅い所も深い所も清らかで、その池に松が影を落とす（帝の御来臨を仰ぐ）と感動で胸がいっぱいでございます。

岸に覆いかぶさるような松の高い枝は、年月と共にさかんに生長するように、帝の才徳は益々秀れ、ご立派になられ、池の流れに浸っている松の古い枝は、年月を重ねて水辺に傾くように、私も帝の人徳にすっかり傾倒いたしております。

鵷鸞模様の鏡ができ上がり、磨き上げて、たれ幕やすだれも掛けました。

鸚鵡を形どった盃を巡らす様子は、錦製のとばりが横たわっているようにみごとです。

池全体にみなぎっている君子樹の名にふさわしい松のような帝の徳を、今こそ拝見することができました。

もう朽ちてしまった株も同然の私も、朝夕、かぐわしい帝の栄華にお目にかかりとうございます。

〈語　釈〉

○籠岸　岸辺いっぱいに覆いつつむ。　**○高標**　高い枝。人格のすぐれたたとえ。ここでは、松の高い枝を帝に掛けている。
○茂　盛んに成長する松と、人徳がすぐれ立派な帝を掛けている。　**○古蓋**　古い松のかさ。　**○鵷鸞**　鵷も鸞も共に想像上の鳥で鳳凰の一種。転じて朝廷の百官のたとえ。　**○帷簾**　たれまくと、すだれ。　**○鸚鵡盃**　まき貝（おうむ貝）を形どったさかずき。　**○錦帳**　錦のとばり。錦の幕。　**○廻塘**　池を一めぐりする。池全体に張っているようす。　**○君子徳**　君子の徳は風のようなもの。人の上に立つ者の徳は、風のようなものであり、下の者は、その風になびく草のようにその感化を受ける。君子徳風。
○朽株　古株のような作者自身。

九－9

仙洞有池水一清
臨流松樹表堅貞
千秋波潔攢枝掩
万歳岸高偃蓋傾
潭月遅浮梢密処
沙風先払葉低程
鶴栖霊幹鳬遊藻
勝地猶多歓楽情

散位従四位上臣　藤原朝臣行家上

仙洞に池有り　水　一（いっ）に清く
流れに臨みし松樹　堅貞を表はす
千秋の波潔（きよ）く　攢枝　掩ひ
万歳の岸高く　偃（えん）蓋　傾けり
潭月は　遅く浮かぶ　梢の密なる処
沙風は　先づ払ふ　葉の低れし程
鶴は霊幹に栖（す）み　鳬（かも）は藻に遊ぶ
勝地　猶（なお）多し　歓楽の情

＜現代語訳＞
この離宮には池があり、池の水は、もっぱら清らかで、
その流れを見下ろすような格好の松樹の姿は、堅い貞節を表明しております。
長い年月にわたり波はけがれもなく、そこに松の枝が掩いかぶさるように伸びていて、
万年もの長い間、岸辺に高くそびえている松樹は、蓋をうつぶせにしたように斜めになっています。
池には、遅い時刻（十時頃）になって月が浮かぶのが見えますが、松の梢は茂っているので、空の月は直接見ることはできず、
砂風がさっと吹いて、松の枝が低くさがっている所を吹き上げた折に、月が見えるのです。
鶴は魂が宿るという松に栖み、鴨は池の藻にたわむれています。
こんなすばらしい景勝地では、どんなに楽しんでも、歓びの尽きることはございません。

＜語　釈＞
○仙洞　ここでは鳥羽離宮。　**○千秋**　長い年月。　**○攢枝**　松の枝。　**○万歳**　万年もの長いとしつき。　**○偃蓋**　うつ伏せに横たわるように枝を伸ばした松の姿。　**○潭月**　水に写る月。　**○遅浮**　月が水に浮かんで見える時刻は遅い。作詩時の四月二十日頃の月は、夜十時頃に出る。　**○梢密処**　松の枝が茂っていて、月がさえぎられ、水に写らない方角に枝が伸びている状態であろうか。　**○霊幹**　神秘な幹。松樹をさす。魂が宿るといわれている。　**○鳬**　鴨。藻鳬は、池の藻にたわむれる鴨。
○勝地　景勝地。鳥羽殿。鳥羽離宮をさす。　**○歓楽**　よろこび楽しむこと。また、その楽しみ。

九―10

仙庭夏至水方清
松樹臨池太有情
張硯風飄煙葉動
周瑤月照露枝瑩
一千年色浮潭面
数百尺陰入浪声
今遇無為堯舜日
宸遊自此契長生

従四位上行侍従兼美作介臣　藤原朝臣宗忠上

仙庭に　夏至れば　水　方(まさ)に清らかに
松樹　池に臨みて　太(はなは)だ　情有り
張硯の風　飄(ひるが)へりて　煙葉　動き
周瑤の月　照りて　露枝　瑩(かがや)けり
一千年の色　潭面に浮かべ
数百尺(せき)の陰　浪声に入る
今　無為に遇(あ)へり　堯舜の日
宸遊(しんゆう)　此(こ)れ自(よ)り　長生を契(ちぎ)らむ

＜現代語訳＞
離宮の庭に夏が来ると、池の水はまことに清らかで、そのかたわらの松の樹が、池を見下ろしている姿は、たいそう趣深いものがございます。硯のように滑らかに張りつめた池の水に、風が飄ると、松の葉も動き、白く輝く美しい玉がめぐっているような月が照ると、露に濡れた松の枝がきらきらと輝いております。この松の樹は、一千年もの長い間、変わらぬ色を水面に映しつづけ、数百尺もあるような長い枝を池まで伸ばし、浪の音に同化させています。今、私は無為自然の環境の中に身を置くことができまして、堯舜にも似た徳の高い帝の治世に遇うことが出来ました。帝が行幸なさったこの日から、松樹と共に、不老長生を誓い上げます。

＜語　釈＞
○**仙庭**　鳥羽離宮の庭園。　○**夏至**　作詩時の陰暦四月二十日は、夏の初めに当たる。ゲシは、陰暦では五月中気に当たり、一年で最も昼が長く夜の短い日となる。夏が来る、夏になる、と解す。　○**有情**　おもむき深い風情。情趣。　○**張硯**　すずりに水を張ったように滑らかな池水のようすか。或いは張は人名か。　○**煙葉**　松の葉。　○**周瑤**　或いは周は人名か。白く輝く玉がめぐっているような月を形容したものか。　○**露枝**　露に濡れた松の枝。　○**瑩**　玉の光が明らかで美しくかがやく。　○**一千年色**　千年もの長い間、変わることのない松の緑色。　○**数百尺陰**　数百尺もあるような長い枝を伸ばした松。　○**浪声**　波の音。　○**無為**　人工を加えることなく、あるがまま。老子の無為自然の境地。　○**堯舜**　徳の高い天子を代表する伝説的な皇帝、堯帝と舜帝。　○**宸遊**　行幸。影印・翻刻ともに「震」となっているが「宸」に改めた。

九－11

勝地何因使眼驚
松臨池水久持貞
覆波細葉葱籠密
傍岸霊標偃蹇傾
洲鶴雨時蔵蓋影
淵魚風処聴琴声
適逢我后幸仙境
追憶沛中父老情　有注

従四位下行備前守臣　藤原朝臣季綱　上

勝地　何に因(よ)りてか　眼(まなこ)を驚か使(し)めむ
松は　池水に臨みて　久しく貞を持(たも)つ
波を覆(おお)ひし細葉　葱籠(そうろう)として密に
岸に傍(そ)へる霊標　偃蹇(えんけん)として傾く
洲鶴は　雨ふりし時　蓋影(がいえい)に蔵(かく)れ
淵魚は　風ふきし処　琴声を聴く
適(まさ)に　我后(わがきみ)の仙境に幸(みゆき)するに逢ひ
追ひて沛中(はいちゅう)を憶(おも)ふ　父老の情（注有り）

＜現代語訳＞

この景勝地では、何がいちばん人の目を奪うのでしょうか。松の樹が、池を見下ろして、長い間その貞節を保ちつづけています。波まで覆いかぶさるように伸びている松の葉は、あおあおと茂って奥深く、岸辺の松樹は、高々とそびえていて、池の方に傾いています。中州の鶴は、雨が降ってくれれば、松の樹かげにかくれ、淵の深くにいる魚は、風が吹いてくると、琴の音色のような松風を聴いています。ちょうどその時、我が天子様が、この離宮に行幸遊ばされ、お伴することができましたので、私の充実して、さかんであった頃を思い出しました。これが老人の情というものでございます。

＜語　釈＞

○**勝地**　景勝地。鳥羽離宮をさす。　○**持貞**　貞節をたもつ。　○**細葉**　松葉。　○**葱籠**　あおあおと茂るようす。　○**密**　おくぶかい。　○**霊標**　魂が宿るといわれている神秘なこずえ。松のこと。　○**偃蹇**　曲がるようす。横たわって、のんびり寝そべるようす。　○**洲鶴**　中州に遊ぶ鶴。　○**蓋影**　松のこんもりした枝葉は、ちょうど蓋（かさ）のようで、雨宿りに適しているのでいう。　○**淵魚**　池の深い所にいる魚。　○**琴声**　琴をかなでているような音色。　○**我后**　わが天子さま。白河上皇をさす。　○**仙境**　仙人の住む所。鳥羽離宮。　○**沛中**　充実して盛んな時。　○**父老**　老人の敬称。

九―12

松樹臨来水亦清
千秋池上興相并
潭沈細葉陰移処
波巻高標色映程
翠髪嘉賓占浦思
青襟好士鑑流情
断知遊幸与天久
地勢長伝万歳名

従四位下行文章博士兼播磨介臣　藤原朝臣成季上

松樹　臨来(のぞ)めば　水も亦(ま)た清く
千秋の池上　興は　相并(あつ)まる
潭(ふち)は　細葉を沈めたり　陰　移りし処
波は　高標を巻けり　色　映えし程
翠髪の嘉賓　占浦の思ひ
青襟(せいさん)の好士　鑑流の情(こころ)
断(さだ)めて知れり　遊幸と天久と
地勢　長く伝へむ　万歳の名

〈現代語訳〉

池を見下ろす松樹のようにご立派な帝の御来臨を仰ぎ、池の水もまた一段と清く澄み、長い年月の御栄えをことほぐような池のほとりに、感興は集中しています。

水が深くよどんでいるところには、長い年月にわたって落葉が散り敷き、波は、松の高い枝をとりこんでいます。池の水面に青々とした色を映して。

黒髪も美しい、立派なお客様（帝）をお迎えすれば、この池が行幸先に卜定された意義を思い、青衿の学生服を着た立派なお供の方々は、流れを見ながら同じ系統のなかまを明らかに見る思いでございます。

ここで、きっぱりと知ることができます。帝の行幸と、天地の悠久なことは同じであり、この離宮のみごとさと、帝の勢力は、いつまでも続きますように、お祈りし、後世にも語り伝えて参りましょう。

〈語　釈〉

○**千秋**　長い年月。永遠。　○**細葉**　松の細い葉。針葉。　○**高標**　高い枝。高い松の枝。　○**翠髪**　みどりの黒髪。黒いつやつやした髪。　○**嘉賓**　立派な客人。よい客。（『詩経・小雅・鹿鳴』「我有旨酒、以燕嘉賓之心。」）　○**占浦**　行幸の地は、全てうらないによって定められるので、この池が行幸先として選ばれて卜定されたことをいうか。松が、池のほとりを占有していることをいうか、両方を掛けているものか。　○**青襟**　昔、学生が着た衿の青い服。転じて学生をいう。　○**鑑流**　流は、すじみち。系統。または、ともがら、なかま等。鑑は、かんがみる。みわけ。あきらか等の意で、同じなかまであることをあきらかにする。　○**断知**　はっきりと知る。　○**天久**　天は長く、地は久し。という老子第七章を引いている。　○**万歳**　健康・長寿を祝していう言葉。

九―13

溶々池水夏中清
松樹臨来幾有情
鶴宿攢枝潭月白
風飄密葉渚煙晴
仙齢長献恩波裏
臣節共抽徳沢程
我后宸遊歌恵化
南郊初奏万年声

左京権大夫従四位下兼行文章博士越中介臣　藤原朝臣敦基上

溶々たる池水　夏中　清(すず)し
松樹　臨来(のぞ)めば　幾ばくか　情有らむ
鶴は攢枝に宿り　潭月　白く
風は密葉を飄(ひるが)へし　渚煙(しょえん)　晴れたり
仙齢　長く献(さか)ゆ　恩波の裏(うち)
臣節　共に抽(おさ)めり　徳沢の程
我が后(きみ)の宸遊(しんゆう)　恵化を歌ひ
南郊にて初めて奏す　万年の声

〈現代語訳〉
広々とした池の水は、夏が来ても、たいそう涼しげです。
その池を見下ろす松の樹のような姿で、帝のご来臨を得て、どんなにか味わい深いことでしょう。
（松の枝に宿ると言われている）鶴がいるのでしょうか。何か白いものが見えたかと思うと池に月が白く写っていて、
風がこまかいな松葉を、さっとひと吹きすると、渚に立ちこめた靄も晴れわたります。
帝は、長命でいつまでも繁栄しつづけ、打ち寄せる波のようにお恵みをそそいでいただき、
私どもは、臣下としての操を、共に守り、ご恩沢に浴しております。
我が帝の、離宮行幸は、恩恵を施しながら人民を教化する歌をうたっているようで、
ここ城南の地で、よろずよまでの御栄えを願う「万年の曲」が、はじめて演奏されました。（初めて行幸を得ました。）

〈語　釈〉
○**溶々**　水がさかんに流れるようす。　○**夏中清**　夏であっても涼しい。（『礼記・曲礼』「冬温夏清」）　○**攢枝**　群がり集まる松の枝。　○**潭月**　水に写った月。　○**密葉**　密集した松の葉。　○**渚煙**　なぎさにたちこめたもや。　○**仙齢**　仙人の年齢。転じて天子の年齢。長寿。　○**恩波**　みかどのめぐみ、恩恵を打ち寄せる波にたとえる。（『杜甫・江陵望幸詩』「恩波起涸鱗」）
○**臣節**　臣下としての操。　○**徳沢**　恩沢。人徳のうるおい。　○**我后**　白河上皇をさす。　○**宸遊**　行幸。原文震の字を宸と改めた。　○**恵化**　恩恵を施し、人民を教化する。　○**南郊**　白河上皇が造営した離宮は、山城国紀伊郡鳥羽（京都市伏見区下鳥羽と竹田にまたがる地）に寛治元年（西暦一〇八七）に完成している。城南の地に当たる。

九―14

松樹千年幾表貞
久臨池水望倶清
卜巣仙鶴浮波影
維岸堯舟陰蓋情
潭月添光風舞響
渚煙混色雨乾声
幸逢天子南巡徳
高仰射山万歳栄

従四位下行掃部頭臣　惟―宗朝臣孝言上

松樹千年　幾ばくか貞を表はさむ
久しく池水に臨みて　望(ながめ)倶(とも)に清らかなり
巣を卜す仙鶴　波に浮かびし影
岸に維(つな)ぐ堯舟　蓋に陰(かく)れし情
潭月　光を添ふれば　風の舞ひし響き
渚煙　色を混(まじ)ふれば　雨の乾きし声
幸ひにも天子に逢へり　南巡の徳
高く射山(やざん)を仰がむ　万歳の栄

〈現代語訳〉
松樹は千年もの長い間、いつも変わらず青々としていて、どれほどの貞節を表明したことでしょう。長年、池の旁らに立っている姿は、池に写し出され、どちらもまことに清らかでございます。巣をどこに作るかを占いで決めて、松に栖んでいるめでたい鶴は、池の波に遊んでいるような姿で水面に写っていて、岸につながれた、帝の舟は、松の蓋の下にかくれている風情でございます。水面に写った月が、ますます光を増してくると、松も風に揺れて舞っているように、松風の音も響いてくるし、渚にかかった靄に、月が白い輝きを添えると、雨上がりの松のしずくのようにパラパラと聞こえる。（まるで雨乾の曲のようだ。）本日は、幸せなことに、みかどにお目にかかれました。城南鳥羽離宮に行幸遊ばされた御徳に恵まれました。上皇様の御所を高く仰ぎ見て、末永いご繁栄をお祈り申し上げげます。

〈語　釈〉
○**卜巣**　占いによって住居を定める意味に「卜居」の語がある。鶴なので卜巣としたのであろう。縁起の良い、めでたい鶴の栖家は松。
○**仙鶴**　不老長生のめでたい鶴。　○**維岸**　岸につながれている。　○**堯舟**　堯は、中国古代の伝説上の帝王の名。聖天子と呼ばれ、仁智に優れ、暦を作るなどの業績がある。その堯帝の舟。ここでは、鳥羽上皇の徳を堯帝にたとえている。　○**陰蓋**　松の蓋に覆われた木陰。ひいては帝の庇護を受けている意が掛けられている。　○**潭月**　水に写った月。　○**渚煙**　なぎさにかかったもや。
○**雨乾声**　雨が上がったのち、松に残った水滴がポトポト落ちる音。琴曲名にもある。　○**南巡**　城南への行幸。
○**射山**　道教では仙人が住んでいると伝えられる山。藐姑射之山。日本では、上皇の御所。（九―18参照）

九―15
従四位下行安芸守臣　藤原朝臣有俊上
松樹歴年幾表貞
近臨池水約長生
渚風葉戦清琴緩
沙雨枝低古蓋傾
鑪岫延齢伝岸脚
丁家嘉夢入波声
閑聞治世絃歌曲
舜日南薫叶民情
松樹　年を歴(へ)て　幾ばくか貞を表はさむ
近く　池水に臨(のぞ)みて　長生を約(ちぎ)る
渚(しょ)風に　葉の戦(そよ)げば　清琴　緩(ゆる)やかに
沙雨に　枝の低(た)るれば　古蓋(こがい)　傾けり
鑪岫(ろしゅう)の延齢　岸脚に伝へ
丁家の嘉夢　波声に入れり
閑(しず)かに治世を聞けば　絃歌の曲
舜(しゅん)日　南薫　民情に叶(かな)ふ

〈現代語訳〉
松の樹は、長年、常に変わらずその青々とした姿のままで、どれ程の貞節を表すことでしょう。その松は、近くにある池を見下ろすように植えられ、いつまでも長生きすることを約束しているようです。渚の風が吹いてきて、松葉が揺れると、清らかな琴の音色のような松風の音は緩やかにひびき、雨に濡れ、松の枝が重たげに下に垂れると、古木の松の蓋も傾きます。仙薬を香爐で作って命を延ばすような良い政治は、この岸辺の人々にまで伝えられ、出世を夢見て実現した丁家の話を主題にした、琴曲と共に波間に入り込むように奏でられています。閑かに、世の中が安定しているという声を聞いていると、それはあたかも管絃の響きのように心地よく、政治がうまく行われた、舜の時代のように、ここ城南離宮で「南薫の曲」にふさわしく、人民の願いが叶えられる思いでございます。

〈語　釈〉
○**歴年**　年を経て。長年にわたる。　○**清琴**　清らかな琴の音色。(『文選・30・陸士衡・擬古詩』「去去遺情累、安處撫清琴」)　○**鑪岫**　高い峯のほらあなで、仙薬（不老不死）を香爐で作ることをいうのであろう。　○**延齢**　寿命をのばすということは、良い政治が行われていることの証拠になる。　○**丁家**　丁固と同じ。出世を夢みて叶えられた故事による。(六の1・六の5参照)　○**治世**　よく治まっている世の中。(『文選・45・卜子夏・毛詩序』「治世之音安以楽、其政和。乱世之音怨以怒、其政乖。亡国之音哀以思、其民困。」)　○**舜日**　舜の時代古代中国で伝説上の聖天子の一人。堯帝から位を受け、国家秩序を確立した。　○**南薫**　天子の恵みで天下が治まり、民が栄えることを歌った詩、舜帝作「南風之薫」による。　○**民情**　民の字を補ってみた。原本は不明。

九―16

松樹列栽久表貞
斜臨池水称高情
方円流瀉千年色
朝夕浪添万葉栄
沙雨荷開交蓋影
汀風魚躍誤琴声
凡材幸遇皇歓浴
欣戴遥望二曜明

兵部権大輔正五位下臣　藤原朝臣有信上

松樹　列（つら）なり栽（う）え　久しく貞を表はし
斜めに池水に臨みて　高情を称（たた）ふ
方円の流れに　千年の色を瀉（うつ）し
朝夕の浪に　万葉の栄を添へたり
沙雨に　荷（はちす）開けば　蓋影に交はり
汀風に　魚　躍れば　琴声かと誤てり
凡材なれど　幸ひにして遇へり　皇歓の浴
欣戴して遥かに望む　二曜の明

＜現代語訳＞

松樹は、並んで栽えられ、長年に亘って、その緑の色が変わることのないように貞節を表明し、
斜めに池を見下ろす姿は（みごとで）帝の気高い御志をたたえているようです。
自然が作り出した池の水面に、千年も変ることのない松の色を写し出し、
朝に夕に波立つ池に、万世（よろずよ）までも繁栄する松の枝葉をさしかけています。
雨が降って、はちすの花が開くと、池に写る松の姿と交わり合い、
渚に風が吹いて、魚が元気よくはね上がる音は、琴の音色かと錯覚するほどでございます。
まことにつまらない身ではございますが、幸運なことに帝にお目にかかる光栄に浴しまして、
よろこんで列席させていただきました。誰にもわけへだてのない帝のご恩択を遥かにお願い申し上げます。

＜語　釈＞

○列栽　並んで栽える。　**○高情**　気高い心情。　**○方円**　地上を方（四角）、天を円形と考えられていたので、天地自然をいう。自然が作り出した池。　**○千年色**　千年も変わることのない松の色。　**○瀉**　そそぐの意であるが、松をそそぐというのは、松を写すことになる。「ウツス」の古訓も見られる。　**○万葉栄**　よろず代までの繁栄。松の緑と帝の栄を懸けている。　**○荷**　はす。蓮。　**○蓋影**　松の池水に写った影。　**○魚躍**　魚がはね躍る。琴曲名にもある。（『詩経・大雅・旱麓』「魚躍于淵」）
○凡材　つまらない人間。平凡な才能。作者自身をいう。　**○二曜明**　聖人君子のたとえ。曜は燿と同じ。かがやく。（『南斉書・47・王融伝・画漢武北伐図上疏』「窮神尽聖、揔極居中、偶化両儀、均明二曜。」）

九－17

何因池水感相并
松樹臨来太有情
貞幹倒陰潭澂処
霊標瀉色底澄程
懸蘿帯露籠沙脚
高蓋舞風混浪声
此地勝形尤足貴
宸儀屡幸契長生

正五位下行少納言兼侍従臣　源朝臣成宗上

何に因りてか　池水　感(おも)ひ相并(あつ)まるや
松樹　臨来(のぞ)めば　太(はなは)だ　情有り
貞幹は陰を倒す　潭(ふち)　澂(きよ)き処
霊標は色を瀉(そそ)ぐ　底　澄みし程
懸蘿は　露を帯びて　沙脚を籠(うるほ)し
高蓋は　風に舞ひて　浪声を混(まじ)ふ
此の地の勝形　尤も貴(たっと)ぶに足れり
宸儀　屡々(しばしば)　幸(みゆき)あらば　長生を契らむ

〈**現代語訳**〉

何が原因で、この池には感情がいやが上にも高まるのでしょうか。

立派な松の樹（帝）が、この池を見下ろすように立っていると（来臨）、たいそうな感情が湧いて参ります。

（常に緑を保ち続け貞節のある）松は、その影をさかさまに映し出しています、この清い池水に。

魂の宿る松は、（常に変わらぬ緑の）色を、上からそそぎかけています、澄み切った池の底までも。

松にまきつく、つたかずらが、露を帯びる頃、砂浜もしっとりと湿い、
松の高い枝が、風に揺られて舞う音は、浪の音に混って聞こえてまいります。（松風の音が、浪の音によく調和している）

この離宮のすばらしい景色は、もっとも貴いものでございます。

天子の行事として、しばしば行幸をたまわりますように、ご長寿を願い上げます。

〈**語　釈**〉

○**相并**　相は動詞の上について、その動作の及ぶ対象を修飾する。従ってここでは、たくさん集まる。　○**貞幹**　常緑の松は、貞節の代表。松のこと。　○**倒陰**　さかさまに写る影。松がさかさまに池水に写っているようす。　○**澂**　澄と同じ意味。
○**霊標**　神秘な魂が宿るという高木、松。　○**瀉色**　松の緑色を池水にそそぎこむ。　○**懸蘿**　木にまきついているつたかずら。
○**籠**　うるおす。（『荀子・議兵』「東籠而退耳。（註）東籠、凍瀧同、沾湿貌。」）　○**勝景**　すぐれた景色。　○**宸儀**　天子の儀法。天子の作法の意味であるが、ここでは宮廷行事ほどの意か。　○**屡幸**　詩宴の場である鳥羽離宮は、寛治元年に完成し、白河上皇は、四年後の寛治四年に初めて行幸されているので、シバシバミユキアラバと訓んでおく。

九―18　蔵人防鴨河使左少弁正五位下兼行左衛門権介（佐）周防介臣　藤原朝臣為房上

斜籠潭月千年影
緩和蘋風百尺声
色浴恩波抽勁節
齢依皇沢契長生
射山本是地形好
仙洞佳遊不限程

斜めに　潭月を籠（こ）めたり　千年の影
緩（ゆる）やかに　蘋風（ひんぷう）に和（なご）みて　百尺（せき）の声
色は　恩波に浴して　勁節を抽（おさ）め
齢（よわい）は　皇沢に依りて　長生を契（ちぎ）らむ
射山（やざん）は本々（もともと）是れ　地形好ろし
仙洞の佳遊　限らざるの程

〈現代語訳〉

（松の枝を）斜めにさし掛けて、池に映る月を覆っている姿は、永遠に変わることのない影（帝の姿）をとどめています。

（松に吹きわたる風は）池の浮き草の上を吹く風に、緩やかに調和して、のびのびとした音が聞こえてまいります。

（池の）色は、帝の恩恵に浴しているように、強くて屈しない松の操をとりこみ、

（松の）齢のように帝の恩沢におすがりして、長寿を誓います。

（仙人が住んでいると伝えられる）姑射山のようなこの御所は、もともと風光明媚な所でございます。

離宮に行幸遊ばされ、詩歌管絃を心ゆくまでお楽しみ下さい。

〈語　釈〉
○**籠**　九―17の籠は、うるおすの意に用いられているが、この場合は、こめる。松の枝が斜めに伸びて、池水に写った月を、覆いかくしている状態。　○**千年影**　千年は永遠。影は姿。松の緑の永遠のすがたと、みかどの繁栄の永遠であることを掛けている。　○**蘋風**　浮き草の上を吹く風。（『白氏・16・〇九二・庾楼暁望』「竹霧暁籠銜嶺月、蘋風暖送過江春」）　○**百尺声**　百尺は十丈。転じて長いことのたとえ。声は風の音。のびやかな松風の音。　○**恩波**　恩恵を打ち寄せる波にたとえていう。（『杜甫・江陵望幸詩』「恩波起涸鱗」）　○**抽**　とりこむ・おさめる・ぬきんでる・ひきぬくなどの意が一般的ではあるが、目的語が「勁節」（松）であるところから、とりこむこと。松の緑をとりこむ。　○**勁節**　強くて屈しない操。ここでは松をさす。（『駱賓王・浮槎詩』「勁節掩寒松」）　○**皇沢**　皇徳。天子のめぐみ。　○**射山**　姑射山の略。崑崙山と並ぶ神仙の山。『荘子・逍遥遊篇』に「藐姑射（はこや）の山に神の居るあり。肌膚は氷雪の如く、淖約（しゃくやく）として処子の若し。五穀を食わず、風を吸い、露を飲み、雲気に乗り飛龍を御して、四海の外に遊ぶ。その神（精神）凝れば、物をして疵癘（しれい）せしめずして、年穀を熟せしむ。」とあり、これをもとにして様々な記述が発生している。日本では、上皇・法王の御所。　○**仙洞**　仙洞御所。ここでは鳥羽離宮。　○**佳遊**　詩歌管絃の遊び。公式の詩宴は、ほとんど管絃を伴う。この場合も、臣下が詩歌をたてまつり、管絃が奏されていたことであろう。
★本詩は、首聯を抜いて頷聯・頸聯・尾聯の六句のみの摘句になっている。作者の本の形なのか、筆録者の意図によるものかは不明。

九―19

松樹森々久表貞
況臨池水積齢情
遮流林月似凌雪
学雨砂風難弁晴
三品蓋陰依岸泛
千年緑色与波清
今陪仙洞翠華幸
舐犢共思庇下栄

愚息善弘久奏学問料之申文
空漏七箇度之朝恩
同清能今忝文章生之奉試
偶列二十人之清撰
各浴皇沢蓋継祖業
故献此句

正五位下行式部少輔兼大内記阿波介臣　菅原朝臣在良上

松樹　森々として　久しく貞を表はす
況むや　池水に臨めば　齢（よわい）を積みし情（こころ）
流れを遮りし林月　雪を凌ぐが似（ごと）く
雨に学びし砂風　晴れを弁（わきま）へ難し
三品（さんぽん）の蓋陰　岸に依りて泛かび
千年の緑色　波を与へて清し
今　仙洞に陪（はべ）る　翠華の幸（みゆき）
舐犢（しとく）　共に思ふは　庇下の栄

愚息善弘、久しく学問料の申し文を奏せしも、
空漏すること七たび、箇（こ）の度（たび）の朝恩あり。
同じく清能、今忝（かたじ）けなくも文章の試を奉り、
偶々（たまたま）二十人の清撰に列（つら）なり、
各々皇沢に浴せり。蓋（けだ）し祖業を継げしなり。
故に此の句を献（たてまつ）れり。

＜現代語訳＞

松樹は、高くそびえたち、長年に亘って、緑を保ちつづけ、貞節を表明しています。

まして、その松が池水のほとりに見下ろすように生えている姿は、年輪を感じます。

流れを遮るように、松の木の間から月が出ると、その輝きは雪の白さも凌ぐほど皎々としていて、
雨の音にも似た砂風の音色は、晴れているのか、雨が降っているのか区別がつけにくいようでございます。

私の祖先で従三位になった菅原清公の庇護のもと、その高位を心のよりどころとして生きて参りまして、

（今ここに）千年も変わらぬ松の緑が波に映えて、まことに清らかでございます。

私は、今こそ、帝の離宮への行幸にお供させていただくことができましたので、
溺愛してきた息子共々、帝のご庇護に感謝申し上げます。


　私の愚息、長男の善弘は、長い間文章生の試験を申請して参りましたが、七回失敗致しまして、この度ようやく恩恵を授かりました。又、三男の清能は、ただ今、もったいなくも文章生の試験に合格致しまして、偶然、二十人の精鋭に選ばれました。これは、それぞれに帝の恩沢のたまものと感謝申し上げます。恐らくは、先祖代々の学問を受け継いだことになりましょう。

　そこでこの詩句を献上いたしました。

＜語　釈＞

○森々　高くそびえたつようす。　**○積齢**　年を重ねる。年月がたつ。松の長寿をさす。　**○林月**　木の葉越しに見える月。　**○学雨**　学はまねをする。雨の音に似ている。　**○三品**　三位（さんみ）。一品から九品までの官位の第三位。作者菅原在良の三男菅原清能は、従三位まで昇進している。　**○蓋陰**　松の葉かげと、先祖の庇護を掛けている。　**○仙洞**　ここでは鳥羽離宮。　**○陪**　目上の人と同席する。　**○翠華幸**　幸はみゆき。翠華はかわせみの羽で飾った天子の旗。ここでは、白河上皇の行幸をさす。　**○舐犢**　親牛が子牛を舐め愛すること。舐犢の愛。親が子を盲愛することのたとえ。また、溺愛のあまり子どもをだめにすることのたとえ。　**○庇下**　庇護のもと。庇護のおかげ。　**○善弘**　作者、藤原在良の長男。　**○学問料**　平安時代、大学の学生に給付した学資。資格は、父祖の功による場合と、学問料の資という試験制度による場合と二通りある。また、藤原氏の私設学校である勧学院でも行われていた。　**○申文**　公卿などが叙位・任官・官位の昇進などを朝廷に申請した文書。申請書。ここでは学資の申請書。　**○空漏**　むなしく抜け落ちる。落第すること。　**○朝恩**　朝廷の恵み。　**○清能**　作詩者在良の三男。　**○清撰**　よりすぐる。よりぬき。　**○皇沢**　天子の恵み。皇恩。　**○祖業**　祖先から伝わった事業。ここでは、文章生・文章得業生。

菅原氏系図

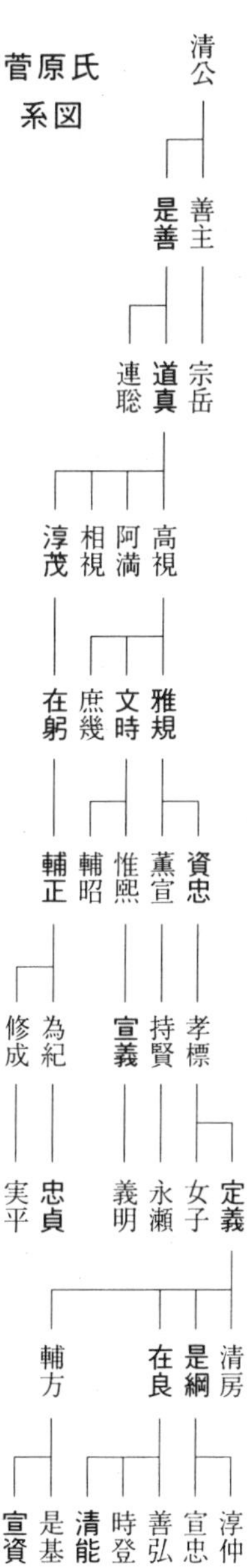

九—20

松樹亭々久表貞
斜臨池水太有情
浪痕籠月煙枝密
潭面払塵翠葉軽
露蓋影低沙雨暗
風琴韻冷藻魚驚
大夫遥献千年寿
不問蓬莱王母名

従五位上行勘解由次官臣　平朝臣時範上

松樹　亭々として　久しく貞を表はす
斜めに　池水に臨めば　太(はなは)だ情有り
浪痕　月を籠めて　煙枝　密(こまや)かに
潭面　塵を払ひて　翠葉　軽し
露蓋の影　低(た)れて　沙雨は暗く
風琴の韻　冷やかに　藻魚は驚く
大夫　遥かに献ぜむ　千年の寿
問はず蓬莱　王母の名

〈現代語訳〉

松樹は、高くそびえたち、長年に亘り、変らぬ緑を保ち貞節を表明し、その身を池水に斜めに傾けている姿は、たいそう風情がございます。水辺の波のあとは、細やかな松の葉越しの月影のように、うすぐらく、池の水面は、塵を払ったように澄み切って、松の翠は、軽やかにその姿を映し出しています。露を帯びた松のきぬがさの影が低くたれこめると、雨が降ったようにあたりはうす暗く、松風の音が琴の調べのようにすずしげに聞こえると、藻に遊ぶ魚も驚いています。大夫樹である松と共に、はるか千年もの繁栄を祈って献杯いたしましょう。（この離宮は）神仙世界の蓬萊宮や、西王母の住んだ　崑崙山など、今更問題ではございません。（それ以上に神秘的です。）

〈語　釈〉

○**亭々**　高くそびえるようす。（『文選・孔稚珪・北山移文』「其亭々物表、皎皎霞外」）。　○**波痕**　水辺の波のあと。波の去ったあとかた。　○**煙枝**　松の葉。　○**潭面**　池の水面。　○**翠葉**　みどりの葉。松をさす。　○**露蓋**　露を帯びた松のきぬがさ。　○**沙雨**　池のあたりに降る雨。　○**風琴**　風鈴。ここでは、松に吹きこむ風の音色が琴に似ていることから、松風の音。　○**韻**　ひびき。しらべ。和合した耳にこころよい音。　○**藻魚**　藻に遊ぶ魚。　○**大夫**　松の異称。秦の始皇帝が泰山でにわか雨に合い、松の蓋の下で雨宿りをし、その松を大夫（正五位）に封じたという故事による。　○**蓬萊**　仙人が住むといわれている伝説上の島で、渤海にあると言われている。　○**王母**　西王母。神話上の女の仙人。西の果ての崑崙山に住み、不死の薬を持っていたと言われ、漢の武帝に仙桃を与えたという。

九—21

松樹本来尤表貞
況臨池水太多情
梢含晴雨魚遊裏
葉助碧瀦鶴飲程
荷蓋浴煙潭月暗
華船棹影岸風情
千秋兮与千年契
計会一時献聖明

従五位上行兵部少輔臣　大江朝臣隆兼上

松樹　本来（もとより）　尤も（もっと）貞を表はす
況むや　池水に臨めば　太（はなは）だ情多し
梢は　晴雨を含み　魚の遊びし裏（うち）
葉は　碧瀦（へきき）を助け　鶴の飲みし程
荷蓋　煙に浴せば　潭月暗く
華船　影に棹（さおさ）せば　岸風の情
千秋と千年の契りと
計会　一時（いっとき）　聖明に献（たてまつ）らむ

〈現代語訳〉


松樹というものは、もともと最も貞節を表わすものです。

その松が、池水を見下ろす姿は、まことに感無量でございます。

梢は、しっとりとした潤いを見せ、池では魚がのんびり遊んでいます。

松の葉は、池のみどりのさざ波に、さらに美しさを添え、鶴も水を飲みに来ます。

はちすの葉が、水しぶきを浴びると、池に映った月も暗く見え、
立派な船が、月影にさおさして進んでいくと、岸辺に風が吹き抜ける思いがいたします。

帝のご長寿を祈り、千年も青々として枯れることのない、この松の姿のような貞節を誓います。

この時にこそ、りっぱに治まっている御代をことほぎ、この詩を献上いたします。

〈語　釈〉

○**晴雨**　晴の日も、池の水があり、魚も跳ねているので、しっとりしている状態をいうか。　○**碧瀦**　みどりのさざなみ。（『初学記』「水波如錦文曰瀦」。）　○**荷蓋**　はすの葉。葉脈があって広く丸い葉のようすが、傘の葉に似ているところから蓋という。荷は、はちす。　○**浴煙**　この場合の煙は、水しぶきでけむっている状態。水しぶきを浴びる。　○**潭月**　水にうつった月。
○**華船**　りっぱな船。美しい船。みかどや従官の乗る船か。　○**棹影**　月影の写った池水に、さおさして船を進める。
○**千秋**　長い年月。　○**計会**　ぴったり一致する。　○**聖明**　りっぱに治まっている御代。りっぱな天子の時代。

九－22

松樹栽来久表貞
新臨池水叶歓情
千秋流泛青煙色
三六風和緑波声
潭瀉仙標遐壽影
岸期君子万年栄
今逢聖主好文日
鳧藻楽余詠鹿鳴

散位従五位下臣　藤原朝臣俊信上

松樹　栽来（うえし）より　久しく貞を表はす
新たに　池水に臨めば　歓びに叶（かな）ひし情（こころ）
千秋の流れ　泛べし　青煙の色
三六の風　和せり　緑波の声
潭（ふち）に　仙標を瀉（そそ）げり　遐（か）壽の影
岸に　君子を期せり　万年の栄
今こそ聖主に逢へり　好文の日
鳧藻（ふそう）の楽余（らくよ）　鹿鳴（ろくめい）を詠ぜむ

〈現代語訳〉

松の樹が植えられてからこのかた、ずっと変わらぬ緑色で、貞節を表明して参りました。初めて、池水を見下ろす姿を見ると、まことにすばらしく歓ばしい限りでございます。長年、流れつづけた池の水には、松の青々とした色を浮かべ、（写しだし）松に吹く風の音色は、松の緑と波の音と、ほどよく調和して響きます。池の淵に松の姿を写し出す様子は、長寿の影を見るようで、岸辺近くに植えられた、君子樹と呼ばれる松は、帝の万年もの御栄えを祈っているようです。今こそ、帝にお目通りが叶いました。このよき日に。よろこび騒いだ楽しい宴のわずかな合間に、鹿鳴（詩経・小雅・鹿鳴）を詠じましょう。

〈語　釈〉

○新　はじめて。この離宮は寛治元年造営成り、寛治四年のこの年に初めて白河上皇が行幸されている。　**○千秋**　長い年月。**○青煙**　松の緑。葉が細葉なのでけむって見えるところから、松に煙の字が使われる。　**○三六風**　三と六を掛けて十八。十八は松の異称であるから、松風と解す。他に風神の異称とも言われている。　**○緑波声**　松に吹く風の音と波の音の調和した音。楽曲名にもあるのか。　**○仙標**　松には神が宿るといわれるところから松樹の意。　**○遐壽**　翻刻は遐算となっているが、改めた。長命・長寿の意。　**○万年**　永遠。　**○聖主**　知徳のすぐれた天子。聖天子。　**○鳧藻**　よろこび騒ぐ。（『後漢書・杜詩伝』「陛下起兵十有三年、将帥和睦、士卒鳧藻。【注】言其和睦歓悦、如鳧之戯於水藻也。」）

九―23

松樹千年翠蓋傾
旁臨池水望方貞
攅枝露重低潭面
細葉風来韵浪声
蘿月通光流潔時
藻蘋澄色影浮程
永為我后遐齢玩
勝地託根甚有情

正六位上行式部少丞臣　藤原朝臣友実上

松樹千年　翠蓋　傾け
旁(かたわら)の　池水に臨めば　望み方(まさ)に貞(さだ)まれり
攅枝　露　重ければ　潭面に低(た)れ
細葉　風　来たれば　浪声に韵(ひび)く
蘿月　光を通し　流れ　潔き時
藻蘋　色を澄ませ　影の浮かびし程
永らく　我が后(きみ)が為に　遐齢(かれい)　玩(もてあそ)べども
勝地に根を託して　甚だ情有り

寛治四年四月十九日公宴行幸鳥羽院作題者左大弁　講師行家朝臣　読師左大臣

＜現代語訳＞
千年も枯れなかった松樹は、その緑の枝を池水に傾け、かたわらの池水を見下ろすようにしている姿を見ると、その形は実によく整っています。松の枝に露が重く、たくさん生じると、水面にたれ下がっているようですし、松葉に風がそよぐと、波の音と快く響き合います。つたにかかって見える月の光が射しこんで来て、水の流れがすがすがしく見えるとき、水草の色も澄みきって、月の光がはっきり見えてまいります。永年に亘り、我がきみの為に、齢を重ねては参りましたが、この景勝地の離宮に、松がその根をゆだねている姿のように、帝の御来臨を得て、たいそう風情がございます。

＜語　釈＞
○旁　あまねく。すべてがそうなっている。　**○貞**　さだまる。心が正しく落ち着いて動かない。　**○韵浪声**　波の音に美しく響き合う。良く調和している。　**○蘿月**　つたにかかって見える月。　**○藻蘋**　うきくさ。みずくさ。試みに蘋を補った。　**○澄色**　翻刻では「澄也」とされているが、「澄色」に改めた。　**○遐齢**　長生き。長寿。　**○託根**　根は、松の根。松の根をよりどころとする。　**○左大弁**　大江匡房。　**○行家**　藤原行家。　**○左大臣**　源俊房。

一〇　寛治四年四月十九日　殿庭飜舞衣　詩欠

又有擬文章生試題題殿庭飜舞衣　以鮮為韻

また、文章生の試題に擬すること有り、題は「殿庭に舞衣を飜す」（鮮を以て韻と為せ）詩は欠けたり。

詩題解説

一〇九〇年、文章生の省試に備えて模擬試験が行われ、詩題として「殿庭に舞衣を翻す（鮮を以って韻と為せ）」という題で作文会が行われたのであろう。詩の欠けていることが惜しまれる。作為的に詩は公表しなかったのかもしれない。

一一　某年某月某日　松樹有涼風　一首

詩題解説

内容も詩題も明衡らしさに溢れているが、一首のみの記録しか残されいないことが惜しまれる。

一一—1　松樹有涼風

明衡

索々涼風聴自晴
勁松当夏有秋声
呉人傍岸孤帆颺
秦帝過山両袖軽
迷月令違枝冷暁
知星文妙葉戦程
日民交忘
思此時形未絶情

索々たる涼風　聴けば自から晴れ
勁松　夏に当たりて　秋声有り
呉人(ひと)　岸に傍(よ)れば　孤帆颺(あ)がり
秦帝　山を過(よぎ)れば　両袖軽やかなり
月令(がつりょう)の違(たが)ふに迷(まど)ひて　枝　冷やかなる暁
星文(せいぶん)の妙なるを知りて　葉　戦(そよ)ぎし程
日と民と交々(こもごも)忘る
此の時の形を思へば　未だ情に絶えず

〈現代語訳〉

さらさらと吹く涼風の音が聞こえてくると、心は自然に晴れやかになり、
松は、この暑い夏だというのに、まるで秋のような響きを持っている。

呉の国の人が、岸辺から眺めると、ぽつんと一そうの舟の帆柱が吹き上げられたという（あの）帆柱が見え、

（神仙思想を追い求めた）秦の始皇帝が泰山にたくさんの供え物をすると、空っぽになった両袖を軽やかになびかせた風のようでもある。

（そんな涼しい風に）暦を間違えたのではないかと、とまどうほど、松の枝もすずしげな暁どき、
星の運行のさまざまな現象のはかり知れない妙理を知っているかのように、松の葉が揺れている。

（夏の暑さなど、この涼風のもとではお互いに忘れてしまうだろう等の意か）

こんな涼風に揺れる松の姿を思うと、感慨で胸がいっぱいになり、どうか、いつまでも絶えることのないように、願わずにはいられない。

〈語　釈〉
○**索々**　樹木が揺れ動く音。さらさら。かさかさなど。低く、もの寂しい音の形容。（『白氏・巻3・〇一四一・五絃弾』「第一第二絃索索、秋風払松疎韻落」）　○**勁松**　寒さに負けず色を変えない松。　○**呉人**　中国南方、呉の国の人。ここでは、李白または孟浩然をさすか。「送孟浩然之広陵」（李白詩）を意識している。　○**孤帆**　ただ一そうの帆掛け舟。（『李白・送孟浩然之広陵』「孤帆遠影碧空尽、惟見長江天際流」）　○**秦帝**　秦の始皇帝。神仙思想を追い求めた。　○**両袖**　翻刻は「再袖」となっているが改めた。
○**月令**　一年間の時候に応じて十二ヵ月に割り当てた政治の決まり。公式の年中行事。　○**星文**　天文。星のさまざまな現象。

一二　某年某月某日　松間風度秋　一首

詩題解説

作詩の年月日は不明であるが、作者明衡の老齢期一〇六〇年前後の初秋七月頃の作と思われる。詩中の「榎」については、詩の素材としてまことにめずらしい。「にれ科の落葉高木、秋に赤い実を結ぶ。」と辞書に説明されているものの、詩で表現されているように「榎炎光」のイメージは得られない。どう見ても茶褐色の枯葉である。欅と大差がない。赤い実が夕陽に赤く光るのであろうか。などと思いをめぐらしたが、しっくりとはいかない。

或る年の秋、その榎が赤く見えたことがある。夏の猛暑と秋の冷気の寒暖の差が激しかった時のことである。某大学構内の榎が、欅と並んでいたが、夕陽を受けて、確かに紅褐色に輝いていた。欅の茶褐色と比べて、赤く美しかった。赤い実を探したが、実はまだ青いままであった。それでも明衡の「榎炎光」の表現が納得でき、満足した。

一二―1　松間風度秋

明衡

一従素節榎炎光
風度松間秋動腸
翠蓋頻飄煙猶夏
清琴一曲□調商
払超嶺上雨声冷
吹過津干波響涼
縁底今朝催雅興
蹉陀鬢髪老

一たび素節に従へば　榎　炎光
風　松間を度りて　秋　腸(はらわた)を動かす
翠蓋は頻(しき)りに飄(ひるがえ)り　煙りて猶(なお)夏のごとく
清琴一曲して　□　商(あき)を調(しら)ぶ
払ひて　嶺上を超(こ)ゆれば　雨声　冷やかに
吹きて　津干(しんかん)を過(よぎ)れば　波響　涼(すず)やかなり
縁底(なんぞ)　今朝　雅興を催(もよほ)さむや
蹉陀(きた)たり鬢髪(ひんぱつ)　老□□

〈現代語訳〉　松の木の間を吹き抜ける風は秋が来たことを感じる
ひとたび秋が来ると、榎が、紅褐色に染まる。(自然現象のすべては、秋の季節に従って、榎が紅葉し、赤い実を結ぶ。)
風が松の間を吹き抜けて(もの寂しい)秋の風情に心は揺り動かされる。
青い松のきぬがさは、さかんに風にひるがえり、かすんで見える様子は、まだ夏のなごりのようではあるが、
清々しい琴の音色にも似た松風が吹き抜けると、□は秋の曲調を奏でているかのようである。
その秋風が、さっとひと吹きして、山嶺を超えていくと、雨が降っているように冷ややかな音色が聞こえ、
風が岸辺を吹き抜けると、波の響きも涼しげに聞こえる。
どうして、こんな朝、優雅な興趣が湧いて来ないことがあろうか。(きっと湧くはずだ。)
(しかし残念ながら)私は良い時機を失って、こんなにも年をとってしまい良い興趣も湧かない。

〈語　釈〉
○度　渡と同じ。　○一従　ひとたび従う。すべて従う。　○素節　秋の季節。(『文選・長協・七命八首・4』「白商素節、月既授衣」)　○榎　にれ科の落葉高木。葉は広い長円形。初夏、淡黄色の花を開き、秋、球状で赤い色の実を結ぶ。葉は茶褐色に染まる。　○腸　こころ。　○翠蓋　蓋(かさ)の形をした青い松の枝。　○煙　けむっているように見える松の針葉。松そのものをいう。　○清琴　清らかな琴の音色。松風の音は、琴の音色に似ている。(『菅家文草・巻五・四〇一・風中琴』「清琴風処響、恰似有人弾」)　○商　五音の一つ。強くて澄んだ音。悲しげな調子。五行では秋。　○津干　わたし場。船着き場。
○蹉陀　ふしあわせで志を得ない。思うにまかせない。　○老□□　老翁霜など可能か。

一三　康平五年四月十五日　松竹有清風　四首

詩題解説

一三―1の詩は、後冷泉天皇の御製であり、貴重な一首である。「今製」は、今上天皇御製の意。康平五年（一〇六二年）時の天皇は、後冷泉天皇。今製の下の小字「後令」は、後冷泉天皇であることのメモ書きと思われる。

本詩集を発見された川口久雄氏は、その解説の中に「本集で注意すべきことは、先ず後冷泉天皇の御製「松竹に清風有り」の七律である。」として詩の紹介をされている。

康平五年は一〇六二年

一三一1　松竹有清風　音字

今製　後令

何因松竹□□
只有清風成好陰
嶺外止涼誰用扇
窓前迎夏只開襟
湘妃愁倍鳴条響
丁氏夢驚度蓋音
、、、、、、、
南簷北戸任沈吟　南簷栽松、北戸栽竹、故云

何に因りてか松と竹とは□□
只　清風のみ有りて　好陰を成せり
嶺外に涼を止むれば　誰か扇を用ひむ
窓前に夏を迎ふれば　只に襟を開くのみ
湘妃の愁ひ倍せり　条に鳴る響きに
丁氏の夢　驚けり　蓋を度りし音に
、、、、、、、
南簷と北戸と　沈吟に任せり　南簷に松を栽ゑ、北戸に竹を栽ゑたり。故に云ふ。

<現代語訳>庭の松や竹の間を涼しげに風が吹いている。
どうして松にも竹にも清らかな風が吹いているのだろう。
ただ清々しい風だけでも吹いてきて、良い木陰を作ってくれる。
やまなみの南の方にも、その涼しさを留めることができたなら、誰が扇子を使う必要があろうか。(必要ない)
窓辺で夏を迎えると、暑いのでいつの間にか襟を開いて涼をとっている。
枝に吹く風の音色は悲しげで、湘江の女神(娥皇・女英)の愁いをいやが上にも増幅させるようであり、
出世を夢みた丁固が、はっと目を覚ますと、松の木の間に風が吹きわたっていた。(という故事が想像できるのである)
、、、、、、、
南側の松、北側の竹、どちらも自由に散策しながら、口ずさめばよろしい。(南ののきに松を植え、北側に竹を植えたのでいう。)

<語　釈>
○**何因**　どうして。　○**好陰**　ここちよい日かげ。　○**嶺外**　山なみの南。山上は、もともと涼しいが、地上は暑いので、一般の市街地、御所のあたりをさす。　○**開襟**　涼をとるために襟元をゆるめる。　○**湘妃**　舜の娥皇、女英の二妃の別称。舜帝が南方に巡幸したあとを慕って湘水のほとりに至り、舜の死を聞いて泣き悲しみ、ついに湘水に身を投じて自殺し、湘水の神になったという。○**鳴条**　松の枝に風が吹いて鳴る音。風が吹いて鳴る枝。　○**丁氏夢**　丁固夢。蒙求の標題に「丁固生松」とある。丁固は、かつて松が腹の上に生ずる夢を見て、十八年後、公になるであろうと予言し、その通りになったという故事による。松は十八公の合字。○**簷**　ひさし。

一三—2　七言初夏同賦松竹有清風応令詩一首

経年松竹幾森々
只有清風感屢侵
籬落優遊聞更冷
庭間佇立韵弥深
緑飄暗調 古詩云、風吹寒竹認笙琴 高鳴管
煙仏校迷焦尾琴 禅風古詩云、松声入夜琴
漏転閑窓空破夢
波生斜岸漫添音
秦皇驚雨欲蔵蓋
阮氏歩陰宜払襟
出自翠筠蕭灑響
起於霊幹颯然心
青蘋偏悔不同畝
秋桂還慙難接岑 文選云、秋桂遺風
君子此君殊属思
慣来勁節苦沈吟

従四位下行学士　藤原朝臣　実政上

年を経りし松竹　幾ばくか森々たらむ
只に清風有りて　感ひ屢々侵す
籬落に　優遊して　聞けば更に冷しく
庭間に　佇立ば　韵　弥々深し
緑　飄りて　暗かに調ぶ　古詩に云ふ。風は寒竹に吹きて笙箏を認む　高鳴の管
煙　仏かに　校ふるに　焦尾琴かと迷へり　禅風古詩に云ふ、松声、夜琴に入る。
漏は　閑窓に転じ　空しく夢を破り
波は　斜岸に生じ　漫ろに音を添へたり
秦皇　雨に驚きて　蓋に蔵れむと欲し
阮氏　陰を歩みて　宜しく襟を払ふべし
翠筠自り出ずれば　蕭灑の響きあり
霊幹に起てば　颯然の心あり
青蘋　偏へに悔めど　畝を同じうせず
秋桂　還た慙ずるも　岑を接し難し　文選に云ふ。秋桂の遺風
君子と此君と　殊さらなる思ひに属り
慣れ来たりし勁節なれど　苦だ沈吟せり

＜現代語訳＞

年輪を重ねた松や竹が、何と、高くそびえ立っていることでしょう。

そこに清らかな風が吹いているだけで、感興はつぎつぎに湧いて参ります。

まがきの中をゆったりと楽しんで、風の音に耳を澄ませば、ますます涼しげで、
庭にたたずんで、静かに聞くと、こころよい調べは、いよいよ深まって参ります。

緑の竹を吹き上げる風は、ひそかに、高音の笙箏を演奏しているようで、

（古詩に「風が吹いて、寒竹が笙の笛を鳴らしていると思い込む」という。）

ほのかにかすんで見える松に吹く風の音色は、思うに（有名な）焦尾琴の音ではないかと存じます。

（禅風古詩に「松に吹く風の音色は、夜の琴のようだ。」という。）

いつのまにか、時が静かに過ぎ去って、そんな夢も空しく破られ、
波が斜岸に生じて、むやみに波音を立てる夕暮れ時になりました。

かつて、秦の始皇帝は、俄か雨に遭い、松の樹の下に雨宿りをしたものです。

竹林の七賢の阮籍のように竹林を散策しながら、涼をとり、清風に衿を開きたい思いです。

青く茂った竹林から抜け出すと、世俗から遠ざかった清い響きがあり、
けだかい松のもとに立つと、すっきりした心地になります。

うきくさは、どんなに悔やんでみても、所詮うきくさであり、昔のおもかげを慙じ入ったところで、高い峰に手が届くものではありません。（文選に「秋桂遺風」という。）

「君子樹」と呼ばれる松も、「此君」といわれる竹も、特別な思いを抱いており、
堅い貞節として慣れ親しまれて参りましたが、たいそうためらっています。

＜語　釈＞

○**森々**　高くそびえたつようす。　○**籬落**　まがき。落は、囲い。　○**韵**　韻と同じ。耳にこころよい調べ。こころよいひびき。
○**調**　音楽を演奏する。ほどよく鳴らす。　○**寒竹**　竹の一種で節が細かい。または冬の竹。　○**認**　錯認。思い込む。
○**高鳴管**　高音の鳴る竹。管の細い竹。　○**笙箏**　高音の出る笙の笛と琴。　○**仏**　盛んに起こるようす。または、ほのか。払の誤字であろうか。　○**校迷**　考え、調査しても迷いが生じる。　○**焦尾琴**　後漢の蔡邕が、桐の燃える音を聞いて、それが良材であることを知り、燃え残りの桐を譲り受けて作った琴。その尾部が焦げていたので焦尾琴という、すべて名器として有名。
○**漏**　漏刻。時刻。とき。　○**秦皇**　秦の始皇帝。泰山に登り、俄か雨に会ったので、松の蓋の下に雨宿りした故事をさす。
○**阮氏**　竹林の七賢の一人。阮籍（二一〇～二六三）。世俗を避けて竹林で老荘思想を論じ、自由を楽しんだ。琴と酒で有名。阮嗣の名で『詠懐詩十七首』を残す。「夜中不能寝、起坐弾鳴琴、薄帷鑑明月、清風吹我衿。」　○**蕭灑**　世俗から遠ざかり、さっぱりしていて清らかなようす。　○**霊幹**　魂が宿り、神木とされている松。　○**颯然**　風が、さっと音を立てて吹き抜ける、はっきりしたようす。　○**青蘋**　うきくさ。　○**秋桂**　むかしのおもかげ。昔からの遺風。（『文選・43・孔徳璋北山移文』「秋桂遺風、春蘿罷月、騁西山之逸議、馳東皐之素謁」）　○**君子**　君子樹。松のこと。（『田氏家集・上・58』「乍図君子樹、未苦婕好容」）　○**此君**　竹のこと。

一三－3

青松翠竹幾成林
自有清風催詠吟
響爽夜吹丁固夢
韵幽暁扇子猷襟
楳園迎夏忘炎景
秦嶺当晴学雨音
適対此叢偸作導
可憐澗底独淹沈

正五位下行式部少輔臣　藤原朝臣　明衡上

青松　翠竹　幾ばくか林を成さむ
自ら清風有りて　詠吟を催(うなが)す
響き　爽(さわや)かに夜吹けば　丁固の夢
韻(しら)べ　幽(かす)かに暁に扇げば　子猷(しゆう)の襟(えり)
楳園(ばいえん)　夏を迎ふれど　炎景を忘れ
秦嶺　晴れに当たりて　雨音を学ぶ
適々(たまたま)　此の叢に対し　偸(ひそ)かに導(い)ふを作す
憐むべし　澗底　独り淹沈(えんちん)するを

〈現代語訳〉
青々とした松や、みどりの竹が、なんと、たくさん茂っていることでしょう。自然に清らかな風が吹いている中で、詩歌を吟ずるよう催促しています。松を吹く風の音が、夜さわやかに聞こえてくると、栄達を夢みた丁固の故事を思い出し、竹の葉に、そよ風を扇ぎかけるような音色の聞かれる暁は、子猷が心を開いた故事を思い出します。この古園では、夏を迎えても、暑い夏げしきを忘れたかのようで、秦嶺山のような名山では、晴れているのに雨音のような響きが聞かれます。ちょうど、そんな折、この座に陪り、作詩の機会が与えられました。感慨深いことですが、私は唯一人、深い谷の底で耽溺いたしております。

〈語　釈〉
○丁固夢　出世栄達の夢が叶えられること。『蒙求』表題「丁固生松」松の異称。琴曲名にもある。　○韵　韻と同じ。ひびき。しらべ。　○子猷　東晉の王徽之。字は子猷。竹を愛した。(『蒙求・一六六・子猷尋戴』「晉王徽之子猷・―中略―　嘗寄居空宅中、便令種竹。或問其故。徽之但嘯詠、指竹曰、何可一日無此君邪。」)　○楳園　楳は梅と同じか。　○秦嶺　名山の代表。(一―一解説参照)
○学雨　学は、まねる。まねをするの意味があるので、雨のような音をたてることをいう。　○偸　ひそかに。
○作導　ここでは、作詩をすることによって自分の気持ちを述べること。　○可憐　もののあはれに通じ、喜怒哀楽、全ての感情についていう。　○澗底　深い谷の底。自分の立場を卑下していう。　○淹沈　出世できず悩む。

一三―4

散位従五位下臣　源朝臣　有宗上

青松緑竹幾陰森
各有清風叶寸心
古籜動時空忘扇
霊標戦処不開襟
秦山夜舞煙□□
□渓暁吹露和音
劉氏昔冠秦□爵
一時蕭□□□深

青松緑竹　幾ばくの陰森ぞ
各々清風有りて　寸心に叶へり
古籜（たく）動きし時　空しく扇を忘れ
霊標　戦（そよ）ぐ処　襟を開かず
秦山にて　夜に舞へば　煙　□□
□渓にて　暁に吹けば　露　音に和す
劉氏　昔　冠（かむ）りし　秦千の爵
一時蕭□　□□深し

康平五年四月十五日　題　明衡

＜現代語訳＞
青松も緑の竹も（よく茂って）何とうす暗くすずしいことでしょう。それぞれに清らかな風が吹いて、満足できるものでございます。（風が吹いて）古い竹の皮が揺れる時、しばし扇子も忘れてしまい、霊木である松が風にそよぐと、（涼しいので）襟を開いて涼をとる必要はありません。「秦王破陣の舞」を、夜、舞うと、松は□□「□渓」の曲を暁に吹くと、竹の葉の露が、したたり落ちて、曲にほどよく調和します。劉伶（？）が、昔竹の冠を着けていたが、出世した後までも冠り続けたといいますが、このひとときばかりは、もの寂しく□□□おもむき深いものがございます。

＜語　釈＞
○陰森　木が茂って、うす暗くすずしい。　○寸心　こころ。こころの在り場所を一寸四方と考えたのでいう。　○古籜　竹の皮。
○霊標　神が宿るといわれる松の木。　○戦処　風がそよぐところ。　○秦山　（12頁秦嶺解説参照）　○夜舞　「秦王破陣舞」という、舞曲があるので、現実に演舞されているのか、周囲の山の景色から連想しているのかは不明。　○□渓　剡渓であろうか。前三―3に「子猷」の名があるので、可能かと思われる。また笛の曲名にもあるのか。　○劉氏　劉伶か。竹林の七賢の一人。昔、身分が低かった頃、竹の冠を付け、出世後もその冠をかぶりつづけたので有名。

一四　某年十一月庚申日　雪裏松竹　一首

詩題解説

庚申信仰について。

人間の体内には三尸九虫がいて、大きな害を与えるという。三尸は庚申の日になると天に上って行って、人間の犯した悪事を天帝に告げ、人間は早死する。人間が死ぬと三尸は諸方を遊び歩き、それを鬼という。鬼の害を避ける為に、人間は庚申の日に徹夜をすれば良い。三尸が天に行けないから。この徹夜を守庚申という。守庚申を三回やれば三尸は恐れおののき、七回やれば三尸と永久に絶える、と『太上三尸中経』にある。日本では、これを庚申信仰といい、大いに流行した。『枕草子』『源氏物語』『栄華物語』『菅家文草』などにも見られる。

一四一―1　仲冬守庚申同賦雪裏松竹詩応令一首

宮内少輔従五位下　源朝臣　師忠上

雪裏何因感緒成
烈栽松竹引詩情
只対此君埋葉暁
応迷栖鶴黙枝程
梅花分付翠筠節
柳絮兼看青蓋貞
賞翫蒙寵吟詠処
偸憐繞砌石泉声

雪裏　何に因りてか　感緒（かんしょ）成れるや
烈栽の松竹　詩情を引（さそ）へり
只　此の君に対（むか）ひては　葉を埋めし暁
応（まさ）に栖鶴（せいかく）かと迷ふべし　枝に黙せし程
梅花　分かれ付きたり　翠筠（すいいん）の節
柳絮（りゅうじょ）　兼ねて看たり　青蓋の貞
賞翫し　寵を蒙らむ　吟詠の処
偸（ひそ）かに憐れみて　砌（みぎり）を繞（めぐ）れば　石泉の声

〈現代語訳〉　冬のさなか、庚申を守り、同じく「雪裏松竹詩」という題を賜りましたので一首

雪の降る中、どうしてこんなにも感情が起こるのでしょうか。

ずらりとつらなって植えられた、松と竹が詩情をさそうのです。

竹に雪が降って、葉を埋め尽くすほど積もった暁、
松に雪が降って、まさに鶴が栖んでいるかと見まちがえる程、枝に静かに積もっています。

緑の竹のふしぶしに、ちょうど梅の花を散らしたように、白い雪が付いていて、
青い松の蓋に積もった雪は、ふんわりと軟らかい柳のわたのようにも見えます。

こんな風景を味わい楽しみながら、恩恵を蒙りたいものです。ここは、詩を吟ずる場であって、無粋な守庚申だけが目的ではありません。

ひそかにそんな思いを抱いて石だたみを一まわりすると、岩の間から泉の音が聞こえて参ります。（静かな夜です）

〈語　釈〉

○**雪裏**　雪の降る中。雪の積もっているなか。　○**何因**　何が原因で。どうして。　○**感緒**　感情と情緒。感概がわきおこること。
○**烈栽**　列（つらな）り植えられていること。　○**引**　さそう。　○**詩情**　心に感じたことを詩に表現したいと思う心持ち。
○**此君**　竹の異称。（十二―3参照）　○**分付**　雪が竹の節々に分かれて付いている。竹の節の部分にだけ雪がわかれて積もっている状態。
○**翠筠節**　緑の竹の節々。　○**柳絮**　柳の種子の上に生じる白い綿状のもの。熟すると綿のように風に乱れとぶ。
○**青蓋貞**　青々とした松の蓋は、常に色を変えず貞節である。　○**賞翫**　ほめて、味わい楽しむ。　○**偸憐**　そっと複雑な思いを抱いて。
○**繞砌**　いしだたみを一めぐりする。　○**石泉声**　岩の間から流れる清水の音。（音楽名にも見られる。）

一五　某年夏月某日　清涼松竹下　一首

詩題解説

一三の詩題「松竹有清風」と似通った詩題で、しかも一首しか見られないこと、作者は無名の紀明輔であることが少々気になる。詩中の三伏について。五行思想では、夏に火、秋は金に配当される。夏至から立秋にかけては、秋の金気が盛り上がろうとして、夏の火気におさえられ、やむなく伏蔵している。庚の日は、その状態が特に著しいとして三伏の日とされている。夏至後第三庚の日を、初伏、第四庚を中伏、立秋後初めての庚の日を末伏といい、合わせて三伏という。

一五一—1　夏日同賦清涼松竹下　以風為韻

学生　紀　明輔

松竹陰涼三伏中
優遊自忘暑雲隆
緑枝不静変情退
翠葉相揺委思通
紈扇欲抛秦嶺雨
羅衣応健晉林風
何尋水石求幽趣
逐影披襟汗已空

松竹の陰は涼し　三伏の中
優遊すれば　自ら忘る　暑雲の隆きを
緑枝　静まらず　情を変へて退き
翠葉　相揺らげば　思ひを委ねて通る
紈扇　抛らむと欲す　秦嶺の雨
羅衣　健やかに応ぜり　晉林の風
何ぞ水石を尋ねて　幽趣を求めむや
影を逐ひて　襟を披けば　汗　已に空し

＜現代語訳＞

非常に暑い三伏の中にあっても、松や竹の木かげは、まことに涼しい。その中を、のんびりと楽しんでいると、夏雲が高く、太陽が照りつけているのも忘れてしまうほどだ。緑の竹の枝には、いつも風が吹いていて、さらさらと音を立て、気分を変えては、吹き抜けていき、青い松の葉は、風に揺らぎ合い、思いにまかせて通り抜けていく。こんなにも涼しいのだから、白いねりぎぬのうちわなど捨てましょう。秦嶺に雨が降っているように涼しげだから。松にからまる、つたかずらは、うすぎぬの衣のように、すこやかに風になびいています。晉林を吹く風のようにすがすがしいので。どうして、山水の静かな趣を求めるために　水や石ばかりをたずねたりするのでしょう。（そんな必要はない）松や竹の木蔭を追い求めて、胸を開くと、汗はもうすでに乾いてしまっている。（それほど松竹の蔭は涼しいものだ）

＜語　釈＞

○**三伏**　夏の暑いとき。夏至の後の第三庚（かのえ）を初伏、第四庚を中伏といい、立秋の後の初めての庚を末伏といい、合わせて三伏という。伏とは金気（秋のけはい）が伏蔵するという意味。　○**優遊**　のびのびして思いのまま。　○**暑雲隆**　夏の雲は、高処に浮かぶので、太陽はさえぎられることも少なく照りつける。　○**緑枝**　緑の枝。緑条は竹のことをいうので、ここでは竹。
○**翠葉**　緑の松。松と竹といずれでもよいが、句のイメージから松とする。　○**紈扇**　白いねりぎぬで作ったうちわ。
○**秦嶺雨**　名山に雨が降っているように涼しげであることの表現。　○**羅衣**　薄絹の着物。松にからまるつたかずら。ひらひらと風になびく。　○**晉林**　秦嶺の対に使った語であろうが不明。作詩場所の松や竹の生えている所。　○**幽趣**　山水の静かなおもむき。

一六　長久三年九月二十五日　松竹不知秋　七首

詩題解説

詩作年時一〇四二年の天皇は後朱雀天皇、関白は藤原頼通。この年の九月二十一日は、頼通の高陽院に御朱雀天皇が行幸、競馬が行われたり、九月二十七日には、有馬温泉に湯治中の頼通に、勅使を慰問に使わせたりしている。更に翌年、皇居一条院が焼失すると、高陽院に遷御されている。

詩題の松竹は、共に秋になっても色が変わらず、貞節の代名詞ともなっている。葉は、松は針葉、竹は薄く密葉ではないため、しばしば「煙」の印象として表現され、「煙葉」「煙枝」「煙樹」などと用いられる。時には「煙」一文字で「松」または「竹」を表わす場合もある。

一六一―1　秋日同賦松竹不知秋　以侵為韻

権中納言

青松翠竹思難禁
不識秋来含勁心
□□露中忘錦葉
梁園煙底隔紅林
梧桐可恥□凋落
蘭蕙欲猜有□□
今日被牽風月客
言詩酌酒也弾琴

青松　翠竹　思ひ禁じ難く
秋の来たるを知らざるは　勁心を含めばなり
□□露中　錦葉を忘れ
梁園の煙底　紅林を隔てり
梧桐は恥ずべし　□凋落す
蘭蕙は猜まむと欲す　有□□
今日　牽かる　風月の客
言詩　酒を酌み　也琴を弾ず

〈現代語訳〉
秋の日に、ともに「松竹は秋を知らず」という題で詩を賦した。(侵を以って韻と為せ)
青い松とみどりの竹を見ると、もの思いに耽るのはいたしかたのないもので、秋の到来がわからず、あおあおとしているのは、よほど強い心を持っているからでしょう。
□□露のおりる頃となっても、錦色に葉をかえることも忘れ、梁園の松や竹は青々として、紅葉した林と、はっきりと区別している。
あおぎりは、恥ずべきでしょう。秋が来れば、まず葉を落としてしまい、香りの良い蘭蕙も、松や竹の常緑を羨ましく思っていることでしょう。
今日ここに、自然に親しみ、詩歌を作る客として列席させていただきました。詩作して志をのべ、酒をいただき、また琴を弾じましょう。

〈語　釈〉
○**勁心**　強い心。不変の心。　○**錦葉**　秋になって樹木の葉が黄や紅に変わること。　○**梁園**　漢時代、梁の孝王のつくった庭園。りっぱな庭の代名詞的存在。日本では、親王の唐名として用いられたが、ここでは作詩された場所。　○**煙底**　松や竹の葉の細いようすが、かすんで見えるところから、煙を松あるいは竹そのものを表現する語。底は助字的に用いられている。　○**紅林**　周囲の紅葉した林。　○**梧桐**　あおぎり。秋が来ると、いち早くその広い葉を落とす。　○**凋落**　梧桐が葉を落とすこと。　○**蘭蕙**　香りのよい草。転じてりっぱな人物のたとえ。　○**風月客**　自然に親しみ、詩歌を作る客。　○**言詩**　詩に託して志をのべること。

一六―2

松竹共鮮結好陰
不知爽気　秋侵
呉江月忘寒蛬影
嶰谷嵐淩旅雁音
煙葉何随黄□候
霊標未悟白蔵心
千年黛与万茎緑
鎮歴四時聳也森

大江　時棟

松竹　共に鮮やかに　好陰を結べり
爽気を知らず
呉江の月は　寒蛬(きょう)の影を忘れ
嶰谷の嵐は　旅雁の音を淩(しの)げり
煙葉　何ぞ随(したが)はむ　黄□の候
霊標　未だ悟らず　白蔵の心
千年の黛と　万茎の緑と
鎮歴すること四時(しいじ)　聳(そび)へ　也(また)森(しげ)し

〈現代語訳〉

松も竹も、共に鮮やかな緑色を保ち、心地よい日陰を作っている。

秋の爽やかな風とも知らずに、秋の深まりを期待する。

こんな木陰に、呉江に照る月も、きりぎりすを映し出すことをすっかり忘れ、（秋が深まっていることに気がつかない。）

嶰谷を吹く風の音は、（秋が来たので）遠くへ飛んでゆく雁の鳴き声を淩ぐほどである。

竹の葉は、どうして（周りの黄葉する）時期に合わせなければならないのか。（黄葉しなくてよい。）

青い松は（色を変えないので）まだ秋が来ていることに気がついてはいない。

千年も青々とした松と、まっすぐで、たくさんの節をもつ竹の緑と、
長い歴史をへて、一年中高く聳えたち、また、こんなにも茂っているではありませんか。

〈語　釈〉
○**好陰**　心地よい日陰。（『白氏・16・〇九六八・石楠樹』「可憐顔色好陰涼」）　○**呉江月**　名水に浮かぶ月。川に写る月。
○**寒蛬影**　蛬は、きりぎりす。こおろぎ。秋が深まれば鳴く虫。影は月の中に見えるきりぎりすの姿。（兎や桂と同様）
○**旅雁**　遠くへ飛んで行くかり。　○**煙葉**　ここでは竹の葉。　○**黄□**　秋になって、黄葉する木々を表現した語であろう。「白蔵」の対になる語。　○**霊標**　松の木。　○**白蔵**　秋の異称。秋は五行では白に当たる。穀物を収蔵するときに当たるのでいう。
○**千年黛**　黛は青黒色。青々とした山や樹木の形容。千年もの間、青々としている松。　○**万茎緑**　茎は細いものを数える数詞。たくさんの茎をもつ竹のこと。　○**鎮座**　長い歴史を治める。　○**四時**　春・夏・秋・冬の一年中。

一六―3

窓松蘩竹幾森々
都□□□□□□
□□□□千歳瑞
金風□□数竿□
籬嘲陶県装霜色
岸咲洞庭落浪音
門下愚儒今作導
孤貞欲慣歯徐深

弾正少弼　菅　定義

窓松　蘩竹　幾ばくか森々たらん
都□□□□□□
□□□□　千歳の瑞
金風□□　数竿の□
籬は　陶県を嘲(わら)ふ　霜を装ひし色
岸は　洞庭を咲(わら)ふ　浪の落ちし音
門下の愚儒　今　導(い)ふを作す
孤貞　慣(な)れむと欲すれど　歯(よわい)　徐(おもむ)ろに深し

〈現代語訳〉

窓から見える松、たくさんの竹、何と高々とそびえていることよ。

都（欠字）
□□□□千年も栄えるという、松のめでたさ。
秋風が吹いて（意味不明）……竹のほめことば。

籬は、陶県の霜を装った色ではないかと嘲い、
岸は、洞庭湖に浪が落ちる音ではないかと、ほほ笑んでいる。（竹やぶから聞こえる秋風の音が心地よい。）

門下の一人であっても、つまらない儒者の私も、今こそ詩作を述べる時が来ました。

一人で忠誠を誓う境遇に慣れて参りました頃には、年齢もゆっくり深まって参りました。（だんだん年をとりました。）

〈語　釈〉
○**窓松**　窓から見える松、または窓近くの松。　○**蘩竹**　むらがり生えている竹。　○**森々**　樹木がさかんに茂り、高くそびえたつ様子。　○**千歳瑞**　千年もの長い間、繁栄するという前兆。神の知らす前知らせ。松の長寿の予兆。　○**金風**　金は五行では秋。秋風。　○**数竿**　ここでは、竹の数の多いこと。　○**陶県**　鄱陽湖の東岸。今の江西省鄱陽県か。陶淵明の『飲酒・其五』「采菊東籬下、悠然見南山」を意識したものか。　○**洞庭**　洞庭湖。湖南省北部にある。昔は中国最大の淡水湖であった。
○**愚儒**　おろかな儒学者。自分のことを謙遜している。　○**作導**　作詩すること。　○**孤貞**　孤竹（一本だけ孤立して生える竹）と貞松（冬になっても色の変わらない松を、変わらぬ操にたとえる）作者自身。

一六一4

散位　明衡

竹筠松樹動幽襟
持節不知秋正深
孤蓋長忘寒露染
数竿何畏暁霜侵
梁園九月無黄落月令云、季秋之月草木黄落
秦嶺四時有緑陰
□□此君偸寄語
為憐澗底老来心

竹筠（いん）　松樹　幽襟を動かす
節を持して　知らず　秋　正に深まれり
孤蓋　長く忘れたり　寒露に染めらるるを
数竿　何ぞ畏れむ　暁霜に侵さるるを
梁園　九月　黄落する無く
秦嶺　四時（しいじ）　緑陰有り
□□　此の君　偸（ひそ）かに寄語せむ
憐れみを為せ　澗底　老来の心

〈現代語訳〉

青竹や松樹を見ていると、静かで深い思いを揺り動かされる。松や竹はいつも青々として枯れることなく貞節を守っているので、気がつかないが、時はまさに秋が深まっている。松の蓋だけは、もう長い間、冷たい露に当たっても色が変ることなど忘れ、多くの竹は、暁の霜にうたれて、落葉することを、どうして畏れる必要があろうか。（いつも変わらず青々としている。）梁園では、晩秋九月であっても、色が変わって落葉することなどなく、（月令では、九月には草木が黄落するという。）秦嶺では、一年中緑の木蔭が楽しめるという。
□□　この竹に、ひそかにことづてをしよう。谷底に沈んだまま、年を取ってしまった私の心情を。どうかいとおしく思ってほしい。（人生すべてこんなものです。）

〈語　釈〉
○**竹筠**　竹も筠も竹。　○**幽襟**　襟は心の意。静かでおく深い思い。　○**孤蓋**　一本の松の枝。　○**寒露染**　冷たい露に当たって草木が黄・紅などに変色すること。　○**数竿**　たくさんの竹。　○**暁霜**　夜明け頃おりる霜。　○**梁園**　漢代、梁の孝王の作った園で、立派な庭園の代表。　○**秦嶺**　立派な山の代表。（12頁参照）　○**四時**　一年の四季。春・夏・秋・冬。つまり一年中。また、一日の朝・昼・夕・夜のこともいうが、ここでは、四季の一年中の意。　○**此君**　竹の異称。東晋の王徽之が竹を好み、竹を指さして、「なんぞ一日も此の君なかるべけんや。」と言った故事に基づく。　○**偸**　ひそかに。こっそりと。　○**澗底**　谷底。翻刻は「洞底」となっているが、改めた。　○**老来**　来は助字。過去から現在に向けての状態の変化を表す。年をとってこのかた。

一六―5

翠松青竹共成林
不奈□□蘭□□
□□雖霜淩雪性
□□勁節有□心

翠松　青竹　共に林を成せり
（不明）
（不明）
（不明）

伴　方賢

解読不能
虫損や浸湿のための筆墨流れが多く解読不能の状態である。

一六一6

民部大丞　国長

何物不知秋漸深
云松云竹帯貞心
翠筠豈拘金風冷
緑蓋既忘□露侵
□□□□蘭悴色
呉江可咲柳衰陰
感情箇裏雨□苦
偃蹇□□勝衆林

何物ぞ　知らざれど　秋　漸く深まれり
松と云ひ　竹と云ひ　貞心を帯びたり
翠筠　豈(あ)に拘わるや　金風の冷ゆるに
緑蓋　既に忘れたり　□露　侵さるるを
□□□□　蘭の悴(しぼ)みし色
呉江　咲(わら)ふべし　柳の衰へし陰
感情　箇の裏(うち)　雨□苦(はなはだ)し
偃蹇たる□□　衆林に勝れり

＜現代語訳＞
秋が次第に深まっているのを、知らないというのはいったい何者なのですか。
松と云い、竹と云い、どちらも貞節の志をふくみ持っていて、いつまでも色が変わることはない。
みどりの竹は、どうして秋風の冷たいことにこだわる必要があろうか。(関係ない)
緑の松は冷たい露に侵されて、草木が黄葉し、枯れ落ちることなど、とっくに忘れてしまっている。
□□□□蘭の枯れてしまった色を見て、
呉江も笑うでしょう。柳の葉が枯れ落ちて、憩う木陰もないことに。
感情は、こんな時、雨のようにしきりに湧いてくる。
腰を低く曲げた偃蓋の松は、他の樹々よりも、最も勝れている。

＜語　釈＞
○何物　因何　何が原因であろうか。何に因りてか、と同義か。　**○金風**　秋風。または西風。金は五行で、季節は秋。方位は西である。　**○蘭悴色**　蘭のしぼんだようす。　**○呉江**　美しい川の代表。(12頁参照)　**○可笑**　きっと笑うだろう。
○柳衰陰　柳の葉が枯れ落ちて、憩うことのできる木蔭もなくなっていること。　**○偃蹇**　腰の曲がったようす。偃蓋の松。
○衆林　松と竹以外の樹々。

一六一7

実平

松竹栽来興味侵
不知秋至表貞□
□□□変露寒色
翠蓋弥鮮□冷音
門柳□□老悴思
庭蘭□類早□心
染毫雖□□遊好
猶恨未伝祖業襟

松竹　栽来(うゑ)しより　興味(おもむき)侵(すす)み
秋の至るも知らず　貞□を表はせり
□□　□変　露　寒き色
翠蓋　弥々(いよいよ)鮮やかなり　□冷の音
門柳は□□　老悴の思ひ
庭蘭は□類　早□の心
毫(ふで)を染め　□と雖も　□□遊好
猶(なお)　恨むらくは　未だ伝へず　祖業の襟

長久三年九月廿五日　　講師　定義朝臣

〈現代語訳〉

松や竹が栽えられてからというもの、興趣はしだいに湧いて来た。秋の到来も知らず、貞節を表すように、いつまでも青々としている。晩秋から初冬にかけての冷たい露を帯びると、□□□色を変えてしまうが、みどりの松は、ますますそのみどりを鮮やかに見せる、□冷の音とともに。門の側に植えられた柳は、□□（葉が落ち）老衰の思いがするし、庭の蘭も□たぐいで、早□の気がする。筆を染めて（詩作に励もうとしている）とはいうものの、（鑑賞することが）好きで、未だに先祖伝来の学問を伝えることができず、残念でございます。

長久三年（西暦一〇四二年）九月二十五日　　講師　定義朝臣

〈語　釈〉

○栽来　栽えてからこのかた。栽えたそののち。　**○侵**　しだいに進む。しだいに入り込む。　**○貞□**　□は真も可能かと思われる。貞真は心が正しく、まことがあること。　**○老悴**　老衰　老いやつれる。老いの憂い。　**○祖業**　祖先が創建した功績。作者実平は菅原輔正の孫。菅原道真から数えれば五代目である。文章家としての祖先の残した功績を継承すべき立場にある。

○講師　漢詩の会、歌会、歌合わせのときなど、詩や歌を読み上げる人。

一七　康平六年夏月某日　夾水多松竹　三首

詩題解説

康平六年（一〇六三）は、晩秋九月晦日に藤原敦基らの詩会も行われているが、この詩会は、作詩日月が不明の上、作者が全く無名の三人である。更に水濕による欠損が著しく、解読はほとんど不能である。

一七－1　夏日同賦夾水多松竹

高階　兼業

風松露竹興□何頻□
多□夾□水辺動感神
迅瀬□□□蓋翠
長潭左右□条新
□踈□□□□□
蘩密舟穿雨岸烟
只不呉江模此□
□□□□也湘浜□

風松　露竹　興（おもむき）　何ぞ頻りなるや
多く水辺を夾みて　感神（こころ）を動かせり
（迅瀬）□□　蓋翠（みどり）に
長潭の左右　□条新たなり
□踈□□□□□
蘩（くさむらしげ）密く　舟穿てば　雨岸烟れり
只に呉江のみにあらず　此の□に模す
□□□□　也（また）湘浜

＜現代語訳＞
夏のある日、ともに「水を夾（はさ）んで松竹多し」という題で詩を賦した　一首
風に吹かれる松と露を帯びた竹、見ているとなんとしきりに興趣が湧いて来るものだ。
たくさんの木が水辺をはさんだように林立する姿は、すばらしく感動させられる。
（はやせ）以下欠字。
長い淵の左右には、竹が新しい枝を伸ばしている。
（解読不能）
こんな風景は、只に呉江ばかりではなく、この場にも見ることができる。
□□□□であり、また湘□のようでもある。

一七－2

青松緑竹足称□
夾水少多望裏新
□瑟雨方浪月夕
清琴和合岸風晨
長潭遠近分煙蓋
一□浅深抜翠筠
説託最来断二□
□□□□得為倫

青松緑竹　□を称ふるに足れり
水を夾めば　少多　望裏新たなり
□瑟　雨方は　浪月の夕
清琴　和合す　岸風の晨
長潭の遠近　煙蓋を分かち
一□の浅深　翠筠を抜けり
説び託すは　最来断□□
□□□□　得て倫と為す

［　　　］

〈現代語訳〉
青い松、緑の竹は、□をほめたたえるに充分である。
水流をはさんで眺めると、どんなにか新鮮に見えることであろう。
□瑟の音色にも似た雨のおとの行く先に目を向けると、波間に月がただよう夕べのようで、
清らかな琴の音が、うまく調和するような松風が、岸辺を吹く夜明けのようでもある。
長い淵が、遠く近く続いていて、松の枝を分け隔て、
一つの□が、浅く深く、みどり色の竹を抜いている。
□□□□（解読不能）（松竹と水と一体となって景観を生んでいるので）道理にかなった景色である。

一七―3

学生　藤原　師隆

旁□多松竹感何頻
夾水傍沈色正新
翠蓋東西遥浦□際
青竿左右曲潭□脣
望□□□□□□□客
心誤呉江垂初人
今「接英才風明」
□□□□魯頑身
康平六年「　」

（旁らに）松竹多ければ　感ひ　何ぞ頻りなる
水を夾みて　傍らに沈めば　色正に新たなり
翠蓋は東西にのび　遥か浦の際まで
青竿は左右にあり　曲りて□□
（不明）
心は　呉江かと誤りて　垂初の□
今　□□□　□□の明
□□□□　魯頑の身

＜現代語訳＞
松や竹が多いと、感興はどうしてこんなにも、しきりに湧いてくるのであろうか。
まして、水をはさんで、水辺に沈むように写し出されると、色はまことに新鮮である。
松の枝は、東西に伸びて遥か遠いはまべのきわまで続き、
青い竹は、左右にあって、曲がった□□
（不能）
心の中では、呉江の景色かと見誤ったような気分がする。初めての（出席で）
（不能）
□□□□　にぶくて頑固者の身ではありますが。

平安朝の詩宴に「へい」

解釈するにあたって、たった一つの語がわからないために、全体の解釈がどうしても成り立たず、困り果てることがよくあります。

「平」という語について、ちょっとこだわって考えてみたいと思います。

二七　天永二年（一一一一年）十一月廿五日　「雪に対ひて唯に酒を斟むのみ」と題する十九首の詩群があります。その中の第六番目、右少弁実光の詩について。

終朝　雪に対ひて　眼相驚く　酒を斟みて　慇ろに唯に平を唱ふのみ　惨烈　侵すこと殆し　醒後の思ひ　（後略）

一晩中、雪に向かっていると、その美しさに目はうばわれる。酒を斟んでは、丁寧に、ひたすら「平」と唱えるばかりである。厳しく激しく降る雪は、殆ど全てのものを覆い尽くして、酔いも醒めるようだ。

ここで問題にしたいのは、二句目末の「平を唱ふ（唱平）」という語句についてです。酒を斟んでねんごろに「平」と言ったのです。「唱」は本来、声に出してうたうという意味です。「平」は、中国語音でpingと発音します。漢音では「へい」。呉音では「ひょう」となります。この何れかを、声に出して言ったことになります。酒宴の開始の時、杯を挙げてみんなで「へい」と言って酒を飲みはじめる習慣は、現代の「乾杯」のしぐさに似ています。

『続日本紀』に『采女擎御盃、来授陪膳采女、常嗣朝臣跪唱平。』采女が盃をささげ持って来て、膳の采女に渡す。そこで常嗣朝臣は跪いて「平」と唱しています。『小右記』には「三献以上侍臣行酒」（唱平勧盃儀如節会）とあります。「唱平勧盃の儀式」があったのです。酒を勧めるために「平」と唱える一つの作法があったと思われます。

同じ詩群の第八番目、散位永実の作品を解釈してみましょう。

高閣　簾を巻きて　雪に対ひし程　唯に桂酒を斟み　屡々平を呼すのみ　樽に映りし残月　冷やかに　還た　湿ほふ　盞に入りし落花　消え　又　軽し　（後略）

大体の意味をたどってみると、

高どので、簾を巻き上げて雪を眺める。ただひたすら上等の酒を斟んでは、何度も「平」と叫んで乾盃するばかり。しばしば「へい」と叫ぶのです。こうなりますと、現今、我々が酒宴の席で、ことあるごとに杯を合わせて、何度も繰り返し「乾盃」とさけぶしぐさに大変近くなります。。

たった一語「平」の読みと解釈にこれだけ悩んでも、なお釈然としないのが現実です。

中右記部類巻七　紙背漢詩集

一八　寛治五年二月二十八日　芳友不如花　九首

詩題解説

詩題の「芳友」は、熟語として例類を見ない語である。かぐわしき友情、かおり高い友情などの意であろうが、自然の花の美しさにはかなわない。つまり、自然美の方が友情よりまさっていると言いたいのであろう。菅原是綱は、宴会後の寂しさや、親友に会いに行っても自然の雪景色の前に会わずに帰った王子猷の故事を示し、同門に新人を迎えても、心から打ち解けないと嘆いている。菅原在良も同様、新入生達に対する不信感を抱きつつ、自然界の美しさに目を奪われている。藤原俊信も、新入の若い人達とはなじみにくく、すぐには友情も芽生えないといい、白楽天の「北窓三友詩」に思いを馳せる。以下の作者達もそれぞれ故事を求めながら、すべて友情のはかなさをうたい、自然の花の美しさをめでている。

一八―1　芳友不如花

国子祭酒　菅　是綱

閑思芳友感腸成
花色不如携得情
只比交蘭薫苑暁
誰論伐木散林程
剡渓雪異尋無遇
金谷霞同契未軽
青柳紅桜相伴処
猶慙衰老澗松名

閑かに芳友を思へば　感腸成れり
花色は　如(し)かず　得(したしみ)を携(いだ)く情(こころ)に
只に　交蘭と薫苑の暁を　比ぶれば
誰か　伐木(ばつぼく)と散林の程を　論ぜむ
剡渓(せんけい)の雪　異にして　尋ぬれど　遇ふこと無く
金谷の霞　同じうして　契れども　未だ軽やかならず
青柳紅桜　相(とも)に伴ふ処
猶(なお)　慙(は)ずるは　衰老澗松の名を

〈現代語訳〉　芳友は花の美しさにかなわない。
静かに友情というものを考えてみると、さまざまな思いが湧いてくる。花の色は、どんなに美しくても、そんな親しみをいだく心には、到底及ばないだろう。ただ、心を許し合った友とのつき合いと、花の薫りに満ち溢れた苑の暁の光景を比較してみると、友を宴席に招き、どんなに楽しんでも、散会後の寂しさを思えば、誰がその優劣を論じることができるだろうか。剡渓に、親友戴逵を尋ねた子猷が、あまりの雪深さに遂に逢うことができずに引き返したという故事もあり、金谷園の詩宴に招かれても、上手に詩が作れなければ、罰杯を受けるので、同座した諸賢とも、軽い気持ちではつき合えない。春になれば新芽を出す柳、咲き誇る桜のように、新進の精鋭たちが仲間入りをする。やはり私は、そんな中で、老い衰えながら、谷底の松のように不出世の身を慙じるばかりです。

〈語　釈〉
○**芳友**　かんばしい友。香り高い友。用例未見。詩題から推測して、香りばかりで実のない友情か。　○**感腸**　感腸に同じ。心。思い。心に。腸は腸の俗字。物事に感じて心をいためる。(『詩経・陳風・沢陂序』「言霊公君臣、淫於其国、男女相説、憂思感傷焉。」)　○**伐木**　友人を宴会に招き、親しみ合う詩。(『詩経・小雅・伐木』「伐木丁丁、鳥鳴嚶嚶。」)　○**剡渓**　雪の美しい夜、親友戴逵に会うため舟出したが、あまりの雪の深さに一説に雪の美しさに圧倒され、会えずに帰ったという故事がある。　○**金谷**　西晋の荊州の地方長官、石崇の別荘である金谷園のこと。ここで詩宴を開き、詩の作れない客は罰として酒三斗を飲ませた故事がある。(李白『春夜宴桃李園序』「如詩不成、罰依金谷酒数」)　○**澗松**　谷の深い所に生えている松。(『文選・左思詠史詩其二』「鬱々澗底松」

一八－2

衆花漠々思相并
芳友不如成契情
攀露難催千里駕
呼霞可伴一林鸎
同門黄柳金方断
異類青松蓋共傾
初会風亭詩酒席
遥期向後毎春栄

式部少輔　菅原　在良

衆花は漠々として　相(とも)に并(なら)ばむと思(ねが)ふ
芳友は如かず　契りを成すの情(こころ)
露に攀るは　催(うなが)し難し　千里の駕
霞を呼ぶに　伴ふべし　一林の鸎
同門の黄柳は　金(あき)　方(まさ)に断ち
異類の青松は　蓋　共に傾く
初めて風亭に会す　詩酒の席
遥かに期(ま)つ向後(ゆくすえ)　毎春栄(はなさく)を

＜現代語訳＞

多くの花が一面に咲き乱れ、それらはともに並ぶことを願っているようだ。

芳友というものは、そんな花にはかなわない。親友の約束を果たそうとする心によってのみ、発せられるものだから。

千里も遠く離れた親友を訪問してほしいからといって、露に濡れた夜道を登ってくるように催促するのはむずかしいことだ。

（一方自然界では）霞立つ春ともなると、どこからともなく鶯が来て、自然に春景色となる。

入門したばかりの若者達は、秋になれば、もう門下を離れて、
違う流派の人達と、まるで旧知の間柄のように親しく付き合っている。

初めておもむき深いあずま屋で催されたこの詩宴に参加することができたのだから、
どうか末永くお付き合いいただき、毎春花が咲くように、幾久しい繁栄をお祈り申し上げます。

＜語　釈＞

○漠々　広々と連なっている様子。一面に敷き並べているさま。　**○攀露**　露が多く降りた路をよじのぼる。攀はよじのぼる、すがる、たよる　などの意味もあるが、いずれも解釈しにくいので、露茂き路を苦労して登るというほどの意にとらえた。
○呼霞　霞を呼ぶのは、春霞を待つ心。つまり、春の到来を待つ心。　**○黄柳**　柳の新芽のこと。ここでは新人。　**○金**　五行では、金は秋に配当されるので、秋のこと。　**○異類**　同門の対として用いられるので、他の門徒をさす。　**○蓋共傾**　傾蓋　途中で出会った人が、互いの車の蓋を寄せて、親友のようにはなしあうこと。一見して旧知のように親しくなること。傾蓋如故。（一八－6参照）　**○風亭**　清い風が吹くあずまや。すがすがしい亭閣。　**○向後**　ゆくすえ。

一八—3

芳友元来人莫争
不如花樹擅春栄
松嫌已老未倶契
竹号此君猶異情
柳色同門風靡暁
桃顔連璧露開程
誰言偏伴琴詩酒
粉艶濃粧又有名

宮内権少輔　藤　俊信

芳友は元来（もとより）　人と争ふこと莫（な）けれど
花樹に如かず　春栄を擅（ほしいまま）にするを
松は　已に老ゆるを嫌（いと）はれ　未だ倶（とも）に契らず
竹は　此君（このきみ）と号（な）づけられ　猶（なお）　異情（ことごころ）のごとし
柳色の同門　風靡く暁
桃顔の連璧（れんぺき）　露　開く程
誰か言はむ　偏（ひと）へに伴ふは　琴詩酒と
粉艶濃粧　又　名有り

〈現代語訳〉


芳友とは、もともと人と争うようなことはないはずだが、
実のなる花には及ばない。春をほしいままに咲き誇っている花樹に。

長寿である松は、もうすでに年老いたことを嫌われるので、まだ親友の約束はしない。

竹は、その昔王徽之がこよなく愛したということで「此の君」と名づけられたため、どうも、しっくりいかないようだ。

しなやかに風に靡く柳のような、若い同門の人達が、そぞろ退出しようとする夜明け、
朝露が消えるように、酒気を帯びた美しい顔立ちの秀才たちが解散していく。

誰の言葉だったのか、ひたすら必要とするものは、琴と、詩と酒である。（友情ははかないものだ。）

濃淡咲き乱れる花の美しさは、折々に美しさを見せる西湖の蘇軾の詩のように又有名ではないか。（自然の美しさをめでている。）

〈語　釈〉

○春栄　春の花。または春の盛り。　**○花樹**　実のなる花。　**○此君**　竹の異称。東晋の王徽之が竹を好み「なんぞ一日も此の君なかるべけんや」と竹を指差して言ったという故事がある。（『晋・王徽之伝』「指竹曰、何可一日無此君耶」）　**○柳色**　新人の喩え。しなやかな柳のような若い人々。　**○風靡**　草が風に靡くように、靡き従う。（『後漢・馮異伝』「英俊雲集、百姓風靡」）
○連璧　二つ揃って優れているもののたとえ。双璧。ここでは、才能と容姿との双方がすぐれていることをいう。酒気で赤みを帯びた顔と、若く美しい顔立ちの両方を言うか。　**○琴詩酒**　白楽天の『北窓三友詩』に「琴詩酒友皆抛我、雪月花時最憶君」とある。自分にとって、最も大切な友達は琴と詩と酒であるという。　**○粉艶濃粧**　蘇軾詩『飲湖上初晴後雨』に「淡粧濃抹総相宜」とあるのに基づくもの。粉艶は曇天の景色。濃粧は晴天の景色をいう。

一八―4

何物有時友義成
不如艶々百花明
断金已代黄梢柳
伐木相知白片桜
誰変春中締契思
兼嫌夏後隔交情
対来濃淡優遊処
豈覓当初管鮑名

散位　平　祐俊

何物ぞ　時に有りて友義成れるは
艶々たる百花の明には如(し)かず
断金　已に代はれり　黄梢の柳
伐木　相知りぬ　白片の桜
誰か　春中を変へて　契思を締(むす)ばむ
兼(とも)に　夏後を嫌(いと)ひて　交情を隔つ
濃淡に対来(むか)ひて　優遊する処
豈　当初(そのかみ)に覓(もと)めむや　管鮑の名

〈現代語訳〉

何ということだろう。機会に恵まれて、友情が成立するなどとは。そんな友情は、華やかに咲き乱れるたくさんの花の美しさには、とうてい及ばない。たとえその友情が、金属をも断ち切る程堅くても、柳が新芽を吹く春には、すでに交替してしまう。宴会に友を招いて親しくつき合っても、ほんの一ひらの桜の花びらのように、はかないことをお互いに知っている。誰が真っ盛りの春を変えてまでも、友情を結ぼうとするのだろう。ともに夏が終わって、秋が来るのを嫌がって、友交に溝を作っているではないか。ここは、濃淡咲き乱れる花を前にして、思い切り楽しめる処だ。どうして、昔から有名な管鮑の交わりなど、求めようとするのだ。（そんな必要はない）

〈語　釈〉
○**有時**　チャンスを得ること。機会に恵まれる。　○**友義**　節度に叶った友情。　○**断金**　金属を断ち切る意味で、友情が大変強いこと。（『易・繋辞上伝事』「二人同心、其利断金」）　○**伐木**　友人を宴会に招き、親しみあう詩。詩経の詩編。（十八―1参照）
○**契思**　友情を結ぼうとする気持ち。　○**夏後**　夏が終われば、秋が来る。夏の終わりの淋しさ、わびしさを表わす。
○**濃淡**　濃いと薄い。濃淡さまざまに咲き乱れる花のようす。　○**優遊**　のびのびして思いのさま楽しむ。　みずから満足する。
○**管鮑**　春秋時代の斉の政治家管仲と鮑叔牙。管仲は、鮑叔牙の推挙によって桓公に仕え信任された。共に貧しい少年時代の交わりが生涯変わらなかった。管鮑の交わりをいう。

一八－5

芳友元来契正成
不如花樹剰施栄
還嘲剡県月尋暁
猶勝河陽春富程
尚謁桃顔新咲色
交談鶯舌緩歌声
被牽濃艶今為道
山木凡材莫隔情

治部少輔　源　家俊

芳友は元来(もとより)契ること正(たと)ひ成すとも
花樹に如かず　剰(あまつさ)へ栄を施せり
還(ま)た剡県を嘲(わら)ひ　月　尋ねし暁
猶(なお)　河陽に勝るごとし　春　富める程
尚(ねがわくは)　桃顔に謁(あ)はむ　新たに咲きし色
交(こも)ごも鶯舌を談ぜり　緩(ゆる)やかに歌ふ声
濃艶に牽(ひ)かれ　今　道(い)ふを為す
山木も凡材も　情を隔つる莫(な)かれ

＜現代語訳＞

芳友というものは、たとえ交友の約束をしたからといっても、花樹の美しさにはかなわない。花は、必ず咲き、その上実るものだから。

また、友情の厚い剡県の故事をあざけりながら、月を友にしようと、夜明けまで散策したものの、なお河陽にも勝るほどの、春たけなわのこの美しさよ。

どうか桃顔のような美しい若者にお目にかかりたいものだ、新しい花の気配の中で。

その花に鶯が来て、ゆったり鳴くように、私も仲間に入って語り合いたいものだ。

みごとに咲き乱れる花の美しさにひかれて、今こそ申し上げます。

たとえ、平凡で、取るに足らない私のようなものでもわけ隔てなくお付き合いのほどを。

＜語　釈＞

○**剡県**　浙江省曹娥江の上流。剡渓。東晋の王子猷が、雪の深い夜、親友戴逵を訪ねたが果たせなかった所として有名。『蒙求』では、月の美しい夜、親友戴逵に会いたくなった王子猷が、月の美しさに満足して会わずに帰ったと伝えている。　○**河陽**　中国では、河南省孟縣の西のあたり。晋の潘岳が河陽県の令となり、県内に多くの桃李を植えたという。日本では、京都山崎のあたり。
○**桃顔**　桃色の若く美しい顔色。　○**緩歌**　ゆるやかにうたう。(『白氏・12・〇五九六・長恨歌』「緩歌慢舞凝絲竹、尽日君王看不足。」)　○**為道**　道は、言う。発言する。

一八－6

春天何物感方成
芳友不如花色明
拾謁隔交霞秘暁
清談合契鳥歌程
梅飄素艶連襟思
柳嫋黄梢傾蓋情
林下会遊雖得境
凡才独恥接群英

文章生　藤原　知仲

春天　何物ぞ　感（おもい）方（あまねく）成れるは
芳友は　花色の明に如かず
拾謁も　交はりを隔てば　霞　秘めし暁
清談し　契（ちぎ）りを合はすも　鳥の歌ひし程
梅　素艶　飄（ひるがえ）せば　連襟の思ひ
柳　黄梢　嫋（たおやか）なれば　傾蓋の情（こころ）
林下の会遊　境を得たりと雖も
凡才　独り恥（は）ず　群英に接するを

＜現代語訳＞

春が来たら、何ということだろう。感慨がしきりに湧いてくる。

芳友というものは、花の美しさにはかなわない。

親友同士であっても離れていると、気がつけば、霞の立ちこめる暁け方のように、友情もうすれている。

竹林の七賢のように、高尚な話を重ねながら友情を誓い合っても、鳥の歌声程度で、まことに他愛ない。

（むしろ）梅の白い花に風が吹き抜けるようすに、連襟の思い（ずっと一緒にいたい）がするし、
たおやかな柳の新芽のような新人に、俄かに親しみを感じ、共に車蓋を交え、旧知の仲のようになりたい思いがするものだ。

林のもとで詩宴に集い、佳境を得ることは出来たものの、
凡才の私だけは、こんな大勢の秀才の中に臨席することは、独り恥ずかしい思いです。

＜語　釈＞

○方　あまねく。（『詩経・商頌・玄鳥』「方命厥后奄有九首—方（あまねくぞ）厥の后（きみ）に命じて九つの首（くび）を奄（あつ）め有（たも）つ。」）　**○拾謁**　「きょうえつ」とも読み、名刺をとり交すことから転じて、親しく交際する。（『史記・酈生伝「跪拾謁」）　**○清談**　世俗を離れた風流な話。魏・晋代の頃の人が行った、老荘思想に基づく哲学的談論で、竹林の七賢が有名。　**○連襟**　襟を連ねる。同行する。（『白氏・13・代書詩一百韻寄微之』「坐阻連襟帯、行乖接履綦」）　**○傾蓋**　一見して、親しく交わる。孔子と程子が路上で出会い、互いに車のほろを傾けて親しく語り合った故事に基づく。　**○林下**　林のもと。官を辞め、引退するところという意味もある。　**○群英**　多くのすぐれたもの。（『陶潜・詠荊軻詩』「飲餞易水上、四座列群英」）

一八－7

春天芳友感殊成
更不如花太有情
誰愛竹陰饒艶処
還嘲蘭契対粧程
中林攀雪宜携手
上苑聞鶯欲伴声
門柳窓梅看未足
自茲同類忘将迎

学生　藤原　家仲

春天の芳友　感（おもい）殊（こと）さらに成（しげ）し
更（たがい）に花に如（し）かず　太（はなは）だ情有るも
誰か竹陰を愛（め）でむ　艶（つや）を饒（ほこ）る処
還（ま）た蘭契（らんけい）を嘲（わら）はむ　粧に対（むか）ふ程
中林にて雪を攀（のぼ）るに　宜しく手を携ふべく
上苑にて鶯（うぐいす）を聞けば　声を伴はむと欲す
門柳　窓梅　看れども未（いま）だ足らず
茲れ自（よ）り同類　忘れて将（まさ）に迎へむとす

＜現代語訳＞
春の日に、よき友に会うと、感慨もひとしおである。これほどの感情が溢れていても、お互いに自然の花にはかなわないものである。誰が、春爛漫のこの時、竹林の七賢で有名な竹陰をめでるだろうか。また同様にこの春景色の前に、心を許し合った友情など嘲笑されるだろう。雪のように白い梅林の中を登ろうとすれば、手を引っ張ってもらいたくなるし、鶯の鳴く宮中の庭園で、一緒に声を合わせて歌いたくもなるだろう。門の側の柳、窓から見える梅、（あまりのすばらしさに）どんなに見ても飽き足りないものだから、これからは、志を同じくする友情などは忘れて、自然の美しさを迎え入れようではないか。

＜語　釈＞
○**春天**　はる。（『杜甫・春日憶李白』「渭地春天樹」）　○**更**　たがいに。　○**竹陰**　竹林の七賢が清談を交した竹の陰。○**蘭契**　蘭交。心を許し合った友人の交わり。その美しさを蘭の香りにたとえる。（『萬葉集・巻第十七・三九七二番歌』「三月三日、大伴宿祢家持、七言、晩春遊覧一首　并序・蘭契和光」）　○**中林**　林の中。林中。（『左思伝呉都賦』「経扶桑之中林」）○**雪**　雪のように白い梅の比喩であろう。　○**上苑**　天子の庭園。宮中の庭苑。　○**門柳**　門前にある、芽吹いたばかりの柳。○**窓梅**　窓から見える庭の梅。

一八－8

春友何因芳契成
不如花色自施栄
桃嘲管鮑仙源暁
梅咲金蘭庾嶺晴
結緩柳糸含露処
知音鶯語咽霞程
親疎今日雖同志
凡木独歎運拙情

学生　藤原　宣遠

春友　何に因りてか　芳契成らむ
花色に如(し)かず　自ら　栄を施(ほこ)るに
桃は　管鮑を嘲(あざけ)る　仙源の暁
梅は　金蘭を咲(わら)へり　庾嶺(ゆれい)の晴
結緩の柳糸　露を含みし処
知音の鶯語　霞に咽(むせ)びし程
親疎なる今日　同志なりと雖も
凡木は　独り歎(は)じたり　運拙(つたな)きの情

〈現代語訳〉
春に出会った友人というものは、何によってすばらしい約束が交せるのだろう。春が来れば、自然に美しい花が咲き誇る、その自然の恵みには、かなわない。桃は、（生涯続いた）管鮑の交わりをあざわらっているだろう。桃源郷のような花のみごとさの中で、梅は（堅い）蘭の契りをわらってしまうだろう。庾嶺に咲き乱れる晴れの日の梅の名所で。ほころびはじめた柳の芽が、露を含んだ姿の美しさの前では、何でもよく理解している親友のことばも、春霞にかすんでしまうようだ。親しさと疎遠が入り交じる今日この頃、同じ志をもつ者とはいうものの、才能の乏しい私は、独り歎じていますよ。私には運が人よりおとっていることを。

〈語　釈〉
○**春友**　春に出会った友。　○**芳契**　かぐわしい契り。佳き約束。すばらしい友情が成立する。　○**自施栄**　自然に花が咲き誇る。　○**管鮑**　春秋時代の斉の政治家。管仲・鮑叔の貧しい少年時代の交わりが、生涯変わらなかったことから、友情の厚いことを管鮑の交わりという。　○**仙源**　俗世間を離れた平和な別天地。桃源郷のこと。ある人が桃林中の流れに沿ってさかのぼり、山腹の入口から入ると、向こう側に平和な別天地があったという。（『桃源行・王維』「仙源不弁何処尋」）　○**金蘭**　金のように堅く、蘭のようにかぐわしい、非常に親しい交わり。（『易・繋辞上伝』「二人同心、其利断金、同心之言、其臭如蘭」）　○**庾嶺**　梅の名所。　○**結緩**　結ばれた楊柳が緩くなる。堅いつぼみがゆるむことか。　○**知音**　音楽を理解するもの。転じて自分の心をよく理解してくれる人。真の友人。昔、鍾子期は、伯牙の琴の音によって、伯牙の心境まで理解できたという故事による。

一八―9

藤　忠理

芳友春天何物成
不如花樹独誇栄
鎖梢霞勝同門契
歌朶鳥嘲伐木声
連璧素梅含露暁
断金黄柳乱風程
庭林逢境雖新発
槐市枯株莫隔情

芳友は　春天　何物か成さむ
花樹に如（し）かず　独り栄（はな）を誇る
梢を鎖ぐ霞は　同門の契に勝（まさ）り
朶（えだ）に歌ふ鳥は　伐木の声を嘲ふ
連璧の素梅　露を含みし暁
断金の黄柳　風に乱るる程
庭林　境に逢ひて　新たに発（おこな）ふと雖も
槐市（かいし）の古株に情を隔つること莫かれ

寛治五年二月廿八日作文　題者　講師　戸部　平二千石　読師　大内史

〈現代語訳〉

芳友というものは、この春の日に、何かできるのだろうか。実のなる花には、とても及ばない。春が来れば友は無くとも花開き、その美しさを誇っているのだから。春霞が、梢一帯をつなぐようにたなびくと、その景色は、同門の連携より、よほどまさっているし、その枝に、鳥が来て歌う様子は、宴会で友情を結ぼうとする我々の意図を嘲笑しているようでもある。二つそろってすばらしい白梅が、露を帯びた夜明け、芽吹いたばかりの柳の新芽が、そよ風に吹かれてもつれ合っている頃、この庭で詩作する境遇に恵まれ、新たに詩会をおこなうとしても、どうか、大学のとるに足りぬ老人を差別をなさらないでください。

寛治五年（一〇九一）二月二八日　作文　題者・講師　戸部　平二千石　読師　大内史

〈語　釈〉

○**栄**　はな。はなさく。　○**鎖梢霞**　梢をつなぐように立ちこめた霞　○**歌朶鳥**　朶は木の枝。木の枝にとまって鳴く鳥。○**伐木**　友人を宴会に招き、親しみ合う詩。『詩経』小雅の編名。　○**連璧**　一対の玉。二つの玉。二つそろってすぐれている様子。（『字類抄』「以日月為連璧」）ここでは、梅の花のすばらしさを表現している。　○**素梅**　白梅　○**断金**　金属を断ち切る意で、友情がたいへん強いこと。（『易・繋辞上伝』「二人同心、其利断金」）ここでは、芽吹いた柳の様子をいう。　○**黄柳**　柳の新芽。ここでは、新進の文章生たちを指す。　○**槐市**　大学の異名。（『文粋巻六』「昔槐市共蛍雪」）孔子廟の前に植えられたものが槐樹。○**枯株**　「枯れた木株。老人あるいは、とるに足りぬ者を譬喩する場合もある。」と『無題詩129』の語釈に詳しい。

一九　某年秋月某日　月是為秋友　四首

詩題解説

詩題の「月是為秋友」は、巻五の一「月是作（為）松花」と比較して考えられよう。前者は、「月こそは、秋の友たり得るもの」の意。後者は「月が松花を咲かせたのだ。」となる。作詩年月日は不明であるが、作者について考えてみると、一九－1は「左大弁　資」となっていて、2は「右兵衛督」と官職だけ、3は「業任」と名前だけ、4は「実定」の名はあっても、それ以降は不連続の状態となっている。左大弁に昇進して「資」を有する文人としては、源資通がいる。一〇四五年・四一歳で左大弁になっているが、和歌に秀れ、琵琶の達人として有名である。仮に源資通であるとして、一九－2の右兵衛督をほぼ同世代で探索すると、藤原明衡である可能性も考えられよう。残る二人は出自・経歴ともに伝を見出せない。メモ程度の人名の記し方や、その後の不連続の様子から、重大な詩宴でないことは理解できる。

一九－1　月是為秋友

老来秋友自然生
佳会不如桂月迎
交旧露栄商嶺暁
契深葉落洞庭晴
近臨蘭苑閑通夢
遥照柳営亦送情
頻対夜天澄朗影
人間期約完応軽

月は是れ秋友為(た)り　　左大弁　資

老来(おいてより)　秋友　自然(おのずから)　生ず
佳会は　桂月を迎ふるに如(し)かず
交(まじわ)り旧(ふる)くも　露(ひとり)　栄ゆ　商嶺の暁
契り深くも　葉は落つ　洞庭の晴
近く蘭苑に臨みて　閑かに夢に通へば
遥かに柳営を照らし　亦(ま)た情を送る
頻(しば)しば　夜天に対(むか)へば　澄朗の影
人間(よのなか)の期約(ちぎり)　完(たもつ)は応(まさ)に軽(あざけ)るべし

〈現代語訳〉　月こそは、秋の友である。

年をとってこのかた、秋の友というものは、自然に生まれてきた。

すばらしい宴会は、名月が迎えてくれるに越したことはない。（佳会には名月が必要だ。）

もう、長年にわたってつき合って来た友も（一人だけ出世して）秋嶺の暁の露のように、居なくなった。

深く堅い約束をかわした人も、葉が落ちるようにいなくなってしまった。洞庭湖の晴天に。

今、この宴会に臨席して、しずかに夢の通い路を思うとき、
月は、はるか遠くの柳営までも照らし、詩情をおくりものにしているようだ。

何度となく夜空を見上げると、月は、あくまでも清く澄み渡り、
世の中の細かい約束ごとを守り通すなど、全くお笑い草のように思われる。（月は、あまねく照らし出している。）

〈語　釈〉
○**老来**　来は、過去から現在に向けての状態の変化を示す助字。年をとる。年をとってこのかた。　○**秋友**　用例未見ではあるが、詩題設定の為の造語であろう。　○**佳会**　楽しい集まり。立派な宴会。　○**桂月**　月の異名。月の中に桂があって栄枯するという伝説。　○**露**　ひとり　○**商嶺**　商は五音の一つで、季節は秋に当たるので、秋山・秋嶺の意か。陝西省の東で四皓の隠れた所もこの名をもつ山がある。次句「洞庭」の対としても妥当か。　○**蘭苑**　蘭筵か。同じ心の者の集まった宴席。　○**柳営**　将軍の陣営。漢の将軍、周亜夫が匈奴を討ったとき、細柳という所に陣した故事による。ここでは、他の宴席、または場。　○**澄朗**　澄んで朗らかなこと。くもりなく、晴れ晴れと澄み渡っていること。　○**完**　たもつ。まっとうする。

一九－2

人定夜閑天未明
月為秋友興相并
対楼交談風涼暁
望嶺契深露冷晴
映菊光添傾蓋思
照蘭影有断金情
吟詩命酒宜携手
還情挂輪列五更

右兵衛督

人定(やす)み　夜は閑かに　天　未だ明けず
月は秋友為(た)り　興(たのしみ)　相并(なら)ばむ
楼(たかどの)に対ひて　交々(こもごも)談ぜむ　風　涼しき暁
嶺に望みて　契り深めむ　露　冷えし晴
菊に映ぜし光は　傾蓋の思ひを添へ
蘭を照らせし影は　断金の情を有(たも)てり
詩を吟じ　酒を命(のたま)へば　宜しく手を携ふべし
還(ま)た　情(こころ)は　輪に挂(か)かり　五更に列(つづ)けたり

＜現代語訳＞
人は寝しずまり、月夜は静かで美しく、空はまだ明けてはいない。
月は秋の友と言えるだろう。さあ、いっしょに楽しもう。
高楼で向き合って、お互いに話し合おう、風が涼しくなった夜明けに。
高山を見上げては、悠久の約束を深めよう、冷ややかな夜露が光る晴天に。
月光は、菊の美しさをみごとに映し出し、旧知の間柄であるかのように親しみをまし、
蘭を照らし出す月影は、堅く結ばれた友情を保っているようだ。
詩宴で酒を頂戴し、この詩題を賜った。よろしく手をつなぎ力を貸して下さい。
私の心は月に掛かった（こだわった）まま、ついに一晩中、考えこんでしまった。

＜語　釈＞
○**定**　やすむ　騒ぎが静まる。　○**閑**　しずか。うるわしい。　○**月**　二句目は六字になっているが、詩題と平仄の関係から、一字目に「月」字を補った。　○**傾蓋**　一見して親しく交わる。孔子と程子が路上で出会い、互いに車の蓋を傾け合って、親しく語り合ったという故事に基づく。（一八－6参照）　○**影**　月影。月光。　○**断金**　友情がたいへん強いこと。（一八－4参照）
○**命酒**　酒をいただいて、詩題を命ぜられる。　○**挂**　掛と同義。　○**輪**　丸い月。　○**列**　つづく。つらなる。
○**五更**　夕暮れから夜明けまでを夜とし、それを五等分して、初更、二更、三更、四更、五更とする。季節によって、夜の長さは異なるが、秋分の頃は、午後七時四〇分から翌午前六時二〇分頃までとなる。

一九－3

秋来何物興先成
為友不如素月明
朱夏晴天交永隔
金商清夜志無軽
華陽壇上期千里
燕子楼前契一生
排牖巻簾看未飽
慇懃相対寄芳情

業任

秋来たれば　何物ぞ　興(おもむき)　先づ成らむ
友と為るは　如(し)かず　素月(そげつ)の明
朱夏の晴天は　交はり隔つこと永く
金商の清夜は　志の軽きこと無し
華陽壇上にて　千里(ちぎ)を期り
燕子楼前にて　一生を契る
牖(まど)を排(ひら)き　簾(すだれ)を巻きて　看れども　未だ飽きず
慇懃(ねんごろ)に　相(とも)に対(むか)ひて　芳情を寄せむ

〈現代語訳〉

秋が来ると、いったい何が感興を湧かせてくれるのだろう。

わが友となすものは、こうこうと輝くあの白い月にまさるものはないだろう。

夏の間は、どんなに晴れた夜空も、観賞することなく、永い間、眺めなかった。

(だから)秋になって、このさわやかな夜、月に期待する気持ちは軽々しいものではない。

昔、華陽洞の壇上で科挙の試験を目指して学んだ白楽天や元稹は、遠い将来を約束されたからであり、
燕子楼で盼盼が、旧愛を信じて、独り暮らしたのは、一生を約束されたからである。

窓をおしひらき、簾を巻き上げ、月を眺めると、どんなに見ても飽きることがないほどにすばらしい。

だから、この月にねんごろに向き合って、共に感謝しようではないか。

〈語　釈〉
○素月　白い月の光。明るい月の光。(『陶潜・雑詩・其二』「白日淪西阿、素月出東嶺」)　**○朱夏**　なつ。五行では、火の色で朱・季節は夏。　**○金商**　秋。五行で、金と商が秋に配当される。　**○華陽**　太宗の皇女、華陽公主の旧宅。白楽天は、親友元稹らと共に、ここで科挙の試験のための勉強に励んだ。(『白氏・13・華陽観中八月十五夜招友翫月』「華陽洞裏秋壇上、今夜清光此処多」)なお、『無題詩』の注に詳しい。　**○燕子楼**　唐の貞元中、張尚書愔が此の楼を築き、愛妾盼盼を住まわせた。夫の死後も、旧愛を信じこの楼に一人で暮らし、嫁ぐこともなかったという。『無題詩』の解説に詳しい。　**○巻簾**　簾を巻き上げる。(『白氏・16・香鑪峯下、新卜山居、草堂初成、偶題東壁五首。重題』「遺愛寺鐘欹枕聴、香鑪峯雪撥簾看」)　**○芳情**　日本での造語。芳志。他人の志。感謝の気持ち。

一九－4

実定

本文不明

以下不連続

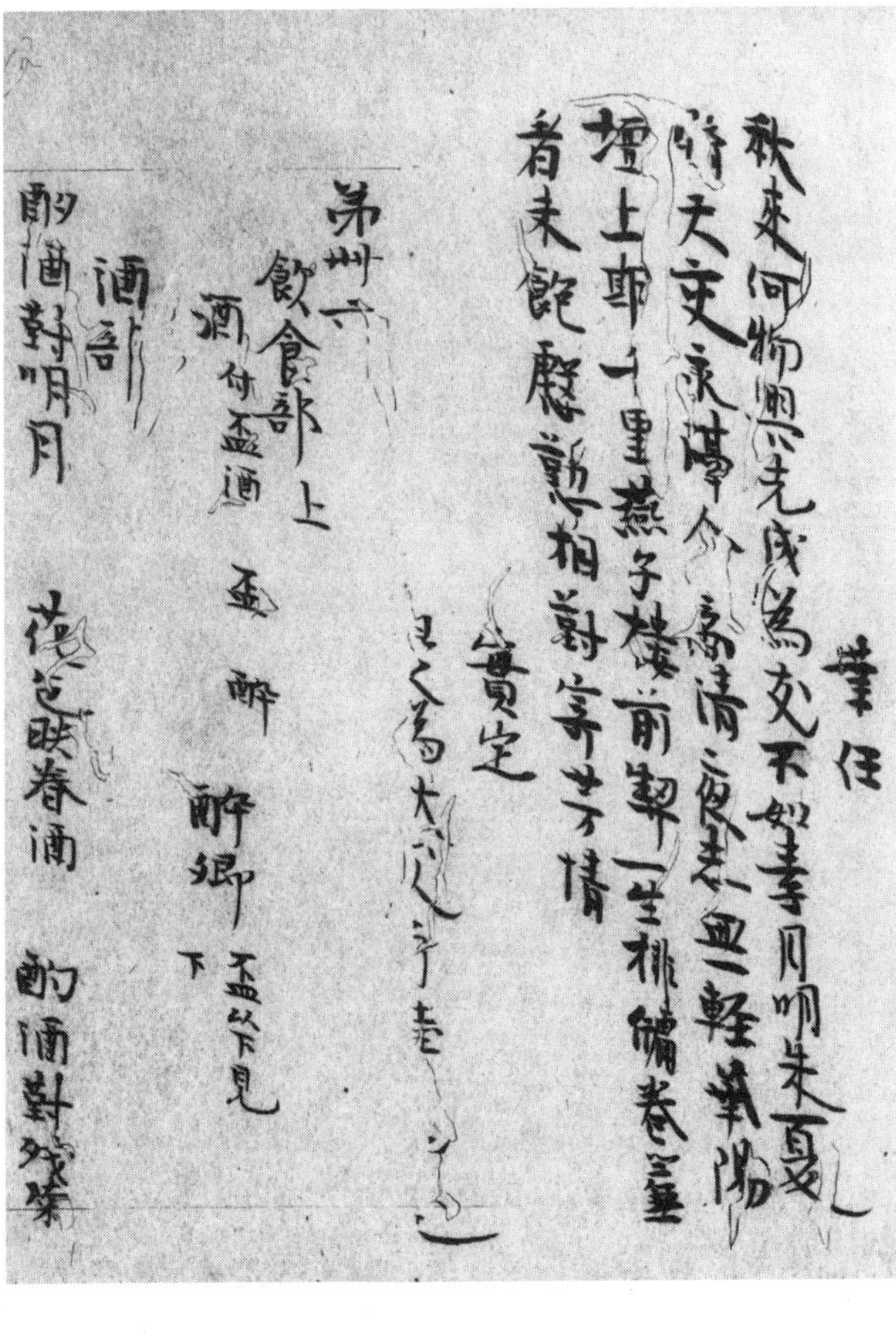
秋來何物興先成爲交不如專月明朱夏　輩任
詩天定永傳今高清夜來無一輕氣陽
壇上郎千里燕子樓前舞一生桃觴卷三盞
者未飽厭歎相對寄芳情
實定
已上爲大江以言
第卅六
飲食部上
酒付盃酒　盃　醉　醉郷　下　盃以下見
酒部
酌酒對明月　花色映春酒　酌酒對殘菊

宮内庁書陵部蔵

二〇　飲食部上目録

第四十六

飲食部上

酒　付盃酒　盃　酔

酔郷　盃以下見下

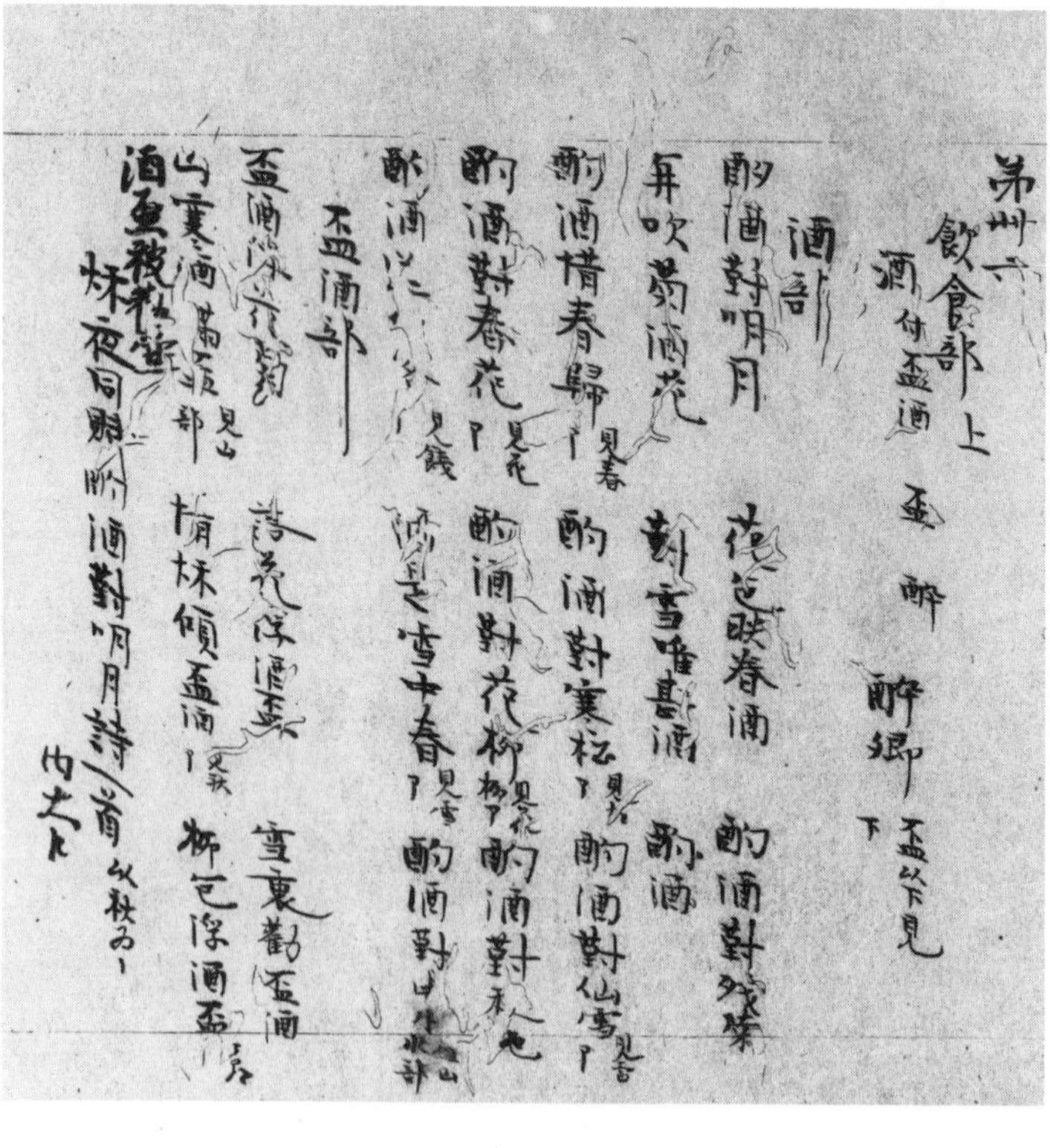
第卅六
飲食部上
酒 付盃酒 盃 酔 酔郷 盃以下見下
酒部

宮内庁書陵部蔵

二一　酒部目録

酒部

酌酒対明月　（二三ー一〜十）　酒を酌みて　明月に対（むか）ふ

花色映春酒　（二四ー一〜一五）　花色　春酒に映（は）えたり

酌酒対残菊　（二五ー一〜一七）　酒を酌みて　残菊に対ふ

再吹菊酒花　（二六ー一〜六）　再び菊酒花を吹く

対雪唯斟酒　（二七ー一〜一九）　雪に対ひて　唯に酒を斟むのみ

酌酒□　酒を酌みて　□

酌酒惜春帰　（見春部）　酒を酌みて　春を惜しみて帰る（春の部に見ゆ）

酌酒対寒松　（見松部）　酒を酌みて　寒松に対ふ（松の部に見ゆ）

酌酒対仙雪　（見雪部）　酒を酌みて　仙雪に対ふ（雪の部に見ゆ）

酌酒対春花　（見花部）　酒を酌みて　春花に対ふ（春花の部に見ゆ）

酌酒対花柳　（見花柳部）　酒を酌みて　花柳に対ふ（花柳の部に見ゆ）

酌酒対□　酒を酌みて　□に対ふ

酌酒送各餞　（見餞部）　酒を酌みて　各々餞を送るを送る（餞の部に見ゆ）

酒是雪中春　（見雪部）　酒は是れ　雪中の春（雪の部に見ゆ）

酌酒対山水　（見山水部）　酒を酌みて　山水に対ふ（山水の部に見ゆ）

二二　盃酒部目録

盃酒部

盃酒浮花菊（二八—一〜一七）　盃酒　花菊を浮かべり
落花浮酒盃（二九—一〜一八）　落花　酒盃に浮かべり
雪裏勧盃酒（三〇—一〜一二）　雪裏　盃酒を勧む
山寒酒満盃（見山部）　山寒く　酒　盃に満てり（山の部に見ゆ）
惜秋傾盃酒（見秋部）　秋を惜しみ　盃酒を傾く（秋の部に見ゆ）
柳色浮酒盃　柳色　酒盃に浮かべり
酒盃被勧鶯　酒盃　鶯に勧めらる

二三　永保三年九月某日　酌酒対明月　十首

一〇八三年九月某日　酒を酌みて明月に対す十首

詩題解説

目録「酒部」の最初の詩題である。この年の一月、藤原師通は内大臣となっている。九月の明月の夜、文人を集めて詩会を催したものであるが、参加者は師通以外に藤原家から勘解由次官有俊と、無位無冠の政綱の名が見られるだけで惟宗家より五名、その他橘宗季、大江家成という、めずらしいメンバー構成になっている。惟宗家は散位の孝言をはじめとして、文章生や学生らが参加している。

二三一1　秋夜同賦酌酒対明月詩一首　以秋為韻

内大臣

東岸西楼酌酒遊
夜天明月対猶幽
池辺影落飲無算
窓下光臨傾折籌
竹葉催巡霜白暁
梨花交色雪晴秋
気爽遥望清又遠
華陽洞裏酔忘帰

東岸の西楼にて酒を酌みて遊ぶ
夜天の明月　対(おも)へども　猶(なお)　幽(はるか)なり
池の辺(ほとり)　影落つれば　飲みて算(かぞ)ふること無く
窓の下(もと)　光臨(きた)れば　傾けて籌(かずとり)を折(よろこ)ばむ
竹葉　巡るを催(うなが)せり　霜　白き暁
梨花　色を交へり　雪　晴れし秋
気(けわい)　爽やかに　遥か望めば　清く又遠し
華陽洞の裏(うち)にて　酔(え)ひて帰るを忘る

〈現代語訳〉　秋の夜、一緒に酒を飲みながら、明月にむかって詩をよんだ、その一首。（秋を韻字とする）
東岸に面した西楼で、酒を酌み交わして宴遊をする。
夜空に浮かぶ明月を待っているが、まだ出ていない。
池のほとりに月影がうつし出されたら、数えきれない程の酒を飲んで盛り上がろう。
窓の下まで月の光が射し込んできたら、盃を傾けて、かずとりをして楽しもう。（作詩しよう）
竹の葉が、月光にあまねく巡ってほしいと催促したのか、霜の降りた暁のように白く、
白い梨の花が、月光に交わって、まるで雪景色のように白い明月の夜だ。
あたりの気配はさわやかで、遥かかなたを見れば、月は何と清らかで遠いことだろう。
華陽洞のようなこのすばらしい詩宴に、良い酔心地になり、家に帰ることなどすっかり忘れてしまった。

〈語　釈〉
○内大臣　藤原師通　**○幽**　はるかなり。　**○無算**　数えきれないほど、たくさん。　**○折籌**　籌は、かずとり。折籌の用例は未見。酒宴、詩宴での席上、詩作の為の平仄や韻字探しなどの類をいうか。折には、よろこぶの義もある。　**○光臨**　月の光が射しこんでくる。　**○催巡**　月の光が万遍なく巡ってほしいと、うながす。　**○霜白暁**　暁方、霜が白く降りるように、月光に白く照らし出されている情景。　**○雪晴秋**　月光の白さを、雪の晴れの情景にたとえる。梨花も、秋の情景にそぐわないが、月光の白さの表現として用いている。　**○華陽洞**　白楽天が親友元稹らと科挙の試験に備えて、勉学に励んだといわれる所。（『白氏・13・華陽観中、八月十五日夜、招友翫月』「華陽洞裏秋壇上、今夜清光此処多」）

二三—2

勘解由次官　有俊

対来明月命歓遊
酌酒言詩足忘憂
銀榼装珠光落地
華樽傾桂影斜秋
心通金谷酔花盞
思類剡渓棹雪舟
倩見林池形勝美
呉江楚沢謝風流

明月に対来(むか)ひて　歓遊を命(たま)ふ
酒を酌みて　言(ここ)に詩(うた)へば　憂ひを忘るるに足れり
銀榼(こう)　珠を装ふ　光　落ちし地
華樽　桂に傾く　影　斜めなる秋
心は　金谷に通ひ　花盞(さん)に酔ひ
思ひは　剡(せん)渓に類(たぐい)し　雪舟に棹(さおさ)せり
倩(つらつら)　見るに　林池　形勝美はしく
呉江　楚沢　風流を謝せり

〈現代語訳〉

今宵は、明月に向かって詩を詠むという、楽しい命題を賜った。酒を酌み交わして作詩すれば、日頃の憂さも吹っ飛んでしまう。銀製の盃は珠に飾られているように月光が降りそそぎ、立派な酒樽は月に傾きかけるように、月の光は斜めにさしこんでいる。心は、金谷園の有名な酒宴を思い描き、美酒に酔いしれて、仲間への思いは、徒労もいとわず、厳しい雪の中を船出する剡渓の故事と同じである。じっくりと、この庭園を観賞すれば、地の利を得て美しく造営され、中国の呉江や楚沢の遺風をなぞって引き入れられた川や池を拝見でき、感謝の気持ちでいっぱいです。

〈語　釈〉

○**対来**　来は助字。向かって。　○**命**　たまう。詩題を命ぜられる。　○**酌酒**　二文字目が欠字と見て、「酒」を補足。　○**言**　ここに。(『詩経・周頌・載見』「永言保之」)　○**銀榼**　榼は、もともと木製の、ふたのあるさかづきで、口が小さく、身の部分が太く、左右に平たくつぶれた形の容器。銀製のさかづき。　○**装珠**　月光で珠玉のように光っている。　○**華樽**　華は美称。酒樽。　○**傾桂**　桂は月の縁語。月の中に桂が生えているように見える。月が中天をすぎるの意もある。　○**金谷**　西晋の石崇が、別荘の金谷園で酒宴を開き、詩が作れない客には罰として酒三斗を飲ませた故事がある。(『李白・春夜宴桃李園序』「如詩不成、罰依金谷酒数」)　○**剡渓**　東晋の王子猷が雪深い夜友人戴逵(たいき)を訪ねたが、雪のため会えなかった所として有名。　○**呉江**　呉地方を流れる美しい川。(12頁参照)　○**楚沢**　楚地方の美しい池。洞庭湖か。　○**風流**　なごり。遺風。

一二三－3

浅深酌酒暫廻眸
対月一宵唯宴遊
頻挙白時光已映
閑傾緑処影方幽
待巡相顧霜敷地
論戸旁望雪照秋
才朽齢衰雖性耄
華筵酔裏興難休

散位　惟宗　孝言

浅く深く　酒を酌み　暫（しばら）く眸を廻らす
月に対ひし一宵（ひとよ）　唯に宴遊するのみ
頻りに　白（さかづき）を挙げし時　光　已に映（かがや）く
閑かに　緑を傾くる処　影　方（まさ）に幽（かすか）なり
巡るを待ちて　相顧みれば　霜は地に敷き
戸を論じて　旁らに望めば　雪は秋を照らせり
才（ざえ）　朽（く）ち　齢（よわい）　衰へ　性（ひととなり）は耄（ほう）けたりと雖も
華筵の酔裏　興（おもい）は休（や）み難し

＜現代語訳＞

ある人は浅く、またある人は深く、酒を酌み交わしながら、しばらくひとみをめぐらす。（しかし）月にむかって、今宵ひとよは、ただ楽しみ遊ぶばかりだ。

しきりに盃を挙げると、月の光はもう照り輝いている。

しずかに美酒を飲んでいると、月影は一面におもむき深い様子をかもし出してくれる。

盃の巡ってくるのを待って、あたりを見まわすと、霜をしきつめたように、あたり一面を月が白く照らし、何杯飲んだか、などと論じ合いながら、ふと傍らに目をやれば、雪が降ったように月が輝いている。

才能はすたれ、年齢も衰え、老いぼれてしまったとはいうものの、すばらしい宴会で、美酒に酔えば、感興は尽きることなく湧いて参ります。

＜語　釈＞
○浅深　あるいは浅く、あるいは深く。（『芸文志』「量疾病之浅深」）　**○暫**　しばらく（あまり長くない時間）　**○一宵**　ある宵。ひとよ。（『新撰朗詠集』「夏迎一宵秋」）　**○白**　さかづき。　**○映**　かがやく。　**○緑**　翻刻「縁」であるが、白の対なので縁を緑に変える。緑酒の意。**○待巡**　月の巡るのを待つ意と、盃の巡ってくるのを待つ意を掛ける。　**○顧**　みまわす。
○論戸　用例未見。酒数を論じ合う。「もっと飲め。」「充分いただきました。」「まだまだ足りない。」などと論じ合うことであろう。
○性耄　性は、「つたなし」の訓もあるので、二文字で・「つたなし」「ほうけたり」の訓も可能かと思われる。耄は耄碌のこと。
○華筵　立派な宴席。

二三－4

蒼々明月感難休
酌酒対光任自由
論戸唯看浮水面
入郷遥望照山頭
酔疑嶺雪傾西暁
飲訝寒霜亭早秋□
蓬府詩筵今所祝
此時初契万年遊

前上総介　橘　宗季

蒼々たる明月　感(おも)ひ休(や)み難し
酒を酌みて　光に対へば　自由(ほしいまま)に任(まか)す
戸を論じ　唯に見るのみ　水面(みなも)に浮くを
郷に入り　遥かに望む　山頭に照らすを
酔へば　嶺雪かと疑ふ　西に傾く暁
飲めば　寒霜かと訝(いぶか)る　早(あした)を亭(とど)むる秋
蓬府の詩筵　今　祝ふ所
此の時　初めて契(かな)ふ　万年の遊

〈現代語訳〉

青白く澄み渡る明月を見ると、感興が休むことなくしきりに湧いてくる。酒を酌み交わしながら、この月に向かえば、興のおもむくまま、どうにでもなるものだ。酒盃の数を論じ合いながら、ただひたすら水面に浮く月を見ている。良い酔い心地に浸って、遠くに目をやれば、月は山頂を照らし出している。明るい月光は、酔眼には嶺の雪かと見まごう程、白く冴えわたっている。酒を飲めば、真冬の霜が降りたのかとあやしむほど月は白々と照らし、夜明けをとどめたいような秋の夜。神仙世界のような大臣邸での詩宴に列席し、今お祝い申し上げます。この宴席に、はじめて参加できました。幾久しくすばらしい宴遊が続けられますように。

〈語　釈〉

○**蒼々**　月の青白い色のさま。(『史記・天官書』「色蒼々有光」)　○**論戸**　戸は、飲む酒の分量。論戸の用例は未見であるが、酒数を論じ合う、ということなので、宴席で、もっと飲むようにすすめ合うことであろう。(二三—3参照)　○**入郷**　酒に酔って天国にいるような酔郷の状態になること。あるいは、酒に酔って別天地（桃源郷）に入りこんだ状態になること。　○**山嶺**　山の頂上。○**亭早**　亭は停に同じ。とどめる。早はあした。朝になることをとめる。つまり、いつまでもこの秋の夜が続いてほしいという気持ちを表現したものか。　○**蓬府**　蓬萊宮のような邸宅。神仙の住む邸。この場合、内大臣藤原師通邸とも考えられるので、「蓮府」の方が妥当ではないかと思われる。蓮府であれば、大臣邸の意。　○**詩筵**　詩宴と同じ。　○**万年遊**　幾久しく続く宴遊。弥栄を祈る常套語。

二三―5

文章生　惟宗　基親

酌酒終宵何自由
対来明月足歓遊
当金波照応戸詩
□桂華開欲折籌
鸚盞斜傾光転暁
玉樽相映影清秋
羽林華席適交膝
只喜属晴廻寸眸

酒を酌めば　終宵(よもすがら)　何ぞ自由(ほしいまま)にせざる
明月に対来(むか)へば　歓遊するに足れり
当(まさ)に　金波照らさむとすれば　詩を戸(つかさど)るに応(こた)へ
□　桂華開かむとすれば　籌を折らむと欲す
鸚盞　斜めに傾く　光　転(めぐ)りし暁
玉樽　相(とも)に映(かがや)く　影　清き秋
羽林の華席　適(たまたま)　膝を交へ
只に喜べり　晴に属(つらな)りて　寸眸を廻らさむ

〈現代語訳〉
酒を酌んで、一晩中、どうして楽しまないことなどあろうか。思う存分楽しもうではないか。明月に向かうだけで、充分楽しみ遊ぶことができるというものだ。ちょうど月光が照らしはじめると、作詩の命題に応えることができるし、月の出を待って、かずとりをして作詩にはげもう。鸚貝の盃で酒を飲めば、月光はめぐって暁時を迎えるように明るく照らされ、立派な酒樽にも月が映り、ともに輝いて、月影の清らかなこの秋。星を散りばめたような精鋭たちの宴席に、たまたま膝を交えることができて、ただ、ただうれしく、この晴舞台に列席して、つたないながら思いをめぐらし、詩作にはげみましょう。

〈語　釈〉
○**終宵**　よもすがら。一晩中。　○**何**　「なんぞ……ざる。」と再読し、……しようではないか。または反語として、どうして……しないのか。……しよう。と解する。　○**歓遊**　よろこび遊ぶ。(『白氏・13・酬哥舒大見贈』「去歳歓遊何此去、曲江西岸杏園東」)　○**戸**　つかさどる。　主管する。　○**桂華**　月の異称。月に桂が生えているといわれる。　○**折籌**　酒席で作詩の為の平仄合わせ。詩作すること。　○**鸚盞**　鸚貝で作ったさかずき。または、おうむ貝の形の酒杯。　○**玉樽**　玉は美称。立派な酒樽。　○**羽林**　星の名。天軍をつかさどる将軍。天子につかえる近衛兵。立派な人々の集まり。　○**寸眸**　小さい瞳。謙遜の意を含めた、つたない見解。

二三一６

文章生　惟宗　仲親

天晴明月望中幽
酌酒対来幾自由
随玉盞傾光西転
待桂樽尽影已留
属酣又飲雲収暁
不酔無帰雪冷秋
幕下適交觴詠末
従斯長期万年遊

天晴れ　明月　望中に幽(はろ)かなり
酒を酌(く)みて　対来(むか)へば　幾(ねがわく)は　自由(ほしいまま)にせむ
玉盞　傾くるに随ひて　光は西に転ばむとし
桂樽　尽くるを待ちて　影は已に留まれり
酣(たけなわ)に属(あた)り　又飲めば　雲　収まりし暁
酔はざれば　帰ること無かれ　雪　冷やかなる秋
幕下に交はりを適(え)たり　觴詠の末
斯(こ)れ従(よ)り　長く期(ちぎ)らむ　万年の遊

＜現代語訳＞
好天に恵まれた明月は、見渡す限りおもむき深いものがある。酒を飲みながらこの月に対する今、どうか、ほしいままに発想が湧きますように。美しい盃に、注がれるままに酒を飲むと、月は早くも西に傾きはじめ、酒樽を飲み尽くすのを待つように、月影はすでに動かなくなる。（夜明けも近い）酒盛りの最中に、更に飲み続ければ、雲は次第に消えて、夜明けを迎える。酔わないで帰ることはないだろう、雪のように冷やかな月光を見たのだから。垂れ幕の下で、酒を飲み、詩を吟じた末に、お付き合いができたのだから、これからは、幾久しくご交誼を願いたいものです。こんな楽しい宴遊がいつまでも続きますように。

＜語　釈＞
○**望中**　見渡す限り。　○**幽**　趣が深く、はかり知れないこと。　○**幾**　ねがわくは。こいねがわくは、　○**玉盞**　玉は美称。美しいさかずき。　○**待**　そなえる。　○**桂樽**　桂は樽に冠せる美称。立派な樽。　○**留**　とどまる。その所にとどまる。引き止める。　○**属酣**　今まさに宴たけなわであるというそのとき。　○**雲収暁**　日の出前のひととき、雲がさっと拭われたように収まる時。または、雲が全く動かないとき。　○**雪冷秋**　雪は、月光の白さを比喩している。月が冷たく光っている美しい秋。　○**幕下**　垂れ幕の下。　○**適交**　たまたま交わるという意と、交際することができるとの解釈も可能。ここでは、適を「え」、と訓んで、後者をとりたい。　○**觴詠**　酒を飲み、詩歌をうたう。

二三―7

有時対月興難休
酌緑酒来也送眸
鸚盞属飛光転暁
蘭蹲未尽影流秋
庾楼雪冷弥添酔
燕席霜清只折籌
一夜染毫何所祝
遥期万歳契歓遊

学生　惟宗　広親

時を有て　月に対へば　興休み難し
緑酒を酌来て　也眸を送る
鸚盞　属なり飛びて　光　転た暁く
蘭蹲　未だ尽きず　影　流るる秋
庾楼の雪　冷やかなれば　弥々酔ひを添へ
燕席の霜　清らかなれば　只に籌を折るのみ
一夜　染毫するに　何所か祝さむや
遥かに万歳を期し　歓遊を契らむ

〈現代語訳〉

機会をいただいて詩宴に列席し、月に向かえば、感興は休むことなく湧いてくる。

上等の美酒を酌んでは、また月に眸を送る。（月を眺める。）

鸚貝のさかずきが、たくさんつらなって飛び交い、月光はいよいよ明るさを増し、
立派な酒樽は、まだ飲み尽くしていないのに、もう月影は動いて時は過ぎゆくこの秋の夜。

庾楼のようなこの場を月が照らすと、雪が降ったように白く、冷え冷えとしていて、酔いはいよいよ深くなる。

宴会の席に月が煌々と輝くと、霜を敷き詰めたように清々らかで、ただ作詩に専念するばかりである。

この一夜の光景を作詩するのに、どれほどのことほぎができるだろうか。

どうかいつまでもおすこやかで、このような詩宴が続けられますように。

〈語　釈〉
○**有時**　時あって。時をえて。（『周礼・冬官・孝工記』「天有時以出、有時以殺、草木有時以生、有時以死」）　○**緑酒**　緑色に澄んだ酒。上質の酒。（『梁武帝・碧玉歌』「碧玉奉金杯、緑酒助花色」）　○**鸚盞**　おうむ貝で作った盃。または、おうむ貝の形の盃。
○**属飛**　つらなり飛ぶ。たくさんの盃が、一斉に飛び交うようす。　○**光転暁**　月の光が、ますます明るさを増す状態。
○**蘭蹲**　蘭樽。美しい酒樽。　○**庾楼**　江西省九江県にあった建物。東晋の庾亮が建て、この南楼で月を賞美したと伝えられる。
○**燕席**　宴会の席。　○**折籌**　かずとりをしながら詩作する。または酒数を数えながら遊ぶ詩宴の楽しみ方。　○**染毫**　染筆と同じ。筆に墨を染めて書き記す。　○**何所**　いくばく。どれほど。　○**祝**　しるす。　○**歓遊**　喜び遊ぶ。（二三―5参照）

二三一8

学生　惟宗　有親

蒼々明月属優遊
酌酒対来満寸眸
催酔宜望光冷暁
入郷猶□影清秋
三更夜雪傾時見
万里晴霜飲処幽
只喜適陪華席末
枢襟遥想庾公楼

蒼々たる明月　優遊に属(つら)なれり
酒を酌みて　対来(むか)へば　寸眸に満ちたり
酔ひを催(うなが)すに　宜しく望むべし　光　冷やかなる暁(とき)
郷に入れば　猶□のごとし　影　清らかなる秋
三更の夜　雪　傾けて時々に見
万里の晴　霜　飲めば処々に幽かなり
只に喜ぶは　陪に適(かな)ふ　華席の末
枢襟(すうきん)　遥かに想ふ　庾(ゆ)公の楼

＜現代語訳＞

青白く輝く明月を見ながら、優雅な詩宴に参加することが出来た。

酒を酌んで月に向かえば、眼にいっぱい月光が満ち溢れている。

酔いをうながすには、しっかりと目を遠く向けよう。冷ややかで明るい月の光に。

酔いがまわれば、さらによく（観察しよう）月が澄んで清らかなこの秋の風情を。

深夜三更（零時）雪のように白い月を、盃を傾けながら、ちらちら見る。

遠くまで晴れ渡った白い月を酒を飲みながら眺めれば、あちこちの風情はまことにおもむき深い。

ただ嬉しいのは、貴人と同席する名誉を得て、この宴の末席を汚し、

（国の要ともなる）師通様のみこころに感謝し、遥か遠い庾公楼での月見の宴に思いをはせています。

＜語　釈＞
○**蒼々**　青白い月の光。　○**優遊**　伸び伸びして思いのまま。ゆったりしているようす。　○**寸眸**　小さいひとみ。眼。
○**入郷**　酔郷に入る。酒に酔い、別世界に入る状況。　○**三更**　夜を五つに分けた第三の時間。今の午後十二時の前後二時間ほど。
○**万里**　きわめて遠い距離。きわめて遠く離れた所。　○**陪**　はべる。陪席。貴人と同席する。（一九―2、五更参照）
○**華席末**　立派な宴席の末席。華席は花ござ。立派な詩宴の末席を汚し、と謙遜した形。　○**枢襟**　枢禁であれば、朝廷の意。写本では、はっきりと衣へんが見られるので、熟語としては見出せない。枢は、国のかなめ。

二三―9

何時酌酒感難休
明月蒼々足献酬
嵆帳夜深酣見雪
庾楼暁到酔知秋
紅螺盃上金波落
翠羽樽前玉鏡浮
蓬府恩光期万歳
断知向後幾歓遊

学生　大江　家成

何れの時にか　酒を酌めば　感(おもひ)　休(や)み難きや
明月　蒼々として　献酬するに足れり
嵆帳の夜は深く　酣(たけなわ)なるとき　雪を見る
庾楼に暁到り　酔ひて　秋を知る
紅螺(こうら)の盃上に　金波　落ち
翠羽の樽前に　玉鏡　浮かべり
蓬府の恩光　万歳を期(ちぎ)り
断(あきらか)に知る　向後(こののち)　幾(こいねがわく)は歓遊せむ

〈現代語訳〉

どのような時に、酒盛りをすれば、感興が休みなく湧くものだろうか。

明月は、蒼白く冴えわたり、酒杯を酌み交わす条件にぴったりだ。

昔、嵆康が、とばりの中で、夜更けに詩作すれば、月光は雪のように白く降りそそいだことだろう。

観月で有名な庾公楼にも朝が来れば、すっかり酔って秋を認識しただろう。

紅螺の杯に月の光が射し込み、
ひすいの酒樽には、月が鏡のように映っている。

この清らかな月光は宮中まで輝き、天子の恩徳は、いつまでも続くことを約束しているかのようだ。

ここで、はっきり知りました。これから先もずっとこのような楽しい宴席にご招待していただけますように。

〈語　釈〉
○献酬　酒杯のやりとり。　**○嵆帳**　嵆は三国時代の魏の人、嵆康。字は叔夜。魏の王室の娘をめとって中散大夫になったが、老荘を好み、琴を弾き、詩を詠じて楽しんだ人。竹林の七賢の一人。鍾会に憎まれ、司馬昭に殺された。嵆帳は、その嵆康の楽しんだ世界とでもいうほどか。　**○酣**　酒宴の最中。（『漢高祖紀下』「酒酣上撃筑」）　**○庾楼**　庾公楼。観月を楽しみ宴会を催した庾亮の建物として有名。（三三―7参照）　**○紅螺**　あかにし。またその貝殻で作った杯。　**○金波**　ここでは月光。　**○翠羽**　ひすい。かわせみの羽。ここでは、ひすい。　**○蓬府**　蓬莱宮。宮中をさす。（三三―3参照）　**○断**　あきらかに。はっきりと。　**○向後**　このの ち、これからさきずっと。　**○幾**　こいねがう。

二三一―10

蒼々明月望悠々
酌酒対来興叵休
三雅飲氷光落暁
十分湛雪色臨秋
蘭蹲傾処桂華冷
鸚盞巡時蟾影幽
終夜無眠携筆硯
可嘲往日庾公楼

藤　政綱

蒼々たる明月　望（あお）ぎて　悠々（はるか）なり
酒を酌みて　対来（むか）へば　興は　休み叵（がた）し
三雅にて氷を飲めば　光　落つる暁
十分に　雪を湛ふれば　色　臨（うつ）す秋
蘭蹲　傾くる処　桂華　冷やかに
鸚盞　巡りし時　蟾（せん）影　幽かなり
終夜　眠ること無く　携ふるは筆と硯と
嘲（わら）ふべけむや　往日　庾公（ゆこう）の楼を

永保三年九月日作　　講師　有俊朝臣

〈現代語訳〉

青白く光る明月を仰ぎ見ると、はるか遠くまで冴えわたり、酒を酌んで向かい合えば、次々に感興が湧いてくるものだ。三雅の盃で清酒を飲めば、月光が盃にさしこんで、気がつけばもう暁方になっている。なみなみと濁酒を注げば、月はそこに写っている。立派な酒樽を傾けて酒を注ぐと、月は冷ややかに照らし、おうむ貝の杯を、つぎつぎに巡らしていると、月光がかすかに照らす。一晩中、一睡もしないで、筆と硯をもって、ひたすら詩作に興じた。どうして嘲うことができようか、その昔、月見の名所庾公楼のことを。（庾公が月見の名所で作詩したではないか）

〈語　釈〉
○蒼々　月の青白いようす。　○悠々　はるかなり。遠くはるかなさま。　○三雅　伯雅・仲雅・季雅という池を修めた人の持っていた三つの盃から名付けられた三つの名器。　○氷　氷のようにすき透った酒。　○十分　満ち足りていること。　○雪　みぞれ状の濁り酒。　○蘭蹲　蘭樽。蘭は美称。　○桂華　月の中に生えている桂ということから、月の異称。　○鸚盞　おうむ貝で作った盃。または、おうむ貝の形をした盃。　○蟾影　つきかげ。月光。または月。月の中に蟾（ひきがえる）が住んでいたという伝説。　○終夜　よもすがら。一晩中。　○可嘲　反語表現。どうして嘲笑することができようか。…できない。　○庾公楼　庾亮が建てたという楼の名。江西省九江省にあり、廬山と相対し、揚子江に臨んで風景雄大。その南楼で庾亮が月を観賞したという。

二四　天喜三年三月三日　花色映春酒　十五首

詩題解説

三月三日は、宮廷で曲水宴の開かれた日である。中国より渡来したものではあるが、日本では『日本書紀・顕宗紀』をはじめとして『続日本紀』『類聚国史』『日本後紀』『日本紀略』『西宮紀』『北山抄』『今鏡』『江吏部集』『御堂関白記』『中右記』等々、朝儀・民間ともに詳しく記録されている。

さて、本詩宴は、その三月三日に行われた。開催場所は藤原家の学問所「勧学院」であり、作文会の記録である。従って曲水宴が開かれているわけではない。当然、曲水宴を年頭に置き、故事を詠みこむ作法の要求される作文会ではあろう。日本では、宮中行事としての曲水宴以外でも盛んに行われ、例えば『万葉集・巻19』大伴家持私邸の曲水宴（七五〇年）、「漢人も舟をうかべてあそぶとふ今日ぞわがせこ花かづらせな」や、寛弘四年（一〇〇七年）、藤原道長の土御門邸での有名な曲水宴など多少暗示されているかと思われる詩が藤原時経詩（六）に見られるのは興味深い。それでもなお東晋の王羲之の『蘭亭集序』や李白詩『春夜宴桃李園序』等が強い影響力を有している。作者群は、もちろん藤原家一族であるが、護童丸と称する子供も出席していることも注目されよう。

二四－1　七言三月三日於勧学院同賦花色映春酒詩 一首　学頭　蔭孫　成家

花色浅深満望明
映来春酒幾□情
多粉粧転三漾□
濃艶斜臨九醞清
合浦珠是傍水処
蜀江錦展対濤程
且灯染筆雖遺恨
下松晴窓一志生

花の色は浅く深く　満望　明らかなり
春酒に映来(はえ)て　幾ばくの□情ぞ
多粉　粧ひ転ずれば　三漾□
濃艶　斜めに臨めば　九醞(くうん)清し
合浦の珠は　是れ　水に傍(かたわら)せし処
蜀江の錦は　展(の)ぶ　濤(なみ)に対(むか)ひし程
且(しばら)く　染筆を灯(とも)し　恨みを遺すと雖も
下松の晴窓　一志　生ぜむ

〈現代語訳〉　七言、三月三日、勧学院で、共に「花の色が春の酒に映っている」という詩を詠む。

濃い花も、薄い花も、見わたす限り、光かがやいている。

春の酒に調和して、いかばかりの（心）情であろうか。

多くの色どりの花も粧いが変わると、まるでにごり酒のよう。

こってりと美しい色も斜めにみると、よくかもした酒のように清らかだ。

合浦の珠のいわれのように、善政（良い詩宴）が行われる、名水の傍らで、
蜀江の錦のような美しい花が咲き乱れている、かわなみにむかっているように。

しばらく詩を作っては、後悔ばかりしているとはいうものの、
このめでたい宴席の下での晴舞台である志が生まれましょう。　窓辺まで垂れ下がった松（主君）のもとで、ある志が生まれましょう。

〈語　釈〉
○勧学院　弘仁十二年（八二一）、藤原冬嗣が、京都三条の池に建設した、藤原氏一門の学問所。費用は冬嗣の自弁によったが、「勧学院の雀は蒙求を囀る。」といわれたほど有名で、官からも特殊な待遇を受けた。　**○映**　はえる。色調が浮かび上がる。調和する。いっそう盛んになる。　**○明**　光りかがやいている。おおわれたり、かくしたりすることなく、はっきりしている。
○多粉　多くの彩り。　**○三漾**　にごり酒。　**○九醞**　よくかもした酒。　**○合浦珠**　真珠の名産地。悪政が行われると枯れ、善政が行われると生産されるようになったという故事。　**○蜀江錦**　蜀の国、四川省。成都を中心とした所。錦江の水で糸をさらして織った錦。ここでは、花の美しさをたとえたもの。　**○下松**　枝の垂れ下がった松。主君の恩徳を比喩したものか。

二四—2

林花色々浅深明
掩映酒中幾蕩情
三雅湛春粧瀉処
十分斟雪影来程
梅浮粉艶黄醅変
柳混麹塵緑醑盈
何只蘭亭三日会
蒋家万歳契芳栄

前出雲守　明衡

林花は色色　浅きも深きも明らかなり
酒中に掩ひ映せば　幾ばくか情(こころ)を蕩(うご)かさむ
三雅　春を湛(たた)へ　粧　瀉(そそ)ぐ処
十分　雪を斟(く)み　影　来る程
梅は粉艶を浮かべ　黄醅(こうばい)は変じ
柳は麹塵(きくじん)を混(まじ)へ　緑醑(りょくしょ)　盈みてり
何ぞ只に蘭亭のみ　三日の会ぞ
蒋家(しょうか)の万歳　芳栄を契らむに

〈現代語訳〉
たくさんの花は色どりもよく、濃淡織り混ぜて、それぞれに美しい。
その花がさかずきいっぱいにおおいうつすと、どれほどの感興が湧くことだろう。
三雅の盃に、春の酒をなみなみと注いで、春景色をそそぎこみ、
たくさんのにごり酒をくんで、さかずきの巡って来るのを待つ。
梅のような美しい花びらを浮かべると、黄色いにごり酒に変わり、
柳のような新芽を混じえると、緑色の良酒が盃に満ち溢れる。
どうして、ただ蘭亭の集いだけが、この三月三日に行われると言えるのだろうか。
名門蒋家に匹敵するような藤原家の幾久しい弥栄を、約束していただきたいものです。

〈語　釈〉
○林花　多くあつまっている花。はなのさかんなさま。　**○浅深**　いろあいの浅いものも、濃い色も。　**○掩映**　おおいうつす。（『李白・大鵬賦』「掩映乎四海之半」『李郢・江亭春霽詩』「春風掩映千門柳」）　**○酒中**　酒盃の中。　**○三雅**　盃の名器。（二四—9参照）　**○十分**　満ち足りていること。　**○影**　曲水宴でめぐってくる盃の影。　**○黄醅**　黄色いにごり酒。（『白氏・64・戯招諸客』「黄醅緑醑迎冬熟、絳張江爐逐夜開」）　**○麹塵**　こうじに生ずるかび。薄黄色で塵のようであるからいう。転じて淡黄色。柳の新芽の色。　**○緑醑**　緑色を帯びた良酒。　**○蘭亭**　晋の王羲之ら名士四十二人が、三五三年（永和9年）三月三日の節句に、蘭亭に集まり、曲水の宴を開いたことで有名な亭の名。浙江省紹興市の南西にある。　**○蒋家**　中国では限定できないが、藤原家を暗示している。

二四－3

花色重々最足驚
況転映酒興相并
酌霞更怪雪軽影
挙白還迷江泛情
如杞羽觴鶯戯晩
自傾緑醑柳垂程
忘憂汝号独雖験
十稔春風人隔栄

弾正少弼　実仲

花色　重々（ちょうちょう）として　最も驚くに足れり
況んや　転じて酒に映ゆれば　興は相并（あつ）まる
霞を酌み　更に怪しむ　雪の軽き影
白（さかづき）を挙げ　還（ま）た迷ふ　江の泛（ひろ）き情（こころ）
杞（くこ）の羽觴の如く　鶯　戯（ざ）れし晩（くれ）
傾ける緑醑自（よ）り　柳　垂るる程
憂ひを忘れ　汝　号（わら）へ　独り験（かんが）ふと雖も
十稔の春風は　人　栄を隔てり

被棄置当職、于茲十箇年、古今之間、未有此輩。故云。

当職に棄て置かれ、茲に十箇年、古今の間、未だ此の輩に有らず。故に云ふ。

〈現代語訳〉

花の色は、幾重にも重なり合って、そのみごとさは最も驚かされる。ましてや、その花が酒に映し出されると、感興は花にも酒にもあつまるように湧いてくる。酒を酌み、ふと見ると、白い花びらが雪のように舞っているのを不思議に思い、杯を挙げながらまた迷う。河が広いように詩情の的がしぼれない。杞の羽觴を飛びかわしているようすは、鶯がたわむれているときのような暮れ方のことであり、美酒を傾けているようすは、柳の青々とした新芽が垂れ下がっているようである。日ごろの憂いを忘れ、酒よ、笑えば良い。私一人だけがこんなに考え込んでいることを。この十年間というもの、心地良い春風は、私の所に吹いてこない。（私の栄達の道は隔絶されているのだから。）

（当職に捨て置かれ、もう十年にもなる。その間一度もこんな名誉ある詩宴に招かれたことはない。そこでこんな詩を作った。）

〈語　釈〉

○重々　重なるさま。幾重にも。重なる。　**○転映**　他のものに映し出される。ここでは、花が盃にうつし出される状態。　**○雪**　白い花びらの比喩。　**○白**　杯。さかずき。　**○泛**　ひろい。泛は、浮かび漂う意もあり、川に浮かび漂うように、おぼつかない情と解することも可能。　**○如**　いま。　**○緑醑**　緑色を帯びた良酒。（二四－2参照）　**○汝**　酒に呼びかける。　**○号**　わらう。さけぶの解釈も可能。ここではわらうとしておいた。　**○十稔**　農作物は、一年に一回稔ることから、年は稔に通じ、十稔は十年。

二四－4

姑洗初三花色明
映来春酒役巡程
芳脣同戸影浮思
酔眼迷籌粧瀉情
光湛華樽穿雪酌
艶臨羽爵引霞傾
南曹在昔携螢幌
仍旧重逢宴会成

東宮学生　実政

姑洗の初三　花色　明らかなり
春酒に映来（はえ）て　役　巡りし程
芳脣　戸を同じうす　影　浮かびし思ひ
酔眼　籌（ちゅう）に迷へり　粧　瀉（そそ）ぎし情（こころ）
光　華樽に湛（たた）へ　雪を穿（うが）ちて酌み
艶　羽爵に臨み　霞を引きて傾けり
南曹の在昔（むかし）　螢を携へし幌（とばり）
旧に仍りて　重ねて逢ひ　宴会（うたげ）成さむ

〈現代語訳〉


三月三日、花は満開である。

春の酒に、その花が映（ば）えて、作詩の順番が巡ってくる。

美しい唇で飲まれる酒の量は、お互いに同じで、ほろ酔い気分となっている。

酔いがまわったのか、（平仄合わせの）かずとりがあやしくなって、すっかり泥酔したようだ。

日の光は、酒樽に降りそそぎ、雪を穿つように白い酒を酌み、
美しい花が盃にうつるのを見ては、赤い花びらを引くように酒を飲む。

昔、勧学院では、蛍をとばりの中に放って、その風流を楽しんだということだ。

今宵また、その旧い習慣を踏襲し、作文会が催された。（まことにおめでたい。）

〈語　釈〉

○**沽洗**　姑洗。十二律の一つ。黄鐘から第五番目に当たり、十二支の辰に配し、陰暦三月に配する。三月の異名。　○**初三**　はじめの三日。　○**役**　つとめ。しごと。職務。ここでは作詩をするやくめ。　○**芳脣**　脣は唇。芳は美称。美しいくちびる。ここでは酒を飲む口もと。飲みっぷりの良いことをいうか。　○**同戸**　酒数が同じ。　○**迷籌**　かずとり（平仄合わせ）に迷う。
○**影浮思**　花影が脳裏に浮かんでくる気がする。ほろ酔い気分。　○**粧瀉情**　花の姿をそのまま盃にそそぎ込む勢い。泥酔状態。
○**穿雪**　雪はにごり酒の比喩。雪をすくいとるように酒をくむ。　○**引霞**　霞は赤い色。赤い花を盃に引きこむように、酒を飲む。
○**南曹**　勧学院。藤原氏の学問所。　○**携螢幌**　とばりの中に蛍を放ち風流を楽しむ。または、蛍の光で勉強する。

二四－5

暮春上巳酒頻傾
花色映来足動情
倒影数重霞底徼
粧濃一片露中盈
匂浮三爵和風夕
葩瀉十分暖雨程
曲洛昔遊伝此地
羽觴清浪興相并

文章得業生　藤原　成季

暮春の上巳(じょうし)　酒　頻りに傾く
花色映(は)え来て　情を動かすに足れり
倒影　数々(しばしば)重なり　霞底を徼(めぐ)り
粧濃き一片　露中に盈(み)ちたり
匂は　三爵に浮く　和風の夕
葩(はなびら)は　十分に瀉(そそ)ぐ　暖雨の程
曲洛の昔の遊び　此の地に伝ふ
羽觴　清き浪　興　相并(なら)ばむ

〈現代語訳〉

三月の三日、しきりに酒を飲んでいる。

花の色が鮮やかなので、詩情をかきたてるのに充分である。

夕陽は照り返し、何度も花の美しさを描き出し、夕焼け空をめぐっていると、
濃い花の一ひらが、はらりと盃の中に落ちる。

花の香りが杯にただよってくる、やわらいだ春風にのって、
花びらは樽いっぱいに降り瀉いでいる、春雨にしっとり濡れているようだ。

曲水の宴で楽しんだ遊びを、今この地に伝えている。（中国、洛陽の遊び金谷園の酒宴を、京のこの地に伝える。）

羽觴のさかずきをとばし、清流に遊ぶ宴は尽きることはない。一緒に楽しもう。

〈語　釈〉
○**暮春**　陰暦三月。晩春。（『論語・先進』「暮春者、春服既成、冠者五六人、童子六七人、浴乎沂、風乎舞雩、詠而帰」）
○**上巳**　陰暦三月上旬の巳（み）の日、川で身を清める習俗があった。魏以来三月三日とした。　○**倒影**　倒景。日光が西から照り返す。夕陽。　○**徼**　めぐる。（『史記・五宗世家』「常夜従走卒、行徼邯鄲中」）　○**三爵**　多くのさかずき。　○**十分**　たくさんの、充ち溢れている。　○**和風**　のどかな春風。（『陶潜・勧農詩』「卉木繁栄、和風清穆」）
○**暖雨**　暖かい雨。春の雨をいう。　○**曲洛**　洛水の湾曲している所。曲水の宴を想起させる。

二四―6

映来春酒興何并
花色盛開洛邑程
如析浦桃傾桂思
似酌岸柳泛蘭情
青銅鏡底粉娃媚
碧玉池中皓月清
曲水根源今取□
姫公遺跡羽觴縈

加賀掾　藤　時経

春酒に映来えて　興　何をか并べむ
花色　盛んに開く　洛邑の程
浦桃に析つ如し　桂を傾けし思ひ
岸柳は酌む似し　蘭を泛べし情
青銅の鏡底　粉娃　媚し
碧玉の池中　皓月　清し
曲水の根源　今□に取る
姫公の遺跡　羽觴　縈る

〈現代語訳〉


春酒とよく調和した美しい花に興感を寄せるのに、何を添えれば良いのだろう。

花は、今まっ盛りの京の都ではないか。

ちょうど水辺の桃のように両岸に人々が分けられ、思わず杯を傾けたい気がする。

岸の柳は、酒を酌み交わしているような形をしていて、ちょうど酒を注ぐ格好になり、酒が泛んでいるようだ。

青銅の鏡の中は、美しく化粧した美人の姿が写し出されているように花が映っている。

青々とした池の中は、白く光る月がすがすがしく映っている。

曲水の宴を楽しんだ王羲之の精神を、今この地に再現している。

日本の国の遺跡として受け継がれ、ここに盃がめぐっているのだ。

〈語　釈〉

○洛邑　中国の古都、洛陽のことを呼ぶのであるが、周・晋の都は洛陽。日本では京の都。ここでは、京都をさす。
○浦桃　水辺の桃。参加者の形容。　**○析**　わかれる。さく。宴に参加した人々が、岸辺の両岸に分けられる。
○傾桂　さかずきを傾ける。乾盃をする。　**○蘭**　香草。ここでは酒。　**○青銅**　かがみ。　**○粉娃**　おしろいを塗った美人。
○媚　美しい。　**○碧玉**　空や水が青く澄んでいるたとえ。　**○皓月**　明らかに照る月。明月。　**○曲水**　曲水宴の略。屈曲した小川の流れに杯を浮かべ、詩を作り酒を飲む宴会。陰暦三月三日に行う。この風習は古いが、永和九年（三五三）東晋の王羲之が、会稽の山陰の蘭亭に文人を集めてこの遊びをしたのは有名。　**○姫公**　周の姓氏。晋の姓氏であるほか、中国では、日本人は、呉の泰伯楽の子孫であるという一説があり、泰伯は周王の子で、姓は姫であるため、日本のことを姫子国と呼ぶ。

二四－7

花色浅深興更生
映来春酒動心情
十分盃底濃粧瀉
千日樽中粉艶盈
竹還疑傾翠柳酌　蘭英好
岸柳斜和竹葉清
八十余年遊学館
心看自想送余生

別当蔭孫　藤　資康

花色　浅く深く　興（おもい）　更に生ず
春酒に映来（はえ）て　心情（こころ）を動かせり
十分なる盃底　濃粧瀉ぎ
千日の樽中　粉艶盈てり
竹は還た　疑（しず）かに傾き　翠柳　酌み（蘭英好）
岸の柳　斜めに和し　竹葉　清し
八十余年　遊学の館
心に自らの想ひを看　余生を送らむ

〈現代語訳〉
花の色は、浅いもよし深いもよしで、感興はますます湧いてくる。春酒に映えて感動はまたさらに深まる。いっぱいに注がれた盃に色濃き花が映し出され、一度飲めば千日も酔いが醒めないという千日酒の入った酒樽も、花がいっぱい映し出される。竹はまたしずかに傾いて、清酒を飲んでいるようで、（竹の姿も柳の姿も酒を注ぐ恰好に似ている。）岸の柳は斜めになって、竹の葉と親しんでいる姿はすがすがしい。八十年余りも長く続いたこの勧学館で、遊学させていただいたことを感謝し、ここで心に見たものを、自ら思い起こして余生を送りたい。

〈語　釈〉
○**蔭孫**　蔭位。父祖の位階によって、その子孫が二十一歳になると、自動的に授けられる位のことで、太宝令の制度の一つ。ただし、孫にまで恩典が及ぶのは、三位以上のものに限られ、これを蔭孫と呼ぶ。　○**濃粧**　濃い化粧。花の濃い色。　○**千日**　千日酒。一度飲むと千日間も酔いの醒めないという酒。（『捜神記』「狄希、中山人也。能造千日酒、飲之亦千日酔。」）　○**疑傾**　しずかに傾く。次句との対の関係で、疑を、「しずかに」と訓する。　○**斜和**　斜めに和す。和は、親しむようになる。　○**竹葉**　三月三日には、竹の葉は特に無関係と思われるが、五・六句目（頚聯）は、竹と竹葉。翠柳と岸柳とたぶらせて使用している何らかの修辞上の意図があるものか不明。　○**遊学館**　故郷を離れ、進学館で学ぶ。

二四－8

花色鮮娟正発栄
映来春酒興相并
紅桃加桂展眉処
翠柳混蘭催酔程
玉盞影浮濃淡思
金樽粧瀉浅深情
宜帰郷里辞黌舎
三十余年不顕名

別当蔭子　藤　感義

花色　鮮娟(せんけん)　正に発(ひら)き栄ゆ
春酒に映来(はえ)て　興　相并(あつ)まる
紅桃　桂に加へ　眉を展ばす処
翠柳　蘭に混ぜ　酔を催す程
玉盞　影浮きて　濃淡の思ひ
金樽　粧瀉ぐは　浅深の情
宜しく郷里に帰るべく　黌舎(こうしゃ)を辞す
三十余年　名を顕はさざれば

〈現代語訳〉

花の色は、鮮やかに美しく、今、まさに満開である。

その花は、また春の酒によく調和して感興は倍増する。

紅桃（美しい顔）に、かぐわしい香り（酒）を添えて、心配事もなくなる処。

翠柳（端正な顔）の清酒に、香り高い蘭を混ぜて酔いを催すと、
美しい盃に、花影が浮かび、濃淡入り乱れている。

すばらしい酒樽にも、花びらが入って来ると、様々な詩情が湧いてくる。

だが、私はもう故郷へ帰ろう、この学校（勧学院）を辞めて。

三十余年もお世話になりながら、いまだに名が顕われないのだから。（親の名を汚すことはできないから。）

〈語　釈〉
○娟　美しい。たおやかで美しい。　**○正発栄**　今、まさに満開。　**○興相并**　感興は、いやが上にもあつまる。
○展眉　心配事がなくなって、愁眉が展(ひら)ける。（『李白・長干行』「十五始展眉」）　**○翠柳**　青白い色をした良い清酒。
○玉盞　玉は美称。盞はさかずき。立派なさかずき。　**○濃淡思**　花の濃淡と、さまざまな心情を掛けている。
○金樽　金は美称。みごとな酒樽。　**○黌舎**　学校。勧学院。

二四－9

別当蔭子　正六位上　藤　惟綱

説言学院宴遊成
花色映盃幾動情
濃艶浮沈三雅裏
軽香飛散一樽程
光廻巴水酌霞暁
影混魯山湛露晴
写桃源□延齢術
此時群飲歎長生

説(よろこ)び言ふ　学院にて宴遊成れりと
花色　盃に映え　幾ばくか情を動かさむ
濃艶　浮沈す　三雅の裏
軽香　飛散す　一樽の程
光は　巴水を廻り　霞を酌みて暁(あ)け
影は　魯山に混り　露を湛へて晴れたり
桃源の□　を写さむ　延齢の術
此の時の群飲　長生を歎ず

〈現代語訳〉
私は、よろこんで申します。この勧学院の宴遊にお招きいただきましたことを。
花は盃に色を添え、どんなにか詩興が湧いてくることか。
色濃い桃の花びらが、立派な三雅の盃の中に浮き沈みし、
かすかな香りが、酒樽の中に飛び散っている頃。
光は、もう巴水をめぐって、朝焼け雲を酌んだかのように赤く暁(あ)けはじめ、
影が魯山（勧学院の山）に射しこんで、朝露を含んで晴れわたっている。（一晩中、宴は続けられた）
仙人の住む桃源境を再現しているこの地で、延齢の術をかけてほしい。
この時、大勢集まって、酒宴を催し、共に長寿を願って溜め息をつくことだ。

〈語　釈〉
○**説**　よろこぶ。（『論語・学而』「不亦説乎」）　○**学院**　勧学院。　○**成**　成就　かねてからの念願通り参加することが出来たというほどの意。　○**三雅**　盃の名器。もともと伯雅・中雅・季雅という三つの池の名。その池を修めた人の持っていた三つの盃から、その名を得た。　○**巴水**　曲水の水を引き入れた蛇のように曲がりくねった水の流れ。　○**魯山**　勧学院のある山を、学問の山として、孔子の生地、魯山と呼んだのであろう。　○**延齢術**　延寿術。寿命を延ばす方術。　○**群飲**　大勢集まって酒盛りをすること。翻刻は「群欲」とあるが、影印本によって「群飲」に改めた。

二四―10

何因花色望相驚
春酒映時自蕩情
浮盃粧迷吹菊暁
満樽匂混酌蘭程
呉娃臨鏡妍姿媚
蜀錦濯文異彩明
新如今□仍旧会
莫遮淵酔被催鶯

別当蔭子　藤　忠行

何に因りてか　花色　望みて相驚くや
春酒　映えし時　自ら情を蕩かせり
盃に浮けば　粧　迷へり　菊を吹く暁
樽に満つれば　匂　混へり　蘭を酌みし程
呉娃　鏡に臨みて　妍姿　媚び
蜀錦　文を濯ひて　異彩　明らかなり
新たに　如今　□　旧に仍りて会せば
莫遮　淵酔して　鶯に催されむ

〈現代語訳〉

どういうわけで花の色どりを見ては、みんな驚かされるのであろうか。
春酒に花がよく調和したとき、自然に心が動かされるものだ。
盃に花びらが浮くと、またようすが変わり、菊花の宴かと迷うようだ。
樽いっぱいの酒に花の香が混じり合うと、蘭の酒を酌み交わしているようだ。
美人が、鏡に向かって、美しい姿をよろこぶように、
美しい錦織りのように文を洗い清め、きわだって秀れた異彩を放っている。
新たに今、旧い習慣に習って、曲水の宴が催されてみんな集まっているので、
ままよ泥酔して、鶯盃にうながされるままにまかせましょう。

〈語　釈〉

○**吹菊**　菊の花びらを杯に浮かせ口で吹きながら酒を飲む。　○**呉娃**　原文では呉姓となっているが、呉娃の誤りか。呉地方の美人。美女の総称。　○**妍姿**　あでやかな姿。しなやかに舞う姿。　○**蜀錦**　蜀地方の錦織りは有名で、蜀の錦江で糸をさらして織るので錦織という。美しい綿。（『白氏六帖』「蜀成都有濯錦之江」）　○**濯文**　濯は、蜀錦濯と濯文を掛けていると思われる。文を明らかにする。「蜀錦濯文異明」六字で作られているが、六字目に「彩」を挿入することも可能か。　○**如今**　いま。ただいま。現在。（『項羽紀』「如今人方為刀、我為魚肉」）　○**仍旧**　ふるい習慣に従う。　○**淵酔**　深い酔い。泥酔

二四－11

頻傾春酒感方成
花色映来曲水清
粉艶更飄嘗竹思竹(心)思
濃粧相混酌蘭情
柳浮玉盞展眉処
梅写金樽蘸甲程
今折紅桃雖促興
只期月桂慕揚名

別当蔭子　藤　信頼

頻りに　春酒を傾くれば　感（おもい）　方（すで）に成（おこ）れり
花色　映来（はえ）て　曲水は清し
粉艶　更に飄（ただよ）へば　竹を嘗（あじわ）ひし思ひ
濃粧　相混ふれば　蘭を酌みし情（こころ）
柳　玉盞に浮き　眉　展（ひろ）げし処
梅　金樽に写り　甲を蘸（まつ）りし程
今　紅桃を折り　興を催（うながす）すと雖も
只に月桂を期（ちぎ）り　揚名を慕ふのみ

〈現代語訳〉
頻りに盃を傾け、春酒を飲めば、感慨はもう湧いてくる。
花の色は、照りはえて、曲水の宴の水は清らかに流れている。
美しい花びらがひらひら風に飄ると、笛の音のように、気分が浮かれ、
濃い色の花びらが混ざり合っているのを見ると、蘭亭のうたげが目に浮かぶ。
柳は立派な盃に写し出され、愁いのない美女が、笑っているように見え、
梅がすばらしい酒樽に写されると、酒はなみなみと注がれているようだ。
こんな時、赤くなった酔顔をよろこんで、作詩を催促されても
私はただ科挙の試験に合格することを願い、名声を得た人をお慕いするばかりです。

〈語　釈〉
○方　すでに。　**○成**　おこる。しげし。　**○粉艶**　美しい花びら。淡色の花。　**○嘗竹**　原文は「嘗竹心思」とある。竹は笛の意。嘗竹は笛を吹くことか。用例未見。（『釈名・釈楽器』「竹曰吹、吹推也、以気推発其声也。」）　**○濃粧**　濃い色の花びらを厚化粧にたとえる。　**○酌蘭**　香りのよい酒を酌む。また、蘭亭の宴をさすか。　**○玉盞**　玉は美称。りっぱな盃。　**○展眉**　愁眉が開く。愁いがない。　**○金樽**　金は美称。りっぱな酒樽。　**○蘸甲**　酒をなみなみと注ぐこと。手の甲が酒で濡れるほど注ぐこと。甲は手の甲。眉の対であるため、甲乙の甲にはとらない。　**○折紅桃**　赤く酔った顔を見てよろこぶ。　**○月桂**　科挙の試験に合格すること。（『避暑録話』「世以登科為折桂其後以月中有桂故又謂之月桂」）　**○揚名**　翻刻・楊は揚の誤りか。名声を揚げること。

二四－12

佳辰三日興方生
花色映来春酒盈
光混流霞多少澈
影交湛露浅深清
眠如夢満対□処
酔誤投珠挙爵程
曲洛遺流今酌得
羽觴気味幾多情

蔭孫　藤　季任

佳辰三日　興(おもい)方に生じ
花色は映(は)来(え)て　春酒盈てり
光は流霞に混ざり　多少(いくばく)か澈(とお)る
影は湛露を交はり　浅く深く清し
眠りて　夢の満つるが如し　□に対ひし処
酔へば　投げし珠かと誤つ　爵を挙げし程
曲洛の遺流　今に酌み得たり
羽觴の気味(けわい)　幾ばくぞ　多情ならむ

＜現代語訳＞

この佳い時三月三日、感興はまさに生じてくるものだ。

花の色はあざやかで、春の酒は満ち溢れている。

光が霞に交わり、清らかなように（天子の恩徳は、仙人が飲むという酒を混ぜたようで、どんなにか清いことだろう。）

日の光は満ち溢れる露にとけこんで清らかなように（帝の庇護で恩恵を受け、その恵みの深さははかり知れないものがある。）

静かに目を閉じると、夢がいっぱいに満たされていくようだ、この酒宴の席で。

酔ってくると、龍の頷の珠が投げられたかと見まごうように、盃を挙げて乾杯する。

洛陽での曲水の宴は、今、このような形で遺され、我々はこの宴に招かれ、酒を飲むことができる。

羽觴の盃をまわす曲水の宴のおもむきに、何と多くの感情が湧くことだろう。

＜語　釈＞
○佳辰　よいとき。吉日。　**○盈**　充満する。物があっぱいになる。みちたりる。　**○流霞**　仙人が飲むという酒。（『抱朴子・祛惑』「有仙人但以流霞盃与我飲之。」）　**○澈**　水が澄む。清い。すきとおる。　**○影**　影庇、帝の庇護。
○湛露　詩経の篇名。天子が諸侯と宴することを詠じたもの。転じて、豊かな恩恵。特に主君の恩の深さをたとえる。
○投珠　千金の珠が、九重の淵の龍の頷の下にあると『荘子列禦寇第三十二』にある。『菅家後集・489・白微霰』には、「龍頷珠投顆々寒」とあり、龍の頷の下にあるという千金の珠を投げると、一粒一粒が寒々しい、と詠じている。ここでは、盃を龍の珠に見立て、盃が光って飛び交っているようすであろう。　**○遺流**　遺し伝えられた風流。　**○気味**　おもむき。けはい。かんじ。
○羽觴　すずめが、羽を広げたような形のさかずき。（『李白・春夜宴桃李園序』「飛羽觴而酔月」）

二四―13

春来何事興相并
花映酒中望正驚
脣吐清芬相唱処
手薫濃気緩斟程
携樽断知匂飄思
引盞難分霞脆情
何遵閑窓雖浅学
桂枝未祈欲揚名

蔭孫　藤　能任

春来たれば　何事ぞ　興　相并(あつま)るや
花は酒中に映え　望(み)れば正に驚く
脣　清芬を吐き　相(とも)に唱(うた)ふ処
手　濃気に薫(かお)り　緩く斟(く)む程
樽を携へ　知を断つは　匂　飄(ひるがへ)す思ひ
盞を引き　分かち難きは　霞　脆(もろ)き情(こころ)
何ぞ遵(い)はむや　閑窓にて　浅学なりと雖も
桂枝　未だ祈らず　名を揚げむと欲するを

〈現代語訳〉
春が来ると、何ということだ、感興がどんどん湧いてくるとは。花が、酒宴に映えて、見渡せば、美しさは驚嘆するばかり。口を開けば、主君の徳行をみんなでうたうところ。筆はおだやかで、細やかな人情を薫らせて、ゆっくりお酒を斟(く)む。酒樽をもって酒を酌むと、盃を引いて酒を飲めば、世俗的分別がつかず、おぼつかない思いがする。静かな窓辺でいったい何を言えば良いのだろう。わたしのように浅学の身ではありながら、私は進士に合格をしても、名声を得て出世したいと祈ってはいません。

〈語　釈〉
○脣　唇と同じ。　○吐　ひらく。　○清芬　清らかな香り。転じて、人の徳行や芸術の清くかぐわしいようす。（『文選・陸機・文賦』「誦先人清芬」）　○薫　善人に親しんで、よい感化に染まる。　○濃気　人情の濃いおもむき。　○断知　知は、まじわり、もてなし。待遇など。　○匂飄思　匂いがただよって来るような気がする。　○難分　はなれがたい。さだめがたい。世俗的な分別がつかない、等々。　○何遵　翻刻は「問道」になっているか、書陵部写本により訂正した。　○閑窓　静かな窓。
○桂枝　桂林の一枝。進士に及第したことの謙称。晋の郤詵が、進士の試験に及第したのを、かつらの林のうちのほんの一枝を折ったに過ぎないと言った故事。

二四－14

学生　藤　季頼

紅桃花綻任風軽
色映酒盃感緒生
別蘂繽粉持満処
濃粧散乱唱遅程
匂浮湛露宜薫梢
影照流霞幾動情
久在院中為旧老
思浮紅桂一枝名

紅桃　花綻び　風に任せて軽し
色は　酒盃に映(は)え　感緒(かんしょ)生ぜり
別蘂(べっすい)　繽粉(さかりなり)　満を持す処
濃粧　散乱し　遅きを唱へし程
匂ひは　湛露に浮き　宜しく梢に薫るべし
影は　流霞を照らし　幾ばくか情を動かさむ
久しく院中に在りて　旧老と為り
紅桂を思ひ浮かべむ　一枝の名

〈現代語訳〉

あかい桃の花が咲きはじめ、風に軽やかに揺れている。その花の色が酒盃に照り輝いて、感慨は湧いてくる。ほかの花ぶさを見ても、今を盛りと咲き乱れ、まさに満開である。濃い花びらが乱れ散ると、何とか散るのが遅れるよう皆で願っている。花の匂いはいっぱいの酒に満ち、（天子の恩恵に報いるためのものだから、）どうかこの梢にいい匂いを薫らせてほしい。（臣下にも恩恵を与えてください。）主君の庇護のおかげで、仙人の酒が照らし出され、私も頂戴できるのだから、その感動はいかばかりだろう。長年院中にお仕えして、旧老となってしまったが、今でも文章生を思い浮かべ憧れています。紅い桃の一枝から連想して。

〈語　釈〉

○感緒　心緒。心のうごき。感動。　**○別蘂**　蘂は、はなぶさ。むらがり生える。別蘂は、他の花ぶさ。桃以外の花。**○繽粉**　さかりなり。もつれ乱れるようす。乱れ落ちるようす。（『陶潜・桃花源記』「落英繽粉」）次句散乱とともに畳韻。**○唱遅程**　散ることを惜しむ程の気持ち。　**○湛露**　『詩経・小雅・南有嘉魚之什』の篇名。天子が諸侯と宴することを詠じたもの。**○流霞**　仙人の飲む酒の名。流霞酒。　**○院中**　寺。僧や道士の住む所。学校など。　**○旧老**　昔のことを知っているとしより。故老。　**○紅桂**　しきみという樹木の名であるが、『無題詩』解説によると、文章生・得業生になることをいう。　**○一枝名**　この一枝は、紅桃を指すのであろう。紅桃をうたいつつ紅桂を連想し、なお文章生への未練をのぞかせている。桂林の一枝参照。

二四—15

灼々桃花興正生
映来春酒可揺情
紅顔添酔桃源露
翠黛開眉柳岸晴
玄石樽辺粧自馥
伯倫甕頭艶已明
誰識如今携学路
少年齢裏接群英

小学生　護童丸（誰人哉）

灼々たる桃花　興(おもむき)正に生ぜり
春酒に映(は)え来て　情を揺するべし
紅顔　酔ひを添ふるは　桃源の露
翠黛　眉を開きて　柳岸の晴
玄石　樽辺　粧ひ　自ら馥(かお)り
伯倫　甕頭　艶　已に明らかなり
誰か識らむ　如今(ただいま)　学路に携はりて
少年の齢(よわい)の裏(うち)にて　群英に接するを

天喜三年作　講師　時経　読師　成季

＜現代語訳＞

まっかな桃の花に、感興は、はっきりと湧いてくる。
春酒に照り輝き、その美しさに当然のことながら感動は禁じえない。
若く美しい顔にもほんのり酔いがまわると、まるで桃源郷で酒を飲んでいる気分。
美しい黛を引いて美人がほほえんでいるような、眉の形の柳も晴天にはえている。
泥酔した玄石のような人が、樽のあたりで酒をあおっては、自ら馥郁たる匂いを発し、
伯倫のような人も、酒甕のほとりで、すっかり酔い、もう顔は真っ赤だ。
いったい誰が知っているだろう。現在、学問の路につらなって、
こんな若い少年の身で、多くのすばらしい方々と接していることを。

＜語　釈＞

○**灼々**　花が盛んに咲いているようす。（『詩経・周南・桃夭』「桃夭夭、灼灼其花」）　○**正生**　はっきりとした形で生じてくる。
○**紅顔**　元気な少年の顔。　○**翠黛**　みどり色のまゆずみから美人のまゆ。美人のたとえ。　○**玄石**　劉玄石。酒に酔って三年間覚めなかったという故事。（蒙求）　○**伯倫**　西晋の文人劉伶の字。竹林七賢の一人。甚だ酒を好み、酒五斗を飲んで悪酔を解いたという故事が蒙求に見られる。蒙求の標題に「劉伶解酲」とある。　○**如今**　ただいま。現在　○**携学路**　学問の道に連なる。ここでは勧学院の作文会に列席すること。　○**群英**　多くのすぐれた人々。（『陶潜・荊軻詩』「飲銭易水上、四座列群英」）

二五　寛治元年十一月二日　酌酒対残菊　十七首

詩題解説

目録「酒部」第三番目の詩題である。

『公事根源』によれば、十月五日に残菊宴が行われている。もとは重陽の菊の宴の後に行われていたものであるが幾度かの変遷を経て、本詩宴は十一月二日に行われている。宮中行事の一つである。

残菊について白楽天は、冬まで咲き残り、霜にそこなわれた哀れな姿として詠じている。菅原道真は、巻二・153「残菊」。巻五・360「假中書懐詩」。後集・505等に、残菊に対する美意識を感動的に詠じられている。寒冷に耐えて咲き残る残菊に延命長寿を願う気持ちも強く表されている。

内相は、内大臣の略称。時の内大臣は藤原師通。二十六歳の時の詩宴である。師通は、詩宴を開催する一方で、和歌を好み、また書にも秀れていた。康和元年（一〇九九）三十八歳で没。この年、本詩宴の序者藤原有信も出席者の一人藤原通俊も前後して没している。

応教詩は、太子・諸王の命令によって詩を作ること。ここでは、内大臣藤原師通の命令によって詩題に則して作詩すること。ちなみに、帝の命令によって詩を作ることは応制詩または応製詩という。

二五一―1　七言冬日陪内相府書閣同賦酌酒対残菊応教詩　一首　散位　有信

酌酒何因及夕陰
対来残菊思沈々
粧衰還恐吹花飲
葩悴属催浸桂心
一盞緩寒霜半尽
孤藂勧酔露猶深
宜哉仙草択名地
蓮府延齢不外求

酒を酌(く)めば　何に因(よ)りてか　夕陰に及ぶや
残菊に対(む)来(か)ひて　思ひ沈沈
粧　衰ふるを　還(ま)た恐れ　花を吹きて飲み
葩(はなびら)　悴(か)るるも　属(たまたま)催し　桂を浸す心
一盞　寒さを緩め　霜は半ば尽き
孤藂　酔ひを勧め　露は猶深し
宜しき哉　仙草　名地を択び
蓮府の延齢　外には求(もと)めず

〈現代語訳〉
酒を酌めば、なぜに夕暮れ時まで及んでしまうのであろうか。（冬至で一番日が短い）
残菊にむかって、わが心は、ひっそりと静まっている。
花が衰えていくのを、また恐れては、盃に浮く花びらを吹きながら酒をのみ、
菊が枯れそうでも、集まって来て、残菊の宴を催す心意気。
一杯飲んでは寒さも緩み、霜が消えていくように、酒はもう残り少ないようだ。
このひとむらの菊が酔いをすすめるし、酒はまだ沢山残っている。
まことに良いことだ。不老長寿の菊の花を、良い地を択んでここに植えたからには、
大臣の延命のために他の地へ出向かなくても、この場で充分ではないか。

〈語　釈〉
○残菊　冬まで咲き残った菊。宮中で十月五日（旧暦）に行われた菊の宴を「残菊の宴」と称したことが、『本朝文粋・源順・賀禄綿詩序』に見られる。本宴は、更に遅く（旧暦）十一月二日に行われている。（ちょうど冬至の頃）　**○夕陰**　夕暮（『謝霊運・永初三年七月之郡詩』「秋岸澄夕陰」）　**○沈々**　奥深く静かなようす。ひっそり静まっているようす。　**○粧衰**　残菊が枯れるようす。**○吹花飲**　盃に菊の花びらを浮かべて、それを吹きながら酒を飲む菊花酒の飲み方。　**○浸桂心**　桂は香り高い酒の意で、酒を飲む心意気というほどの意か。　**○孤藂**　孤は孤立・孤独・ただひとつの意。藂は叢。くさむら。衆・多の意味で孤の対義。叢菊の中で枯れ残った一株の残菊をいうものか。　**○仙草**　菊。不老長寿の花とされているのでいう。　**○蓮府**　大臣の役所から転じて大臣のこと。

二五－2

内大臣

閑居酌酒対残菊
席上三遅足動心
余艶十分催酔飲
微芳一盞忘憂酌
玉山古岸月幽見
藍水下流霜薄臨
羅綺青娥眉正尽
登楼眸遠日徐沈

閑居にて酒を酌(く)み　残菊に対す
席上　三遅　心を動かすに足れり
余艶　十分なり　酔ひを催(うなが)して飲み
微芳一盞　憂ひを忘れて酌(く)めり
玉山の古岸　月　幽かに見え
藍水の下流　霜　薄く臨めり
羅綺　青娥　眉　正に尽きむとす
楼に登りて　眸遠くすれば　日は徐ろに沈めり

〈現代語訳〉

閑かな住まいで酒を酌み、残菊に向かい合っている。学徳の豊かな人々の酒宴なので、感動せずにはいられない。（この花は）まだ美しさがあり余って十分なので、どうか痛飲してほしい。かすかな香りの、この一杯のさかずきに、日頃の憂いを忘れて酌み交わしてほしい。美しい玉山の古岸には、もう月が幽かに見えはじめ、清らかな藍水の下流には、霜が薄く置く頃となった。美しい衣装をまとった若い美人の眉が落ちるように、今この菊も枯れそうで、楼台に登って眸を遠く見渡せば、日も静かに沈もうとしている。

〈語　釈〉

○**閑居**　静かな住まい。（詩宴の場＝内相府書閣）　○**席上**　席上之珍（儒家・儒者の学徳を席上の珍品にたとえる）の略。○**三遅**　酒宴の際の遅刻に、杯の五・七・十巡後のそれぞれに罰杯があること。転じて酒または酒宴。　○**余艶**　あり余るほどの美しさ。かすかに残された美しさ。用例未見。（残菊をさす）　○**十分**　充ち足りていること。　○**微芳**　かすかな香り。○**玉山**　伝説上の山の名。崑崙山の西にあり、玉を産し、西王母がいたという山。ここでは比喩として使われている。○**藍水**　陝西省の川の名であるが、もちろん比喩として使われている。　○**羅綺**　うすもの。うすものと、あやぎぬ。美しい衣服。また、それを着た人。　○**青娥**　若い美人。娥は美人。青蛾であれば、若く美しい眉。　○**眉正尽**　美人の象徴でもある眉が、今まさになくなろうとしている。今にも残菊の枯れそうな状態。

二五—3

右大弁　通俊

□□□菊浅深将
酌酒対来別有心
乗酔好携籬月馥
入郷欲問岸風侵
嗜猶投轄陶家裏
置是如維酈水潯
本自汝為仙草種
雖覃霜後足相尋

□□□菊　浅く深く将(さかん)なり
酒を酌みてて対(む)来(か)へば　別に心有り
酔ひに乗ずれば　携ふること好く　籬月　馥(かお)り
郷に入りて　問はむとすれど　岸風　侵せり
嗜めば猶　轄を投ず　陶家の裏(うち)
置けば是れ　維の如し　酈水の潯(ふち)
本自(もとよ)り汝　仙草の種為(た)り
覃霜(えんそう)の後と雖も　相尋ぬるに足れり

〈現代語訳〉
□□□残菊は濃淡さまざまに盛んに咲いている。
酒を酌もうとて向かい合えば、特別に心に思うことがある。

酔った勢いで、手に取ってみるのも良く、花は籬越しに見る月に馥っているようだ。

酔境に入り、ここはどこかと尋ねたかったが、折からの岸風に妨げられた。

沢山の酒を飲んだが、それでもまだ引き留められる、ここは陶潜の家だろうか。

盃をおいて帰ろうとすると、おおづなで引きとめられるようだ、神仙の菊の名産地酈水のふちに。

もともと菊よ、お前は不老長寿の仙草なのだから。

どんなに深い霜をかぶったあとでも、たずねて行くだけの価値はある。


〈語釈〉
○**有心**　心に思うところがあること。（『詩経・小雅・巧言』「他人有心、予忖度之。」）　○**乗酔**　酔った勢いに乗ずる。
○**好携**　菊を手にとる。陶潜の飲酒詩が根底にある。　○**籬月**　まがき越しに見る月。　○**入郷**　酔って別世界に入る心境。
○**投轄**　強いて客を引きとめる。前漢の陳遵は、客を好み、客の乗って来た車輪の留め金（轄）を抜いて井戸に投げ込み、急用があっても客を帰らせなかったという故事がある。　○**陶家裏**　陶淵明のように、酒と菊をこよなく愛する比喩であろう。
○**維**　おおづな。天から地をつり下げているという四隅のつな。　○**酈水**　酈県にある甘谷には、甘美な水があって、そのあとに、一面の菊を産したという。菊の名産地として有名。（『風俗通逸文』「南陽酈県有甘谷、谷中水甘美、云其山上大有菊華、水従山上流下、得其滋液、谷中余家、下復穿、仰飲此水、上寿者百二三十、中者百余歳、七八十者、名之為夭。」）　○**仙草種**　菊は不老長寿の仙草であるとされている。　○**覃霜**　ふかい霜。

二五一4

左大弁　大江　匡房

菊残常被暁霜侵
酌酒対時自有心
郷裏纔留孤岸雪
樽前猶散一藂金
紫分余艶玉頽地
紅行衰顔籬砕陰
秋後唯憐花最深
攀将空到日沈々

菊　残りて　常に暁の霜に侵さる
酒を酌みて対(むか)ひし時　自ら　心有り
郷裏　纔(わず)かに留(とど)まる　孤岸の雪
樽前　猶　散れり　一藂の金
紫　余艶を分かつ　玉　頽(くず)れし地
紅　衰顔を行(めぐ)る　籬　砕けし陰
秋後　唯に憐れむのみ　花　最も深きを
攀(のぼ)りて将に空しく到らむとすれば　日　沈沈

〈現代語訳〉
菊が咲き残り、いつも暁の霜にそこなわれている。
そんな残菊に、酒を酌んでむかい合うと、自然に心に思いが湧いてくる。
郷のうちに、わずかながら咲き残っている花は、まるで孤岸の雪のような白菊。
酒樽の前で、なおも散りそうな花は、一むれの金のような黄菊。
紫色の菊は、あり余った美しさを分かち合いながら、玉山が頽れ落ちるように散り、
紅い菊は、やつれた顔をめぐらしながら、籬の陰に砕け散ってしまった。
晩秋に咲き残っている花は、唯ただ、めでるべきである。花が最もおもむき深いので。
のぼって行くと、早くも夕暮れ時となり、日が静かに沈んでゆく。

〈語　釈〉
○**暁霜**　朝置く霜。（『文選・謝霊運・晩出西射堂詩』「暁霜楓葉丹、夕曛嵐気陰」）　○**有心**　心に思うところがあること。
○**孤岸雪**　ぽつんと一本だけ残っている白い菊。　○**一藂金**　一叢の黄菊。　○**玉頽**　玉山頽。容姿の美しい人が酒に酔ってくずれ落ちるようす。　○**行**　翻刻では空欄になっていたが、「行」を入れてみた。　○**衰顔**　やつれた顔・頽顔。おとろえよわる。
○**秋後**　秋分以降。ここでは、晩秋から初冬。　○**憐**　喜・怒・哀・楽すべての感情に作用する「もののあはれ」の情。ここでは、いとしく思ってめでる気持ち。　○**深**　幽深。おく深い。おもむき深い。　○**日沈沈**　日が静かに沈んでゆくようす。

二五－5

迎冬残菊望沈々
酌酒対来幾動心
面上添紅匂半混
□中挙白色相臨
霜前持満如円雪
露底催巡似汰金
被勧孤藂雖酩酊
百憂未忘思難禁

太皇太后宮権亮　源　道時

冬を迎へし残菊　望めば沈々
酒を酌みて　対来(むか)へば　幾ばくか心を動かさむ
面上　紅を添へて　匂ひ　半ば混(まじ)へ
□中　白(さかずき)を挙げて　色　相臨む
霜前　満を持せば　円雪の如く
露底　巡るを催がせば　汰金に似たり
勧められて孤藂(こそう)　酩酊(めいてい)すと雖も
百憂　未だ忘れず　思ひ禁じ難し

〈現代語訳〉
冬を迎え、残菊を見わたすと、ひっそりと静かなようすである。
酒を酌んで、その残菊に対座すると、どんなにか感動させられることだろう。
顔は、（酒で）ほんのりと赤みがさし、（花の）色と美しく混ざり合い
□中、さかずきを挙げて、酒をすすめると、花の色と対面しているようだ。
霜に対して準備万端整えて待っていると、円い雪のような白菊。
露の中で盃のめぐってくるのを待っていると、砂金を採集しているような黄菊。
酒を勧められて、残菊のような年老いた私も、すっかり泥酔したとはいうものの、
たくさんの憂いはまだ忘れることもできず、かなしみをとめることはむずかしい。

〈語　釈〉
○**望沈沈**　見渡すと、ひっそりと静かなようすである。　○**面上**　顔のおもて。かお。　○**匂**　気品がある。趣がある。色が美しく映える。　○**挙白**　杯を挙げて酒を飲む。または酒を勧める。白はさかずき。（白菊の比喩）　○**臨**　対面する。
○**持満**　準備を十分に整える。　○**汰金**　水に洗い流しながら、砂金を採集する。（黄菊の比喩）　○**孤藂**　ひとむらの菊。作者自身の比喩。　○**酩酊**　ひどく酒に酔うようす。泥酔。　○**百憂**　多くの心配。種々の憂い。

二五―6

朝々酌酒興難禁
残菊対来任浅深
籬悴只催添戸思
岸寒争識独醒心
余薫斜播憂猶忘
晩蘂初開酔欲沈
此草元由栽勝地
飛盃誰不得追尋

左中弁　季仲

朝々　酒を酌めば　興(おもい)　禁じ難し
残菊　対来(むか)ひては　浅深に任す
籬は悴(すた)れ　只に催(うなが)すは　添戸の思ひのみ
岸は寒く　争(いか)でか識らむ　独醒の心を
余薫　斜めに播(ま)きて　憂ひ　忘るるごとく
晩蘂(ばんずい)　初めて開けば　酔ひて　沈まむとす
此の草　元由(もとよ)り　勝地に栽(う)えられしもの
盃を飛ばせば　誰か追尋するを得ざらむや

〈現代語訳〉

毎朝毎朝、酒を酌んでいると、感興が湧いてくるのは、おさえがたいものがある。残菊にむかって、興の浅い深いは、各人の思いにまかせよう。

垣根も枯れてしまった今となっては、ただ散らないよう引き止めたい未練の思いばかり。

川岸も寒々としている中、(残菊が)醒めた心でいることを、どうして知ることができようか。

残り香を散りばめてこの憂いを忘れるように、(残菊といえども、残り香は強い。)

おそまきの花がようやく咲いたのを見て、酒に酔いつぶれてしまおう。

この草(菊)は、もともと名勝の地に栽えられているものだから、
盃を飛ばしては、いったい誰が昔の風習を思いたずねられない者がいようか。(みんな思い出せるものだ。)

〈語　釈〉
○朝々　毎朝毎朝。　**○任浅深**　感興の浅い深いは、各人の感性におまかせ。　**○悴**　おちぶれる。しぼむ。(『文選・曹植・朔風詩』「繁華将茂、秋霜悴之」)　**○添戸**　戸は、ひきとめる意。ひきとめる気持ちを添えるということで未練。また戸は、酒数を表す。酒数を添える意から、酒を更にすすめるという意味。前者で解せば、残菊に対する未練の気持ち。後者では、残菊を惜しみながら、酒をもっと飲もうとするもの。　**○独醒**　自分一人酔っていない。(『史記・屈原伝』「挙世混濁而我独清、衆人皆酔而我独醒」)　混乱した社会に自分独りだけが清節を保ち、正気でいること。　**○余薫**　残り香。写本「余董」を改めた。　**○斜播**　ちりばめる。
○晩蘂　おそまきの花。　**○元由**　もとより。　**○追尋**　昔を思い尋ねる。(『文選・謝霊運・道路憶山中詩』「追尋栖息地」)

二五一7

前頭残菊属玄陰
酌酒対来興屢侵
□桂助余香霞色花
蘭催晩酔露光林
籬東引盞群居思
岸上置樽自勉心
更湛十分雖蘸甲
眼饒仙草未能禁

前阿波守　行家

前頭の残菊　玄陰に属(あた)れり
酒を酌みて　対来(むか)へば　興(おもむき)　屢(すみや)かに侵せり
桂　余香を助(そ)ふ　霞色の花
蘭　晩酔を催す　露光の林
籬東　盞を引く　群居の思ひ
岸上　樽を置く　自勉の心
更に十分に湛へ　蘸甲(さんこう)なりと雖も
眼は仙草を饒り　未だ禁ずる能(あた)はず

〈現代語訳〉
面前で催される残菊の宴は、ちょうど玄冬にあたる。（もう冬だ）酒を酌んで残菊にむかうと、感興は早くもにじみ出るようだ。桂のように良い残り香をそえて、霞のような淡い花。残菊。（蘭）は、夕方酔うようにうながしている、夜露に光っている（林）籬の東で盃を交わし合う姿は、沢山の花が群がっているような気がする。川のほとりに樽を置くと川の音を聞きながら、おのずから学ぼうという気になる。更にたくさんのお酒をついで、手の甲にしたたり落ちているとはいうものの。目は、仏草である菊を眺め、不老長寿を願う気持ちは、まだ禁ずることができない。

〈語　釈〉
○**前頭**　前面、面前。（『白氏・67・杪秋独夜』「前頭更有蕭條物。老菊衰蘭三両叢。」）　○**玄陰**　冬の異称。玄冬。
○**屢侵**　すみやかにしみ出してくる。　○**霞色花**　霞のように淡い花の残菊。　○**晩酔**　夕方の酔。夕方酒に酔うこと。句頭の欠字は桂の対で蘭。句末の欠字は「林」か。対語と韻字によって補ってみた。（『蘇軾・前赤壁』「歌曰、桂棹兮蘭槳、撃空明兮泝流光。」）
○**露光**　つゆの光。　○**群居**　群がっている。菊が沢山咲いていることのたとえ。　○**自勉**　みずから勉学にいそしむ。朱子学の門徒達が川面に点在する石の上に座し、せせらぎを聞きながら、一日中勉学にいそしんだという。時代的に無理はあるが、そんな心境をいうのであろう。　○**蘸甲**　なみなみと酒を注いで、手の甲まで濡らす状態。

二五―8

一䕺残菊感相侵
酌酒対来幾動心
秋雪纔留藍水浪
暁霜半砕玉山陰
酔中転忘岸風烈
醒後更愁籬雨深
偏愛此花余艶好
持盃不顧日西沈

前因番守　知房

一䕺（そう）の残菊　感（おも）ひ相侵（なか）せり
酒を酌みて対（む）来（か）へば　幾ばくか　心を動かさむ
秋雪　纔（わず）かに留む　藍水の浪
暁霜　半ば砕（くだ）く　玉山の陰
酔（よ）へば　転（うたた）　忘る　岸風の烈しさを
醒後（せいご）　更に愁ふ　籬雨（りう）の深きを
偏へに　此の花を愛し　余艶　好ければ
盃を持し　顧（かえりみ）ず　日の西に沈むを

〈現代語訳〉
ひとむらの残菊を見れば、感慨無量なものがある。
酒を酌んでむかうと、どんなにか心を動かされることだろう。
萩の花が、わずかに藍水のような美しい川浪の間に残っているように、残菊も生き残り、
明け方の霜は、玉山のような美しい山を半ば砕くように、残菊も半ば枯れさせた。
酔えば、次第に、岸を吹く風の烈しさを忘れてしまい、
酔いが醒めて、ますます籬に降る雨がしげく、菊が損なわれることを愁う。
ただひたすら、この残菊を愛し、残された美がよろしければ、
盃を持って、日が西に沈むように、残菊の散るのを見ないようにしよう。

〈語　釈〉
○**感相侵**　感慨はたいそう湧いてくる。　○**秋雪**　早雪。萩の花の異称。　○**藍水**　中国陝西省藍田県を経て、黄河支流に注ぐ川をいうが、ここでは、藍水のように美しい川。詩作の内相府書閣の側を流れる川であろう。　○**暁霜**　朝おく霜。（『新撰朗詠集・源時綱・夜月照泉石』「楚台風渡吹秋雪、魏闕天明倒暁霜」）　○**玉山**　美しい容姿の形容。雪におおわれている山のこと。いずれも該当する。さらに、玉山崩は、容姿の美しい人が、酒に酔い潰れているようすを示す語であるが、残菊の比喩として用いている。（『世説新語・容上』「山公曰、嵇叔夜之為人也、巖巖若狐松之独立。其酔也、傀俄若玉山之将崩。」）

二五－9

蕭疎残菊艶粧深
酌酒対来催酔吟
勁節相持傾竹思
余香□力勧蘭心
剡渓夜興雪争色
周洛春遊花比陰
蓮府今留仙草種
一嘗暫忘鬢霜侵

右衛門権佐　有俊

蕭疎なる残菊　艶粧　深し
酒を酌みて対来（むか）ひ、酔吟を催せり
勁節　相持して　竹を傾くる思ひ
余香　□力して　蘭を勧むる心
剡渓の夜興　雪は色を争ふ
周洛の春遊　花は陰を比ぶ
蓮府に今留む　仙草の種
一（はじめ）て　嘗（あじわ）ひ　暫く忘れむ　鬢霜の侵すを

〈現代語訳〉

もの淋しく、まばらな残菊も、色艶は深いものがある。

酒を酌んでむき合うと、酔って吟詠したくなる。

（菊も竹も）忠節心は共に持っていて、竹葉酒を傾ける。

残り香は、□をつとめ、酒を勧めたい気持ちだ。

雪深い剡県まで、友を尋ね、会えなかった夜興では、雪景色を競い、
周の都、洛陽で春遊ぶと、花は、秋や冬の花と比較する。

大臣が今ここに不老長寿の菊の種を留める残菊の宴を催され、
はじめて経験させて頂きましたので、暫くの間は、年を取って白くなった鬢のことなど忘れてしまおう。

〈語　釈〉
○蕭疎　木の葉などが落ちて淋しくまばら。　**○艶粧**　美しいよそおい。なまめかしいよそおい。なお句末の欠字は、解釈上「深」を補った。　**○酔吟**　酒に酔って詩を吟ずる。　**○勁節**　強くて屈しない操。　**○傾竹**　竹葉酒（酒の名）を飲む。
○勧蘭　蘭英（美酒の名）を勧める。　**○剡渓**　東晋の王子猷が、雪の夜に友人の戴逵（たいき）を訪れた所として知られ、あまりの雪深さに遂に会えずに引き返した。　**○周洛**　周の都、洛陽。　**○陰**　秋・冬のこと。　**○蓮府**　大臣。　**○仙草種**　菊は不老長寿の仙薬であることから仙草と呼び、残菊の宴は、次期に向けて種を播く準備の宴とも考えられよう。　**○鬢霜侵**　年老いて、鬢が霜に侵されたように白くなるようす。

二五―10

残菊数叢足詠吟
対来酌酒属玄陰
携粧属折籌多少
憐艶用論戸浅深
流下応催沈酔思
叢端長忘独醒心
何唯勁節立籬畔
老鬢衰蓬霜幾侵

掃部頭　惟宗　孝言

残菊　数叢　詠吟するに足れり
対来(むか)ひて酒を酌めば　玄陰に属(あた)れり
粧を携ふるは　籌の多少を折るに属(あた)り
艶を憐むは　戸の浅深を論ずるに用ふ
流下して　応(まさ)に　沈酔の思ひを催すべく
叢端にて　長く　独醒の心を忘れむ
何ぞ唯に勁節のみにて　籬畔に立つや
老鬢　衰蓬　霜　幾ばくか侵すや

〈現代語訳〉
残菊が幾むらかあれば、詩を吟詠するに充分である。
その菊にむかって酒を酌むと、時はまさに冬である。
美しい花を持ってくるのは、残菊詩宴の作詩の為に用意されたものであり、
美しさをほめるのは、未練な気持ちの濃い淡いを論じながら、酒数を論じ合うために用意されたようなものだ。
世の憂さを川に流してしまうには、早く深酔いしてしまうのがよく、
一むらの菊の側で、いつまでも独り醒めた心でいることは忘れよう。
残菊は、どうしてただ忠節を誓うためだけに、この籬のほとりに立つというのか。（陶潜の菊のように）
私も年をとって鬢が衰え、幾たびも霜に侵されたように、残菊も私も同様に霜に打たれていることだなあ。

〈語　釈〉
○玄陰　冬の異称。　**○籌多少**　かずとりが多いか少ないか。酒宴の席での作詩の準備のための平仄合わせの状況が想定される。
○戸浅深　戸は酒量を表す。酒量が多いか少ないか。また戸は、引き止めるという意があるので、未練の思いに通じる。未練が浅いか深いか。　**○流下**　流れ下ること。　**○沈酔**　ひどく酔うこと。酔いつぶれる。
○叢端　残菊の畑の一隅の意か、残菊そのものが、枯れた他の植物の中に、なお咲き残っている状況をいうのか。
○独醒心　一人だけ醒めた心でいる。（二五―6参照）　**○勁節**　強い節操　**○籬畔**　まがきのほとり。　**○衰蓬**　残菊をさす。

二五－11

蕭条残菊足相尋
酌酒対来□酔深
四字応呼余艶裏
三溠被引下流得
巡蘭閑卜藂風韻
勧桂自望岸月陰
今翫延齢仙草種
勧遊遥識万年心

大内記　菅原　在良

蕭条(しょうじょう)たる残菊　相尋(たず)ぬるに足れり
酒を酌みて対(む)来(か)へば　□酔深し
四字(しいじ)　呼に応ぜり　余艶の裏(うら)
三溠(さんさ)　引かれ　下流に得たり
蘭を巡りて　閑かに卜(ぼく)す　藂(そう)風の韻(いん)
桂を勧めて　自ら望む　岸月の陰
今　延齢を翫ぶ　仙草の種
勧遊して　遥(はる)かに識らむ　万年の心

〈現代語訳〉

もの淋しい残菊も、尋ねる価値は充分にあるものだ。

酒を酌んでむかえば、（ますます）深く酔ってしまう。

四字の作詩の作法に従って韻をふみ、作詩するのに余りある美しさだ。

三溠のにごり酒に引かれて、末席を汚すことになった。

かぐわしい酒は巡ってきて、閑かに詩作に耽ると、くさむらを吹く風の音が聞こえてくる。

香りのよい酒を勧めながら、自然に見上げると、岸辺に映る月もくもっている。

今ここで、寿命の延びることをめでて喜んでいる、仙薬である菊を前にして。

こんな遊びを勧められて、遥か遠く万年も先のことを識りたいものと思う。（不老長生を願う。）

〈語　釈〉
○**蕭条**　ものさびしい。草木が枯れしおれる。ものしずかなさま。疊韻の語　○**四字**　探韻によって探り当てた韻字によって、用いなければならない同韻の四字を考えて詩を作ること。（『菅家文草巻六・435』「四字応声来」）　作詩をすること。　○**応呼**　呼応。韻字の作法通りに詩を作る。　○**三溠**　にごり酒。　○**下流得**　下流は、低い地位。この宴席では末席を得たというほどの意で謙遜したものであろう。但し「得」は韻字ではない。　○**巡蘭**　かぐわしい酒が巡ってくる。　○**閑卜**　しずかに詩作に耽る。　○**勧桂**　香りの良い酒を勧める。　○**翫**　めでて喜ぶ。（『文選・陸機・歎逝賦』「翫春翹而有思」）　○**仙草種**　仙薬である菊も、残菊ともなれば、次期に備えて種播き用のものとのイメージが働いているのであろう。種類という以外に種となる残菊の意識が強いのではないか。

二五―12

黄醅緑醑有時斟
老菊凋残足眺臨
先趁梨花携岸思
頻傾蓮子洗籬心
蕭条潭月樽前冷
一両藂霜戸裏深
偏愛濃華遊讌久
献酬重畳酔沈々

前越中守　平　時範

黄醅(こうばい)　緑醑(りょくしょ)　時有りて斟(く)めり
老菊　凋残(ちょうざん)すれど　眺臨(ちょうりん)するに足れり
先ず　梨花を趁(お)ひて　岸に携へし思ひ
頻りに　蓮子(れんじ)を傾けて　籬に洗ふ心
蕭条(しょうじょう)たる潭月　樽前に冷やかに
一両の藂霜(そうそう)　戸裏に深し
偏(ひと)へに濃華を愛(め)でて　遊讌すること久し
献酬すれば　重畳(ちょうじょう)たり　酔うて沈々

〈現代語訳〉

にごり酒や清酒を楽しんでくみかわす良い機会が与えられた。
老いた菊が枯れていたんでいるが、まだ充分に鑑賞することが出来るものだ。
春は梨の花をおいもとめて、川辺に携えたものだ。
夏は蓮の実が実り、籬のあたりで心洗われる思いがした。
秋、ものさびしい月が水面に浮かび、樽のあたりも冷ややかに、
冬、一、二叢の霜にあたった菊が、家の奥深く飾られている。
ひたすらこの濃い菊の花をめでて、さかもりすることも久しく、
盃のやりとりもたいそう満足で、すっかり深酔いしてしまったことよ。

〈語　釈〉

○**黄醅**　黄色いにごり酒。　○**緑醑**　緑色の清酒。　○**有時**　ときあって、機会を得て。　○**凋残**　草木がしおれる。かれていたむ。　○**趁**　おう。おいかける。はしる。　○**潭月**　酒樽に映った月。　○**戸裏深**　節会の際、書司が菊花二瓶を台に乗せ紫宸殿もしくは清涼殿に進献する。（『小野宮年中行事・群書類従巻第八十四』）という例があるので、残菊の宴も戸外ではなく、屋内であるとも考えられる。　○**献酬**　盃のやりとり。　○**重畳**　たいそう満足であること。　○**酔沈々**　深酔いする。泥酔する。

二五一13

蓮府菊残最足尋
萊辺酌酒快沈吟
卯時方艶忘憂思
秋後愛花勧酔心
流下周年三日水
籬頭晉室七賢林
煌々粧裏陶々□
計会不知鬢雪侵

散位　大江　通国

蓮府に菊残りて　最も尋ぬるに足れり
萊(そう)辺に酒を酌み　快く　沈吟せり
卯(ぼう)時　艶に方(あた)りて　憂ひを忘れし思ひ
秋後　花を愛で　酔を勧むる心
流下　周年　三日の水
籬頭　晉室　七賢の林
煌々たる粧裏　陶々(ようよう)たる□
計会は知らず　鬢　雪の侵すを

＜現代語訳＞
大臣の邸宅の菊が残り、今おたずねするのに最高の時だ。
菊の群生するあたりで酒を酌み交わし、良い気分で口ずさむ。
菊の咲き始めの頃は、艶々しい花に向かって、憂いを忘れたものだ。
秋分を過ぎてからでも、花を愛し、酔いを勧められるのだ。
流れを引き入れて、周王朝の時代は、三月三日に曲水の宴が催され、
陶潜の東晉時代の竹林の七賢も、全て現実世界を離れている。
きらきら輝くよそおいに、陽気も盛んだと思っていた花が、
どんな相談事があったものやら、私の鬢が白くなるように残菊も老いてしまった。

＜語　釈＞
○沈吟　思いにふけって口ずさむ。かすかに口ずさむ。　**○卯時**　うの刻。今の午前五時から七時まで。早朝。ここでは早い時期の菊の意味として翻刻を補ってみた。(『白氏・卯時酒詩』「未如卯後酒、神速功力倍」)　**○秋後**　秋分以後　**○周年**　周王朝の時代
○三日水　三月三日の曲水の宴をさすか。　**○籬頭**　陶潜『飲酒』をさすか。　**○晉室**　東晉の時代。　**○七賢林**　竹林の七賢。
○煌々　きらきらと光ること。まばゆいほど明るいさま。(『詩経・陳風・東門之楊』「昏以為期、明星煌煌。」—集傳—「煌煌大明貌」)
○陶陶　やわらぎ楽しむ。(『詩経・王風、君子陽陽』「君子陶陶左執翿—傳—陶陶、和楽貌。」)または、陽気の盛んな様子、水の広大なさまなど。　**○計会**　相談する。(『宣和遺事後集』「引帝至一官府計会朝見」)

二五―14

一窠残菊属玄陰
酌酒対来望叵禁
岸上月寒眉自展
籬東風老戸猶深
劉伶相伴霜中色
元亮如何秋後心
主留栄華家飽徳
此花又得貯黄金

勘解由次官　広綱

一窠の残菊　玄陰に属れり
酒を酌みて対来へば　望み　禁じ叵し
岸上の月　寒けれど　眉　自ら展ぶ
籬東の風　老ゆれど　戸　猶深し
劉伶　相伴ふ　霜中の色
元亮　如何ん　秋後の心
主は栄華を留め　家は徳に飽く
此の花　又得て　黄金を貯へむ

〈現代語訳〉

一叢の残菊の宴が開かれる今は、まさにもう冬である。

酒を酌んで向き合うと、菊のように長寿を希望する気持は禁じがたいものがある。

川辺の月は寒いけれど、眉は自然にひらけてくる。（気分がよく、心配ごとがない。）

（陶潜が菊を採ったという）東の籬の風流も言い尽くされたが、酒量はますます深くなる。

（大酒豪の）劉伶と一緒に飲みたくなるような、霜を帯びた残菊よ。

陶潜はどんな気持ちであろうか。晩秋に咲き残る残菊をみて。

大臣は栄華を後に残し、一族は恩徳を充分に受けている。

此の残菊の花は、また種子を得て黄色い花を咲かせ、黄金を貯えるようでめでたい。

〈語　釈〉
○玄陰　冬の季節。　**○眉自展**　展眉　眉を伸ばす。心配事がなくなること。　**○籬東**　東籬。（陶潜の『飲酒』「采菊東籬下」をふまえているか。）　**○劉伶**　竹林の七賢者の一人。「酒徳頌」の作者。『蒙求』の一句に「劉伶解酲」の句がある。酒を好む劉伶を妻がいさめたとき、飲むには一飲一石を目標にし、それで酔えばさらに五斗も飲めば、酔いを醒ますことが出来よう、といった故事がある。　**○元亮**　陶潜の字。　**○秋後心**　秋後は立秋後。ここではむしろ晩秋。晩秋に咲き残っている残菊を見る気持ち。　**○主**　詩宴の主催者内大臣師通をさす。　**○飽徳**　恩徳を充分に受ける。

二五一15

対来残菊感相侵
緑酒数巡酌也吟
五美花寒添戸思
一藂雪点折籌心
霞応重引岸霜底
露是未晞籬月陰
秋後風光望尚好
晩粧郁々酔沈々

因幡権守　俊信

残菊に対来（むか）へば　感（おも）ひ　相侵（おか）せり
緑酒数巡　酌みて　也（また）吟ぜり
五美の花　寒ければ　戸（こ）を添ふる思ひ
一藂の雪　点ずれば　籌（ちゅう）を折る心
霞は　応（まさ）に重く引かむとす　岸霜の底
露は　是れ未だ晞（かわ）かず　籬月の陰
秋後の風光　望めば　尚　好（よ）ろしく
晩粧　郁（いく）々として　酔ひて沈々

＜現代語訳＞

残菊に向かい合うと、感興はどんどん湧いてくる。

緑の清酒を何度も何度も酌み交わし、また吟詠する。

五美を備えた残菊も寒々としているので、未練も増し、いっそうお酒が飲みたい気分だ。

菊の一叢に、雪のように白い花が咲くと、かずとりをして詩作に励みたい。

霞は重くたなびいて、岸辺に置いた霜にまでも引き入れ、
夜露はまた、まだ乾いていない。籬から月が見える頃。

晩秋の光景は、見れば見るほどすばらしく、
おそ咲きの残菊は美しさに満ち溢れ、私はすっかり酔い潰れてしまった。

＜語　釈＞

○**緑酒**　緑色を含んだ良い酒。　○**五美花**　菊の花のこと。（『芸文類聚・菊部所収・魏鍾会菊花賦』「夫菊有五美焉。黄華高懸准天極也。純黄不雑后土色也。早植頸直也。流中軽体神仙食也。」）　○**添戸**　未練の気持ち。もっと酒を飲みたい気持ち。二通りの解釈が可能。　○**雪**　雪のような白菊。　○**折籌**　かずとりをする。作詩の為の平仄合わせか。　○**未晞**　まだ乾かない。まだ夜が明けない。　○**秋後**　晩秋。　○**郁々**　美しさに満ち溢れているようす。　○**沈々**　畳語、水の深い様子。ここでは酔い方の深いさま。深酔。

二五—16

対来残菊属玄陰
酌酒此時助酔吟
酣暢忘憂粧漸委
秋酬添礼色猶深
晩籬花代折籌思
古岸風争論戸音
仙草今霑蓮府地
延齢長任松門心

散位　大江　家国

残菊に対来(むか)へば　玄陰に属(あた)れり
酒を酌(く)める　此の時　酔ひに助(そ)へて　吟ぜり
酣暢(かんちょう)すれば　憂ひを忘れ　粧　漸く委(しお)れり
秋酬すれば　礼を添へ　色　猶深し
晩籬の花は代りて　籌を折る思ひ
古岸の風は争ひて　戸を論ずる音
仙草　今霑(うる)ほす　蓮府の地
延齢　長く任(ま)かす　松門の心

＜現代語訳＞
残菊に向かい合うとき、まさに冬である。
酒を酌む宴のこの時こそ、酔いにまかせて詠吟するのだ。
酒を飲んでのびのびすれば、日頃の憂いも忘れるが、姿も次第に柔らかくなり、
この秋の残菊の宴に対する返礼のように、菊の色は、まだまだ深く濃い。
夕暮れ時の籬のあたりに咲く花も、さま変わりしてくるので、詩作に励もうと思う。
古い岸辺から吹く風は、酒数を論じ合う声のように聞こえてくる。（早く詩を作らなければ。）
不老長寿の仙薬である菊が、今、大臣様の（地）で潤されているのだから、
寿命の延びることは、松の門（大臣様）の心にお任せいたしましょう。

＜語　釈＞
○**玄陰**　冬のけはい。冬。　○**酣暢**　酒を飲んで、のんびりした気分になること。　○**委**　しおれる。萎と同義。（菊がしおれるのと、飲んで柔らかい態度になること。　○**秋酬**　酬は、主人が客に酒をすすめること。秋に行われた残菊の宴をさすのであろう。
○**添礼**　酒の献酬の姿と残菊がやや衰えた姿でうつむいた様子を掛けているのであろうか。　○**晩籬**　夕暮れ時のまがき。
○**折籌**　籌は数を勘定するために用いた木製の串。詩宴の場で籌を折って酒量を数えたのか、詩数を数えたのか。平仄合わせや韻字合わせをしたのか。　○**論戸**　戸は飲酒の程度。上戸、下戸。飲酒の多少を論じ合い作詩をうながす。　○**仙草**　菊は不老長寿の仙薬といわれ、菊の花が咲いた時、花と同時にその茎と葉も一緒に採取し、黍や米と混ぜてこれを醸し、翌年の重陽の節句になってその熟成した酒を飲み、延命長寿を願う。（『西京雑記』巻三）　○**蓮府**　大臣の屋敷。藤原師通邸

二五―17

宮内丞　宗仲

前頭菊老只残金
酌酒対来感不禁
霜□蘭英留勁節
風薫桂醑属寒陰
砂庭勧戸余葩媚
苔岸折籌晩色深
百卉凋零秋去後
是花独有恣栄心

前頭の菊は老い　只　金(あき)に残れり
酒を酌みて対来(むか)へば　感(おもい)　禁(さまた)げず
霜　蘭英(らんえい)に□れば　勁節を留め
風　桂醑(けいしょ)に薫(かお)れば　寒陰に属(あた)れり
砂庭に戸を勧むれば　余葩(よは)　媚(うるは)しく
苔岸(たいがん)に籌(ちゅう)を折れば　晩色　深し
百卉(き)　凋零(ちょうれい)せし　秋　去りし後
是の花　独り恣栄(しえい)の心有り

寛治元年十一月二日　題者　講師　読師

〈現代語訳〉

目の前に咲く菊も、もう老いてしまって、この秋にわずかに残っているばかり。酒を飲んで、その菊に向かい合うと、感興の湧くのを禁じ得ない。霜が美酒蘭英のような菊に降りても、枯れることなく、しっかりと咲き、風が桂の美酒に薫るように、菊も香気を放っている、この寒い冬というのに。庭に出て酒を勧めると、残菊の花びらは、まことに美しく、苔むした岸辺でかずとり遊びをすると、（詩作に耽る）いつの間にか夕暮れ時だ。種々の草花がしおれ落ちる秋も、もう過ぎ去ったのちに、この残菊だけはただひとり思う存分、ほしいままに秋に咲き誇っている。

〈語　釈〉

○**前頭**　目の前。（『白氏・67・杪秋独夜』「前頭更有蕭条物、老菊衰蘭三両叢。」　○**残金**　金は五行では秋。秋に咲き残っていることをいう。また、金は金色。黄菊だけが咲き残っていることをいうか。　○**感不禁**　感興が湧くのを禁じえない。

○**蘭英**　蘭英酒。香りの良い美酒。　○**勁節**　強くて屈しないみさお。　○**桂醑**　桂の花を浮かべた美酒。桂酒。桂香をとり入れた酒。桂はもくせい。秋に芳香を放つ小花を開く。菊の香のたとえ。　○**寒陰**　陰寒。寒さは陰陽で陰に当たるからいう。

○**勧戸**　酒をすすめる。　○**余葩**　咲き残った花。つまり残菊。　○**苔岸**　苔むした岸辺。　○**折籌**　かずとりをして詩作する。

○**百卉**　百花。種々の草花。　○**凋零**　しぼみ落ちる。　○**恣栄**　ほしいままに咲き誇る。

二六　寛弘元年閏九月九日　再吹菊酒花　六首

詩題解説

陰暦では、一年を三百五十四日と数え、十二か月に分け、その余りの日を集めて一か月とし、一年を十三か月とする。地球の公転の日数と十日ほど相違があるので、三年で一度、五年で二度、十九年で七度の閏月をおく。そのときは同じ月が二度続き、あとの方を閏月という。寛弘元年（一〇〇四年）は、九月が二度続き、九月九日重陽の日も二度ある。この日は菊酒に浮かべた菊の花びらを、口で吹いて片隅に寄せ酒を飲んで、不老長生を願う習慣がある。

陰暦九月九日は、陽の最高の数である「九」が二つ重なることから重陽という。宇宙・万物を造りなす根源は、陰と陽に分けられ、数字では、一・三・五・七・九が陽で、積極的・男性的なもの。二・四・六。八が陰で、消極的・女性的なものとされる。

二六―1　再吹菊酒花

広業

携得菊蘂日漸曛
再吹花酒思醺々
歳中頻遇重陽候
籬下同傾九日薫
依露屢挙浮旧艶
任風追犯飲余芳
酔恩偸誂上仙草
羨以延齢□聖君

菊蘂を携(いだ)き得て　日　漸(ようや)く曛(く)れたり
再び　花酒を吹きて　思ひ醺々(くんくん)
歳中　頻りに遇(あ)へり　重陽の候
籬下　同じく傾けり　九日の薫
露に依り　屢(しばしば)　挙ぐれば　旧艶を浮かべ
風に任せ　追ひ犯せば　余芳を飲めり
恩に酔ひて　偸(かる)く誂(たわむ)る　上仙の草
羨(こひねが)はくは　延齢を以って　聖君に□

〈現代語訳〉
菊の束を手に持つことができた頃、日は次第に暮れていった。
またもや菊花酒を吹いて飲める宴に出席でき、たいへん嬉しい。
一年のうちでもこの重陽に二度も会うことができた。（閏年だから）
籬のもとで共に杯を傾け合うことだ、九日の菊の薫りただよう中。（二度も九月九日の節句が出来た）
酒を注がれ、たびたび盃を挙げる、前回同様の美しい花びらを浮かばせて、
盃に浮かんだ花びらを、口で吹きながら、菊の残り香と一緒に飲む。
主の恩に酔って不老長寿の薬に軽くたわむれてみる。
（重陽の宴であるから）どうか天子様の末永い不老長寿をお祈り申し上げます。

〈語　釈〉
○**携得**　いだき得る。手にもつことができる。　○**菊蘂**　ひとむらの菊　○**曛**　日が暮れる。（『李白・送崔度還呉』「去影忽不見、躊躇日将曛」）　○**花酒**　菊花酒。菊の花と葉や茎などを黍に入れてかもして造った酒。また菊の花びらを浮かべた酒。ここでは後者。陰暦九月九日の菊花の節句に、不祥をはらう意味で飲む酒。閏年には、重陽である九月九日は二度来るので、二度目の宴であり、作法は同様のものと考えられる。　○**醺々**　酒に酔って機嫌のよいさま。（『岑参・送羽林長孫将軍赴歙州』「青門酒楼上、欲別酔醺醺」）　○**同傾**　盃を共に傾け合うこと。閏年なので、前回と同様の意も兼ねる。　○**九日薫**　九月九日重陽の節句の詩宴は、菊の花を酒に浮かべて、吹きながら飲むので、閏年二度目も同様であり、薫は、酒の薫りと菊の薫りを掛けている。　○**旧艶**　花盛りの頃そのものの美しさをいう。　○**余芳**　後にのこっている香り。（『文選・陸機・塘上行』「淑気与時殞、余芳随風捐。」）　○**羨**　こひねがはくは（名義抄）
○**上仙草**　漢方では、上仙・中仙・下仙とあり、上仙は不老不死の薬。

二六—2

再吹菊酒酔醺々
恩賜自然下盞薫
如昨唯浮新気味
今朝重瀝旧粉紜
方嘗先後陶家露
更酌閏余女九重
月令潤和為治世
愚頑恥奉聖明君

右衛門督

再び菊酒を吹き　酔ひて醺々
恩賜は自然　盞を下れて薫れり
如昨　唯に浮くのみ　新しき気味
今朝　重ねて瀝る　旧き粉紜
方に嘗ふは　先後　陶家の露
更に酌むは　閏余　女九の重なるを
月令　潤和すれば　治世と為る
愚頑なれど　恥じて　聖明の君に奉る

＜現代語訳＞
またもや、菊花酒を吹いて祝う重陽の宴で、（閏年で二度目）酔えば上機嫌だ。
君の恩恵は言うまでもないこと。自然に盃を賜って薫っている。
先日の宴では、唯々新しい趣向で花びらが浮くばかりであったが、
今朝は、重なり合ってしたたるばかりの花びらが入り乱れている。
まさにあとさき二度味わうことができた、陶潜をしのびながらの酒宴を。
更にまた、閏年の余りの月に九月九日が二度やってきた。
公式の年中行事にのっとって重陽の行事も行われ、世の中は平和だ。
わからずやで恥ずかしい身ではございますが、天子様にこの詩を奉ります。

＜語　釈＞
○醺々　醺然。酒に酔って機嫌のよいさま。（『白氏・54・二四三八・偶飲』「三盞醺醺四体融、妓亭簷下夕陽中。」）　**○如昨**　「如今」が、いま、ただいま、であるように、如昨は「かつて」と訓み、「以前は」の意味。　**○気味**　おもむき。（『白氏・54・二四三八・偶飲』「今日心情如佳日、秋風気味似春風」）　**○瀝**　したたる。　**○粉紜**　粉粉紜紜　入り交じり乱れる様子。（畳韻）　**○先後**　時間または場所の、先と後。先にすると、後にする。重陽の宴を九月九日に行った後に、閏年二度目の宴が再び行われたこと。　**○閏余**　閏年の余りの月。　**○女九重**　陰陽説で女は偶数。九重は九月九日が二度重なること。　**○月令**　一年間の時候に合わせて十二ヶ月に割り当てた政治のきまり。公式の年中行事。またそのきまり。　**○潤和**　きちんと秩序が守られる。　**○愚頑**　頑愚。かたくなでおろか。わからずや。　**○聖明**　優れた聡明さ。天子を呼ぶ尊称。

二六一―3

毎吹菊酒酔醺々
九月秋天余潤分
已扇風籬尋旧飲
未晞露酌憶余芬
樽傾前日浮来色
盞写重陽染着薫
此是延齢仙種薬
一年再献万年君

勘解由長官　有国

菊酒を吹く毎に　酔ひて醺々（くんくん）
九月の秋天　余潤（よじゅん）の分
已に風に扇（あお）られし籬　旧飲を尋（たず）ね
未だ露に晞（かわ）かざる酌（さかずき）　余芬を憶ふ
樽　傾けし前日　浮かび来し色
盞　写せし重陽　染（し）み着きし薫
此れは是れ　延齢　仙種の薬
一年に再び献ず　万年の君

〈現代語訳〉

盃に浮かべた菊の花びらを吹いて飲むたびに、酔って気分が良い。
九月のこの秋たけなわの時期に閏年の余分の宴会が行われる。
もう秋風に吹かれている籬を見ては、前回（重陽の節句）の酒宴を思い、
まだ酒の乾くことのない盃を見ては、菊の残り香を思い浮かべる。
樽を傾けた前日の重陽宴で、浮かんできた菊花酒の色、
盃に写された今日の重陽宴で、すっかりしみこんでしまった菊の薫り。
これこそは、長寿を約束する仙薬の菊である。
一年のうちで二度もたてまつることが出来たのだから、万年の栄えを君に祈ります。

〈語　釈〉

○**醺々**　酒に酔ってきげんの良いさま。　○**余潤**　ありあまる恵み。閏年で二度潤うことをいう。　○**扇風**　風をあおり起こす。風にあおられる。ここでは後者。　○**晞**　かわく。かわかす。夜が明ける。ここでは、二つの意味を掛けている。　○**酌**　さかずき。酒。　○**余芬**　余芳。残り香。　○**重陽**　五節句の一。陰暦九月九日。この日茱萸（かわはじかみ）の枝を頭髪にさしはさんで、高い丘などに登り、菊酒を飲んで邪気を払う習慣があった。九は陽の数で九が二つ重なるから重陽という。菊花節ともいう。（『王維・九月九日憶山中兄弟』「独在異郷異客、毎逢佳節倍思親、遥知兄弟登高処、遍挿茱萸少一人。」）　○**仙種**　長寿の仙薬とされる菊の種。　○**延齢**　寿命を延ばす。長生きする。

二六一４

再吹菊酒日方曛
詩宴群月酔醺々
禁花重応浮紫艶
仙籬頻欲漬清芬
倩思先日樽中色
猶似今宵盞底薫
九月縦雖加潤月
□年豈代漸相分

右近中将

再び菊酒を吹けば　日方（まさ）に曛（く）れなむとす
詩宴　月に群がり　酔ひて醺々
禁花　重なれば　応（まさ）に紫艶を浮かすべく
仙籬　頻りなれば　清芬を漬けむと欲す
倩（つらつら）先日を思ふに　樽中の色
猶（なお）今宵に似たり　盞底の薫
九月　縦（たと）ひ　潤を加ふる月と雖も
年年　豈漸く　相分かつに代はらむや

＜現代語訳＞

再び酒に浮かべた花びらを吹きながら飲む重陽の宴がやってきたが、楽しんでいるうちに、もう日も暮れようとしている。この詩宴では、月をみんなで眺めながら（二度目の重陽）酒に酔い、ご機嫌だ。御所の菊の花は、幾重にも重なり咲いているので、紫色の美しいのを盃に浮かせよう。世俗を離れた籬のあたりから、清らかな香りの花を採って、来年に備え、漬けましょう。よくよく、先日の重陽の宴を思い出してみよう。あの酒樽の中の色を。それは、ちょうど今宵のものと、よく似ている。盃の底から薫る香りまでも。（酒の香も菊の薫も）今年の九月は、閏年のため、たとえ二度重陽の節句があったとしても、毎年毎年、九月に閏年が二度来るようなことがどうしてあるだろうか。いや、それはない。

＜語　釈＞

○方曛　ちょうど暮れようとしている。　**○醺々**　酒に酔って機嫌の良いこと。（二六一－２参照）　**○禁花**　御所の花。**○紫艶**　紫色の美しい花。菊の花の中でも紫色は、最も精力が強く、寿命も長いようである。　**○仙籬**　世俗を超越した籬。陶潜の『飲酒』「采菊東籬下、悠然見南山」を意識し、籬に仙の字を冠したものであろう。また、菊を禁花とし、籬を仙籬とすることは、御領地内で仙薬である菊の栽培がなされたことを示唆する資料として興味深い。　**○清芬**　清らかな香り。漬清芬は、菊花酒の準備のためか。食用として保存する為か。　**○倩思**　つらつら思う。　**○加潤月**　潤は閏に通じ、閏年であるため、九月九日の重陽宴が、二度行われることを意味する。八句目は「年□□代漸相分」となっているが、試みに「年々豈」を補ってみた。

二六一—5

伊頼

天倍佳辰資雪君
再吹菊酒酔醺々
応同初泛盃中色
無厭頻□手底薫
去月余恩匂豈異
重陽遺味艶難分
此時幸賜上仙薬
不老秘方得始聞

天は佳辰(かしん)を倍(ま)せり　雪を資(たす)けし君
再び菊酒を吹けば　酔ひて醺々(くんくん)
同に応じ　初めて泛ぶ　盃中の色
厭(いと)う無かれ　頻りに□　手底の薫
去月の余恩　匂(おもむき)　豈(あに)　異(こと)らむや
重陽の遺味　艶(つや)　分かち難(がた)し
此の時　幸ひにも　上仙の薬を賜ひ
不老の秘方　始めて聞くを得たり

＜現代語訳＞

天は、よいときを倍増してくれ、（重陽の節句を二度与えてくれた。）主君は、菊花酒をたくわえて下さいました。

また再び菊花酒を吹いて飲めば、酔ってしまって上機嫌です。

このつどいに参加して、初めて菊の花が盃に浮かぶのを見ました。

どうか嫌わないで下さい。盃の底から薫ってくるこの香りを。

先月開かれた重陽の節句のありあまる恩恵と、そのおもむきは、どうして変わることがありましょう。（ない）

重陽の節句のあのゆたかな味わいを、どちらがすぐれているかなどと、前回と比較することはできません。

今回の宴で、幸運なことに、立派な仙薬（菊）をいただきました。

不老長寿の秘法を、ここで始めて聞き知ることができました。

＜語　釈＞
○**佳辰**　よい日。よいとき。　○**資雪**　酒をたくわえる。　○**醺々**　酒に酔って機嫌のよいようす。（二六六—2参照）
○**応同**　あつまり、つどいに応じること。参加する。　○**余恩**　後まで残っている恩恵。ありあまる恩恵。　○**匂**　おもむき。
○**艶**　美しさ。　○**遺味**　ありあまる味わい。　○**上仙**　仙薬には上仙・中仙・下仙とあり、上仙は菊。（二六一—1参照）
○**□老**　翻刻は欠字となっているが、前後の関係から「不老」と入れてみた。

二六―6

年景蹉跎方足云
再吹菊酒吐清芬
頻添一酌秋霜冷
更引十分暁雪薫
佳色重浮藍水浪
濃香赤染玉山雲
花如有意仙籬下
長以延齢献聖君

年景蹉跎として　方に足れりと云ふや
再び菊酒を吹きて　清芬を吐く
頻りに一酌を添へて　秋霜冷やかに
更に十分に引はれ　暁雪薫れり
佳色　重なりて浮けば　藍水の浪
濃香　赤く染まりて　玉山の雲
花　如し意有らば　仙籬の下
長く　延齢を以って　聖君に献ぜむ

経通

〈現代語訳〉
ゆく年月は早く、私はむなしく時を過ごし、それでも満足と云えようか。
また再び菊酒に浮く花びらを吹いて、酒と花のかぐわしいような詩を作りたい。
しきりに、もう一杯とすすめられる清酒の、なんと冷ややかなこと。
更に、十分というほどさそわれて飲む暁方の雪のような濁酒の香り。
美しい菊の花びらが、重なって浮かんでいる、青々とした藍水のような水に。（清酒を入れた盃に）
濃い菊の香りが、赤くにじみ出している、玉山に夕焼け雲がかかるように。（紫の菊の花びらが盃に浮かんでいる）
花に、もしも心があるのなら、世俗を超越したような陶潜ゆかりのまがきのもとで、
永遠に献盃をして、天子様の長寿をお祈りいたしましょう。

〈語　釈〉
○年景　年の暮。または歳月。ここでは後者。　**○蹉跎**　むなしく時を過ごす。時機を失う。（『張九歳・照鏡見白髪詩』「宿昔青雲志、蹉跎白髪年。」）　**○清芬**　清らかな香り。転じて人の徳行や芸術の、清くかぐわしい様子。ここでは、菊の清らかな香りと、清くかぐわしい詩を掛けていると思われる。　**○秋霜**　清酒のたとえ。　**○暁雪**　濁り酒の比喩。　**○佳色**　美しい色。菊の美しさをいう。（『陶潜・飲酒詩』「秋菊有佳色」）　**○藍水**　藍色の水。青々とした水。　**○濃香**　こまやかな香り。ここでは菊の香り。
○玉山　伝説上の山の名。崑崙山の西にあり、玉を産し、西王母がいたというところ。　**○仙籬**　世俗を超越しているような陶潜ゆかりのまがき。あるいは仙薬を栽培した、ご領地があるのかもしれない。　**○聖君**　すぐれた天子。または徳の高い人。

二七　天永二年十一月廿五日　対雪唯斟酒　十九首

詩題解説

前出二一酒部目録（酒部）の五番目に、この詩題が見られる。主催者の権中納言は、十五歳の藤原忠通。天永二年（一一一一年）は父忠実が摂政関白であり、その十年後には忠通が関白となっている。忠通は、本詩宴の前月も文人を招いて作文会を開催している。本詩宴の準備であったかもしれない。他の出席者も名士揃い。夜を徹して行われるのが通例のようである。故事や熟字を多用して、平仄を整え、詩題に沿って巧みに作詩し、披露する。使用する語句は、必然的に重なるのも仕方がないことである。ただ、唱平・呼平・白平や折籌などと、解釈困難な語に苦しめられたり、雪景色を月が照らし出すかと思えば、粉雪が降り乱れていたり、句題詩のむずかしさ、イメージの捉え方の困難さを思い知らされた。

二七—1 冬日同詠対雪唯斟酒詩 以情為韻

権中納言

天晴対雪歳方傾
斟酒終朝遊宴成
灑砌豈多為酔思
開簾不奈未醒情
梨花添色玄陰地
竹葉消寒夕吹程
吟詠此時争得去
匡廬山下眼相驚

天晴れ　雪に対へば　歳　方(まさ)に傾かむとす
酒を斟み　終朝(ひねもす)に　遊宴成れり
砌(みぎり)に灑(そそ)げば　豈(あに)　多きや　酔を為す思ひ
簾(すだれ)を開けば　奈(いかん)ともするなし　未だ醒めざる情(こころ)
梨花　色を添ふ　玄陰の地
竹葉　寒に消ゆ　夕べ吹く程
吟詠せし此の時　争(いか)でか去るを得む
匡廬(きょうろ)の山下　眼(まなこ)　相驚く

〈現代語訳〉　冬の日、ともに「雪に対してただただ酒を斟むばかりである」という詩を詠む。

みごとに晴れ渡った空の下、降り積んだ雪に向かっていると、今年も、もう暮れようとしているのを感じる。酒を酌み交わしては、一日中、酒盛りをして楽しむことができた。

砌まで降り積もった雪の何と多いことか、すぐに酔ってしまいそう。簾を開いて見ると、どうしようもないことに、酔は醒めない。（雪景色のみごとさに、ますます酔いしれる。）

この冬の地に梨の花がぱっと開いて色を添えているように、雪が降り積もり、夕方の風が吹けば、青い竹の葉も寒さに消えたように雪が積もる。（竹の葉には、雪は積もりにくいのに。）

吟詠する、こんなすばらしい時に、どうして立ち去ることができようか。隠者が隠れ住んだ廬山のような山のふもとで、雪景色に目をみはったことだ。

〈語　釈〉
〇**天晴**　感動して褒めたたえる気持ちを表すことば。りっぱだ。みごとだ。　〇**終朝**　夜明けから、朝食時までをいうが、「ひねもすに」の古訓があるので、一日中と考えてよい。　〇**遊宴**　酒盛りをして遊ぶ。また、さかもり。　〇**灑**　噴きちらす。そそぐ。
〇**不奈**　いかん。どうしたことか。　〇**梨花**　ここでは雪の形容。満開の梨の花は、雪景色に似ているのでいう。
〇**玄陰**　冬の異称。　〇**匡廬**　江西省にある廬山の異称。殷・周の際、隠者の匡俗が隠れ住んだので名付けられた。

二七—2

対紛々雪眼先驚
斟酒取盃動寸情
千里月明催酔処
三冬花散忘憂程
添霞秦嶺埋松色
湛露梁園折竹声
数十年頭漸積□
云知暗老我齢傾

権中将　宗輔

紛々たる雪に対(むか)ひて　眼(まなこ)先ず驚く
酒を斟(く)みて　盃を取れば　寸情(こころ)を動かす
千里の月明るく　酔を催(うなが)す処
三冬の花散り　憂ひを忘るる程
霞を添へし秦嶺　松を埋めし色
露を湛へし梁園　竹を折る声
数十年の頭　漸く□を積む
云ひて知れり　暗(ひそ)かに老い　我が齢(よわい)傾けり

〈現代語訳〉

どっさり降り積もった雪に向かえば、一目見てまずは驚かされる。酒を斟んで盃を手に取れば、もう感動せずにはいられない。はるか千里も遠く出た月は、明るく輝き、それだけでも酔はすすみ、冬の三か月で、花は散り果てて、落花を哀れむ気持ちも忘れる頃、山々には霞のように雪がかかり、松の緑も雪化粧で埋めつくされ、この名庭園にたくさんの雪が降り、しなった竹の折れる音がする。数十年の年をとった私の頭も、この雪のように白くなった。口に出して言ってみて、私もいつの間にか年をとったものだと、改めて知りましたよ。

〈語　釈〉

○**紛々**　入り乱れる様子。多いようす。　○**寸情**　寸も情もこころ。　○**三冬**　冬の三か月。孟冬（十月）・仲冬（十一月）・季冬（十二月）　○**秦嶺**　立派な山の総称。（12頁参照）　○**埋松色**　緑の松に雪が降って、白色で覆い尽くす。　○**梁園**　漢代に、梁の孝王のつくった園で、今の河南省開封市の東南にある。ここでは、京の都で詩宴が行われているので、庭園が立派であることの比喩的表現。　○**折竹声**　多くの雪が竹に降り積もると、その竹は雪の重さで折れてしまう。折れる時、パーンという音をたてる。　○**数十年**　作者の年齢は四～五十歳。　○**云知**　口に出して言ってみて、改めて思い知ること。　○**暗老**　いつとはなしに年をとること。（『白氏・3・新楽府・上陽白髪人』「上陽人、紅顔暗老白髪新、緑衣監使守宮門」）

二七―3

文章博士　菅原　在良
寒雪対来思幾□
唯斟緑酒酔吟情
月□送眼華樽尽
風後寄望玉盞傾
管馬入郷尋道処
王船添戸造門程
老陪詩帯何為道
遥献羽林万歳栄
寒雪　対(む)来(か)ひて　思ひ　幾ばくぞ
唯に緑酒を斟(く)むのみ　酔吟の情(こころ)
月□　眼(まなこ)を送れば　華樽　尽き
風後　望を寄すれば　玉盞　傾けり
管馬　郷(さと)に入りて　道を尋ねし処
王船　戸を添へて　門に造(いた)りし程
老いて　詩帯に陪(はべ)るに　何すれぞ　導(い)ふを為すや
遥かに　羽林の万歳の栄を献ぜむ

〈現代語訳〉

寒々と降り積もった雪に向かって湧き上がる思いは、いかばかりであろう。（唯）高級な清酒を斟んでは、酔って詩を吟ずるこころは最高だ。月の方に目をやれば、月の美しさに酒もすすみ、酒樽も飲み尽くされ、さっと風が吹き抜けた後に月を見上げては、盃を傾ける。雪の深い夜、管馬に乗って、親友を尋ねた故事もあるように、道に迷いながらもやって来た。あるいは船に乗って、酒をたくさんいただくために、やっと門までたどり着いた。私はこんな年老いて詩宴に陪席し、どんなことが言えましょう。遥か遠くから天子様の、幾久しいいやさかをお祈り申し上げます。

〈語　釈〉

○**幾□**　一句目末を翻刻で「唯」となっているが、□にして唯を二句頭に入れた。　○**緑酒**　緑色に澄んだ酒。上質の酒。
○**酔吟**　酒に酔って詩を吟じる。　○**華樽**　華は美称。樽に冠する。　○**玉盞**　玉は美称。盞に冠し、立派なさかずき。
○**管馬**　管に特別の意味はない。　○**入郷**　酒に酔った気分。別世界に入りこむような心境。　○**尋道処**　王子猷が、雪の深い夜、友人の戴逵を訪ねた故事を指すか。　○**添戸**　酒量を増す。酒をたくさん飲む。　○**造門**　引き止めるために門の所までやって来る。
○**詩帯**　不明。詩宴と同義か。用例未見。　○**陪**　したがう。はべる。　○**羽林**　近衛兵。転じて朝廷。

二七―4

冬天対雪唯酌酒
六出公中一酔成
月下露濃宜夜飲
花前霞暖有春情
剡渓尋戴入郷暁
上苑召枚添戸程
歳暮時昏何処翫
理階瓊樹相重清

右中弁　為隆

冬天　雪に対ひて　唯に酒を酌むのみ
六出公の中　一酔成れり
月下の露　濃なれば　宜しく夜飲すべし
花前の霞　暖かければ　春情有り
剡渓　戴を尋ね　入郷の暁
上苑　枚を召す　添戸の程
歳暮　時昏れ　何れの処か翫ばむ
階を理す　瓊樹　相重く清し

＜現代語訳＞

冬空のもと、雪に向かって唯ひたすら酒を酌み交わす。

雪の中、すっかり酔ってしまった。

月に照らされた雪は、こんなにも深いのだから、どうぞ夜の酒宴をたのしませて下さい。

まるで花が咲いたように積もった雪は暖かく感じられ、春の情緒をただよわせる。

親友戴逵を、雪深い剡渓まで尋ね、別世界に入ったような暁。

上苑の詩宴に枚乗を召したように、ご招待されたので、まだまだ飲みたい気分。

歳の暮れ、日も昏れようとする時、いったいどこで雪をめで、よろこべば良いのか。

適切な人事を行って下さる瓊樹のような高潔なお方の、何とその任は重く清廉であることよ。

＜語　釈＞
○**六出公**　公の部分、欠字になっているが、雪の別名に「六出公」というのがあるので、「公」の字を補った。　○**月下**　月光のさすところ。　○**夜飲**　夜の酒宴。　○**春情**　春ののどかな心もち。　○**剡渓**　東晋の王子猷が、雪深い夜、親友戴逵を訪ね、結局雪の深さにはばまれて会えなかったという。（『太平寰宇記』）　○**尋戴**　親友戴逵を、王子猷が尋ねて行った故事。　○**上苑**　この句は六字になっているが、平仄の関係から、「上苑」または「梁苑」など可能であろう。　○**召枚**　枚は漢代の文人、枚乗のこと。　○**添戸**　戸は酒量。もっともっと飲みたい。もっと酒を飲めとすすめる。　○**時昏**　乱れた世の意味もあるが、日が暮れようとする時間。　○**翫**　めでよろこぶ。　○**理階**　人事をただす。　○**瓊樹**　玉のような美しい樹。人品の高潔なたとえ。崑崙山に生じる仙木で、その花を食べると長生きするといわれている。天子を指す。

二七－5

終朝対雪感先成
唯命酒盃斟又傾
漫点庭松添戸思
剰埋砌竹折籌情
酔吟梁苑雲寒暁
觴詠剡渓月冴程
照読多年功久積
運遅未験忘憂名

文章博士　敦光

終朝（よもすがら）　雪に対へば　感（おもい）　先ず成れり
唯に酒盃を命ぜらるれば　斟（く）み又傾くるのみ
漫（すず）ろに　庭に点ぜし松は　添戸の思ひ
剰（あまつ）さへ　砌（みぎり）を埋めし竹は　折籌の情（こころ）
梁苑に酔吟すれば　雲　寒き暁
剡渓に觴詠すれば　月　冴えし程
照読すること多年　功　久しく積めり
運は遅く　未だ験（しる）さざれど　名を憂ふを忘れむ

〈現代語訳〉
一晩中雪に向かっていると、感興はますます湧いてくる。ひたすら酒盃を命じられ、酒を斟み、又盃を傾けるばかり。無作為に、庭にぽつんぽつんと植えられた松を見ては、酒盃は増し、ましてや、石のみぎりを埋めつくしている竹を見ると、詩作に耽りたい気分だ。りっぱな庭園で、酔って詩を吟ずれば、雲も凍りつくほど寒い暁を迎え、剡渓の故事を思い浮かべ、詩を詠ずれば、月は冴えわたっている。月や雪の明かりに照らされて読書すること多年に及び、久しい間功績も積んだ。開運するのはなかなかで、まだ顕著な結果は出ないが、名声が得られないことを憂えるのは忘れよう。

〈語　釈〉
○終朝　一晩中（よもすがら）。朝の短い時間。ここでは前者。　○漫　すずろに。漫然と。無作為に。　○添戸　酒量を増やす。○剰　その上。　○折籌　かずとりをしながら平仄・韻を合わせ詩作する。　○梁苑　漢代、梁の孝王（文帝の次男）が、今の河南省開封市付近に造園した庭園で、多くの賓客を集めて遊んだ。ここでは立派な庭園の比喩。　○觴詠　酒を飲み、詩歌をうたうこと。　○剡渓　前出（三七－4参照）　○照読　月の明かりで読書をしたり、雪あかりで読書をすること。降り積もった雪を月が照らせば、あたりはいっそう明るい。

二七―6

終朝対雪眼相驚
斟酒慇□唯唱平
惨烈殆侵醒後思
冴陰難信酔中情
為寒色襲強先勧
及暁輝消慵不傾
作詩万年風月導
庸才何日延蓬瀛

右少弁　実光

終朝（よもすがら）　雪に対ひて　眼（まなこ）　相驚く
酒を斟（く）みて　慇（ねんご）ろに□　唯　平を唱ふのみ
惨（さん）烈　侵すこと殆（あやう）し　醒（せい）後の思ひ
冴（だ）陰　信じ難し　酔中の情（こころ）
寒を為（な）せば　色襲（かさ）ね　強く先ず勧め
暁に及べば　輝き消え　慵（もの）く傾けず
作詩すること　万年　風月の道
庸才　何れの日か　蓬瀛（えい）に延べむ

〈現代語訳〉

一晩中、雪に向かっていると、その美しさに眼はうばわれる。

酒を斟んでは、丁寧に、ひたすら「平」と唱えるばかりである。

厳しく烈しい雪は、殆ど全てのものを覆い尽くして、酔いも醒めるよう。

陰気に、固く氷りつくと、何も信じられない、こんなに酔った今。

寒くなれば重ね着をしながら、強引なまでに酒を勧め、
暁が来ると月の光も消え、ものうげに盃を傾けることもない。（月も傾かず残月が白く残る。）

作詩するようになって久しい年月が、詩歌の道を追い求めているので、（詩歌によって志を述べているので。）

凡才ではあるが、いつの日かきっと神仙の住む蓬莱山と瀛州山で長寿を願おうと思う。

〈語　釈〉
○**終朝**　夜明けから朝食までのわずかな朝の時間。（よもすがらの古訓もある。）原文は朝が「みせけち」となり、夜となっているが、平仄が合わなくなるので、「終朝」と改めた。　○**唱平**　平を唱う。平は平和。平安。平穏。健康などの意味であるので、酒を飲む時の掛け声に「平（へい）」と唱える習慣があったものか。現代の「乾杯」に類するものかと思われる。　○**惨烈**　厳しく烈しい。身を切るような寒さ。　○**冴陰**　冱陰（『伊呂波字類抄』「冴陰は冱陰也」）陰気が固く氷りつくこと。　○**不傾**　作詩時の二五日は、月が真夜中に出るので、暁頃はまだ中天にありながら輝きは失せる。盃と月を掛けている。　○**蓬瀛**　神仙世界の蓬莱山と瀛州山のこと。神仙三山は、蓬莱山、瀛州山、方丈山であるが、押韻のため、蓬と瀛を出している。

二七—7

紛々飛雪望中軽
斟酒対来動寸情
不酔無帰雲冴夜
緩傾争耐月寒程
陶公門静花飄色
院氏林幽竹折声
豈若華筵灯下会
三溠只出興相并

侍従　宗成

紛粉々たる飛雪　望中軽し
酒を斟みて対来(むか)へば　寸情(こころ)を動かす
酔はざれば　帰ること無かれ　雲　冴えし夜
傾くこと緩(ゆる)まば　争(いか)でか耐へむ　月　寒き程
陶公の門　静かに　花　飄りし色
院氏の林　幽(かす)かに　竹折の声
豈(あに)　華筵(かえん)に若(し)かざるや　灯下の会
三溠(さんさ)　只に出づ　興(おもむき)　相(とも)に并(なら)ばむ

〈現代語訳〉
細かい粉雪が風に舞い、見渡す限り軽やかだ。
たくさん降り積もった雪に向かって酒を斟めば、わずかな心も動かされる。
酔わないうちに帰るなんてだめですよ。雲もこんなに冴えわたり、
盃を傾けることが緩慢になれば、どうしてこの寒々とした夜を耐えられよう。(もっと飲もう)
閑静な陶潜の門は静かで、花が風に舞うように雪も降るだろう。
道士の住む林は奥深くもの静かで、竹の折れる音が、パーンと聞こえてくる。
どうして華やかな筵を敷いた酒宴の会場に及ばないなど言えるのか、この灯下の宴が。(華筵の会よりすぐれている)
雪のようなにごり酒がふるまわれて、興はどちらも同じではないか。(にごり酒と雪景色、どちらもすばらしい)

〈語　釈〉
○紛々　非常にこまかくくだける。入り乱れる。たくさん。　○飛雪　風に飛ぶ雪。　○寸情　ほんの少しの心。
○緩傾　盃を傾ける動作が緩慢になる。つまり酒を飲む勢いが衰える。　○陶公　陶淵明　○院氏　院は道士の住むところ。ここでは、竹林の七賢を指しているものと思われる。　○華筵　華やかな酒宴の会場。　○三溠　にごり酒。

二七一8

散位　永実

高閣巻簾対雪程
唯斟桂酒屡呼平
映樽残月冷還湿
入盞落花消又軽
乗興自催尋戴思
勧巡暗識引枚情
黄門文会多賢哲
何必梁園召密卿

高閣　簾(すだれ)を巻きて　雪に対ひし程
唯に桂酒を斟み　屢々(しばしば)平を呼すのみ
樽に映りし残月　冷やかに　還(ま)た　湿(うる)ほふ
盞に入りし落花　消え　又(また)　軽し
興に乗れば　自ら催す　戴を尋ねし思ひ
巡を勧むれば　暗(ひそ)かに識る　枚(ばい)を引(さそ)ふ情(こころ)
黄門の文会　賢哲多し
何ぞ必ずしも　梁園　密卿を召すや

〈現代語訳〉

高どので簾を巻き上げて雪を眺める。

ただひたすら高級酒を斟んでは何度も「平」と叫んで乾盃するばかり。

樽に映った残月（二十五夜）は冷ややかであり、また、しっとりしている。

盃に降りこんだ落花のような雪は、消えたかと思うと、また軽く舞い上がるようである。

興が乗ってくると、自然に、あの雪の夜、親友戴逵を尋ねた故事が思い出され、
盃が巡って酒を勧めると、ひそかに文人枚乗をさそってみたい思いがつのってくる。

中納言様の詩宴は、りっぱな学者が多く、
どうして必ずしも梁園のような名庭園で親しい人々だけを召す必要があろうか。（ない。もっと多くの人々に開放してほしいものだ。）

〈語　釈〉
○**高閣**　たかどの　○**巻簾**　みすを巻き上げる。（『白氏・16・香鑪峯下、新卜山居、草堂初成、偶題東壁五首、重題』「遺愛寺鐘欹枕聴、香鑪峯雪撥簾看」）　○**桂酒**　もくせいの花を浸して作った酒。　○**呼平**　「平」は、平和・平安・平穏または健康などの意。その平という語を大声でさけぶ。現代中国では、主として別れの宴で「一路平安」と乾盃する習慣がある。乾盃の掛け声に「平」という習慣があったものと思われる。　○**映**　翻刻「畂」を「映」に改めた。　○**落花**　ここでは雪の形容。　○**尋戴**　雪の夜。戴逵を尋ねたという王子猶の友情の深さを物語る故事として有名。　○**引枚**　枚乗。漢代の文人。淮陰の人。字は叔。「七発」という賦の体の文章を作った。その枚乗を誘う。　○**黄門**　中納言の別称。　○**文会**　学問・文章に関する集会。　○**密卿**　翻刻では卿の字が郷になっているが、下平八庚韻に合わないことと、意味の上からも卿と改めた。密は親しい。親しい人々。

二七―9

勘解由次官　行盛

天冴雲黄密雪軽
唯斟盃酒対之傾
花寒先勧宜春味
月冷弥催挙白平
三日羽觴風暖処
重陽燕飲菊芳程
豈如今賀豊年瑞
頻引十分勧会成

天冴え　雲は黄ばみ　密雪　軽し
唯に盃酒を斟(く)み　之に対ひて傾けり
花　寒ければ　先ずは勧(すす)む　宜春(ぎしゅん)の味を
月　冷やかなれば　弥々(いよいよ)催す　挙白の平を
三日の羽觴　風暖き処
重陽の燕飲　菊芳(かお)りし程
豈(それ)　如今(いま)　豊年の瑞を賀す
頻(しき)りに引(さそ)はれ　十分に勧会成れり

〈現代語訳〉

空は冷え冷えと、雲は黄ばみ、（雪空になり、）粉雪は軽やかに降って来た。

ひたすら酒を酌み交わし、その雪を見ながら盃を傾けた。

花びらのような雪が降って寒ければ、立春の日の酒を勧めてあたためてあげたい。

月が冷ややかに輝くと、いよいよ杯を挙げて乾盃したい気分である。

三月三日には、羽觴をとばす曲水の宴が催され、風も暖かった。

九月九日の重陽の宴では、菊の花の香りが芳しく香っていた。

そして今、雪がたくさん降って豊年の瑞兆を祝っているのだ。

頻りにさそわれて、十分にお酒もいただいたし、すばらしい詩宴が完成したことは、まことによろこばしいことです。

〈語　釈〉
〇**冴**　非常に寒い。　〇**密雪**　こまやかな雪。　〇**宜春**　立春の日の酒を宜春酒という。　〇**挙白**（平）　句末は欠字になっているが、韻字の平を入れたい。白（さかずき）を挙げて乾盃の合図として「平」と言うのである。　〇**三日**　三月三日で曲水の宴を開き、羽觴をとばす。　〇**羽觴**　すずめが羽を広げた形の盃。（『李白・春夜宴桃李園序』「飛羽觴而酔月」）　〇**燕飲**　酒盛りをする。　〇**豈**　それ。発語の助字。　〇**豊年瑞**　豊年のぎざし。古来雪が多い年は、豊年であると言われているところから、豊年の予兆の意。

二七―10

朝巻翠簾対雪程
唯斟旨酒忘他営
酔中先翫寒花色
醒後猶望斜月晴
松戸光軽傾桂思
竹籬影重折籌情
文賓今賀豊年瑞
席上勧盃興味成

前和泉守　良兼

朝(あした)に翠簾(みす)を巻き　雪に対ひし程
唯に旨酒(うまさけ)を斟(く)み　他の営みを忘る
酔中　先づ　翫(もてあそ)ぶ　寒花の色
醒後　猶(なお)　望む　斜月の晴
松戸の光　軽ければ　桂を傾けし思ひ
竹籬の影　重なれば　籌を折る情(こころ)
文賓　今　賀すは　豊年の瑞
席上　盃を勧め　興味　成れり

〈現代語訳〉


朝、緑色の簾を巻き上げて、降り積もった雪に向かい、
唯、美酒を酌んでは飲み、他の一切の営みは忘れてしまうようだ。

酔った心境では、まず菊の花のような雪を翫ぶ気分であろう。

酔が醒めた後は、いつまでも斜めに傾く月（残月、二十五夜の残月）を眺めていたい気がする。

松で作られた戸に月光が、かすかに射しこむと、盃を傾け酒を飲みたい気分。

竹で編んだ籬に月影が重なり合うと、かずとりをして楽しみたい。（作詩をしよう。）

詩人たちは、降り積もった雪を見ては、豊年の予兆だと祝い、
その詩宴の席上で、盃をすすめ合っては、おもむきのある詩ができあがった。

〈語　釈〉

○**翠簾**　緑色のすだれ。古訓では「みす」　○**旨酒**　うまい酒。美酒。　○**他営**　酒を飲むこと以外の生活のいとなみ。
○**寒花**　冬の花。菊の花をいう。（『文選・張協・雑誌』「寒花発黄采、秋草含緑滋」［注］翰曰、寒花菊也」）　○**斜月**　斜めに傾く月。入りかかった月。残月。（『沈約・為隣人有懐不至詩』「影逐斜月来、香随遠風入」　○**傾桂**　もくせいの花を浸して作った酒を桂酒といい、その酒を傾ける気持ち。　○**折籌**　かずとりをして作詩をする。　○**文賓**　詩文の席に招かれた客。（『本朝文粋・大江朝綱・九日陪宴賦寒菊戴霜抽宴序』「忝随詩仙之後、還慙文賓之情而已云爾」）　○**豊年瑞**　雪が多く降ると翌年は豊年であるという予兆とされている。

二七―11

時依酒徒忘他営
対雪興遊幾許晴
庭上冴来論戸処
樽前寒尽巻簾程
觴吟任□月輝積
酔眼易迷花色軽
漸点鬢辺天処与
斯筵独恃忘憂名

散位　公章

時は酒徒に依り　他の営みを忘る
雪に対ひて　興遊すれば　幾許(いくばく)ぞ晴るる
庭上　冴来(さゆ)れば　戸を論ぜし処
樽前　寒さ尽くれば　簾を巻きし程
觴吟　□に任す　月輝積もり
酔眼　迷ひ易く　花色軽し
漸く鬢辺に点ずるは　天の与へし処
斯の筵(むしろ)　独り恃(たの)みて　憂名を忘れむ

〈現代語訳〉
その時ばかりは、飲み仲間たちと飲むばかりで、他のことは一切忘れてしまった。降り積もった雪に向かって詩作にふければ、どれほど気持ちが晴れるだろう。園庭に寒さが増してくると、いよいよ酒量がふえ、酒樽の前で寒さがうすれてくると、みすを巻き上げて彼方の雪景色をみる。酒を勧め、詩を吟じ、(酔)に任せていると、月の光かと見迷うほど雪は真っ白に積もり、また、酔うた眼には、花が軽やかに散り敷いたもののようにも見える。次第に鬢のあたりに白いものがちらつくが、これは天が与えてくれたもの。(年は争えない)この詩宴に列席したことを、独り心のより所にして日頃の憂いを忘れよう。

〈語　釈〉
○酒徒　酒を飲む仲間たち。　**○他営**　酒を飲むこと以外の一切の生活上のいとなみ。　**○冴来**　いよいよ寒さが増してくる。　**○論戸**　酒量の多少を論じ、更に酒を勧める。　**○寒尽**　酒を飲んで寒さがやわらぐ状態。　**○巻簾**（『白氏』16・香鑪峯下、新卜山居、草堂初成、偶題東壁五首、重題。「遺愛寺鐘欹枕聴、香鑪峯雪撥簾看」とあり、この詩をふまえて、『枕草子・雪のいと高う降りたるを』に「少納言よ。香炉峰の雪いかならむ」と仰せらるれば、御格子上げさせて、御簾を高く上げたれば、笑はせたまふ。」とある。）　**○觴吟**　酒を勧め詩を吟ずる。　**○花色軽**　花のように見える雪が軽やかに舞っている。　**○恃**　心のよりどころとする。頼りにする。

二七―12

素雪旁飛望自驚
対之斟酒有勧情
寒花浮色勧蘭思
芳桂添粧折竹声
想像梁園遊宴昔
如何剡水往来程
携樽引盞忘憂処
不耐流年景漸傾

宮内権少輔　宗国

素雪　旁く飛べば　望みて自ら驚く
之に対ひ　酒を斟みて　勧むる情有り
寒花　色を浮かべ　蘭を勧むる思ひ
芳桂　粧を添へ　竹を折る声
梁園を想像す　遊宴の昔
剡水は如何ぞ　往来の程
樽を携へ　盞を引き　憂ひを忘るる処
耐へず　流年　景　漸く傾くを

＜現代語訳＞
白雪が、たくさん飛ぶのを見て、まずは驚いた。
この雪に向かって、酒を酌み交わせば、酔や作詩を勧められるようだ。
菊の花びらのような雪を、盃に浮かべると、美酒蘭英酒を勧められる思い。
芳しい桂に雪化粧を添えると、竹の折れるようなパーンと澄んだ音も響いてくる。
有名な梁園での詩宴もこんな具合に楽しんだのかと　想像することができ、
又、雪の夜、親友を尋ねた剡渓はどうであったか、雪深く会えなかったということだ。
酒樽を運んで盃を交わし合う詩宴は、日頃の憂いも忘れさせてくれる処だ。
過ぎゆく年月は耐えられない、あたりの風景も次第に変わって行くのが。

＜語　釈＞
○**素雪**　しらゆき。　○**旁**　あまねく。たくさん。　○**勧情**　酒を勧めたり、作詩を促したりする気持ち。　○**寒花**　菊の花というが、ここでは、雪を花にたとえたものか。　○**蘭**　蘭そのものは、香気の強い花であるが、その蘭を使った蘭英酒は美酒の代表格であるため、美酒と考えたい。　○**折竹声**　雪の重さに竹が折れることは、よくあることで、パーンという音と響かせる。同時によく似た音色を出す楽器の音とも考えられるが、本詩群に楽器を連想させる語句が見られないため、実景の竹の折れる音で解しておく。
○**梁園**　漢のとき、梁の孝王の造った名園でしばしば詩宴が催された。（『杜甫・寄李十二白詩』「酔舞梁園夜、行歌泗水春」）
○**剡水**　剡渓に親友を尋ねた雪の深い夜の友情を伝える故事による。　○**流年**　過ぎ行く年月。（『杜甫・雨詩』「悠々辺月破、鬱鬱流年度」）

二七—13

粉々素雪属玄英
乗興対来斟酒程
山誤疑雲醒後思
水迷飜浪酔中情
荊南余味被花勧
蓮子数盃応月傾
幸侍松容偸作導
九年未改散班名 広俊予爵之後九年無官故献此句云云

散位　中原　広俊

粉々たる素雪　玄英に属(あた)れり
興に乗じて対来(むか)へば　酒を斟む程
山は誤りて雲かと疑へり　醒後の思ひ
水は迷ひて浪を飜へす　酔中の情(こころ)
荊南の余味　花に勧められ
蓮子の数盃　月の傾くに応ぜり
幸ひにして　松容に侍り　偸(ひそか)に導(い)ふを作(な)す
九年　未だ改めず　散班の名

〈現代語訳〉

たくさん降り積もった白雪、時はまさに冬まっただなかである。

感興のおもむくまま、その雪に向かいながら酒を酌み交わしている。

真っ白な雪山は、雲かと見迷うようだ。酔から覚めたときは。

なみなみと注がれた酒は、浪の中でひらひらしているようだ。酔った心では。（酔眼にはゆれて見える。）

物資が豊かな荊南の余情を味わうように、この庭園で花のように美しい雪景色に勧められ、
蓮形の蓮子盃で、もう数盃も、月が傾くまで飲み続けたことだ。

幸運なことに、みごとな松の景色のように優秀な方々の集まりに私も列席したので、ひそかに言わせていただきます。

私は、もう九年間の長い間も、改めることが出来ない散位という地位に甘んじております。

（広俊は、爵に預かってから九年の間、無官のままである。故に此の句を献じ云々。）

〈語　釈〉
○**粉粉**　紛紛の誤字であろうか。紛紛は、入り混じって乱れる様子で粉雪の風に舞う様子になる。しかしこの詩宴では、現在降っているものを詠んでいるわけではないので、多い様子にとる。雪がたくさん降り積もっているようす。（『広雅』釈訓「紛紛衆也」）　○**素雪**　白雪。　○**玄英**　冬。　○**水迷**　原文は、水の字の上に「眼」の字があり、第四句八文字にっているが、眼を消去した。　○**荊南**　土地の肥えた荊州の南。年中行事に影響を及ぼした所。（荊楚歳時記）物資がたいそう豊かである。　○**余味**　余情。肥えた土地。　○**蓮子**　蓮子盃。酒盃。底足の極めて小さい蓮形のさかずき。　○**松容**　みごとな松の景色の中。　○**偸**　こっそりと。ひそかに。　○**九年**　長い間という意味もある。

二七―14

対雪何因忘外営
唯斟盃酒動□情
煖寒不奈凝輝点
飛白難分脆色軽
聊飲先催朝冴処
酣歌漸唱暮消程
酔中再三偸為祝
幕府宜開万葉栄

散位　宗光

雪に対へば何に因りてか　外の営みを忘れむ
唯に盃酒を斟(く)みて　□情を動かすのみ
寒を煖(あたた)むるに不奈(いかんとも)するなし　凝輝(ぎょうき)点ずるを
白(さかずき)を飛ばすに分かち難し　脆色(ぜいしょく)の軽きを
聊(いささ)か飲めば　先ず催(うなが)す　朝　冴えし処
酣(たけなわ)に歌へば　漸く唱ふ　暮　消えし程
酔中　再三　偸(ひそ)かに祝を為す
幕府　宜しく開くべし　万葉の栄

＜現代語訳＞

雪に向き合っていると、どういうわけか、他の一切の営みは忘れてしまう。ひたすら酒をくんでは、しきりに感動しているばかりである。寒さをあたためようとしても、ちらちら降る雪をどうすることもできない。盃をとばして詩作をするのと、弱々しく降る雪の軽さは区別がつかない程、盃がしきりにとび交っている。少しばかり酒を飲んで、まずは朝の冴えた頃から詩宴は始まり、（まずは飲めと催促をする。）酒を飲んで楽しみ歌う頃は、漸く詩もでき上がり日暮れどきとなる。良い酔い心地にひたりながら、幾度もひそかに詩が出来たことを祝おう。そしてお役所で、このように開催していただいて、末永く栄えますようにお祈り申し上げます。

＜語　釈＞

○外営　雪に向かって酒を飲む以外の営み。　**○煖**　あたためる。暖に同じ。暖かい。　**○不奈**　いかんともするなし。どうすることもできない。　**○凝輝**　雪。（『本朝無題詩・28山家春雪―藤原茂明』「凝輝多積巌巓白、脆色無消澗底寒」）訳者は雪と訳している。　**○脆色**　よわよわしいおもむき。やはり雪のようす。　**○聊**　いささか。少し。わずか。（『楚辞』九章「聊以舒吾憂心」）　**○酣歌**　酒を飲んで楽しみ歌う。　**○幕府**　官署。役所。鎌倉幕府の開かれる約八十年前であるから、ここでは、権中納言邸を指すものと思われる。　**○宜開**　私邸を一般に公開していただきたいというほどの意か。

二七―15

終朝対雪忘他営
乗興唯斟新酒情
天冴弥催沈湎思
雲愁自識聖賢情
眉開宋殿花寒色
酔冷梁園竹折声
掩日韜霜粉糅処
十分持満引蘭英

右衛門権佐　重隆

終朝（よもすがら）　雪に対へば　他の営（いとな）みを忘る
興に乗ずれば　唯に斟（く）むのみ　新酒の情
天は冴（さ）え　弥々（いよいよ）催せり　沈湎の思ひ
雲は愁へ　自ら識（し）れり　聖賢の情
眉開きし宋殿　花　寒き色
酔冷めし梁園　竹　折れし声
日を掩ひし韜霜　粉糅の処
十分に満を持して　蘭英を引けり

〈現代語訳〉
一晩中、雪に向き合っていると、他の俗事は一切忘れてしまう。おもむきにまかせて、ただひたすら新酒をくんでは飲み続けるばかり。空が晴れわたると、ますます酒に溺れてしまいそうな気分ではあるが、愁いを起こさせるような雲がわくと、自然に聖賢君子の心も理解できる。公開された宋学の学問所には、雪が降って寒々としているし、酔いが冷める頃には、このすばらしい園庭で雪の重さで竹の折れる音が聞こえる。日陰では、霜も溶けず、雪も降りかかっている。十分に満ち足りた境遇で、準備を整えて美酒蘭英を引き寄せましょう。

〈語　釈〉
○**沈湎**　しずみおぼれる。特に、酒色に溺れる。（『詩経・小雅・賓之初筵・序』「君臣上下、沈湎淫液」）　○**雲愁**　愁雲。愁いを起こさせるような雲。　○**眉開**　愁眉が開けて、にっこり笑った顔。美しい顔。開眉。心の愁いを解くこと。　○**宋殿**　儒教の哲学、宋学を学ぶ殿堂。（南朝）　○**梁園**　（二七―12参照）（原文で、園の字は無いが、前句、宋殿の対句として、試みに園を補ってみた。　○**竹折**　竹の折れる音。　○**韜**　つつむ。ゆるやか。　○**糅**　まじる。まじえる。くらう。あえもの。　○**持満**　満ち足りた境遇、地位にいる。（『淮南子・氾論』「周公可謂能持満矣」）準備を十分にととのえる。　○**蘭英**　美酒の名。

二七―16

対雪何因感緒成
唯斟桂酒動芳情
十分難尽光旁圧
三雅頻巡影幾軽
沙月夜寒沈湎裏
洞花春早献酬程
玉塵散乱猶催興
不酔不帰及暁更

散位　宗重

雪に対へば　何に因りてか　感緒（しょ）成れるや
唯に桂酒を斟み　芳情を動かす
十分　尽くし難し　光は旁（あまね）く圧し
三雅　頻りに巡れば　影は幾ばくぞ軽からむ
沙月の夜　寒く　沈湎の裏
洞花の春　早く　献酬の程
玉塵　散乱すれば　猶（なお）　興を催（うなが）すごとく
酔はざれば帰らず　暁更に及ぶも

＜現代語訳＞
雪に向かっていると、なぜ、これほどまでに感動するのだろうか。
ひたすら、おいしい酒を酌んで（中納言さまの）おぼしめしに感謝するばかりです。
たくさんの雪が降り積もると、景色は周囲を全て圧倒し、
立派な盃が頻りに巡っていて、酒宴は盛り上がるが、（雪の）影は、どんなにか軽いことだろう。
庭を照らす月のように、真っ白な雪景色は、寒々とした中で酔いしれているうちに、
神仙世界の春は、早くも来たように、盃のやりとりがしきりに行われる。
（花のような）雪が散り乱れ、まだまだ感興を盛り上げるようなので、
酔わないで帰れようか、たとえ夜が明けようとも。

＜語　釈＞
○**感緒**　感覚と情緒。感動する心。（『菅家後集・叙意一百韻』「文華何処落、感緒此間牽。」）　○**成**　大きくふとる。興起する。
○**芳情**　他人の志の敬称。おぼしめし。　○**光**　景色。風光。　○**旁圧**　すべてのものを圧倒する。　○**三雅**　三つのすばらしいさかずき。　○**沙月**　砂上を照らす月。　○**沈湎**　酒色におぼれる。（二七―16参照）　○**洞花**　洞は仙人のいる所。十大洞天、三十六小洞天がある。神仙世界に咲く花。ここでは雪のこと。　○**玉塵**　雪の異称。　○**暁更**　夜が明けること。

二七—17

斟酒何因感最成
終朝対雪動心情
独醒豈耐寒嵐裏
不酔争帰暁月程
一盞且傾褰箔見
十分漸釂望園驚
士林花色先春発
早晩松株欲作栄

左衛門少尉　令明

酒を斟(く)めば　何に因りてか感(おも)ひ最も成れるや
終朝(よもすがら)　雪に対ひて　心情(こころ)を動かせり
独り醒(さ)め　豈(あに)　耐へむや　寒嵐の裏(うち)
酔はざれば　争(いかで)か帰らむ　暁月の程
一盞　且(しばら)く傾け　箔(すだれ)を褰(かかげ)て見る
十分　漸く釂(のみほ)し　園を望みて驚く
士林の花色　春に先んじて発(さ)く
早晩　松株　栄を作(な)さむと欲す

＜現代語訳＞
酒をくむと、どういうわけで感慨が最高潮に達するのだろう。
一晩中、雪に向き合っていると、感動は尽きることがない。
自分ひとり、酒にも酔わず、どうしてこの冬の寒い嵐に耐えられよう。
酔わないで、どうして帰ることができよう、明け方の月を見ながら。
一つきの盃を傾けながら、すだれを巻き上げて雪景色を眺める。
たっぷりのお酒をゆっくりと飲み干し、庭園を見渡して驚嘆する。
りっぱな文人の集まるこの庭園は、春に先んじて花が咲くように雪でいっぱい。
遅かれ早かれ、（泰山の）松のように、栄誉を与えて下さいますようにと祈ります。

＜語　釈＞
○**成**　大きくなる。興起する。　○**終朝**　よもすがら。一晩中。　○**寒嵐**　冷たい嵐。冬の嵐。　○**暁月**　明け方の月。
○**褰**　はかま。かかげる。もちあげる。裾を持ち上げる。（『文選・嵆康・贈秀才入軍詩』「微風動袿、組帳高褰」）　○**箔**　すだれ。
○**釂**　のみほす。酒を飲み干す。（『礼記』曲礼上「長者挙未釂」）　○**士林**　りっぱな人々。読書人のなかま。士林館という館の名前。梁の武帝が建て、学者を集めたところ。　○**早晩**　遅かれ早かれ。いつか。　○**松株**　秦の始皇帝が泰山に登り、帰途、俄か雨に遭い、松の蓋の下に雨宿りをし、松に五大夫の位を与えた故事がある。ここでは、松株のように、自分にも爵位がほしいの意。

二七—18

冬天何物望相驚
対雪唯催斟酒情
倒載自然随馬処
酔吟漸引替営程
子猷舟艤三溠緩
孫氏窓寒四字明
非啻安頭侵夜照
亦蓬鬢老□徒迎

前加賀掾　菅　清能

冬天　何物ぞ　望みて相驚く
雪に対ひて　唯に催(うなが)すは酒を斟(く)みし情(こころ)
倒載(とうさい)すれば　自然(おのずから)　馬に随ひし処
酔吟すれば　漸く引く　営を替へし程
子猷(ゆう)　舟艤(ふなよそほひ)すれば　三溠　緩(ゆる)やかに
孫氏　窓寒ければ　四字　明らかなり
啻(ただ)に頭を安くするのみにあらず　夜を侵して照らす
亦(また)蓬鬢の老　□徒らに迎ふ

〈現代語訳〉
冬の日、いったい何だろう。あたりを見渡して、たいそう驚いた。一面に積もった雪に向かい、ただただ酒をくみかわしたいという思いがわくばかり。飲み尽くせば、自然に馬の歩みにまかせて(高陽台)に行った山簡が、酔って吟詠しながら、いつの間にか場所替えをして、ここに戻って来た。親友を尋ねた王子猶は、舟を岸に繋ぎ、ゆっくりとにごり酒を飲んだところが、目の前にそんなお酒が沢山ある。月の明かりで勉強した孫子の窓辺は寒々としているが、すばらしい詩が出来上がったように、私も何とか詩が出来た。月明かりのような雪は、ただ、頭を落ち着かせるばかりではない、一晩中照り輝く月のように雪が降り続き、よもぎのように乱れた鬢髪で、むなしく年齢を重ねた私を迎えてくれている。。

〈語　釈〉
○**倒載**　車に載せた酒食を傾け倒すこと。山簡(字は季倫)の故事による。「世説。山間字季倫。為荊州刺史時。毎出酣暢。人為之歌曰。山公時一酔。径造高陽池。日夕倒載帰。酩酊無所知。時復騎駿馬。到着白接䍦。挙手語葛強。何如并州児。高陽池在襄陽。強是其受将。并州人也。」(故宮博物院本古鈔本『蒙求』「山簡倒載」)　○**子猷**　東晋の王子猷、雪深い夜、親友戴逵を尋ねて行ったことで有名。　○**舟艤**　ふなよそおう。舟を岸につなぐ。　○**三溠**　にごり酒　○**孫氏**　晋の孫康のこと。家が貧しくて、灯油を求める銭がなく、冬は、常に雪に照らして書物を読んだ。　○**四字**　作詩をすること。　○**啻**　ただ……だけではない。それだけではない。否定・反語の下につく。　○**蓬鬢**　よもぎのように乱れた鬢

二七―19

何因対雪興方驚
斟酒此時揺寸情
勧桂猶望庭月冴
携蘭自誤嶺花軽
胡城地白入郷暁
剡県浪寒□酔程
藨甲開肩遊宴処
唯慙暗陋接群英

仲隆

何に因りてか　雪に対へば　興(おもむき)　方(まさ)に驚く
酒を斟む此の時　寸情(こころ)を揺すれり
桂を勧め　猶　望めば　庭月　冴え
蘭を携へ　自ら誤てり　嶺花の軽きを
胡城　地　白く　入郷の暁
剡県　浪　寒く　□酔の程
藨甲(さんこう)　肩を開く　遊宴の処
唯に暗陋(ろう)の群英に接するを慙(は)づるのみ

天永二年十一月廿五日　中納言殿御作文　題者　在良朝臣　講　宗光　読　為隆朝臣

〈現代語訳〉

雪に向き合っていると、どういうわけで心がひどく動揺するのだろうか。酒をくむこの時こそ、心が揺り動かされるのだ。

香りの良い上等のお酒を勧められ、さらに見渡すと、雪の積もった庭が月に照らされているように白く、おいしい蘭英酒に酔った眼には、嶺に降った雪が、軽い花びらであるかのように錯覚させられる。

異民族の城のある北辺の地のように　あたりは真っ白に雪で覆われ、酔えば別世界のように良い気分だ。

雪深い剡県の浪のように、ここはたいそう寒く、泥酔してしまいそう。

なみなみと注いだお酒に心を許し合って宴会を楽しむのがよい。

唯、私は、身分が低いのに多くの英才達の仲間入りをしていることを、はずかしく思う。

〈語　釈〉
○驚　心がひどく動揺するようす。心が乱れるようす。　○桂　香りの良い酒。月の中にあるという木。桂月。　○蘭　香りの良い酒。蘭英酒。　○胡城　異民族の城。作品名を入れる。　○入郷　酒に酔い、別世界に入ったような心境。　○剡県　剡渓。
菊の名所。（一四八頁参照）　○藨甲　なみなみとついだ酒。杯を持つと酒がこぼれ、手の甲を濡らすからいう。　○開肩　開襟と同意か。胸襟を開く。心を打ち明ける。　○暗陋　暗くいやしい。身分が低い。　○群英　多くの優れもの。（『陶潜・詠荊軻詩』「飲餞易水上、四座列群英」）

二八　長元七年秋月九日　盃酒泛花菊　十七首

詩題解説

長元七年（一〇三四）秋、藤原一門の教育機関である勧学院で作文会が行われている。詩題は、「盃酒に花菊を泛べたり。」というもので、年中行事としての重陽の宴の形式を踏襲した形になっている。

韻字を書いた紙が鉢の中の文台の上に置かれていて、一人ずつ手を入れて韻字を探り取り、詩を作っていく。これを「探字」という。出来上がった詩は、文人や講師が最初に訓読し、諸人は声を合わせて唱和する。漢音で直読することもある。律詩や排律の中から、対句の一聯を抜き出し、佳句として詠唱する例も『源氏物語』・『宇津保物語』・『栄華物語』等々に見られる。

この作文会は、主として、対句を持つ頷聯・頸聯を摘句した形のものがほとんどである。句題詩の様式として、首聯に句題の文字を詠み込む作法が要求されるが、二八－2・宮内大輔元範詩にのみ、首聯に句題が見られるだけである。二八－3は内容から見て、頷聯と尾聯のように思われる。

頷聯の破題（句題を別の語で表現する）としては、どのような語が用いられているかと考えると、「盃」に対して「三雅」という名器を、「酒」に対して「雪」または「醽甲」を、そして「花菊」を表わすのに「秋雪」または、「暁星」と表現している。

次の頸聯は比喩や故事を詠み込むことが要求される。花菊と言えば、「陶潜」である。そして甘水の湧く長寿世界、菊の名産地、酈谷、酒で竹林の七賢人に限られてくると、どうしても何らかのテキストの存在が考えられるのであるが、何れのテキストなのか、特定することは困難である。

二八―1　九日於勧学院盃酒泛花菊　探字序者学生任

弾正少弼　定義

十分蘸甲折応満
五美当脣傾欲吹
飲訝陶家前日露
酌迷酈谷下流漪

十分の蘸甲（さんこう）　折りて満に応ぜり
五美　脣に当たれば　傾けて吹かむと欲す
飲めば　陶家かと訝（いぶか）る　前日の露
酌（く）めば　酈（り）谷かと迷ふ　下流の漪（さざなみ）

〈現代語訳〉

九月九日、勧学院に於いて「盃酒に花菊を泛べたり」という詩題で作文会が行われた。（探字と序者は学生の任である。）

なみなみとついだ酒杯を、かずとりして詩を作りながら、準備して待つ。

菊の花びらが口に当たるので、盃を傾け、吹いて飲もうと思う。

飲むと陶潜の家ではないかと錯覚するほど、前日から露が深い。（尋ねる人もいないので露は払われていない。）

酒を酌むと、菊の名産地酈谷ではないかと思われるように、下流にさざなみが立っている。

〈語　釈〉
○**勧学院**　平安京左京三条の北側にあった藤原一門の教育機関。弘仁12年（821）藤原冬嗣が創設。一門の子弟の官界進出に寄与した。（『中右記長治元年二月二日』「勧学院学頭学生資光給学問料之後、新中学頭由申上、仰云、以学生藤宗行可補学頭之由被仰」）
○**探字**　詩歌の会などで、自分の詠みこむ文字を抽選で抜き取ること。　○**序者**　詩文の会などで、序を書く役の者。
○**蘸甲**　なみなみとついだ酒。盃をもつと手の甲を濡らすからいう。（杜牧・後池泛舟送王十詩「為君蘸甲十分飲、応見離心一倍多」）
○**折**　籌を折る。かずとりをする。作詩をすること。折籌の略。　○**満**　一定の標準・期限に達する。　○**五美**　菊に備わる五つの徳。菊のことをいう。　○**陶家**　陶潜の家のこと。故郷に訪問者もいない。　○**酈谷**　菊の産地。河南省内郷県の東北。（二八―11参照）
○**漪**　さざなみ。水が風によって小さくなびく。さざなみがたつ。

二八—2

宮内大輔　元範

高陽菊綻得相逢
盃酒浮花吹豈慵
酌似□金粧緩蕩
傾如挙白色猶濃
錦窠欲課遶波濯
殊彩応迷還浦封

高陽の菊　綻(ほころ)び　相逢ふを得たり
盃酒　花を浮かべて吹くに　豈　慵(ものう)からむや
酌みて　金を□に似たり　粧は　緩(ゆる)く蕩(うご)き
傾けて　白(さかずき)を挙ぐるごとし　色は猶(なお)　濃し
錦窠(きんか)　課せむと欲し　波を遶(めぐ)りて濯(あら)ひ
殊彩　迷ひに応じ　浦に還りて封(ふう)ぜり

〈現代語訳〉
高陽院の菊が咲いて、お逢いすることができました。
酒盃に菊の花びらを浮かべて、吹いて酒を飲むのに、どうしてめんどうだなど言えようか。（言えない）
酌めば菊酒を□するようだ。その姿はゆっくりとうごき、
傾けて、さかずきを挙げて乾盃しているようだ。花の色はまだまだ濃い。
文書を司る礼部郎が課題を出すに当たって池の波をめぐっては精選したが、
菊花は彩りが美しいので迷うであろうから、勧学院に戻ってとじこもり、作詩に専念しよう。

〈語　釈〉
○**高陽**　高陽院・賀陽院。桓武天皇の皇子賀陽院親王の邸宅。平安京中御門の南、西洞院の西、堀川の東、大炊御門の北にあった。後冷泉・後三条両天皇の皇居ともなる。のち、藤原頼通邸。貞応二年（一二二三）焼失。本詩宴の翌年、長元八年関白頼通主催の「高陽院水閣歌合」は、和歌史上有名で最高の歌合が開催されている。　○**豈慵**　どうしてものういことがあろうか。（いやない）反語。
○**挙白**　さかずきを挙げる。白い菊の花の咲いている様子。　○**錦窠**　文書を司る礼部郎。瑞錦窠の略。　○**封**　外に出ないで勧学院にとじこもること。

二八—3

別当民部丞　義孝

引盞斜傾秋雪脆
携樽閑酌暁星疎
久疲祭酒難身屈
抽賞有時慶有余　有注

盞を引き　斜めに傾くれば　秋雪　脆く
樽を携へ　閑かに酌めば　暁星　疎らなり
久しく祭酒に疲れ　身　屈し難く
抽きて有時を賞し　有余を慶ばむ（有注）

〈現代語訳〉
さかずきを引き寄せ、斜めに傾けると、秋の雪（萩）が軽くよわよわしく降り（枯）はじめ、酒樽をもって、しずかに酌むと、暁の星がまばらに見える。（もう朝だ）
久しく勤めている祭酒の役職（大学頭）に疲れ、身も屈し難くなりました。（年をとりました）
特別に重陽の節句をめでて、老後のゆとりのある生活を慶びたい。

〈語　釈〉
○**秋雪**　萩の花の異称。　○**脆**　軽くよわよわしい。　○**暁星疎**　暁方の星がまばらになっているということは、もう夜明けであるということ。　○**祭酒**　大学頭の役職。作者の官職別当民部丞とは、勧学院事務長に当たる。

二八－4

脣上誰嫌金自点
手中還恠麝先香
十分傾得夕吹露
四字呼来半酙霜

木工允　菅　陳性

脣上　誰か嫌はむ　金　自ら点じ
手中　還た怪まむ　麝　先づ香るを
十分　傾け得たり　夕べ吹きし露
四字　呼び来たれり　半ば酙みし霜

〈現代語訳〉

脣のあたりを誰が嫌うであろうか。菊の花びらを自分で浮かべ、（花びらが口に触れるのは良い）

手中にまた怪しむことがあろうか。菊香のまず香ってくるのを。

盃を傾けて十分に満足するまでいただきました。夕風と共に、おく露のような清酒を。

詩が出来たかともう催促された、まだ半ばにごり酒を酙んだだけなのに。

〈語　釈〉
○金　黄菊の花びらを比喩したものであろう。　**○手中**　この句は六字しかないが、平仄・韻の関係と前句脣上の対句として試みに二字目に「中」を入れてみた。　**○麝**　麝香は、動物性の香料であるが、菊の香りと酒の香りが混合されて、麝香のように感じたものか。　**○四字**　作詩すること。

二八—5

三雅方将葩半潤
十分傾尽艶清流
収霞交色薫脣雪
翠竹添粧漏手秋

三雅　方に　将に　葩　半潤
十分　傾け尽くせば　艶　清く流れたり
収霞　色を交へ　脣に薫りし雪
翠竹　粧を添ふ　手に漏れし秋

右衛門尉　明衡

〈現代語訳〉
立派な盃に花びらが浮かび、もうその花は酒に浸って半ばしめって来ている。十分に盃を傾けて飲み尽くせば、艶は清い流れのようにすがすがしい。夕焼け雲があかく染まり、唇には菊酒の良い薫りがただよう。竹の青さが粧いを添えれば、両手にあふれんばかりの秋である。

〈語　釈〉
○三雅　四川省閬中縣にある池の名に伯雅・仲雅・季雅という三雅があり、その池を修めた人が持っていた盃から、その名を得たという。立派な盃をたとえたもの。　**○方**　元来欠字であるが、便宜上入れてみた。　**○十分**　満ち足りていること。　**○清流**　元来欠字であるが、便宜上入れてみた。特に根拠はない。　**○収霞**　夕焼け雲。　**○雪**　にごり酒。

二八一6

文章得業生　親範

十分引雪秋風艶
三雅湛暁露匂上
□□在心傾色処
長生任手酌粧門

十分　雪を引けり　秋風の艶
三雅　暁を湛ふ　露　匂ひし上
□□は心に在り　色を傾けし処
長生は手に任せ　粧を酌みし門

〈現代語訳〉
十分に、にごり酒を引き寄せて飲めば、秋風もうるわしく吹いてくる。
立派な三雅の盃には、もう暁方の露の香る朝がくる。
□□は心の中にこそあるものだ。菊花酒を傾ける処。
長寿延命は術に任せましょう。菊花酒を酌み交わす一門なのだから。

〈語　釈〉
○十分　満ち足りていること。　**○三雅**　立派な盃。二六―5参照。　**○傾色処**　菊花酒を傾けているこの席上を指すか。
○長生　長寿。菊花の宴は、不老長寿を願って行うものだから。　**○任手**　不老長生の術に任せることか。

二八―7　　　　進士　実時

飲来唯湛孤藂艶
酔至還嘲而草凋
陶氏酌金葩綻寄
鄭公傾玉色濃朝

飲来ば　唯に孤藂の艶を湛ふのみ
酔至りて　還た而草の凋るるを嘲へり
陶氏　金を酌めば　葩は綻び寄り
鄭公　玉を傾くれば　色は濃き朝

〈現代語訳〉
菊花酒を飲んでみると、唯、一むらの菊の艶をいっぱい湛えているばかり。
酔えば又、さかんな草のしおれるのをあざわらうばかりである。
陶潜が菊酒を酌むと、はなびらがほころんで寄ってくる。
鄭公が玉酒を傾けると、菊の花は一段と濃さを増す。

〈語　釈〉
○**飲来**　来は動作が起ころうとする意を示す助字。飲めば。　○**孤藂**　ひとむらの菊。　○**酔至**　酔いがきわまる。
○**而草**　而は頬ひげ。口ひげ。ひげのような草の意か。さかんな草の意か。不明。　○**陶氏**　陶淵明・陶潜。　○**鄭公**　後漢の鄭玄。漢代儒学を集大成した人。

二八―8

紅螺傾処消秋雪
流蟣巡時湿暁星
蘸甲自然攀華艶
董脣多少駐余董

学生　国長

紅螺(ら)傾く処　秋雪を消し
流蟣(りゅうき)巡る時　暁星を湿ほす
蘸甲(さんこう)　自然(おのずから)　華艶を攀(のぼ)り
董脣　多少　余董(よとう)を駐(とど)む

〈現代語訳〉
あかにしの杯を傾けているこの勧学院では、（熱気のため）秋の雪は消されてしまい、（萩の花はしおれてしまい）（あかにしの杯を傾けていると、いつしか月も落ちる頃となり、）ほら貝で作ったさかずきがめぐる時、明け方の星はもうまばらにぼんやり見える。なみなみと注いだ酒は、自然に華艶をのぼり、（華の世界に酔い）（ほら貝で作ったさかずきがめぐってくる時、星のような菊の花も露にしっとりと湿っている。）なみなみと注いだ酒は、自然に華艶にのぼり、（はなやかで美しい花の世界に酔い、）菊の花びらを含んだ唇（菊花酒を飲んだ唇）には、わずかばかりの残り香をとどめている。

〈語　釈〉
○**紅螺**　あかにしの杯。　○**秋雪**　萩の花の異称。秋に降る雪。早い雪。　○**流蟣**　不明。蟣は、ひる・しらみ。螺の意か。（ほらがいで作った盃）　○**暁星**　ものごとの少ないたとえ。　○**蘸甲**　手の甲にしたたり落ちるほど、なみなみと注がれた酒。
○**華艶**　華やかで美しいこと。華の字は、元来空欄であるが、試みに入れてみた。　○**余董**　残り香。余薫。

巻七　二八—9　　進士　経範

竟日酌得籬艶彩
有時傾尽幾牽引
清日験明長生術
命領宜和久親方

竟日（ひねもす）　酌み得て　籬　艶彩たり
有時　傾き尽くすは　幾ばくの牽引ぞ
清日　験（しる）し明らかなり　長生の術
命領　宜しく和すべし　久親の方

〈現代語訳〉

一日中、酒を酌み交わすことができて、籬のあたりの菊も美しい彩りで、咲き乱れている。この時、盃を傾けて飲み尽くすのは、どれほど引かれる力が強いのだろう。（どれ程魅力のあることか）清々しいこの日、霊験あらたかな菊花酒を飲んで、長生の術を行い、長寿を願う。命の処理はおまかせします、どうぞよく調和した、そしていつまでも親しめる方法でありますように。（重陽宴が栄えますように）

〈語　釈〉
○**竟日**　ひねもす。一日中。　○**有時**　時あって。　○**牽引**　引っ張る力。魅力。　○**験明**　明の字は翻刻されていないが、試みに入れておいた。　○**長生術**　菊は長寿の力を持つ霊薬とされ、菊の花びらを浮かべて酒を飲んだり、菊をかもした酒を飲んで、長寿を願う手立てとした。　○**命領**　命令。

二八—10

傾得玉蘂猶含口
把得芬芳半染脣
星影更疑寄水見
錦窠不弁濯波新

学生　俊成

傾き得て　玉蘂（ぎょくずい）猶（なお）口に含み
把り得て　芬芳（ふんぽう）半ば脣を染む
星影は更に疑ひ　水に寄りて見
錦窠（きんか）弁（わきま）へず　波を濯（あら）ひて新たなり

＜現代語訳＞
盃を傾けて酒を飲み、菊の花びらをまだ口の中に含み、とって来た菊の花の香りを、半ば唇に染みこませる。折から空に見える星影と花を見間違うようで、よく水に顔を寄せて見（盃をのぞきこむ）るけれど礼部郎も弁別できない。次から次へとお酒が注がれるので。

＜語　釈＞
○玉蘂　ここでは菊の花びら。　**○芬芳**　芳芬と同じ。よい香り。　**○錦窠**　礼部郎が役所の文書を司ること。また、礼部員外郎をいう。

二八―11

余香万杷岸辺雪
濃艶染脣籬下風
酈県秋波思院氏
陶家暮露慣嵇公

学生　資光

余香　万杷（ばんぱ）　岸辺の雪
濃艶　染脣　籬下の風
酈（り）県の秋波　院氏を思ふ
陶家の暮露　嵇公（けいこう）に慣れむ

＜現代語訳＞
移り香を放ちながら、たくさんの菊が岸辺に雪のように咲いている。あでやかで美しい花びらが、酒を飲む唇を染め、籬のあたりは、風が吹いている。菊の名産地酈県に秋が訪れた今、長寿の人々の住む庭は、どんなにすばらしいことだろうと思いをはせる。陶潜の家のような、この勧学院に暮れの露がおりるころ、嵇康を思い出し、隠逸の思想を親しみたい。

＜語　釈＞
○余香　移り香。後まで残る雪。　**○濃艶**　あでやかで美しい。　**○岸辺雪**　菊の花の比喩。　**○酈県**　菊の名産地。（『芸文類聚・巻81薬香草部上・菊』「風俗通曰、南陽酈県、有甘谷、谷水甘美、云其山上有大菊、水従山上流下、得其滋液、谷中有三十餘家、不復穿井、悉飲此水、上壽百二三十、中百餘、下七八十者」）　**○院氏**　長寿の人々の住む庭（酈谷の下流）　**○嵇公**　竹林七賢者の一人。嵇康。（223年～262年）老荘を好んだ。

二八―12

粧随三雅雖頻動
葩任十分識不沈
窈窕暁園臨鏡思
桜桃春岸落波心

大江佐国

粧は　三雅に随ひ　頻りに動くと雖も
葩(はな)は　十分に任せ　沈まざるを識(し)れり
窈窕(ようちょう)たる暁圃　鏡に臨みて思ひ
桜桃の春岸　波に落ちし心

〈現代語訳〉
粧（宴会のようす）は、名器である三雅に調和して、あちらこちらよく動くといっても、花びらは十分に注がれた酒の上をふわふわ浮いて、決して沈むことはないことは、わかっている。のびやかな暁方の庭で、盃の酒に向かって思いをこらしていると、桜や桃の咲く春の岸辺を思い浮かべ、花びらが波に落ちて流れていった光景を思い出し、心が落ちつく。

〈語　釈〉
○三雅　立派な盃。（二八―7参照）　**○十分**　満ち足りている。　**○窈窕**　おくゆかしい。あでやか。のびやか。畳韻。
○暁圃　明け方のはたけ。　**○落波心**　波の音に心を落ち着かせる。

二八―13

色湛重珠陶県露
匂［　　］潭風
金葩被潤十分底
霜蘂半沈二酌中

朝通

色は　重珠を湛ふ　陶県の露
匂は　　　　　　□潭の風
金葩潤され　十分なる底
霜蘂　半ば沈むは　二酌の中

〈現代語訳〉

酒は上等の真珠のような色をたたえ、陶潜が県令となった八十余日のように貴重で数少ない。

匂いは
黄菊は醸造されて酒に浸され、十分に底に溜まっている。

白い花は半ば沈みかけて、くみかわす二人の盃の中、ただよっている。

〈語　釈〉
○**陶県露**　陶潜は、県令となったにもかかわらず、八十余日で辞職し、「帰去来辞」を残して故郷に帰ったことを指す。
○**金葩**　黄菊。醸造されたものか。　○**霜蘂**　白菊。盃に浮かべて、口で花びらを吹きながら飲む。

二八—14

蘭英幾混籬根露
蓮子自薫岸上風
手把芬芳頻□処
脣吹艶色漸傾中

有孝

蘭英　幾ばくか混はる　籬根の露
蓮子　自ら薫れり　岸上の風
手に　芬芳を把り　頻りに□処
脣に　艶色を吹き　漸く傾くる中

〈現代語訳〉

香りのよい蘭英酒には、いくらか籬の根元の露が混ざっているように、良い匂いがする。(菊の咲いている籬)蓮の実は、それ自体良い香りを放ち、岸を吹く風に乗ってくる。

手で香りの良い菊の花をとり、頻りに嗅いでみる。

唇では美しい菊の花びらを吹いて、盃をしだいに傾けながら飲んでいく。

〈語　釈〉
○**蘭英**　蘭の花びらを醸して作る蘭英酒。ここでは、菊花酒をいうか。　○**蓮子**　蓮の実。　○**芬芳**　芳芬と同じ。良い香り。ここでは、良い香りを放つ菊の花のこと。　○**艶色**　あでやかで美しい。ここでは、菊の花の美しさをいう。

二八―15

忠範

濃艶吹来唯論戸
葩□酌得欲勧巡
籬露応同嵆叔夜
岸風相継晉劉倫

濃艶　吹き来れば　唯に戸を論するのみ
葩□　酌み得て　巡るを勧めむと欲す
籬露　応に同じうすべし　嵆叔夜
岸風相継ぐ　晉の劉倫

＜現代語訳＞
濃く美しい花びらを吹いて飲むとき、ただ酒数を論じながら、もっとたくさん飲みたい気分になる。花びらを盃に上手に浮かべることができて、巡って来る酒を勧めようと思う。籬のあたりにおりた露は、ちょうど竹林の七賢の嵆康叔夜（琴の名手）と同じであり、岸のあたりのようすは、ちょうど晉の竹林の七賢の一人、劉伶倫を受け継いでいるようである。

＜語　釈＞
○論戸　戸は酒数。酒数を論ずる。　○嵆叔夜　竹林七賢の一人。字は叔夜。最も老荘思想を好み、詩文に長じ、嵆中散集十巻がある。琴の名手。　○劉倫　晉の劉伶。字は伯倫。竹林の七賢の一人。特に酒を好んだ。

二八―16　　　　頼恒

濃彩当脣吹自転
余香染□飲猶残
陶家昔味嘗先識
酈県秋粧酌後看

濃彩　脣に当て　吹けば自ら転ず
余香　□を染め　飲みて猶残れり
陶家の昔の味　嘗(あじわ)ひて先づ識り
酈(り)県の秋の粧　酌みて後に看る

〈現代語訳〉
濃い花びらの浮いたさかずきを脣に当て、盃を吹けば、自然に花びらがうごく。残り香が□に染みついて、酒を飲んだ後もまだ残っている。陶家での昔からの味わいは、今飲んでみてまずは知ることができる。（陶潜が東籬の下で菊を採った風流な味わい。）菊の名所、酈県の菊景色は、酒を酌んでからのちに見ればよいだろう。

〈語　釈〉
〇濃彩　濃い色の菊の花びら。巻七、二五―4・大江匡房詩によれば、菊花の色として、白・黄・紫・紅が挙げられている。紫・紅などが該当するか。　〇余香　残り香。　〇染□　二句目は六字になっているが、四文字目を欠とした。　〇陶家　陶潜の『飲酒第五』にうたわれた、人境に廬を結んで住んだという、その陶潜の家をさし、隠逸の世界を表現している。

二八－17　　孝言

金液葩臨日不爍　　金液　葩（はな）臨みて　日　爍（と）かさず
玉日粧瀉惆猶軽　　玉日　粧　瀉（そそ）ぎて　惆（もう）として　猶　軽し
脣吹秋雪斜傾処　　脣（くちびる）にて秋雪を吹き　斜めに傾くる処
平転暁星漸引形　　平らかにして暁星を転ずれば　漸く引きし形

長元七年作　講師　中原経範　読師　左衛門尉

＜現代語訳＞

菊花酒に、花びらを浮かべても、一日中溶けることはない。日が射して来て、あたりのようすが変わると、ぼんやりとして花びらは軽いようだ。くちびるで秋の雪のような菊の花びらを吹いて、盃を斜めに傾け酒を飲もうとするが、もう一度盃を平らにしてみると、暁の星（菊の花びら）が映り、そこには漸く酒が見えなくなっている。

＜語　釈＞

○**金液**　菊花酒のこと。　○**爍**　金属を溶かす。　○**玉日**　玉は美称。日光。　○**惆**　がっかりして、ぼんやりすること。（『文選・潘岳・西征賦』「惆輟駕而容与、哀武安以興悼」）　○**秋雪**　秋の雪。萩の花の異称。ここでは盃に浮かべた菊の花びら。
○**暁星**　暁の星。あけがたのまばらな星。　○**長元七年**　一〇三五年。
※『本朝無題詩全注釈』の中で「秋雪」に関する注釈に「…本朝では実景としてではなく、専ら比喩として使用される傾向がある。」（三〇五）と指摘されているのが、最も妥当な解釈と思われる。

二九　嘉保三年三月三日　落花浮酒盃　十八首

詩題解説

一〇九六年三月三日に詩宴の開催された「六波羅蜜寺」は、京都市東山区に所在する真言宗智山派の寺。空也上人の発願により鴨川畔に建てられた寺。西光寺に始まり、空也没後、僧中信が来住して堂舎を整備し、貞元二年（九七七）六波羅蜜寺と改称し、天台別院となった。寺額は藤原佐理の揮毫と伝えられる。長徳元年（九九五）覚信が焼身往生を遂げ、花山法王・公卿らがこれを拝した。

長保二年十二月には、一条皇后定子の葬送が営まれた。藤原頼通・大江匡房らが参詣するなど有名な寺である。寛弘九年（一〇一二）源国挙が大仏師定朝作の地蔵菩薩像を安置開眼供養し、諸人の信仰を集めた。一般人が聴講できる講会もしばしば催され、法華八講・菩提講・勧学会が行われている。

のち、相次いで火災に見舞われたが、鎌倉時代も歴史を彩る舞台として、しばしば登場するような有名な寺である。十六世紀には再興され、重要文化財に指定された仏像が安置されている。

三月三日は、宮廷行事として「曲水宴」が開かれる日である。『日本書紀』をはじめとして、『聖徳太子伝略』『続日本紀』『日本紀略』『西宮記』『北山抄』等々にも見られる。また、宮廷行事以外でも、民間に広く行われ、大伴家持邸（『万葉集』巻十九）・藤原道長の土御門邸、藤原師通の六条水閣の曲水宴は有名である。宴の詳細は『中右記』に見られる。主人である尊者を中心に上流の樹下に酒樽を置き、巳の字にように曲がった流水に、羽觴をつけた盃を流す。水辺の円座にいる文人達は、盃が流れてくるまでに作詩をし、盃をとって飲む。次に弦管楽器による合奏がある。衣冠をつけた楽人が七・八名で舟に乗り、演奏しながら岸をめぐる。舟が退出して酒宴開始。その間、ずっと管絃（琵琶・笛・笙・和琴）の合奏は続けられる。食後、文台を置き、文人達の作詩した紙が文台に置かれ、講師・読師が進み出て、披講されることになる。曲水宴の様子は、このほか、『後二条師通記』『今鏡』にも見られる。

二九－1　七言、三月三日遊六波羅蜜寺同賦落花浮酒盃詩一首　　散位　平　祐俊序者

落花片々望中盈
自酒盃□散也軽
芳桂増香粧脆夕
流霞添色艶飄程
十分持満吹紅飲
三雅催巡払雪傾
被引好文親友契
乗春一日倚山楹

落花　片々として　望中に盈てり
酒盃自(よ)り□　散れば也(また)軽やかなり
芳桂　香りを増し　粧　脆(もろ)き夕
流霞　色を添へ　艶　飄りし程
十分　満を持し　紅を吹きて飲み
三雅　巡りを催し　雪を払ひて傾く
好文に引かれ　親友の契
春に乗ぜし一日　山楹(えい)に倚(よ)れり

〈現代語訳〉　七言、三月三日、六波羅蜜寺に遊び、一緒に「落花酒盃に浮く」という詩題で作詩をした。

落花は、見渡す限りいっぱいに軽くひるがえっている。

酒盃にこぼれ落ち、散ればまた軽やかだ。

香りの良い桂（芳桂酒）が、ますますその香りを増し、あたりの景色も美しい。

仙人が飲むという流霞酒に、花が色を添えてますます美しく香る頃、
十分に準備を整えて盃に浮く花を口で吹いて飲む。

三雅の立派な盃を順に巡らせてくるので、雪のように降りかかる花びらを払いのけては酒を飲む。

（学問を好む）梅にひかれて、私も親友の約束をし、学問に親しもう。

うららかな春に興を添えたこの日の詩宴、私は山の柱（梅）に倚りかかり、詩作にふける。

〈語　釈〉
○片々　軽く飄るようす。　**○軽**　二句末は「軽」が下平八庚韻であるため、句末に置き、平仄にしたがって四字目を欠とした。
○流霞　流霞酒。仙人が飲むといわれている酒。（『抱朴子』「有仙人但以流霞一盃与我飲之」）　**○持満**　十分に準備する。準備万端整える。　**○吹紅飲**　酒盃に浮いた花びらを、口で吹いて片方へ寄せ、酒を飲む。　**○三雅**　四川省閬中県にある池の名で、伯雅・仲雅・季雅をいう。その池を修めた人が持っていた三つの盃から、その名がつけられたという。（『春渚紀聞』「古有修此池者、得三銅器、状如酒盃、各有二篆曰伯雅・仲雅・季雅、或謂、劉表二子好酒嘗製三爵、大曰伯雅、受一㪷、次曰仲雅、受七升、小曰季雅受五升、蓋此池因三爵得名也。」）　**○好文**　梅の別名。晋の武帝が学問に親しめば梅が開き、学問をやめると開かなかったという故事。
○楹　はしら。

二九―2

何物酒盃令眼驚
落花浮得望方軽
已応挙白雪飄処
又似傾紅霞湛程
清泉水上素波砕
円鏡匣中鉛粉盈
万木逢春雖作喜
儒林老主隔芳栄

文章博士　藤　成季

何物ぞ　酒盃　眼（まなこ）驚かしむるは
落花　浮（う）かびて　望めば　方（まさ）に軽し
已に　白（さかずき）を挙ぐるに応じ　雪　飄へる処
又　紅を傾くる似（ごと）し　霞　湛（たた）へし程
清泉の水上　素波は砕け
円鏡の匣（こう）中　鉛粉は盈（み）てり
万木　春に逢ひ　喜びを作すと雖（いえど）も
儒林の老主　芳栄を隔てり

〈現代語訳〉
いったい何だろう。酒盃に浮いているものは。目が覚めるような美しさだ。落花が盃に浮かんで、あたり一面軽やかに花びらが舞い散っている。すでにさかずきを挙げて乾盃に応じているようだ、お酒がまわされている最中で、（ちょうど花が舞い散っている。）またさかずきを傾けて飲もうとしているようだ、お酒がなみなみとそそがれている。清らかな泉には、しらなみが砕ける程、水は満ち溢れ、（お酒がたくさんある。）円い鏡の手ばこに、おしろいが満ち溢れる程、花が咲き乱れている。全ての樹木は、春を迎えて、喜びの姿を見せているとはいうものの、儒者仲間の老主である私は、かぐわしい花から隔たった生活をしています。（質素な生活をしている。）

〈語　釈〉
○挙白　さかずきを挙げる。乾杯の姿勢。　**○雪飄**　雪は酒の比喩。酒がいそがしく注がれている状況を比喩したもの。
○傾紅　さかずきを傾ける。酒を今にも飲もうとしている状態。　**○霞湛**　霞は酒の比喩。酒がなみなみと注がれている状況。
○素波　白波。　**○匣中**　化粧用の手箱。　**○鉛粉盈**　おしろいが満ち溢れている。ここでは、花が咲き乱れていることの比喩。
○万木　地球上のあらゆる木。　**○儒林**　孔子の教えを奉じている儒者の仲間たち。　**○芳栄**　かぐわしき花。

二九—3

灑落林花令眼驚
自浮盃酒色猶軽
攀添紅面桃源折
展裏翠眉柳岸程
東雉春遊斟雪思
右軍暁酔飲霞情
六波羅蜜一精舎
日暮閑聞玉磬声

右京権大夫　藤原　敦基

灑落(しゃらく)たる林花　眼(まなこ)　驚か令(し)む
自ら　盃酒に浮かび　色　猶(なお)軽きごとし
攀添(のぼれ)ば　紅面　桃源の折
展裏(のばせ)ば　翠眉　柳岸の程
東雉(とうち)の春遊　雪を斟(く)みし思ひ
右軍の暁酔　霞を飲みし情(こころ)
六波羅蜜の一精舎
日暮　閑かに聞く　玉磬(けい)の声

＜現代語訳＞

さらっと、こだわりなく落ちる多くの花を見て驚いた。自然に盃の中の酒に浮かんで、その花びらはさらに軽いようだ。登って来てみると、一面の花で、まるで桃源郷を思わせるようだ。眉をひろげたような形をした柳が、川岸に並んでいる。東の城壁で（六波羅蜜寺）行われる春の詩宴で、酒を酌み交わしているような思いがし、王羲之が暁方まで酔ったように、朝まで酒を飲み続けたい気がする。六波羅蜜寺の中のある一つの寺院から、日暮れになって閑かに玉磬の音色が聞こえて来る。

＜語　釈＞

○**灑落**　さらっと落ちる。（『王勃・山亭興序』「風塵灑落、直上天池」）　○**攀添**　どんどんよじのぼる、という意から、ノボレバと訓読した。　○**展裏**　原本は「裏展」。眉を展（のばす。ひろげるうち）という意味から、ノバセバと訓読みしてみた。　○**翠眉**　みどりの眉は、柳の葉の形容。　○**東雉**　東の城壁。春の祭り。　○**右軍**　晋の書家王羲之の称。天子の率いる三軍の中の右翼の軍隊の、もと右軍将軍であったのでいう。書家としては、楷書で書かれた「蘭亭集序」が特に有名である。　○**六波羅蜜**　仏教でいう理想の境地（涅槃）に至るための六種の行い。（布施・持戒・忍辱・精進・禅定・智恵）をいう。ここでは、京都六波羅蜜寺をいうのであろう。波羅蜜は、彼岸に至る意。　○**磬**　中国古代の楽器の一つ。石や玉で作った「へ」の字形の打楽器で、台につるして打ち鳴らす。（時刻を知らせる合図に用いる）

二九－4

落花片々動心情
酒上盃中浮又軽
粧蝶挙流波豈浸
丹螢照岸露猶清
晩霞気味染唇馥
春雪浅深随手傾
誘引壮年竜鳳客
白頭携杖暫経行

伊賀守　孝言

落花片々として　心情を動かす
酒上盃中　浮かび　又　軽し
粧蝶　流れに挙がり　波　豈　浸され
丹螢　岸を照らして　露　猶　清し
晩霞の気味　唇を染めて馥り
春雪の浅深　手に随ひて傾けり
壮年を誘引するは　竜鳳の客
白頭　杖を携えて　暫く経行せり

＜現代語訳＞

ひらひらと花びらが散るのを見て、感動する。

花びらは酒の上や盃の中に浮いて、軽やかに舞っている。

まるで美しい蝶が舞うように、ひらひらと流れに沿って挙がったり、波間に浸されたりする。

お尻の赤い螢が、岸を照らせば、水が更に清く見えるように、花びらで酒がきれいに見える。

晩春の霞の気配の中、盃に浮いた花は、唇を染めて香りがよく、
春の淡雪のような花びらは、多くも少なくも手の動きにしたがって傾いてゆく。

未来ある若者達をさそい込むことのできるのは、すぐれた人物のなせるわざ。

白髪頭の私も、杖にすがりながら、しばらく行きつもどりつ考えこんでいます。

＜語　釈＞
○**片々**　ひらひらと風に飄る。　○**粧蝶**　蝶のようなよそおい。蝶に似た姿（花びらをさす）　○**丹螢**　尻の赤い螢。　○**気味**　けはい。雰囲気。　○**誘引**　さそいこむ。　○**壮年**　若者。　○**竜鳳**　竜も鳳も共に端兆を示すことから、すぐれた人物を指す。　○**携杖**　翻刻は扶になっているが、写本は木へんである。平起式正格の詩なので、八句の四字目は仄でなければならない。「扶」は平。「杖」は仄。「杖」に改めた。　○**経行**　坐禅修行の際、足のしびれを緩和させる為、一定時、立ち上がって、同じ位置をたてに行ったり戻ったりすることから、同じ場所を行きつ戻りつすることをいう。緩歩。

二九―5

置酒何因酔眼驚
浮盃終日落花軽
依斟残色未能釃
為把余葩重得傾
楚客桂枝応争気
陶家菊蘂欲同情
遠尋桜杏□人宿
習匂索□信馬行

右少弁　藤原　有信

酒を置けば　何に因りてか　酔眼驚くや
盃に浮きて　終日　落花　軽やかなり
残色を斟むに依り　未だ釃む能はず
余葩を把るが為に　重ねて傾くるを得たり
楚客の桂枝　応に気を争ふべく
陶家の菊蘂　情と同じうせむと欲す
遠く桜杏を尋ぬ　□人の宿
匂ひを習ひ　□を索め　馬に信せて行かむ

〈現代語訳〉

酒を置いてみると、いったい何がこの酔った眼を驚かせるというのだろう。花びらが、盃に一日中映っていて落花の何と軽やかなこと。盃に花びらが映っていて、飲むのが惜しく、まだ飲みつくすことができない。ありあまるほどいっぱいの花びらをとってきたために、二度重ねて盃を傾けることが出来た。屈原が楚辞でうたった桂枝のように、ちょうど万物根元の力を競争するようだ。陶潜が飲酒でうたった東籬の菊と、心持ちを同じにしたいものだ。遠路はるばる桜や杏を尋ねて来る、□人の宿、（酒の）匂いに慣れて、□をたずね、馬の歩みにまかせて行こう。

〈語　釈〉

○残色　しおれた色。生気のないようす。（『菅家文草・残菊詩』「暮陰芳草歇、残色菊花周」）　**○釃**　のみつくす。
○余葩　ありあまる花びら。花がたくさん散り積もっているのであろうか。　**○楚客桂枝**　屈原『楚辞』九歌五・大司名に「結桂枝延佇　羌愈思兮愁人」（桂枝を結んで延佇すれども、羌愈いよ思ひて人を愁へしむ。）とある。これを指すのであろう。
○気　万物の根元たる力。元気。　**○陶家菊蘂**　陶潜『飲酒』「采菊東籬下、悠然見南山」の詩の一節を指しているもの。
○習　慣れる。　**○索**　もとめる。　**○信馬**　馬の歩みにまかせる。信は、まかせる。

二九―6

漠々林花感緒生
半浮盃酒艶方軽
斟霞面上添紅思
湛雪手中挙白情
鸚吻伴来鶯囀暁
蘭英計会柳飄程
今迎三日芳□好
引友群遊出子城

紀伊権守　藤原　宗兼

漠々たる林花　感緒(しょ)生ぜり
半ば盃酒に浮けば　艶(いろおい)　方(まさ)に軽し
霞を斟(く)みし面上　紅を添ふる思ひ
雪を湛(たた)へし手中　白(さかずき)を挙げし情(こころ)
鸚吻(おうふつ)　伴来(ともなひ)て　鶯　囀(さえず)るの暁
蘭英　計会(はかり)て　柳　飄りし程
今　三日を迎へ　芳□好(よ)ろし
友を引(さそ)ひ　群遊し　子城に出でたり

〈現代語訳〉

一面に咲き乱れているたくさんの花を見て、感慨が湧いてきた。
その花びらが、わずかばかりさかずきに浮くと、軽やかな色どりになる。
お酒を少し飲むと顔が赤くなり、紅を添えたように見え、
お酒をなみなみと注いだ手で、盃を挙げたい気持ちになる。
鸚の口のような形をしたとっくりがつれて来たのか、鶯も鳴き始めた朝、
蘭英酒を飲みながら、（作詩の）相談ごとをしている（案を練っている）と、柳も風に飄る。（良い風情だ）
今こそ、三月三日の佳き日を迎え、花の咲きにおうよい春の日に、
友をさそい、大勢で遊ぶ為に、詩宴の催されている子城である六波羅蜜寺に出かけたことだ。

〈語　釈〉

○**漠々**　広々と連なっているさま。一面に敷き並べているさま。ここでは、一面に咲き乱れている花。　○**林花**　たくさんの花。林は林立の意味。　○**感緒**(しょ)　感動する心。道真詩が初見。和語。　○**半**　わずか。　○**霞**　酒の比喩。　○**雪**　酒の比喩。
○**鸚吻**　おうむの口の形をしたさかずき。　○**蘭英**　蘭英酒。美酒の名。（『文選』枚乗・七発「蘭英之酒、酌以滌口」）
○**計会**　かぞえ合わせる。相談をする。思慮。会は助辞的用語。ここでは作詩の相談。（二九―7参照）　○**群遊**　群がり遊ぶ。
○**芳□好**　この句は六言で作られているが、仄起式偏格の律詩なので句末は、○○●となるべき所であるから、○字を欠字としておいた。□芳好となっても差し支えない。　○**子城**　大城（御所）に付属した小城。ここでは六波羅蜜寺。

二九一7

酒盃縁底足驚情
斯是落花浮色軽
因浸余□誰敢釃
為貪倒影未能傾
乱埋緑蟻風飄後
飛入紅螺雨折程
三日佳期尤可賞
春遊計会自然成

度支員外郎　大江　家国

酒盃　縁底(なんすれぞ)　驚情に足るや
斯れは是れ　落花　色を浮かべて軽ければなり
浸に因りし余□　誰か敢へて釃(のみほ)さむ
貪を為す倒影　未だ傾く能はず
乱れて　緑蟻(き)に埋もるは　風　飄りし後
飛びて　紅螺(ら)に入るは　雨　折れし程
三日の佳期　尤も賞すべし
春遊の計会　自然(おのず)から成れり

〈現代語訳〉

この酒盃で、どうして心がひどく感動させられるのだろう。

これこそ、散る花びらが盃に浮いて、見るからに軽やかだから。

花びらが酒に浸されて余るほどの薫りを、誰が無理に飲みほせるだろう。

貪欲で未練たっぷりな夕陽は、まだこの時間になっても傾くことができない。(旧三月三日は日が長い)。

花びらが乱れて、うまい酒の中に埋もれるのは、風に飛ばされた後であり、
花びらが飛んで来てあかにしの杯に入るのは、雨上がりの頃である。

三月三日のこの良き日の酒宴は、もっともその価値が認められるべきだ。(称賛されてよい)

春の遊びで、思慮して作詩すると、自然と出来上がるものだ。

〈語　釈〉
○**驚情**　心がひどく動揺させられる。　○**斯是**　これこそは。　○**余□**　□は香・薫いずれも可。　○**釃**　のみほす。
○**倒影**　夕日。　○**緑蟻**　うまい酒。蟻は、酒の表面に浮かぶ泡をいう。　○**紅螺**　あかにしの貝で作った杯。
○**雨折程**　不明。雨上がりの頃か。　○**春遊計会**　計会は、相談する、数合わせをする等の意味であるが、詩宴があるので、平仄合わせと解し、春の詩宴で作詩の思慮をすること、つまり、詩作をすることか。

二九―8

春色春光動感情
自浮盃酒落花軽
手驚酷烈唱遅客
吻飾文章持満鸚
道士背間塵点鏡
仙人掌上露添瓊
冬官独老雖嬾愁
翫□芳辰忘日傾

宮内少丞　藤原　親長

春色春光　感情（こころ）を動かす
自ら盃酒に浮きて　落花　軽し
手は酷烈に驚き　遅きを唱へし客
吻は文章を飾り　満を持す鸚
道士の背間　塵は　鏡に点じ
仙人の掌上　露は　瓊を添ふ
冬官は独り老い　嬾（らん）愁なりと雖も
□を翫（もてあそ）びし芳辰　日の傾ぶくを忘る

〈現代語訳〉
この春景色、この春の日ざし、酒にほんのり酔い陽気になり、感動せずにはいられない。自然に盃酒に映って、花も軽くひらひら舞っている。手にした盃は驚く程香気が高く、開会を待ち侘びる客もいる。挨拶の口ぶりは名文章で飾り、用意万端整えて今にも注ぎたい気分の鸚形の徳利には、酒が満ち、道士のようなりっぱな人でも、背中（背後）では、鏡に映せば俗塵にまみれた人もいれば、仙人のような人の掌には、露が玉のように美しく添えられている人もいる。宮内省につとめる私は独り老いてしまい、ものうく気が晴れないというものの、□で楽しんだこの香ぐわしい季節に、日が傾くのも忘れてしまうほどだ。

〈語　釈〉
○**春色**　酒に酔って、ほんのり陽気になった顔色。　○**春光**　春のけしき。　○**酷烈**　香気がきわめて高いこと。○**唱遅**　開会を、今か今かと待ち望む声。　○**吻**　ことばつき。　○**道士**　道義を身につけた人。道教により長生の術を身につけた人。　○**仙人**　占い、まじないや医術に秀でた人。仏教の僧。道士・仙人、いずれも会に集まった人々の比喩。○**瓊**　たま。たまのように美しい方士の丹薬の材料。　○**冬官**　周禮では、天・地・春・夏・秋・冬の六官に官職を分け、冬官は、日本では宮内省に当たる。宮内省。作者藤原親長は、宮内少丞である。作者自身を指す。　○**嬾愁**　嬾はものうい。おこたる。愁はうれい。　○**芳辰**　芳しい春の季節。

二九―9

花落粉々春興生
旁浮盃酒任巡傾
文螺隠映紅鰓脆
金液交加玉蘂軽
遺美染脣吹雪処
余香薫袖酌霞程
三朝上巳遊蕭寺
還咲蘭亭落日情

図書権助　藤原　敦光

花落つること粉々として　春興生じ
旁らの盃酒に浮けば　巡りに任せて傾けり
文螺（ら）隠（かす）かに映りて　紅鰓（さい）脆く
金液交（こも）ごも加へて　玉蘂（ずい）軽し
遺美（いび）脣を染め　雪を吹きし処
余香　袖に薫り　霞を酌みし程
三朝　上巳　蕭寺に遊び
還（ま）た　蘭亭に咲（え）む　落日の情

＜現代語訳＞

花がしきりに落ちるのを見ると、春の楽しみが生まれてきて、その花びらが、旁らのさかずきに浮くと、巡って来るたび盃を傾ける。ほら貝で作った盃に、花びらがかすかに映って、紅い魚のえらのように弱々しい。立派な酒をかわるがわる注いでいくと、散る花びらも軽やかだ。前人が残した美しい習慣に従い、脣を酒に染め、酒に浮く花びらを吹いて飲む。残り香は、袖に香り、また酒を酌んでは飲む。元旦と三月三日とこの寺（六波羅蜜寺）に遊んで、また、その昔、蘭亭に集い楽しんだ上巳の宴に思いを馳せると、もう日暮れになっていた。

＜語　釈＞

○粉々　粉々。入り交じって乱れるようす。多いようす。　**○春興**　春の楽しみ。春のおもしろみ。春のなぐさみ。
○文螺　ほら貝で作ったさかずき。　**○隠映**　日がかげったり、晴れたりする。　**○紅鰓**　紅い色の魚のえら。
○金液　おいしい、立派な酒。金は美称。　**○玉蘂**　玉は美称。蘂は花。美しい花。　**○遺美**　前人の遺した美しいもの。（『文選』班固・両都賦序「国家遺美不可闕也。」）　**○三朝**　元旦。正月元旦は、年・月・日と三つの朝を兼ねるからいう。（『漢書・五行志下』「正月朔日、是為三朝」）　**○上巳**　陰暦三月の第一の巳の日。流水のほとりで禊をして、年中の不祥をはらう。魏以降は三月三日と決めたので、三日を上巳とよぶ。

二九―10

落花漠々□眼驚
浮酒盃時粧自軽
湛未沈霞添戸裏
勧応吹雪折籌程
潁川星影新望思
蜀郡錦窠始濯情
蘭若蕭条春日好
逢賞緑醑両三傾

文章得業　大江　有元

落花漠々として□眼驚く
酒盃に浮きし時　粧　自ら軽やかなり
湛(たた)へて未だ沈まざる霞　添戸の裏
勧めて応(まさ)に吹くべき雪　折籌の程
潁(えい)川の星影　新たに望む思ひ
蜀郡の錦窠(か)　始めて濯(あら)ひし情
蘭若(らんにゃ)は蕭条として　春日に好ろし
賞せられし緑醑に逢ひて　両三傾けり

〈現代語訳〉

一面に花が散り、その景色に眼は、驚かされる。

その様子が酒盃に映ってくると、その姿はいかにも軽やかだ。

花びらがいっぱい盃に落ちかかり、その花びらが盃の底にまだ沈まないうちに、もっと飲めと言われ、花びらを吹いて飲むように勧めるはずなのに、早くも詩作の時が来た。

潁川での許由の故事を改めて思い出し、名誉栄達を敢えて望もうとは思わない。

錦織りで有名な蜀郡で、始めて錦を濯ったような清々しい気持ちだ。

寺は、もの淋しく、春の日に良い風情をかもし出している。

評判の高い緑の美酒に逢えたので、二・三杯、盃を傾けたことだ。

〈語　釈〉
○**漠々**　一面に、広々と連なっているようす。　○**眼驚浮**　韻の関係から見れば、眼驚となるべきところ。花びらが浮いているのを見て驚くという意味か。但し浮は、次句の頭に入れた方が、意味が通じやすいので訂正し、五文字目を欠字とした。　○**霞**　ここでは赤い花びら。　○**雪**　ここでは白い花びら。　○**潁川**　河南省嵩山の西南から安徽省で淮河に注ぐ。（『高士伝』に隠士許由の伝説あり。）許由が帝から位を譲ると言われた時、断わって潁川の水で耳を洗ったという故事。　○**蜀郡錦窠**　今の四川省中部地方。蜀郡は錦の名産地。（『本朝文粋・高岳相如、初冬於長楽寺同賦落葉山中路詩序』「錦窠脆而辞蜀機、丹丸砕而謝仙竈」）
○**蘭若**　寺。ここでは六波羅蜜寺をさす。　○**緑醑**　緑色の、こしたよい酒。美酒。

二九―11

水辺置酒養心情
花落浮盃望裏軽
翠竹借匂風渡後
芳蘭混気露飄程
添霞方識宜春味
酌雪還疑賛夏名
三月初三逢上巳
東流契祓日徐傾

文章得業生　藤　永実

水辺に酒を置き　心情を養はむ
花は落ち　盃に浮き　望裏　軽やかなり
翠竹　匂ひを借り　風　渡りし後
芳蘭　気を混ふ　露　飄りし程
霞を添へ　方に識れり　宜春の味
雪を酌み　還疑へり　賛夏の名
三月初三　上巳に逢ひ
東流にて契祓すれば　日　徐ろに傾けり

〈現代語訳〉

水辺に酒を置いて情緒を養おう。

花は散り落ち、盃の中にうつって、見渡す限り軽やかに舞っている。

（香りのない）みどりの竹が、その花の匂いを借りるように、風がさっと吹いて、
香ぐわしい蘭が、更に良い匂いを酒に交えたように、露がおりてくる。

清酒をつぎたして、春の酒のうまさを、まさに知ることができた。

酒を酌んで、一方では、夏を称える名があったかどうか疑われる。（春こそ佳い時なのだから）。

三月三日の上巳の日に、こうして逢うことが出来て、
春の川で、三月三日の禊をして不祥を祓っていると、日も徐ろに傾いていった。

〈語　釈〉
○養　磨き向上させる。たのしむ。　**○望裏**　目に見える範囲のすべて。見渡すかぎり。　**○翠竹**　みどりの竹。（香りがない）
○宜春　立春。立春の日に、春を祝って宜春と書いた、のぼりを立て、また、色紙に宜春と書いて門に貼る。日本では、酒の異称。
○霞　ここでは赤い花びら。　**○雪**　ここでは酒。　**○賛夏**　春を祝う宜春という行事があるように、夏を賛える行事があるのかと、想定している。　**○東流**　東に流れる。中国の川はみな東に流れるので、川のこと。五行では、東は春に配当されるので、春の川の意。　**○契祓**　流水のほとりで禊をしてその年のの不祥を祓う上巳の行事。

二九―12

緑底酒盃興尚成
落花浮去望中軽
十分酌雪露飄処
三雅挙霞風脆程
認艶蝶翎交緑蟻
湛匂鸎吻代黄鶯
迎春曲水今何好
断織姫公遊宴情

散位　平　家能

緑底(なんぞ)　酒盃　興(おもむき)　尚成(しげ)れるや
落花　浮(う)去(き)て　望中軽やかなればなり
十分に雪を酌み　露　飄す処
三雅　霞を挙げ　風　脆き程
艶を認めし蝶翎(ちょうれい)は　緑蟻(りょくぎ)に交(まじ)り
匂ひを湛へし鸎吻(おうふつ)は　黄鶯に代れり
春に迎へし曲水　今　何ぞ好からむ
織姫公に断はり　遊宴の情(こころ)

〈現代語訳〉

どうして、この酒盃は、興がなおいっそう盛んに湧くのだろう。散る花びらが、盃に映って、見わたす限り軽やかだからだろう。たくさんの酒を酌み、露のようなしずくが風にとび散り、りっぱな盃を挙げて、花の中で乾盃すれば、風もそよそよと柔らかに吹く。自分の美しさを認めている蝶の羽が、うまい酒に入り混じったように酒の良い香りいっぱいの鸎の羽觴は、黄鶯の鳴く姿にも似て。いよいよ春を迎えて曲水の宴が催された今こそ、何とすばらしいことではないか。秋の七月七日を待ち侘びている織女には悪いが、お断わりをして、今のこの宴を存分に楽しみたい。

〈語　釈〉

〇**緑底**　なんぞ。なにによりてか。どうして。(俗語)　〇**成**　さかんになる。勢いたけなわになる。　〇**浮去**　去は助辞。動詞の下に添えて、動作の継続を表す。(『杜荀鶴・贈彭蠡釣者詩』「傍岸歌来風欲起、巻絲眠去月初沈」)　酒盃に散る花びらが映っている情景をいうのであろう。　〇**雪**　酒(にごり酒)の比喩。　〇**三雅**　りっぱな盃。(二九―1参照)　〇**霞**　酒の比喩。

〇**風脆**　風がやわらかに吹く。　〇**蝶翎**　蝶の羽。　〇**緑蟻**　うまい酒。蟻は、酒の表面に浮かぶ泡をいう。　〇**鸎吻**　おうむの口の形をした羽觴。　〇**黄鶯**　こうらいうぐいす。　〇**織姫公**　織女。星の名。天の川の東にあって、陰暦七月七日の夜、天の川を渡って牽牛星に会うという伝説がある。

二九—13

縁底酒盃終日傾
落花浮□眼方驚
桃顔助酔斟紅後
梅片混粧挙白程
藍水晩霞飄処湿
□山春雪灑猶軽
林前徒倚今為導
応咲独醒□客情

筑前大掾　藤　家仲

縁底(なんすれぞ)　酒盃　終日(ひねもす)傾くや
落花　□に浮きて　眼(まなこ)　方(まさ)に驚けばなり
桃顔　酔を助け　紅(くれない)を斟(く)みし後
梅片　粧を混へ　白(さかずき)を挙げし程
藍水　晩霞　飄りし処湿ほふ
□山　春雪　灑(そそ)ぎて猶(なお)軽し
林前　徒らに倚りて　今導(い)ふを為せり
咲(え)みに応(こた)へ　独り醒(さ)めたり　□客の情

〈現代語訳〉
どういうわけで、この盃を一日中傾けて酒を飲み交わすのだろう。散る花が盃に映って、あまりの美しさに目を奪われるから。若く美しい顔を見ただけで、酔いはいっそうすすみ、花びらの浮く盃で酒を飲むと、梅の花びらのような美しい先輩達も一緒に盃を挙げて乾杯をする。藍水の夕焼け空に花びらがひるがえって、しっとりと潤うように。□山の春の雪のようなにごり酒をそそぐと、なおさら軽やかだ。林前に、ただに寄り掛かって今こそ志を述べることが出来ました。花も咲き、歓笑の中にあって迷いが晴れました。（詩）客の情として。

〈語　釈〉
○**縁底**　どういうわけで。なぜ。　○**終日**　一日中。　○**桃顔**　美しい顔色。　○**助酔**　酔う手助けになる。酔いを助長させる。いっそう酔わせる。　○**斟紅**　盃に花びらを浮かせる。　○**梅片**　梅の花びら。　○**藍水**　陝西省を流れる川の名。あおあおとした水。ここでは、次句が、「□山」と対になっていると思われるので、川の名（鴨川）が妥当かと思われるが、青々とした水をたたえた藍水と掛けていることも考えられる。　○**□山**　この一句は六字であるが、句末に韻字「軽」を置きたいので、平仄の関係から全体を下げ、句頭を欠とした。東山をさすか。　○**灑**　そそぐ。　○**為導**　志を述べる。詩に託して自らの思いを述べる、言志と同じ。　○**醒**　心の迷いが晴れる。

二九―14

落花色々望中盈
浮得酒盃動感情
柳展翠眉斟尋処
桃添紅面湿霞程
十分引雪濃粧脆
三雅湛春素艶軽
蕭寺終朝吟詠好
難忘此地興頻成

文章生　藤　安頼

落花色々　望中に盈てり
酒盃に浮得びて　感情を動かせり
柳は　翠眉を展げ　斟みて尋ねし処
桃は　紅面に添へて　湿ひて霞む程
十分　雪を引けば　濃粧　脆く
三雅　春を湛へて　素艶　軽し
蕭寺にて　終朝　吟詠すること好しく
忘れ難き此の地　興　頻りに成れり

〈現代語訳〉

散る花の色はさまざまで、見渡す限り落花で満ち溢れている。

その花が盃の中に映し出されると、感動せずにはいられない。

柳のような美しいみどりの眉をひろげた人は、ここを尋ねて酒を斟み交わし、
桃のような美しい人は、紅い顔をいっそう赤くして、しっとりとかすんで見える。

たくさんのにごり酒を引き寄せると、濃い化粧のようなにごり酒もおいしくて、すぐ飲み干されてしまいそう。

三雅のりっぱな盃に、たっぷりの酒を注いでも、白く美しい清酒はすぐなくなりそう。

この静かで立派な寺で、一晩中吟詠するのは大変結構なことで、
印象深く忘れることが出来ないこの地であればこそ、感興はしきりに湧いてくることだ。

〈語　釈〉
○**望中盈**　見渡す限り満ち溢れてあまりある。　○**浮得**　得は、動詞の後について可能を示す助辞。浮かすことができる。但しここでは、前後の情景から推して、水（酒）に浮かすことができると同時に、酒に映っているようすをいうのであろう。　○**翠眉**　緑色の眉。まゆずみで描いた美人の眉。柳の葉の擬人法。　○**紅面**　元気のよい紅の顔の色。桃の擬人法。　○**雪**　にごり酒。○**濃粧**　濃い化粧は、にごり酒の比喩。　○**春**　清酒。唐代、酒の名に「春」の字が多く用いられた。　○**素艶**　白く美しい清酒の比喩。　○**蕭寺**　もの静かな寺と、立派な寺の意味をもつが、両方兼ねてよい。六波羅蜜寺を指す。

二九―15

本自落花眼易驚
況浮盃酒太多情
竹枝□艶頻飄処
桂葉添薫漫散程
霞湛不堪持満思
鶯啼高和唱平声
偸辞俗境来此地
唯見桃梨飛也軽

文章生　藤　泰盛

本自(もとよ)り落花　眼(まなこ)　驚き易し
況んや　盃酒に浮けば　太(はなは)だ多情なり
竹枝　艶を□し　頻りに飄りし処
桂葉　薫を添(ま)し　漫(すずろ)に散る程
霞　湛(たた)へて　堪えず　満を持す思ひ
鶯　啼(な)きて　高らかに和し　平を唱ふる声
偸(ひそ)かに　俗境を辞し　此の地に来たれば
唯に桃梨を見るのみ　飛ぶ也(や)軽やかなり

〈現代語訳〉

もともと散りしきる花を見ると、華やかな美しさに驚嘆しがちであるが、まして、その落花が盃に映ると、たいそう感動させられるものだ。
竹の枝は美しさを□、しきりに飄っている処、
桂の葉が薫りをましながら、なんとなくはらはらと散って行く。
酒をなみなみと注いで開会を待つのはつらいものだ、準備十分なのに。
鶯が啼いて高らかに唱和するように開会の「平」が唱えられた。
ひそかに、俗世界を去ってこの地に来たからには、
ただ桃や梨の花を見ると、軽やかに花びらがとび散っているばかりである。

〈語　釈〉

○**易驚**　驚きやすい。驚嘆しがち。　○**浮盃酒**　酒盃の上に花びらが浮くという意味と、酒を満たした酒盃に落花の姿が映し出されるのと二様に解されるが、ここでは後者。　○**竹□□□**　竹以後解読不能であるが、竹にそよぐ風を表現したかったのであろう。
○**添薫**　散り際に桂の香気をますます増していく情景。　○**漫散**　しきりに散る。散りしきる。漫は、そぞろに、なんとなくの意。
○**持満**　充分に準備する。　○**唱平**　「平」と唱えることが開会の、あるいは飲酒の合図となったものか。（二七―6参照）
○**偸**　ひそかに。こっそりと。

二九－16

片々林花及落英
更浮盃酒望中軽
岸桃粧脆折籌思
門柳絮飛添戸情
玉蘂交加斟露晩
紅葩乱点引霞程
蓮宮今似蘭亭苦
三日宴遊感自成

学生　藤原　令明

片々たる林花　落英に及べり
更に盃酒に浮きて　望中　軽やかなり
岸の桃粧　脆ければ　折籌の思ひ
門の柳絮　飛べば　添戸の情
玉蘂　交加す　露を斟みし晩
紅葩　乱点す　霞を引きし程
蓮宮の今　蘭亭の苦しみに似たり
三日の宴遊　感　自ら成れり

〈現代語訳〉


たくさんの花が軽くひらひらと飄り、落花の時期になってしまった。

その花びらが盃に映って、見わたす限り軽やかだ。

岸辺に咲く桃のようすが柔かく美しいので、数とり（作詩）をしようと思い、
門前の柳のわたが、風に飛んでくれば、更に酒を飲みたい気分。

美しい花びらがいろいろ入り乱れる中、酒を斟む夜。

紅い花びらがぽつんぽつんと入り混じり、霞のかかる頃。

この寺院（六波羅蜜寺）で、今行われる詩宴は、蘭亭での罰杯の苦しみにも似ているが、
三月三日のこの宴遊での感興は、自然に高ぶるものだ。

〈語　釈〉

○片々　軽く飄るようす。　**○林花**　たくさんの花。林は林立の林。　**○落英**　散る花。落花。（『楚辞・離騒』「朝飲木蘭之墜露兮、夕餐秋菊之落英」）　**○浮盃酒**　ここでは、花びらが盃に浮かぶのではなく、盃に、散る花びらが映る。　**○望中**　見わたす限り。　**○折籌**　かずとり。平仄を合わせながら作詩する動作のことと思われる。　**○添戸**　戸は酒の戸数。添戸は酒数を増すこと。もっと酒を呑みたい、あるいは、もっと飲めと酒をすすめることか。　**○玉蘂**　玉は美称。蘂は花。　**○紅葩**　赤い花びら。　**○引霞程**　六句目は、六文字になっているが、韻字の「程」を句末に補った。　**○蓮宮**　寺院の建物。寺堂。ここでは六波羅蜜寺をさす。　**○蘭亭苦**　詩作が出来ず罰杯を受けた故事を指すか。（二四－？参照）

二九―17

一尋古寺感何成
花落酒盃浮尚軽
貪艶頻催持満飲
酌葩自代折籌情
重如挙白露飄□
誤欲煖寒雪脆程
暫入幽閑蘭若地
仏前作礼致丹誠

藤　資光

一たび古寺を尋ぬれば　感（おもい）　何（いく）ばくか成れるや
花は　酒盃に落ち　浮けば　尚（なお）軽やかなり
艶を貪（むさぼ）り　頻りに催（うなが）せば　満を持して飲み
葩を酌み　自ら代るは　籌を折る情（こころ）
重ねて　白を挙ぐる如し　露　飄りし□
誤りて　寒を煖（あたた）めむと欲す　雪　脆（もろ）き程
暫（しばら）く　幽閑に入らむ　蘭若（らんにゃ）の地
仏前に礼を作（な）し　丹誠を致す

〈現代語訳〉
一たび、この古寺（六波羅蜜寺）を尋ねると、感慨はどれほど湧くことだろう。
花びらが盃に落ちてきて、酒の上に軽やかに浮いてくる。
花は美しさを飽くことなく見せ、酒を飲めとしきりに催促するので思う存分飲み、
はなびらを酌んでは、次は自然に数とりをしながら詩作に励むことに代わっていく。
何度も繰り返し盃を挙げているようだ、露（酒）がとび散り、
花吹雪を見あやまって、暖をとろうとしている、雪でもないのに。
暫くの間、おく深く静かな場所に入ろう、この六波羅蜜寺に。
仏前に、まごころこめてお参りし、作詩を完成させたいと思います。

〈語　釈〉
○古寺　六波羅蜜寺をさす。　**○浮尚軽**　浮は、この場合盃の中に浮かぶこと。はらはらと散って、酒の上に浮かんだ花びらは、まだ軽やかであるということ。　**○貪艶**　美しさを、あくことなく見せつける。　**○頻催**　酒を飲むことを頻りに催促する。　**○持満**　十分に用意する。準備万端整える。　**○折籌**　かずとり。作詩の為の平仄合わせ、押韻など考えることか。ひいては作詩のこと。　**○雪脆**　雪のようにふわふわと、柔らかく舞っている花びら。　**○幽閑**　幽間と同じ。静かでおくゆかしい。（『詩経・周南・関雎・集伝』「幽間貞静之徳」）　**○蘭若**　梵語、阿蘭若の略。てら。寺院。ここでは六波羅蜜寺をさす。　**○丹誠**　まごころ。　**○作礼**　まごころこめてなしとげる。（詩を完成させる）

二九―18

花光深浅落来程
浮得酒盃動酔情
傾露脣薫春雪色
引霞手馥晩風声
林間勧戸□香散
苑裏折籌蘂雑軽
三月初三当上巳
惜哉易送也難迎

藤　実信

花光　深く浅く　落来(おつる)程
酒盃に浮得(うき)て　酔情を動かせり
露を傾くれば　脣　薫れり　春雪の色
霞を引けば　手　馥(かお)れり　晩風の声
林間　戸を勧むれ　□　香りて散り
苑裏　籌を折れば　蘂　雑(まじ)りて軽し
三月初三は　上巳に当たれり
惜しき哉　送り易く　也(また)　迎へ難し

嘉保三年　作文　紀羽員外誘引　題者　伊賀守　講師　主計助　読師　文章博士

〈現代語訳〉
花が美しく輝きながら、濃くうすく　舞い落ちる。
酒盃に映ると、酔い心地の中にも感動する。
盃を傾けて飲むと唇も薫り、花びらは春の雪のように舞う。
酒を引き寄せる手も良い香りが移り、もう夕暮れが近づく。
この林の中で、もっと飲むように酒を勧めると、□の香りも散り、
園庭で作詩をすると、いろいろな花が軽やかに入り乱れている。
三月三日は、ちょうど上巳の日に当たる。
こんな佳い日は、すぐに過ぎ去り、次回を迎えるのが難しいのは残念だ。

〈語　釈〉
○**花光**　花の輝き。花の美しい色。（『李白・寄遠詩』「一夜望花光」）　○**深浅**　花の色の濃淡が入り混じっているようす。
○**浮得**　得は助辞。花びらが盃に浮くことと、酒盃に花が映ることと両方を掛けている。　○**酔情**　原文は、情酔となっているが、押韻の関係で、酔情と入れ替えた。　○**露**　酒の比喩。　○**春雪**　落花の比喩。　○**霞**　酒の比喩。　○**勧戸**　酒をもっと飲むように勧める。　○**苑裏**　園庭。　○**折籌**　かずとり。宴たけなわの時に行われる、かずとり。ゲーム式のもので、会をいっそう盛り上げるか、平仄合わせをしながら作詩に励むのか、二様が考えられる。　○**蘂雑**　幾種類の花びらが入り混じっている状態をいうものか。　○**嘉保三年**　原文は加保三年となっているが、改めた。（一〇九六年）

三〇　某年某月某日　雪裏勧盃酒　十八首

詩題解説

前出二二盃酒部目録　盃酒部の三番目に、この詩題が見られる。秘書閣は、承香殿の東の廂にあって禁中の蔵書が保管されている内御書所である。「情」を韻字として作文会が行われた。詩題は「雪裏勧盃酒」詩宴の年月日は不明であるが、参会者の官位から推測すれば一〇七〇年前後であろう。作詩に苦しむ姿がにじみ出ている。頻繁に使用される独得の語が各詩に使用され、解釈にも苦しめられた。雪裏という設定であるので、故事も共通することは残念ではあるが、「論戸」「添戸」「呼平」「折籌」など、現代に残されていない語句が多く不充分な解釈なった。当時の作文会のようすは、この詩群によって、充分に想像することができる。

三〇—1　秘書閣雪裏勧盃酒　情字

雪裏佳遊及暁更
勧盃置酒各呼平
紅螺頻酌雲黄後
緑醑猶携岸白程
剡県夜深尋友思
梁園歳暮今賓情

掃部頭　大江　佐国　序者

雪裏の佳遊は　暁更に及べり
盃を勧め　酒を置きて　各々　平を呼す
紅螺（ら）　頻（しき）りに酌（く）む　雲　黄ばみし後
緑醑（しょ）　猶（なお）　携ふ　岸　白みし程
剡県の夜は深く　友を尋ねし思ひ
梁園の歳は暮れ　今　情を賓（みちび）く

〈現代語訳〉
秘書閣において「雪の降る中で酒盃を勧める」
雪の中での佳い遊び（雪見の宴）は、暁け方までも続けられた。
盃を勧めて酒を置き、くちぐちに「平」と呼んで酒宴が始まった。
美しいあかにしの盃でしきりに酒を酌むのは、雲も黄ばむたそがれ時、
緑色の良酒をいつまでも携えては、岸も白む暁方まで続く。
あの雪深い剡渓の深夜、親友を尋ねた故事を思い出し、
あの名庭園、梁園の歳の暮のように、今こそ詩情を導かれることだ。

〈語　釈〉
○**佳遊**　よい遊び。またその友。（ここでは雪見の宴）　○**暁更**　夜が明けること。　○**呼平**　平と叫ぶ。現今の乾盃の合図のようなものか。前出「唱平」も同意。「唱平」「呼平」「叫平」など、他に類例を見ない詩宴特有の語があり、解釈に苦しんだが、「平」（へい）という音を声に出し、唱えたり、叫んだり、呼んだりしたことが、この詩によって明確となる。従来飲酒することと解釈されて来たが、場面に応じて推察する限り、「平」を発声して酒を飲む習慣があったものと思われる。　○**紅螺**　あかにしの貝がらで作った盃。　○**雲黄**　雲が黄ばむ、たそがれどき。　○**緑醑**　緑色を帯びた良酒。　○**剡県**　剡県の南百五十歩に剡渓があり、晋の王子猷が、雪の深い夜、親友戴逵を訪ねた所として有名。雪が深すぎたため、結局は会えずに引き返したというもの。（二七—4参照）
○**梁園**　漢代梁の孝王の造った名園。　○**賓**　みちびく。

三〇―2

屡酌蘭樽花白処
頻傾桂醑月寒程
誰尋剡県入郷思
豈訪袁門論戸情

通家　左京大夫

屡々蘭樽を酌めり　花　白き処
頻りに　桂醑を傾けり　月　寒き程
誰か　剡県を尋ねむ　入郷の思ひ
豈ぞ　袁門を訪ねむや　論戸の情

〈現代語訳〉
何度もかぐわしい酒を酌みかわす、花のように白い雪の降る中で、しきりに美酒を傾けているのは、月も冷ややかな頃である。誰が雪の名所剡渓を尋ねたのだろう。酔郷に入りたい思いで。まして、文章絶美な袁門をおとずれて、誰が酒量を論じ合って雰囲気を高めているのであろうか。

〈語　釈〉
○**蘭樽**　蘭は美称。かぐわしい酒樽。　○**桂醑**　桂は美称。醑は、濾したよい酒。美酒。　○**剡県**　雪深いので有名な雪の名所。後出。東晉の王子猷は、月の美しさに親友戴逵を想い出し、はるばる剡県の戴逵を訪ねるが、門前で引き返したという一説がある。また、子猷は、降りしきる雪を見て親友戴逵を想い、遠く雪深い剡県（剡渓）まで会いに行ったが、余りの雪の深さに辿り着けず引き返したという伝説がある。月を詠む詩にも雪を詠む詩にも、剡県あるいは剡渓として、子猷と戴逵の友情、または、遠路・難路をいとわず出掛けるという場合の暗示として頻出する。　○**入郷**　酔郷に入ること。　○**袁門**　袁宏のことか。字は彦伯。晉の人で文章絶美と言われている。その詠史詩、『東征史賦』で三国名臣頌世に称せられ、『後漢紀』の撰がある。　○**論戸**　戸は酒数。酒宴の場で酒数を論ずるとは、酒盃のやりとりをしながら飲酒も促すことか。

三〇—3

広経 前河内守

聖賢共酌新封処
三百誰辞漸積程
客在才前催会傾
郢中曲底待巡行

聖賢　共に酌(く)むは　新たに封(ふう)ぜし処
三百　誰か辞(や)めむ　漸く積みし程
客は　才前に在り　会を催(うなが)して　傾け
郢(えい)は　曲底に中(あた)り　巡(やすん)ずるを待ちて　行(めぐ)る

〈現代語訳〉
清酒と濁り酒を共に酌むのは、新たに封ぜられたこの地であり、(秘書閣)(鄭玄のように)三百杯の酒を飲んでも誰がやめるだろう、雪が次第に積もってゆくのだから決してやめない。来客は秀才揃いで、この会に盃を傾けて盛り上がる。すぐれた音楽は、楽曲とよく調和し、ほどよくなるのを待ってめぐってゆく。

〈語　釈〉
○**聖賢**　清酒と濁酒。(『魏志・徐邈伝』「酔客謂、酒清者為聖人、濁者為賢人。」)　○**三百**　三百盃。後漢鄭玄の餞別の会に三百人集まり、玄は朝から晩まで三百杯の酒を飲んだが、少しも崩れなかったという。　○**郢**　すぐれた音楽。　○**曲底**　楽曲。秘書閣に於ける詩宴にも、管絃の演奏がなされたことがわかる。

三〇―4

桃顔酔後花飄影
茗枝眼驚竹折声
寒月漫封藍水暁
白雲空満玉山晴

匡房 右少弁

桃顔 酔ひて後 花 飄りし影
茗枝 眼 驚く 竹折れし声
寒月 漫(すず)ろに封(ふう)ぜり 藍水の暁
白雲 空しく満(み)てり 玉山の晴

＜現代語訳＞
若く美しい顔が、酔ってほんのり赤みがさし、花が舞っているような雪が降る。
雪の積もったお茶の木の美しい枝を見て驚いていると、竹の折れる音が聞こえてくる。（竹折の曲が流れている）
寒々と輝く月は次第にかくれて来て、藍水のように青々とした川はもう夜明けとなり、（藍水の曲が聞こえる）
白雲はいっぱいでも、すぐに消え、雪が降り積もった玉山のような美しい山は晴れ渡っている。（白雲の曲が聞こえる）

＜語　釈＞
○桃顔　若く美しい顔。　**○茗枝**　茗はお茶の木。ここでは雪の降り積もったお茶の枝。　**○竹折声**　雪の重さで竹が折れる時のパーンという破裂音。楽曲名にもある。　**○漫封**　次第に月がかくれるようす。　**○藍水**　藍色の青々とした水。陝西省藍田県の東より出る川の名。京都では鴨川か。楽曲名にもある。　**○玉山**　崑崙山の西にあり、玉を産し、西王母のいる所。または、雪の積もった山。また、容姿の美しいたとえ。京都では東山か。楽曲名にもある。

三〇－5

紅顔催得素膚冷
三雅酌来六出軽
宋殿豈無添戸思
梁園猶有入郷情

知房　民部大輔

紅顔　催得せば　素膚　冷やかに
三雅　酌来めば　六出　軽やかなり
宋殿　豈　添戸の思ひ無けむや
梁園　猶　有るがごとし　入郷の情

＜現代語訳＞
若く美しい顔が酒で赤らむと、白い肌をしたような酒も冷ややかに、三雅のりっぱな盃で酒を酌むと、雪が軽やかに舞っている。宋殿のような秘書閣で、どうして酒をもっと飲みたい思いがないなど言えよう。（言うわけはない）梁園のようなりっぱな庭園（秘書閣）では、更に深く酔いたいという思いがする。

＜語　釈＞
○**紅顔**　美しい顔と酒で赤くなった顔と掛けている。　○**素膚**　白い肌。　○**三雅**　りっぱな盃。　○**六出**　雪の異称。
○**宋殿**　宋代の御殿。影印本「宋殿主」となっている。次句「豈無」と「猶有」の対を考えて、意図的に除いた。　○**添戸**　戸は酒の戸数。酒をたくさん飲むこと。酒をもっとたくさん飲みたい。　○**梁園**　漢代梁の孝王の造った園で兎園ともいう。
○**入郷**　酔郷に入る。桃源郷に入ったような、うっとりとした良い酔い心地。

巻七

三〇―6

行家　勘解

（以下本文三行分空白、鷹司本コノ間次ノ三首ヲ載ス、但、巻十八ノ一部カ）

三〇―6は、右のような翻刻者の注書きがあり、首聯には、「羽爵泛流来」の詩題を読み込んだ三首が載せられている。その一首は作者名が欠けている。その二首目は、散位大江公仲であり、その三首目は、勘解由次官平時範とある。（秘書閣に於ける「雪裏勘盃酒」とは、詩題・内容共に全く異る詩群のものである。宮本長則氏蔵の巻七は、三行分は空白のままであり、三首を書き込んだ鷹司本は不適切である。翻刻者は、「巻十八の一部か。」と但書きをされている。しかし、その後、後藤昭雄氏の『中右記部類』巻二十八紙背漢詩の発見と、それに続くご研究と錯簡の整理に従って、この三首については、巻十八の同一詩群に統合し、解釈してみたい。

三〇―7

十分六出散時引
鸚吻鵝毛飛後傾
王氏入郷斜点暁
劉公添戸漫飄程

十分の六出　散りし時に引はる
鸚吻　鵝毛　飛びし後に傾けり
王氏　入郷して　斜めに点ぜし暁
劉公　添戸して　漫ろに飄りし程

通俊　散位

〈現代語訳〉
たくさんの雪が降りしきる時に、おさそいを受けました。
鸚のくちばしをした徳利は、雪がとび散った後で傾けられた。（酒宴が始められた。）
王氏（王羲之）が酔郷に入ったまま、夜も明けようとし、（朝まで飲み続けた。）
劉公（劉伶）が、もっと酒を飲もうとするのは、雪がひらひらと舞っているからだ。

〈語　釈〉
○六出　雪の異称。六花。六出花。　**○鸚吻**　おうむの口ばしの形をした徳利（とっくり）。　**○鵝毛**　がちょうの白い羽毛。白くて軽いところから、雪や柳絮にたとえる。ここでは雪。　**○王氏**　王羲之のことか。東晋の書家。行書の「蘭亭集序」は有名。日本への影響は大きい。　**○劉公**　劉伶のことか。竹林七賢の一人。

三〇―8

屡猶挙白花寒色
頻是記竹折籌声
剡県船行乗酔思
梁園客主忘憂情

孝言　大学頭

屡々(しばしば)　猶(なお)　白(さかずき)を挙ぐるごとし　花　寒き色
頻りに　是れ竹に記す　折籌の声
剡県　船にて行けば　酔ひに乗ずる思ひ
梁園の客主　憂ひを忘るる情(こころ)

〈現代語訳〉

幾度もさかずきを挙げて酒を飲み続けている。花が舞うように雪が寒々と降るので。しきりに竹に記しながら詩作する声が聞こえる。

昔、雪の深い剡県に親友を尋ねて船に乗った話もあるが、それ以上酔をましている思いだ。

このみごとな園庭のあるじは、そんな憂いを忘れさせてくれる心くばりだ。

〈語　釈〉
○白　さかずき。　**○折籌**　かずとりをし、平仄、韻を合わせながら作詩をする。　**○剡県**　浙江省にある県名。紙の産地として有名。剡渓は、浙江省曹娥江の上流にあり、東晋の王子猷が、雪深い夜、親友戴逵を訪れた所として有名。　**○梁園**　漢世、梁の孝王の造った園。河南省開封市の東南。　※底本では「頻是記籌竹折」とあるところ、「頻是記竹折籌声」と改めた。「下籌」の意味・解釈が確定していないが、多くの用例から見て、どう考えても作詩時に関わるもの、何かを算えるもの、と解さずにはいられない。現在でも「作詩かるた」など販売されていて、組み合わせて作品を完成させる初歩の作法ゲームのようなものがある。作文会や詩宴で出席した人々は、平仄が即座にわかる何らかのテキストや、道具は、常に用意されていたことであろう。それが籌であり、平仄を合わせて折りながら作詩をする。と考えたい。本詩の場合も、「記竹」であればまことに好都合。「折籌声」は、お互いに声に出して試行錯誤する詩作の情景がよく表わされている。そのような実景から、作詩することを「折籌」と解されている向きが多いが、首聯で飲酒を高らかにうたい上げ、主として頷聯・頸聯で「折籌」が用いられているが、破題としてのみ処理されるべきではないように思われる。

三〇—9

皓色積時三雅唱
清輝凝処十分盈
宜春頻酌対花思
叔夜未醒望月情

友房　散位

皓色　積もりし時　三雅唱へり
清輝　凝(こ)る処　十分に盈てり
宜春(ぎしゅん)　頻(しき)りに酌(く)みて　花に対(むか)ひし思ひ
叔夜(しゅくや)　未だ醒(さ)めず　月に望む情(こころ)

〈現代語訳〉
真っ白な雪が積もった時は、三雅の盃をあげて乾杯を唱えた。
清らかな日の光にきらきらと雪が輝いている処で、酒もなみなみと注がれている。
酒を頻りに酌んでいると、まるで春の花に対面しているようだ。
嵆康叔夜がまだ酔いから醒めないで、月を見上げているような心持ちだ。

〈語　釈〉
○**皓色**　白く光って明らかな色。ここでは雪の色。　○**三雅**　四川省閬中県に、伯雅・仲雅・季雅という池があり、その池を修めた人の持っていた三つの盃からその名を得たという。名器。（二九—1参照）　○**宜春**　酒の異称。　○**叔夜**　三国時代魏の人。嵆康、字は叔夜。魏の王室の娘をめとって中散大夫となったが、老荘を好み琴を弾き詩を詠んで楽しんだ。竹林七賢の一人。鍾会に憎まれ、司馬昭に殺された。

三〇―10　　有俊　散位

落花漫散傾蘭処
残月暫留酌桂程
河朔夏天波独冷
籬東秋露菊空栄

落花　漫ろに散れり　蘭を傾くる処
残月　暫く留めむ　桂を酌みし程
河朔の夏天　波は独り冷やかに
籬東の秋露　菊は空しく栄ゆ

〈現代語訳〉

花がほしいままに散っているような雪をを見ながら、美酒蘭英酒を傾けている。

ありあけの月は、もう少しとどまっていてほしいものだ、（酒も残り少ないけれど）まだ桂花酒をおいしく飲んでいるのだから。

黄河の北、河朔地方（河北）では、飲み明かして避暑をする程暑い夏も、波だけは冷ややかで、
陶潜の詠んだ東の籬の秋露を帯びた菊は、淋しく咲いていたものだ。

〈語　釈〉
○**蘭**　蘭英酒。美酒の意。　○**桂**　桂花酒。美酒の意。　○**残月**　ありあけの月。ここでは酒が残り少なくなっていることの比喩。
○**河朔**　黄河の北（河北）の地方。夏が大変暑いので、三伏の日、昼夜酒を飲んで避暑をするという故事がある。　○**籬東**　陶潜の飲酒詩「采菊東籬下」を意識したうえで、眼前の菊を詠じている。

三〇―11

凝色地寒偏命飲
冴陰天暗漫味平
戸添賈島鎖門後
籌折子猷移棹程

凝色　地寒く　偏(ひと)へに飲を命ず
冴陰(ごいん)　天暗く　漫(すず)ろに平を味はふ
戸(こ)は添へり　賈島　門を鎖せし後
籌は折れり　子猷(しゆう)　棹(さお)を移せし程

有信　散位

〈現代語訳〉
氷が張り、地は寒いので、ただひたすら酒を飲めと命ぜられ、陰気が氷りつき、空も暗くなるなかで、「平」と唱えて、酒を味わった。(平和な世の中を感謝した。)酒数は増すばかり。門を閉ざしてしまった後でも、推敲を重ねた賈島のように。かずとりをしながら、子猷の故事を考える。雪の夜に舟出したあの友情を。

〈語　釈〉
○**凝色**　氷が張る。　○**冴陰**　冱陰のこと。陰気が固く氷結ぶこと。(『南朝梁・簡文帝・昭明太子集序』「玄冥戒節、冱陰在歳」)
○**味平**　平は乾杯の合図。その酒を味わう。　○**戸添**　添戸を逆にした。酒数を増す。　○**籌折**　折籌を逆にした。詩作すること。
○**賈島**　推敲の故事で知られる。中唐の詩人。范陽の人。　○**子猷**　王子猷。雪深い剡渓に親友戴逵を訪ねた故事がある。

三〇—12

敦宗　散位

挙白還迷明月冷
引霞空対落花軽
寒輝埋跡入郷処
皓色点頭蘸甲程

白を挙ぐれば　還た明月の冷たきに迷ひ
霞を引けば　空しく　落花の軽きに対(むか)ふ
寒輝　跡を埋(うず)む　入郷の処
皓色　頭に点ず　蘸甲(さんこう)の程

〈現代語訳〉
さかずき（白）を挙げて挨拶をすると、明月が冷たく光っているような気がして迷わされる。（雪が降っているのに）
お酒（霞）を引き寄せて飲もうとするが、落花のように雪が降るのをぼんやり見ている。
きらきら輝く雪が足跡を埋めつくす頃、良い酔い心地となり、
白い雪がちらちらと舞い込んで頭に降りかかる頃、手の甲まで濡れる程なみなみとお酒が注がれる。

〈語　釈〉
○**白**　さかずき。　○**霞**　酒。　○**寒輝**　きらきら輝く雪。　○**入郷**　酔郷に入る。　○**皓色**　真っ白い色。雪のこと。
○**蘸甲**　なみなみと注いだ酒。手の甲が濡れる状態。

三〇—13

素月影深斟桂暁
寒花粧脆湛蘭程
頻酬鸚吻鵝毛冴
漫引十分六出軽

敦基　式部丞

素月の影深く　桂を斟みし暁
寒花の粧脆く　蘭を湛へし程
頻りに鸚吻を酬へば　鵝毛冴え
漫ろに十分に引へば　六出軽し

＜現代語訳＞
明るい月影の深まったように、白々と雪の降り積もった頃、酒を酌み交わしていると、もう夜も明けようとしている。しきりに徳利を傾けて、酒をすすめる頃は、鵝毛のような柔らかい雪も美しく、溢れる程の酒がいっぱい用意され、雪も軽やかに舞っている。

＜語　釈＞
○**素月**　白い月の光。明るい月の光。雪の比喩　○**桂**　酒のこと。　○**蘭**　酒のこと。　○**酬**　酒をすすめる。主人が客に酒をすすめるのを献。それを受けて客が主人に返杯するのを酢（醋）、そのあと主人が自ら酌んで客に勧めるのを酬という。
○**鸚吻**　おうむのくちばしの形をしたとっくり。　○**鵝毛**　雪の異称。　○**六出**　雪の異称。

三〇－14

緩酌芳蘭花散暁
閑傾湛露玉寒程
梁園酔半入郷思
宋殿宴闌添戸情

為房 縫殿助

緩やかに 芳蘭を酌め(く)り 花の散る暁
閑かに 湛露を傾けり 玉の寒き程
梁園の酔 半ばなれば 入郷の思ひ
宋殿の宴 闌(たけなわ)なれば 添戸の情

〈現代語訳〉
ゆったりと、香ぐわしい酒を酌み交わしていると、花が散っているように雪が暁方まで降り、しずかにたっぷり酒を傾け合っていると、玉のように美しい雪がさむざむと降る。梁園のように立派な庭園で酔っていると、半ば桃源郷に入った気がし、(酔郷に入る)宋殿(秘書閣)のような、すばらしい宴会では、もっともっと酒を飲みたい気分になる。

〈語　釈〉
○芳蘭　かぐわしい酒。　**○湛露**　たっぷりの酒。　**○梁園**　漢の孝王が造った庭。ここでは秘書閣の庭の比喩。　**○入郷**　酔郷に入ること。　**○宋殿**　特定はできないが、ここでは、秘書閣の比喩。　**○添戸**　酒をもっと飲みたい気分。

三〇―15　　　　文章得業生　公仲

類月照時宜挙白
逐風廻処幾呼清
尽花眼乱欺花暁
黄鳥歌酣竹酌程

月に類して照らす時　宜しく白（さかずき）を挙げ
風を逐ひて廻（めぐ）る処　幾たびか清を呼ばむ
尽花　眼（まなこ）乱れ　花を欺（あざむ）く暁
黄鳥　歌　酣（たけな）なれば　竹　酌（く）みし程

〈現代語訳〉
月が照っているように明るく白い雪の降る時、さかずきを挙げるべきであり、風を逐うように盃が廻ってくる時、幾度も「清」と呼ぶ。（何と清らかなことよ、と呼ぶ。）花が落ちているような錯覚をするほど、雪の降り続く暁、うぐいすの歌のような美しい歌声を聞きながら宴もたけなわとなり、その歌声に合わせて竹葉酒を酌んでいる。

〈語　釈〉
○類月　月が照っているように明るく（または白く）雪が降っている。　**○白**　さかずき。　**○呼清**　「清（せい）」と声に出して呼ぶのか、「呼平」などと同類のものか。（清・平ともに八庚韻）　**○尽花**　花が落ちる。花が散る。雪の降る形容。　**○黄鳥（こうちょう）**　うぐいす。翻刻では「黄竹」となっているが。「黄鳥」に改めてみた。

三〇―16

頻酌十分盈尺処
自呼四字照尽程
鏡渓猶誤花前飲
剡県応迷月下傾

通国　文章生

頻りに　十分に酌めり　盈尺（えいしゃく）の処
自ら　四字（しいじ）を呼びて　照尽の程
鏡渓　猶（なお）　誤つごとし　花前の飲
剡県　応（まさ）に迷ふべし　月下に傾けむ

〈現代語訳〉
さかんに、たくさんの酒を酌んでいると、降り積んだ雪は一尺にも達して、こうなると、四つの韻字を叫びながら、平仄合わせをして作詩に耽る。鏡のように澄んだ小さな流れを見ては、また花の前の宴かと疑うように雪は降る。雪深い剡県では、王子猷は、やはり迷って当然だろう。月の下のように、白く明るい雪のもとで酒盃を傾けよう。

〈語　釈〉
○**十分**　満ち足りている状態。　○**盈尺**　一尺に達する。　○**四字**　作詩する時、四箇所に押韻するため、作詩することをいう。○**照尽**　平仄をことごとく当たって調べ尽くすこと。　○**剡県**　剡渓・雪深いので有名な所。（三〇―2参照）　○**応迷**　王子猷が親友戴逵を訪ねたが、雪深いため果たせず引き返したという故事を指して迷っても当然であろうという意。王子猷の故事は、親友戴逵を訪ねるきっかけとして、月光の美しさにむしょうに会いたくなるとも伝えている。月光の白さと、雪の白さ、霜の白さは、それぞれ見まごうばかりである。

三〇—17

成家　学生

盈尺易醒親友酔
十分□酌煖寒情
□□□暮延枚後
猷室夜深憶戴程

盈尺醒め易し　友に親しみて酔ひ
十分に酌み□し　寒を煖め(あたため)し情(こころ)
□□□の暮　枚(ばい)を延べ(の)し後
猷室(ゆうしつ)の夜　深く　戴(たい)を憶(おも)ひし程

〈現代語訳〉
一尺にも達する程たくさん降り積もった雪に、酔いも醒め易く、友人と親しんでは酔いたいものだ。たくさんの酒を酌むと、寒さもやわらいでくる思い、
不明　枚乗が賦を述べた後、
子猷が夜遅くまで、親友戴逵を思い浮かべることだ。

〈語　釈〉
○**盈尺**　一尺に達すること。ここでは、雪が一尺降り積もること。　○**十分**　満ち足りている。　○**煖寒**　寒さをゆるめる。
○**延枚**　枚乗が賦（心に感じたことをありのままにうたう）を申し述べることか。不明。　○**猷室**　王子猷の家。　○**戴**　王子猷の親友戴逵のこと。

三〇―18

行職

折籌還訪春花綻
酌桂空迷□□詠
　不明
酔冷自類郢穎声

折籌し　還た訪へば　春花　綻び
桂を酌み　空しく迷へり
　不明
酔は冷め　自ら類す　郢穎の声

〈現代語訳〉
かずとりをして作詩をし、再び訪れると、春の花がほころびるように雪が降り、酒を酌んで、空しく迷う
　不明
酔が醒めると、自分の声はどうもくだらない歌のように聞こえる。（私の詩はだめだ。）

〈語　釈〉
○折籌　かずとりをして、平仄を合わせ、押韻をして作詩すること。　○春花　ここでは雪のこと。　○桂　酒。
○郢穎声　郢は春秋戦国時代の楚の都。郢曲は楚人のうた。いやしい音楽・俗曲。はやりうた。郢穎の意味は不明であるが、ここでは自分の詩を卑下したものであろう。

中右記巻九　紙背漢詩集

三一　某年春月某日　遊天竺寺　残欠

詩題解説

『中右記部類巻九』は、『年中行事第九冬』の副書をもって、天理図書館に所蔵されている。その紙背の書き始めは、一見「春日於楼霞寺即事」と題する礼部侍郎友房にように見えるが、詩題の右上に「片々鳥喈々」の五文字が見られ、『本朝無題詩』藤原季綱作「春日遊天竺寺」の末尾部に該当するところから、詩題、作者名を含めて、第一句から第八句目の二文字を補って、第九紙背漢詩集の第一句目に位置づけられた。

『本朝無題詩』には、本詩を含めて、十四首が重複している。

『天竺寺』については、藤原季綱が『本朝無題詩』に「春日遊天竺寺」に次いで「秋日遊天竺寺」を作詩されていて、内容から察するに、高く険しい山崖の中腹に建てられ、見下ろせば、谷あり、川あり、地勢に富んだ古寺である。清水寺を彷彿させるものがあるが、寺の縁起については、「草創は誰人か」と詩中で問いかけているように、その時点で不明である。

三一―1　春日遊天竺寺

寺名天竺枕山崖
訊到自然促感懐
草創誰人経歳旧
松房為我有時排（于時有勝上人、見予来遊排房迎謁故云）
花随風力鋪砂砌
苔超雨痕染石階
臨晩欲帰望洞裏
紅霞片々鳥喈々

藤原　季綱

寺は天竺と名づけられ　山崖に枕(のぞ)み
訊ね到れば　自然(おのずから)感懐を促せり
草創は誰人(なにびと)ぞ　歳を経て旧(ふ)り
松房は我が為に　時有りて排(ひら)けり
（時に勝上人有り。予が来遊するを見て、房を排き迎へ謁す。故に云ふ。）
花は　風力に随ひて　砂砌(させい)に鋪(し)き
苔は　雨痕を超えて　石階を染めたり
晩(く)れに臨み　帰らむと欲して　洞裏を望めば
紅霞は片々として　鳥は喈々たり

〈現代語訳〉　ある春の日、天竺寺を散策して。

寺は天竺と名付けられ、山の崖を見下ろすように建てられていて、
尋ねて行くと、自然に詩心がかき立てられる。
いったい、誰が建立したものなのかわからないが、かなり年月を経た古い寺で
松で造られた宿房を、私の為にわざわざ開いてくれた。（その時勝上人がおられて、私が尋ねて行ったのを見て、僧房を開き迎え入れてくれたので云う）
花は風まかせで、階段の下の石だたみまで散り敷き、
苔は、雨の通り過ぎた痕を残すように、石のきざはしまで（青く）染めている。
日暮れになったので、帰ろうとして、深い谷の中を眺めると、
夕焼け雲が軽やかにたなびき、帰巣を急ぐ鳥の鳴き声がなごやかに遠くから聞こえてきた。

〈語　釈〉

○天竺　中国浙江省杭県・霊隠山飛来峰の南に、上・中・下三つの天竺寺があるが、日本では特定できない。　**○枕**　みおろす（『漢・厳助伝』「会稽東接於海、南近諸越、北枕大江」）　**○感懐**　風景など外界のものが心に触れて感じ思う。　**○誰人**　なにびと（『白氏・71・感所見』「誰人會我心中事」）　**○松房**　松で作った家。禅房・宿房　**○有時**　時あって（『孟子・万章下』「孟子曰、子非為貧也、而有時乎為貧」）　**○排**　左右に寺の門を開く。（『王安石・書湖陰先生壁詩』「両山排闥送青来」）　**○砂砌**　砌はみぎり。階段下の石だたみ。風に吹き寄せられた花びらの散りしかれた状態を言ったものか。　**○超**　すぎる。通過する。（『本朝無題詩全注釈』は「趁」にとる。　**○洞裏**　深い谷の中（『劉長卿・望竜山懐道士許稜詩』「夜掃白雲眠石牀、桃花洞裏居人満」）　**○喈々**　鳥のなごやかな鳴き声。また、その声の遠く聞こえること。（『詩経・周南・葛覃』「黄鳥于飛、集于灌木、其鳴喈喈―傳―和声遠聞者也」）

三二　承暦二年二月二十九日於棲霞寺即事　残欠

詩題解説

棲霞観は栖霞観と同じ。『平安京提要』（第五章離宮と別業）の紹介によれば、右京区嵯峨釈迦堂藤ノ木町付近の棲霞観は、嵯峨天皇の皇子源融の別業。融は左大臣まで昇ったが、藤原基経の台頭により棲霞観に隠棲したという。融は寺としたかったが果たせず一周忌に子息が阿弥陀如来三尊像を本尊として棲霞寺を建立した。長和五年奝然が宋から釈迦像を将来し、棲霞寺境内に安置して清涼寺の方が大きくなり、棲霞寺は衰退したが、阿弥陀如来三尊像は国宝に指定され、現在清涼寺に所蔵されている。

三二―1　春日於棲霞寺即事

礼部侍郎　友房

鐘磬和鶯声僅送
松杉映日影徐斜
禅僧積夏観山月
詞客垂春入嶺霞

鐘磬（しょうけい）　鶯に和して　声　僅（わず）かに送られ
松杉　日に映じ　影　徐（おもむ）ろに斜めなり
禅僧　夏を積むに　山月を観
詞客（しかく）　春に垂（なんな）んとして　嶺霞に入れり

〈現代語訳〉　ある春の日、棲霞寺での即興
寺で打つ鐘鼓や磬の音が、鶯の声とよく調和して、かすかに聞こえてくる。
松や杉の木が照らし出されるのは、日が斜めに傾く頃で、もう夕暮れも近い。
禅僧は夏になると夏安居（げあんご）の為、寺にこもり、山月を観ては修行を積むが、
文人たちは、春になろうとする今、霞たなびく嶺に入って来た。

〈語　釈〉
○**棲霞寺**　京都市右京区嵯峨にある浄土宗の寺。山号は五台山。嵯峨天皇の皇子源融（みなもとのとおる）が山荘棲霞観を設け、のち棲霞寺とした。その後盛算が棲霞寺の釈迦堂を寺として清涼寺と号した。以後、棲霞寺は衰え、清涼寺が興隆。国宝の本尊の釈迦如来立像、絹本着色の十六羅漢像のほか、清涼寺縁起・融通念仏縁起の絵巻などを所蔵している。　○**鐘磬**　楽器の名前。鐘と磬。石や玉などで作った打楽器。（『礼記・壇弓上』「琴瑟張而不平、竽笙備而不和、有鐘磬而無簨簴。」　○**影徐斜**　次第に日が沈んでいく景色。王維・『鹿柴』の光景と重なる。（「返景入深林、復照青苔上」）日の高い時間帯では、樹木の上方だけしか照らさない。樹木や枝、根元の苔などは、太陽が傾いて、陽が斜めに射しこんだ時点で照らし出される。　○**積夏**　僧侶が夏の一定期間座禅修行を行う夏安居。（『典座教訓』によれば、四月十六日～七月十五日迄）　○**詞客**　文人、詩人。　○**垂**　なんなんとす。なろうとする。

三二一―2

前越州員外別駕　江　佐国

引友今朝遊洛外
栖霞観裏動心機
夾階桃李春尤物
縫石薜蘿昔納衣
世上未聞人事是
花前暫忘我生非
逍遥余味猶無飽
縦及天明勿共帰

友を引（さそ）ひて　今朝洛外に遊び
栖霞観裏　心機を動かせり
階を夾（はさ）める桃李は　春の尤物（ゆうぶつ）
石を縫ひし薜蘿は　昔の納衣（のうえ）
世上　未だ聞かず　人事の是なるを
花前　暫く忘れむ　我が生の非なるを
逍遥の余味は　猶（なお）飽くこと無く
縦（たと）ひ天明に及ぶも　共に帰ること勿（な）かれ

〈現代語訳〉
友とつれだって、今朝は洛外に気ままに出掛け、栖霞観（源融の別荘）に着いて　心の底から感動している。階段を挟むように両側に咲き並んだ桃李の花は、春の一番すぐれているもので、石の間を縫うように生えているつたかずらは、昔の粗末な僧衣のよう。世間では、人間の価値判断が正しくされているなど、聞いたことがない。この美しい花のもとで、自分の生き方が悪かったと嘆くのはやめよう。のんびりした散策の余情に浸っても、まだ飽き足りないものがあるので、たとえこのまま夜明けを迎えたとしても、皆さん帰らないで下さい。

〈語　釈〉
○**引**　みちびく（導）ひきつれる、つれだつ（援引）まねく（招）等。ここでは、つれだつ。　○**遊**　気ままに出掛ける。　○**栖霞観**　源融の別荘。没後一周忌に寺となる。棲霞寺に同じ。現在、京都市右京区嵯峨釈迦堂藤ノ木町にある清涼寺の前身。『本朝無題詩』に詳しい説明がある。　○**心機**　心の動き、心のはたらき。（『後漢書・宦者・鄭衆傳』「為人謹敏有心機」）　○**尤物**　最高にすぐれたもの。（『菅家文草巻五・上巳日対雨翫花応製』「暮春尤物雨中花」）　○**薜蘿**　薜は海浜の砂地などに腹這うように、くっつくように生える草。蘿はかずら。転じて隠者の衣服。　○**納衣**　ぼろを拾い集めて作った僧衣。（『大乗義章十五』「言納衣者、朽枯破弊、縫納供身」）　○**世上**　世間　○**人事**　人間の価値。人としてなすべきこと。（『孟子・告子上』「雖有不同、則地有肥磽、雨露之養、人事之不齊也。」）　○**花前**　花の前で我が身の不遇を嘆くのは、白氏文集に多く見られる。（『白氏・18・二三五・感桜桃花因招飲客』「桜桃昨夜開如雪、鬢髪今年白似霜、漸覚花前成老醜」）　○**逍遥**　のんびりと気ままにぶらつく。（『字類抄』「逍遥天地之間而心意自得」）一句目の「遊」に該当する。　○**天明**　夜明け。（『杜牧・贈別詩』「替人垂涙到天明」）

三二一―3

行々信馬眺望通
象外光陰一道空
花色春秋林霧底
鐘声旦暮野煙中
逃名将指亀山月
稽首遥傷鶴樹風　兹寺安釈尊第三伝之像
西出都門尋景趣
棲霞観下片霞紅

朝請大夫　藤　敦基

行き行きて　馬に信(まか)せば　眺望通(ひろが)る
象外の光陰　一道は空し
花色　春秋　林霧の底(うち)
鐘声　旦暮　野煙の中(うち)
名を逃れ　将に亀山の月を指さんとし
首を稽(かたむ)け　遥か鶴樹の風を傷(かなし)まん　兹の寺、釈尊第三伝の像を安(お)けり
西のかた都門を出でて　景趣を尋ぬれば
棲霞観の下(もと)　片霞(雲)紅なり

〈現代語訳〉

馬の歩みにまかせて行き続けると、ぱっと眺望がひろがった。

こんな別世界のような地に来ると、時のたつのも忘れ、一つのことにこだわる生活が空しく感じられる。

花のようすは、春といい、秋といい、年中、霧立ちこめる林の中に咲き、
時刻を告げる鐘の音は、朝に夕に、靄にけむる野に響いてくる。

名声を捨てて、隠棲の地亀山で、月を眺めて暮らす生活を目指してやって来ました。

どうか、はるかに釈尊の像を拝し、その教えに触れさせてください。（この寺には、釈尊第三伝の像が安置されている。）

西方の都門を出て、景色の良い場所を尋ね行けば、
棲霞観の下方には、もうちぎれ雲が紅に染まっている。（美しい夕暮れだ。）

〈語　釈〉
○**行々**　続けて歩いて行く。（『文選・古詩十九』「行行重行行、与君生別離」『菅家文草・巻六』「郊野行行皆斗藪」）　○**象外**　俗外の地　○**信馬**　馬の脚の向かうにまかせる。（『白氏・12・長恨歌』「東望都門信馬帰」『菅家文草・巻二』「相招信馬到南山」）
○**一道**　一つの道。同じ道。　○**逃名**　名誉・名声を避けて求めない。（『後漢・逸民・法真伝』「逃名而名我随、避名而名我追」）
○**亀山**　三仙山の一つ。蓬莱山にたとえられる。隠棲の地。　○**稽首**　すわって頭を地につける礼。頓首とともに最も重い礼。
○**西出都門**　西の方にある都の帰路をとったのであろう。（『白氏・12・長恨歌』「翠華揺揺行復止、西出都門百餘里」）　○**片霞**　わずかに見える夕焼け。ただし、同句内に棲霞観と霞の字が重出するので、片雲と改めるとちぎれ雲となり、情景も美しい。

三二一―4

起居郎　江　通国

緇素淡交聞法水
煙霞遠色礙家郷
月伝鷲嶺三身影
花瀉武陵仙客粧

緇素（しそ）淡く交わりて　法水を聞けり
煙霞　遠色　家郷を礙（さまた）げり
月は　鷲嶺を伝う　三身の影
花は　武陵に瀉（そそ）ぐ　仙客（せんかく）の粧

〈現代語訳〉

僧も俗人も淡々と仏の法話を聞いている。
春霞が一面にたなびいて　わが家のあたりが見えない。
月は、霊鷲山での釈迦の説法を伝えるように、ご本尊第三伝の像に影を落とし、
花は、桃源郷を思わせるように美しく咲き乱れ、その美しさは、まるで仙人のようだ。

〈語　釈〉

○緇素　僧と俗人。黒衣と白衣。　**○淡交**　あっさりしたつき合い。　**○法水**　仏法が、衆生の煩悩の火を消すことを水にたとえたことば。（『聖務動経』「以智慧火焼諸障礙、亦以法水澍諸塵垢」）　**○家郷**　ふるさと。　**○鷲嶺**　霊鷲山。釈迦が説法した所。法華経・無量寿経などもここで説かれたという。インドマガダ国王舎城の東北にある。（『大蔵法數』「鷲嶺山名也。以其山形似於鷲鳥、故以名焉。中為精舎佛居此而説法也。」）　**○三身**　この棲霞寺には、仏の三身が安置されている。①法身＝形をかえた真如のさとりそのもの。②報身＝菩薩が願と行とに報われて得る仏身。③応身＝衆生を導くために相手に応じて現われる仏の身体。

○瀉　そそぐ。（『謝霊運・行路難』「瀉水置平地、各自東西南北流」）　**○武陵**　今の湖南省常徳市一帯といわれている。陶潜の『桃花源記』で物語られる仙境。『陶淵明集全釈』（明治書院）に、「桃花源記并詩」の題意として、「夢のように華やかで美しい、満開の桃の花で埋めつくされた渓谷、その流れを溯り、小さな洞穴を抜けて漁師がたどり着いた村里は、何の変哲もない素朴な農村だった。（後略）」と解説されている。　**○仙客**　仙人。（『菅家文草・巻五・四四・圍碁』「若得逢仙客、樵夫定爛柯。」）

三二一—5

学生　源　文綱

地幽□訝入仙洞
境壀還疑到鷲峰
嵐払禅窓驚客夢
月臨仏閣映尊容

地　幽(かす)かにして□　仙洞に入るかと訝(いぶ)かり
境　壀(あつ)くして　還(ま)た鷲峰(しゅうほう)に到るかと疑へり
嵐　禅窓を払へば　客夢(かくむ)を驚かされ
月　仏閣に臨みて　尊容(そんよう)を映(うつ)せり

〈現代語訳〉
この地は、奥深くものしずかなので、仙人の住む仙洞に入りこんだのではないかとあやしみ、境内のひめがきは、あつく植えこまれているので、また釈迦ゆかりの霊鷲山に来てしまったのではないかと疑うほどである。強い風が、寺院の窓をさっと吹き払うと、そんな錯覚から覚め、月が、寺を照らして、釈迦の尊いお姿を映し出している。

〈語　釈〉
○**幽**　奥深くものしずか。　○**仙洞**　仙人のいる所。俗界を離れた清浄な地。日本では、上皇・法王の御所。　○**壀**　埤と同じ。ひめがき。あつくする。　○**鷲峰**　霊鷲山　インドの山。釈迦が説法をした所と伝えられている。　○**客夢**　旅中の夢。旅先の宿で見る夢。ここでは、そんな錯覚。　○**尊容**　尊い姿。ここでは、ご本尊である、釈迦三身の像をいう。

三二一6

莓苔地滑客塵絶
池沼浪平心鏡閑
花落幾憐春鳥囀
嶺高近見暮雲還

文章生　江　家国

莓苔（ばいたい）の地　滑らかにして　客塵（かくじん）絶たれ
池沼の浪　平らかにして　心鏡閑かなり
花落つれば　幾ばくか憐れまん　春鳥の囀りを
嶺の高きを　近くに見　暮雲還る

〈現代語訳〉
こけの生えたこの地は、すべすべと滑らかなように、煩悩などは絶ちきられ、池の水面は、浪ひとつなく、鏡のように澄み切っておだやかな心になる。花が、はらはらと落ちると、どんなにか感動することだろう。春の小鳥ものどかにさえずっている。高い峰をまぢかに見ながら、夕暮れの雲は彼方へ還ってゆく。

〈語　釈〉
○**莓苔**　こけ。（『菅家文草・巻二・二九・行春詞』「莓苔石上心沈陸」）　○**客塵**　煩悩。煩悩は塵のように微細で数も多く、一所に定住していないのでいう。（『維摩経・問疾品』「菩薩断除客塵煩悩」）　○**心鏡**　鏡のように澄み切った心。　○**憐**　心にしみじみとした感動を覚えたもの。喜怒哀楽の感動すべてについていう。ここでは、花の落ちることを悲しむ感情　○**暮雲**　夕暮れ時の雲。（『杜甫・薄遊詩』「半嶺暮雲長」）

三二一―7

沙砌□□丹頂鶴
縄床念静白眉僧
禅林風緩花猶在
仙洞人稀月独昇
柳乱岸辺春雨細
甍封石上暮煙凝
緑蘿山遠眼空極
曝布泉飛心自澄

学生　藤　親家

沙砌□□　丹頂の鶴
縄床にて　念(おも)いは静かなる　白眉の僧
禅林□　風　緩やかに　花は猶(なお)在り
仙洞□　人　稀にして　月は独り昇れり
柳は　岸辺に乱れ　春雨　細(こま)やかに
甍(いらか)は　石上を封じ　暮煙　凝(とど)まれり
緑蘿の山は遠く　眼(まなこ)　空しく極まり
曝布の泉は飛びて　心　自ら澄めり

承暦二年二月二九日　講　源給料

〈現代語訳〉
砂浜には、丹頂の鶴（頭の赤い鶴）がいて、
縄のこしかけには、心静かに、すばらしい白眉の僧が腰を下ろしている。
禅寺に吹く風は、ゆるやかなので、花はまだ散らずに残っている。
神仙の世界のようなこの地には、人が稀で、月だけが昇ってくる。
柳は、岸辺に揺れて、細やかな春雨が降り、
箒木草（ははきぐさ）は、石の上に盛んに茂り、夕暮れ時の靄(もや)は、じっと動かない。
青々と生い茂るつたかずらの山を遠くに見ると、眼は、じっと一点に定まり、
滝の水しぶきが飛び散り、心は、自然に澄んでくる。
　承暦二年（一〇七七年）二月二十九日　講師　源　給料

〈語　釈〉
○沙砌　沙は砂。砌はみぎり。みずぎわ。　**○縄床**　縄のこしかけ。　**○丹頂鶴**　頭の赤い鶴。（『白氏・64・三〇八・劉蘇州以華亭一鶴遠寄、以詩謝之』「素毛如我賓、丹頂似君心」）　**○白眉**　白いまゆ毛。多くの中で最も優秀なもの。「白眉最良」の故事がある。（『菅家文草・巻五・三七四・遊龍門寺』「随分香花意未曽、緑蘿松下白眉僧」）　**○甍(ぼう)**　「いらか」は、むな瓦のことであるが、意味が通じないので、五句目「柳」の対で「ははきぐさ」で解す。　**○緑蘿**　緑のさるおがせ。老松の枝にたれさがる蘇苔類の一種。前出「白眉」出典の『菅家文草・「遊龍門寺」』に関連があろう。

三三　寛治七年二月十九日　於浄土寺上方即事　六首

詩題解説

寛治七年は西暦一〇九三年。浄土寺は、銀閣寺の前身に当たるのであろうか。足利義政が東山山荘を造営された折、廃寺とされたもの。『本朝無題詩全注釈』に詳しく紹介されている。それによると醍醐天皇孫明救権僧正（九四六〜一〇二〇）浄土寺座主の割注が『諸門跡譜』に見られるが、『日本紀略』寛和二年（九八六）三月十四日、藤原暁子が浄土寺で尼になった記事も見られ、後一条天皇は、浄土寺西原で火葬され、遺骨が浄土寺に収められている。現在同地を尋ねても、藤原暁子・後一条天皇の記録は詳細に案内板に記され、浄土寺の刻まれた石柱もひっそりと残されている。なお、詩題の「上方」は奥の院を指すものであろう。

三三一1　春日於浄土寺上方即事一首　勒登澄僧乘

吏部員外郎　藤　正家

寺名浄土是尤称　　寺は　浄土と（名づけられ）　是れ　尤も称へらる。

偏聴其名得認登　　偏へにその名を聴き　認むるを得むとて登る

入境更無諠慮冒　　境に入れば　更に諠慮の冒すこと無く

対池自有観心澄寺中有池自類八功故云　　池に対へば　自ら観心の澄める有り（寺中に池有り、自ら八功に類す、故に云う）

風逸興時逢客霜　　風　逸興の時　客霜に逢へり

色両眉□見僧　　解読不能

暫伴　　解読不能

禅定談底事一乘　　禅定の談底　一乗を事とせん

〈現代語訳〉　春日浄土寺の上方に於いて、即事一首　登・澄・僧・乗を勒す

この寺は、浄土寺と名付けられ、これこそ最も尊ばれた名称である。

いつも、その高名を聞いていたので、確認したいものと思い登ってきた。

境内に入ると　なおさら、世の中の騒がしい思いに冒されることもなく、

池にむかうと、自然に自分の本性を見極める心が、とぎ澄まされる。（寺の中に池があって、浄土の水と同類である故に言う。）

世俗から離れた風流な趣の中で、白髪の客人と逢った。

［不明］

［不明］

精神統一をして真理を考えるという談話の根底は、生死を離脱させることに努力しようということにある。

〈語　釈〉

○**勒登澄僧乗**　勒は、ととのえる、統率するの意。登澄僧乗に押韻をととのえよ。　○**上方**　寺院の中の奥まった所。（奥の院）（『杜甫・山寺詩』「上方重閣晩」）　○**即事**　その場で詠じた詩　○**名**　一応、翻刻者に従ったが、次句に、同じ「名」が見られるので不明。原典も「名」には読みにくい。　○**認**　はっきり知る。（『杜牧・赤壁詩』「自将磨洗認前朝」）　○**境**　寺の境内。

○**諠慮**　さわがしい思い。　○**観心**　自己の心の本性を、明らかに見極める。内観。　○**八功**　彌陀如来の浄土にある池中の水で、飲めば健康によい。　○**逸興**　世俗から離れた風流な趣。（『王勃・秋日登洪府滕王閣餞別序』「遥吟俯暢逸興遄飛」）

○**禅定**　翻刻者に従って、「禅譲」とすれば、天子が位を有徳者に譲ること。意味の上からも不当。「禅定」であれば、座禅によって精神を統一し、静かに真理を考える。　○**一乗**　仏の教えを車にたとえ、人々を運んで生死を離脱させること。

三三―2

春朝牽友朋
扶老上方登
禅樹覚花発
宝池心水澄
出洛離塵浴
入堂礼仏僧
地猶称浄土
懸念仰円乗

翰苑愚叟　菅　是綱

春朝　友朋に牽かれ
老いを扶け　上方に登る
禅樹　花の発くかと覚へ
宝池　水の澄めるを心とす
洛を出で　人浴を離れ
堂に入り　仏僧を礼す
地　猶　浄土を称ふれば
懸念して円乗を仰がむ

〈現代語訳〉
春の朝、友人たちをひきつれて、
老人を助けながら、浄土寺の奥の院まで登って行った。
まわりの樹々が芽吹いて、まるで花が咲いているようだ。
美しい池は澄み切って、わが心もこのように澄んだ気持ちでいたいものだ。
都を出てから、俗塵をを離れ、
このお堂に入り仏僧にお目に掛かった。
浄土寺のあるこの池こそ、まさに極楽浄土を称賛しているのだから、
心して、ほとけの広い教えを仰ぎたいものです。

〈語　釈〉
○**牽**　ひきつれる。　○**上方**　寺院の中の奥まった所。奥の院。○**宝池**　りっぱな美しい池。　○**心水澄**　水が物を映すように、心が万象を映すこと。清らかに澄んだ水をわが心として生きる。（対語の関係で、心を動詞化してみた。）　○**洛**　みやこ。中国古代王朝の都の洛陽になぞらえて、日本の古都京都をさす。　○**円乗**　大法輪、仏の広い心。

三三二—3

蕭寺地形勝
攀山□適登
岸松似故老
池水与心澄
斗藪方帰仏
頭陀又遇僧
抽簪辞俗徒
□□□円乗

宮内権少輔　俊信

蕭寺は　地形勝れ
山を攀(のぼ)り　□適(ゆ)きて登る
岸松は　故老に似たり
池水は　心と与(とも)に澄めり
斗藪(とそう)して　方(まさ)に仏に帰せむ
頭陀して　又僧に遇はむ
簪(かんざし)を抽(ぬ)きて　俗徒を辞すれば
不明

〈現代語訳〉
もの静かなこの寺は、地形に勝れた所で、
山をよじのぼりながら難儀して寺に登っていく。
山の岸壁に生える松の形は、古老の姿のようであり、
池の水は、澄み切った心のようにおだやかである。
現世の欲望を捨て仏道修行に励み、仏に帰依しようと思う。
悩みや欲望を払い去り、再び僧侶にお目に掛かりたい。
冠をとって官職を辞し、俗人の暮らしを辞めたのだから、
円乗を（仰ぎたい）

〈語　釈〉
○**蕭寺**　しずかで、もの寂しい寺。　○**登**　押韻の字なので、句末に置きたい。　○**岸松**　高い山の岸壁に生えている松。谷底を見下ろす姿であろうか。下三文字は解読不明であるが、翻刻者に従っても、情景はわかるが、次句「与心澄」の対にはならない。（『菅家文草・巻六・四三・九日後朝侍朱雀院同賦閑居楽秋水応太上天皇製』「潭菊落粧残色薄、岸松告老暮声頻」）　○**斗藪**　現世の欲望を捨てて、仏道の修行をすること。煩悩を払い除くこと。（『菅家文草巻四・三一・誦経』「是身斗藪潔於氷」）　○**頭陀**　僧が托鉢修行をし、悩みや欲望を払い去る。　○**抽簪**　かんざしを抜く。冠をとる。官職を辞す。（『張協・詠史詩』「抽簪解朝散髪帰海隅」）
○**円乗**　仏教の完全な実践法。

三三二―4

辞洛今朝眺望仍
拘留春色足攀登
座禅日積嶺嵐旧
観念年深渓月澄
詩酒新遊唯会友
香花素意幾談僧
身纏俗網雖無益
宿習相催持一乗

散位　菅　淳中

洛を辞して　今朝　眺望すること仍(しきり)なり
春色を拘留すれば　攀登するに足れり
座禅の□日積もり　嶺嵐旧(ひさ)しく
観念の年□深まり　渓月澄みたり
詩酒の新遊は　唯に友と会うのみ
香花(こうげ)の素意は　幾(ねが)わくは　僧と談ぜん
身には俗網を纏(まと)ひ　無益と雖も
宿習　相催(うなが)して　一乗を持さん

〈現代語訳〉
都を離れ、今朝浄土寺に来て、その景観をしきりに眺めまわす。
春景色が残っているので、十分満足している。（登ってきたかいがあった）
座禅修行に励んで、日数を重ね、この嶺を吹く風をもう長い間聞いている。（無心の境地に入る）
自己心を見極め、年月を重ねるにつれて、谷を照らす月のように心も澄みきっている。
詩を詠じ酒を飲むこの新趣向の遊びでは、唯、友と会うことが楽しみで、
仏に花を供えるという、かねてからの願いはもとより、どうにかして僧と語り合いたいということだ。
身には俗衣をまとっただけで、何の利益もない身の上だが、
前世からの習慣に従って、さあ一緒に仏の教えをまもっていこうではないか。

〈語　釈〉
○仍　しきりに。　**○拘留**　捕らえてひきとどめる。こだわりとどまる。拘置。（『菅家文草・巻四・小知章』「共慙相企尚、多恐暫拘留」）なお、一句目末尾字は、押韻から見れば「登」となるべき字である。攀登か。　**○座禅**　坐禅。一定の座り方によって精神を統一し、雑念を去って無我無心の境地に入る修行。　**○嶺嵐**　山を吹く風。　**○旧**　ひさしく。長期間にわたって。　**○観念**　真理または仏体を観察思念すること。（『凌雲集・贈賓和尚』「遥想焚香観念処、寥寥日夜対雲烟」）　**○渓月**　谷間を照らす月。　**○香花**　仏に供える香と花。　**○素意**　かねてからの意志。願い。平素からの考え。（『菅家文草・巻五・劉阮偶渓辺二女詩』「青水渓辺唯素意綺羅帳裏幾黄昏」）　**○俗網**　俗世間のわずらい。俗事のわずらわしさ。ここでは、上に纏の字があるので、俗衣と同じに解した。　**○宿習**　あらかじめ学習する。前世からの習慣（スクジュウ）　**○一乗**　仏の教えを車にたとえ、人々を運んで生死を離脱させること。

三三一―5

遥出洛城興自仍
暮山幽処足攀登
林花春綻匂方馥
澗水月浮影共澄
暫引雪窓吟詠友
更逢浄土薜蘿僧
俗塵独僻何道蘭
乗

文章生　菅原□□

遥かに洛城を出ずれば　興(おもむき)　自ら仍(しき)りなり
暮山の幽処は　攀登(はんとう)するに足れり
林花は春　綻び　匂ひ　方(まさ)に馥(かお)り
澗水は月　浮かび　影は　共に澄みたり
暫く雪窓に引(さそ)はむ　吟詠の友
更に浄土にて逢はむ　薜蘿(せつら)の僧
俗塵は　独りへき僻(へき)にして　何ぞ蘭を道(い)はむ

不明

〈現代語訳〉


京の都を出て、はるか遠くまで来ると、感興はしきりに湧いてくる。

夕暮れの山、奥の閑居（浄土寺奥の院）までよじ登ってやって来たかいがある。

たくさんの花が春と共に咲きはじめ、馥郁たる香りが立ちこめ、
谷間の水には月が写っていて、空の月と共に澄み切っている。

しばらくの間、素朴な寺にさそいましょう、吟詠を楽しむ友を。

そして更にこの浄土寺で、粗末な衣をまとった僧侶にもお逢いしたいものです。

俗塵に汚された私は、独りかたよった、ひねくれものですので、どうして香り高いことばが言えるだろう。

［不明］

〈語　釈〉

○**暮山**　夕暮れの山。（『白氏・巻16・〇九九九・登西楼憶行簡』「凝日暮山青簇簇、浸天秋水白茫茫」）　○**幽処**　幽居。閑居。世を避けて静かに暮らす、またその住まい。　○**攀登**　よじのぼる。（『曹植・九愁賦』「願攀登而無階」）　○**馥**　かおる。香気がさかんである。　○**雪窓**　東晋の孫康が、窓の雪明かりで読書をしたという故事から、貧しい家の意。（晋書・孫康伝）　○**薜蘿**　蘿薜　つたかずら。ここでは、そまつな僧衣をたとえていう。　○**僻**(へき)　ひがむ。かたよる。とおい。さける。いやしい。ひねくれ。あやまる。法に照らして処理する。　○**蘭**　ふじばかま。香り高い花。ここでは、香り高いことば。

三三一―6

学生　藤原　忠理

一従辞洛感情仍　　一たび洛を辞せしより　感情仍(しき)りなり
浄土上方攀也登　　浄土の上方に　攀(よじ)り　也(また)登る
眺望山憐寒岫邃　　眺望すれば　山　憐(いとおし)み　寒岫(かんしゅう)　邃(おくぶか)し
潺水浅深流□澄　　潺(せん)水　浅く深く　流□澄めり
□□□□□□客　　不明　の客
読誦声幽積夏僧　　読誦の声　幽かに　夏を積みし僧
無二妙文聞得後　　無二なる妙文　聞き得し後
苦凝観念憶円乗　　苦(ねんごろ)に　観念を凝らし　円乗を憶う

寛治七年二月十九日作　題者　祭酒　講　菅原貢士　読［料］

〈現代語訳〉

ひとたび都を出てからというもの、詩情がしきりに湧いてくるものだ。浄土寺の奥の院まで、どんどん登って行った。見上げる山に心はひかれ、ひっそりとした山のいただきは、おく深いものがある。さらさらと流れる水は浅く深く（流れにうつる樹々の影も）澄み切っている。夏安居修行を続けている僧の、経をとなえる声が、おく深く聞こえてくる。またとない、すばらしい経文を聞くことができたからには、一生懸命、観念のまなこを凝らし（真理を追求し）修行を重ね、仏の広い心に思いをはせる。

寛治七年二月十九日作　題者　祭酒　講　菅原貢士　読［料］

〈語　釈〉

○**一従**　「ひとたび～より」と見ることも「はじめ～より」と読むこともできる。　○**憐**　心がひかれる。　○**寒岫**　岫は山のいただき。みね。寒はさびしい。　○**邃**　おくぶかい。　○**潺水**　さらさらと流れる水。なお四句目末尾は、押韻の関係から「澄」を置きたい。　○**積夏**　夏安居修行を積む。夏の一定期間（一説に九〇日間とも）一室にこもって修行をするもの。
○**妙文**　妙は、すばらしい。文は経文の文とも、詩会での仲間の詩文とも解されるが、この場合は、経文の法が妥当であろう。
○**円乗**　仏の広い心。　○**寛治七年**　一〇九三年。

三四　康平三年二月某日　於世尊寺即事　五首

詩題解説

康平三年は西暦一〇六〇年。関白頼通が左大臣を辞し、藤原教通が左大臣、頼宗が右大臣、師実が内大臣となった年である。

世尊寺は藤原行成が桃園第を伝領して邸内に建立した寺。『日本紀略』『権記』等によると長保三年（一〇〇一）二月二十九日に世尊寺供養の様子が記録されている。故中納言保光卿の旧家桃園第の寝殿を堂とし、金色大日如来・普賢菩薩・十一面観世音菩薩・彩色不動尊降三世明王像各一体を安置したこと、当日の列席者の名も席の位置も記されている。(行成は一〇二七年没。)

本詩群の康平三年は一〇六〇年。建立後約六〇年も経過している。なお即事とは、その場で即興で詩作することである。

三四―1　春日於世尊寺即事

左少弁　伊房

台頭壮観故人跡　前主手蹟在古壁也
岸口言談好鳥声
庭上花薫春一樹
窓前竹戦□□□
雨苔径□深更夜
風鏁柴門薄暮程
寺静尊容猶有験
園荒桃李只残名　此寺昔桃園

台頭は壮観なり　古人の跡（前主の手蹟、古壁に在るなり）
岸口にて言談す　好鳥の声
庭上に花の薫るは　春の一樹
窓前に竹の戦ぐは□□□
雨ふりて　径路に苔す　深更の夜
風ふきて　柴門を鏁す　薄暮の程
寺　静かに　尊容　猶　験有り
園は荒るるも　桃李　只に名を残すのみ
（此の寺は、昔桃園なり）

〈現代語訳〉　ある春の日、世尊寺での即興詩。

（世尊寺の）高台のほとりは、まことに立派なながめであり、故人の足跡がしのばれる（前主の書が古壁に刻まれている。）

寺の入口にはうぐいすのなき声が、あたかも人の話し声のように聞こえてくる。

庭には花の香りが漂っている。これは春に咲く桃の花の香りだ。

窓の前には竹の葉が風にそよいでいる。□□□

雨が降って小径には苔が生え、静かに夜が深まっていく。

風が吹いてきて、寺の門をとざしてしまう夕暮れ時。

寺はひっそり静まって釈迦の尊いお姿は効験を表わしてくれているようだ。

園庭は荒れ果てているが、桃李はただ昔のなごりを偲ばせてくれる。（この寺は、昔桃園と呼ばれた所である。）

〈語　釈〉
○世尊寺　京都市上京区大宮通り一条上ルにあった、藤原行成が長保三年二月に建立した寺。　**○台頭**　うてな（四方を見わたせるように作られた高い建物）のほとり。（『白氏文集・67・三三五二・奉和四黯自題南庄見示兼呈夢得』「台頭有酒鶯呼客、水面無塵風洗池」）　**○壮観**　大きくりっぱな見もの。立派ながめ。（『文選・司馬相如封禅文』「皇皇哉此天下之壮観」）　**○前主**　『日本紀略』長保三年二月十九日条に「故中納言保光卿旧家也。」とあるので、桃園第の主人、保光卿であろう。　**○岸口**　岸のほとり。（『本朝文粋・大江匡衡。暮暮侍宴左丞相東三条第同賦渡水落花舞応製詩序』「問根源於岸口若出自杏園出自梨園」）　**○言談**　話をすること。（『礼記・儒行42』「礼節者仁之貌也、言談者仁之文也」）　**○好鳥**　うぐいす　**○戦**　そよぐ。ゆれうごく。　**○深更**　よふけ。深夜　**○柴門**　柴で作った門。

三四―2

林泉自本勝形地
花鳥近来幽興媒
隣里只樊墻下柳
禅房旧種砌前梅
家資□累携玉巻
野酌酔淵引酒盃
二月半過春漸去
六旬之暮歯空頽

文章博士　菅　定

林泉　自本　勝形の地なり
花鳥　近づきて　幽興の媒せり
隣里は　只に樊のみ　墻下の柳
禅房に　旧種あり　砌前の梅
家にて　□累を資け　玉巻を携へ
野にて　酔淵を酌み　酒盃に引ふ
二月半ば過ぐれば　春　漸く去り
六旬の暮れ　幽　空しく頽れり

〈現代語訳〉
林や泉のあるこの庭は、もともと景色の良い場所である。
花に鳴く鳥たちは、近づいて来て、おくゆかしい楽しみの、なかだちをしてくれる春となった。
近村は、ただ垣根があるだけで、その垣根の近くに柳が芽吹き、
寺院には、古くに植えられた木があり、石だたみの前に梅が咲いている。
家にあっては、家族を養いながらも、作詩の勉強を続け、
外に出ては、深酔いするほど酒を飲み、盃を傾け合う。
二月も半ばを過ぎると（春分の頃）、春も次第に去ってゆき、
私も六十歳の終りとなり、行く春と共に、人生も空しく衰頽したものです。

〈語　釈〉
○**林泉**　林と泉。またはそれらのある庭園。ここでは、世尊寺に林と泉があるのをさす。　○**勝形**　すぐれた景色。
○**花鳥**　花にやどる鳥。　○**近来**　近くに来る。近づいて来る。〔『白氏・16・送客之湖南』「別後雙魚難定寄、近来湖不到湓城」〕
○**幽興**　おくゆかしいたのしみ。　○**媒**　はしわたし。なかだち。　○**樊**　まがき。垣根。〔『詩経・斉風、東方未明』「折柳樊圃」〕
○**墻下**　墻は牆の俗字。垣根の近く。かきね。〔『孟子・尽心上』（五畝之宅、樹牆下以桑」〕　○**禅房**　寺。座禅する部屋。
○**砌前**　石だたみの前。　○**資**　たすける。たくわえる。　○**□累**　係累・挈累・煩累など補って解したい。　○**玉巻**　玉は美称。美しいもの。優れたものに冠する敬語。菅原家に代々伝えられる詩文集か。作詩に必要な書物など。　○**酔淵**　熟語は未見であるが、酔いの深い様子を表わした語であろう。　○**六旬**　六十歳。　○**歯**　よわい。年齢。　○**頽**　くずれる。崩壊する。

三四—3

式部大丞　是綱

林池鎮蓋煙花富
台閣幾連□□昌
苔老空埋行道跡
松垂久払禅□床
長抛塵土幽閑□
暫至風流勝絶場
思雖安養界
身猶未出有為郷

林池　鎮蓋し　煙花　富み
台閣　幾ばくも連なり　□□昌(さかん)なり
苔老いて　空しく埋む　行道(ぎょうどう)の跡
松垂(た)れて　久しく払う　禅□の床
長く塵を抛(なげう)つ　幽閑の□
暫く風流に至れり　勝絶の場
思いは　安養なりと雖も（不明）
身は猶(なお)未だ出でず　有為(うい)の郷

〈現代語訳〉
（世尊寺の）林や池は、静まりかえり、春景色に満ち溢れていて、たかどのは、幾重にも連なって□□はさかんである。
苔は古くなって、かつて仏道修行に励んだ足跡も埋め尽くし、
松の枝は、垂れ下がって、座禅修行の場を払い清めてくれる。
長らく、けがれたこの世をなげ捨てて、静かで奥ゆかしいこの地に身をおくと、
少しの時間でも仏教の教化がゆきわたるような気がする、そんなすぐれた景色だ。
極楽浄土をいつも思い描いて暮らしてはいるものの、（不明）
我が身の現実は、まだまだ、変りやすくはかないこの世から抜け出せないでいる。

〈語　釈〉
○**鎮蓋**　鎮は、しずまる。蓋は、おおう。物に覆われたように、静まり返った状況。　○**煙花**　春がすみと花で、春景色をいい、華やかでうるわしいたとえに用いる。（『杜甫・清明』「秦城楼閣煙花裏、漢王山河錦繍中」）　○**台閣**　楼閣。たかどの。（『白氏・18・一一〇六・留題開元寺上方』「東寺臺閣好、上方風景清」）　○**幾連**　幾重にも連なる。　○**行道**　仏道の修行をする。　○**禅床**　禅牀に同じ。座禅をするための場。床は、下平七陽の韻字であるため、昌（二句末）、場（六句末）と同様四句末に置くことが望ましい。
○**塵土**　汚れた世の中。この世。　○**幽閑**　暗くて静か。静かでおくゆかしい。　○**風流**　教化が広くゆきわたる。
○**勝絶**　景色がはなはだすぐれている。　○**場**　場と同じ。　○**安養**　極楽浄土。衆生がこの世界に来ると、心を安んじ身を養うことができる。（『日本霊異記中二・見烏邪淫厭世修善縁』「心剋安養期、解脱是世間」）　○**有為**　人の世が変わりやすく、はかないこと。有為転変。

三四－4

越州員外司馬　行家

暫出蓬萊仙洞裏
忽来薜茘仏堂前
途閑空対新花雪
籬壊纔望古竹煙

暫く蓬萊に出(ゆ)かん　仙洞の裏(うち)
忽ち薜茘(へいれい)に来たれり　仏堂の前
途(みち)は閑かに　空しく新花の雪に対(むか)ひ
籬(まがき)は壊れ　纔(わず)かに古竹の煙を望む

〈現代語訳〉
少しの間、俗世間を離れ、仙人が住むという清浄な地（世尊寺）へ行こう。早くも、まさきのかずらが生い茂る仏堂の前に来た。途中の道は静かで何もなく、咲きほころびたばかりの花は、雪のようにまっしろで、こわれた籬の間から、竹林がぼんやり見える。

〈語　釈〉
○**蓬萊**　写本には、萊の字はなく六言になっているが、翻刻者に従い萊を入れた。蓬萊は、仙人が住むという想像上の島で渤海にあるという。ここでは、詩題の世尊寺を指す。　○**仙洞**　仙人のいる所。俗界を離れた清浄な地。（ここでは世尊寺）
○**薜茘**　香草・まさきのかずら。薬用として用いられる。（『楚辞・離騒』「貫薜茘之落蕊」）　○**新花**　咲きほころびたばかりの花。
○**古竹**　竹の出芽はおそく、春の花の季節には、まだ古い竹のまま。新花の対として古竹を用いている。世尊寺の竹林。

三四－5

終日何因興味頻
蕭々露地式遊辰
経行方旧林中暁
観念更成樹下春
雲外雁音望已断
霞間鶯語曲猶新
禅庭適接仙才席
定水暫除俗網塵
雨染弥濃垂柳黛
風来自送落梅匂
世尊寺裏幽閑処
聞鳥翫花動眼神

康平三年二月

菅　在良

終日(ひねもす)　何に因りてか　興味頻りなる
蕭々(しょうじょう)たる露地にて　式遊の辰(とき)
経行すること　方(まさ)に旧(ひさ)しく　林中の暁
観念すれば　更に成らむ　樹下の春
雲外の雁の音　望み已(すで)に断たるれど
霞間の鶯語　曲は猶(なお)新たなり
禅庭にて　適(たまさか)に接(まじ)はれり　仙才の席
定水(じょうすい)して　暫く除かん　俗網の塵
雨染めて　弥々(いよいよ)濃やかなり　垂柳の黛
風来りて　自ら送れり　落梅の匂(かおり)
世尊寺の裏(うち)は　幽閑の処にて
鳥を聞き　花を翫(もてあそ)べば　眼神を動かせり

＜現代語訳＞

一日中、どんなわけがあるのだろう、こんなにも感興がしきりに湧いてくるのは、
何も掩うもののない、もの寂しいこの地で、詩作に耽るとき。
長時間にわたって（座禅修行のように）同じ道を行きつもどりつ、いつしか林は明けようとしている。
（仏に念ずるように）詩作に集中すれば、また仏道の修行が成就するように詩も完成するだろう。春の樹々のもとで。
（春と共に去る渡り鳥の）雁は、雲のかなたに去り、その啼き声を聞く望みはなくなったが、
春霞の間から聞こえてくる鶯の声は、また新しいふしまわしで、さえずってくれる。
この世尊寺で、偶然ご一緒することができました。秀才の集いであるこの詩席に。
座禅時の心境のように、湛然として、しばらくの間、浮世のわずらわしさをとり除こう。
雨が降って、まゆのようなしだれ柳の葉の緑色を、いっそう濃く染め出してくれるし、
風がさっと吹いて、散り落ちた梅花のかおりを送ってくる。
世尊寺は、まことに静かで落ち着いた所であり、
鳥の鳴き声を聞いては、花をめでて遊び、心の底から感動させられる。

＜語　釈＞

○終日　一日中。ひねもす。　**○蕭々**　ものさびしいようす。　**○露地**　掩うものがない、むき出しの土地。　**○式遊**　式は、のっとる・きまり・制度・てへん・模範などの意があり、きまりに従った遊び。模範となる遊びの意味であろうが、用例は未見。また、式は、式盤という特殊な占具を用いる占法で、陰陽道の専用となり、大流行した。しかし、この場合具体的には、詩題の世尊寺における即詠をさしているであろう。『本朝無題詩全釈』では式を接続の助字「もって」を意識されたのか「式て遊ぶ」と訓読し、語釈では、式を語調を整えるための助辞と解釈されている。　**○経行**　緩歩ともいう。「経」は布のたて糸。まっすぐに行って、まっすぐにかえってくる意。坐禅の時、坐屈や睡眠を防ぐため、一定の時間、衆僧一斉に坐より起こって林間を徐行・緩歩すること。
○観念　真理または、仏浄土等に心を集中して観察・思念すること。仏・菩薩のすがたを心に思い浮かべて念ずること。
○樹下　十二頭陀行の一つで、佛道修行をすること。　**○雲外**　雲のかなた。（『和漢朗詠集・下・将軍』「雪中放馬朝尋跡、雲外聞鴻夜射声」）ここでは、渡り鳥である雁が、春と共に去って行く方向。　**○鸎語**　鶯の啼き声。　**○仙才**　仙人のような才能。人より優れた才能。　**○定水**　坐禅の際の心境が湛然として、静寂な状態。止水にたとえていったもの。（『禅苑清規八・坐禅儀』「所以深珠宜静浪、動水取難、定水澄清、心珠自現」）　**○俗網塵**　俗世間の煩わしさ。浮世の塵。　**○垂柳**　しだれ柳。垂楊。
○幽閑　静かでおくゆかしい。　**○翫**　めでて喜ぶ。（『文選・陸機・嘆逝賦』「翫春翹而有思」）　**○眼神**　まなこと精神。心の底から。または、目も心も。

三五　某年某月某日　於世尊寺即事　一首

詩題解説

前項に続いて世尊寺での作である。作者は、学生紀明輔。『尊卑分脈』によれば、中納言紀長谷雄から五代目の孫。文業得業生。父兼輔は三条天皇御即位の時、大外記として奉仕していることが『権記』に見られる。詩の内容は、世尊寺の全容がよくわかるように、詩に割注を入れて、その説明が邪魔にもならず、むしろおもしろい。世尊寺の紹介パンフレットのような興味深い作で、年代的には、康平三年の前作品群よりも早い時期の作品と思われる。かなりの秀作である。

三五―1　春日於世尊寺即事　勒七言八韻　　学生　紀　明輔

世尊寺裏動春襟
四望幽閑主恩深
寒雪余光残後嶺
暁□濃艶満前林
落花千片仮真色
暮鳥一声諳法音
絶世風流尤足見
伝名泉石更応尋　此寺泉石風流古今絶世、政云、
霜経山北青松上　庭上山北有一老松
煙聳岸東翠柳陰
昔作華居賓客好
今為月夏景色沈
花朝葉暮催情感
境静人稀任悶吟
一両禅僧聞我語
雖厭来払六塵心

世尊寺の裏（うち）　春襟を動かす
四望幽閑にして　主恩深し
寒雪　余光　後嶺に残り
暁□濃艶　前林に満てり
落花　千片として　真色を仮り
暮鳥　一声して　法音（いん）を暗（そら）んず
絶世の風流　尤（もっと）も見るに足り
伝名の泉石　更に尋（たずね）ぬべし　（此の寺の泉石の風流なること古今絶世、故に云ふ）
霜は　山北に経（しげ）し　青松の上　（庭上の山北に一老松有り）
煙は　岸東に聳（そび）へ　翠柳の陰
昔　華居を作（な）して　賓客　好み
今　月夏を為して　景色　沈めり
花の朝（あした）　葉の暮れ　情感を催（うなが）す
境（ところ）　静かに　人稀（まばら）なれば　悶吟に任せり
一両の禅僧　我が語るを聞く
厭うと雖も　来たりて払へ　六塵（りくじん）の心

＜現代語訳＞

春日、世尊寺に於ける即事　（七言八韻を勒す。）


世尊寺内で、春のものおもいに耽る。

あたりの景色は、静かでおくゆかしく、それは、寺僧の恩徳の深さが感じられる。

冬の間、降り積もった雪が、余光のように後ろの嶺に残っていて、
朝（露）は、あでやかで美しく、寺の前の林に満ちている。

たくさんの花びらが、ひらひらと舞い落ち、自然の色を仮りている。

ねぐらに帰る鳥の啼き声は、お経をそらんじているようにも聞こえる。

またとないみやびな風景は、見る者を満足させてくれ、
世に伝えられている有名な泉石を見るにつけ、何度も尋ねて来たくなることだ。

（この寺の泉石はまたとない風流な趣で、昔からたいそう有名である故に言うのである）

（冬が来れば）霜が山の北側にある青松の上に真っ白に降り、（庭の北側の山に一本の老松がある）

（春ともなれば）霞が川の東岸の青々とした柳のあたりにたなびいている。

昔は、美しい住居があったので、来客に好まれていたが、
今は、月を友とする生活で、まわりの景色は静かで重々しい。

花咲く朝、葉の芽吹く夕暮れ、折々に情感はかきたてらる。

この境内は、とても静かで、人が稀にしかいないので、下手ながらも吟詠しましょう。

一人、二人と禅僧が、私の話を聞いてくれる。

たとえ、いやであっても、六塵の心を払い清めて下さい。

＜語　釈＞

○**春襟**　襟は、こころ。春のものおもい。　○**四望**　四方を眺めること。四方の景色。　○**幽閑**　静かで奥ゆかしい。（『菅家文草・巻四・暁月』「窓中待月甚幽閑」）　○**主恩**　主の恩恵。六言であるが、恩を補ってみた。　○**深**　下平声十二侵を押韻しているので、句末に用いたい。　○**余光**　日没の後までものこっている光。　○**濃艶**　あでやかで美しい。　○**暁□**　前句、寒雪の対として、「暁露」を用いたい。句末も侵の韻字で林を置きたい。　○**千片**　たくさんの花びら　○**真色**　ほんものの色。自然の色。
○**法音**　説法・読経の声。仏法僧（ブッポウソウ）（このはずく）の啼き声。　○**絶世**　世にならぶものなく優れている。　○**風流**　風雅。みやびやか。　○**経**　中古の訓で「しげし」　○**聳**　中古の訓で「たなびく」　○**華居**　美しい住居。　○**賓客**　客人。来客。
○**月夏**　不明。華居の対語として考えなければならないが、月が見えるような廃墟か、すでに建物のなくなった露天と考えたい。
○**花朝**　旧暦の二月十五日または、二月二十二日。花の咲きはじめる頃。　○**境**　ところ・場所。または世尊寺の境内。
○**悶吟**　苦しみながら吟詠する。　○**一両**　一か二。一人か二人。　○**六塵**　六根より生ずる六種の迷い。眼・耳・鼻・舌・身・意の六根から、衆の心を汚すもととなる色・声・香・味・触・法（思考の対称）の六境をいう。この六つは、人身に入って来て清らかな心を汚すから塵という。

三六　嘉保三年三月一日　遊双輪寺　八首

詩題解説

双輪寺について

現存する京都市東山区鷲尾町の双林寺（全玉山）は、後鳥羽帝・西行・頓阿らのゆかりのある旧跡として今日知られるが、双輪寺と同じ寺であるか不明である。双輪寺は、和歌・詩会の文化的行事は残されているが、政治的記事は見当たらない。『拾遺往生伝』には、信濃の守永清が嘉保三年（一〇九六）双輪寺の一房で生涯を終えた記事が見られる。嘉保三年の二月には京極殿で和歌会が催され、三月一日、本詩宴、三月三日は、六波羅蜜寺で詩会、三月二十五日には、御書所で作文会が催されるなで文化的活躍がめざましい年である。

三六―1　春日遊寺詩　双輪寺

越州員外大守　藤　季仲

衆春朝渡洛川長
閑伴遊行到道場
抱石短松傾偃蓋
遮窓疎竹漏斜陽
二三両箇鶯花月
五十一回鶴髪霜
此地元来離俗境
白雲暮満忘家郷

衆春　朝に渡る　洛川の長きを
閑かに伴ひて　遊行し　道場に到る
石を抱きし短松　偃蓋を傾く
窓を遮りし疎竹　斜陽を漏す
二三　両箇　鶯花の月
五十　一回　鶴髪の霜
此の地は　元来　俗を離れし境
白雲　暮れに満つれば　家郷を忘る

〈現代語訳〉

春日、寺に遊ぶの詩

三月一日の春の朝、鴨川の長い橋を渡って出掛けた。
私ものんびりとつれだって歩きまわり、双輪寺に到着した。
石を抱くように生えている丈の短い松は、横たわった形をしており、
窓を遮るようにまばらな竹は、夕陽を射し入れている。
旧暦の二月と三月の二か月は、花に鶯の啼く時であり、
五十一歳になった私は、白い鶴の羽や霜のような白髪の翁となった。
この双輪寺は、もともと世俗を離れた場所、
白雲が夕暮れに満ちてくると（別世界にいるようで）わがふるさとを忘れてしまいそうだ。

〈語　釈〉

○**衆春**　二月の仲春と、三月の季春の両方にまたがっている三月一日を衆春と呼んだのであろう。藤原季仲は、季春と仲春を持ち合わせた名前である。　○**洛川**　洛水は、京都鴨川をさすので同義。　○**遊行**　歩きまわる。（ユウコウ）僧侶が諸国を巡り歩くことをユウギョウ。　○**道場**　ここでは目的地の双輪寺を指す。　○**偃蓋**　偃蓋の松。横たわった笠の形をした松。　○**疎竹**　疎竹か。他の樹木に比べ竹の葉は、密度が疎らであるために言う。　○**二三**　二つ三つ。二月と三月。　○**両箇**　ふたつ。二箇（杜甫『絶句』「両箇黄鸝鳴翠柳」）ここでは二か月。　○**鶴髪**　鶴の毛のような白い髪。　○**此地**　双輪寺の近辺。

三六―2

春日登臨意万端
拘牽物色足盤桓
訪僧行尽青松路
尋寺踏来白石灘
霜鬢皤々慙罪障
風花片々入空観
洞雲莫厭俗人到
塵慮因茲断不残

散位　知房

春日　登臨すれば　意万端
物色に拘牽せられて　盤桓するに足れり
僧を訪ねて行き尽くす　青松の路
寺を尋ねて踏み来たる　白石の灘
霜鬢　皤々として　罪障を慙じ
風花　片々として　空観に入る
洞雲　厭うこと莫かれ　俗人の到るを
塵慮は　茲に因りて　断ちて残さず

〈現代語訳〉

春のある日、寺に登って見渡せば、種々さまざまな思いが湧いてくる。景色に見とれ、その場から立ち去りにくくなる。僧侶を訪ねるために、青く美しい松並木をどんどん進んで行き、双輪寺を尋ねては、白く美しい白石の早瀬を踏んで来た。鬢も頭髪も真っ白になっても、なお悟り切れない我が身を、はじながらも、風に花びらが舞い落ちるのを見ながら、煩悩を滅却している。洞雲（白雲）よ、嫌わないでください。こんな俗人のやって来たことを。世俗の汚れた思いは、これを機に断ち切り、後に残しませんから。

〈語　釈〉

○登臨　山に登り、水に臨む。高い所に登って下方を眺める。　**○万端**　種々さまざま。　**○拘牽**　ものごとにとらわれる。**○物色**　風物・景色。　**○盤桓**　立ち去りにくいさま。楽しむ。（『陶潜・帰去来辞』「雲無心以出岫、鳥倦飛而知還、景翳翳将入、撫孤松盤桓。」）　**○白石灘**　白石の見える早瀬。双輪寺への道は、青い松林や白石の多い早瀬を抜けて行くのであろう。**○霜鬢**　白い鬢。　**○皤々**　白い髪・白い鬢の様子。　**○罪障**　極楽往生、または、仏道修行の妨げとなる罪業。　**○風花**　風に散る花。（『南斉書・楽志』「陽春白日風花香」）　**○空観**　宇宙間の事物は、すべて仮のもので、実在ではないという道理を悟ること。　**○洞雲**　深い雲。白雲。（『杜牧・朱坡詩』「洞雲生片段、苔経繚高低」）　**○塵慮**　世俗の卑しい心。名利を求める心。

三六―3

前摂津守　藤　敦宗

春朝乗興出華城
趁到寺門日欲傾
花落仙壇紅雪馥
山当仏閣翠微横
眼迷洞裏煙霞色
心忘人間毀誉声
此処優遊機累断
何為強慕有浮栄

春朝　興に乗じて　華城を出で
趁(ゆ)きて　寺門に到れば　日も傾かむとす
花は　仙壇に落ち　紅雪　馥(かお)り
山は　仏閣に当たり　翠微　横たはる
眼(まなこ)は　洞裏かと迷ふ　煙霞の色
心は　人間(じんかん)を忘る　毀誉(きよ)の声
此処(ここ)に優遊すれば　機累　断たる
何為(なんす)れぞ強ひて慕はむ　浮栄を有するを

〈現代語訳〉

春の朝、興に乗って都を出発し、
こんなよい機会に目的地双輪寺に到着する頃は、日も暮れようとしていた。
花は、寺の仏殿にまで舞い散り、その良い香りがただよっている。
山は、寺のうしろにあって、薄いあいいろの姿で横たわっている。
まるで、仙山に迷い込んだのではないかと、眼を疑いたくなるような春霞がただよい、
俗世間での、くだらない評判など、すっかり忘れてしまう。
こんな所で、のんびりすれば、累積したさまざまな欲望も断ち切られる。
どうして、敢えて出世栄誉を求める必要があろうか。（そんな必要はない）

〈語　釈〉

○**華城**　華やかな都。　○**趁**　ゆきなやむ。おう。おいかける。おもむく。よい機会をつかむ。　○**仙壇**　寺院の仏壇。仏殿。
○**紅雪**　桜や桃など、赤い花をいう。　○**仏閣**　寺の建物。仏寺。（『白氏・月夜登閣避暑詩「行々都門外、仏閣正岧嶢」）
○**翠微**　山の緑色のもや。薄いあい色の山気。山。山の八合目あたり。ここでは、「横」に連がるので、薄いあい色の姿の（山）という意味。　○**洞裏**　仙人の住む神仙世界。　○**毀誉**　そしることと、ほめること。そしりとほまれ。（『論語・衛霊公』「吾之於人也、誰毀誰誉」）　○**機累**　生きる上でのわずらわしいこと。　○**浮栄**　浮世の栄え。世俗的な栄華。

三六―4

東山有寺在雲端
松柱柴扉出竹欄
石嶠苔深春逕滑
香城地窄暮天寛
谿閑啼鳥隔窓語
花発禅僧出定看
今礼金仙将退去
被牽鐘響暫盤桓

散位　基俊

東の山に寺有り　雲端に在り
松の柱　柴の扉　竹欄(ちくらん)を出す
石嶠(きょう)は　苔　深く　春逕　滑らかに
香城は　地　窄(せま)く　暮天　寛(ゆる)やかなり
谿(たに)　閑(しず)かなれば　啼鳥　窓を隔てて語り
花　発(さ)けば　禅僧　定を出でて看る
今　金仙を礼して　将(まさ)に退去せんとするに
鐘響に牽かれ　暫く盤桓(ばんかん)す

〈現代語訳〉
東方の山に寺があって、それはまるで雲の端のように遠い所だ。
松の柱に柴の扉、竹の欄干がめぐらされている。（とても質素なたたずまいだ。）
石橋のあたりは深く苔むし、春の小道は滑らかだ。（しっとりとした環境だ。）
寺の境内は狭いが、暮れなずむ空は、あくまでも広々としている。
谷は静かなので、鳥たちの囀りが窓を隔てて聞こえてくる。
花が咲くと、禅僧たちは、坐禅修行を終えてそんな景色を眺める。
今、仏像を礼拝して下山しようとしたちょうどその時、
鐘の響きについひきとめられて、暫くの間、たたずんでしまったことだ。

〈語　釈〉
○**松柱柴扉竹欄**　いずれも日本建築で質素な材質の表現。　○**石嶠**　石橋　○**春逕**　春径。春のこみち。　○**香域**　具体的には、双輪寺をさす。折しも、梅が散りはじめ、その香の放っていた様子が、各詩中から察せられるので、寺全体を花の香りに包まれた寺と表現したものであろう。　○**出定**　雑念を断って無念無想の境地に入ることが入定。その坐禅修行を終えて、もとの世界に戻ることが出定。　○**金仙**　仏の異称。（『岑参・登総持閣詩』「常願奉金仙」）　○**盤桓**　ぐずぐずして進まないさま。立ち去りにくいさま。（『陶潜・帰去来辞』「撫孤松盤桓」三六―2参照。）

三六―5

春朝引友暫辞郷
蕭寺優遊及夕陽
望如煙霞□漁遠
蹤径山水暮雲長
禅窓松老対君子
仏閣花薫知色香
此地勝形尤足愛
宜哉好客翫風光

治郎少輔　藤　懐季

春朝　友に引(さそ)はれ　暫く郷(さと)を辞す
蕭寺　優遊すれば　夕陽に及ぶ
望めば　煙霞の如く　□漁　遠く
蹤(したが)へば　山水を径(わた)り　暮雲　長し
禅窓の松　老いて　君子に対(むか)ひ
仏閣の花　薫りて　色香を知れり
此の地の勝形　尤も愛するに足れり
宜(むべ)なるかな　好客　風光を翫ぶは

〈現代語訳〉
春の朝、友にさそわれ（友をさそい）しばらくの間、家を後にした。ものさびしい双輪寺でのんびり遊ぶと、もう夕暮れ時になった。見渡すと、春霞がただよっているようで、□漁が遠くに見え、人の後ろからついてゆくと、谷川をわたって、夕暮れの雲が長くたなびいている。双輪寺の境内にある松は老いて（腰を曲げ）、竹と向き合っているかのようで、仏閣には、花がふりかかって、その花の色香がただよってくる。この地のすぐれたな景色は、充分満足のいくものである。何とすばらしいことではないか。風流人が、こんな風光明媚な風景を賞翫できるとは。

〈語　釈〉
○**引友**　友にさそわれる。友をさそう。いずれも可。友とつれだって。　○**蕭寺**　ひっそりとものさびしい寺。または立派な寺。
○**優遊**　優游　ひまがあってゆったりしているさま。のびのびして思いのままのさま。　○**蹤**　人の後ろからついていく。
○**径**　とおる。すぎる。わたる。　○**山水**　谷川　○**君子**　松以外に、梅・竹・蘭・菊などが、君子と呼ばれるが、ここでは、竹と考えられよう。後出八、知仲詩「斜竹」とある。　○**仏閣**　読み取りにくいが、試みに仏閣としてみた。　○**花薫**　梅の花の薫。
○**風光**　けしき。すぐれたおもむき。　○**翫**　よろこび、めでる。　○**好客**　風流人

三六―6

寺挿高山洛水東
尋来春日興無窮
心機不撃煙霞外
眼界応迷霧雨中
仙洞鶴馴霜翅静
禅庭花落緑苔紅
逢僧予法海真契
此座独為白髪翁

散位　藤原　兼胤

寺は高山に挿まれ　洛水の東にあり
尋ね来たりし春日　興は窮まること無し
心機　撃れず　煙霞の外
眼界　迷ふべし　霧雨の中
仙洞の鶴は馴れて　霜翅　静かに
禅庭の花は落ちて　緑苔　紅なり
僧に逢ひて　法海の真契を予まむ
此の座に独り為す　白髪の翁

＜現代語訳＞

双輪寺は高い山に挿まれ、鴨川の東にある。

尋ね来た春の日、興趣は尽きることがない。

心の働きに触れる必要はない、ここはたいへん景色の良い異郷なのだから。

目の届く限りきっと迷うだろう、きりさめの中だから。

俗界と離れた清浄なこの双輪寺に鶴はすっかりなじんでいて、真っ白い羽を静かに休めている。

寺の庭の花は散り落ちて、緑色の苔の上を赤くしている。

僧に逢い、広大な仏の道での真のまじわりを楽しみたい。

この座に会した中では、私一人だけが白髪頭の老人でした。

＜語　釈＞
○**挿**　さしはさまれる。（翻刻に従った。）　○**洛水**　鴨川。　○**窮**　尽きる。きわまる。　○**心機**　心の働き。
○**撃**　ふれる。　○**煙霞**　山水の良い景色。　○**眼界**　視界。目の届く範囲。　○**応迷**　きっと迷うだろう。
○**仙洞**　俗界を離れた地。ここでは双輪寺。　○**霜翅**　まっ白い鶴のつばさ。　○**禅庭**　寺院の庭。ここでは双輪寺の庭。
○**予**　たのしむ。　○**法海**　広大な仏の道を、海にたとえていう。

三六―7

朝出帝城興不堪
閑遊古寺幾交談
僧徒芳契持花謁
俗客垢塵対水慙
夜月学禅□斗藪
春風行□□伽藍
庭接岸柳又園杏
賓翫最厭暮嶺嵐

少内記　惟宗　基言

朝（あした）に帝城を出ずれば　興（たのしみ）堪へず
古寺に閑遊して　幾ばくか交談せむ
僧徒は芳契するに　花を持して謁（まみ）え
俗客（かく）は垢塵なれば　水に対ひて慙（は）じたり
夜月に禅を学びて□　斗藪（とそう）
春風に□を行じて　□伽藍
庭は岸柳に接し　又園に杏あり
賓　翫ぶも最も厭うは　暮嶺の嵐

〈現代語訳〉

朝、都を出発すると、たのしみが押さえられない。

古寺（双輪寺）で、のんびりと過ごしながら大勢の人々と互いに話し合いたい。

僧侶たちは、仏前に花を捧げて挨拶をして（礼拝して）仏と縁を結ぶが、
我ら世俗の人間は、垢と塵に汚れた身を澄んだ水辺に向かって慙じているばかりだ。

夜、月の出る頃、禅を学ぶ僧たちは、現世のもろもろの執着を捨て仏道の修行を積んでいる中に、
春、風にさそわれて、我々は寺に辿り着いた。

庭は岸辺の柳に接していて、杏園に連なっているかのごとく、（作詩も成功するような気分になる。）

賓客はめでて喜ぶ絶好の場所であるのに、一番困るのは夕暮れの山に吹く激しい風なのだ。

〈語　釈〉
○**帝城**　みやこ。天子のいる城。　○**興**　おもむき。たのしみ。　○**閑遊**　のんびりと遊ぶ。（『白氏・57・勉閑遊』「閑遊雖老未能休」）　○**僧徒**　僧のなかま。僧侶。　○**芳契**　契約の敬称。仏縁を結ぶ。　○**垢塵**　あかとちり。よごれ。（『白氏・7・訪陶公旧宅并序』「垢塵不汚玉」）　○**水**　澄んでいるもの。水辺。　○**斗藪**　現世のもろもろの執着を捨てて仏道の修行をすること。（『菅家文草・巻四・誦経』「是身斗藪潔於水」）　○**伽藍**　仏道修行をする所。伽藍寺。　○**園杏**　杏園。唐の都。曲江の池のほとりにあった園で、進士の試験に合格すると、祝ってもらったという庭。　○**賓**　賓客。　○**翫**　めでてよろこぶ。（『陸機・歎遊賦』「翫春翹而有思」）

三六―8

文章生　知仲

載轄載脂出洛城
尋来古寺屡経行
禅機□積僧眉老
玉磬響幽鶴睡驚
委地残花春雪脆
払窓斜竹晩風清
芳林好客隣吾否
一事無成芳寸清
嘉保三年三月一日　双輪寺作

轄を載せ脂を載せて　洛城を出ず
尋ね来たりし古寺にて　屡々経行す（しばしばきんひん）
禅機　□積もりて　僧眉　老い
玉磬の響き幽か（かす）にして　鶴睡　驚く
地に委（た）れし残花　春雪　脆（よわ）く
窓を払ひし斜竹　晩風　清し
芳林の好客　吾と隣するや否や
一事成す無きも　芳寸　清からむ
嘉保（かほう）三年（一〇九六年）三月一日　双輪寺作

＜現代語訳＞

車のくさびに油をさし、出発の準備をして、京の都を後にした。

尋ね来た古寺（双輪寺）では、しばしば座禅修行が行われている。

無我の境地を体得した僧はもう年齢を重ねている。

すばらしい磬の響きが幽かに聞こえると、眠っている鶴もはっと目覚める。

地に垂れ下がり、色あせた花は、春雪よりもよわよわしい。

風で斜めに傾いた竹が、窓をさっと吹き払うようで、夕風は清々しい。

春の双輪寺に会した風流なお方よ、私の隣にいらっしゃいませんか。どうですか。

なにひとつ成就しない（良い詩が出来ない）が、すばらしい春のひととき、清らかではありませんか。

＜語　釈＞
○**載轄載脂**　脂轄。車のくさびに油をさす。出発の用意をすること。（『左伝・襄公31年十月　「賓従有代、巾車脂轄」）
○**経行**　（三四―5参照）坐禅修行の所作の一つ。　○**禅機**　禅の修行で体得した無我の境地から生じる心のはたらき。なお、三句目三字目が脱落しているものと考えられる。響の対語となる文字。　○**玉磬**　玉は磬の美称。磬は、寺院で僧などを呼び集めるために鳴らす銅などで作った楽器。　○**委地**　地上に捨てられたまま。地に落ちている。地に着く。地に垂れる。　○**残花**　散り残った花。（『白氏・13・〇六三六・県西郊秋、寄贈馬造』「風荷老葉蕭条緑、水蓼残花寂寞紅」）　○**脆**　よわよわしい。　○**晩風**　夕方の風。　○**芳林**　春の樹林。ここでは、春の双輪寺。　○**好客**　風流人。文雅の人士（『王維・登裴秀才、小臺作詩』「好客多乗月、応門莫上関」）　○**一事**　一つの事柄。一件。一事無成。何ひとつ成就しない。（『白氏・53・二三四・除夜寄微之』「鬢毛不覚白毿毿、一事無成百不堪」）　○**芳寸**　寸は、とき。かぐわしい時。春の良い時。

三七　某年春月某日　遊長楽寺　九首

詩題解説

　影印本では突然筆が変っていて「長楽寺」とだけ記され、作者名も見られない詩が二題続いており、翻刻者は、「『本朝無題詩』巻第八を以って補す」として、作詩者は源経信とされている。文中不自然な改行も見られ、乱暴な書写になっている。

　長楽寺は、昭和五十七年重要文化財に指定され、京都市東山区円山町に現存し、建立千年以上の歴史を誇っている。その折、記念にと出版された『長楽寺千年』によれば、延暦二四年（八〇五年）桓武天皇の勅願によって、天台宗の祖最澄を開山に創建されたと伝えられている。本尊の十一面観音は、最澄が唐から帰朝の海上で暴風に遭って難破寸前、船の舳に進んで三宝の救護を祈ったところ、光明が輝き、二匹の竜神が頭に十一面観音を載せて船に近づき、その十一面観音が最澄の衣の袖にとび移り、たちまち風雨が鎮まったという。そこで、この海上感得の像を自ら刻んだ秘仏であるという。長楽寺の本尊十一面観音については宇多天皇持仏説や、隣接する雙林寺縁起との混同など、冷静に分析しておられる。

三七―1　長楽寺

一尋蕭寺倦嵯峨
遂就浄筵意奈何
松長瓦溝張小蓋
泉衝石竇瀉余波
梢紅老樹春匂少
眉白高僧夏臈多
莫怪衰翁花下会
将逢禅侶学頭陀

源　経信

ひたすら　蕭(しょう)寺を尋ぬるに　嵯峨(さが)に倦(う)む
遂に浄筵に就きし　意(おもい)は奈何(いかん)
松は　瓦溝(がこう)に長く　小蓋を張り
泉は　石竇(せきとう)を衝き　余波に瀉(そそ)げり
梢　紅なる老樹　春匂　少く
眉　白き高僧　夏臈　多し
怪む莫(な)かれ　衰翁　花下の会
将(まさ)に禅侶に逢ひて　頭陀(づだ)を学ばむとす

＜現代語訳＞
ひたすら寺（長楽寺）を尋ねたが、その険しさにくたびれはてた。（変化に富んだ美景に見倦きるほど堪能した。）
そして遂に長楽寺の詩宴の席にたどりついた。その思いはいかばかりであろうか。
松は、屋根まで伸びて、きぬがさの枝を張り、
泉は、石のあなをつき上げて流れ出し、川の末流までそそぎ込んでいる。
梢が、赤味を帯びている老樹は、春らしい匂いも少なく、
眉が白くなった徳の高い名僧は、いかにも法歳を重ねているようだ。
どうか不思議に思わないでください。私のような爺さんが花のもとでの宴会に参加していることを。
私は、僧侶にお目にかかり、悩みや欲望を洗い去る仏の道を学ぼうとしているのですから。

＜語　釈＞
○蕭寺　寺、寺院。南朝、梁の武帝（蕭衍）が、深く仏教を信じ、寺をつくって、書の名人蕭子雲に命じて、門の額に自分の姓を大きく書かせたことによる。　**○倦嵯峨**　倦は、つかれる。くたびれる。嵯峨は、けわしい。たかい。山が高くけわしい様子。山が険しく石がごつごつしているようす。険しい山を登ることにつかれはてる。　**○浄筵**　清らかな筵席。ここでは長楽寺の詩宴の席。（『白氏・6・〇二六四・遊悟眞寺詩、一百三十韻』「上階脱雙履、歛足升浄筵」）　**○瓦溝**　屋根の雨水を受けて流すために、かわらをあおむけにして並べ葺いたところ。（『白氏・51・二三〇七・宿東亭暁興』「雪依瓦溝白、草遶牆根緑」）　**○小蓋**　かさ・きぬがさ。松の伸びた枝の上に、松の葉のこんもりした形状が、ちょうどかさのような形をしているところから、松の枝や葉を「蓋」と表現している。
○石竇　石のあな。　**○衝**　つきあたる。つきやぶる。つきあげる。　**○余波**　川の末流。　**○夏臘**　僧侶の出家後の年数。夏臘と同じ。臘は冬。僧は夏・冬二期を安息の時とするので、一年を意味する。法歳月。　**○花下**　花の咲いている下。花のもと。（『白氏・13・〇六一六・酬哥舒大見贈』「花下忘歸因美景、樽前勸酒是春風。」）なお、『本朝無題詩・巻第三』に「花下」と分類される詩群があり、十二首が収められている。その中に、「長楽寺花下即時」と題し、源時綱・藤原敦光・大江佐国らの詩が見られる。以下にその三首を掲載する。

源　時綱　長楽寺花下即事
策馬行々遥出洛　道場幽処久徘徊　山中境静逢霜鶴　林下径深蹈石苔
他日或依尋寺到　今春多為見花来　莫言我等等閑礼　向仏芳縁豈拾哉

藤原　敦光　幽深仏閣異人寰　更翫風光得一攀　紅杏園中鶯語滑　青松院下鶴眠閑
性依楽水携春岸　心為愛花入故山　洞戸日曛鐘磬尽　塵機未忘与雲還

大江　佐国　酒伯詩朋幾会同　樹陰露胆興無窮　且開且落雖非仮　一色一香即是空
迎老蹉跎双鬢雪　見花染著九春風　俗間桃李縦皆盛　此地芬芳勝自衆

○頭陀　悩みや欲望を洗い去る。衣・食・住に対するむさぼりの心。（貪欲）などを捨てて、身心を修練する。サンスクリットの音字。杜多・杜茶などと音写し、沙汰・修治・紛弾・斗擻・棄除などと訳す。

三七−2

吾尋古寺到城東
遠近春光四望同
陌柳装旦三月雨
洞花飄雪一朝風
青苔院寂地空老
碧樹路涼山不童
好飲能文希有会
此時此事記神裏

源　経信

吾　古寺を尋ねて　城東に到る
遠近の春光　四望同じうす
陌柳(はくりゅう)　旦(あした)に装ふ　三月の雨
洞花　雪に飄る　一朝の風
青苔の院は寂しく　地　空しく老い
碧樹の路は涼しく　山　童(は)げず
飲を好み　文を能くす　希(ねが)いは会するに有り
此の時　此の事　神裏に記(しる)さむ

＜現代語訳＞
私は古い寺（長楽寺）をたずねて、洛東にやって来た。見渡す限りのどかな春景色。街路樹の柳は、この朝、三月の雨に洗われて美しく装っている。寺の花は、雪のようにひらひらと舞い落ちる。早朝の雨に。（ひと吹きの風に）青々とした苔の生えた寺は寂しく、境内はひっそりと古びていて、緑の樹々に囲まれた路は、清涼で、はげ山にはならない。（緑が濃く生い茂っている。）酒を飲み、文才のある人々との会合を心から希望している。その希望が実現したこの時、この会のこと、心の奥に銘記しよう。

＜語　釈＞
〇**城東**　洛東。長楽寺は東山区円山町にある。　〇**春光**　春の景色。（『杜甫・九日楊奉先会崔明府詩』「漏洩春光有柳条」）〇**陌柳**　街路樹の柳。　〇**洞花**　仙洞の花。ここでは長楽寺に咲く花。（『白氏・8・0三二・山路偶興』「谷鳥晩仍啼、凋花秋不落」・『和漢朗詠集下594・勧学　紀斉名』「先勾曲之会三朝洞花欲落」）　〇**一朝**　朝早く。早朝。または、短い時間。　〇**飄**　ひらひら漂うさま。（『李白・増裴十四』「飄若浮雲且西去」　〇**童**　はげる。はげ山。不童は緑が濃いようす。　〇**神裏**　魂のうち。心の底。

三七―3

老来争不惜芳辰
蓮府持至勝遊際
後塵衰鬢白霜雪
浮生已暮幾残春
偶交蝉冕花前客
暫慰竜鐘夢裡身
禅侶莫言偏倚語
諸縁共是善根人

左大弁　匡房

老来(おいて)　争(いか)でか　芳辰を惜まざらむ
蓮府より　持ち至れり　勝遊の際(とき)
後塵　衰鬢　白霜の雪
浮生　已(すで)に暮るれば　幾ばくの残春ぞ
偶(たまたま)　蝉冕(せんべん)に交はれり　花前の客
暫く　竜鐘(りょうしょう)を慰めむ　夢裡(ほうり)の身
禅侶　言う莫(な)かれ　倚語(きご)に偏るを
諸縁は　共に是れ　善根の人

〈現代語訳〉

年をとってこのかた、どうしてかぐわしい春の季節を惜しまないことがあろうか。（むしろ増すばかり）

内大臣様からご招待いただいたすばらしい宴遊の時がきた。心にかなったすばらしい遊びのときである。

しりえには、衰えた鬢と白髪の老人達が従いましょう。

はかない人生もすでに終盤に入り、どれほどの余命があろう。

こうして偶然にも蝉冠をつけた貴人たちと交わることができた。

暫くは、老いやつれたこの身を慰めよう、どうせ、はかない人の世ならば。

どうか僧侶よ、おっしゃらないでください。めずらしい言葉に偏りすぎると。（詩語にこだわり、偏りすぎるなど言わないで下さい。）

いろいろなご縁は、すべてはこれ良い果報を受けられる人々で結ばれているのですから。

〈語　釈〉
○老来　年をとってこのかた。　**○争**　いかでか。どうして。　**○芳辰**　かぐわしい春の季節。　**○蓮府**　大臣の役所。転じて大臣のこと。　**○勝遊**　心にかなった勝れた遊び。　**○際**　とき。　**○後塵**　人や車馬が通ったあとに立つ砂ぼこり。転じて、人の下風。人のしりえ。　**○浮生**　はかない人生。（『李白・春夜宴桃李園序』「浮世若夢、為歓幾何」）　**○蝉冕**　せみの羽で飾った冠。蝉冠。（『文選・張景陽・詠史』「咄此蝉冕客、君紳宜見書」）　**○竜鐘**　年老いて疲れ病むさま。失意のさま。行きなやむさま。
○夢裡　夢裏・夢の中。（『菅家文草。巻五・三五九・冬夜呈同宿侍中』「共誓生前長報国、誰思夢裏暫帰家」）　**○倚語**　めずらしいことば。　**○善根**　よい果報を受けるもととなる行い。

三七－4

何因此寺置山幽
捨馬攀黛知有由
東見嵩丙千仭勢
西望洛水一条流
年光不駐老来涙
世事暫忘花下遊
落日沈々将去処
梟鐘屡動路悠々
基綱以下書応教云々

左中弁　季仲

何に因りてか　此の寺　山幽に置くや
馬を捨て　黛(まゆずみ)を攀(よじ)れば　由(ゆえ)有るを知れり
東のかた　嵩(すう)丙を見れば　千仭の勢
西のかた　洛水を望めば　一条流る
年光は駐(とどま)らず　老来の涙
世事は暫く忘れむ　花下の遊
落日　沈々として　将に去らむとする処
梟鐘　屡々(しばしば)動き　路(みち)悠々
（基綱以下の書は教へに応じ云々）

〈現代語訳〉
どうしてこの寺は、山のおく深い所に建立したのであろうか。（道が険しいので）馬を乗り捨て、青々とした樹々の間をよじ登ると、そのわけがよくわかる。東方の高山（東山）を見上げると、千尋もあろうかと思われる勢いでそびえたち、西方の鴨川を見下ろすと、まっすぐ一筋に川は流れている。歳月は、とどまることなく、老いの身に涙する日々ではあるが、世の出来事は暫く忘れて、花のもとでの宴遊を楽しもう。夕陽は、ひっそりと静まって、ちょうど沈んでいくところ。鐘がしばしば揺れ動き、路は遠くはるかに続いている。（基綱以下の書は、教へに応じ云々）

〈語　釈〉
○**黛**　青黒色。青々とした山や樹木の形容。　○**嵩丙**　不明。洛水（中国）の東に嵩山があるので、その地名をもじっている。東山か。嵩丙は、山が高くそびえ立つ。　○**千仭**　きわめて高い。又は非常に深いこと。一仭は、周尺の七尺。（『文選・曹植・朔風』「俯降千仭、仰登天阻」）　○**一条**　ひとすじ。　○**年光**　年月。（『杜甫・三月三日勧政楼侍宴応制詩』「年光三月裏、宮殿百花中」）
○**世事**　当世のこと。世の出来事。（『李白・怨歌行』「一朝不得意、世事従為空」）　○**沈沈**　ひっそりと静まる。
○**梟鐘**　鐘のこと。周代、鐘は梟氏（官名。音楽を司った）が作ったことにちなむ。（『旧唐書・音楽志三』「鷺鼓梟鐘展時予」）
○**悠々**　遠くはるかなようす。

三七—5

権左中弁　基綱

禅庭深処一朝行
閑礼仙壇翹至誠
経暁桃顔含露膩
対春柳眼被風驚
径迷香雪花飄雪
林哢清琴鳥囀声
此地勝形今見取
観空山嶺月華明

禅庭　深き処　一朝行かむ
閑(しず)かに　仙壇に礼し　至誠を翹(おこ)す
暁を経(へ)し　桃顔　露を含みて膩(なめらか)に
春に対(むか)ひし　柳眼　風にふかれて驚けり
径(みち)は香雪に迷ひ　花は雪を飄へし
林は清琴を哢(ろう)す　鳥　囀(さえずり)し声
此の地の勝形　今　見取りたり
空山の嶺を観れば　月華　明し

＜現代語訳＞
奥深い処にある寺院（長楽寺）に、朝早くから行こう。
心静かに仏壇に礼拝し、この上もない忠誠心を誓います。
夜明けの仏像のすばらしいお顔は、露を含んだようにうるおって、
春に向けて芽吹く柳のようなまなこは、春風に吹かれて目覚めたようだ。
登って来た道は、かぐわしい雪かと迷わされるように花吹雪が舞い落ち、
林の方では、清らかな琴の音色のような鳥の囀る声が聞こえる。
この長楽寺のすぐれた景色を、今こそ見取ることができた。
ふと、人気のないひっそりとした彼方の山を見ると、月がこうこうと照っていた。

＜語　釈＞
○**一朝**　早朝・あるとき。　○**仙壇**　本尊をまつってある仏壇。　○**翹**(ぎょう)　心にかける。　○**至誠**　この上もないまごころ。
○**桃顔**　すばらしい顔。ここでは仏像のお顔と見る。　○**膩**　きめがこまかく、すべすべしている。潤おってつやがある。
○**柳眼**　柳の葉は通常眉の形を形容するが、ここでは、仏像のまなこの形をさす。　○**香雪**　雪に香りはないが、香りのある白い花。ここでは桜であろう。　○**哢**　さえずる。　○**空山**　ひとけのない山（『王維・鹿柴』「空山不見人、但聞人語響」）
○**嶺**　山の頂き。やまみち。やまなみ。等の意味がある。空山を、長楽寺のある山とみて、その山の頂きとするのか。または、山頂に至るやまみちとするのか。あるいは、別のかなたにあるやまなみなのか不明。この場合、東山あたりの、やまなみを観ると解したい。
○**月華**　月の光。

三七－6

長楽寺中暫眺望
熙々春色動心腸
禅僧携杖渡梯去
樵客負薪傍洞行
水落巌阿晴雨灑
花飛山脚晩風芳
誇栄群輩憐吾否
未展愁眉歳尚長

太皇太后宮権亮　道時

長楽寺の中にて　暫く眺望すれば
熙々たる春色　心腸を動かせり
禅僧　杖を携へ　梯(はし)を渡りて去り
樵客(しょうかく)　薪を負ひ　洞を傍(かたわら)して行けり
水は　巌阿に落ち　晴雨　灑(そそ)ぎ
花は　山脚に飛び　晩風　芳(かお)れり
栄を誇る群輩　吾を憐むや否や
未だ愁眉を展(ひら)かず　歳　尚(なお)長し

＜現代語訳＞

長楽寺の中で、しばらくの間、あたりを眺めていると、やわらかな春景色に包まれ、心から感動した。
禅僧が杖をついてきざはしを渡って行き、
きこりは、たきぎを背負って、速い流れの傍らをとおり過ぎて行く。
水（滝）は、岩のくぼみに流れ、雨上がりの空に水が散りかかり、
花は、山のふもとまで飛び散って、夕暮れの風にかぐわしい香りをのせている。
栄華を誇っている皆様方よ。私をいとおしんでくださいますか、どうでしょう。
私はいまだに心やすらかにならず、いたずらに年齢を重ねています。

＜語　釈＞

○**熙々**　やわらぎ、たのしむさま。ひかりかがやく。　○**心腸**　心の中。（『無題詩・二・地儀』「自然却夏感心腸」）
○**樵客**　きこり。（隠者を代表するもの）　○**洞**　流れが速い（『説文』「洞疾流也」）　○**巌阿**　山のくま。岩やまの奥まったところ。　○**灑**　そそぐ。水が散りかかる。したたりおちる。（『梁書・武帝紀』「涕涙所灑、松草変色」）　○**晴雨**　空は晴れているのに、水が雨のように降っている。（瀧や落葉の音など）　○**山脚**　山のふもと。　○**憐**　喜・怒・哀・楽のすべての感情に対して使う。　○**愁眉**　心配して寄せた眉。心配げな目つきや顔つき。開愁眉、展愁眉は、安心する。ほっとすること。

三七―7

閑攀翠柳依々忘
更愛紅桜施々開

有宗

閑かに　翠柳を攀（のぼ）れば　依々（いい）として忘れ
更に　紅桜を愛（め）づれば　施々として開く

〈現代語訳〉
閑かに緑の柳間をのぼっていくと、柳のすがすがしさに世俗のことを遠くぼんやりと忘れてしまうほどであり、更に紅桜をめでると、よろこんで花が咲くように、心が解放される。

〈語　釈〉
○翠柳　三七―2　陌柳の例があるので、長楽寺に登る道筋に柳の街路樹が植えられていたらしい。　○依々　遠くてぼんやりしたようす。（『陶潜・帰田園居・其一』「曖曖遠人村、依依墟里煙」）　○愛　いつくしむ。かわいがる。　○施々　よろこび満足するさま。

三七―8

城東禅地太幽奇
乗興訪来逐処移
暫伴軽行過洛水
漸尋古洞上山崖
蓮宮昔接令人感
花樹春望被世知
扈従佳遊雖有喜
唯慙双鬢白糸垂

大学頭　菅原　是綱

城東の禅地は　太（はなはだ）幽奇たり
興に乗じ　訪ね来たりて　処を逐（お）ひて移る
暫く軽行を伴ひて　洛水を過ぎ
漸く古洞を尋ね　山崖を上る
蓮宮は昔　接するに　人をして感ぜしめ
花樹は春　望めば　世に知らる
佳遊に扈従（あいしたが）ひ　喜び有りと雖も
唯に慙ずのみ　双鬢　白糸の垂（た）るるを

〈現代語訳〉
洛東の静かなところにある長楽寺は、世に知られていない、たいそうめずらしい寺だ。
興に乗って、たずねて来ては、眺めの良い場所を競い合って探しまわる。
ここに来るまでは、しばらくは馬かハヤカゴを利用して、洛水まで通りすぎ、
その先は、古くておく深いほら穴のような中にある寺を目指して、険しい崖をのぼってきた。
長楽寺に以前参詣したときにも、お詣りした人々を感動させたものだが、
花樹は満開の春に眺めると、そのすばらしさは世間の評判通りだ。
こんなすばらしい詩会に随行できて、まことに喜ばしいことではあるが、
唯々両鬢に白糸が垂れるような老人であるわが身を慙じるばかりです。

〈語　釈〉
○**禅地**　静かな地。ここでは長楽寺を指す。　○**幽奇**　かくれてめずらしい。世に現れること、まれで珍しい。（『白氏・7・〇三三一・湖亭晩望残水』「久為山水客、見尽幽奇物」）　○**逐処**　場所を競う。場所をもとめる。　○**軽行**　速く行くこと。上に伴があるので、馬か籠で速く行くのか。　○**古洞**　古いほらあな。古くておくぶかい。ここでは長楽寺のあるところを指す。　○**蓮宮**　寺のこと。長楽寺。（『無題詩・542菅原在良』「惜花惜鳥到蓮宮」）　○**扈従**　天子の乗り物の供をする。随従。随行。供奉。古訓は「あいしたがう」（『文選・司馬相如・上林』「扈従横行、出乎四校中」）　○**佳遊**　よい遊び。またはその友。

三七—9

象外佳遊最足言
一尋蕭寺謝囂喧
花林扣馬霞盈袖
松戸訪僧月在軒
酒散悶襟春夕酔
詩慙口業老年籠
山霊莫厭帰猶晩
運拙独忘朝務繁

前因幡守　藤原　知房

象外の佳遊は　最も言ふに足れり
一たび蕭寺を尋ぬれば　囂喧（ごうけん）を謝（さ）る
花林に馬を扣（たた）けば　霞は袖に盈（み）ち
松戸に僧を尋ぬれば　月は軒に在り
酒は悶襟を散らせり　春夕の酔
詩にて口業を慙じたり　老年の籠
山霊よ　厭（いと）ふ莫（な）かれ　帰ること猶晩（おそ）きを
拙（せつ）を運べば　独り忘れむ　朝務の繁きを

〈現代語訳〉
別世界のようなすばらしい遊びは、これこそ言葉で申し上げるのに充分な内容です。一たび長楽寺を尋ねると、さわがしい世界から脱け出せる。花咲く林の中を馬に鞭を入れると、春霞が、袖にたまるようにしっとりと湿おい、松の扉のそまつな寺門に僧侶を訪ねる頃、月はもう軒端に昇っている。酒はつらい胸のうちを晴らしてくれるものだから、この春の夕べに酔いましょう。作詩して文学の仕事を慙じてはいるものの、年と共に家にとじ込もり勝ちとなる。（いつまでも詩が出来ないことがはずかしい。）山の神よ、どうか厭わないでください。帰るのがまだ遅くなるほど長居していることを。私をこの地へ運び出してくれたので、独り忘れてしまいましょう。日頃の朝廷の仕事のいそがしさを。

〈語　釈〉
○**象外**　現象を超越していること。別世界。　○**囂喧**　やかましい。さわがしい。　○**扣馬**　扣はたたく。馬に鞭うち走らせる。
○**霞**　花びらとも、露ともとれる。花びらであれば、袖に花びらがいっぱい降りかかる。朝露であれば、袖が、しっとりと湿おう。次句「月」の対語で朝露としたい。　○**松戸**　寺のそまつな扉。質素な門戸。　○**悶襟**　気が晴れない胸のうち。
○**口業**　文学の仕事。詩を作る。　○**山霊**　山の神。山のみたま。　○**朝務**　朝廷の仕事。

三八　康平某年二月某日　遊長楽寺即事　二首

詩題解説

一〇五八年康平元年から七年間一〇六五年まで、作者である藤原季綱と藤原成季は、共に散位の時代の作であったが、季の字を受けて出世を約束されている。のち、季綱は『季仲卿記』を残し、成季は『成季朝臣記』を残している。長楽寺には二人だけで行ったようである。二首ともに杖をついての登り降り、道中の険しさと自然美を詠じている。

長楽寺の山号や鷲尾山という。境内は、東山連峰のひとつで、平安遷都の時、都の守護神として、八尺の土の甲冑人形を埋めたといわれている将軍塚を降りて、菊谷川の流れをはさんで鷲尾の丘陵と対している。おそらく古い堂の中心は、山腹の八丁台にあったであろうが、現在は、円山公園の近くに規模を縮少して移設されたのかと思われる程、市内に近く、それでも詩中の光景に該当するだけの風景は座敷から一望できるようになっている。

三八―1　春日遊長楽寺即事

散位　季綱

長楽寺中酌酒缸
城東茲地勢無双
鳥伝梵語狎僧座
花学巌粧飄仏窓
蘿洞月昏経久誦
松門風暁磬閑摐
六時火影耀瓊戸
多歳溜跡穿石矼
巌腹梯危携竹杖
谿心房暗挑蘭釭
万般不染独観念
唯有詩魔未得降

長楽寺の中(うち)にて　酒缸(しゅこう)を酌(く)めり
城東の茲(こ)の地は　勢　無双なり
鳥は　梵語を伝へ　僧座に狎(な)れ
花は　巌粧を学び　仏窓に飄る
蘿洞の月　昏(く)れて　経(きょう)　久しく誦(しょう)し
松門の風　暁(あ)けて　磬(けい)　閑(しず)かに摐(う)つ
六時の火影　瓊戸(けいこ)に耀(かがや)き
多歳の溜跡　石矼を穿てり
巌腹の梯(きざはし)　危ければ　竹杖を携へ
谿心の房　暗ければ　蘭釭を挑(かか)ぐ
万般染まず　独り観念するも
唯に詩魔のみ有りて　未だ降すを得ず

〈現代語訳〉

春のある日、長楽寺に出掛け、その場で即興で作った詩
長楽寺で酒をくみかわした。
洛東にあるこの場所こそは、地勢の良さは世にならぶものもない。（この上もなく地形の良い所だ。）
鳥のさえずりは、あたかもお経をよんでいるようで、僧の唱える経の場になれ親しみ、
峯に咲く花は、深い真理を学んだように、寺の窓にひらひら舞い落ちる。
おく深く苔むした長楽寺に、月が昇り日が昏れる頃、いつまでも経を誦し、
いつしか、寺門に暁の風が吹く夜明けともなれば、馨鐘が閑かに叩かれる。
明け六つの勤行に、灯明が美しい扉を輝かしているようであり、
長年にわたって溜まった水滴は、石橋に穴をあけているようだ。
山の中腹にかけられた階段は、危ないので、竹の杖をついて登り、
谷間のほこらは暗いので、灯火を高くかかげてみる。
すべての方面にわたってあさはかで、独り真理を追求しようとするものの（作詩に集中しているが）
ただ詩の極端な愛好者というだけで、いまだに高揚した気持ちは、抑えることができない。

〈語　釈〉

○酒缸　酒がめ。　**○酌**　酒をくみかわす。　**○勢**　活気。ありさま。ようす。地勢。　**○無双**　世にならぶものがない。（『史・淮陰侯伝』「至如信者、国士無双」）　**○梵語**　インド古代の書きことば。（サンスクリット）聖なる言語。俗語に対する雅語。ここでは、僧のよむ経文。例えば、有名な『般若心経』末尾「波羅掲帝（パラギャーテー）　波羅僧掲帝（ハラソーギャーテー）」と、サンスクリットでお経を読んでいるように聞こえる。　**○狎**（こう）　なれる。いつも僧のよむ経文を聞いている鳥たちは、なれ親しんで、僧座まで近づく。または、経の声と鳥の声がよく調和して聞こえる。　**○巌粧**　梵語の対なので、奥深い真理の意味も掛けたもの。　**○蘿洞**　つたやかずらの生い茂った洞窟。ここでは長楽寺を比喩する。　**○松門**　寺の門。松。戸。　**○磬**　磬声。寺で僧などを呼び集めるときに鳴らす石などで作った楽器。への字形の打楽器で、台につるして打ちならす。　**○六時**　一昼夜を十二刻に分けた六つの時。昼六刻、夜六刻。または一昼夜を六つに分けた時刻で、晨朝・日中・日没・初夜・中夜・後夜。（『阿彌陀経』「昼夜六時而雨曼陀羅華。」　**○瓊戸**　玉でかざった戸。
○石矼　川を渡るための飛び石。　**○蘭釭**　灯火。　**○万般**　いろいろのことがら。すべての方面。万事万端。　**○観念**　真理または仏体を観察思念すること。　**○詩魔**　詩を作りたい気持ちが自制できない不思議な力のたとえ。詩の極端な愛好者。（『白氏・16・一〇〇四・閑吟』「唯有詩魔降未得、毎逢風月一閑吟。」『白氏・17・一〇六五・酔吟二首』「酒狂又引詩魔発、日午悲吟到日西。」）
○降　心や気持ちを抑制する。

三八―2

散位　成季

城東蕭寺号長楽
此地勝形誰得双
百尺松高当祇閣
数竿竹撼払紗窓
玉攏湿雨逐年旧
金鐸動風□暮摐
泉石幽声斜灑砌
莓苔滑色似縫矼
谿心聞□頻調管
林館挙花欲代釭
倩見往還緇素輩
携藤杖自昇亦降

康平□年二月

城東の蕭寺は　長楽と号(なづ)く
此の地の勝形　誰か双を得んや
百尺の松　高くして　祇閣に当たり
数竿の竹　撼(な)でて　紗窓を払へり
玉攏(ぎょくろう)　雨に湿ほひ　年を逐(お)ひて旧(ふ)り
金鐸　風に動きて　暮に□て摐(つ)けり
泉石の幽声　斜めに砌(みぎり)に灑(そそ)ぎ
莓苔(ばいたい)の滑色　似て矼を縫ふ
谿心　□を聞き　頻りに管を調べ
林間　花を挙げて　釭(こう)に代へむと欲す
倩(つらつら)　往還せし　緇(し)素(そ)の輩(やから)を見れば
藤杖を携へ　自ら昇り　亦た降る

康平□年二月

＜現代語訳＞
洛東にある寺院は、長楽と名づけられている。
この地のみごとさを、並び称せられるものが二つとあるだろうか。（ない）
松の木の高さは、祇閣に相当するほど高くそびえ、
数本の竹は（風に吹かれて）なでるように、寺の小窓を払っている。
立派なひしゃくが雨に濡れて、年月と共に古くなり、
すばらしい大鈴は風に吹かれて、暮れの時を鳴らす。（暮れ六つの時を告げる）
湧き出す泉のしずかな音色は、斜めに落ちて石畳にそそぎかけ、
こけは、滑らかに、とび石を縫うように生えている。
谷間からしきりに聞こえる（鳥）の声は、笛の音色のように響き、
林の中の館（長楽寺）には、花をお供えして、お灯明がわりにしよう。
この寺に往き来する僧侶や俗人をよくよく見ると、
藤の枝をたよりに自力で昇ったり降りたりしている。
康平（一〇五八年～一〇六五年）二月

＜語　釈＞
○**百尺**　十丈。長いことのたとえ。　○**祇閣**　祇は大きい。長楽寺の高い建物。　○**摵**　ぬく。なでる。さする。
○**紗窓**　小さい窓。　○**玉攏**　とる。もつ。かすめる。おさえる。つかねる。おさめる。酒量のかずとり。くしけずる。等々の意はあるが、何れも当たらない。次句「金鐸」の対で、露天にある器物を推察すれば、手や口を洗う「ひしゃく」のようなものか。
○**金鐸**　武事の命令を伝えるのに用いた大鈴。文事には木鐸を用いる。ここでは、寺の行事を伝える鈴。　○**幽声**　静かな音。
○**灑**　水を散布する。水を注ぎかける。　○**砌**　いしだたみ　○**莓苔**　こけ。　○**滑色**　なめらかな色。　○**管**　笛。六つの穴の笛。　○**林館**　林の中の立派な建物。ここでは長楽寺をさす。　○**倩見**　つらつら見る。　○**緇素**　黒衣と白衣。僧侶と俗人。　○**康平**　一〇五八年から一〇六五年七月までが康平年間。後冷泉天皇・関白頼通の時代。『本朝文粋』成立も同時代とされている。以下、『日本文学年表』（桜楓社）に従って康平年間を概観する。康平元年二月、法成寺焼亡。内裏焼亡・二年一月、一条院焼亡。六月、放火繁発。十月、関白頼通、法成寺無量寿院・五大堂を供養。三年五月、興福寺焼亡。八月、新造高陽院に移る。四年十一月関白頼通七十の賀を法性寺で行う。十二月、頼通大政大臣。五年、本詩集の編者と目される藤原宗忠をはじめ、藤原敦光・藤原家忠が誕生。頼通大政大臣を辞す。六年八月、清水寺焼亡。七年五月、太宰府観世音寺焼亡。藤原明衡の『清水寺縁起』これ以降成立。頼通の晩年に当たり、火災の相次ぐ康平年間の、何れの年にこの長楽寺で作詩されたものであろうか。

三九　寛治二年三月十三日　遊長楽寺即事　十七首

詩題解説

寛治二年三月十三日という日付は、「師通公記ヲ以テ年月日ヲ補ス」という、翻刻者の但し書きによるものである。寛治二年（一〇八八年）は、堀河天皇・白河院・摂政関白藤原師実の時代である。即事とは、その場で即興的に作詩することで、通常の作文会や、詩宴とは異なり、教養の問われる高度な詩会である。詩宴は酒を伴って夜になって開催し、朝まで徹夜で行われることが多いが、本詩は、内大臣藤原師通主催のもとに、早朝に家を出て、東山をめがけて山を登り、長楽寺に参集する。桜が散り柳の芽吹く美しい絶好の春景色の中を散策しながら、作詩に励むのである。

三九―1　春日遊長楽寺即事

内大臣

芳辰漸暮動歓情
二属闌時連騎程
粧混白雲花尽散
影浮緑水柳方軽
三春酌酒酔重勧
終日詠詩興幾成
山路廻眸遥眺望
煙霞相隔自行々

芳辰　漸く暮れ　歓びに動ぜし情
二属闌（たけなわ）なりし時　騎を連ぬる程
粧は　白雲に混じりて　花　尽（ことごと）く散り
影は　緑水に浮かびて　柳　方（まさ）に軽し
三春　酒を酌み　酔へば重ねて勧む
終日　詩を詠じ　興（おもむき）　幾ばくか成らむ
山路に眸を廻らし　遥かに眺望すれば
煙霞相隔たりて　自ら行々たり

＜現代語訳＞
春日　長楽寺に遊ぶ　即事
春のかぐわしい季節。次第に日も暮れはじめ、歓びに感動している。桜も満開、柳も美しいこの時、騎を連ねて出発する。
あたりの景色といえば、白雲かと見まがうように花は散ってしまい、川の流れに、緑色の影を写したように、柳が軽やかに芽吹いている。
季春三月、盃を酌み交わし、酔えば更に酒をすすめる。
一日中、作詩吟詠すれば、興趣は、どんなに湧いてくることだろう。
山路に、ひとみをめぐらして、遥かかなたを眺望すれば、
春霞は現実世界と神仙世界を隔てて、自然に行きつとまりつ、何とものどかな春景色である。

＜語　釈＞
○内大臣　詩題の寛治二年（一〇八八年）当時の天皇は、堀河天皇。関白は藤原師実。内大臣は藤原師通。**○芳辰**　芳しい春の季節。**○二属**　三・四句からみて桜と柳であろうか。　**○闌**　たけなわ　**○三春**　孟春（一月）仲春（二月）季春（三月）と、春の三か月をいう場合と、第三の春（三月季春）をいう場合があるが、ここでは後者。作詩年月が、三月であるので、季春と限られる。**○行々**　行きつ止まりつして進みかねる様子。（『菅家文草・巻三・二〇一・寒早十首の二』「負子兼提婦、行行乞与頻」）**○相隔**　煙霞によって現実世界と神仙世界（仏教でもいう。）を隔てる。三句目の「白雲」は、道教では神仙世界を意味する。

三九—2

春尋山寺上方巓
満眼奇巌与貴泉
白日霧深霑玉甃
黄昏人到礼金仙
翅閑老鶴髟霜毳
被破禅僧半露肩
花下雖須期後会
暮齢難定契何年

民部卿　源　経信

春　山寺を尋ぬ　上方の巓（みね）
眼に満つるは　奇巌と貴泉と
白日　霧　深うして　玉甃（しゅう）を霑（うる）ほし
黄昏　人　到りて　金仙に礼（らい）す
翅（つばさ）　閑かなる老鶴　髟（ひょう）として　毳（むくげ）を霜（しも）とす
被（きもの）　破れたる禅僧　半ば肩を露はす
花下にて　須（すべから）く後会（こうかい）を期すべしと雖へども
暮齢　定め難し　何れの年をか契らむ

〈現代語訳〉

春のある日、上方の峯に向かって山寺（長楽寺）を尋ねた。
目に見える限り、めずらしい岩や美しい泉でいっぱいだ。
白昼には、霧が深くて石だたみをうるおし、
夕暮れ時に、人々は到着して、仏に礼拝した。
つばさを静かにひろげた老鶴のむくげは、長くて霜のように白い。（内大臣師通様の髪は長く垂れ下がり真っ白だ）
破れた袈裟を身に纏っている禅僧の肩は、半ば露出している。
この花の下での宴会で、また再会を誓い合うとはいうものの、
晩年を迎えた私は、何年も先のことなど考えられません。

〈語　釈〉

○**巓**　いただき。峯。山頂。　○**満眼**　視野いっぱい。目に見える限り。　○**白日**　まひる。白昼。　○**玉甃**　玉は美称。甃はいしがわら。日本では、いしだたみ。　○**金仙**　仏の別称（『大智度論』「是賢却中有四仏、一名迦羅鳩餐陀、二名迦那伽牟尼、秦言金仙人也。」）　○**翅**　つばさ。鳥や虫の羽。　○**老鶴**　内大臣師実の暗喩　○**髟**　髪が長く垂れ下がる様子。（『文選・潘岳・秋興賦』「斑鬢髟以承弁兮」）翻刻「髮」を「髟」に改めた。　○**霜毳**　白いむな毛。白くやわらかいにこげ。　○**被破**　破れた袈裟。または破れた僧衣。解読困難ではあり、字数も合致しないようであるし、翻刻本も不適当である。『本朝無題詩全注釈528』では「被破」として、破れた衲衣と解しておられる。これに従う。　○**後会**　再会。のちに合う。後日の会合。　○**暮齢**　老いた年。晩年。

三九—3

城東勝境意悠々
被引蘭朋忽放遊
山寺春深禅座好
野亭日落晩望幽
見花聞鳥暫成□
帰宅臥廬将倍愁
此処此時何年足
韶光過半興無休
　同前己下有応教字

治部卿　伊房

城東の勝境　意悠々
蘭朋に引はれて　忽ち放遊す
山寺の春は深うして　禅座するに好ろしく
野亭に日は落ちて　晩望は幽かなり
花を見　鳥を聞けば　暫くは□を成さむ
宅に帰り　廬に臥すれば　将に愁を倍すべし
此処に　此の時　何れの年か足らむ
韶光　半ばを過ぐれど　興は休むこと無し
　前に同じ　己下　教字に応ふる有り

〈現代語訳〉

絶景の洛東で、こころは遠くはるかな思いで、のんびりした気分。すばらしい友人にさそわれて、即刻、気ままに出掛けて来た。山寺は、春の真っ盛り、座禅修行には絶好の季節であり、外のあずま屋に来る頃、日は落ちて夕方の眺めは静かでかすかである。花を見て、鳥の声を聞き、当分の間（のんびり）できるだろう。家に帰り、そまつな小屋に寝ころぶと、愁いはますますであろう。この長楽寺で（花の美しい）この時、またいつになればこんな遊びができるのであろうか。春ののどかな景色も、半ばを過ぎた今も、なお感興はやむことなく湧いてくる。

　勒は前と同様であるが、これ以後は教字に応えたものでもある。

〈語　釈〉
○**勝境**　景色の優れた所。（『遊仙窟』「下官寓遊勝境」）　○**意**　こころ・おもい。　○**悠々**　はるか。遠くはるか。のんびりした様子。　○**蘭朋**　蘭は、善・美なもののたとえ。立派な友人とでもいうべきか。　○**放遊**　勝手気ままに遊ぶ。（『菅家文草巻三・舟行五事の(4)』「老泣雖哀痛、虚舟似放遊」）　○**晩望**　夕方の眺め。夕げしき。　○**倍愁**　愁いをます。愁いをくわえる。
○**足**　成る。（『左氏伝・襄公二十五』「言以上足志、文以足言・［注］足猶成也。」）　○**韶光**　春ののどかな景色。（『菅家文草巻五・三九一・送春』「若便韶光知我意、今宵旅宿在詩家。」）

三九—4

朝出洛城好眺臨
蕭条古寺得相尋
山中問迎逢禅客
野外遊蹤対暮林
［　　　］浦浪
□□春静柳塘陰
華轅漸動欲帰処
唯聞峡猿一両吟

左中弁　季仲

朝（あした）洛城を出ずれば　好（よ）き眺め臨（のぞ）めり
蕭条（しゅうじょう）たる古寺　相尋ぬるを得たり
山中　問（と）迎へば　禅客（ぜんかく）に逢ひ
野外　遊蹤（ゆうしょう）して　暮林に対す
［　　　］浦の浪
□□　春静かなり　柳塘の陰
華轅　漸く動き　帰らむと欲する処
唯に峡猿を聞くのみ　一両吟

〈現代語訳〉
朝、都を出て眺望の良いところまで来た。
ものさびしい古寺（長楽寺）を尋ねることが出来た。
山中で（真理・仏の教え）を問いたいと思っていると（偶然にも）参禅の僧に逢い、
野外を歩き回っていると、目の前に暮れなずむ林（長楽寺）に行き当たった。
不　明
不　明　　春は静かに、土手の柳は川にかげを写している。
師実様のお立派な車がようやく動き出し、帰洛する頃となった。
あたりは静かで、谷間から一声、二声、猿のなき声が聞こえてくるばかりである。

〈語　釈〉
○**蕭条**　ものさびしい。ものしずか。（『楚辞・遠遊』「山蕭条而無獣」『菅家文草・巻一・秋風詞』「蕭条為教令、惨懍混雌雄」）
○**問迎**　用例未見。迎の意味は、あまりない。　○**禅客**　参禅の僧。　○**遊蹤**　蹤は従と同じ。あしあと。遊踪と同じ。歩き回ったあと。　○**暮林**　夕暮れの林。（『和漢朗詠集・巻下・猿459　大江朝綱』「暁峡蘿深猿一叫、暮林華落鳥先啼」）　○**柳塘**　柳の植えてある土手。長楽寺に至る道中には、柳並木があったようだ。（39の1・内大臣歌にも「影浮緑水柳方軽」また37・「遊長楽寺九首」にも、源経信作（37の2）「陌柳装旦三月雨」とあり、同有宗作（37の7）「閑攀翠柳依々忘」などとある。　○**華轅**　轅は車のながえ。内大臣師実の車であろうか。　○**峡猿**　谷あいの猿。（『和漢朗詠集・巻下・猿460　大江朝綱』「谷静纔聞山鳥語、梯危斜踏峡猿声」）

三九―5

扈従佳遊扶老身
禅庭深処暖和晨
林間終日聞鶯立
嶺激有時見鶴親
趁水遠尋渓月暮
踏花同入洞門春
「　　　」「　　　」
「　　　」混俗塵

散位　行家

佳遊に扈従(こしょう)して　老身を扶(たす)く
禅庭　深き処　暖和なる晨(あした)
林間にて　終日　鶯を聞きて立ち
嶺激にて　有時　鶴を見て親しめり
水を趁(お)ひて　遠く尋ぬれば　渓月暮れ
花を踏みて　同(とも)に入れば　洞門の春
「　」「　」
「　」俗塵に混(まじ)ふ

〈現代語訳〉
長楽寺での詩宴のお供をして師通様をお扶けした。
寺の奥は、うららかな春の暖かい朝である。
林の中で、一日中鶯のさえずりを聞きながら、立ちつくし、
あざやかな峯を眺め、盃を汲み交わし、皆様と親しんだ。
水の流れをおいながら、遠路を尋ねてきたので、もう谷川に月のかかる時刻となり、
花を踏み、共に門を入ると、そこは（別世界のような）長楽寺の春である。
　不　明
寺を出て、家に帰れば、また俗塵に混じって暮らすことだ。

〈語　釈〉
○**扈従**　翻刻は「扈徒」とあるが、扈従の誤り。高い身分の人の御伴ををすること。随行する。またそのもの。おとも。（『文選・司馬相如・上林賦』「扈従横行、出乎四校之中」）　○**老身**　老は敬称。内大臣師通を指す。　○**暖和晨**　不明。暖かく和む朝の意であろうか。　○**嶺激**　不明。林間の対となるべき語。激にあざやか・あきらかの意味があるので、あざやかな嶺の意か。
○**趁水**　水をたずねる。川をさかのぼると長楽寺がある。　○**渓月**　谷川にかかるつき。（『李白・自遣』「酔起歩渓月、鳥還人亦稀」）
○**洞門**　世俗を離れた地。ここでは長楽寺。

三九―6

一尋勝地洛陽東
景□珊闌思不窮
鶯隔尽堂歓薄霧
花辞暖樹散狂風
石龕月上孤雲外
茶竈煙繊落日中
久接嘉賓交会末
可憐双髪漸梳蓬

右中弁　藤　基綱

一たび　勝地を尋ぬ　洛陽の東
景□珊闌として　思ひ窮らず
鶯　尽堂を隔て　歓べば　霧に薄れ
花　暖樹を辞し　散りて　風に狂へり
石龕（せきがん）に　月は上れり　孤雲の外
茶竈（さそう）の　煙は繊（ほそ）し　落日の中
久しく嘉賓に接し　会末に交はれり
憐れむべし双髪　漸く蓬を梳（す）くを

〈現代語訳〉
一たび洛陽の東にある景勝地を尋ねた。
景色は衰えてしまって、思いを窮めることができない。
寺を隔ててさえずる鶯も、歓びの声が霧に薄れ、
暖かい樹と別れを告げる花は、散れば風に吹かれて狂ったように舞い落ちる。
石塔を照らすように、ひとひらの雲のかなたから月はのぼり、
茶を湧かすかまどの煙りは、沈む夕陽に細く立ちのぼっている。
久しい間、嘉き賓客の宴会の末席に加えていただき、
感に堪えないほどすばらしいことに、乱れた頭髪を、漸く梳いて参加致しました。

〈語　釈〉
○**珊闌**　闌珊　しおれるようす。衰えるようす。二句目は六文字であるが、二字目を欠とした。　○**思**　おもい。考え。悲しみ。こころ。意志。深い考え。　○**尽堂**　不明。ここでは、長楽寺のことか。　○**暖樹**　暖かい春の日射しを浴びた樹木のことか。
○**石龕**　石の塔。石の厨子。（仏像を入れる箱）ここでは、石の塔。　○**孤雲外**　一ひらの雲のかなた。　○**茶竈**　お茶を湧かすかまど。　○**繊**　ほそい。　○**会末**　長楽寺での詩宴の末席を表現したもの。　○**蓬**　ものの乱れているようす。中古の古訓では「カシラミダル」とあり、乱れた頭髪の意味。
○**梳**　くしけずる。すく。歯の粗いくしで頭髪をすく。

三九―7

右京権　藤　敦基

禅庭深処隔塵寰
尽日廻眸眺望閑
断峡虹横春雨後
遠村煙細夕陽間
風来払砌唯花樹
晴色入楼幾碧山
林下新逢槐露暖
剰歌徳沢酔中還

禅庭　深き処　塵寰（じんかん）を隔つ
尽日　眸を廻らせば　眺望閑かなり
断峡　虹　横たはれり　春雨の後
遠村　煙　細し　夕陽の間
風来たりて　砌を払へば　唯に花樹のみ
晴色　楼に入りては　幾ばくの碧山ぞ
林下　新たに逢へり　槐露　暖く
剰さへ（あまつさへ）　徳沢を歌ひて　酔中（えいて）還れり

〈現代語訳〉

長楽寺の庭の奥深い所は、俗世を隔てたような別天地。

一日中、眸をめぐらして、眺望すると、まことに閑かである。

切りたったような谷間に、虹が横たわっている雨上がりの空に、
遠くの村には、炊煙が細く立ちのぼっている、夕陽の間に。

風がひと吹きして、砌を払い、ただ花の咲く樹だけが残り、
晴れて、高楼に登ると、どれほど多くの碧山が見えることか。

林のもとで初めてお目に掛かりました。師通様の暖かいお姿に。（恵みの酒もいただきました。）

ましてや、その仁徳を詩に詠じ、ほろ酔い気分のまま帰るとは。（幸せの極みである。）

〈語　釈〉
○**塵寰**　現実の世界。俗世間。　○**尽日**　一日中。『本朝無題詩』により補う。　○**断峡**　断は断崖の断。切り立つような谷間。
○**遠村**　遠くの村。ふり返って見る村。遠ざかった村。　○**煙細**　立ちのぼる細い煙。かまど炊く煙。　○**晴色**　翻刻者は晴色と解読されている。『本朝無題詩』では「晴至」となっているが、翻刻者に従った。　○**碧山**　影印本と翻刻は碧時であるが、押韻のため「碧山」と改めた。　○**槐露**　槐は「えんじゅ」の木のことで、大臣の暗喩として使われている。露は恵みの露と酒の露の掛け詞として使われている。なお、『本朝無題詩519』でも詳しい解説が見られる。　○**徳沢**　仁徳の潤い。めぐみ。恩沢。

三九―8

讃岐権介　定実

長楽寺中美景晨
翫花近日□□新
□□□曜禅林露
軒蓋会同仏閣春
野酌酔深携竹杖
山遊興引藉苔茵
廻轅命駕将帰処
只聴渓鶯与我馴

長楽寺の中　美景なる晨（あした）
花を翫ぶ近日（このごろ）□□新たなり
□□□曜（かが）やけり　禅林の露
軒蓋（けんがい）会同す　仏閣の春
野酌の酔　深ければ　竹杖を携へむ
山遊の興　引（まね）けば　苔茵（たいいん）を藉（し）かむ
轅（ながえ）を廻らし　駕を命じ　将に帰せむとする処
只　渓鶯を聞き　我と与（とも）に馴（な）れたり

〈現代語訳〉

長楽寺の景色の良い朝、
花をめでて喜ぶこのごろ□□が新たである。
□□□長楽寺におりた露も、美しくかがやいている。
長楽寺の美しい春に、師通様の詩会が開かれた。

野外での酒は、深酔いするだろうから、竹の杖を用意しよう。

山遊び（長楽寺の詩宴）の風流な会にお招きくださるなら、こけのむしろを敷こう。

車の轅（ながえ）をまわして、出発を命じ、帰洛しようとすると、
ちょうどその時、谷間から、鶯の声が聞こえて来る。（長居したので）我々にすっかり馴れたようだ。

〈語　釈〉

○**美景**　美しい景色。よい景色。　○**翫花**　花をめでて喜ぶ。　○**近日**　このごろ。ちかごろ。近いうち。　○**軒蓋**　車の覆い。車蓋。転じて貴人の乗物をいう。ここでは、内大臣師通の車。または、師通を指す。　○**会同**　諸侯の寄り合い。寄り合い、会合。○**野酌**　原野で酒をくむこと。地酒。（『李白・贈閭丘詩』「野酌勧芳酒、園蔬烹露葵」）　○**竹杖**　「竹戸」と翻刻されているが、意味が通じないので、字形から、「竹杖」と改めた。　○**苔茵**　こけのむしろ。こけのしとね。　○**藉**　しく。（『文選・嵆康・琴賦』「藉以翠緑」　○**山遊**　遊山と同じ。山に遊ぶ。

三九―9

刑部少輔　源　成宗

朝尋蘭寺出皇城
闌立上方四望晴
古洞春深残鳥老
暮林風渡落花径
「　　　　　　　」
絶洞梯危踏水声
此地元来多勝趣
放遊終日動心情

朝（あした）に　蘭寺を尋ねて　皇城を出で
闌（おそ）く　上方に立てば　四望　晴れたり
古洞の春は深く　残鳥　老い
暮林の風は渡る　落花の径
「　　　　　　」
洞（たに）を絶（わた）る梯（きざはし）は危（あや）うし　水を踏みし声
此の地は元来（もとより）　勝趣多し
放遊すること終日　心情を動かせり

〈現代語訳〉
立派な寺（長楽寺）をたずねて、朝から都を出発した。
かなりおそい時刻に奥の院に立って見ると、四方は晴れ渡っている。
この古い寺の春も深く、晩春の鳥たちも年をとってしまったようだ。
暮れなずむ林に風が吹くと、小みちいっぱいに花が散りしく。
解読不明
谷にわたしてあるきざはしは、あぶなげで、水の落ちる瀧の音が聞こえる。
この地は、もともと趣深い名勝の地で、
一日中、気ままにのんびり過ごして、心の底から感動したことだ。

〈語　釈〉
○**蘭寺**　かぐわしい寺。ここで長楽寺をさす。　○**皇城**　天子のいる城。都。　○**闌**　たけなわ。まっさかり。なかばすぎ。おそい。おわり。等々の意味があるが、ここでは、初句の「朝」を受けて、時間が経過しているので、「おそく」をとる。なお「しずかに」の古訓もある。この解釈も可能。　○**古洞**　古いほらあな。ここでは長楽寺のある場所。　○**残鳥**　残春に鳴く鳥。○**暮林**　くれなずむ林。　○**絶洞**　谷をわたる。絶は、わたる。洞は、ここでは谷。なお六句目は、平仄の関係から、句末を「声」（下平八庚韻）とし、七句目頭は、「此」として順次移動させた。　○**勝趣**　すぐれたおもむき。（『銭起・尋華山雲台観道士詩』「秋日西山明、勝趣引孤策」）

三九―10

遊放自朝及晩暉
艶陽景気動心機
先尋蕭寺乗春到
続顧華城待月帰
巽樹花飛薫仏閣
于茶煙細閇禅扉
勝形無地甲卜
況隔塵寰客累□

権左少弁　為房

遊放すること　朝(あした)より晩暉に及ぶ
艶陽の景気　心機を動かせり
先づは蕭寺を尋ぬるに　春に乗りて到り
続きて華城を顧みるに　月を待ちて帰る
巽(そん)樹の花　飛びて　仏閣に薫り
于茶の煙　細く　禅扉を閇(とざ)せり
勝形　地無くば　甲卜せむ
況や塵寰を隔てば　客□を累ぬ

〈**現代語訳**〉

朝から夕方まで自由に散索を楽しんだ。晩春のはなやかなこのようすは、心から感動した。まず、寺（長楽寺）を尋ねて、春風にさそわれて到着し、次に都を振り返り、月の出を待って帰途についた。東南にある、散りはじめた樹から花が仏閣に飛び、馥郁と薫っている。茶の湯の煙も細く立ちのぼる頃、禅門をとざす日暮れ時となった。こんな形勝の地はなかなか無いので、占ってみよう。ましして、俗塵を隔てたこの地で、人々は□をかさねたことである。

〈**語　釈**〉

○**遊放**　放遊と同じ。勝手気ままに遊ぶ。偏格仄起にするため、放を二字目に用いている。　○**晩暉**　夕方の日の光。夕方の景色。○**艶陽**　はなやかな晩春の季節。　○**景気**　ようす。ありさま。　○**心機**　心の動き。心のはたらき。（『後漢書・宦者・鄭衆伝』「為人謹敏有心機」）　○**華城**　天子のいる所。帝都。　○**巽樹**　巽はたつみ。東南の意味もあるが、「散る」「散らす」の意味もある。何れとも決めかねるので東南にある落花の樹と掛けて解す。　○**于茶**　于は、語の上に冠して声調を整える助辞なので、「茶」の意。　○**塵寰**　塵の世。人間世界。（『菅家文草・巻三・二三二・衙後勧諸僚友、共遊南山』「欲伴孤雲尋澗路、猶憐半日出塵寰」）

三九―11

和風引歩入禅林
一日閑遊足動心
遥見花粧先指点
更連香騎屢登臨
老鶯舌緩霞歌曲
虚牝耳忙水叩音
藻思纔成帰去処
文詞雖拙興猶深

掃部頭　惟宗　孝言

和風　歩を引き　禅林に入り
一日閑遊すれば　心を動かすに足れり
遥かに花粧を見て　先ず指点し
更に香騎に連なり　屢々(しばしば)登臨す
老鶯　舌緩やかに　霞歌(かか)の曲
虚牝(きょひん)　耳忙(せわ)しく　水叩(すいこう)の音
藻思は纔かに成りて　帰去する処
文詞　拙(つたな)しと雖ども　興　猶(なお)深し

〈現代語訳〉
のどかな春風にさそわれて、歩いて寺に入った。
一日中、静かにぶらつくと、心は感動でいっぱいになる。
はるか遠くの花を見つけては、まず指でさし示し、
師通様の騎馬に続いて、あちこちと高い所に登り、眺めまわす。
晩春の鶯の啼き声は、ゆったりしていて霞たなびく春の歌をうたい、
渓谷からは、調子の早い水叩の音のようなせせらぎが聞こえる。
詩文が漸く出来上がって、帰る時が来た。
表現は稚拙ではあるが、伝えたい感興はまだまだ深いものがある。

〈語　釈〉
○**和風**　のどかな春風。やわらかく吹く風。（『杜甫・上巳日徐司録林園宴集詩』「薄衣臨積水、吹面受和風」）　○**引歩**　足を運んで。徒歩で。　○**禅林**　寺・寺院　○**指点**　指さし示す。　○**香騎**　香は美称。高貴な人の乗る馬。ここでは、内大臣師通の馬の敬称。　○**登臨**　高い所に登り、下を眺める。　○**老鶯**　晩春まで啼く鶯。　○**霞歌曲**　用例未見ではあるが、楽曲名にこの名があるのではないか。（春霞のうた・夕焼けのうた）などという程の意。比喩。　○**虚牝**　渓谷。（牝は『老子・成象第六』「谷神不死、是謂玄牝。玄牝之門、是謂天地之根」）　○**水叩音**　用例未見ではあるが、楽曲名と考えたい。（せせらぎのしらべ・たきのうた）など比喩として用いられている。　○**藻思**　文才。詩や文を作る才能。（『晋書・潘岳伝』「岳実含章、藻思抑揚」）　○**文詞**　作詩の内容。

三九―12

風光引歩将遊放
老去不堪遠認春
誘□門息□□至
強尋蕭寺物華新
楽天麗句心攸慕　白楽天曰、逢春不遊楽恐為度人、故云
亥晏虚詞口不陳　時綱雖纒病患慙憶詩筵、故云
寄五翅林高館客
為憐花下白頭人

前肥後守　源　時綱

風光　歩を引き　歩みて　将(まさ)に遊放せむとす
老去(おい)ては堪へず　遠くに春を認むるを
不明
強ひて　蕭寺を尋ぬれば　物華　新たなり
楽天の麗句　心攸(はる)かに慕ひ　白楽天曰く、春に逢ひて遊楽背ざるは、恐らく人に度るを為す。故に云ふ。
亥晏(がいあん)の虚詞　口に陳(の)べず　時綱病患にかかると雖も詩筵を憶ふを慙ず。故に云ふ。
五翅(し)を寄せし林　高館の客
憐みを為す　花下白頭の人

〈現代語訳〉


のどかな春景色にさそわれて、気ままに出掛け、楽しもう。

年をとってからというもの、遠くから春を感じることは、我慢できない。（この目で春を確かめたい）

不明
無理をして長楽寺を尋ねてくると、木も花も新鮮だ。

白楽天の名句が心に満ち溢れ、更めて追慕する。（白楽天は「春が来ても、気ままに遊ばない人は、恐らくは、人の話だけで作詩する」という。）

老荘思想家何晏は、口で春をたとえることはしない。（私、時綱は、病気にかかっているのに、詩筵を思ってやって来たことがはずかしい。）

主君師通様が、つばさを休める林、長楽寺に集う客たち。

花咲く下で集うこの会合は、白髪の私さえ参加できて、何ともすばらしいものだ。

〈語　釈〉

○風光　けしき。風景。優れた趣。　**○引歩**　風光が誘うので、歩いて……　**○遊放**　気ままに遊ぶ。　**○物華**　草木と花。　**○楽天**　白楽天。白居易。　**○攸**　はるか、悠に同じ。　**○亥晏**　何晏。老荘を好み『道徳論』を著し、清談の風をひらいて清談の祖と称せられる。　**○虚詞**　そらごと。老・荘思想は、儒家の立場から見れば虚辞に当たる。　**○不陳**　久しからず。（昔のことではない。）のべず（口で言えることではない。）ここでは前者か?　**○五翅**　五は、易の陽爻で、帝位などになぞらえる。翅はつばさ。ここでは師通の比喩。　**○高館**　大きな館。ここでは長楽寺をさす。　**○白頭人**　作者自身のこと。　**○為憐**　可憐と同義。

三九－13

勘解由次官　平　時範

艶陽物色太幽奇
一入洞門眺望宜
桃李渓深松戸静
莓苔跖滑石梁危
日瑩紅玉山花映
風霧金□岸柳垂
斯地煙霞看不飽
放遊日々欲追随

艶陽なる物色　太だ幽奇たり
一たび洞門に入れば　眺望宜し
桃李　渓深うして　松戸　静かに
莓苔　跖滑らかに　石梁　危し
日は紅玉を瑩にし　山花　映えて
風は金□を霧くし　岸柳　垂れたり
斯の地の煙霞　看れども飽きず
放遊は　日々　追随せむと欲す

〈現代語訳〉
晩春の華やかな季節は、たいそうみごとなものだ。
この長楽寺に入ると、あたりの景色は眺望も非常に良い。
桃李の花咲く谷間は、どこまでも深く、そこにひっそりと寺の門がある。
青々とした苔は、足の裏に滑らかで、とび石は苔に滑って危なげである。
日は、美しいお顔を明らかにして、山に咲いた花は鮮やかに映し出され、
風は金□をくらくし、岸の柳は川に枝を垂れている。
この場所の春霞の姿は、いくら見ても飽き足りないほどで、
こんなにのんびり一日中過ごせるのなら、毎日でもお供させていただきたいものです。

〈語　釈〉
○**艶陽**　華やかな晩春の季節。百花撩乱。草木も芽吹き、もっとも華やかな時。　○**物色**　ありさま。形状。風物。けしき。
○**幽奇**　目につかずめずらしい。世に表れることがまれで、めずらしい。　○**洞門**　ここでは、寺の境内。　○**松戸**　松でできた寺のそまつな門。　○**莓苔**　こけ。　○**跖**　足のうら　○**石梁**　石の橋。または飛び石。ここでは飛び石。　○**瑩**　あきらかにする。みがく。　○**霧**　くらい。くろいようす。　○**煙霞**　春がすみ。　○**追随**　あとについていく。（『文選・曹植・公讌』「清夜遊西園、飛蓋相追随」）

三九－14

何故放遊催興頻
尋来古寺眺望新
帯風山杏裁紅錦
経雨岸苔展翠茵
頭鬢二毛徐撫雪
貂蝉七葉自伝塵
仏庭寂莫鎖松戸
華俗□迢々遥隔憐

散位　橘　宗季

何故(なにゆえ)の放遊ぞ　興を催(うなが)すこと頻りなり
古寺を尋ね来たれば　眺望新しき
風を帯びし山杏　紅錦を裁(わずか)にし
雨を経し岸苔　翠茵を展げたり
頭鬢　二毛　徐ろに雪を撫で
貂蝉(ちょうぜん)　七葉　自ら塵を伝ふ
仏庭　寂莫(せきばく)として　松戸を鎖せり
華俗　迢々(ちょうちょう)として　遥かに憐を隔てり

〈現代語訳〉
どんな趣旨の御遊びなのか、しきりに感興が湧いてくる。
古寺（長楽寺）を尋ねてくると、見渡す限り景色は新鮮だ。
風に吹かれて山桜が散り、その美しい色を減らしている。
雨に降られた岸辺の苔は、美しいみどりを、いっそう鮮やかにひろげている。
薄くなった頭や鬢の白髪をしずかに撫でながら、改めて眺めると、
七世代も続いている長楽寺の由来を自ら語り伝えてくれるかのようである。
寺の庭はしんと静まりかえり、寺門は閉ざされた。
貴族も俗人もはるか遠くまで帰り、この寺とはまるで異なった、俗世間で暮らすのだ。

〈語　釈〉
○山杏　山のあんず。早春に白または淡紅色の花を開く。　**○裁**　へらす。わずかに。（『漢書・高恵高后文功臣表序』「裁什二三」。
［注］師古曰裁与纔同」）　**○紅錦**　杏の色が、淡紅色であるところから、紅が使われている。錦は、美しい。錦紅となるべきところ、対句の関係で順序を入れ替えてある。　**○貂蝉**　てんの尾と蝉の羽。侍中・中常侍などの高官の冠の飾り。転じて高位高官の人。
○七葉　七代。七世代。　**○塵**　世代。道教では、一世代を一塵といい、仏教では、世の中のことをいう。　**○寂莫**　寂しく静か。
○迢々　はるか遠いさま。　**○憐**　隣に通じる。

三九―15

一尋蕭寺寄眸看
四面風光感寸丹
呼友鳥来歌戸外
採樵客去入林端
孤村日齊霞猶細
遠□花飛雪不寒
仙洞佳遊望未飽
拘留美景去応難

勘解由次官　広綱

一たび蕭寺（しょうじ）を尋ね、眸（ひとみ）を寄せて看る
四面の風光　寸丹に感ぜり
友鳥を呼べば　来たりて　戸外に歌ひ
樵客（しょうかく）と採れば　去りて　林端に入れり
孤村　日　齊（ひと）しく　霞　猶（なお）細く
遠□　花　飛びて　雪　寒からず
仙洞の佳遊　望めど未だ飽きず
美景を拘留すれば　去ること応（まさ）に難なるべし

＜現代語訳＞

ひとたび長楽寺を尋ねると、つい近づいて看とれてしまうほどだ。

あたり一面の景色は、わずかな感受性を刺激する。（何かが違う思い。）

むれ遊ぶ鳥の仲間を呼び集めると、飛んで来て、窓の外でさえずり、
きこりに木を採してもらおうとすると、鳥たちはすぐ林の奥に逃げ去っていく。

遠く離れてぽっつり存在する村も、太陽は同じようにめぐり、煙りが細くたちのぼっている。

遠い□は、花が飛び散って、雪のようだが、寒くはない。（花びらなのだから。）

長楽寺での高尚な宴遊に列席し、そのすばらしさに未だ飽きることはない。

この美しさをいつまでも引きとどめることができれば、帰ることなど、とてもできそうもない。（もう日は暮れ、帰る時刻なのに。）

＜語　釈＞
○寸丹　わずかのまごころ。少しばかりの感受性。　**○友鳥**　群がっている鳥。友は、むれ、くみの意味があり、友千鳥といえば、むらがっている千鳥。　**○樵客**　きこり。隠者の代表。　**○孤村**　遠く離れてぽっつり存在する村。　**○日齊**　太陽は、わけ隔てなく、どんな所も同じように照らす。　**○霞**　村のかまでから立ちのぼる煙か。人家も見下ろせる位置に長楽寺はある。
○遠□　六句目は六字になっているが、二字目を欠字とした。

三九―16

信馬朝来古寺前
放遊竟日自留連
花飄紅錦渡林下
柳乱緑糸斜岸辺
地静鳥歌巌竹露
梯危人踏洞松煙
風光一道偏揺意
彼倚応帰□□伝

甲斐守　為隆

馬に信(ま)かせて　朝来　古寺の前
放遊すること竟日(ひねもす)　自ら留連せり
花は紅錦を飄し　林下に渡る
柳は緑糸を乱し　岸辺に斜せり
地　静かに　鳥　歌へば　巌竹　露(あら)はれ
梯　危うく　人　踏めば　洞松　煙れり
風光一道　偏へに　意を揺(ゆす)れり
彼　倚りて　応(まさ)に帰らむとして□□を伝ふ

〈現代語訳〉

朝早くから、馬の歩みにまかせて行くと、古寺（長楽寺）に到着した。

一日中、気ままに過ごしたが、去るのにしのびないのでぐずぐずしてしまう。

花は、紅い花びらを風にひるがえして、林の下まで散らし、
柳は緑の糸のような枝が入り乱れて、岸辺に斜めに傾いている。

あたりは静かで、鳥のさえずりが聞こえ、岩の間から竹が見えてきて、
あぶなげな石段をようやく人が踏んで登ると、奥深いあたりに松がぼんやり煙っている。

あたり一面、このすばらしい風景（立派なお人柄の内大臣様ひとすじ）に、ただひたすら感動いたしました。

人々は、その美しい景色を見ながら帰ろうとして……不明。

〈語　釈〉
○**信馬**　馬にまかせる。馬の歩みにまかせる。　○**朝来**　朝早くから。　○**竟日**　一日中。　○**留連**　ぐずぐずするさま。双声。
○**紅錦**　錦紅。錦は美しい。美しい紅い花。杏の花の色か。（前14詩。）　○**緑糸**　緑の糸のような柳の枝。　○**巌竹**　けわしい岩に生えている竹。　○**洞松**　寺に植えられた松であろう。　○**煙**　松の煙。松にかかったもやの類とも解されるが、松の葉は、他の樹木の葉と異なり、針のように細いので、全体としてけむって見える。煙松。松煙の語のそれである。　○**風光**　景色。ながめ。風景。人品。人柄等の意があるので、長楽寺の景色の良さと、師通の人品とを掛けていると考えられる。　○**一道**　ひとすじ。

三九―17

宮内丞　藤　宗仲

蕭寺上方好眺臨
人寰自隔動春心
風吹紅粉花光乱
雨染麹塵柳色深
観月初知清鏡影
穿霞遠聴晩鐘暮
山鶯野蝶莫嘲我
適与鴛鸞得接襟

蕭寺の上方　好みて眺臨す
人寰(じんかん)自ら隔たり　春心を動かす
風は　紅粉を吹きて　花光　乱れ
雨は　麹塵を染めて　柳色　深し
月を観て初めて知る　清鏡の影
霞を穿(うが)ち　遠く聴く　晩鐘の暮
山鶯　野蝶　我を嘲(あざわら)ふこと莫かれ
適々(たまたま)　鴛鸞(えんらん)と襟を接し得しを

寛治二年三月十三日　内府作文　読師　頭弁　季仲　講師　勘解由次官　広綱朝臣

〈現代語訳〉


長楽寺の奥の院は、眺めが良いので、好んで登って四方を見下ろす処だ。

人里とは、自然に切り離されて、春のものおもいをかきたてる。

風は、赤い花びらを吹き散らし、花びらは乱れながら舞い落ちる。

雨は、うす黄緑の若葉をつけた柳の色を、いっそう深くしている。

月を見て、水に写った月の光の美しさにはじめて気付き、
霞の彼方、遠い所から日暮れを知らせる鐘の音色が響いてくるのを、耳を澄ませて聴いている。

山に啼く鶯も、野に舞う蝶も、どうか私を笑わないでください。

偶然にも、朝廷の百官たちと親しく交際できただけの私です。

　寛治二年（一〇八八年）三月十三日、内大臣作文会。読師は、頭弁、藤原季仲。講師は、勘解由次官の広綱朝臣。

〈語　釈〉

○**眺臨**　見おろす。　○**人寰**　人の住む区域。人境。（『白氏・55・二五三六・登霊応台北望』「臨高始見人寰小、対遠方知色界空」）
○**春心**　春のものおもい。（『楚辞・招魂』「目極千里兮傷春心」）　○**花光**　花びらが陽に輝いて、きらきらしている様子。
○**麹塵**　こうじに生じるカビ。うす黄色で塵のようであるからいう。転じて淡黄色。　○**鴛鸞**　ともに霊鳥の名。転じて朝廷の百官。
○**接襟**　襟を接する。親しく交際する。　○**読師**　詩歌の会などで、作品を記した懐紙や短冊を整理して講師に渡し、講師の読み上げに誤りがあれば、注意する役の人。講師の下の地位。　○**講師**　詩会で詩を読み上げる人。

四〇　某年某月某日　民部卿書題詩欠

詩題解説

民部卿に詩題を賜わった詩会とは、興味深いものであるが、資料の見出せないことが惜しまれる。平安時代の民部省とは、諸国の戸口、田畠、山川、道路、租税などのことをつかさどる。そのトップが卿（カミ）という。正四位相当の官であるが、中務、式部に次いで民部卿が要職であると、和田英松氏の『官職要解』で説明されている。なお、民部のことを戸部とも呼んでいる。

四〇－1

歴覧山花之後帰坐御第被講之

乗御舟池中容予之間民部卿書題下給□

本文字多落　以他本可沙汰也

山花を歴覧せし後　帰坐し　御第にて之を講ぜらる

御舟に乗り　池中に容予するの間

民部卿　書題下され給へり

本文、字多く落ちたり　他本を以て沙汰すべき也

〈現代語訳〉

山で花をあちらこちらご覧になった後、お帰りになりお邸でこれを講ぜられた。

御舟にのり、池の中でゆったりしている間に、民部卿に詩歌を賜った。

本文の文字は多く落ちているので、他の写本で検討すべきである。

四一　某年某月某日　遊東光寺上方言志　一首

詩題解説

本詩の中で東光寺での作詩はめずらしい。東光寺は現在は廃寺となっているため、調査することも困難であるが、詩の内容から推察すると、本尊が未利夫人・摩利支天（梵天）であり、インドの民間で信仰された神であるという、まことに興味深い寺である。

詩題に諸故人とともに東光寺の奥の院まで遊行したと記され、その折に作った詩十篇を述べるとある。諸故人とは、いろいろな友人たちのこと。私的な集いであったはずである。そこで言志（志をのべる詩）十篇と書かれているにもかかわらず、一篇だけしか採録されていないのは残念である。他は筆録者の意に叶わなかったのかもしれない。日本で摩利夫人は、武士の守り本尊とされていた。

四一—1　同諸故人春日遊東光寺上方言志之什

愚老　藤　正家

辞洛一朝万歳橋
上方幽地被人知
露斯難駐槿籬葉
日景易移扶木枝
洞戸花零場自馥
山門葛藁路徒危
東光（当寺号之）跡旧春尋寺
西刹望深月照池
忽到禅庭機暫忘
宜帰窮巷枕相攲
誰言酒足蕩情物
末利夫人不放危

洛を辞せし一朝　万歳の橘（きつ）
上方の幽地　人に知られたり
露斯（し）　駐（とど）まり難く　槿籬（きんり）の葉
日景　移ろひ易し　扶木（ふぼく）の枝
洞戸の花零（かれい）　場（にわ）　自ら馥（かお）り
山門の葛藁（かずら）　路　徒（いたず）らに危うし
東光の跡旧く　春　寺を尋ね
西刹の望み深し　月　池を照らす
忽ち禅庭に到れば　機　暫く忘れ
宜く窮巷に帰るべく　枕　相攲（かたむ）けり
誰か酒足を言はむ　蕩情の物
末利夫人は　危を放たず

〈現代語訳〉

諸故人と同に春日、東光寺の上方に遊びて、志を言ふの什

都を離れたある朝、万事健康でめでたい橘（常緑樹）が見られた。

東光寺の奥の院は、たいそう奥深く趣のある地で、有名なところだ。

白くおりた露を駐めておくことはむずかしく、むくげの籬のようにはかない。

日時は、うつり易いもので、扶桑の木の影のようである。

寺院の花は落ちると、庭には自然に花の香がたちこめ、
山門のふじかずらは、茂っていて路まで伸び、危うげである。

東光寺の跡ももう古くなり、この春、その寺をたずねることができた。

西の墓を見上げると、更におく深く、月は池を照らしている。

気がつくと寺の庭に到着していて（その荘厳さに）暫くの間、心のはたらきを忘れてしまうほどだ。（呆然とする。）

家に帰れば、貧しい町の中で、枕を傾けて眠ることだろう。

誰が、酒が充分足りているなどと言うだろうか。酒色に溺れる心で（そんな人はいない。）

茉莉夫人（本尊）は、そんな危ないことなどさせませんよ。

〈語　釈〉

○**什**　十編。　○**万歳**　よろづよ。万年。健康、長寿などを祝していうことば。　○**橘**　たちばな。（『爾雅・釈天』「月在乙日橘」『義疏』「橘之言。以錐穿物之名。月在甲乙、盛徳在木、象萌芽穿地而出也。」）　○**露斯**　斯に白いという意味もあるので、ここでは、白い露。　○**槿籬**　むくげのいけがき。槿（むくげ）は、あおい科の落葉低木。夏から秋にかけて、一重または八重の赤・白などの花を開くが、朝開いて夕方にはしぼむので、はかないことのたとえにひかれる。　○**日景**　日の光。太陽の位置。　○**移**　駐の対語となり、平音であるものを推測し、移を挿入した。槿籬葉と対になる扶木枝は、枝が上平四支の押韻となるため、位置を下げた。
○**扶木**　扶桑に同じ。東海中の日の出る所にあるという神木。南方に産する。葉は桑に似て、やや小さく、花は、赤・黄・白の三色がある。　○**花零**　落ちる花。　○**葛藟**　ふじかずら。つるくさの総称。　○**西刹**　西の墓。　○**機**　心機　心のはたらき。活動。
○**窮巷**　貧しい町の中。　○**攲**　かたむける。そばだてる。　○**酒足**　酒が充分足りている。（『白氏・62・二九六三・首夏』「食飽慙伯夷、酒足愧淵明」）　○**蕩情**　酒色に溺れる。　○**物**　機に対する物欲のこと。　○**末利**　摩利支の音写。摩利支天は、もと梵天などの子と称し、身を隠し、障害を除いて利益を増すと、インド民間に信仰された神。猪に乗った童女の姿で、別に三面八臂の像もある。武士の枕本尊とし、護身・得財・勝利を祈る摩利支天法を修する。この天を念ずれば、他の怨敵に害されぬというところから、日本では、武士の守本尊とされた。摩利支天女のことで、東光寺の本尊であろう。

四二　承徳三年二月十九日　於長楽寺即事　十一首

詩題解説

承徳三年二月は、一〇九九年。長楽寺で即興の詩会が行われた。場所が寺ということもあり、かなり仏事に通達した詩も披露され、寺僧との交流も感じられる情趣溢れる詩が整えられている。他方では、和歌の世界で華麗な歌合せなども開催され、文化的にも高度な時代であろうかと思われる。

詩作でも和歌でも即事（即興）と言われて、無防備で参加するはずがない。長楽寺のこと、仏教のこと、事前に調べ、適切な平仄の熟語や故事も準備は整えられて参会していることは、容易に推察される。そして不思議なほど氏姓の異なる家系から選出されている。政治の世界では、常に血なまぐさい争いが展開される中で、なぜか氏姓は均等に選出されている。学問の良さが、この時代から継承されていることに驚くと同時に、筆録者も公平であることに感動する。

四二―1　七言春日於長楽寺即事詩一首　并序

学生　惟宗　知邦　序者

為憐美景幾周遊
山寺閑中感不休
梢冷林花春色少
石攲渓水暁聞幽
雪残苔径行人去
雲出松門老鶴留
此処攀来何作喜
一心礼仏共低頭

憐みを為す　美景　幾ばくの周遊ぞ
山寺の閑中　感(おも)ひ休まず
梢　冷やかなれば　林花　春色少(まれ)に
石　攲(かたぶ)けば　渓水　暁聞　幽かなり
雪　苔径に残し　行人(ぎょうにん)　去り
雲　松門を出で　老鶴　留まれり
此の処に攀(のぼ)り来たりて　何ぞ喜びを作すや
一心に仏を礼し　共に頭を低(た)れむ

〈現代語訳〉

七言、ある春の日、長楽寺において、その場で即興で作った詩（序とともに）

何とすばらしいことよ、この美しい景色の中を、どれほど歩き回ったことだろう。

この山寺の静かな中で、感興は休むことなく湧いてくる。

梢が冷えて、まだ芽吹いていない頃、林の花に春の気配はたちこめていない。

石が傾いているので、明け方の谷川の水は、かすかな音を立てる。

苔むした路に雪が残り、修行者は去って行き、
雲水（若い修行僧）が寺の門を出ても、白髪の老僧は寺に留まって更に修行を重ねている。

この場所まで登って来て、どんな喜びがあったのだろう。

一生懸命仏を礼拝し、心を合わせて共に仏に向かって深く頭を下げましょう。（老僧と私と）

〈語　釈〉

○**序**　まえがき。はしがき。物事のはじめを序という。詩文や書物のはじめに、その述作の趣旨などを述べた文章。（『礼記・経解』「百官得其宜万物得其序」）　○**周遊**　天下をめぐって、あまねく旅をする。同一路線を通らないようにして、ひとまわり旅をする。○**暁聞**　あけ方に聞く。　○**苔径**　苔の生えた小道。　○**行人**　修行者。旅人。賓客の接待をつかさどる官。などがあるが、次句「老鶴」の対を考えれば、修行者が妥当か。　○**雲**　雲水・修行僧・行脚僧のこと。修行中の僧は、一所にとどまることなく自由に諸国を遍歴して歩くことから、空ゆく雲や、流れる水にたとえられて雲水という。　○**一心**　心を合わせる。　○**低頭**　頭を低(た)れる。

四二―2

長楽寺深何事珍
題詩此処蕩精神
華鐘報月中天暮
玉磬摐風上界春
嵩嶺霞濃遮眼路
古谿水浄洗心塵
台頭置酒頻斟後
一酔富来暫忘賓

散位　藤原　保俊

長楽寺の深きところ　何事か珍しからむ
詩に題せし此の処は　精神(こころ)を蕩(うご)かせり
華鐘　月を報(し)らせ　中天の暮
玉磬　風に摐(う)たれ　上界の春
嵩嶺(すうれい)の霞　濃く　眼路を遮り
古谿の水　浄らかに　心塵を洗へり
台頭に酒を置き　頻りに斟(く)みし後
一酔の富来　暫く賓を忘れむ

＜現代語訳＞
長楽寺の奥深く進むと、どんな珍しいことがあるのだろう。
詩の題に賜ったこの場所は、本当に心から感動させられる。
鐘が月の出を知らせ、大空は暮れ、
磬が風にうたれるその音色を聞いていると、まさに天国の春だ。
高い山嶺には春霞が濃くたなびき、眼前を遮っている。
古くから流れている谷川の水は清らかで、心のけがれを洗うようだ。
うてなのほとりに酒を置き、しきりにくみ交わした後に、
良い気分で酔ってしまって豊かな気分になり、我が身が客であることを忘れるほどだ。

＜語　釈＞
○蕩　うごかす。　**○華鐘**　華は鐘に冠した美称。　**○中天**　大空　**○玉磬**　玉は磬に冠する美称。磬は、くの字形の打楽器で打って時を知らせる。　**○摐**　叩く。うつ。　**○上界**　天国。仏のいる所。天上世界。（『唐張九齢・祠紫蓋山、経玉泉山寺』「上界投払影、中天揚梵音」）　**○嵩嶺**　高くそびえる嶺。　**○眼路**　眼の前。眼前。　**○心塵**　心のちり。心のけがれ。
○台頭　うてなのほとり。うてなは、四方を見渡せるように作られた高い建物。　**○斟**　ひしゃくで汲み取る。　**○賓**　原本では齎になっている。齎は、もたらす。そなえる。すすめる。たからものなどの意があるが、韻目が合わず、訳も合わないので、試みに「賓」にかえる。客の意。

四二—3

朝辞蓬華洛城家
初入伽藍及日斜
草樹尽添春気色
山河不変昔煙霞
応憐如幻如夢質
暫見即空即仮花
塵俗境中雖酔臥
衣珠定照白牛車

大蔵大輔　大江　通国

朝(あした)に蓬華を辞す　洛城の家
初めて伽藍に入れば　日は斜めに及べり
草樹　尽(ことごと)く　添へり　春の気色
山河　変らず　昔の煙霞
応(まさ)に憐むべし　幻の如く　夢の如き質(すがた)
暫く見れば　即ち空(くう)　即ち仮花(かか)
塵俗の境中　酔ひて臥すと雖も
珠を衣(き)　定めて照らさむ　白牛の車

〈現代語訳〉

朝、都にある、そまつな我が家を後にした。

初めて寺に入ると、もう日は斜めに傾き、日暮れ時となった。

草にも木にも、全て春景色一色になっている。

山にも河にも変わることなく昔のように春霞がただよっている。

何と不思議なことよ、まるで幻のごとく、夢のごとく、現実ばなれしている。

しばらく見ていると、すべては、空(くう)なるもの、花の美しさも、何れは散ってしまう仮の花のようなものだ。（色即是空）

俗塵に汚れた世界（俗世間）で、酒を飲んで酔い臥してはいるというものの
（寺に入れば）赤い衣を著けた僧が、法華経で悟りを得る道をきっと講じて下さるだろう。

〈語　釈〉
○**蓬華**　我が家を謙遜した言い方。そまつなあばら家。　○**伽藍**　仏道を修行するところ。精舎。ここでは長楽寺。　○**質**　本体。本質。　○**空**　仏教の根本立場を示す概念。原始仏教では、諸法無我と呼ばれることが多いが、大乗仏教では空と呼ばれ、我空と法空の二種が説かれる。我空は、永遠の存在としての実体・自我をもたないことをいう。法空は、現象として生滅変化する仮の存在にすぎないことをいう。空の思想を強調したのが般若経で、般若心経の「色即是空、空即是色」等の語は、最も端的にこれを示している。
○**仮花**(かか)　この世に咲く花は、いずれ散っていく仮の存在に過ぎない、という仏教的概念。　○**白牛**　法華経の所説で、一乗の教えのたとえ。一乗は大乗。自他共々に苦を去り悟りを得る道。（『法華経譬喩品』「駕以白牛、膚色充潔」）

迎春山寺興旁催
尋此勝形詩客来
砌下已荒空峙石
簷前不掃被封苔
禅場草緑路徐細
法水波清氷自開
霞鏁梗間光粲爛
嶺浮盃裏影崔嵬
青然枝嫋洞門柳
白玉花装渓戸梅
顧以狂言持綺語
結縁必欲脱輪廻

弾正少弼　源　俊仲

春を迎へし山寺　興(おもむき)旁く(あまね)催せり
此の勝形を尋ね　詩客来たれり
砌下は已に荒れ　空しく石を峙(そばだ)てり
簷(せん)前　掃はざれば　苔に封(ふう)ぜらる
禅場の草は緑にして　路は徐ろに細く
法水の波は清らかに　氷は自ら開けり
霞は梗間を鏁(とざ)し　光　粲爛(さんらん)とし
嶺は盃裏に浮かび　影　崔嵬(さいかい)たり
青然たる枝　嫋(たお)やかなり　洞門の柳
白玉たる花　装いたり　渓戸の梅
顧(かえり)みて狂言を以て　綺語(きご)を持す
結縁(けちえん)は　必ず　輪廻(りんね)を脱することを欲せり

〈現代語訳〉

山寺に春を迎え、春の情感はあたり一面に満ち溢れている。

この長楽寺のすばらしい景色を尋ね、詩人達は集まって来た。

みぎりの下は、もう荒れて、飾り気のない石だけがぽつんと高くそびえ立っている。

のきさきは、手入れが行き届いていないので、苔が生えて伸び放題。

寺の境内の草は青々と生い茂り、路は、次第に細くなっている。

煩悩を洗い清める水は清らかなので、氷は自然に解けていく。（寺の前の池の氷が、解けたばかりのように清らかだ）

枝や茎に霞がかかって、そこに光があたると鮮やかに美しくなる。

嶺が盃の中に写り、山が高くそびえ立っている姿が写っている。

青々と芽吹いた柳の枝は、なよなよと美しく、寺の入口まで続いている。

小粒で白く美しい梅は、谷間に美しく着飾ったように咲いている。

こんな光景を顧みて、へたながらも美しい言葉で表現しよう。

参詣して仏縁が結ばれたので、きっと六道の輪廻から脱却できるだろう（悟りの境地・心身脱落ができるだろう）と、願っている。

〈語　釈〉
○**旁**　あまねく。　○**詩客**　詩を作る人。詩人、詩家。　○**砌下**　石の階段のもと。　○**峙**　高くそびえたつ。高いおか。　○**簷前**　のき先。　○**前塲**　寺の境内。　○**法水**　仏の教えが煩悩を洗い清めることを、水にたとえていう。　○**梗間**　植物のまっすぐな枝や茎。　○**粲爛**　詩文などの美しく華やかなさま。美しく鮮やかなさま。畳韻。　○**崔嵬**　山の高く峻しい様子。畳韻。　○**嫋**　なよなよと美しい。　○**白玉**　小粒で、白く美しいもののたとえ。ここでは白梅。　○**狂言**　道理に合わないことば。たわごと。気違いじみたことば。自分の作詩を謙遜している。　○**綺語**　華やかなことば。美しいことば。　○**結縁**　近づきになる。仏法に縁を結ぶ。仏教に関心のない人に関心をもたせて関係づけること。また衆生が仏に、得道・成仏の為に縁を結ぶこと。　○**輪廻**　衆生の霊魂が、六道（地獄・餓鬼・畜生・修羅・人間・天上）の世界を、因果応報の法則に従って生死を繰り返し、車輪の回るようにいつまでも続く。

四二―5

春朝眺望日遅々
蕭寺幽中足詠詩
仙洞攀花匂満手
皇城顧柳翠於眉
閑排柴戸逢僧語
斜入松門寺友期
此地屡易遊放客
結縁永契万年時

宮内少輔　藤原　兼基

春朝　眺望すれば　日は遅々たり
蕭寺の幽(かす)かなる中　詩を詠ずるに足れり
仙洞　攀(のぼ)れば　花　手に満ちて匂(かお)り
皇城　顧みれば　柳　眉のごとく翠なり
閑かに柴戸を排(ひら)き　僧に逢ひて語り
斜めに松門に入り　寺友と期(ちぎ)れり
此の地　屡(つね)に易(やす)らかなり　遊放の客
結縁(けちえん)して　永く契らむ　万年の時

〈現代語訳〉

春の朝、眺望すると、日はうららか（のどやか）である。

おく深い長楽寺では、詩を詠ずるに充分な雰囲気である。

寺まで登って行くと、花の香りが、両手いっぱいに満ち溢れ、
都をふり返ると、来た道には柳が美人の眉のように美しい。

しずかに柴の脇戸を開いて、僧にお目にかかり、話をする。

斜めに寺の門に入り、一緒に参詣した友と再会を約束した。

この場所は、いつも穏やかなので、人々は、のんびり楽しみに来る。

（仏と）ご縁を結んでは、（仏縁も友情も）いつまでも久しく続くようにと約束をかわすことだ。

〈語　釈〉
○**遅々**　のどやかなさま。（『詩経・豳風・七月』「春日遅々、采蘩祁祁・［伝］遅々舒緩也」）　○**蕭寺**　寺院。ここでは長楽寺のこと。（三七―1参照）　○**仏洞**　俗界を離れた清浄な地。ここでは長楽寺を指す。　○**皇城**　都。　○**柴戸**　寺門の脇にある出入り口で柴で編んだもの。　○**松門**　松の木を使った寺の門。　○**期**　約束をして出会う。　○**屡**　つねに、いつも。　○**易**　やすらか。おだやか。　○**遊放**　放遊。のんびりとたのしむ。　○**結縁**　仏と縁を結ぶ。仏に帰依すること。友と近づきになる。両方を掛けている。（四二―4参照）

四二—6

散位　藤　尹時

春朝辞洛幾登攀
乗興自然入暮山
水叩石巌幽洞響
雲生梁棟晝堂閑
禅徒観月跏趺坐
遊客尋花眺望還
古寺徘徊吟見得
地形勝絶異塵寰

春朝　洛を辞して　幾ばくか登攀せむ
興に乗ずれば　自然（おのずから）から暮山に入れり
水は　石巌を叩き　幽洞に響き
雲は　梁棟に生じ　晝堂は閑かなり
禅徒は　月を観て　跏趺して坐し
遊客は　花を尋ねて　眺望して還る
古寺　徘徊し　吟ずるを見得たり
地形　勝絶なること　塵寰と異なれり

〈現代語訳〉
春の朝、都を出発して、どれほど登って来たことであろうか。
興に乗って登るうちに、自然に暮れなずむ山に入った。
水は大きな岩石を叩いて流れ、おく深いほら穴に響きわたり、
雲は、寺の屋根（長楽寺）の向こう側に生じ、昼間のお堂はしんと静まっている。
禅の修行僧は、月を観て、両足を組んで坐禅修行をし、
訪れる人は花を見て、周囲の景色を眺めて帰ってゆく。
古寺（長楽寺）を行ったり来たりして、吟詠する人達をあちこちで見かけた。
この地の景観は、またとなくすばらしく、俗界とは全く異なっている。

〈語　釈〉
○**石巌**　岩石。大きな岩山。　○**幽洞**　おく深く、暗いほら穴。　○**梁棟**　梁はうつばり。棟はむなぎ。ここでは寺院（長楽寺）の建物のこと。　○**晝堂**　昼間のお堂の中。　○**跏趺**　両足を組んで座る。結跏趺座。坐禅の形。　○**徘徊**　さまよう。ぶらぶら歩く。行ったり来たりする。たちもとほる。　○**見得**　見られる。目に入る。　○**勝絶**　景色が甚だすぐれていること。
○**塵寰**　汚れた世界。塵界。

四二―7

散位　平　祐俊

乗春一餉接詩仙
長楽名寺勝形尤足憐
洞裏花開霞爛慢
澗中石浅水潺湲
柳廻曲岸懇宛膝
苔纈平沙緑有銭
計歯漸覃知命歯
不如礼仏結良縁

春に乗じて一餉　詩仙に接す
長楽（寺名）の勝形　尤も憐れむに足れり
洞裏の花開きて　霞　爛慢
澗中の石浅く　水　潺湲
柳は曲岸を廻り　懇ろに膝を宛く
苔は平沙を纈り　緑なる銭を有せり
歯を計ふれば　漸く覃く　命歯を知れり
仏を礼し　良縁を結ぶには如かじ

〈現代語訳〉


春にさそわれてしばしの間、秀れた詩人にお目に掛かった。

ここ長楽寺の景色のよさは、とりわけ優れていておもむき深いものがある。

境内には、花が咲いて、あたりは赤く美しい花が咲き乱れている。

山あいを流れる川は浅く、石に当たりながら、さらさらと水が流れていく。

柳はまがった岸辺に沿って、ていねいに膝を曲げたように植えられていて
苔は、庭の砂地をいろどるようにぽつんぽつんと銭の形のような緑色を見せている。

自分の年齢を考えてみると、次第にとしをとり、五十歳にもなり、いやでも寿命を知らされることだ。

仏を礼拝し、良い仏縁を結ぶことが最も良い道である。

〈語　釈〉

○一餉　食事をするくらいのわずかな時間。短い時間。しばしばかり。（『韓愈・酔贈張秘書詩』「雖得一餉楽、有如聚飛蚊」）
○憐　喜怒哀楽すべてに通じる感情。「もののあはれ」。ここでは、すばらしいと感ずる心。　○霞　美しく赤い花。
○爛漫　花が咲き乱れるようす。　○澗中　山あいの谷川の中。　○潺湲　水のさらさらと流れるようす。またその音。
○宛　まげる。かがめる。　○纈　いろどる。　○平沙　もともとは、果てしなく広がる沙漠の意であるが、ここでは、長楽寺の広い境内の砂地。　○計歯　計はかぞえる。歯は年齢。年齢を計算すること。　○覃　深い。　○命歯　天から与えられた寿命。知命歯　五十歳。（人生五十年）　○良縁　仏との良き結縁。

四二－8

古寺尋来何断腸
屡□□水藉沙場
禅林花綻鳥声若
仏閣苔深月色荒
丹頂鶴馴眠石磴
白眉僧老坐縄床
偸閑辞俗観空処
取次献酬興未央

散位　藤原　宗良

古寺　尋ね来たれば　何ぞ腸を断たむ
屡（しばしば）□水を□　沙場に藉（し）く
禅林の花　綻び　鳥声　若く
仏閣の苔　深く　月色　荒（おお）へり
丹頂の鶴は馴れ　石磴に眠り
白眉の僧は老い　縄床に坐せり
偸閑（かりそめ）に俗を辞し　観空する処
取次献酬し　興未だ央（つ）きず

＜現代語訳＞

古寺（長楽寺）を尋ねてくると、どうして腸を断たれるほど深い思いにかられるのだろう。しばしば□水を□し、寺の砂地に腰をおろす。林の花は咲きはじめ、若々しい鳥の声が聞こえてくる。寺院の庭の苔は深く、月の光が掩っている。丹頂の鶴は、そんな景色にすっかりなじんで、石段で眠っている。年をとって眉の白い僧は、縄の腰掛けに座っている。ここは、軽い気持ちで、ふと俗界を離れ、すべて空であると観ずる処だ。（色即是空の仏教の真理を見極める所。）つぎつぎに、さかずきのやりとりをしては、興趣はいつまでも尽きることがない。

＜語　釈＞

○**断腸**　断腸。はらわたのちぎれるほど悲しみの深いことであるが、ここでは感激の意。　○**―**　しきもの。砂地をしきものとして腰をおろす。　○**荒**　おおう。おおいかぶさる。（『爾雅・釈言』「荒奄也」『詩経・周南・樛木』「葛藟荒之。[伝]「荒掩也」。）　○**石磴**　石の多い坂道。石段。　○**縄床**　縄牀　縄を張った腰かけ。　○**偸閑**　かりそめに。忙しい時に暇を見つけてたのしむ。ついちょっと。　○**観空**　空観。諸法は、すべて空であると観ずること。観は、あきらかに見ること。　○**取次**　つぎつぎに。しだいに。みだりがはし（無作法・乱暴）の古訓もあるが、ここでは、「つぎつぎに」が妥当であろう。　○**献酬**　初め。主人が客に酒をすすめるのを献。飲んで更に客が主人に返杯するのを酬という。さかずきのやりとりをすること。　○**未央**　央は、つきる。未だ央きない。（『楚辞・離騒』「時亦猶其未央」）

四二－9

春朝辞洛及黄昏
長楽寺□暫避喧
石磴踏苔空失路
塵寰顧柳僅知門
蓮台仏座応三尊
花樹鳥声是五根
官散位卑才也譾
従也運命任乾坤

散位　大江通景

春朝　洛を辞せしより　黄昏に及べり
長楽寺□　暫く喧を避けむ
石磴（せきとう）　苔を踏めば　空しく路を失なひ
塵寰（じんかん）、柳を顧みれば　僅かに門を知れり
蓮台　仏座は応に三尊なるべし
花樹の鳥声は　是れ五根
官　散じ　位　卑（いや）しく　才も也（また）　譾（あさ）し
従ふも也（また）　運命なれば　乾坤に任さむ

〈現代語訳〉


春の朝、都を離れてから夕暮れ時までかかって長楽寺に（たどり着いた）

長楽寺の□でしばらくの間、喧噪を避けよう。

石段の苔を踏んで登っていくと、苔だらけで道との区別がつかなくなる。

俗界の柳をふり返ってみると、わずかに寺の門が見えるだけである。（門から奥が深い）

蓮華の台座に仏が見えるのは、きっと御本尊の三尊ではないか。

花樹にさえずる鳥の声は、これこそ六根清浄（仏語）を唱えているようだ。

私の官位は職務のない散位で、しかも卑才浅学の身です。

与えられたものに従って生きるのも運命ならば、全て天・地・自然に任せましょう。

〈語　釈〉

○黄昏　たそがれ。夕方の薄暗い時刻。　**○石磴**　石の階段。石の坂道　**○塵寰**　俗世間。　**○蓮台**　蓮華の台座。仏像を安置する台。　**○五根**　眼・耳・鼻・舌・身の五つの感覚に「意」を入れて六根という。般若波羅蜜多経に「眼耳鼻舌身意无色声香味触法（げんにびぜっしんいむしきしょうこうみしょくほう）」とあり、鳥の声がお経を唱える声のようだ。　**○譾**　浅薄。あさはか。　**○乾坤**　天と地。日と月。陽と陰。男と女。易の二つの基本的な卦。

四二一―10

被催詞客出吾廬
古寺尋来興未渠
苔砌有僧霜積首
縄床無主昔□□
□□林静春花嫩
禅定水清暁月虚
一唱南謨諸仏号
此功徳必乗白牛車

散位　橘　広房

催（うなが）され　詞客　吾が廬（いお）を出でたり
古寺　尋ね来たり　興　未だ渠（おお）きからず
苔砌（たいせい）に僧　有り　霜の積みし首
縄床に主　無し　昔の□□
□□の林　静かに　春花　嫩（わか）やぐ
禅定の水　清らかに　暁月　虚（むな）し
一に南謨（なむ）を唱ふ　諸仏の号（な）
此の功徳　必ずや白牛の車に乗らむ

＜現代語訳＞
うながされて、詩宴に出席する詩人として、わが粗末な草庵を出発した。
古寺（長楽寺）を尋ねたが、感興はまだそれほど大きくはなかった。
苔むした石だたみに僧がいて、白髪が首までも伸びている。
修行する縄床には、誰も居なくて、昔（　　　　　　　　）
（　　　　　　）の林は静かで、春の花が若々しく咲いている。
座禅で精神を統一すれば、池の水のように清らかな心境で、暁方の月の虚しさのようでもある。
ひたすら「南無」と仏の名前を唱えたのだから、
この功徳はきっと現われ、必ずや生死を離脱させる白牛の車に乗れましょう。（悟りの境地に達することができるでしょう。）

＜語　釈＞
○催　うながす。うながされる。　**○詞客**　詩人。詩文を作る人。ここでは、詩を作るために招かれた作者、橘広房自身。
○渠　仮借で「鉅」に通じ、大きいの意。（『説文通訓定声』「渠仮借為鉅」）　**○苔砌**　苔のむしたいしだたみ。
○縄床　縄を張って作った腰かけ。　**○嫩**　「ものうし」でも通じるが、「わかし」の古訓があるので、これに従う。
○禅定　座禅で精神を統一して、静かに真理を考える境地に入ること。禅定水は、長楽寺の池の水。　**○暁月虚**　暁け方の月が、影が薄く、むなしく感じられることと、ここでは、暁の時まで座禅修行をしていたことが理解される。　**○諸仏号**　例えば「ナム阿弥陀仏」「ナム観世音菩薩」などと唱えること。　**○白牛車**　法華経で、一乗の教えをたとえたもの。仏の教えを車にたとえ、人々を運んで生死を離脱させることを、「乗白牛車」という。

四二—11

長楽寺中忘□帰
暫交高客感心機
頻攀梅樹春花馥
屡聴竹払□□□
観念空深排草□
経行跡細閇巌扉
孔門嗜学雖思業
只礼世尊□□輝

文章生　平　知□

長楽寺中　帰るを忘る
暫く　高客と交はり　心機を感ぜり
頻りに　梅樹を攀れば　春花　馥り
屡々　竹の払うを聴けば
観念の空は深きも　草□を排き
経行すれば　跡は細きも　巌扉閇せり
孔門　学を嗜みて　思業すると雖も
只、世尊を礼すれば　□□輝けり

承徳三年二月十九日作　午後出洛秉燭　講師　通景　読師（頼任）

〈現代語訳〉
長楽寺にいると、まさに帰ることを忘れてしまう。
暫くの間、立派なお客様とご一緒で、心から感動いたしました。
しきりに梅の樹林を登ってくると、梅の花は馥郁たる香りを放ち、
しばしば竹の音に耳を澄ますと、（不明）
真理を追求すれば、実体がないという思いは深いのだが、草戸がひらかれて、受け入れられ、
坐禅修行をすれば、その跡は一本に細いのだが、高い扉が閉ざされたように抜けられない。（修行のむずかしさ）
孔子の弟子たちが、学問をつねに好んで、考え事ばかりしているのだが、
只、仏様を礼拝していれば□□も輝いてくる。
承徳三年二月十九日作　午後都を出て灯火をとる。講師は通景。読師頼任

〈語　釈〉
○高客　高は敬意を表す語。客に対する敬意。　○心機　心のはたらき。　○馥　馥郁たる香り。　○観念　真理または仏体を観察思念すること。意識の中にとらえもっている心的形象。　○空　世の中全てのことがらは、因縁によって生じる仮の姿であるから、実体はない。　○経行　坐禅修行のとき、眠気を防ぐため、一定時間一斉に立ち上がり、たていとの上を歩くように同じ場所を行ったり来たりする。（三四—5参照）　○孔門　孔子の門徒たち。儒教の家門。儒学者の家柄。　○思業　意業と同義か。身・口・意でする人間の行為を身業、口業、意業と称する。ここでは、考え事をするというほどの意。

四三　某年某月某日　遊長楽寺上方即事　六首

詩題解説

長楽寺の上方ということは、寺の更に奥にある奥の院か、裏庭になるのか、更に坂道を上ると、枝折り戸のような簡単な門扉がありその門を開けて中に入れるようになっている。作詩年月日は不明であるが、内容から見て、かなり新しい時代のものか思われる。作者の一人藤原宗友が、能登大掾であったのは、一一一九年（元永二年）の頃であり、「生年七十……」と詠じた三善為康の生年が一〇四九年（永承四年）であることを考えれば、七十歳の時は一一一九年で偶然に一致する。作詩は元永二年と考えて良いのではないか。長楽寺伝による延暦二四年（八〇五）創建説に従えば、築三一五年の古寺となろう。訪う人も絶えて静寂そのものとなっているようすが、如実ににじみ出ている詩は、五番目の学生経尹である。

四三―1　春日遊長楽寺上方即事□□帰

礼部侍郎　俊隆

元来長楽眺臨地
尋至此時叩竹扉
晩寺路深人声少
古渓跡僻鳥声稀
洞門占宿風驚夢
深径望春花落衣
浮磬洪鐘聞漸暗
興遊未尽殆忘帰

元来（もとより）　長楽は　眺臨の地なり
尋ね至りし此の時　竹扉を叩く
晩寺の路　深ければ　人声　少なく
古渓の跡　僻（とお）ければ　鳥声　稀なり
洞門　宿を占へば　風　夢を驚かせ
深径　春に望めば　花　衣に落ちたり
浮磬　洪鐘　聞けば漸く暗く
興（きょう）遊　未だ尽きずして　殆んど帰るを忘る

〈現代語訳〉
春日、長楽寺の上方に遊ぶ即事（帰を以て韻となす）
もともと、長楽寺は、景色を見下ろす高い処にある。
尋ねて行って、やっと到着した時に、脇の竹の扉を叩いた。（案内を乞うた。）
くれなずむ寺への道は、山奥深かったので、人の声は少なく、
古い谷川の跡は、延々と遠いので、鳥の声も稀にしか聞こえない。（たいへん寂しい場所だ。）
寺で宿をたずねている（うっとりと別世界に遊んでいる）と、さっと風が吹いて、夢から覚め、
小道の奥深く春景色を見わたしていると、はらはらと花びらが衣に舞い落ちる。（現実の世界にもどる。）
磬を打つ音や大鐘をつく音がして、漸く夕暮れの知らせを聞いたが、
楽しみはまだまだ尽きないので、みんな家に帰ることを忘れてしまっている。

〈語　釈〉
○**眺臨**　あちらこちら見下ろす。　○**竹扉**　通常、寺門は松で作られているが、竹製の門は、脇門の小さいものであろう。
○**僻**　遠い。僻地。　○**占宿**　宿ることをたずねる。ここでは、長楽寺の別世界にうっとりと誘いこまれていく状態を言ったものか。
○**望春**　春景色を見渡す。　○**花落衣**　押韻の関係から、不明の句末に、上平五微の韻で衣を補ってみた。　○**洪鐘**　鐘は、時刻を知らせる鐘。洪は、すぐれた、大きいの意で鐘に冠する美称。立派な鐘。　○**浮磬**　僧を召集する打楽器の磬は、上から吊されたものなので、浮磬として語調を整えてある。

四三−2

長

遠□友到思何微
蕭索風房排竹扉
長楽寺幽鐘響尽
安禅径塞履蹤稀
咽霞啼鳥和金磬
送吹落花染衲衣
一出囂喧至境外
観雲終日独忘帰

遠□友到るに　思ひ何ぞ微かなる
蕭索たる風房　竹扉を排けり
長楽寺　幽かに　鐘響　尽き
安禅の径　塞がり　履蹤　稀なり
咽霞の啼鳥　金磬に和し
送吹の落花　衲衣を染めたり
一たび囂喧を出でて　境外に至れば
雲を観て　終日　独り帰るを忘れむ

〈現代語訳〉

遠くから友とやって来て、感慨がどうして少ないと言えるだろうか。（たくさん湧いてくる。）

ものさびしい風格のある房に行くため、竹の扉をおし開けた。

長楽寺はおく深くて、暮れを告げる鐘の響きも鳴り終わり、
静かに座禅修行をする堂への小道も塞がれているように、人の足跡もまばら。

遠くかすかに聞こえる鳥の声も、磬の響きに調和し、
風に吹かれて舞い落ちる花は、僧の袈裟を染めているようだ。

いったん騒がしい都を離れ、郊外に出たのだから。（現実世界から離れたのだから。）

雲を見て（無常の世界にひたり）一日中、独り家に帰ることを忘れてしまおう。

〈語　釈〉
○**蕭索**　ものさびしいようす。（『芸文類聚・38・祭祀・陶潜・自祭文』「天寒夜長、風気蕭索」・『白氏・51・三四〇・落花』「厭風風不定、風起花蕭索」）　○**風房**　長楽寺のすぐれた僧房。　○**竹扉**　脇門の竹で作った扉。　○**安禅**　静かに座禅すること。（『白氏・20・一三四・寓言題僧』「力小無因救焚溺、清涼山下且安禅」）　○**履蹤**　ふんだあしあと。転じて人の行跡。　○**咽霞**　咽は、声がふさがる。霞は、とおいの意があるので、遠くかすかに聞こえる程の意。　○**金磬**　磬は、寺で僧などを呼び集めるために鳴らす、銅などで作った楽器。もともと石で作られたへの字型の楽器であるので、金は美称であろう。
○**衲衣**　袈裟、僧衣。　○**囂喧**　さわがしい、やかましい。　○**境外**　洛外。郊外。

四三－3

生年七十心雖嬾
被引上賓到竹扉
蓬鬢変末梳□久
華容衰後見花稀
□□□□携藤杖
謁客禅僧刷薜衣
終日登臨垂夜景
蒙々雨裏促車帰

尾張介　三善為康

生年七十　心　嬾しと雖も
上賓に引はれ　竹扉に到れり
蓬鬢　変りし末　（髪）を梳きて久しく
華容　衰へし後　花を見ること稀なり
□□□□藤杖を携へ
客に謁へし禅僧　薜衣を刷へり
終日　登臨して　夜景に垂び
蒙々たる雨裏　車を促して帰る

〈現代語訳〉
年齢はもう七十歳。心だけは若いが、からだがだるく、気分が晴れないとはいえ、賓客のおさそいを受け、長楽寺の竹の脇門まで到着した。蓬のように乱れた鬢の毛は変わり果てたのち、（髪を）梳かし続けて久しくなる。花のように美しい顔かたちが、すっかり衰えた後は、花を見ることも稀だ。
（不明）　藤の杖を携えて
客人に謁見した禅僧は、粗末なよもぎの衣をつくろって着ている。（自分も共通している。）。一日中、あたりの景色を見下ろしていたが、いつの間にか夜景に変り、暗く、どしゃ降りの雨の中、車をせきたてて帰路についた。

〈語　釈〉
○生年　生まれてから経過した年月。年齢。（『菅家文草巻三・二三八問藺笥翁』「生年幾箇家安在、偏脚区瘻亦具陳」）
○嬾　からだがだるく、気分が晴れない。この字は、「ワカシ」の訓もあるので、「心だけはわかいが」と解することも可能であろう。
○上賓　賓客・上等の客。　**○蓬鬢**　よもぎのように乱れた鬢の毛。　**○華容**　花のように美しい顔かたち。美しい姿。美人のようす。　**○薜衣**　よもぎの衣。草で編んだそまつな衣。　**○刷**　きよめる。はく等の意が一般的であるが、粗末な薜衣であるので、古訓にしたがって「ツクロフ」で解しておく。　**○垂**　なんなんとす。今にもそうなろうとする状態。およぶ。　**○夜景**　夜の景色。　**○蒙々**　さかんなようす。暗いさま。ここでは、どちらともとれる。

四三―4

朝出華城向落暉
閑僧引歩到禅扉
山雲万里俗塵僻
渓樹千重人事稀
含雨松声来晩枕
随風花色襲春衣
暮天霧暗前途遠
志指塵□□□□

能登大掾　藤　宗友

朝（あした）に華城を出づるも　落暉に向（なんなん）とす
閑かなる僧　歩を引きて　禅扉に到る
山雲万里　俗塵　僻（とお）く
渓樹千重　人事　稀なり
雨を含みし松声　晩（くれ）の枕に来たり
風に随ひし花色　春の衣を襲（かさ）ぬ
暮の天　霧　暗く　前途　遠し
志指塵□□□□

〈現代語訳〉


朝、京の都を出発し、もう夕日を見る時になろうとしている。

閑かな僧侶が足を運んで、寺門の扉にやって来た。（しずしずと、僧侶が門まで出て来た。）

山の雲は、遠く離れた所に湧き、俗界はまた、遠く隔たっている。

谷の樹は幾重にも密生し、それに比べれば人間社会のことがらなど稀薄なものである。

雨気を含んだ松風の音は、夜の枕もとに聞こえてくるようで、
春風にしたがって咲く花は、春の衣を重ねているようでもある。（春も深まってきた。）

暮れなずむ空には、霧が深くたちこめ、前途は暗く遠い。（今にも雨が降りそうだ。）

（不明）

〈語　釈〉

○**華城**　京の都　○**向**　なんなんとする。もうすこしで及ぼうとする。　○**落暉**　夕日の光。夕日。　○**引歩**　足を運ぶ。（『白氏・13・0六〇九・和鄭方及第後秋帰洛下閑居』「微吟詩引歩、浅酌酒開顔」）　○**到**　やってくる。　○**万里**　遠く離れたところ。極めて遠い距離。　○**僻**　遠い。中心からそれている。　○**千重**　幾重にも重なる。　○**人事**　人間社会のことがら。（『陶潜・帰園田居』「野外罕人事」）　○**晩枕**　熟語としての用例は未見であるので、晩の枕と訓読した。　○**襲**　重ね着をする。
○**春衣**　春らしい明るい衣。（『杜甫・曲江詩』「朝回日日典春衣、毎日江頭尽酔帰」）　○**前途**　路と人生をかけている。

四三―5

朝出洛城及晩輝
忽尋僧院叩禅扉
世間毀誉声長尽
洞裏往還跡已稀
古壁雨霑苔滅字
春庭花落雪薫衣
登臨歴覧於焉足
漸与遊人

学生　経尹

朝に洛城を出で　晩輝に及ぶ
忽ち僧院を尋ね　禅扉を叩けり
世間の毀誉は　声　長きも尽き
洞裏の往還は　跡　已に稀なり
古壁　雨　霑ほひ　苔　字を滅し
春庭　花　落ち　雪　衣に薫れり
登臨し歴覧すれば　焉に於いて足れり
漸く遊人と与に（不明）

＜現代語訳＞
朝、京の都を出発して、夕陽が射す頃ようやく到着した。すぐに寺を尋ね、長楽寺の門を叩いた。世間の評判というものは、長くてもいつのまにか尽き果てるもので、もう、寺に往き来する足跡は、すでに稀になっている。古壁が雨に濡れて、苔が生え、書かれた文字も消えてしまい、春の庭に花が散り、まるで雪のように、衣に薫りかかる。高い所（長楽寺）に登って、あちこち見物すれば、ここでもう充分足りる。漸く詩人達と共に（満足して帰ることができる。）

＜語　釈＞
○**洛城**　京の都。（原本は落城であるが、おかしいので「洛」に改めた。　○**晩輝**　晩暉か。夕方の日の光。　○**僧院**　寺。寺院。
○**毀誉**　そしることと、ほめること。ここでは、世間の評判。　○**声長尽**　評判もいずれは尽きるほどの意か。　○**登臨**　高い所に登って下方を眺める。　○**歴覧**　いちいち見る。一つ一つ見物して回る。あちらこちら見渡す。めぐりまわって見る。
○**於焉足**　ここだけで充分である。

四三―6

藤　家盛

長楽山高近翠微
登□終日掩荊扉
幽渓霧暗歌（以下欠）

長楽の山は高く　翠微に近し
登□すれど終日　荊扉に掩はる
幽渓の霧は暗く

〈現代語訳〉

長楽寺に行く山は高く、寺は八合目に近い所に位置している。登って来て、一日中、いばらの扉は閉ざされたままである。おく深い渓谷は、霧がたちこめ暗く

〈語　釈〉
○**翠微**　山の八合目あたり。　○**荊扉**　いばらのとびら。粗末な家の扉。（『陶潜・帰園田居其二』「白日掩荊扉、虚室絶塵想」）
○**掩**　おおいかくす。

中右記部類巻十　紙背漢詩集

四四　永承六年三月三日　乗酔望桃源　八首

詩題解説

詩群の内容から推察して、詩題は「乗酔望桃源　八首」と訂正した。官職・位階、すべてを冠して指名の下に小さく上（たてまつる）としているのは、この詩宴の主催者が、高貴な方であることを意味している。永承六年（一〇五一年）御冷泉天皇の御代、摂政関白頼通の時代である。場所は、詩中の語を抽出すると「仙浦」「禁庭」「聖明」「仙洞」「宸遊」「洞門」等々、御冷泉天皇の宮庭の何れかの一つであると推察される。天皇も御臨席である。

三月三日の詩宴であるので、詩語としては、当然桃源郷を中心に述べているが、竹林の七賢人を詠み込み、魏の文帝を理想としている点も無視することはできない。これだけのメンバーであるので「添戸」「論戸」と酒を勧める語はあっても「折籌」のように、作詩の初歩的な苦しみの語は見られない。

四四－1

今朝乗酔宴遊辰
眺望桃源計会新□
枕麹心携仙浦露
借紅面対武陵春
弄花豈有独醒客
趁水伴来酣暢人
名教自然皆遊地
禁庭風景継遺塵

正四位上行式部権大輔兼文章博士臣藤原朝臣国成上

今朝（こんちょう） 酔（えい）に乗ぜむ 宴遊の辰（とき）
桃源を眺望すれば 計会 新たなり
麹（さけ）を枕とし 心 携ふ 仙浦の露
紅（くれない）に 借（まじ）はり 面（おもて） 対ふ 武陵の春
花に弄（たわぶ）れて 豈 有らむや 独醒の客
水に趁（したが）ひて 伴来（ともなふ）は 酣暢（かんちょう）の人
名教 自然 皆 遊地なり
禁庭の風景は 遺塵を継（つら）ぬ

〈現代語訳〉

今朝は思い切り酔ってしまおう、三月三日。この佳き宴の日。

桃源郷を遠く心に思い描くと、新しい趣向が湧いてくる。

酒を枕に（酒に酔いしれながら）心が一つになる、御所の恵みの露（酒）を頂いて。

紅い桃の花の中で（さらに酒で顔を赤くし）お互いに顔を見合わせると桃花源の別天地、武陵の春に遊んでいるようである。

（ふと見ると）桃の花だけを眺めて、どうしたことか、一人だけ醒めている人がいるではないか。

水の流れるように一緒に誘って来よう、酒を飲んでのんびり楽しんでもらいたいものだ。

儒家（独醒客）も道家（酣暢人）も区別はない。ここはまさに花をめでて、酒を飲んで遊ぶ所だ。

（ごらんなさい）この御所の庭の景色は　桃源郷のおもかげを残し、今に伝えているのです。

〈語　釈〉
○**乗酔**　酔った機会を利用して、つけこむ。酔いしれる。『孟子・公孫丑上』に、「雖有知恵、不如乗勢。」とあるが、「乗酔」は未見。ここでは、酔を倍増（乗）することから、思いきり酔う、酔っぱらうほどの意。　○**桃源**　俗世間を離れた平和な別天地。陶潜の「桃花源記」に描かれた仙境。　○**計会**　思慮。相談する。　○**枕麹**　枕塊・枕草のように、酒を枕とする。酒にひたる。
○**仙浦**　仙は天子に関する事物に言うので御所の池。次に「露」があるので、天子の恵みの露を想定。　○**借紅**　借は交わる。紅は、花の赤と酒で染まった赤い顔を掛ける。　○**武陵**　武陵桃源。陶潜の「桃花源記」で物語られる仙境。転じて平和な別天地。
○**酣暢**　酒を飲んでのびのびする。（『菅家文草・巻六・四三五』「入夜心酣暢、練連荷禄廻。」）　○**名教**　道徳上の教え。儒家の別称。
○**自然**　無為自然。道家（老荘思想）。　○**禁庭**　御所の庭。　○**遺塵**　昔のおもかげ。遺風。

四四−2

蔵人頭正四位下行右京大夫兼右近衛中将春宮権亮播磨介臣源朝臣資綱上

三日佳期飫宴辰
桃花源裏望相頻
眉開唯対照流艶
耳熱閑看傍岸匂
載酒舟維林露暁
入郷路卜浦霞春
言詩本自聖明事
人喜好文徳日新

三日　佳期（このよきひ）　飫宴（よえん）の辰（とき）
桃花源裏　望むこと相（とも）に頻りなり
眉開き　唯対（ひとり）へば　流れに照（かがや）きて　艶（つや）やかに
耳熱く　閑かに看れば　岸に傍（そ）ひて　匂（かお）れり
酒を載せし　舟　維（つな）げば　林露は暁け
郷に入るに　路　卜ふも　浦霞の春
言詩は　本自（もとより）　聖明の事
人は　好文を喜び　徳　日々に新し

〈現代語訳〉

三月三日のこの佳き日、佳き時を迎え、まさに酒盛りの会が開かれるとき。

お互いにはるかなる桃源郷に思いを馳せ、詩作に耽っていく。

心の憂いやわだかまりを忘れて、ただ一人まばゆいばかりの流れをながめると、花の姿が美しく浮かび、

（酒に）耳も赤らめ、ほろ酔い気分で閑かに看ると、桃の花は岸辺に匂いやかに咲いているかのようだ。

（杯が巡るまでに詩作がまに合わないので）その舟をつないで苦作していると、もう露がしとど降りて夜明けも近づき、
桃源郷に入るための路を占ってみても（詩作の方法を模索する）ただ霞が立ちこめて、ぼんやりとした春の景色があるばかり。

私が、詩に表したい気持ちは、当然のことながら天子の徳をたたえること。

人民は皆詩文を好み、帝の徳は、日に日に新しく盛んになる。

〈語　釈〉
○**飫宴**　さかもり。宴会。　○**眉開**　開眉。心の憂いをとく。（『菅家文草・巻5・四〇五・酒』「開眉杯裏伴、促膝酔中吟」『菅家後集・巻四九八・山僧贈杖、有感題之』「万一開眉何事在、暫為馬被小児騎」）　○**照流**　水の流れにかがやいて、照らし出されるすがた。ここでは流れに写った桃の花。　○**匂**　かおり。においの意味の国字。韵の省略形で、余韵のあることを「におう」といったことから匂の字が作られた。（上平声十一真）　○**舟維**　維舟。舟をつなぐ。繋舟。ここでは、舟をつなぎとめておきたい気持ちの表現。　○**林露**　たくさんの露。　○**入郷**　（四四−5参照）　○**卜**　卜占。うらない。当時は旅行する時も、その方角・日程などうらないで定め、住居もその隣人の善悪も、すべて卜占によって決定した。　○**言詩**　言志。詩によって心に思っていることを述べる。首聯に題名、頷聯には破題（説明）、頸聯では譬喩、尾聯で言志・述懐という構成。　○**聖明**　りっぱに治まっている御代。

四四―3

迎来美景将良辰
酔望桃源酒後巡
顔仮紅花開岸艶
觴薫濃露染波匂
留連共飲武陵暮
倒載謬臻仙洞春
曲洛風前娯未極
宸遊佳趣欲尽神

正四位下行右近衛権中将臣源朝臣隆俊上

美景を迎来（むかへ）て　将（まさ）に良辰
酔ひて桃源を望めば　酒は後に巡る
顔（かんばせ）は紅の花を仮り　岸に開（さ）きて艶（つや）やかに
觴（さかずき）は濃露に薫り　波を染めて匂（ひか）る
留連して　共に飲む　武陵の暮
倒載して　謬（あやま）り臻（いた）る　仙洞の春
曲洛の　風前　娯（たの）しみ未だ極まらず
宸遊の佳趣　神（こころ）を尽くさんと欲す

〈現代語訳〉

春の美しいこの佳き日を迎えました。三月三日、とても良い季節です。

まずは、桃源郷に思いを寄せ、うっとりしていると酒は後から巡ってきます。

顔は桃の花のように赤らみ、岸辺に並んで艶やかに咲いているようです。

酒をいっぱいに充たした觴は水に流されながら薫りを漂わせ、波を染めて光り輝いています。

（うっとりと）佇んで共に飲み武陵の夕暮れどきになっても（この宴の終わりを惜しみ）この場を去るにしのびない思いです。

酒食を飲み尽くして、私も何かの間違い（錯覚）でこの御所での曲水の宴に招かれ、桃源郷に入ったような気持ちがしています。

曲洛の風情をまのあたりに再現されたこの趣向に、楽しみは（とても）まだ尽きることはありません。

ここに催された春の宴遊のすばらしい趣きに感謝し、心ゆくまで楽しませていただきます。

〈語　釈〉
○**良辰**　日柄のよい日。ここでは三月三日のこと。　○**紅花**　紅桃・紅桜どちらも考えられる。桜より桃の方が紅が濃いのが通常であるが、果実の成る桜も紅色が濃い。　○**匂**　上平声十一真の韻。かおる・におう・ひかる等。ここでは、「染波」を受けて「ひかる」と読んだ。　○**留連**　ぐずぐずして去るのにしのびない気持ち。　○**武陵**　平和な別天地。（四四―1参照）　○**倒載**　さかさに載せる。車に載せた酒や食べ物をさかさまにする。つまり全て飲み尽くしてしまうこと。（『蒙求・山簡倒載』「山公時一酔。径造高陽池。日夕倒載帰。酩酊無所知。」）（四四―7参照）　○**謬**　まちがう。　○**臻**　いたる。到達する。　○**仙洞**　俗界を離れた清浄な池。上皇・法皇の御所。　○**曲洛**　曲水の宴をさす。　○**宸遊**　天子の巡遊。翻刻の震は宸に改めた。　○**神**　こころ。

四四－4

乗酔陶々瞻望頻
桃源花下水清湄
傾来眸送岸閑暮
飲後眼通波映春
王勣留如仙洞客
劉伶還似武陵人
歓遊本自雖多感
詩酒管絃是幾辰

従四位上行権左中弁兼播磨権介臣藤原朝臣資仲 上

酔(えい)に乗じ、陶々(ようよう)として　瞻(せん)望すること頻(しき)りなり
桃源の花の下(もと)　水　清き湄(みぎわ)
傾来(かたむけて)　眸(ひとみ)　送れば　岸　閑(しず)かに暮れ
飲後(のみて)　眼(まなこ)　通はせば　波　映(は)ゆる春
王勣(おうせき)　留(とど)めしは　仙洞の客の如く
劉伶　還すは　武陵の人に似たり
歓遊は　本自(もとより)　感(おも)い多しと雖も
詩酒管絃　是れ幾辰ぞ

〈現代語訳〉

思いきり酔ってうっとりとした気分になり、はるかに仰ぎしたう気持ちが、頻りに湧いてくる。

桃の花は咲き誇り、その下を清い水が流れている汀は、桃源郷のようである。

（盃を）傾けて見渡せば、岸辺は閑かに暮れてゆき、

（酒を）飲んであちらこちら見やると、波がきらきらと輝き、なんと美しい春である。

昔、王勣が隠者の仲間と親しく交際したように、私も引き留めてほしい。

劉伶が、酒を飲み、裸で暮らしたというが、それはちょうど桃源郷に迷い込んだ武陵の漁夫のようだ。

歓遊するということは、もともと多くの感情が湧くものであるとはいうものの、
詩歌管絃の遊びに最適な時期というものは、三月三日のこの時をおいてはそんなにあるものではない。

〈語　釈〉
○乗酔　酔いにまかせて。酔いしれて。　**○陶々**　やわらぎ楽しむ。　**○瞻望**　はるかに仰ぎ見る。仰ぎしたう。　**○桃源**　（四・解説参照）　**○傾来**　来は助字。傾の主語は盃。　**○王勣**　王績。字は無功。絳州龍門の人。隋末、官についたが、酒を飲んで職務を怠ったことを批判され、辞職して郷里に帰った。のち黄河のほとりに隠棲し、隠者と交際し、詩を作り、酒を醸造し、『酒譜』を編纂した。晩年、老荘思想に傾倒したという。（四－8参照）　**○劉伶**　竹林の七賢の中でも特に酒浸りの人生を送り、老荘思想の無為自然の理念を過激に実践し、家の中は裸で過ごしたという。　**○武陵人**　陶潜の『桃花源記』に描かれた、桃源郷に迷い込んだ武陵の漁夫。（384頁参照）　**○本自**　もとより。　**○辰**　十二支の辰。季節は季春。陰暦三月の異称。

四四—6
左少弁正五位下臣藤原朝臣師家上
花開霞暖酒将巡
乗酔桃源相望頻
曲洛寄心添戸後
武陵廻眸入郷辰
玉山頽処落浪露
藍水深時薫岸春
仙洞締交催興裏
還知既往魏文塵
花開き　霞は暖かく　酒将に巡らむとし
酔に乗じて　桃源　相望ること頻りなり
曲洛　心を寄す　戸を添へし後
武陵かと　眸を廻らす　郷に入る辰
玉山　頽るる処　浪に落ちし露
藍水　深き時　岸に薫る春
仙洞　交はりを締ぶ　興を催す裏
還知る　既往　魏文の塵を

〈現代語訳〉
桃の花は開き、春霞は暖かくたなびき、酒盃がちょうど巡ってくる。すっかり酔って、お互いに桃源郷を想像しては、しきりに思いをめぐらせる。酒をすすめながら、心の中は、まがりくねった曲水の風景に思いを寄せ、別天地（武陵）に来たのではないかときょろきょろする程、桃源郷に入った気分で酔いもまわって来た。美しい玉で作った山が崩れるようなみごとな酔いっぷりは、まるで浪に露が落ちるようであり、青々とした水が更に深い時は、花も酒も岸辺に高く香るこの春である。この内裏に招かれ、宮中と深いきずなを結ぶことができる、曲水の宴を楽しみながら。そして更に知ることができた。その昔、魏の文帝が提唱した学問を重んじる遺風を。（帝も受け継いでおられることを。）

〈語　釈〉
○**乗酔**　酔いにまかせる。酔うままに。酔った勢いで。　○**桃源**　（四四—1参照）　○**曲洛**　曲水の宴をさす。　○**添戸**　戸は酒数。酒をもっと飲むようにすすめる意か。　○**武陵**　武陵桃源。平和な別天地。（四四—1参照）　○**入郷**　うっとりするような良い酔い心地。（四四—2参照）　○**玉山頽**　酔いつぶれる。竹林の七賢の一人、嵆康が酒に酔うと、玉でできた山が頽れるようにみごとであったという。（『李白・襄陽歌』「清風朗月不用一銭買、玉山自倒非人推」）　○**藍水**　あおあおとした水。　○**仙洞**　宮中。内裏。　○**既往**　いにしえ。すぎしかた。　○**魏文**　魏の文帝・曹丕。（一八七〜二二六）曹操の第二子。漢に代わって魏を建て、洛陽に都を移した。文学評論の先駆『典論』を著し、「文章は経国の大業、不朽の盛事。」と著述活動の価値を主張した。

四四－5

正五位下行皇后宮大進臣藤原朝臣憲房上

嘉辰三月興何新
酔望桃源幾絶隣
論戸流遠霞相混
入郷岸隔露自匂
酡顔交色紅顔浪
藍水同粧曲水塵
南海罷官陪北闕
忘憂一夕喜逢春

嘉辰三月　興(おもい)何(いか)でか新しからん
酔ひて　桃源を望めば　幾(ほとん)ど隣を絶てり
戸を論ぜし　流れ遠く　霞は相(とも)に混(まじ)ふ
郷(さと)に入りて　岸隔てば　露は自ら匂(かほ)る
酡(だ)顔　色と交ふ　紅顔の波
藍(らん)水　粧いを同じくす　曲水の塵(あと)
南海　官を罷(や)めて　北闕(けつ)に陪(はべ)り
憂いを忘るる一夕　春に逢ふを喜ぶ

〈現代語訳〉


三月三日、このめでたい日、どんなにか新鮮な感興が湧くことだろう。

酔って桃源郷に思いを到すとき、ほとんど俗世間は隔絶され別天地に入る。

酒数を論じている曲水の宴の流れも遠く思われ、霞たなびくぼんやりした風景に包まれる。

桃源郷に入ると現実の岸はだんだん遠ざかり、露と共にどこからともなく酒の香りが漂ってくる。

酒に酔った赤い顔が、更に桃の花の色にも染められて、あちらこちらに美しい花のような顔が見えている。

青々とした水の流れの様子は、昔王羲之(ぎ)が蘭亭で催したという曲水の宴のおもかげを、そのまま残している。

讃岐守を退官した私が、この宮中の宴に陪り
日頃の憂いを忘れて、今宵ばかりは、爛漫の春に帝の恩愛に逢うことができ、喜びもひとしおです。

〈語　釈〉

○**嘉辰**　めでたい日。ここでは三月三日。　○**絶隣**　隣をへだてる。　○**論戸**　互いの酒量を論じ合う。（罰杯の数を論じ合うことか。）　○**入郷**　桃源郷に入ったような、良い酔い心地。　○**匂**　国字。かおり。（四四－2参照）　○**酡顔**　酔って、顔が赤くなること。　○**紅顔**　美人の顔。少年のつやつやした顔。若く美しい顔。　○**藍水**　あおい水。藍田を流れる川の名。（『杜甫・九日藍田崔氏荘』「藍水遠従千澗落、玉山高竝両峯寒」）　○**曲水塵**　三月三日を上巳節といい、日頃の穢れを水辺で祓いきよめ、一年の豊穣を祈る「みそぎ」の儀式であったが、のち、清流にのぞんで「曲水の宴」を催すことになり、東晉の王羲之が蘭亭で催したものが有名。塵は、そのなごり。　○**南海**　紀伊・淡路・四国を南海道と言い、作者はもと讃岐守。（四国）　○**北闕**　宮中。

四四－7

散位従五位上臣平朝臣定家上

桃源花影望尤頻
乗酔蕩心眼路新
湛露斜看浮浪艶
斟霞遥対照流匂
水中江映清吟客
岸上色留倒載人
衆木発栄誇徳地
此時再入洞門春

桃源の花影　望(のぞみ)尤(もっとも)頻りなり
酔に乗じ　心を蕩(うご)かせば　眼路　新たなり
露を湛(たた)へ　斜(かたむ)けて看れば　浪に浮かびて艶やかに
霞を斟(く)み　遥(はる)かに対(むか)へば　流れを照らして匂(かお)る
水中　江映　清吟の客
岸上　色留　倒載の人
衆木　栄を発し　徳を誇る地
此の時　再び入る　洞門の春

〈現代語訳〉
桃花源の境地を彷彿させるこの花の姿を見ると、多くの希望が頻りに湧いて来るものだ。酔った勢いで酒に耽ろうとすると、眼前の景色は特に新鮮に感じられる。なみなみと注がれた盃を斜めにしてみると、浪に反映してきらきらと輝き、酒を斟(く)んで遠くを見やれば、山に照り映えて薫ってくるようだ。水中の江に映し出されているのは、まさに（このよき日に招かれ）立派な詩を吟じようとしている客であり、岸のほとりに桃の花が静かに咲いていて、色香をとどめているのは、酒を飲み干して平和を満喫している人。お招き頂いた人たちは、光栄であると口々に言い、帝の徳と庭を称賛する。そしてこの時改めて（桃源郷のような）帝の庭園に入ることのできて、帝の世の繁栄を再確認することができました。

〈語　釈〉
○**桃源**　（四四－1参照）　○**乗酔**　（四四－1参照）酔いにまかせて。酔った勢いで。　○**蕩心**　酒に溺れる心。　○**花影**　花のすがた。　○**眼路**　眼の前。　○**照流匂**　翻刻では「照匂」となっているが、字数が不足のため、「流」字を補ってみた。　○**清吟**　清らかな吟詠。美しく吟ずること。　○**倒載人**　酒を飲み尽くして、さかさまにする人。すっかり酔い潰れている人。干戈倒載。戦いが終わり、ほこをおさめ、さかさまに車にのせる。平和の象徴。平和に酔い潰れている人。（四四－3参照）　○**衆木**　客として招かれた多くの人々。　○**発栄**　光栄であることを声に出して言う。　○**再入**　改めて確認する。

四四—8

入郷乗酔有何因
近望桃源興味新
露湛未忘沙月晩
桂斜鎮対浪花春
武陵旧跡莫添戸
王勣昔心応隔匂
嘉矣両端佳宴趣
閑窺濃艶勧盃頻

蔵人正六上行左衛門少尉藤原朝臣正家上

郷に入りて　酔に乗ずるは　何に因りてか有らむ
近く桃源を望めば　興味　新たなり
露　湛(たた)え　未だ忘れず　沙月の晩(くれ)
桂　斜(かたぶ)け　鎮(しず)かに対(むか)ふ　浪花の春
武陵の旧跡　戸を添ふる莫かれ
王勣(せき)の昔心　匂ひを隔つべし
嘉きかな　両端　佳宴の趣
閑(しず)かに濃艶を窺ひて　盃を勧むること頻りなり

永承六年三月三日

〈現代語訳〉

桃源郷に入って酔に乗ずるというのはどんないわれがあるというのだろう。こんなに近くにあるこの御所の庭で、（陶潜のうたった）桃源郷のような別天地にお招き頂くと感興もひとしお新しく生じてくる。（帝の恩恵である）酒をいっぱい注いで頂いたことは、忘れません。月が晩れるまで飲み続け、月が斜めから光を注ぐように恩寵を蒙ったその帝に鎮かに対座し、（盛大な曲水の宴に感動し）春を謳歌します。別天地武陵の旧跡を思わせるこのお庭では、これ以上酒を飲ませないで下さい。かつて陶淵明を慕って官を辞し、酒に浸った王勣のおもむきとは、一線を画すべきでしょう。何と良いではないか、桃花と酒とが相俟つこのすばらしい宴会の趣向は。そう思いながら更に濃い桃の花の美しさを見ながら盛んに酒を勧めてしまうのです。

〈語　釈〉

○**入郷**　（四四—2参照）　○**乗酔**　（四四—1参照）　○**桃源**　（四四—1参照）　○**興味**　おもむき。おもしろみ。○**露湛**　酒をなみなみとそそぐ。○**桂斜**　酒の入った盃を斜ける。○**浪花**　波しぶき。しらなみ。ここでは曲水の波をいうか。○**武陵**　（四四—1参照）　○**添戸**　（四四—6参照）　○**王勣**　王績。字は無功。隋に仕えたが、乱世を憂え、故郷に帰り、陶潜の境地を慕って古雅な詩を作り、斗酒学士と呼ばれた。酒を好み、「酔郷記」・「無心子伝」・「仲長先生伝」等の作品がある。これらをまとめて『東皋子集』を著す。（四四—4参照）　○**隔匂**　おもむきが異なる。一線を画す。○**嘉矣**　よろしきかな。何と良いことではないか。矣は詠嘆。　○**佳宴**　□宴のところ、試みに佳宴とした。詩宴も可か。　○**濃艶**　桃の濃い花の色。

四五　康平四年三月三日　曲江花勧酔　十九首

詩題解説

康平四年は一〇六一年、李部少卿亭は、藤原明衡の七条亭である。明衡七四歳の時の三月三日に、詩宴を開催した。水流が之の字の形に曲折している。唐の玄宗が楊貴妃を伴って遊んだといわれる有名な曲江を模して造園されている。詩宴あり、歌会あり、多くの遊びに使用されている、本詩宴は探韻の会である。参加者があらかじめ、くじ引きのようにして韻字を得て、その韻字を詩中に詠み込むというもの。本詩宴では、「波」「輝」「清」「淵」「堤」「春」「薫」「紅」「樽」「觴」「潭」「歌」「遊」「粧」「程」「芳」「匂」「深」「滋」がそれぞれ押韻されている。第八首目、源国仲の作品は、韻字が見られないが、ちょうど継ぎ目にあたるので、見落として粘付けされているとと見て、上平声一東韻「紅」にしてみた。「風」でも妥当である。十一番源資宗作品は「深」韻で十八番の菅在良とダブっているが、写本で見る限り「潭」と読めるので訂正を試みた。

四五―1　七言三月三日於李部少卿亭同賦曲江花勧酔詩一首　探得波字　文章生　橘　俊宗　序者

春暮曲江情幾多
紅花勧酔自相和
戸争落蘂長潭月
籌任低枝迅瀬波
礒石玉巵薫露久
侔鶯羽爵引流過
如何洛邑成巴字
此地潺湲也異他

春暮の曲江　情(こころ)　幾多(いくばく)ぞ
紅花　酔を勧め　自ら相(とも)に和(まじ)ふ
戸は　落蘂(ずい)と争ふ　長潭の月
籌は　低枝に任す　迅瀬(はやせ)の波
礒(ぎ)石の玉巵(し)　露に薫りて久しく
侔(ぼう)鶯の羽爵　流れを引きて過ぐ
如何ぞ　洛邑(らくゆう)　巴(は)字を成すは
此の地の潺湲(せいえん)　也(また)　他に異なれり

〈現代語訳〉

三月三日、晩春の曲江の風情は、いかばかりであろうか。

紅い桃の花は酔を勧めて、自分もいっしょに溶けこんでいるようだ。（花と客の酔顔が一体となっている。）

酒の量は落花と争うようにとめどなく、ふと気が付くと、細長い池に月が映る頃となっていた。

数とりは柳のしだれた枝に任せてしまおう、あまりにも酒が速く巡ってくるので追いつかないから。

青い石で作られたさかずきは、酒を満たし長い間薫っている。

きれいに揃った鶯の形をした羽觴（さかずき）は、水の流れを引き入れて過ぎてゆく。

洛邑で巴の字を作った曲江の流れとは、どのようなものであったのだろう。

水がさらさらとここちよく流れていくようすは、他とは異なって此処は最高であろう。

〈語　釈〉
○春暮　晩春。春の終わりは陰暦三月になる。　**○曲江**　（前頁解説参照。）　ここでは、李部少卿亭の庭に流れている川を曲江に見立てている。　**○紅花**　桃の花。　**○相和**　紅い桃の花と紅い酔顔がよく調和されていること。　**○戸**　酒量。飲む酒の量。（四四―6参照）　**○落蘂**　落花。散る花。　**○潭月**　よどみに映っている月。　**○籌**　かずとり。作詩をする際、柳の枝などを使って、折り曲げたりしながら、数を合わせ、平仄を合わせたりする習慣があったものと思われる。転じて詩作の意か。　**○低枝**　柳の枝。　**○迅瀬**　はやせ。　**○礒石**　青い石。　**○玉巵**　玉は美称。巵はさかずき。　**○侔鶯**　同じ大きさに揃っている鶯。　**○羽爵**　羽觴。さかずき。　**○洛邑**　河南省洛陽の古称。日本では京都。　**○潺湲**　水のさらさらと流れるようす。またはその音。畳韻。

四五―2　輝字

式部少輔　藤原　明衡

曲江花綻幾芳菲
勧酔崇朝忘万機
桃浦酌蘭応混艶
柳堤傾竹被催輝
紅粧遶岸霞頻転
玉蘂映波露未晞
寄語蓮台雲路客
為憐李下隔仙囲 雲客一両適会池亭故云

曲江に　花綻(ほころ)べば　幾(いくばく)ぞ　芳菲(かうば)しからむ
酔ひを勧めて　崇朝(ひねもす)に万機を忘る
桃浦に蘭を酌み　艶に混はるべく
柳堤に竹を傾け　輝きを催(もよほ)さる
紅粧　岸を遶(めぐ)り　霞　頻りに転(うつ)り
玉蘂　波に映(は)へ　露(さけ)　未だ晞(かわ)かず
語を蓮台(れんたい)に寄す　雲路(うんろ)の客
李下に憐みを為し　仙囲を隔つ（雲客一両　適(たま)ま池亭に会ふ　故に云ふ）

〈現代語訳〉

曲江に花が咲くと、どんなにか芳しい香りがすることだろう。

この日ばかりは酔うことを勧めて、一日中、日頃の仕事も忘れてしまう。

桃の開く池のほとりで酒をくみ交わし、花の美しさに同化して酔ってしまうべきであり、
柳の堤でも酒を注いでは、一層の輝きを増している。（輝かしい詩宴が開催されました。）

桃の花の美しい姿は岸辺に添って咲き乱れ、春霞がたなびきうっとりするようで、
花ぶさは、池の波に映し出され、その美しさに見とれていると酒はまだ乾かない。（飲むことを忘れている。）

官吏となって出世した人に一言申し上げましょう。

誤解されることを避けたいために、こうして帝の御所から遠去っているのですよ。

（私は隠者をちらほら見かけましたので、代わりに歌いました。）

〈語　釈〉
○**曲江**　（四五・解説参照）　○**芳菲**　良い香りがする。花がかぐわしくにおう。カ（コ）ウバシ。　○**勧酔**　（四五・解説参照）
○**崇朝**　ひねもす。一日中。　○**万機**　原典は「勧酔崇朝忘機」と六文字になっているが、試みに「忘万機」と万の字を補ってみた。万機は、政治全般。秘密を含む諸事。天子が執り行うすべての事。　○**催輝**　探題として得た文字が「輝」であるため、四句末に用いている。輝くような詩宴が開催されたことをいうか。　○**晞**　乾く。　○**蓮台**　はすの花の形に作った仏像の台座、蓮華座のことをいうが、ここでは合わないので、蓮府（大臣）のことか。　○**雲路客**　官吏として出世した人。　○**李下**　八句目は六字になっているので、試みに四字目に「下」を補ってみた。「李下に冠を正さず。」疑わしい行動は、避けなければならない。　○**仙囲**　帝の御所。　○**一両**　一人、二人。ちらほら。

四五—3　清字

酌酒曲江太有情
花脣勧酔幾呼清
流中会飲耽霞色
浪上酣歌任鳥声
葩引入郷臨岸処
粧催添戸棹舟程
老来今接桃顔客
傷道吏途独恥名

下州前刺史　大江　広経

酒を曲江に酌めば　太(はなは)だ情あり
花脣(しん)　酔を勧むるに　幾ばくぞ　清(せい)と呼ばむ
流中の会飲　霞色に耽り
浪上の酣(かん)歌　鳥声に任す
葩(はな)は　郷に入るを引(さそ)ひ　岸に臨む処
粧は　戸を添ふるを催(うなが)す　舟に棹(さおさ)す程
老(お)来(い)て　今　桃顔の客に接し
傷道(いたむならし)　吏(り)途(と)　独り名を恥ずのみ

〈現代語訳〉
曲江で酒もりをすると、たいそう大きな感情が湧いてくる。(しつらえられた曲江で酒を飲めるのは大変恩情のあることだ)
桃の花は更に酔いを勧めてくれ、何度「清」という語を発したことだろう。(私は探字で「清」の字が当たっている)
曲江の流れの中で酒宴に列席していると、一面に漂う霞の中に耽溺するように、おぼろげな雰囲気に耽ってしまい、
浪のほとりでは、酒を楽しみ、詩作の声が聞こえ、あたかも鳥の鳴く声のように響いてくる。
花びらは、桃源郷に入るように良い酔い心地を誘い、岸辺に舞っている。
美しく粧いをして酒を注ぎながら、さあ桃源郷に行こうと舟の用意もしている。
私は、もう老いてしまったが、こんなに若々しい顔ぶれに接し、
ああ、なんと傷ましいことよ、不出世の身で、この有名な会に列席することは、お恥ずかしい限りです。

〈語　釈〉
○**曲江**（四五・解説参照）　○**有情**　喜怒哀楽などの情がある。　○**花脣**　花唇。花びら。　○**勧酔**（四五・解説参照）
○**呼清**　「清」という字を口にする。「清」と叫ぶ。作者は探題で「清」の字を賜っているので、詩中に折り込まなければならない。
○**会飲**　集まって酒を飲む。寄り合って酒を飲む。ここでは、康平四年三月三日の李部少卿亭の作文会をさす。　○**酣歌**　酒を飲んで楽しみ歌う。　○**入郷**　桃源郷に入るような、夢のような酔い心地。　○**添戸**（四四—6参照）　○**老来**　来は助字。年を取って。　○**桃顔客**　若々しくて美しい賓客。客は招かれた人。　○**傷道**　いたむならし、または「ああ」と読み、ああ、何と傷ましいことよ。　○**吏途**　官吏になる道。役人としての地位。

四五―4　淵字

皇后宮大進　橘　為仲

佳期三月曲江辺
勧酔春花浅深鮮
匂似催巡涯馥暁
色応添戸水紅天
砂痕霞乱面頽玉
浪上露駐心作淵
此地忘憂今是楽
還同晉日与周年

佳期三月　曲江の辺(ほと)り
酔を勧むる春花　浅深　鮮やかなり
匂(かお)りは　巡(めぐ)らんことを催す似(ごと)く　涯(きし)　馥(かお)る暁
色は応(まさ)に　戸を添ふべし　水　紅(あか)き天(そら)
砂痕(さこん)の霞　乱れ　面(おもて)　玉を頽(くず)す
浪上の露　駐(とど)め　心　淵を作す
此の地にて憂ひを忘れ　今　是れ楽しまん
還た　晉日と同じうし　周年と与(とも)にせむ

〈現代語訳〉

三月のこの佳き日、曲江のほとりで詩宴が催される。

酔を一層勧めるのは、この春の花の美しい姿であり、浅く濃く色は鮮やかである。

花の薫りは、盃が巡ってくることを促すように、岸辺にまで馥郁たる匂いがたちこめている朝である。

花の色は、酒を勧めるのにふさわしく、水に紅く映えて、空は澄み渡っている。

酔いがまわって、まわりの様子も乱れ、ちょうど玉のように美しい山が、崩れ落ちるようなみごとな酔いっぷりである。

羽觴が流れてくるのを、ちょっと待っていただきたい。心は与えられた「淵」の字にこだわっている。

この場所は、日頃の憂いを忘れられる処、まさに、今この時こそを楽しみたい。

また、曲江の元祖、晉の王羲之の時代や理想の平和国家周王朝の時代のように楽しみたい。

〈語　釈〉

○佳期　よい時節。よい日。　**○曲江**　（四五・解説参照）　**○勧酔**　（四五・解説参照）　**○浅深**　翻刻では残深となっているが、写本により改めた。　**○匂**　花の薫と酒の薫。　**○催巡**　羽觴が巡ってくることを催促する。　**○涯**　岸辺。

○添戸　酒をもっと飲むように勧めること。（四四―6参照）　**○砂痕**　沙痕。砂浜。　**○頽玉**　玉山頽。容姿の美しい人が酒に酔いつぶれる有様。　**○浪上**　曲水の浪の上。　**○露**　酒。ここでは羽觴。　**○駐**　羽觴の巡りを、ちょっととどめる。

○作淵　作者の探題は「淵」の字である。　**○晉日**　曲水の宴の元祖は、晉の王羲之。その時代。　**○周年**　理想の平和国家は、中国では周王朝の時代とされている。

四五―5　堤字

散位　源　有宗

引友曲江東与西
百花勧酒酔如泥
疑交阮籍紅桃岸
似向屈原翠柳堤
浪上吹粧眠叵覚
沙痕含色意徐迷
三朝佳会伝前跡
乗興忘帰水石栖

友を曲江に引(さそ)はむ　東と西と
百花　酒を勧むれば　酔ひて泥の如し
阮籍に交はるかと疑ふ　紅桃の岸
屈原に向ふに似たり　翠流の堤
浪上　粧を吹けども　眠り覚め叵(がた)く
沙痕　色を含めども　意(こころ)徐(しず)かに迷う
三朝の佳会は　前跡を伝へ
興に乗じて　帰るを忘る　水石に栖(やど)らむ

＜現代語訳＞

曲江（七条亭）の作文会に友を誘って行こう。東からも西からも。

多くの桃の花が咲き乱れ、酒を勧められるので、泥のようにすっかり酔ってしまった。

（竹林の七賢の一人である）阮籍と同席しているような気がすることだ、紅い桃の花の咲く岸辺では。

また、屈原の前に対座しているようだ、青々とした柳の堤では。

ふと見ると、浪の上では羽爵が流されて近づいてくるが、私は空想の世界から未だ覚めることができない。

砂あとに色が染みこんでくるが、詩思はゆっくりとして、まだ迷いがある。（良い詩がなかなかできない。）

三月三日のこの佳き宴会は、王羲之の『蘭亭集序』に紹介された古い足跡を伝え、
興の趣くままに帰ることを忘れてしまうほどで、いっそこのまま池のほとりで眠ろうか。

＜語　釈＞
○**曲江**　（四五・解説参照）　○**東与西**　東からも西からも。　○**百花**　いろいろの花。多くの花。ここでは多くの桃の花。
○**勧酒**　勧酔も共に酒を勧めること。　○**酔如泥**　へべれけに酔い潰れることを泥酔という。泥は、骨がなく水中では活発で水を離れるとぐにゃぐにゃになるという虫の名。　○**阮籍**　竹林の七賢の一人。酒を好み、母の喪中にあっても酒肉をやめなかった。又、炊事場に数百斛の酒が貯蔵されている歩兵校尉にもなったことがある。　○**紅桃岸**　曲江（七条亭の池）のほとりには、紅い桃が咲き乱れている。　○**屈原**　楚の王族の一員。霊能力と政治的手腕で信任を得たが、讒言にあって追放され、失意のうちに汨羅に身を投げて世を去った。冤罪への憤り、楚国の前途に対する憂いなどを述べた『楚辞』は有名。　○**沙痕**（四五―4参照）　○**三朝佳会**　三月三日の吉日の宴会。　○**前跡**　昔の足跡。曲水宴をさす。　○**水石栖**　池の水石にやどる。眠る。

四五―6 春字

大内記　藤　成季

三月初三宴飲辰
濃花勧酔曲江漘
岸応明府紅粧脆
波是献酬粧影春

三月　初三　宴飲の辰(とき)
濃花　酔を勧む　曲江の漘(ほとり)
岸は明府に応へ　紅粧　脆(やわら)かに
波は是れ酬を献ず　粧影の春

〈現代語訳〉

三月三日、酒宴の日がやって来た。

桃の花は　いやが上にも酔を誘ってくれる、この曲江のほとり。

岸辺は、立派な国守の徳を称えているように、桃の花は鮮やかで美しく柔らかに咲いていて、客も美しい。

波はまさに盃をやりとりしている様子そのままに(さしつさされつ)、美しい雰囲気を漂わせている。

〈語　釈〉

○**三月初三**　三月三日。古典訓としては、「やよい、はじめのみか」となろう。康平四年（一〇六一年）三月三日。　○**宴飲**　さかもり。宴会。　○**濃花**　咲き乱れている桃の花。　○**勧酔**　酒をすすめる。酔いをうながす。（四五・解説参照）　○**曲江**　（四五・解説参照）　○**漘**　翻刻は溽であるが、漘であろう。ほとり。一句末の辰。二句末の漘。四句末の春。いずれも上平声真の韻。　○**岸**　みずぎわ。　○**明府**　りっぱな国守。（『菅家文草・巻三・三二』「適逢明府安為氏、奔波昼夜巡郷里」）　○**紅粧**　美しく酔った人と、紅く美しい桃を掛けている。　○**脆**　やわらかい。脆弱。　○**献酬**　杯をやりとりする。初め主人が客に杯をすすめるのを献。客からの杯を主人が飲んで、さらに客にすすめるのを酬醻という。　○**粧影**　美しいすがた。

四五—7　薫字

佳節曲江日漸曛
新花勧酔幾紛々
波心添戸霞千片
岸口散粧露小分
催飲即媒籠水綻
忘憂先導遺流薫
愁携詩酒芳蘭友
唯恥独非累祖文

相模権守　菅原　是綱

佳節の曲江　日　漸(ようや)く曛(く)れなむとす
新花　酔を勧むるに　幾ばくぞ紛々たらんや
波心に戸を添ふれば　霞　千片
岸口に粧を散らせば　露　小分
飲を催(うなが)すは　即ち媒(なかだち)す　籠(ろう)水　綻ぶを
憂いを忘れ　先ず導(い)う　遺流　薫るを
愁(なまじい)に　詩酒を携ふ　芳蘭の友
唯に恥ずるは　独り累祖の文に非(あら)ざるを

〈現代語訳〉

曲江での宴で開催されるこの佳き季節、日も次第に暮れようとしている。
咲きほころびたばかりの桃の花は、酔いを勧めるように、どんなにか多く美しいことか。
池を見ながら、酒を飲み重ねると、池も霞むほどたくさんの花びらが舞い散るようで、
岸辺に花びらが散って、しっとりと細かく広がってゆく。
酒をすすめるのは、水を入れた籠がほころび、開放的な気分にさせる仲介役となるもので、
世の憂いは忘れて、まず言おう。曲水の宴のなごりをとどめた薫り高い催しであることを。
気楽にこの詩宴に参加させていただき、すばらしい友人達とめぐり会う光栄を得ましたが、
先祖代々立派な詩文を作って来た家柄なのに、私ただ一人、上手に作れなかったことを恥じ入るばかりです。

〈語　釈〉

○佳節　めでたい日。良辰。ここでは三月三日。　**○曲江**　（四五・解説参照）　**○日**　第一句の五字目は、写本で目になっているが、「日」に改めた。　**○曛**　日が暮れる。　**○新花**　咲きほころびたばかりの花。　**○勧酔**　酒をすすめる。酔をさそう。（四五・解説参照）　**○紛々**　多く盛んなようす。　**○波心**　波の真中。水心。　**○添戸**　酒をつぎ足す。酒を勧める。（四四—6参照。）　**○千片**　たくさんの花びら。　**○岸口**　岸のほとり。岸のあたり。（『和漢朗詠集・一〇九・菅原文時』「潭心月泛交枝桂、岸口風来混葉蘋」）　**○小分**　こまかく分かれる。　**○媒**　なかだちをする。　**○遺流**　翻刻では逶流となっているが改めた。曲水の宴のなごりをとどめている流れ。　**○愁**　気楽に。　**○芳蘭**　香り高い。蘭のように香りの高いこと。　**○累祖**　先祖代々。

四五—8（紅字）

縁底曲江思自通
桃花勧酔感無窮
劉公盞湛長堤錦
王氏樽浮遥浦紅
添飲濃粧薫岸雨
催巡麗色任沙風
元由三月初三日
傍水放遊西復東

起居郎　源　国仲

縁底（なんぞ）　曲江　思ひ　自ら通ぜむや
桃花　酔ひを勧むれば　感　窮まり無し
劉公の盞　湛（たた）ふ　長堤の錦
王氏の樽　浮く　遥浦（ようほ）の紅
飲を添へし濃粧　岸雨に薫り
巡りを催（うなが）す　麗色　沙風に任す
元由（もとより）　三月初三の日は
水に傍（そ）ひて　遊を放（ほしいまま）にす　西復（ま）た東へと

〈現代語訳〉

どうして曲江の宴と聞くと、共通の思いが自然に湧いてくるのだろうか。桃の花は酔を勧め、感興は尽きることもない。

その昔、劉公が盃をなみなみと注いで酔いつぶれた長堤の錦の様子。

王戎が樽酒を飲めば花が盃に浮いたという、遥か遠い浦の桃の花。

酒をすすめてくれる色濃い桃の花は、曲江の岸に雨を降り注ぐように薫りを放ち
巡って来るのを催すような美しい羽觴は、砂浜を吹く風まかせで、速くなったり遅くなったりする。

三月三日のもともとのいわれは、
曲水にそって、西へ東へと充分楽しむことにあるのです。

〈語　釈〉
○**縁底**　なんぞ。どうして。（　　参照）　○**曲江**　（四五・解説参照）　○**勧酔**　（四五・解説参照）　○**無窮**　きわまりがない。無限。　○**劉公**　竹林の七賢の一人。劉伶であろう。『世説新語』によれば、「一飲一斛、五斗解醒。」一度飲めば20ℓ、10ℓはその酔いざましであるという大酒飲みであったという。　○**王氏**　竹林の七賢の一人王戎であろうか。高官でありながら竹林の遊びを楽しんだ。　○**添飲**　添戸（酒を注ぎ加える）と同意か。酒を飲むことを、さらにすすめる。　○**濃粧**　ここでは、色の濃い桃の花。○**催巡**　羽觴が巡ってくることを催促する。　○**麗色**　ここでは羽觴をさす。　○**元由**　もともとの由来。　○**三月初三**　（四五—6参照）　○**放遊**　ぶらつく。勝手きままに遊ぶ。　○欠題になっている探字は風か。紅か。解説参照

四五―9　樽字

勧酔何因興味繁
曲江花綻幾驚魂
紅葩落浪応催戸
濃□浮流欲置樽
魏帝遺塵廻柳岸
嵆公旧跡酌桃源
三春暮月初三日
会合此時遊水痕

縫殿助　橘　俊定

酔を勧むるは何に因りてか　興味　繁からむ
曲江の花　綻(ほころ)べば　幾ばくぞ　魂(こころ)を驚かさむ
紅葩　波に落つれば　戸を催(うなが)すべく
濃□　流れに浮かべば　樽を置かむとす
魏帝の遺塵　柳岸を廻(めぐ)り
嵆公の旧跡　桃源を酌(く)む
三春の暮月　初三の日
会合するこの時　水痕(さざなみ)に遊ばむ

〈現代語訳〉

酔を勧めると、どうして感興が更に湧いて来るのだろう。
曲江に桃の花が咲いて、どれ程心が動かされることだろう。
紅の桃の花びらがひらひらと浪に落ちるのを見ては、酒を勧められているような気がして、
濃い花が流れに浮かぶのを見ると、酒樽をそのままにいつまでも置いてほしいと思う。（宴会が続いてほしい。）
魏の文帝の遺風は、こうして、池のまわりの柳のようにいつまでも受け継がれ、
嵆公の足跡は、今ここに桃源郷をなぞらえて再現されている。
三月三日、今日ここに、
その昔を偲ぶ宴会に列席できたこの時こそ、大いにさざ波とたわぶれ遊ぼう。（大勢の客と飲んで楽しもう。）

〈語　釈〉

○**勧酔**　（四五・解説参照）　○**曲江**　（四五・解説参照）　○**紅葩**　紅い花びら。桃の花びら。　○**催戸**　戸は酒数。もっと飲むようにとすすめられる。　○**濃□**　四句目は六文字となっているが、羽觴をさすか。　○**魏帝**　魏の文帝。曹丕。字は子桓。建安25年、漢に代わって魏を建て、洛陽に都した。詩人としては楽府詩や四言・五言・六言・七言・雑言など多様な句式を用いて創作した。また、文学評論『典論』を著した。　○**遺塵**　昔のおもかげ。　○**嵆公**　竹林の七賢の一人嵆康、字は叔夜。荘子の養生説を学び、漢方薬を調合し、長寿実現の方法を研究し、『養生論』を著した。また琴の名手。　○**桃源**　（四四―1参照。）　○**三春**　春の三か月。一月（孟春）、二月（仲春）、三月（季春）。　○**暮月**　春の終りの月で三月。

四五―10 觴字

忽□曲江入酔□
桃花稲々是催觴
任地魏帝酌霞興
此席宴遊亦断腸

少判事　菅原

忽ち　曲江□　酔□に入る
桃花は　稲々として　是れ觴を催す
任地（さもあらばあれ）　魏帝も霞を酌むの興
此の席の宴遊も亦た腸を断たん

〈現代語訳〉
突然、曲江の宴に同席して、うっとりとした酔い心地となった。桃の花は、はるかかなたで咲き乱れ、これこそ曲水の宴をうながしている。それはそれとして、あの魏の文帝も酒を酌んで楽しんだと伝えられている。同じ趣興の曲水の宴だと思えば、万感胸に迫るものがある。

〈語　釈〉
○曲江　（四五・解説参照）　**○稲々**　写本は禾へんではなく、米へんにも見えるが、意味不明。　**○催觴**　羽觴の巡って来ることを催促する。曲水の宴で巡らされる羽觴。　**○任地**　ままよ。それはそれとして。　**○魏帝**　魏の文帝（曹丕）（四四―6参照）
○酌霞　酒を酌む　**○断觴**　胸に迫る。（松浦友久著・『詩語の諸相――唐詩ノート・「断腸」考』に詳しい。）

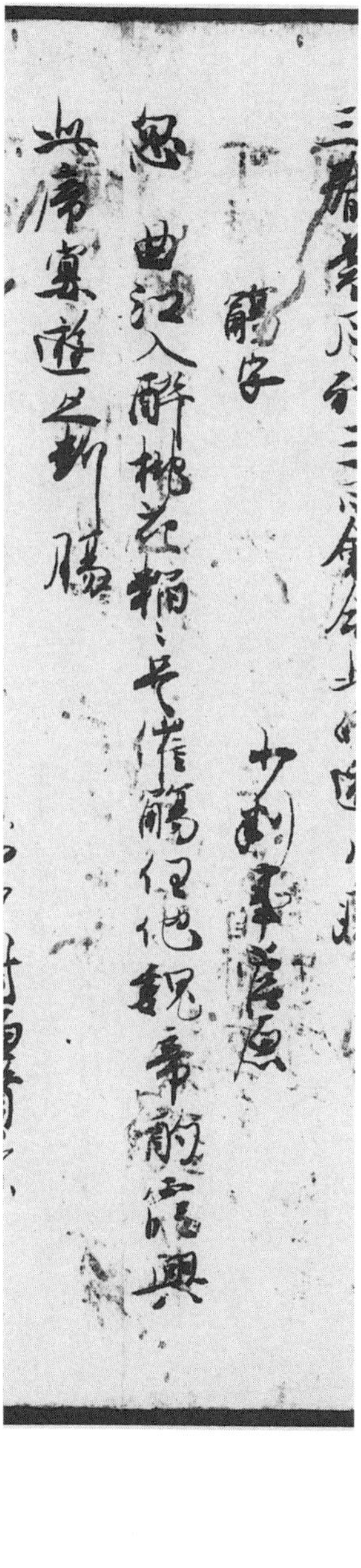

（宮内庁書陵部蔵）

四五—11　（潭　字）

左衛門少尉　源　資宗

三月初三尤好日
曲江曲洛得相尋
東西來岸桃顔色
自勧酒盃酔更潭

三月初三　尤も好き日
曲江　曲洛　相尋ぬるを得たり
東西より岸に来れば　桃顔の色
自ら酒盃を勧め　酔は更に潭し

〈現代語訳〉
三月三日はまことに最良の日である。（あの有名な）川をはさんで曲江・曲洛にお互い訪れることができたのだ。東西から集まって来た曲水の宴には、紅潮した美しい顔が並んでいる。自ら盃を勧めると、酔いは益々深まっていく。

〈語　釈〉
○三月初三　三月三日。　○曲江　（四五・解説参照）　○曲洛　（四四—6参照）　○東西　客が東西から集まって来ることと、曲水の東西に客が座っていること。　○桃顔　美しい顔。紅潮した顔。酔いで赤らんだ顔。

四五―12 歌字

前文章得業生　藤　行家

暮春三日曲江上
酔客酡顔被勧花
花色水光相映処
入郷幾許得高歌

暮春の三日　曲江の上(ほとり)
酔客の酡(あか)き顔は　花に勧められしもの
花の色　水の光も　相(とも)に映(は)ゆる処
郷に入りて幾許(いくばく)ぞ　高歌を得む

＜現代語訳＞
三月三日　曲江のほとりにあり、
酒に酔った赤い顔は花に勧められたもの。（花の紅さがいっそう顔をあかくする。）
花の色も水面の光も、ともに映えてまことに美しい。
桃源郷に入ったようにうっとりと酔い、さて、どれほど高らかに私の詩を歌ってもらうことができようか。

＜語　釈＞
○**暮春**　三月。旧暦の春は、一月・二月・三月をいう。一月は孟春、二月は仲春、三月は季春。すなわち、春の一番終わりの月なので、暮春という。　○**曲江**　（四五・解説参照）　○**酡顔**　酒に酔ったあかい顔。　○**入郷**　桃源郷に入ったような、夢のような世界。桃源郷は、陶潜の『桃花源記』に描かれている、俗世間を離れた平和な別天地。武陵の漁夫が桃林中の流れに沿ってさかのぼり、山腹の入口から中に入ると、秦の遺民が住む仙境に到り、思う存分に楽しんだという。酒を飲んで、日頃の憂さを忘れ、気持ちよく酔う状態を入郷と表現しているのであろう。　○**高歌**　高らかに歌を披露する。曲水の宴では、羽觴を上流より流し、客は下流に沿って座っていて、自分の前に巡って来るまでの間に詩を作り、盃をとってその酒を飲む。詩は集められた後、読み上げられ披露される。うまく出来ている詩は高らかに読み上げられ、拙い詩は口ごもる。従って高歌は佳作である証拠ともなろう。なお、作者である藤原行家は、分韻として「歌」の字を受けているので、かなり強引に読みこむ必要に迫られている。

四五－13 遊字

学生　藤　敦基

縁底曲江屢献酬
花粧勧酔対廻流
桃源携艶応斟桂
柳浦開眉欲折籌
巴字比形重浪写
園公春意古風留
今迎三月初三日
泛得羽觴称優遊

縁底（なにによ り）てか　曲江にて　屢々（しばしば）献酬せん
花　粧（よそお）ひて酔を勧め　廻流に対す
桃源　艶を携へ　応（まさ）に桂（さけ）を斟（く）まむとすれば
柳浦　眉を開き　籌を折らむとす
巴字の比形は　重浪　写し
園公の春意は　古風　留む
今迎ふ　三月初三の日
羽觴を泛（うか）べ得て　優遊に称（かな）ふ

＜現代語訳＞
どんないわれがあって、曲江ではしばしば盃のやりとりがあるのだろう。
花が美しく粧い、酔いを勧め、廻りくる羽觴に対している。
桃源郷を思わせるような美しい花がつらなり、さて酒を斟もうとすると、
岸の柳は美しい眉を開いて数とりをしようとにっこりする。（平仄を合わせ作詩の準備をする）
巴という字の形をした曲水を見ると、ちょうど浪が重なっているように見え、
この庭園での春ののどかな心持ちと宴会の主旨は、あくまでも故事をふまえた風情を留めたものである。
そして今こそ三月三日という良き日を迎え、
羽觴を曲水に泛べる宴にお招きいただき、こんなにも優雅な遊びができました。

＜語　釈＞
○**縁底**　どうして。（四五－8参照）　○**曲江**　（四五・解説参照）　○**献酬**　（四五－6参照）　○**勧酔**　酒をすすめる。（四五・解説参照）　○**廻流**　曲がった流れに沿って廻ってくるものは、羽觴。　○**桃源**　ここでは詩宴会場である、李部少卿亭を比喩したもの。　○**携艶**　携は、つらなる。艶は、あでやかに美しい。美しい桃花がつらなっているようす。　○**桂**　酒。香りの高い酒。　○**柳浦**　岸の柳。　○**開眉**　愁眉を開く。愁いがなくなり美しい表情になる。　○**折籌**　かずとりをする。平仄を合わせながら作詩をする。（四五－1参照）　○**巴字**　曲水は、巴の字のように曲がりくねっている。　○**園公**　主催者李部少卿をさす。　○**春意**　春の宴会の主旨。

四五—14　粧字

学生　藤　兼衡

曲江花色属韶光
三日初知勧酔忙
献寿高低臨岸艶
催巡遠近照波粧
跡経柳渚宜添戸
思自桃源幾入郷
見取今朝詩酒会
佳猷南澗浮東堂

曲江の花色　韶光（しょうこう）に属（あた）る
三日　初めて知る　酔を勧むるの忙なるを
寿を献（たてまつ）る　高く低く　岸に臨む艶（いろおい）
巡を催（うなが）す　遠く近く　波に照る粧（よそおい）
跡経の柳渚　宜しく戸を添ふべし
思自（ほしいまま）に桃源　幾（ねがは）くは郷に入らむ
見取（えら）ばれて　今朝　詩酒の会
佳猷（かゆう）なるかな　南澗　東堂に浮（そそ）ぐは

〈現代語訳〉
曲江のほとりの桃の花は、春ののどかな光を受けて今や満開である。三日の当日になって、初めて酔を勧めることの忙しさがわかる。長寿を祝う盃は、高く低く岸に向かって美しく輝くようであり、羽觴の巡ってくるのを待っていると、遠く近くから舞っている羽觴は、波の間に間に美しく流されてくる。学問の後継者たちが岸の柳のように顔を揃えている、どうか酒盃を賜りたいものです。思う存分酔いつぶれ、どうか桃源郷に入ることができますように。認められて、今朝この詩宴にお招きをいただきました。曲江の流れは南の谷からこの御所のお庭まで引かれています。ああ、何とすばらしい企画です。

〈語　釈〉
〇**曲江**　（四五・解説参照）　〇**属**　ちょうど～にあたる。たまたま。まさに。　〇**韶光**　春景色。春ののどかな光。　〇**勧酔**　勧酒。　〇**献寿**　長寿を祝福する。（『凌雲集・三月三日侍宴応詔』「献壽千祥溢、含歓万国附」）　〇**催巡**　曲水の宴で巡らされる羽觴（さかずき）の巡ることを待ち望む気持ち。　〇**跡経**　学問の後継者。新進の後継者たちを比喩したものか。　〇**添戸**　（四四—6参照）　〇**折籌**　（四五—13参照）　〇**思自**　思う存分。ほしいままに。　〇**桃源**　（四四・解説・四五—13参照）　〇**幾**　どうかおねがいします。　〇**入郷**　桃源郷に入るようなうっとりとした酔い心地になること。　〇**見取**　えらばれて。　〇**佳猷**　嘉猷と同義か。立派な計画。　〇**浮**　翻刻は写。写本により改めた。

四五—15　程字

曲江三月標佳名
勧酔春花興更成
遶浪旁黄添戸思
随流相映折籌情
周年芳宴桃浦暁
晉日新遊岸柳程
命飲客誇為酒敵
携文我恥不才兄

学生　藤　為定

曲江の三月　佳名を標(しる)す
酔を勧むるは春花　興(おもむきことさら)更に成る
浪を遶(めぐ)りて　旁(あまね)く黄　戸を添ふる思ひ
流れに随ひて　相映ず　籌を折る情(こころ)
周年の芳宴　桃浦の暁
晉日の新遊　岸柳の程
飲を命ぜられし客は誇る　酒敵と為るを
文を携へ　我は恥づ　不才の兄

〈現代語訳〉

春三月の曲江と言えば、名声高き宴会の代表的なものである。（三月三日、曲水の宴）酔を勧めてくれるのは咲き誇る桃の花、その美しさが感興を一層かりたてる。曲水の岸辺をとりまく柳の新芽を見てはお酒がすすみ、流れにつれて見ると、お互いにかずとりを始めようとする気持ちが映し出されている。（詩作の準備をしているようだ）周時代にはじめられたというこの粋な宴会は、桃の花咲く水辺で再現され、晉時代に流行したこの遊びは、岸辺の柳に数とりをさせるよう植えられている。（作詩がうまくゆかず）罰盃を命ぜられた客は、酒飲みの競争相手となることをむしろ誇っている。詩文を携えながら、私は無能、無芸を恥じ入っております。

〈語　釈〉

○曲江　（四五・解説参照）　**○標**　てほん。代表となるもの。　**○佳名**　名声の高いこと。有名。　**○勧酔**　（四五・解説参照）
○旁黄　旁はアマネクと読んでみた。池をめぐっている柳の新芽は、すべてが黄色に見える光景を表現しているものか。
○添戸　（四四—6参照）　**○折籌**　（四四—6参照）　**○周年**　中国の周時代（前220年ごろ）
○芳宴　おもむきの優れた宴会。曲水宴をさす。しゃれた遊び。　**○晉日**　曲水の宴は、魏の文帝の時代（東晉時代）に最も流行した。　**○岸柳**　三句目「旁黄」と呼応する。　**○命飲**　規則通り觴が巡るまでに作詩をすることができないと罰杯を命ぜられ、更に酒を飲まされる。　**○不才兄**　自分は無能だと謙遜する。

四五—16　芳字

学生　藤　範綱

一属曲江三日光
紅花勧酔自巡觴
廻塘頻酌被催艶
円岸猶酣可任粧
傍水傾中多錦繍
随流伝処在芬芳
竜門沈滞後郡士
早晩抽身怨更忘

一(はじめ)曲江に属(つら)ぬ　三日の光
紅花　酔を勧め　自ら觴を巡らす
塘(きし)を廻りて　頻(しき)りに酌(く)めば　艶を催(うなが)され
岸に円(あつ)まり　猶　酣(たけなは)なれば　粧ひに任(まか)すべし
水に傍(よ)り　傾中(かたぶ)くれば　錦繍　多く
流れに随ひて　伝ふる処　芬芳　在り
竜門　沈滞して　郡士に後(おく)るれど
早晩　抽身(ちゅうしん)して　怨み　更に忘れむ

〈現代語訳〉
はじめて曲江の宴に名をつらねさせて頂きまして光栄に存じます。（輝かしい曲水宴に参加すれば）美しい桃の花は酔を勧めてくれて、気がつけば羽觴も巡って参ります。参加した人々は、堤を廻って着席し、頻りに酒を酌みますと、酔いがまわって顔が赤くなります。岸辺に集まって宴もますます高潮しますので、真っ赤になっても気にせず酔ってしまいましょう。水辺に近寄って盃を傾けてみると、立派な方々が大勢いらっしゃって、流れに従って作詩が完成すると、何とすばらしい、かおり高い作品の数々ではありませんか。私は優秀な諸先輩に比べ意気があがらず（官位が低く）、土地では出世が遅れていますが、おそかれ早かれ、人よりぬきん出て、（頭角を現わして）不出世の怨みは改めて忘れたいものです。

〈語　釈〉
○一　はじめ。はじめて。　**○属**　つらなる。　**○三日光**　三月三日の宴が、輝かしいというものか、その宴に列席できた自分が光栄というのか。ここでは後者か。　**○紅花**　桃の花。　**○勧酔**　（四五・解説参照）　**○廻塘**　堤をめぐっているのは、宴に参加した人々。　**○催艶**　酔ってほんのり赤くなることをすすめられる。　**○円岸**　岸辺に集まる。岸辺をとりかこむように客が座る曲水の宴の着席法か。　**○任粧**　思う存分酔って、酔態を示しても、ままよ。という気持ち。　**○錦繍**　美しいもののたとえ。参加した人々が美しく立派であること。　**○芬芳**　芳の字は翻刻にないが、試みに入れた。かおり高いこと。　**○竜門**　人望があって優れた人。出世の関門。　**○沈滞**　意気が上がらない。官位が低い。　**○早晩**　おそかれ、早かれ。　**○抽身**　人より頭角をあらわす。

四五−17 匂字

縁底曲江感緒頻
花粧勧酔蕩心神
傾樽被引桃源艶
添戸応依柳岸匂
月浦折籌風馥暁
霞津転盞露装春
周年昔会移斯処
洛水周流池水漘 此亭有池水故云

藤 実宗

縁底(なにによ)りてか 曲江は感緒(かんしょ)頻りならむ
花粧 酔を勧むれば 心神(こころ)を蕩(うご)かす
樽を傾くれば 桃源の艶に引(さそ)はれ
戸を添ふるは 柳岸の匂いに依るべし
月浦に籌を折れば 風 馥(かお)る暁
霞津に盞を転(ころが)せば 霞 装(かざ)る春
周年の昔会 斯処(ここ)に移し
洛水 流れを周(めぐ)る 池水の漘(みぎわ)（此の亭に池水有り、故に云ふ）

〈現代語訳〉

どうしてこの曲江の宴では感慨が頻りに湧いてくるのでしょうか。

花は、粧いをこらして酔いを勧めるので、心の底から感動いたします。

酒樽を傾けていると、艶やかで美しい、あの桃源郷に引きこまれるようだ。

酒を注がれれば、岸の柳に寄り添うのがよかろう、良い薫りだから。

月の照る浜辺で、かずとりをすると、馥郁たる風がかおり、もう朝が来る。

霞たなびく流れで盃をころがせば、あたり一面露に濡れる春景色。

曲水の祖といわれる周文帝の頃のおもかげを、そのままこの地に移し、
洛水の流れをめぐらせてこの池庭に曲水を完成したのです。（この七条亭に池水がある。だから云うのである。）

〈語　釈〉
○**縁底**　どうして。なぜ、どうして、どういう意味があって　○**感緒**　感慨。心に思うさまざまな情緒。菅原道真初見。（『菅家後集・叙意一百韻』「文華何処落、感緒此間牽。」）　○**心神**　こころ。　○**蕩**　感動する。　○**桃源艶**　桃源郷に入ったようなこの世のものとも思われないような別世界。（四－1参照）　○**添戸**　（四－6参照）　○**匂**　（四－2参照）　○**月浦**　月の照る浜辺。○**折籌**　（四五－1参照）この語の対として、「添戸」が多かったが、ここは「転盞」の対として使われ、異例。　○**洛水**　中国では洛陽を流れる川、日本では、京の都を流れる川。鴨川であろう。　○**周年**　中国、周の時代に曲水宴が始められた。　○**漘**　みぎわ。みずぎわ。（『説文』「漘、水厓也。从水脣声、詩曰、寘河之漘」）

四五―18　深字

曲江縁底足相尋
漠々春花勧酔吟
堤柳弥添飛白思
浦桃頻類仮紅心
玉山霞暖浪廻急
沙岸風芳流湎深
三月佳辰三日会
蘭亭昔跡尚伝今

菅　在良

曲江　縁底（なんぞ）　相尋ぬるに足らむ
漠々たる春花　酔吟を勧む
堤柳　弥々添ふ　白（さかずき）を飛ばす思ひ
浦桃　頻りに類（に）る　紅を仮（か）る心
玉山の霞　暖かく　浪　廻りて急に
沙岸の風　芳（かぐわ）しく　流れ湎（しず）みて深し
三月の佳辰　三日の会
蘭亭の昔跡　尚（なお）　今に伝ふ

〈現代語訳〉
曲江に、どうしてわざわざ尋ねて行かなければならないのか。
はてしなく咲き乱れる春の花を見て、酒を勧めて吟詠するこの詩会。
川堤の柳は、ますます盃を飛ばして酒をあおり立て、
桃の花は咲き乱れ、花のように顔も真赤に染まってしまっています。
（酒豪で有名な）玉山を思い起こさせるように、みんな酔いつぶれてしまい、
砂浜の風は良い香りを漂わせ、人々は、その雰囲気に没頭しています。
三月三日のこの良き日に、この会が催され、
有名な蘭亭での催しが、今も尚この地に受け継がれているのです。

〈語　釈〉
○**曲江**　（四五・解説参照）　○**縁底**　なんぞ。なんすれぞ。なにによりてか。　○**漠々**　一面につづいているようす。
○**酔吟**　酒に酔って歌う。　○**堤柳**　曲水宴の両岸に柳が植えられている。桃と柳の対は三月三日の詩宴に多い。　○**飛白**　飛觴と同じ。さかずきをとばす。早く酒をめぐらせるように、さかずきを飛ばすのであろう。（李白『春夜宴桃李園序』「開瓊筵以坐花、飛羽觴而酔月。」）　○**浦桃**　岸辺に沿って咲く桃の花。　○**仮紅**　桃の赤さを仮りたように、人も酔って顔が赤くなること。
○**玉山**　美しい人が、酒に酔いつぶれることの形容。玉山崩。　○**湎**　雰囲気に没頭する。耽る。　○**佳辰**　佳日。よき日。
○**蘭亭**　東晋の王羲之ら、名士四十二人が三五三年、三月三日の節句に会稽の蘭亭に集まり、曲水の宴を開催した。その時の詩集の序文が『蘭亭集序』で、たいへん有名。

四五—19　滋　字

深浅新花正綻時
曲江勧酔似相期
華樽漸尽潭風馥
玉盞頻傾岸露滋
阮杖自慙桃浦裏
劉車其奈柳堤湄
陶々中席今為導
依古既開一日眉

大江　公仲

深く浅く　新花　正に綻ぶ時
曲江　酔を勧むれば　相(とも)に期するごとし
華樽　漸く尽くれば　潭風　馥(かお)り
玉盞　頻りに傾けて　岸露　滋(しげ)し
阮杖は自ら慙(は)ず　桃浦の裏(うち)
劉車は其れ奈(いかむ)　柳堤の湄(ほとり)
陶々(ようよう)として席を中(へだ)てども　今導(い)ふを為(な)す
古へより　既に開く　一日の眉

康平四年三月三日七条亭作文

〈現代語訳〉

深い色、浅い色と新しい花が今まさに咲き競う時、
曲江の宴に酔いを勧められるのは、誰も皆が期待していたことのようだ。
美しい酒樽が漸く飲み尽くされる樽底から、馥郁たる香りがただよい
みごとな盃をしきりに傾け合うと、岸辺には露がしとど落ちてくる。
（そう言えば）阮籍は自らを慙じていました。桃花源での酔態を。
又劉伶も、柳の渚での醜態をどうすることもできませんでした。（それほど楽しい宴席なのです）
君主との席は遠いけれど、うちとけた気持ちで今こそ申し上げます。
昔からこの日だけは、眉が開くように心が晴れると言われているではありませんか。

〈語　釈〉

○深浅　新花の色の深いものと浅いもの。　**○曲江**　（四五・解説参照）　**○勧酔**　（四五・解説参照）　**○期**　期待する。　**○華樽**　華は樽の美称。　**○玉盞**　玉は美称。りっぱなさかずき。　**○潭風**　岸辺を吹く風。　**○阮杖**　阮籍。竹林の七賢の一人。老荘の学を好み、酒と琴を愛し、形式的な礼法に反対した。　**○岸露滋**　岸辺の露も多く、夜更けであることと、露を酒と見て、酒の多いことと掛けているか。　**○劉車**　劉伶。竹林の七賢の一人。大酒飲みで、『酒徳頌』の作を残す。（四四—4参照）　**○湄**　ほとり。
○陶々　ゆったりとうちとける。　**○中席**　席をへだつ。席が離れている。　**○導**　翻刻「道」を写本により改めた。「言う」の意。

四六　天喜四年三月三日　勧酔是桃花　九首

詩題解説

天喜四年は一〇五六年である。右兵衛督藤原経成の六条亭で行われた三月三日の詩宴である。「勧酔是桃花」（酔を勧むるが是れ桃花）という題で九首が収められている。同年は、清涼殿で和歌管弦楽の御遊が行われたり、皇后宮春秋歌合、六条斎院歌合等々歌合せが盛んであり、三月三日という佳日の詩会にしては、何か物足りない内容となっている。詩語も偏りがち。当時の作詩では、絶対的な使用条件になっていたのであろうか。添戸・入郷・倒載・竹林の七賢人等。常套句のように各人が使用している。首聯に詩題を巧みに詠じ、以下は、三月三日の宴にふさわしい情景の中に常套句を織り込んでいく、詩語合わせのような風潮があったのかもしれない。豪華な顔ぶれの出席者の作品群としては、少なからず期待はずれの感を禁じ得ない。

四六―1　三月三日同賦勧酔是桃花 以春為韻

美作権守　資道

三月三朝属令辰
桃花勧酔蕩精神
繞林隣里忘憂地
傍水村同成楽人
定将入郷零尽日
弥応添戸盛開春
英才逢境皆觴詠
還恥独交席上珍

三月の三朝　令辰に属(あた)る
桃花は酔を勧め　精神(こころ)を蕩(うご)かす
林を繞(めぐ)りて　隣里　憂ひを忘るる地
水を傍(さまよ)ひて　村と同じうす　楽しみを成す人
定めて郷に入らむとす　零尽の日に
弥々(いよいよ)　戸を添ふべし　盛開の春に
英才と境に逢ひ　皆觴詠す
還(ま)た恥ず　独り席上の珍に交はるを

〈現代語訳〉　三月三日、同じく「酔を勧むるは是れ桃花」に賦す。（春を以て韻と為す）

三月三日は、縁起の良いめでたい日に当たる。

桃の花は酔を勧め、心を（精神状態を）ゆたかにしてくれる。

林をめぐりながらあたりを散策すると、ここは、憂いを忘れる地であり、
水辺をさまよい歩くと、村人と同じ楽しみを謳歌できる。

今日こそはと心にきめて、桃源郷に入るつもりで飲み尽くそう。

いよいよ酒数も増し、春は真盛りだ。（もっと飲みましょう）

英才達とその境地で逢い、共に羽觴をとばして詩を吟じ合う。

わが身をふり返り、恥じ入ってしまいます。こんなにもすばらしい方々と同席させていただいていますことを。

〈語　釈〉

○**三朝**　三日、または三日目。通常三朝は、元旦のことをいう。　○**属**　あたる。ちょうど～にあたる。たまたま。まさに。

○**令辰**　縁起のよい、めでたいとき。　○**蕩**　感動する。心をゆたかにする。　○**繞林**　林の中を散策する。　○**隣里**　近村の意味であるが、ここでは、日常の生活をする場。　○**傍水**　水辺をさまよう。　○**成楽人**　楽しみを謳歌する人。　○**定将**　将の字を補ってみた。次句の弥応の対として再読文字を用いた。　○**入郷**　桃源郷に入ったような、この世のものとも思えないほどの良い酔い心地。

○**零尽**　したたりつくす。酒を飲み尽くす。　○**添戸**　酒を更に飲むこと。（四―6参照）　○**英才**　秀才。　○**逢境**　この世のものとも思えないような（桃源郷）、すばらしい宴会。　○**觴詠**　羽觴をとばして吟詠する。　○**席上珍**　同席した貴重な人材。

四六―2

桃花勧酔一凌晨
相伴自為倒載人
尋艶就林鶯転盞
拾葩臨岸水催巡
入郷路歴仙源露
添戸座転曲洛春
三日佳期宜愛賞
暫忘劇務属文賓

右兵衛督　源　経成

桃花　酔(え)ひを勧む　一凌(りょう)の晨(あした)
相伴(ともな)ひて　自ら為る　倒載の人
艶を尋ね　林に就けば　鶯は盞を転(まわ)し
葩(はなびら)を拾い　岸に臨めば　水は巡ることを催(うなが)す
郷(さと)に入りて路歴(めぐ)れば　仙源の露
戸を添えて座転すれば　曲洛の春
三日の佳期　宜(よろ)しく愛賞すべし
暫(しばら)くは　劇務(げきむ)を忘れ　文賓に属(つらな)らむ

＜現代語訳＞
桃の花が酔いを勧めるこのあした。
仲間が集まると、自然にあの桃花源記のように酒を飲み尽くす。
美しい花をおいもとめて、大勢の人の中で自分の席に就くと、鶯形の盃がまわって来た。
花びらを拾って岸を眺めると、流れる水は羽觴の巡ってくるのを待っているようだ。
すっかり酔っ払って、桃源郷に入った気分で庭を散策している、御所のお庭で有難い恩寵を受けながら、
酒を飲みすぎて、ごろ寝をすると「曲洛の春」の曲が流れてくる。（春たけなわの曲水宴だから）
三月三日、この佳い詩会にお招き頂いたのだから、充分に愛賞するのがよろしかろう。
この時ばかりは暫時、日頃の激務を忘れ、詩会に招かれた客と共に楽しもう。

＜語　釈＞
〇**勧酔**　勧酒。　〇**凌晨**　早朝。あした。　〇**相伴**　ともなって。つれだって。　〇**倒載人**　山簡、字は季倫。（二五三～三一二）西晋の政治家。酒を好み、車に積んだ酒を日暮れ時の帰路では逆さまに倒して（全部飲み尽くして空っぽにして）帰るという。『蒙求・山簡倒載』の伝によるもの。　〇**尋艶**　美しさをおいもとめる。　〇**入郷**　（四六―1参照）　〇**路歴**　めぐる。
〇**仙源露**　仙人の住む所を仙源といい、桃源郷をいう。露は酒。ここでは六条亭の比喩。　〇**添戸**　（四四―6参照）
〇**曲洛春**　春たけなわの曲水宴の意味と、琴曲名に見られる「曲洛春」とを掛けている。　〇**愛賞**　いつくしみながめる。いつくしみ味わう。　〇**劇務**　忙しい職務。　〇**文賓**　詩宴に招かれた客。

四六－3

一朝杖酔得相親
被勧桃花接上賓
面欲争紅初綻暁
手頻挙白漫薫春
陶家菊蘂霜空冷
阮氏竹林露不匂
豈若韶光将暮処
樽前傾盞惜芳辰

文章博士　藤原　実範

一朝　酔ひに杖(よ)りて　相親しむことを得たり
桃花に勧められ　上賓に接す。
面は紅を争はむとす　初めて綻びし暁
手は頻りに白(さかずき)を挙げ　漫(すずろ)に薫る春
陶家の菊蘂　霜は　空しく冷へ
阮氏の竹林　露は匂(かお)らず
豈(あ)に韶光に若(し)かむや　将(まさ)に暮れむとする処
樽前　盞を傾けて　芳辰を惜しまむ

〈現代語訳〉


三月三日のこの朝、お酒をたよって　お互いに親しむことができる。

桃の花に勧められて、立派な客に接することもできた。

顔を見ると、酔って紅くなるのを競い合っているようである。初めて花開くように、愉快に笑えばいるのまにかもう暁方。

手は頻りに盃を挙げて、飲み続けている。何となく（どこからともなく）花（酒？）の香りがたちこめて、
昔陶潜が詠んだ菊の花は、霜にうたれて空しく冷え、
阮籍が清詠した竹林の露（酒）も、今はもう香らなくなってしまった。

どうして春の明るい景色にかなうことがあろうか、この、のどかな春景色も、もう暮れようとしている。

酒樽の前で盃を傾けながら、このすばらしい時を惜しみたいものだ。

〈語　釈〉

○**一朝**　ひとあさ。ここでは旧暦三月三日の朝。　○**杖酔**　酔いにたよる。　○**上賓**　上等の客。道教では天に昇ること。
○**初綻**　花がほころぶことと、明るく笑うこととを掛けている。　○**挙白**　さかずきを挙げる。　○**漫薫春**　どこからともなく、酒や花の香りがただよう爛漫の春。　○**陶家**　陶潜　陶淵明。　○**菊蘂**　菊の雄しべと雌しべ。ここでは陶潜の飲酒詩「采菊東籬下、悠然見南山。」の詩をふまえている。　○**阮氏**　竹林の七賢の一人、阮籍。竹林の七賢人の一人。老荘の学を好み、酒と琴を愛し、形式的な礼法に反抗した人。　○**露**　酒。　○**韶光**　春ののどかな景色。　○**樽前**　酒樽の前。樽が主催者の比喩になっているか。　○**芳辰**　かぐわしい春の時期。季節では季春。月では三月。（旧暦）日は佳辰。時は芳辰。

四六－4

三月初三花綻辰
仙桃勧酔酔吟頻
紅粧争面猶添戸
錦彩成蹊自唱巡
誰有独醒霞染暁
只須快領露装春
池亭今作蘭亭興
詩酒佳遊移旧塵

文章博士　菅原　定義

三月初三　花綻（ほころ）びし辰（とき）
仙桃　酔を勧むれば　酔ひて吟（うた）ふこと頻りなり
紅粧は面を争ひ　猶（なお）戸を添ふるごとく
錦彩は蹊（みち）を成して　自ら巡るを唱（うなが）す
誰か有らむ　独り醒むるは　霞　染めし暁
只に須（ま）たむ　快領　露　装ふ春を
池亭にて今作（な）すは　蘭亭の興（おもむき）
詩酒の佳遊　旧塵を移す

〈現代語訳〉

三月三日、桃の花が咲き始めた良い季節。

御所の庭の桃の花が、酔いを勧めてくれるので、すっかり良い気分になって吟詠にふけっている。

酒に酔って顔を紅くしては、それでもなお酒をすすめ、
着飾った詩人たちは、連なって慕い集まり、羽觴が早く巡って来いとはやしたてる。

誰か一人だけ酔わないで醒めている人がいる、（屈原のように）もう夜も明けようとしているのに。

（そんな人も）ただ快く理解してあげよう。露いっぱいの春だから。

この池亭で、今こそ作詩することができるのは、あの有名な蘭亭の饗宴だ。

詩を作り、酒を飲み、趣き深い遊宴の会を、今ここで実現しているのだ。

〈語　釈〉
○**花綻辰**　花が開きはじめた時。　○**仙桃**　桃の美称。桃源郷の桃を意識したもの。　○**勧酔**　勧酒に同じ。　○**酔吟**　酒に酔い詩を吟ずること。　○**紅粧**　酒に酔って赤くなった顔と桃の赤さをかけている。　○**添戸**　（四四－6参照）　○**錦彩**　はなやかで美しいいろどりの衣装をまとった文人達。　○**成蹊**　自然に小路ができる。人がおのずから慕ってくる。　○**唱巡**　唱はうながす。催巡と同じ。羽觴が早くめぐってくるようにと催促する。　○**独醒**　人々が酔う中で、一人だけ醒めて酔わないこと。（三五－6参照）　○**快領**　快く了解することか。　○**池亭**　六条亭の池に作られた曲水。　○**蘭亭**　東晋の王羲之ら名士四十二人集まって、永和九年三月三日の節句に詩会をした場所が蘭亭。（四五－18参照）　○**佳遊**　おもむき深い宴会。　○**旧塵**　蘭亭のおもかげ。昔の事跡。

四六—5

式部少輔　藤原　明衡

曲水風光属麗辰
桃花勧酔蕩心神
傾霞由緒紅葩耀
酌露濫觴玉蘂新
外飲応催粧媚暁
未醒被引艶濃春
仙源元自人無老
俗骨空衰及七旬

曲水の風光　麗辰に属す
桃花　酔を勧め　心神(こころ)を蕩(うご)かす
霞を傾くる由緒　紅葩　耀(かがや)き
露を酌む濫觴　玉蘂　新たなり
飲を外(はず)すも　催(うなが)すべし　粧媚の暁
未だ醒めざるに引(さそ)はる　艶濃の春
仙源は元自(もとより)　人の老ゆること無けれど
俗骨は空しく衰へ　七旬に及ぶ

〈現代語訳〉
曲水の宴のすぐれたおもむきは、ちょうど麗しい時に当たる。桃の花は酔いを勧め、心をゆたかにしてくれる。由緒（いわれ）の通りに樽を傾ければ、桃の花のように紅い顔は輝き、盃に溢れんばかりの酒をくめば、花びらも、又新鮮に見える。詩作ができず飲みそこなっても、催促しましょう、まわりの景色がこんなに酒を勧めているのだから。まだ酔いが醒めないのに、さらに誘われてしまう、美しい春たけなわの景観に。（桃源郷という）仙境は、もともと不老（不死）の境地であるが、俗人であるわたしは、空しく年をとってしまって、もう七十歳にもなってしまいましたよ。

〈語　釈〉
○**曲水**　（四—5参照）　○**風光**　風景。景色。おもかげ。　○**麗辰**　うるわしいとき。佳辰。芳辰などと同意。季春三月の良いとき。　○**勧酔**　勧酒。　○**蕩**　感動する。　○**心神**　こころ。　○**由緒**　いわれ。すじみち。　○**紅葩**　赤い桃の花と酒に染まった赤い顔。　○**濫觴**　あふれんばかりの酒。　○**玉蘂**　美しい花。　○**外飲**　羽觴がまわるまでに作詩が出来ないと、酒が飲めなくなるその状態。　○**仙源**　桃源郷のような、この世ばなれした、理想郷。　○**元自**　もとより。　○**無老**　不老不死の世界をいう。　○**俗骨**　俗体。俗人。作者自身。　○**七旬**　七十歳。

四六－6

紅桃開尽幾多旬
花是猶来勧酔新
枝訝折籌風動夕
葩迷投轄水浮春
陶潜門柳誰添戸
王母園霞自促巡
三日佳期尤足賞
相公詩席引文賓

散位　惟宗　業任

紅桃　開き尽くせば　幾多(いくばく)か旬(あまね)からむ
花は是れ　猶(なお)来たる　酔を勧むるに新なり
枝は籌を折るかと訝(いぶか)り　風の動く夕べ
葩は轄(くさび)を投ずるを迷う　水に浮かぶ春
陶潜の門柳　誰か戸を添へむ
王母の園霞　自(おのずか)ら巡るを促す
三日の佳期　尤も賞するに足れり
相公の詩席　文賓を引(さそ)ふ

〈現代語訳〉

赤い桃の花が満開になると、どれほどあたり一面に咲き乱れることか。

それでも花はまだ新しく咲くようで、しきりに酔いを勧めてくれる。

柳の枝が風に少し揺れると、数とりをして詩作をしているかのように見え、
花びらが水面に静かに浮いているのを見ると、無理にくさびで引きとめるかのように見えてしまう。（詩作が間に合わないので）

陶潜の門の柳を見て、誰が献杯するだろうか。（そんな人はいない。）

西王母の庭にたなびく春霞は、自然に觴がめぐってくるよう促しているようだ。

三月三日のこの佳き日に催された宴は、最高に賞賛されるもの。

主君頼通様の詩席では、すばらしい文人達が招かれている。

〈語　釈〉
〇旬　あまねくす。作用や状態が、ある範囲に余すところなく行きわたる。　**〇折籌**　（四五－1参照）　**〇投轄**　くさびを投げこんで、むりに客を引き止める。水の流れが緩いことをいうのか、水面一面に浮く花の状況が、くさびで繋がれている状態だというのか、あるいは、葩を羽觴の比喩として詩作が間に合わないので、くさびを投げて流れを引き止めたい気持ちをいうものか。　**〇王母**　西王母。神話上の女の仙人。西の果ての崑崙山に住み、不老不死の薬を持っていて、漢の武帝に仙桃を与えたと伝えられている。
〇促巡　催巡と同じ。羽觴の巡ってくることを催促する。　**〇相公**　源頼通。作詩時の天喜四年は、一〇五六年。後冷泉天皇の丙申四年。歌合が最んに行われた頃。　**〇文賓**　詩宴に招かれた文人達。

四六－7

桃花深浅岸間新
羽爵薫来勧酔春
面上妄争初綻艶
郷中見誨不言脣
仙源未開独醒客
遥浦応帰倒載人
三日佳遊伝此地
蘭亭遺美誰披陳

散位　大江　佐国

桃花　深く浅く　岸間　新たなり
羽爵　薫(かお)来りて　酔いを勧むる春
面上　争ふこと妄(な)かれ　初めて綻(ほころ)びし艶
郷中　誨(おし)へらる　不言の脣(くちびる)
仙源　未だ開かず　独り醒(さ)めし客
遥浦　帰るべし　倒載の人
三日の佳遊　此の地に伝ふ
蘭亭の遺美(いび)　誰か披(ひら)き陳(の)べん

〈現代語訳〉

桃の花は、色濃いのも淡いのも、こもごも流れに沿って新鮮に咲き乱れている。

羽觴は馥郁たる香りを漂わせて、酔いを勧めてくれる春の一日。

顔色は争うことを忘れよう、初めて花開いた美しい桃の色艶の前では。

桃源郷に入った境地には、教えられるものがある、もの言わぬ桃の花に。

この御所のお庭で未だ花開かない人がいるようだ、一人酔いもせず。（まだ作詩が間に合わないので。）

遥か遠い桃花源に帰ってごらんなさい、酒をすっかり飲み尽くして。

三月三日のこの佳き日、雅びな宴遊の会をこのお庭に再現し、今なお伝えて下さっています。

この蘭亭の風雅な遊びを、誰か立派に表現して、皆の前で披露してくれるのでしょう。

〈語　釈〉
○**深浅**　花の濃い色と淡い色。　○**岸間**　岸辺に沿って等間隔に植樹されたものであろう。　○**羽爵**　羽觴と同じ。
○**薫来**　来は助字。　○**勧酔**　酔いをすすめる。　○**面上**　顔色。（『菅家文草・巻3・221』「不覚鬢辺霜気侵、自然面上桃花色。」）
○**郷中**　この世のものとは思えないような、うっとりとした酔い心地。　○**見誨**　見は受身。おしえられる。　○**不言脣**　もの言わぬ脣。桃の花のこと。　○**仙源**　六条亭の作詩の庭園を、陶潜の桃源郷または、王維の桃源になぞらえる。　○**独醒客**　客の字は欠字であるが、試みに入れてみた。酔えないでいる人。作詩も完成しないでいる人。　○**倒載人**　（四六－2参照）
○**三日佳遊**　三月三日の曲水宴をさす。　○**蘭亭**　（一四－2・四五－18参照）　○**遺美**　前人の遺した美しいもの。ここでは、王羲之の曲水宴をさす。

四六－8

散位　惟宗　孝言

何物佳遊勧酔頻
桃花深浅望尤新
玉山紹介綏山露
藍水根源曲水春
嵆氏竹林空絶席
陶家菊蘂未為隣
華亭水閣方開処
染筆遥思魏氏塵

何物ぞ　佳遊　酔を勧むるの頻りなるは
桃花は深く浅く　望めば尤（はなは）だ新（あざや）かなり
玉山　紹介す　綏山（すいざん）の露
藍水　根源　曲水の春
嵆氏の竹林　空しく席を絶ち
陶家の菊蘂　未だ隣せず
華亭の水閣　方（まさ）に開く処
筆を染め　遥かに思ふは　魏氏の塵

＜現代語訳＞

曲水の宴の風流な遊びで、こんなにも頻りに酔を勧めてくれるのは、いったい何ものなのだろうか。

桃の花は、色濃い紅も浅い色も、たいそう鮮やかに咲き誇っている。

玉山は　綏山の露（道教）を紹介し、
藍水は、曲水の根源とも言われている。

私は竹林の七賢、嵆康に、はるか及ばず、残念ながら離れた位置に座っている。

陶淵明の詩にはとてもまだ近づくことができない。

このすばらしい亭で、今まさに宴会が開かれようとしている。

筆に墨をつけて、遥か遠く、魏文帝が遺してくれた曲水の宴に思いをはせるのだ。

＜語　釈＞

○**何物**　なんだろう。得体の知れないものに対する疑問。（『菅家文草・巻一・49』「一年何物始終来、請見寒中有早梅」）
○**佳遊**　三月三日の曲水宴をさす。　○**勧酔**　（四五・解説参照）　○**深浅**　色の濃い桃と色の浅い花。　○**玉山**　（四四－6参照）
○**綏山**　峨眉山の西南にある高山。上れば再び帰ることができない程高く、仙道を得られるという。仙人の食する不老不死の桃が多いといわれる。　○**藍水**　あおあおとした水。陝西省藍田県を経て、黄河の支流に注ぐ川。　○**嵆氏**　（四五－9嵆康参照）
○**陶家菊蘂**　陶潜の『飲酒』にうたわれた菊の花。　○**未為隣**　まだ肩を並べることができない。　○**華亭**　六条亭をさす。
○**染筆**　筆を墨に染め、書く準備をする。　○**魏氏塵**　魏文帝。曹丕の遺塵。曲水宴の祖である魏文帝の遺風。

四六―9

文章得業生　菅原　是綱

何物今朝勧酔頻
仙桃花綻属佳辰
紅粧相競入郷暮
濃艶被催添戸春
劉氏弥誇新媚色
嵇公応契不言匂
羽觴更綻曲池浪
従此漸伝洛上塵

何物ぞ　今朝　酔を勧むること頻りなるは
仙桃　花　綻び　佳辰に属す
紅粧　相競ひて　郷に入る暮れ
濃艶　催され　戸を添ふる春
劉氏　弥々（いよいよ）誇る　新媚の色
嵇公　契るべし　不言の匂（かおり）
羽觴　更に綻（ほころ）ぶ　曲池の浪（なみ）
従此（これより）　漸（よう）く伝へむ　洛上の塵

天喜四年右兵衛督六条亭作　題者　式部少輔　講師　孝言

〈現代語訳〉
いったい何が今朝から頻りに酔いを勧めるのであろうか。
仙薬の花と言われる桃が咲き、すばらしい日、この三月三日は。
顔を紅く染め、ともに競って桃源郷に入ろうとするこの夕暮れ。
まさに曲水の宴が催されているのだ、しきりに酒を注ぎ足して。
劉伶氏にも似た酒豪は、益々誇らしげに飲み、新たに詩作する。
嵇康に似た人は、もの言わぬ花と約束したかのように、黙々と飲み続けている。
羽觴は更に曲がりくねった流れに波紋を拡げている。（まさに宴たけなわ）
これから後は、次第に洛陽の遺風を本格的に伝えることができるのだ。

〈語　釈〉
○**何物**（四六―8参照）　○**勧酔**（四五・解説参照）　○**仙桃**　桃の美称。西王母が不老不死の薬として桃を持っていたと伝えられる。　○**属**　あたる。ちょうどその時。　○**紅粧**　美しい顔、酒に赤く染まった顔と、桃の花の赤い色を掛けている。　○**入郷**　（四五―9参照）　○**添戸**　（四四―6参照）　○**劉氏**　竹林の七賢の一人劉伶。（四四―4参照）　○**嵇公**　竹林七賢人の一人、嵇康（四五―9参照）　○**不言匂**　もの言わずということは、おしゃべりをしないことと、詩を発表しないことが掛けられている。　○**羽觴**　羽のついた盃。すずめが羽を広げた形のさかづき。（李白・春夜宴桃李園序「飛羽觴而酔月」）　○**更綻**　さらに波紋をひろげる。　○**洛上塵**　ここ京の都で開催された曲水宴の遺風。

四七　永長二年三月三日　桃花唯勧酔　十二首

詩題解説

作詩時の永長二年という年号は文学史には見られない。その前年永長元年一〇九六年は。詩会も和歌会が頻繁に開催され、本紙にも巻七に双輪寺や六波羅蜜寺などで開催された詩宴のようすが紹介されている。ところが、白河院が法皇になられたためか、永長二年は、承徳元年として扱われている。歴史家の方々の教えを乞いたいところである。さて、この年の三月三日古寺における曲水の宴である。列席者は六〇歳を過ぎた文章博士菅原在良・六〇歳を過ぎてもいまだ学生の惟宗隆頼・五〇歳もそこそこの藤原季仲が老衰の身であると嘆いてみせる。氏族や年齢と問わず、比較的自由に作詩を楽しんでいる風情には好感がもてる。詩語も当然重複は見られるものの、しつこさは感じられない。8番宗憲詩に、酔いの深さを「泥の如く」と記されていて斬新さを感じられ楽しめた。

四七―1　七言三月三日於古寺同賦桃花唯勧酔詩一首　以春為韻并序

学生　惟宗　隆頼

桃花灼灼興何新
勧酔一朝属令辰
仙浦浪声宜問戸
武陵霞色被牽巡
忘憂未去綏山暁
沈靦猶留曲水春
向後難期花下会
行年六十有余身

桃花　灼灼として　興（おもむき）何ぞ新し
酔を勧むる一朝　令辰に属（あた）る
仙浦の浪声は　宜しく戸を問うべし
武陵の霞色は　巡るを牽きとめらる
憂ひを忘れ　未だ去らざるに　綏（すい）山の暁
靦（はじ）を沈め　猶（なお）留む　曲水の春
向後（ゆくすえ）は　期し難し　花下の会
行年六十　有余身

＜現代語訳＞　七言、三月三日、古寺において、みんなで「桃花は、ひたすら酔いを勧めてくれる」という詩を詠んだ
桃の花が鮮やかに咲き誇り、何と新しい興趣が湧いてくることよ。

酒を勧めてくれるこの朝は、まさに（三月三日の）めでたい日に当たっている。

寺に引き入れられた流れの音は、酒を勧める声と聞くのがよろしく。

武陵のような趣の川に霞が立ちこめると、羽觴の巡りが牽きとめられるようだ。

日頃の憂さも忘れ、未だ立ち去り難いのに、綏山にも似たこの山も、もう夜明けが訪れ、
深く考え、詩作に耽れば、まだ留めてくれるようだ、この曲水の宴は。

行く末のことはどうなることやら、この花の下に会う約束などできない。

私はもう年老いて、六十歳にも余る老齢なのだから。

＜語　釈＞
○灼灼　花が盛んに咲いているようす。（『詩経・周南・桃夭』「桃之夭夭、灼灼其華」）　**○勧酔**　勧酒。酒をすすめ、酔いをすすめる。　**○属**　あたる。ちょうど～にあたる。　**○令辰**　めでたい日。　**○仙浦**　古寺（作詩の場に流れこんでいる川、または曲水宴のために引き入れられた川。　**○浪声**　水の流れる音。　**○武陵**　武陵桃源をイメージした川のようす。　**○牽巡**　羽觴の巡りをひきとめて、もっとゆっくり楽しみたい気持ち。　**○綏山**　道教の聖地と言われている峨眉山の西南にある高山。
○沈靦　恥じて顔を伏せる意か。静かに顔を伏せる。詩作のようすか。　**○向後**　ゆくすえ。今後。　**○花下会**　花のもとでの宴会。　**○行年**　生きている人の今までに経た年数。

四七－2

紅桃灼灼矯逢辰
欲問花中勧酔頻
遶樹縁辺深浅戸
成蹊南北両三巡
流霞曲水行盃晩
岸月高陽倒載春
鸚吻屡飛鶯舌滑
争堪席上老衰身

長秋宮員外　季仲

紅桃　灼灼として　逢辰を矯（かざ）る
花中に問はむと欲し　酔を勧むること頻りなり
樹を遶（めぐ）らす縁辺　深浅の戸
蹊（みち）を成す南北　両三の巡
流霞の曲水　行盃の晩
岸月の高陽　倒載の春
鸚吻（おうふつ）　屡々（しばしば）飛び　鶯舌　滑らかに
争（いか）でか席上に堪へむ　老衰の身

＜現代語訳＞

桃の花が盛んに咲き乱れ、このよき日を飾り立てている。

その花に何かを聞こうとして、頻りに酔いを勧めるばかり。

樹が植えられた川辺を、招待客が取り囲み、もう深酔いしている人もいれば、酔いの浅い人もいる。

南北に流される曲水は、曲がりくねった水流を作り、二、三回も巡っている。

その曲水に霞がたなびき、盃をくみ交わしていると、早くも日が晩れ、
岸辺に月が登る頃には、みんなすっかり酔っ払って、高陽の酒徒のように、お酒も飲み尽くすような勢いだ。

鸚貝の羽觴もしばしばとび交って、鶯のさえずりにも似た美しい詩が次々と出来上がる。

こんな素晴らしい詩宴に私ごとき老いぼれの身は、どうして堪えられましょう。恐縮しています。

＜語　釈＞

○**灼灼**　花が盛んに咲き乱れること。　○**逢辰**　三月三日と三の重なるよいときという意か。　○**矯**　ここではかざる。
○**深浅戸**　酒をたくさん飲んだか、まだ少ししか飲んでいないか。　○**成蹊**　（四六－4参照）　○**流霞**　霞は酒。酒を羽觴に入れて流す曲水の宴のこと。　○**曲水**　（四四－5参照）　○**行盃**　盃をめぐらす。　○**岸月**　岸辺に昇ってくる月。
○**高陽**　高陽酒徒の意か。世を捨てた酒飲みであると、自分をあざけって言うことば。　○**倒載春**　酒を飲み尽くして酒樽を逆さまに倒して帰る故事や、戦が終わり、戈を逆さにする平和な世の意などがある。　○**鸚吻**　おうむ貝の口に似たさかずき。
○**鶯舌**　うぐいすのさえずり。美しい詩の比喩。　○**争堪**　どうして堪えられよう。堪えることが出来ない。反語。

四七―3

桃花漠漠望猶新
勧酔何唯引酒巡
暫似借紅霞暖暁
頻応挙白露濃春
郷心易入綏山地
淵底自臨曲浦人
作慭久交三月会
独為六十有余身

文章博士　菅原　在良

桃花　漠漠として　望み　猶（なお）新し
酔いを勧むるは　何ぞ唯に酒の巡りを引（みちび）くのみならむや
暫（たちまち）　紅に借（まじ）はる似（ごと）し　霞　暖き暁
頻りに白（さかずき）を挙げて応（こた）ふ　露　濃き春
郷心　入り易（やす）し　綏（すい）山の地
淵底（なんぞ）　自ら望（むか）はむ　曲浦の人
慭（あわれみ）を作（な）す　久交　三月の会（つどい）
独り為れるは　六十有余身

〈現代語訳〉


桃の花は一面に咲き並び、見渡す限り新鮮である。

酔いを勧めるのに、どうして唯、酒が巡ってくるのをみちびくだけで良いのだろうか。

現に今こうして、若い人と一緒に詩作する機会に恵まれている、暖かい霞たなびくこの朝。

そして、頻りに盃を挙げて応製している、露しげき、この春三月。

こんな環境を与えていただけば、桃源の境地にすぐに入ることができよう。綏山（道教の聖地）を思わせるしつらえなのだから。

どうして曲浦の人となるべく、自ら遠くまで向わなければならないのでしょう。（目の前にもしつらえられているのに。）

お慈悲をいただいて、私も長年お招き頂いております、この三月三日の詩宴に。

そして、私ひとり、もう六十有余歳の年寄りになりました。

〈語　釈〉

〇**漠漠**　広々と連なっているようす。遠くはるかなさま。　〇**勧酔**　勧酒。（四五・解説参照）　〇**引**　みちびく。　〇**暫**　たちまち。　〇**借紅**　くれないにまじわる。紅顔の若い人々と交際することと、桃の紅に同化することを掛けているか。　〇**挙白**　さかずきを挙げる。献杯の動作。　〇**郷心**　桃源郷に入る心地。別天地に入る心境。心地よく酔うこと。　〇**綏山**　道教の山。（四六―8参照）　〇**淵底**　縁底と同じ。なんぞ。どういうわけで。　〇**曲浦人**　曲江の人と同意か。　〇**作慭**　あわれみ、ふびんに思ってもらう。ここでは、作憐に近い感情で、ひどく心が動かされ、いとしく思われる。お慈悲をいただく。　〇**久交**　長い間、交際して変わらない。久しいまじわり。　〇**有余身**　写本・翻刻は「有身」とあるが、試みに「余」を補った。

四七―4

三月三朝属令辰
桃花勧酔蕩心神
桂樽傾露仙源暁
羽爵任流曲水春
倒載欲帰携艶客
独醒争去対粧人
官途縦少吹嘘力
運命在天未苦貧

散位　源　成宗

三月三朝　令辰に属る(あた)
桃花　酔を勧むれば　心神(こころ)を蕩す(うごか)
桂樽　露を傾く　仙源の暁(あかつき)
羽爵　流れに任す　曲水の春
倒載して帰らむと欲す　艶を携へし客(かく)
独醒して去るを争ふ　粧(よそほひ)に対ふ(むか)人
官途は縦ひ(たと)少なく　吹嘘(すいきょ)の力なれども
運命(さだめ)は天に在り　未だ貧を苦しまず

〈現代語訳〉

三月三日はめでたい日に当たる。

桃の花は酔いを勧めてくれるので、酒に耽りたい気分になる。

桂樽の酒を傾けて注いでくれる桃源郷のような暁け方。

羽爵は流れにまかせ、巡ってくる　この曲水の宴で。

かつて、飲み尽くした酒樽を、倒さまに積んで帰ろうとした人がいたように、良い機嫌の人もいれば、
又一人醒めていながら去ることに抵抗している人もいる、美しい花を前にしながら。

官吏になる道はたいそう狭く、たとい人の推挙によるものであったにせよ、
運命は天に任されているので、まだ貧しいことを苦にはしていません。

〈語　釈〉
○**属**　あたる。ちょうど～にあたる。　○**令辰**　めでたいとき。　○**勧酔**　(四五・解説参照)　○**心神**　こころ。精神。
○**蕩**　感動する。　○**桂樽**　香りよい桂で作られた酒樽。　○**傾露**　酒をそそぐ。　○**仙源暁**　詩作の場の古寺を、桃源郷のような別世界と重ね、その暁どき。　○**羽爵**　羽觴と同じ。羽をかたどったさかずき。　○**倒載**　飲み尽くす。　○**携艶客**　酒で美しく酔っている人。　○**独醒**　一人だけ酒を飲まず、酔っていない人。　○**争去**　帰ることに抵抗すること。　○**官途**　官吏としての名誉栄達。　○**吹嘘力**　推薦してくれる人の力。コネ。　○**未苦貧**　まだ貧しく、出世しないことを、つらいと思わない。

四七－5

云愛桃花可愛匂
終朝勧酔感精神
入郷有路初開色
問戸不言偸咲脣
嫌楚客醒霞暖暁
思漁父説露紅春
今逢万物得時節
韶景何残零落身

散位　基俊

云(これ)桃花を愛(め)で　匂(かお)りを愛すべし
終朝(よもすがら)　酔いを勧められ　精神(こころ)に感ず
郷(さと)に入れば路あり　初めて開きし色
戸を問へど言わず　偸(うす)く咲ふ脣(くちびる)
楚客(そかく)の醒を嫌(いと)へば　霞　暖き暁
漁父(ぎょほ)の説を思へば　露　紅なる春
今こそ万物に逢ふの　時節を得たり
韶景　何ぞ残さむ　零落の身

〈現代語訳〉


早春の鶯の季節はもう過ぎ去り、桃の花の香り漂う日がやって来た。（鶯の去った桃の花は、香りだけを愛すればよい。）

一晩中酔を勧められ、心の底から感興が湧いてくる。

桃源境に入った良い酔心地で一つの路に入ってみると、初めて会う人がいる。

酒は好きかと聞くと、何も答えず、唇のはしに薄笑いを浮かべている。

一人醒めた楚客のような人（屈原）を嫌いながら、ふと目覚めると、あたりは霞たなびく暖い夜明け。

その屈原の「漁父の辞」に思いをいたすと、露にしとど濡れる桃花の春である。

こんな幸せな今こそ、万物に逢うことのできる良い季節に恵まれている。

春の、のどかな景色を、詩情豊かにどうしたら残すことができよう、落ちぶれた我が身にとっては。

〈語　釈〉

○**云愛**　云は発語の助字。語調をととのえる。「去鶯」かとも読み取れる。　○**終朝**　よもすがら。一日中。　○**勧酔**　（四五・解説参照）　○**精神**　心神と同じく、こころと訓読した。精神は生気が強い。　○**入郷**　（四六－1参照）　○**楚客醒**　屈原をさすか。楚の王族の一員で、霊能力と政治的手腕で王に信頼されていたが、讒言により追放され、失意のうちに汨羅に身を投げて世を去った。その作品『楚辞・漁父辞』によれば、「世を挙げて皆濁り、我独り清めり。衆人皆酔ひ、我独り醒めたり」とある。　○**漁父説**　屈原作「漁父辞」を指す。追放された屈原が、作中人物として登場し、老いた漁夫と人生観を語り合う。　○**零落**　落ちぶれて寂しい。　○**韶景**　翻刻「韻景」を改めた。春ののどかな気色。

四七―6

少納言　懐季

桃花濃淡綻来辰
勧酔如今足蕩神
曲水浪薫添戸暁
仙源霞映入郷春
蹊迷玉蘂献酬客
顔仮紅粧倒載人
更接言詩歓会席
蘭亭昔興憶遺塵

桃花　濃く淡く　綻(ほころび)来し辰(とき)
酔いを勧むる如今(いま)　神(こころ)を蕩(うご)かすに足れり
曲水の浪　薫り　戸を添ふる暁
仙源の霞　映(は)ゆ　郷に入る春
蹊(みち)は玉蘂(ずい)に迷(まど)ふ　献酬の客
顔は紅粧を仮る　倒載の人
更に言詩を接(つ)ぐ　歓会の席
蘭亭　昔の興(おもむき)　遺塵を憶ふ

＜現代語訳＞

桃の花があるいは濃く、あるいは淡く、咲き始める美しいこの季節に。

酔いを勧められて、今こそ心の底から感動している。

曲水の浪が良い香りを漂わせながら、酒を勧めるこの朝。

古寺のお庭にしつらえられた曲水の趣は、桃源境に入ったような気分にさせれくれる、この春の一日。

美しい花びらに迷わされ、盃のやりとりをしていた客が、路を迷いこむ。

すっかり酔っ払ってしまい、顔は真っ赤、まるで厚化粧をしているようだ。

次々に作詩され、歌い継がれていく、このおめでたい席上で。

その昔、蘭亭で行われたというあの有名な宴会の趣向が、今ここに偲ばれる。

＜語　釈＞

○綻来　来は助字。花が咲き始めること。　**○勧酔**　(四五・解説参照)　**○如今**　今。ただいま。　**○蕩神**　蕩心。心を動かす。感動させる。　**○曲水**　(四四―5参照)　**○添戸**　(四四―6参照)　**○仙源**　仙人の住むところ。俗人の行くことのできない霊境。ここでは詩題でいう古寺。　**○玉蘂**　玉の字は空白になっているが、試みに入れておいた。美しい花。　**○献酬**　さかずきのやりとり。(四二―8参照)　**○紅粧**　花の紅さと、酒に赤らんだ顔を掛けている。　**○倒載人**　大酒飲み山簡をさす。(四六―2参照)　**○接**　別々のものがつながり続く。詩が次々に発表されることか。　**○言詩**　詩に言うこころ。志を詩にのべる。　**○蘭亭**　(四五―18参照)　**○遺塵**　おもかげ。

四七―7

桃花争綻属芳辰
勧酔如何感幾頻
依愛奇香添戸客
為尋異彩入郷人
傾樽多少被催露
引盞浅深応任春
想像右軍今日会
染毫吟詠動精神

侍従　実明

桃花　争ひて綻(ほころ)び　芳辰に属(あた)る
酔いを勧むるは如何(いかん)　感(おもい)は幾頻ぞ
奇香を愛(め)づるに依(よ)りて　戸を添ふる客
異彩を尋ねむが為に　郷(さと)に入る人
樽を傾くること多少　露を催(すす)めらる
盞を引くこと浅深　応(まさ)に春に任すべし
右軍を想像(おもいや)る　今日の会(つどい)
染毫吟詠し　精神(こころ)を動かす

〈現代語訳〉

桃の花は先を争って咲き競い、今まさに最も芳しき季節。
それに加えて、酔いを勧められてはどうしようもない、感興はこんなにも頻りに湧いてくるのに。
花の香りを愛でながら、酒をすすめる人もいれば、
目を見張るような色彩を追い求める為にと、桃源の境地に入る人もいる。
酒樽を傾けながら次々と酒を勧められ、
詩が出来れば、時に強引に、時に遠慮がちに巡って来た觴を引く、その時の出来具合に任せる、この春の一日。
王羲之を思いやる今日のこの詩宴で、
筆を染めながら詩作に耽ることが出来、感動の極みである。

〈語　釈〉

○**争綻**　咲ききそう。　○**芳辰**　芳しい春の季節。　○**属**　ちょうどその時にあたる。　○**勧酔**　(四五・解説参照)
○**奇香**　特別に珍しいほど良い香り。花の香りと酒の香り。　○**添戸**　(四四―6参照)　○**異彩**　目を見張るような美しい色彩。
○**入郷**　(四六―1参照)　○**傾樽**　酒を注ぐようす。　○**催露**　露は酒。催はこの場合、すすめる。酒を飲むようにとすすめる。
○**想像**　思いやる。思いをいたす。おしはかる。　○**右軍**　王羲之。東晉の書家。山東省の人。官名により王右軍と呼ばれる。書道に優れ、楷・行・草書の三体を完成。日本では奈良・平安時代の書は全て彼の流れを汲んでいる。行書の「蘭亭集序」は有名。
○**染毫**　筆を染め、書くこと。　○**精神**　精気・たましい。

四七―8

紀伊権守　宗憲

何物終朝唯谷神
桃花勧酔浅深匂
影迷添戸露薫暁
枝似折籌風脆辰
枕麹空眠綏嶺月
如泥還臥武陵春
今占蕭寺煙霞地
閑放遥諳曲洛塵

何物ぞ　終朝（よもすがら）　唯に谷神
桃花　酔を勧むれば　浅く深く匂る（かほる）
影は　添戸を迷ふ　露　薫る暁
枝は　折籌の似し（ごと）　風　脆き辰（とき）
麹（さけ）を枕に空しく眠る　綏嶺（すいれい）の月
泥の如く還た臥す　武陵の春
今　蕭寺に占ぬ（たず）　煙霞の地
閑（しず）かに放てば　遥かに諳（そらん）ず曲洛の塵

＜現代語訳＞

何とまあ、一晩中ひたすら玄妙な道をさまよっているよ。
桃の花が酔いを勧めるように、ほのぼのと匂ってくる。
月影が酒を注ぎ足すことを迷わせているうちに、もう露しげき暁ともなった。
柳の枝がかずとり（作詩）をはじめたように、朝風がそよそよと吹く辰の刻を迎え、
酒に酔いつぶれ、いつのまにか眠ってしまって夢に綏山の月を眺めている。
泥酔した私は再び臥して、桃花源の春に遊んでいる。
今、寺で占ってみましょう、あの霞たなびく地は何であるかを。
閑かに結論を出すと、まさにこの地は曲洛の風情を再現したものだったのです。

＜語　釈＞

○**何物**　何だろう。得体の知れないものに対する疑問。　○**終朝**　よもすがら。一日中、または一晩中。　○**谷神**　谷あいの空虚なところ。老子が宇宙の本体としての道を形容したことば。『老子・六』「谷神不死、是謂玄牝、玄牝之門、是謂天地根、綿綿乎若存、用之不勤。」）　○**勧酔**　（四五・解説参照）　○**浅深匂**　ほんのりと香る。ほのかなかおり。　○**影**　月影であろう。○**添戸**　（四四―6参照）　○**枝**　柳の枝であろう。　○**折籌**　（四五―13参照）　○**枕麹**　酒を枕とする。酒に酔いつぶれる。○**綏嶺**　綏山。（四六―8参照）　○**如泥**　泥酔する。（四五―5参照）　○**武陵春**　武陵桃源。（四四―1参照）　○**蕭寺**　寂しい寺。作詩の現場。　○**曲洛塵**　漢武帝が都・長安に作った曲江の宜春園・巴字形の名勝地をさすか。

四七－9

灼灼桃花望太新
唯知勧酔属芳春
紅粧相論未醒客
錦彩促来倒載人
王母園霞偏唱戸
武陵県露幾催巡
山亭今瀉蘭亭跡
詩酒佳遊継旧塵

民部大丞　菅　宣資

灼灼たる桃花　望めば太だ新たなり
唯に知る　酔いを勧むるは　芳春に属るのみなるを
紅粧　相に論ず　未だ醒めざるの客
錦彩　促し来る　倒載の人
王母園の霞は　偏へに戸を唱し
武陵県の露は　幾たびか巡りを催す
山亭に　今瀉ぐ　蘭亭の跡
詩酒の佳遊　旧塵を継ぐ

〈現代語訳〉

桃の花が盛んに咲き乱れ、あたり一面まことに新鮮。

酔いを勧めるのには、このように咲き誇る春に属していなければならないこと、よくよく理解することが出来ましたよ。

酒で顔を赤らめている人は、ともに議論沸騰し、とても酔いが醒めそうもない。

色づいたもみじのように顔を赤くした者同志、桃源郷へと誘い合っている。

又、西王母の園の様に、霞たなびくこの庭では、しきりに酒数を口にしては注ぎ足し、
武陵の桃源郷を思わせるような酒が、早く巡ってくるように催促もしきりである。

今、この山荘に、かつての蘭亭に水が瀉がれるように再現され、
曲水の宴という高尚な遊びが、昔のままに継承されていく。

〈語　釈〉
○**灼灼**（四七－2参照）　○**勧酔**（四五・解説参照）　○**芳春**　いろいろの花の咲き匂う春　○**紅粧**（四七－6参照）
○**未醒客**　まだ酔いが醒めない。　○**錦彩**（四六－4参照）　○**倒載人**（四六－2参照）　○**王母園**　西王母の住むと言われている仙園。『凌雲集』菅野真道詩に「王母仙園近、龍宮宝殿深。」とある。西王母は神話上の女の仙人。　○**唱戸**　酒の量を数える声か。　○**武陵県**　今の湖南省常徳市付近の地といわれ、武陵桃源は、陶潜の「桃花源記」で物語られている仙境。　○**催巡**　羽觴の巡りを催促する。　○**山亭**　作詩の現場、山寺・西院のこと。　○**詩酒**　酒を飲み、詩を吟ずること。　○**蘭亭**（二四－2参照）　○**佳遊**　風流な行事。　○**旧塵**　三月三日の曲水の宴をさす。そのなごり。

四七―10

灼灼桃花何有因
唯依勧酔蕩精神
紅顔易借成蹊処
藍尾被催傍岸辰
梅口争呼頻酌暮
柳眉難展独醒春
西郊遥訪蘭亭会
曲水遺流觴詠新

加賀少掾　菅原　清能

灼灼たる桃花　何ぞ因　有らむ
唯　酔を勧むるに依りて　精神(こころ)を蕩(うご)かすのみ
紅顔は借(まじわ)り易し　成蹊の処
藍尾は催さる　傍岸の辰(とき)
梅口　呼ぶを争ひ　頻りに酌みし暮
柳眉　展(ひら)き難く　独り醒めし春
西郊　遥かに訪ぬ　蘭亭の会
曲水の遺流　觴詠は新たなり

〈現代語訳〉

こんなにも桃の花が咲き乱れるのは、何か原因があるのでしょうか。
唯、お酒をすすめてくれるので感動するだけのことではないでしょうか。
紅顔（の美少年）は付き合い易いものだから自然に人が慕ってくる。（桃の咲く処に）
最後まで飲み干せとあおられていますよ、岸のほとりで。
（みんな）梅のような口でお互い呼び合って、しきりに酒を酌み交わしていますが、
私は柳の眉を開けない（眉間にしわを寄せ）一人醒めてしまっています。（作詩がうまくいかないので）
（はるか）西の郊外で開かれた（有名な）蘭亭の会で、
曲水の宴のおもかげが浮かんで来ます、羽觴の吟詠も新たに。

〈語　釈〉

○**灼灼**　（四七―2参照）　○**勧酔**　（四五・解説参照）　○**精神**　こころ。　○**蕩**　ひどく感動する。　○**紅顔**　若く美しい顔。花に映えた顔。　○**借**　まじわる。交際する。　○**成蹊**　人が慕い集まり、道ができる。　○**藍尾**　藍尾酒。いちばん後に飲む酒。藍は婪に通じるので、むさぼるように飲み干すこと。　○**梅口**　梅のような口もとをいうのか。菅原道真の「東風吹かば匂ひおこせよ梅の花、あるじなしとて春な忘れそ」の内容を口々に言い合っているものか。　○**柳眉**　柳の葉のように細い眉。美人のまゆのたとえ。　○**独醒**　（四六―4参照）　○**西郊**　中国を指すか。詩宴の場と掛けているか。　○**蘭亭会**　（四五―18参照）
○**曲水**　（四―5参照）　○**遺流**　遺風・なごり。　○**觴詠**　酒を飲み、詩歌をうたう。

四七－11

東出都門遊放辰
桃花勧酔動心神
武陵月下弥添戸
曲洛風前唯任巡
頻酌欲傾霞媚暁
独醒何益露薫春
蘭亭嘉会今移得
閑引羽觴継旧塵

若狭掾　光遠

東のかた都門を出ずれば　遊放の辰(とき)
桃花　酔いを勧め　心神(こころ)を動かす
武陵の月下　称々(いよいよ)　戸を添へ
曲洛の風前　唯に巡りに任す
頻りに酌み　傾けむと欲す　霞　媚(うつく)しき暁
独り醒むるは　何ぞ益せん　露　薫る春
蘭亭の嘉会　今　移し得て
閑かに羽觴を引き　旧塵を継がむ

＜現代語訳＞

東門から退出して、いよいよ自由な時間がやって来た。

桃の花は咲き乱れ、酔を勧めているようで、心は高揚する。

武陵の月を思い描き、ますます酒数が増してくる。

曲洛の風流な宴席では、（流れに従って酒が）巡ってくるのを待てばよい。

頻りに酒を酌み交わし、盃を傾けていると、霞が美しく漂い、もう明け方だ。

独りだけ（酔わずに）醒めているのはどんな利益（よいこと）があるというのだろう。決して良いことではない。酒薫るこの春に。

かつての蘭亭のめでたい集まりを、ここに再現することができたのだから、
静かに羽觴を引き寄せて（詩を作り）昔の事蹟を継承して参りましょう。

＜語　釈＞
○**都門**　都の入口の門。（『白氏・12・〇五九六・長恨歌』「西出都門百余里、六軍不発無奈何。……東望都門信馬帰。」）　○**遊放**　日常の任務から解放されて、のんびりする。　○**勧酔**（四五・解説参照）　○**心神**　こころ。精神。　○**武陵**（四四－1参照）　○**添戸**（四四－6参照）　○**曲洛**（四七－8参照）　○**媚**　美しい。風光明媚。　○**独醒**（四六－4参照）　○**何益**　何の利益があろうか、ない。反語表現。　○**蘭亭嘉会**　王羲之の蘭亭での曲水宴。（四七－7参照）　○**移得**　移すことができる。得は、可能を示す助字。動詞の後につけて、……しうる。六朝より使われた。機会に恵まれてできる場合に使用される。　○**羽觴**　羽のついた盃。　○**旧塵**　むかしのなごり。

四七—12

灼灼桃花使望新
便知勧酔属佳辰
仙源暁浪屢添戸
曲洛晩風旁唱巡
嵆氏竹煙空恥翠
陶家菊色更忘春
蘭亭昔会今相憶
宜矣放遊足蕩神

文章生　忠理

灼灼たる桃花　望み新たにせしむ
便(にわか)に知る　酔いを勧むるは　佳辰に属するなるを
仙源の暁浪は　屢々(しばしば)戸を添え
曲洛の晩風は　旁(あまね)く巡を唱ふ
嵆氏の竹煙は　空しく翠(みどり)なるを恥じ
陶家の菊色は　更(ことさら)に春を忘る
蘭亭　昔の会　今　相(とも)に憶へば
宜矣(むべなるかな)　放遊　神(こころ)を蕩(うご)かすに足るを

永長二年三月三日大宮権大夫西院作

＜現代語訳＞
咲き誇る桃の花は、新鮮な景色をくり拡げる。（それを見て）急に気が付いた。酔を勧めるには（このような）時期が大切だということを。桃源郷では、あけ方までしばしば酒を飲み続け、曲水の宴では、夜おそくまで羽觴がめぐってくるのを待っている。嵆康は竹の葉が緑であること（清簾）は空しいものだと恥じ、陶潜も菊の花がわざと春には咲かないことを知るだろう。蘭亭で開催された昔の宴会を、今、皆で偲んでいるので、もっともなことだ。心から開放されたこの遊びこそ、最高に心が高揚するものだ。

＜語　釈＞
○**灼灼**　（四七—2参照）　○**便知**　にわかに知る。ふと気がつく。　○**勧酔**　（四五・解説参照）　○**属**　あたる。ちょうどそのときにあたる。　○**佳辰**　めでたい時。ここでは三月三日のよき日。　○**仙源**　（四七—6参照）　○**暁浪**　明け方の浪の音。　○**添戸**　（四四—6参照）　○**嵆公**　竹林七賢人の一人嵆康。（四五—9参照）　○**竹煙**　竹の葉は、すき間が多く、もやがかかったように見えるところから、竹の葉をいう。　○**翠**　みどり色。竹がまっすぐでみどりであることを、清簾潔白であることにたとえる。　○**陶家**　陶潜。　○**菊色**　菊の花。　○**蘭亭**　（四五—18参照）　○**昔会**　蘭亭で行われた曲水宴。　○**宜矣**　もっともなことだ。　○**蕩神**　心の底から感動する。

四八　治暦三年三月三日　酔来晩見花　五首

詩題解説

　康平四年は一〇六一年、李部少卿亭は、藤原明衡の七条亭である。明衡七四歳の時の三月三日に、詩宴を開催した。水流が之の字の形に曲折している。唐の玄宗が楊貴妃を伴って遊んだといわれる有名な曲江を模して造園されている。詩宴あり、歌会あり、多くの遊びに使用されている、本詩宴は探韻の会である。参加者があらかじめ、くじ引きのようにして韻字を得て、その韻字を詩中に詠み込むというもの。本詩宴では、「波」「輝」「清」「淵」「堤」「春」「薫」「紅」「樽」「觴」「潭」「歌」「遊」「粧」「程」「芳」「匂」「深」「滋」がそれぞれ押韻されている。第八首目、源国仲の作品は、韻字が見られないが、ちょうど継ぎ目にあたるので、見落として粘付けされていると見て、上平声一東韻「紅」にしてみた。「風」でも妥当である。十一番源資宗作品は「深」韻で十八番の菅在良とダブっているが、写本で見る限り「潭」と読めるので訂正を試みた。

四八―1　七言三月三日同賦酔来晩見花応令詩一首　従四位上行右近衛中将　兼亮周防権介　藤原朝臣　良基

酔来縁底感相侵
晩見春花只対林
燭挙忘憂霞未飽
鐘鳴乗興雪応尋
晴風面緩粧遮眼
新月眉開色染心
旧掖盃中臨戸後
徘徊樹下望猶深

酔来(えいて)　縁底(なんぞ)　感(おも)ひ　相侵すや
晩(く)れて春花を見るも　只　林に対(むか)ふのみ
燭(ともしび)　挙(あ)がり　憂ひを忘るれど　霞　未だ飽(あ)かず
鐘は鳴り　興に乗ずれば　雪　応(まさ)に尋ぬべし
晴風　面　緩み　粧(よそおひ)は眼を遮(さえぎ)り
新月　眉　開き　色は心に染(そ)めり
旧掖(えき)の盃中　戸に臨みし後
樹下を徘徊(はいかい)すれば　望み猶(なお)　深し

〈現代語訳〉
七言、三月三日は、同じく「酔来晩見花」を賦し、令に応ぜし詩一首
酒に酔うと、どうしてお互いに神秘的な感情がじわじわと湧いてくるのだろう。日が暮れて、春の花を見ても、暗いので、ただ林にむかい合っているだけだ。ともしびが高くあがり、そんな心配もなくなるが、こんどはお酒がまだ飲み足りない。刻を告げる鐘が鳴り響き、宴も酣になったので、にごり酒（雪）を探してみよう。心地よい春風に、にっこりほほえんでいるような、美しい花が目を遮り、三日月が美しい眉のように昇ってくると、花の色も心に沁みてくるようである。昔ながらの御所での宴会にお招きにあずかり、お酒を頂いたのち、樹の下（上様のおそば）さまよい歩けば、更なる希望が湧いてくる。

〈語　釈〉
○**酔来**　来は助字。酔えば、酔いて、ほどの意。　○**縁底**　なんぞ。どうして。　○**侵**　しだいに入りこむ。　○**春花**　春の花。三月三日の作詩であるのに桃の花であることは、五首ともに表出されていない。客の比喩か。　○**燭挙**　灯火が高くあがる。夜の宴会なので、灯火をかかげる必要がある。　○**忘憂**　花が見えないという心配。　○**霞**　酒のこと。流霞酒か。　○**雪**　雪のように白い酒か。にごり酒であろう。　○**眉開**　新月のような形をした眉が開く。眉のような形をした三日月が昇ってくる。　○**旧掖**　写本では、旧腋に見えるが意味不明なので、「宮掖」奥御殿と解してみた。　○**臨戸**　身分の高い人から酒を頂くの意か。

四八—2

高置酒樽及晩陰
酔来偏促見花心
頻傾梅嶺厭雲宿
屡嗜桃源嫌日沈
風暗劉伶携上苑
鳥帰王勣領芳林
遥思曲水佳遊美
觴詠酣歌気味深

従四位上行学士兼甲斐守臣藤原実政 上

高く酒樽を置けば　晩陰(ばんいん)に及ぶ
酔(え)来(い)て偏(ひとえ)に促す　花を見る心
頻りに梅嶺に傾け　雲の宿るを厭ひ
屡々(しばしば)　桃源を嗜(たしな)み　日の沈むを嫌(いと)ふ
風　暗く　劉伶は　上苑に携(つらな)り
鳥　帰り　王勣は　芳林を領(あずか)る
遥かに曲水を思ふ　佳遊の美
觴詠す　酣歌　気味(おもむき)　深し

〈現代語訳〉

酒樽を高く置くと、もう夕暮時になり、雲も出たようだ。酔えば酔う程、花を見たいという気持ちが高まる。梅の嶺（上様）に向かって頻りに盃を傾け、雲でかくされないようにと願い、たびたび桃源郷で飲むようなお酒をよろこんでいただいて、日暮れになることを惜しんでいる。いよいよ日暮れともなると、劉伶のような人達が天子の庭園に集い、風がさっと一吹きして、鳥が巣に帰る頃、王勣のような人達で庭はいっぱいになる。遠い昔の曲水の宴を偲んで、いよいよ風流な遊びがくり拡げられる。酒を飲み、詩歌をうたい、宴も今やたけなわ。何とおもむき深いことよ。

〈語　釈〉

○晩陰　夕方になって日がかげってくること。夕暮れどき雲の出ること。　**○酔来**　来は助字。　**○梅嶺**　梅の咲く嶺。帝または大臣を比喩。　**○雲宿**　晩陰に呼応し、雲が梅嶺にかかること。　**○桃源**　桃源郷で飲むような酒の意か。　**○嗜**　よろこび味わう。　**○風暗**　風がさっとひと吹きして、あたりがすっかり暗くなる。　**○劉伶**　竹林の七賢人の一人。（二二一～三〇〇）字は伯倫。（四四—4参照）　**○携**　つらなる。　**○上苑**　天子の庭園。宮中の庭園。　**○王勣**　王績。（五八五～六四四）字は無功。（四四—4・8参照）　**○芳林**　かぐわしい林。花いっぱいの庭。　**○曲水**　曲水の宴。　**○佳遊**　風流な宴会。　**○觴詠**　酒を飲み、詩歌を詠ずる。　**○気味**　おもむき。趣向。

四八—3

散位従四位下臣藤原朝臣実季上

遊宴未闌臨晩陰
対花酌酒酔方深
縦雖秉燭何無翫
逢此令辰足楽心

遊宴　未だ闌(たけなわ)ならざるに　晩陰に臨む
花に対ひて酒を酌めば　酔いは方(まさ)に深し
縦(ほしい)ままに燭を秉(と)ると雖(いえど)も　何ぞ翫(もてあそ)ぶこと無し
此の令辰に逢ひて　心を楽しむに足らむ

＜現代語訳＞
酒もりがまだ、たけなわになっていないのにもう日が晩れようとしている。花を賞でながら酒を酌むと、酔いはますます深くなる。思う存分あかりをとっているからと言って、ただ賞でて喜んでいれば良いというわけではない。（時間を無駄にできない）要は、このめでたい日にお目通りでき、詩宴に招かれて、満足のいく詩ができるかどうかなのだ。

＜語　釈＞
○**遊宴**　酒もりをして遊ぶ。（『菅家文草・2・79・早春、侍宴仁寿殿、同賦春暖、応製』「非彼恩容侍臣、勅喚文士、未曽清談遊宴、夢想追歓者乎。」）　○**闌**　たけなわ。　○**晩陰**　夕方になって、日がくれること。　○**方深**　まさに深まってくる状態をいう。　○**縦**　ほしいままに。充分に。思う存分に。　○**秉**　灯火を手に持つ。（『楽府詩集、楽府・相和歌辞・西門行』「昼短而夜長、何不秉燭遊」・『李白・春夜宴桃李園序』「夫天地者、万物逆旅也、光陰者、百代過客也、而浮生若夢、為歓幾何、古人秉燭夜遊、良有以也。」）　○**翫**　もてあそぶ。めでてよろこぶ。　○**令辰**　めでたい時。　○**楽心**　心から満足する。心をやすらかにする。心をやわらげる。等の解釈が可能と思われるが、応令詩であるという立場から考えると、主催者の満足が得られるかどうかの気持ちが強いであろう。

四八一4
学士従五位下臣大江朝臣匡房上
三日春闌属晩陰
見花酔裏好清吟
窓梅賞眼催灯飲
岸柳寄眸待月斟
藍水雲昏望雪思
玉山日落趁霞心
蘭亭勝趣縦雖美
豈若桂宮景気深
三日　春　闌(たけな)なり　晩陰に属す
花を見る酔裏　清吟を好くす
窓梅は眼に賞(め)で　灯りを催(うなが)がして飲み
岸柳は眸を寄せ　月を待ちて斟(く)む
藍水　雲は昏(くら)く　雪に望みて思ひ
玉山　日は落ち　霞を趁(お)ふ心
蘭亭の勝趣(おもむき)　縦(たと)ひ美なりと雖も
豈(あ)に　桂宮の景気(おもむき)　深きに若(し)かんや

〈現代語訳〉
春たけなわの三日、もう夕暮れどきとなった。
美しい花を見て酔っていると、すばらしい吟詠が聞こえてくる。
窓辺に見える梅を賞でながら、もっとあかりをと、ともしびを催促しながら酒を飲み、
岸の柳の青々とした新芽には、暗いので、目を近づけて見、月が出てよく見えるようになると酒を酌みかわす。
（杜甫の詠んだ）藍水のような青い川も、暗い雲がかかって雪景色となり、
あの玉山も日が落ちれば、春霞たなびく朝が待ち遠しいことだ。
（有名な）蘭亭のおもむきが、どんなに美しいと言っても、
この宮殿（桂宮）のありさまには、とても及ばないだろう。

〈語　釈〉
○**春闌**　春のまっさかり。　○**晩陰**　（四八一2参照）　○**酔裏**　酒に酔っているうち。酔中。　○**清吟**　清らかな吟詠。美しく吟ずること。　○**窓梅**　窓辺の梅の花。　○**催灯**　ともしびをともすように催促をする。窓梅を鑑賞するため。　○**岸柳**　岸辺の柳。
○**藍水**　陝西省を流れる川の名。（『杜甫・九日藍田崔氏荘詩』「藍水遠従千澗落、玉山高並両峰寒。」）　○**玉山**　崑崙山の西にあり、玉を産し、西王母が住んでいるという伝説上の山の名。但し第五句、藍水の対としては、杜甫詩にいう、雪の積もった山となるので、単なる藍水の対。　○**蘭亭**　（四五一18参照）　○**勝趣**　すぐれた趣向。　○**桂宮**　本詩宴の開かれた宮庭であろう。現在の桂離宮は時代的に合わない。漢の武帝の宮殿でもない。　○**景気**　おもむき。

四八—5

春酒勧来晩酔深
見花放蕩感弥侵
折応倒載迎晡思
攀豈無帰欲夜心
沈湎猶望霞暗地
開眉更対月生林
宮庭風景多佳趣
何趁周年洛水潯

正六位上行大学権助臣源朝臣時綱上

春酒　勧来(すすめ)られ　晩酔　深し
花を見て　蕩(こころ)を放(ゆる)せば　感(おもひ)　弥々(いよいよ)侵さる
折れば　応(まさ)に倒載すべし　晡を迎ふる思ひ
攀(よ)づれば　豈(あ)に帰る無けむや　夜を欲する心
沈湎し　猶(なお)望む　霞　暗き地
開眉し　更に対(むか)ふ　月　生ぜし林
宮庭の風景　多くの佳趣
何ぞ周年に趁(ゆ)かむ　洛水の潯(ほとり)

治暦三年三月三日　題者　実政朝臣　講師　匡房

〈現代語訳〉

春のお酒を勧められてから、すっかり酔ってしまった。

思う存分、花を見て楽しんでいると、感興はますます湧いてくる。

詩を作って、酒を飲み尽くすべきであろう、この夕暮れどきに。

せっかく登ってきたのに、どうして帰ることができようか。帰ることができなくなりそう。（一晩中飲んでいたい。）

充分酔っているのに、まだ夜が明けないでほしいと願い、
眉を開き、にっこり笑って、月の昇って来た林（主君）に向き合っている。

このお庭の風情は、さまざまな趣向がこらされている。

どうして、周時代までさかのぼって行く必要があろうか。京の桂川のほとりで充分です。

〈語　釈〉
○**勧来**　「すすめられ」と訓読してみた。来は助字。　○**晩酔**　おそい時間に酔う意と、ひそかに酔う意と考えられる。
○**放蕩**　ほしいまま。気まま。　○**侵**　しだいに入りこむ。　○**折**　折籌の意か。作詩をする。（四五—13・14参照）
○**迎晡**　夕暮れどきになる。　○**攀**　すがる。たよる。したう。　○**沈湎**　酒色にふける。　○**開眉**　心の憂いをとくこと。（『白氏・11・0五二一・哭諸故人、因寄元八』「早晩升平宅、開眉一見君。」）　○**宮庭**　四八—4によれば、「桂宮」とある。　○**佳趣**　よいおもむき。おもしろみ。　○**趁**　ゆく。おもむく。　○**周年**　周時代。　○**洛水潯**　京都、桂川のほとり。通常鴨川である。

四九　元永二年三月晦日　酔中唯送春　十五首

詩題解説

元永二年は二二年に当たる。三月晦日は、三月の一番最後の日。旧暦一・二・三月は春。四・五・六月は夏。七・八・九月で秋。十・十一・十二月は冬と定められ、この季節感は重要視されていた。三月最終日は、春の最終日、翌日からは確実に夏になる。春を惜しむ詩会は当然のように開かれる。場所は藤原茂明の文亭。（藤茂才文亭）茂明の初名は知明。父は文章博士藤原敦基、祖父は文章博士藤原明衡。本詩宴の亭主である茂明の詩は咒ー11に見られる。出題者は翰林（文人仲間）主人となっているので、藤原茂明でよいと思われる。講師は藤原氏の中で貢士である人。貢士とは、諸侯や地方長官が優秀な人物を官吏とし天子に推薦し、推薦された人。この中では能登大掾藤原宗友であろうか。読師は大江通景となる。この年、大江匡房は没しているが、通景の二千石と称されているのは外史としては特筆すべきことであろうか。

四九—1　七言三月尽日於藤茂才文亭同賦酔中唯送春詩一首 以情為韻 并序　学生　守光

酔迷残春感正生
箇中宜哉蕩心情
落花勧戸難留艶
帰鳥辞郷不繫声
叔夜山闌霞去後
高陽水暗日沈程
悵望美景自由謝
觴詠猶催天欲明

酔ひて　残春に迷ひ　感(おも)ひ　正に生ず
箇中(ここ)は宜(よろ)しき哉(かな)　蕩心の情
落花に戸(こ)を勧むるも　艶を留(とど)め難く
帰鳥の郷(さと)に辞するに　声を繫(つな)げず
叔夜の山　闌(かす)かなり　霞　去りし後
高陽の水　暗し　日　沈みし程
美景を悵望し　自由(ほしいまま)に謝(ゆる)す
觴詠　猶(なお)催すも　天(そら)は明けむと欲す

〈現代語訳〉

七言、三月末日、藤原茂才の文亭で「酔中唯送春」という詩題で一緒に作詩した。

酒に酔って、ふと、春も終りということに気がつき、心も迷い、いろいろな感情が湧いて来た。

ここでは、酒にふけりたい気持ちになるのも、しかたのないことだろう。まあ良いではないか。

散りゆく花を観てお酒を勧めてみても、花の美しさをとどめることはむずかしく、
日が暮れて、巣に帰ろうとする鳥の声を、繫ぎとめておくこともできない。

叔夜（嵇康）の玉山も、うすぼんやりと、夜が訪れるころ、
高陽池もすっかり暗くなり、日はとっぷと昏れていく。

この美しいお庭が見えなくなるのを悲しんで遠く眺め、自然の時間の推移を静かに見守る。

酒を飲み、詩歌を歌う宴会はまだまだ続いているが、すでに空は明けようとしている。

〈語　釈〉
○箇中　箇裏、心のうち。意識しながら、ことばで表現できないもの。　**○蕩心情**　酒にふけりたい気持ち。あるいは、「心情を蕩（うご）かす」と読み、感情がゆりうごかされると解することも可能か。　**○勧戸**　酒をすすめる。　**○辞郷**　鳴きながら巣に帰ろうとする鳥の声を、別れの挨拶と表現したものか。　**○叔夜**　竹林の七賢人の一人、嵇康のあざなは叔夜。蒙求の表題に「叔夜玉山」とあり、嵇康の酒に酔った姿は、あたかも玉でできた山が崩れるようにみごとであったという故事がある。（四五—9参照）。美しい山の形容。　**○高陽水**　高陽池。高陽の酒徒。（一〇一九年藤原頼通によって造作された高陽院の池。）　**○悵望**　悲しんで遠くを眺める。　**○謝**　ゆるす。（『礼記・曲礼上』「大夫七十而到事。若不得謝、則必賜之几杖」。）　**○觴詠**　酒を飲みながら詩歌をうたう。

四九－2

醉中惆悵日徐傾
唯送残春倒載行
倩校鳥帰花落恨
鄭玄祖席欲同情

文章博士　敦光

醉中　惆悵（ちゅうちょう）たり　日　徐（おもむ）ろに傾く
唯に残春を送り　倒載して行かむ。
倩（つらつら）校（くら）ぶれば　鳥は帰り花の落つる恨みは
鄭玄（じょうげん）の祖席と情（こころ）を同じうせむと欲す

〈現代語訳〉
酔ってしまっても、陽が静かに沈むのを見ると、悲しい気分になるものだ。
過ぎ去っていく春を惜しみながら、酒を飲み尽くしてみよう。
鳥は巣に帰り、花も散り落ちてしまい、心残りなことといったら、
（後漢の）鄭玄の送別の席のようであり、惜別の思いは同じように辛いことだ。

〈語　釈〉
○酔中　酒に酔っている間。酔いながら。酔いしれて。酔いどれて。（『杜甫・飲中八仙歌』「蘇晉長斎繍仏前、酔中往往愛逃禅」）
○惆悵　なげき悲しむ。（『楚辞・宋玉・九弁』「羇旅而無友生、惆悵兮而私自憐。〈集注〉惆悵悲哀也。」）　**○残春**　晩春。春の名残り。作詩日は三月尽日となっている。三月末日のこと。陰暦では、一・二・三月が春。　**○倒載**　酒を飲み尽くす。（四六－2参照）
○倩校　倩はつらつら。よくよく。校は考え合わせる。比較して考え合わせること。よくよく考え合わせてみると。　**○恨**　悲しみ。残念に思う気持ち。　**○鄭玄**　後漢末の学者。字は康成。多くの経書に注釈を施し、経学上の功績大。漢代儒学の集大成をした人。
○祖席　送別の宴会。

四九—3

酔中□楽忘浮名
唯送残春動感情
添戸難留芳景去
入郷欲遇麦秋生
顔酡共対落花色
耳煖纔聞帰鳥声
催酒吟詩相惜苦
如何夜漏及三更

散位　大江　通景

酔中　□を楽しみ　浮名を忘る
唯に残春を送り　感情(こころ)を動かすのみ
戸(こ)を添ふるも　留(とど)め難(がた)し　芳景の去るを
郷(さと)に入り遇(あ)はむと欲す　麦秋の生ずるに
顔　酡(あか)く　共に対(むか)ふ　落花の色
耳　煖(あたた)かく　纔(わず)かに聞く　帰鳥の声
酒を催(うなが)し　詩を吟じ　相(とも)に惜しむこと苦(はなは)だし
如何(いかん)せむ　夜漏　三更に及ぶを

〈現代語訳〉
酔いしれて、□を楽しみ、すっかり名誉を忘れてしまった。ただ残り少ない春を惜しんで、感動しているだけである。次々と盃を重ねていっても、春の景色が移り変わるのを押し留めることはできないなら。酔っ払ったまま四月（初夏）になるのを迎えよう。顔を赤くして、散る花に同化させながら、対座していると、暖かい耳にかすかに聞こえてくるのは、巣に帰る鳥の声。（陽が昏れていく）酒を勧めては詩を吟じ、春の去ることをひどく惜しみ合うが、気がつけばもう真夜中になってしまっている、時の流れをどうしてとめられようか。

〈語　釈〉
○**酔中**　（四九—2参照）　○**□楽**　初句は六字になっているが、楽の下が一文字記載落としか。　○**浮名**　名誉。世間の名声。○**残春**　（四九—2参照）　○**添戸**　酒をさらにすすめる。たくさんの酒を飲む。　○**芳景**　春のかぐわしい景色。○**入郷**　翻刻は「人郷」となっているが改めた。桃源郷に入ったような酔い心地。　○**麦秋**　旧暦の四月の異称。　○**酡**　酒に酔って赤くなった顔色。花に映じた顔の赤さと一対になって用いられることが多い。　○**耳煖**　酒を飲んで耳が熱くなる状態。煖は暖。○**帰鳥**　夕刻になって巣に帰る鳥。　○**催酒**　添戸と同意。　○**夜漏**　夜の時刻。　○**三更**　まよなか。夜を五つに分けた第三の時間で、今の夜十二時前後の二時間ほどの時間帯。

四九―4

本自酔中興暗生
況乎一日送春情
桃顔添得花零色
鸎吻便催鳥去声
暫忘老来論戸処
已知夏近入郷程
今思亭主高才用
是則橡樟累葉栄（注有）

散位　盛仲

本自(もとより)　酔中　興は暗(ひそ)かに生ず
況乎(いわん)や　一日　春を送る情(こころ)をや
桃顔　添へ得たり　花の零(お)つる色
鸎吻(おうふつ)　便ち催(うなが)す　鳥の去(い)ぬる声
暫(しばら)くは老来(おゆる)を忘る　論戸の処
已に夏の近きを知る　入郷の程
今　亭主を思へば　高才の用
是れ則ち橡樟(よしょう)　累葉の栄（注有り）

〈現代語訳〉


もともと酔っているうちに、感興はひそかに湧くものだ。

まして、今日一日で春が終わってしまうのだから、その心情は語りようがない。

美しい顔を引き立たせるには、落花の風情はよろしく、
鸎貝の盃は、うぐいすの去って行くのを、うながしているように聞こえる。

しばらくは、年（老齢）のことを忘れて楽しもう、酒数を論じ合いながら。

酔いがまわってしまって、ふと夏の近づいたことを感じる。

改めて、酒宴の主人について考えると、まことに優れた才能を持った方で、また優秀な人々を、あげもちいていらっしゃる。

これぞまさしく、楠の木のように、代々栄えてゆくことでしょう。

〈語　釈〉

○**本自**　本来。もともと。　○**酔中**　（四九―2参照）　○**暗**　声を出さず、しのびやかに。　○**況乎**　いわんや…をや。まして…はなおさらだ。　○**桃顔**　美しい若い顔。　○**花零**　雨が降るように落下する花びら。　○**鸎吻**　鸎貝で作られた盃。　○**暫**　しばらく。（『王羲之・蘭亭集序』「当其欣於所遇、暫得於己、快然自足、不知老之将至。」）　○**論戸**　酒の量を論じ合う。（もっと飲もう！）　○**入郷**　桃源郷に入ったような、うっとりとした酔い心地になること。　○**亭主**　藤茂才をさす。　○**高才**　高材。すぐれた才能。またはその人。　○**用**　あげもちいる。　○**橡樟**　橡樟でくすのき。翻刻は橡梓となっているが、訂正した。　○**累葉**　代々。累世。

四九―5

酔中何事感懐声
唯有春光暗送情
三月謝来遇戸処
余霞散尽入郷程
湎淫風脆落花色
倒載日曛帰鳥声
觴詠家家相惜苦
不堪良夜及残更

散位　菅原　時登

酔中　何事ぞ　感懐の声
唯に春光のみ有りて　暗(ひそ)かに情(こころ)を送る
三月　謝し来る　戸(こ)に遇(あ)ふ処
余霞　散り尽くす　郷に入る程
湎淫すれば　風は脆し　落花の色
倒載すれば　日は曛(く)れ　帰鳥の声
觴詠せし家家　相惜しむこと　苦(はなはだ)し
堪へず　良夜　残更に及べり

〈現代語訳〉
酔いながら、どうしたことか、感動の声が口をついて出てきた。あたりは、わずかに残された春の余情だけがあって、ひっそりと声もなく過ぎ去るばかりだ。三月も終わりの今日、いよいよ春に別れを告げるため、酒をもてなされている。残り少ない春霞が散り尽くすように酒も飲み尽くし、すっかり酔う頃ともなった。酒にふければ、やわらかい風に花がひらひらと散り、すっかり酒を飲み尽くした頃には、日もとっぷりと暮れ、鳥は鳴きながら巣に帰って行く。酒を飲み詩を作るために集まった詩家の家家の詩人達は、この花の散るのをたいへん惜しみ、とうとうがまんができずに、宴は深夜までも続いてしまいました。

〈語　釈〉
○**酔中**（四九―2参照）　○**感懐**　風景や外界のものが、心にふれて感じ思う。またその思い。　○**謝来**　別れを告げる。別れの挨拶。来は助字。　○**遇戸**　遇はもてなす。酒をもてなす。　○**散尽**　散り尽くす。散らし尽くす。霞を酒と見て、飲み尽くす。　○**入郷**（四九―3参照）　○**湎淫**　酒におぼれる。淫湎と同じ。　○**落花色**　五句目は六字になっているが、書写の落としと見て「落花色」と入れてみた。　○**倒載**　酒を飲み尽くす。またはいくさのない平和な日。（四六―2参照）　○**觴詠**　翻刻では「触詠」となっていたが改めた。酒を飲んで詩を吟ずる。　○**家家**　家ごとに。藤原家、菅原家、大江家、源家等々。　○**相惜**　相は惜しむ気持ちの強い場合にも用いるが、上に「家々」があり、下に「苦」（はなはだし）があるので、みんな一緒（ともに）と解した。

四九―6

酔郷縁底使望驚
箇裏送春惆悵程
更惜日斜沈湎思
何知霞尽独醒情
高陽池月鳥帰冷
叔夜山花風老軽
一事無感年已積
於吾不信忘憂名

治郎丞　平　光俊

酔郷　縁底(なんぞ)　望みて　驚か使(し)めむ
箇裏(ここ)に　春を送りて　惆悵(ちゅうちょう)の程
更に　日の斜(かたむ)くを惜しみ　沈湎の思ひ
何ぞ　霞の尽くるを知りて　独醒の情(こころ)
高陽の池月　鳥は帰りて冷やかに
叔夜の山花　風は老いて軽やかなり
一事には感ずる無く　年　已(すで)に積むも
吾に於(おい)ては信ぜず　憂ひを忘るるの名

〈現代語訳〉

酔眼で、何を見てこんなに驚かされるのだろう。

この春を送る宴会で、惜春の情に沈んでいるとき。

更に日は斜いて、時の経つのを惜しみ、ますます酒におぼれてしまい、
春の終わりを知って、どうすれば良いのだろう。私一人醒めた心で。

高陽の池に月が映り、鳥はもう巣に帰っているので冷やかに、
叔夜（嵆康）玉山のようなみごとな酔いっぷりも、年老いては出来なくなってしまった。

一つのことがらに感興も湧かなくなった、こんなにも年をとってしまったので。

私には信ずることができない、憂いを忘れることばのあることを。

〈語　釈〉
○**酔郷**　酔って別世界にいるような境地。　○**縁底**　なんぞ。どうして。俗語。　○**箇裏**　箇中。（四九―1参照）　○**惆悵**　翻刻では「帳」を「悵」に改めた。（四九―2参照）　○**沈湎**　しずみ、溺れる。酒にふける。　○**霞尽**　春霞の尽きること。春の終わり。酒のなくなることを掛けているか。　○**独醒**　一人だけ酔わないでいる。屈原の「漁夫辞」に「世を挙げて皆濁り、我独り清めり。衆人皆酔ひ、我独り醒めたり。」の語は有名。（四五―5参照）　○**高陽**　中国、河南省に地名が見られる。日本では高陽院がある。（四九・解説参照）　○**叔夜**　（四九―1参照）　○**風老軽**　春を送るさびしさを風に表わし、自分の身の老齢のわびしさを、残春と掛けて表現したものか。

四九－7

送春唯有忘憂物
百慮皆空一酔程
満盞誰傷花委色
入郷不問鳥帰声
半酣自慰流年感
独醒争堪薄暮情
豈若携斯家醢熟
陶々兀々自韜精

少内記　広兼

春を送るに　唯に憂ひを忘るる物有り
百慮は皆空し　一酔の程
盞を満たすに　誰か傷まむ　花　委（な）へし色
郷に入るに　問はず　鳥　帰りし声
半ば酣なれど　自ら慰めむ　流年の感
独り醒むるに　争（いか）でか堪へむ　薄暮の情
豈に若し斯家（しか）の醢熟を携ふれば
陶々兀兀（とうとうこつこつ）として　自ら韜（とう）精なるべけむや

〈現代語訳〉
春を送るために、その憂いを忘れさせてくれるものがたった一つある。さまざまな思いは、酔っ払ってしまえば全て空しいものである。盞を満たすのに、誰がいったい花のしおれることを、惜しむ人がいるだろう。酔い心地で、うぐいすの帰って行く声に、耳を傾ける人はいないだろう。宴もたけなわとなり、もう終盤に入ったが、歳月が過ぎ去るのが早すぎると、自らを慰めよう。（屈原のように）自分一人が酔わないで、この日暮れの寂しさに、どうして堪えられよう。ましてや、もし斯の家の熟成したお酒をいただけるのなら、気分もやわらぎ、何の不安もなく、ゆったりとした時が過ごせないことがありましょう。（とても癒されています。）

〈語　釈〉
○**百慮**　さまざまな憂い。多くの心配ごと。　○**皆空**　すべては空虚。　○**満盞**　さかずきに酒を満たす。　○**花委色**　委は萎に同じ。花の衰える姿。三月末日であるので、春の花は終わりの時期である。　○**入郷**　（四－5参照）　○**半酣**　酣はたけなわ。宴も終わりに近づく頃。　○**流年感**　歳月が川の流れのように過ぎ去ることに対する感慨。　○**独醒**　（四九－6参照）　○**薄暮**　夕暮れ時のさびしさ。　○**斯家**　作文会の催された藤茂才の文亭をさす。　○**醢熟**　よく熟成された酒。　○**陶陶**　和らぎ楽しむさま。（『詩経・王風・君子陽陽』「君子陶陶、左執翿。〈伝〉陶陶和楽貌。」）　○**兀々**　動揺して危ないようす。陶兀で、酔ってふらふらするようす。　○**韜精**　韜はゆるやかで広い。ゆったりした気分をいうか。

四九－8

芳酒酔中眼更驚
送春斜日悵望程
似徐及醒霞消色
如展唱遅鳥去声
縦有一坏巡後楽
不堪三月尽時情
百憂若是得長忘
棄置他営応事醒

藤原　挙長

芳(かぐわ)しき酒　酔(え)中(い)て　眼(まなこ)　更に驚く
春を送る斜日(しゃじつ)　悵望(ちょうぼう)の程
徐(おもむ)ろに　醒(さ)むるに及ぶ似(ごと)し　霞　消えし色
展(ひろ)げて　遅きを唱ふ如し　鳥の去る声
縦(たと)ひ　一坏(ひとつき)有れども　巡後の楽しみは
堪えず　三月　尽時(じんじ)の情
百憂は是(か)くの若(ごと)く　長く忘るるを得たり
他営に棄て置けば　応(まさ)に事は醒(さ)むべし

＜現代語訳＞

おいしいお酒をいただいて酔ってしまい、その酔ったまなこで見て、改めて驚いた。春も終わりに近づき、太陽も傾いて、もの悲しく遠くを眺めているころ。しずかに酔いも醒めて来る、夕焼けの空も暮れようとして、鳥も羽を拡げゆっくりと巣に帰っていく。その声は、別れの挨拶をしているようだ。たとい、一杯の酒が残っていて、後で巡ってくる楽しみがあるとしても、春の終わりの三月末日の、特別な感情には耐えられるものではない。多くの憂いはこのようにしていつの間にか忘れられてしまい、（詩会も）何もしないで無為に過ごせば、興醒めの日を過ごしてしまったでしょうに。

＜語　釈＞

○**芳酒**　香りの良い酒。　○**酔中**　（四九－2参照）　○**悵望**　悲しんで遠くを眺める。なげき悲しむ。　○**斜日**　斜陽。西に傾いた太陽。　○**及醒**　酔いも醒めようとする。　○**霞消色**　夕焼け空も暮れてゆく、夜も近い頃。　○**展**　羽をひろげる。　○**縦**　たとえ……であっても。　○**一坏**　食器。たかつき。さかづき。ここでは一杯と同義。　○**三月尽時**　三月最後の日。つまり春の終わりの日。　○**百憂**　多くの憂い。多くの心配ごと。　○**棄置**　すておく。放任する。　○**他営**　営は、計画する。工夫する。この詩宴以外の他の計画などをさしているものか。

四九―9

文章得業生　藤原　能兼

酔中何事使望驚
唯送三春蕩寸情
阮籍林間韶景尽
嵆康山上夕陽傾
面紅自混霞残色
耳熱空聞鳥去声
荏苒風□留不得
若為一歳再相迎

酔中(えいて)　何事ぞ　望みて　驚か使(し)めむ
唯(ただ)には　三春を送るのみに　蕩寸の情
阮籍の林間は　韶景(しょうけい)　尽き
嵆康の山上に　夕陽　傾く
面　紅く自ら混はふ　霞　残りし色
耳　熱く空しく聞く　鳥　去りし声
荏苒(たおやか)な風□　留め得ず
若(も)し　一歳(さい)を為(な)さば　再び相迎へむ

〈現代語訳〉

酔ってしまって、ふと、どうしたことか見上げると、驚かされてしまった。

唯、春の三ヵ月を送るだけなのに、酒色に溺れたくなる気分だ。(心はゆり動かされる。)

阮籍が楽しんだという竹林の、春ののどかな景色も終わりに近づき、
嵆康が酒を飲んだ時の豪快な酔いっぷりも、今は山の端に夕日が傾くように暮れ、

(お酒で)赤らめた顔を、夕焼け空に同化させ、ますます美しい顔となり、
ほてった耳で、鳥の帰っていく鳴き声を空しく聞いている。

たおやかな風は、歳月の移り変わりを留めることはできない。

(たとえ、今日は終わっても)一年後の三月末に、もういちどこの佳き日を迎えられますように。

〈語　釈〉
○**酔中**　(四九―2参照)　○**三春**　春の三月。孟春、仲春、季春、陰暦の一月、二月、三月をいう。○**蕩**　酒色に溺れたくなる。心をゆりうごかす。　○**韶景**　春ののどかな日の光。　○**阮籍**　竹林の七賢者(阮籍、嵆康、山涛、向秀、劉伶、阮咸、王戎。)の一人。酒にまつわる逸話を多く残している。　○**荏苒**　じんぜん　歳月が長びくさま、延びのびになる様。時がゆるゆる進むさま。(『淘潜・雑詩』「荏苒経十載」。)やわらかなさま(『詩経・小雅・節南山之什・巧言』「荏染柔木、君子樹之」。)タオヤカナリ。古訓。七句目は六字になっているが、四字目を欠とした。

四九―10

留春不敢用関城
相送酔中思緒生
倒載空迷花脆色
酣歌晴和鳥帰声
若無湛露忘憂物
争慰残陽告別情
百慮皆銷三酌後
任他逐歳謝芳栄

能登大掾　宗友

春を留むるに　敢へて関城を用ひず
酔中（えいて）　相送れば　思緒の生ぜり
倒戴して　空しく迷ふ　花　脆（もろ）き色
酣（かん）歌して晴れに和す　鳥　帰るの声
若し　湛露無ければ　憂ひを忘るる物
争（いか）でか　残陽を慰めむ　告別の情
百慮は　皆　銷（と）けり　三酌の後
任他（さもあらばあれ）　逐歳の芳栄を謝す

〈現代語訳〉

行く春を惜しんで、関所や城郭を作るようなことは、めったにするものではありません。酔って、ともに（春に）別れを告げれば、特別な情緒が湧いて、心も乱れます。酒を飲みつくし、空しく迷っているうちに、花はもう散ってしまいそう。酒を飲んで楽しみ歌っていると、空も晴れ、のどかに鳥の山に帰る声がよく調和して聞こえます。もし、こんなにたくさんのお酒がなかったなら（惜別の）憂いを忘れるために、どうして沈もうとする夕陽に心を鎮め、別れの情を慰めることができましょう。さまざまなつらい思いは消えてなくなります。選りすぐったお酒をたくさんいただいてからは。ともかくも、歳を逐うごとに繁栄することを感謝申し上げます。

〈語　釈〉

○**留春**　春の行き去るのを惜しむ。　○**不敢**　進んでは……しない。……というようなことはめったにしない。　○**酔中**　（四九―2参照）　○**思緒**　千々に乱れる思い。　○**倒載**　酒を飲み尽くす。（四四―3・7参照）　○**花脆色**　今にも散りそうなようすの花の姿。　○**酣歌**　酒を飲んで楽しみうたう。　○**鳥帰声**　夕暮時、鳥が鳴きながら巣に帰る声。　○**湛露**　一面に置いた露。たくさんの酒の形容。『詩経・小雅』の編名にもあり、天子が諸侯とうたげすることを詠じている。転じて豊かな恩恵。特に主君の恩の深さをたとえていう。　○**争**　いかでか。どうして。　○**残陽**　沈もうとする夕陽。　○**百慮**　多くの憂い。
○**銷**　とける。消える。　○**三酌**　三は多い、選りすぐったもの等の意もあることから、良い酒をたくさんいただくほどの意か。
○**任地**　さもあらばあれ。ともかくも。

四九－11　　学生　茂明

何耐酔中感緒并
送春唯動悵望情
霞消数盞頻巡処
日落十分未釂程
飫飲相催花散色
酣歌被勧鳥帰声
独慙今接好文席
一句詩篇忽尓成　注有

何ぞ耐へむ　酔中（えいて）　感緒（かんしょ）　并（あつ）まるを
春を送るは　唯　悵望の情を動かすのみ
霞　消え　数盞　頻りに巡りし処
日　落ち　十分　未だ釂（しょう）せざる程
飫飲（よいん）　相（とも）に催（うなが）す　花　散りし色
酣歌（かんか）　勧めらる　鳥　帰りし声
独り慙（は）ず　今　好文の席に接し
一句の詩篇　忽ちに尓（し）か成れるを（注有り）

＜現代語訳＞
酔って、さまざまな感情が湧いて来るのを、どうして耐えることができようか。
春を送るということは、唯々悲しくて、呆然とするばかり。
もう夕焼けの美しい雲も消えた頃、いくつかの盞が頻りに巡ってくる。
日はもう落ちたというのに、未だ十分な（詩が出来上がらず）酒を飲み干せない。
飽きる程飲んでしまって、みんなで催促しているかのように、花はしきりに散り、
酒を飲んで高らかに歌えば、鳥も帰ることをさそっているように、鳴きながら巣に帰る。
そんな中で私一人だけは、恥ずかしい思いをしています。こんなすばらしい文士の集まりに同席しながら、
一句の詩篇が皆様のようにすぐに出来上がらず、おそまつなものになったということを。

＜語　釈＞
○**何耐**　どうして耐えることができようか。　○**酔中**　酔って。（四九－2参照）　○**感緒**　感動と情緒。物事に感じて本能的に表われる感情の働き。（初語）　○**悵望**　悲しんで遠くを眺めやる。　○**霞**　朝焼け・夕焼けの美しい雲。　○**釂**　のみほす。さかずきの酒を飲み尽くす。　○**飫飲**　あきるほど飲む。飲んで満足する。　○**酣歌**　酒を飲んで楽しみ歌う。　○**鳥帰声**　夕暮れと共に帰巣する鳥の鳴き声。　○**好文席**　好文は優れた文章、または、学問。文芸を好むことをいうが、ここでは、藤茂才文亭での作文会を指す。藤原能兼邸。　○**尓**　爾の俗字。このようである。そのようである。ここでは、自分の詩は、周りの人々に比べて、このようにつたないものであることをいうか。

四九—12

唯送残春旨酒傾
酔中苦惜興方成
霞応添戸散峯色
鳥似呼平帰石声
嵆氏玉顔花落処
阮公紅面日没程
此筵雖酌忘憂味
不耐芳辰空去情

藤原　有光

唯　残春を送り　旨き酒　傾けり
酔中（えいて）　苦（はなは）だ惜しみ　興（おもむき）　方（まさ）に成れり
霞は　応（まさ）に戸（こ）を添ふべし　峯に散る色
鳥は　平を呼すに似たり　石（いわ）に帰る声
嵆（けい）氏の玉顔　花　落つる処
阮（げん）公の紅面　日　没する程
此の筵（えん）にて　忘憂の味を酌（く）むと雖も
耐へず　芳辰　空しく去るの情

〈現代語訳〉
ただひたすら晩春を惜しみ、旨い酒を飲んでいる。酔って、春の去ることを惜しみながらも、感興は盛んに湧いてくる。霞んだ景色は峯まで続き、気がつけば酒数をずいぶん重ねたものだ。鳥の山に帰る鳴き声は、「へい」と呼ぶ乾盃の声にも似ている。嵆康の美しい顔が、花の散る間に見えるようであり、阮籍の、酒に赤くした顔は、夕陽の間に浮かんでくるようである。この宴席は、日頃の憂いを忘れさせてくれる酒を味わえるとはいうものの、何といっても耐えられないのは、芳しい春の時節が空しく去って行くことなのだ。

〈語　釈〉
○残春　晩春（四九—2参照）　**○旨酒**　うまい酒。美酒。　**○酔中**　二句目は六字であるが、「中」を補ってみた。（四九—2参照）　**○興**　興趣。　**○霞**　春がすみと、夕焼け雲を掛けている。　**○添戸**　酒数を増す。酒をたくさん飲む。　**○呼平**　「へい」と声に出して叫ぶ。乾杯の音頭のようなもの。本詩集に多出する。「平」は平和、平安を祈る意をこめての発語であろう。　**○帰石**　帰山、帰巣。　**○嵆氏**　嵆康（四九—1参照）　**○阮公**　阮籍（四五—5参照）　**○筵**　うたげ。宴会。竹製のむしろ。　**○忘憂味**　忘憂物は、酒の異称。日頃の憂いを忘れさせてくれる酒の味。　**○芳辰**　春のよい季節。

四九―13

藤原　永光

唯送三春感自驚
酔中欲去動神精
辞林花委折籌処
散嶺霞消勧戸程
沈湎難留斜日影
酣歌猶惜老鶯声
此時不耐芳辰尽
酌酒言詩遊宴情

唯に三春を送るに　感（おもい）自ら驚（みだ）る
酔中（えいて）　去らむと欲すれど　神精（こころ）を動かす
辞林の花は委（うるわ）し　折籌の処
散嶺の霞は消ゆ　戸を勧めし程
沈湎は留め難し　斜日の影
酣歌は惜しむごとし　老鶯の声
此の時　耐へず　芳辰　尽き
酒を酌み　詩に言ふこころは　遊宴の情

〈現代語訳〉

唯、春の三月を送るというのに、感情は自然に乱れてくる。すっかり酔ってしまって、去ろうとしている春に、心は動揺してしまう。多くの文人が集まっているこの庭の花は美しく、これから作詩しようとする処だ。花散る嶺も、いつしか霞が消えてしまった、酒を勧めながら。酒色に溺れている人を留めることは難しいものだ。日はもう傾きはじめたが、大声で歌いながら、まだ春を惜しんでいるような鶯の声も聞こえる。しかし遂に爛漫の春は過ぎて行く。酒を酌んでは詩を披露する、この宴会を充分楽しみたいものだ。

〈語　釈〉

○**三春**　三月。（四九―9参照）　○**驚**　みだれる。心がひどく動揺する。　○**酔中**　（四九―2参照）　○**欲去**　春が去ることを希望する。　○**神精**　精神と同じ。　○**辞林**　詩文の集まる所。詩文にすぐれた人達の集まる所。　○**委**　まかせる。しぼむ等の意が通常であるが、「うるはし」の古訓があるので従った。　○**折籌**　作詩をすること。（四五―13参照）　○**散嶺**　花の散る山のことか。　○**勧戸**　第四句目は、六文字であるが、程の字を句末に押韻させたいので、「戸」を補って勧戸とした。酒を勧める意。　○**沈湎**　酒におぼれる。　○**酣歌**　酒を飲んで大声で歌う。　○**老鶯**　春が過ぎても、なお鳴くうぐいす。　○**芳辰**　春の佳い季節。　○**言詩**　言志。詩に託して志を述べる。　○**遊宴**　さかもりをして遊ぶ。

四九－14

何事酔中令眼驚
送春唯識感相并
為憐花落折籌勧
被誘鳥帰携甕行
遅日已沈藍谷暮
余霞空散玉山程
韶光美景於焉尽
宜矣此時惆悵情

学生　惟俊

何事ぞ　酔中　眼（まなこ）驚かしむるは
春を送るに　唯識る　感（おもい）　相并（あつま）るを
憐を為さば　花　落ち　籌を折るを勧む
誘はるれば　鳥　帰り　甕（かめ）を携へて行く
遅日　已（すで）に沈む　藍谷（らんこく）の暮
余霞　空しく散る　玉山の程
韶光の美景　於焉（いずくにか）尽きたり
宜矣（むべなるかな）　此の時　惆悵の情

＜現代語訳＞
この酔眼を驚かせるのは一体何なのでありましょう。
行く春を送るということは、多くの感情が湧いてくることを知りました。
憐憫の情を起こすと、花びらがはらはらと散って来て作詩することを勧めます。
誘われると、鳥は巣に帰り、甕を抱え込んでついて行きます。
暮れるのが遅い春の日も、さすがに日が暮れ、谷間は藍々としているし、
ぼんやり残っていた霞も消えてしまい、玉山がくずれるように酔っ払いました。
春の、のどかで美しい景色は、どこに行ってしまうのか、ついに今日でおしまいです。
こんな景色を見ながら、行く春を惜しんで、憂え悲しむのはもっともなことでしょう。

＜語　釈＞
○何事　何ということ。どうしたこと。　**○酔中**　（四九－2参照）　**○相并**　たくさん集まる。　**○折籌**　作詩をすること。（四五－13参照）　**○携甕**　酒を入れるかめを抱きかかえる。甕は、手で抱きかかえるほどの大きさのかめ。　**○遅日**　日暮れのおそい春の日。永日。　**○藍谷**　あおあおとした谷間。　**○余霞**　ぼんやり残っている霞。　**○玉山**　伝説上の山の名で、崑崙山の西にあり、玉を産し、西王母が居たといわれている。美しい山のたとえ。　**○韶光**　春ののどかな景色。　**○於焉**　いずくにか。どこに行くのやら。どこに行ってしまうのだろう。　**○宜矣**　むべなるかな。よろしきかな。と読み、もっともなことだ。良いことだの意。　**○惆悵**　憂え悲しむ。失意の様子。

四九—15

三月暮時感易驚　　守賢
酔中不耐送春情
山公池暗霞消後
嵇氏林深鳥去程
藍水風光応苦惜
花亭昔興欲相争　注有
慈恩旧跡在今識
悵望終朝日漸傾

三月の暮時　感(おもい)　驚(みだ)れ易く
酔中　耐へず　春を送るの情
山公の池は暗し　霞　消へし後
嵇氏の林は深し　鳥　去りし程
藍水の風光　応(まさ)に苦(はなは)だ惜しむべし
花亭の昔興(せききょう)　相争はむと欲す（注有り）
慈恩の旧跡　今に在りて識る
悵望して終朝　日　漸く傾く

元永二年三月晦日作　題者　翰林主人　講師　藤貢士　読師　外史江二千石

〈現代語訳〉

春三月も終わろうとする時、感情は最も乱れ易く、
酔ってしまっても、春を送る情は耐え難いものがある。
霞も消えてしまうと、山濤の遊んだような池も暗くなってしまい、
鳥が帰って行ってしまうと、嵇康の楽しんだような林も奥深くなっていく。
藍々とした池の水が暗くなる景色は、たいそう残念なもので、
その昔、花いっぱいの池亭で興じた酒宴と競争できたら良いのに。
お恵み深いこの旧跡に、今まさに臨席して、
しずかに眺めながら一日を過ごし、日は漸く傾いていく。

〈語　釈〉

○**易驚**　みだれやすい。　○**酔中**　（四九—2参照）　○**山公**　竹林の七賢人の一人、山濤（二〇五～二八三）であろう。三国時代の魏・西晋の政治家。字は巨源。政治家であるが、老荘思想を好み、竹林に親しんだ。　○**嵇氏**　竹林の七賢人の一人。嵇康。（四五—9参照）　○**藍水**　あおあおとした水をたたえた池。　○**花亭**　花いっぱいのあづまや。　○**昔興**　その昔、風雅な宴会が行われたのであろう。　○**慈恩旧跡**　めぐみ深い旧跡ということで、具体的にどこであるか限定できない。句末の小字〈有注〉で省略されていることが惜しまれる。

五〇　康平六年九月晦日　酔郷秋欲尽　五首

詩題解説

康平六年は一〇六三年であり、後冷泉天皇・関白頼通の比較的世情も安定していた年の九月、今日で秋も終り、明日から冬に入るという日に詩会を催した。ベテラン二人に学生三人の構成であるが、出席者が五名だけとすれば私的な集いであろう。五人は一様に竹林の七賢人を詠みこんでいるが巧みな詩が揃えられていると思う。酒に心地よく酔って、別天地にいるような気分を酔郷と称するのは、王績の『酔郷伝』によるものであろう。酔いしれた境地を理想郷にたとえた文である。『菅家文草』巻二・一七五に「麻姑応謝酔郷人」とあり、不老不死の仙女も酔郷の人には、かなわないだろう、とうたっている。

参加者の一人に「文」という名が見られる。学生となっているが日本人名。藤原文範と関係があるのか、留学生なのか不明である。

五〇―1　九月尽日同賦酔郷秋欲尽 以心為韻

尚舎員外典局　源　国仲

雖入酔郷競寸陰
素秋欲尽動丹心
楽中惜暁厭鐘韻
醒後向冬止杵音
阮氏帷疎風不繋
陶公籬古露難尋
酌蘭愛菊倶無益
毎見盛衰涙湿襟

酔郷に入ると雖も　寸陰を競ふ
素秋は尽きむとし　丹心を動かす
楽中　暁を惜しみ　鐘韻(しょういん)を厭ふ
醒後(せいご)　冬に向ひ　杵音(しょいん)を止(とど)む
阮氏の帷(とばり)　疎(あら)く　風　繋(つな)げず
陶公の籬　古く　露　尋ね難し
蘭を酌(く)み　菊を愛(め)づるも　倶(とも)に益(えき)無く
見る毎に盛衰し　涙　襟(えり)を湿ほす

〈現代語訳〉

　九月末日、ともに「酔郷秋欲尽」の詩題で詩を作る。（心を韻とする。）

良い酔い心地でいるとは言え、すこしの時間を詩作で競い合いましょう。

秋も終わろうとしている九月末日ともなると、心は乱れ、動揺している。

宴を楽しみながら、夜明けを惜しみ、暁を告げる鐘を嫌う。

酔いが醒めれば、もう冬に向かっていて、杵の音も聞かれない。（冬支度はとっくに整っている。）

（竹林の）阮氏のとばりは荒く編んでいるので、秋風を繋ぎとめることができず、
陶潜の菊の籬は、古くなってしまって、秋の露も宿らない。（訪ねる人もいない。）

かぐわしいお酒を酌み交わし、菊の花を賞でようにも、お互い役立つこともなさそうだ。（花は散り、人は衰えるものだから。）

見る度に、美しいものもだんだん衰えていき、悲しみの涙で襟が濡れてしまうことよ。

〈語　釈〉
○**酔郷**　酒に酔ったときの快感を一種の別天地にたとえたことば。　○**寸陰**　少しの時間。　○**素秋**　秋の別名。素節。素商。
○**丹心**　まごころ。丹精。　○**楽中**　宴を楽しんでいる間。　○**惜暁**　夜明けを残念に思う。　○**鐘韻**　時刻を知らせる鐘の音。
○**杵音**　冬支度をするために、街中の家家から聞こえてくる砧を打つ杵の音。　○**阮氏**　竹林七賢人の一人。阮籍。（四九―9参照）
○**陶公**　陶潜。陶淵明。　○**酌蘭**　かぐわしい酒をくむ。　○**無益**　秋をつなぎとめておくこともできない九月末日だから。どうしようもない。何をしてもむだ。

五〇―2

酔郷深処感弥□
欲尽秋伝蕭瑟音
暦草暫残斟竹思
涼飈告別勧霞心
王無公宅露難駐
嵇叔夜山月漸沈
想像潘郎将宋玉
頻飅槁葉雨過林

前賀州司馬　藤　時経

酔郷　深き処　感（おもい）弥々（いよいよ）□
尽きむと欲する秋は伝ふ　蕭瑟（しょうしつ）の音
暦草（れきそう）　暫く残る　斟（しん）竹の思ひ
涼飈（りょうひょう）　告別す　勧霞の心
王無公の宅　露は駐（とど）め難く
嵇叔夜の山　月は漸く沈む
潘郎（はんろう）を想像すれば　将（まさ）に宋玉（そうぎょく）ならむとし
頻（しき）りに槁葉（こうよう）を飅（ひるがえ）し　雨は林を過（よぎ）る

〈現代語訳〉
すばらしい酔い心地で、心の奥深く、感興はますます□
もう過ぎようとするこの秋に、どこからともなく、ものさびしい音が伝わってくる。
こよみ草もまだ少し残っているので、竹のひしゃくで飲みたい気分だ。
すず風に別れを告げると、寂しくて更に酒を勧めたくなる。
王績の宅に、露を駐めることはむずかしく、
嵇康（字は叔夜）のような山の端に、月は次第に沈んでゆく。
美男で有名な潘郎のことを想像してみると　宋玉の面影が浮かんでくる。
頻りに枯れ葉は舞い落ち　雨は林をよぎっていく。

〈語　釈〉
○酔郷　（五〇―1参照）　**○蕭瑟**　秋風の吹くさま、ものさびしいさま。　**○暦草**　暦莢に同じ。こよみぐさ。伝説上の草で堯帝の時生じ、堯帝はこれによって暦を作ったという。月初めに一本、月半ばに十五本生じ、十六日になって一本、月末に全て枯れるという。　**○涼飈**　涼飆　涼しい風（杜甫・同元使君春陵行詩）「涼飆振南嶽」　**○勧霞**　霞は酒。更に酒を勧めたい気分。
○王無公　王績。字は無功。酒を好み斗酒学士と称せられた。「酔郷記」の著がある。　**○嵇叔夜**　嵇康。字は叔夜。竹林の七賢人の一人。　**○潘郎**　潘岳。西晋の詩人。河南省滎陽の人。字は安仁。美男で有名。都では女性に取り囲まれる人気者。
○宋玉　戦国時代の楚の人。屈原の弟子で『楚辞』に「九弁」・『文選』に「神女賦」などが収められている。　**○槁葉**　枯れ葉。

五〇—3

醉郷縁底動幽襟
只惜三秋欲尽心
桂醑未醒藂悴苑
蘭蹲緩酌葉零林
阮公豈駐金風暮
嵇氏可憐素月沈
景物蕭条堪賞翫
旻天余興一宵侵

学生　藤　敦基

醉郷　縁底（なんぞ）　幽襟を動かさん
只　三秋を惜しみ　心を尽くさむとす
桂醑（けいしょ）　未だ醒（さ）めざるに　悴（やつ）れし苑
蘭蹲（らんそん）　緩（ゆる）やかに酌（く）む　葉　零（お）つる林
阮公　豈（あに）　駐（とど）めむや　金風の暮るるを
嵇氏　憐れむべし　素月の沈むを
景物　蕭条（しょうじょう）として　賞翫（しょうがん）に堪へ
旻天（びんてん）の余興　一宵（しょう）を侵す

〈現代語訳〉
快い酔い心地なのに、どうして心は深い思いにふけってしまうのだろう。
ひたすら秋の過ぎ去るのを惜しんで、ありったけの心を表現しようと思う。
桂の美酒でまだ酔いが醒めず、くさむらもしおれたような苑に、
立派な人物が集まって、ゆるやかに酒を酌み交わしている、落ち葉の林の中で。
（竹林の）阮籍は、どうして秋の過ぎ去るのを留めてはくれないのか。
（竹林の）嵇康よ。どうか、いとおしんでほしい、白い月の沈んでゆく秋の終わりを。
この景色は、もの寂しく、味わい楽しむのに充分である。
秋空の下でのこんな余興も、秋の宵に深いおもむきを添えてくれる良いものだ。

〈語　釈〉
○**醉郷**　快い酔い心地。（五〇—1参照）　○**縁底**　なんぞ。どうして。　○**幽襟**　静かで深いもの思い。襟は心の意。
○**三秋**　秋の三ヵ月。孟秋・仲秋・季秋（陰暦の七月・八月・九月）　○**桂醑**　醑は、こした良い酒。美酒。香り高い美酒。
○**藂**　くさむら。　○**悴**　しおれる。やつれる。　○**蘭蹲**　りっぱな人物の集まり。　○**葉零**　葉が落ちること。落葉。
○**阮公**　竹林の七賢人の一人。阮籍。（四九—9参照）　○**金風**　秋風。または西風。金は五行に配当すると、方角は西。季節は秋となる。　○**嵇氏**　竹林七賢人の一人嵇康。（四五—9参照）　○**素月**　白い月の光。　○**蕭条**　ものさびしい様子。また、ものしずかなようす。　○**賞翫**　ほめて味わい楽しむ。　○**旻天**　秋の空。

五〇－4

持盃頻□傾西日
蘸甲空憐亭午陰
玄石如何離節思
陶家不要向冬心

学生　文　相範

盃を持ち　頻りに□　西日に傾く
蘸甲　空しく憐む　亭午の陰
玄石は如何ん　節を離るる思ひ
陶家は要らず　冬に向ふ心

〈現代語訳〉
盃を持って頻りに□し、沈みゆく西日に向かって盃を傾けている。酒をなみなみと注いでみても、季節の移ろいをとめることもできない空しさを悲しむこの正午。（種をひたしても、もう冬が来るので、芽生えることなく枯れることを憐むこの正午。）酒に酔って三年間眠り続けた玄石は、どうだろうか。こんな季節の移り変わりに、特別な感慨を抱くのだろうか。自然派詩人陶潜には、冬に向かう心構えなど必要ないだろう。

〈語　釈〉
○蘸甲　なみなみと注いだ酒。杯を持つと指の甲をぬらすからいう。蘸は、酒を地に注いで祭ること。（『杜牧・後池泛舟送王十』「為君蘸甲十分飲、応見離心一倍多」。）また、蘸は、ものを水にひたすという意味から、種（甲）を水にひたして発芽をうながすという解釈も可能かと思われる。　**○亭午**　正午。太陽が正南にある時。亭は当たる、いたるの意味で午に当たること。ウマニトドマルの古訓がある。　**○玄石**　『蒙求』の標題に「玄石沈湎」とあり、劉玄石が酒に酔って、三年間醒めなかったという故事が伝えられている。昔、劉玄石が、中山酒家で千日酒を買ったが、店の主人が飲む限度を伝えなかったため、眠り続け、家人は死んだと思い、棺に入れ葬った。千日して店の主人が家人に千日酒を玄石に売ったことを話し、棺を開くと、玄石が目を覚ましたという。その他『捜神記』にも同類の異伝が見られる。　**○離節**　秋の最終日から、冬へと変わる季節。　**○陶家**　陶潜。東晉の自然詩人。字は淵明。彭沢の県令となったが、八十余日で辞職し、「帰去来辞」を作った。酒と菊を愛し、田園生活の実感を表現した。五柳先生と自称し、靖節先生と呼ばれた。

五〇―5

予北一時纔駐節
荊南九月蹔残陰
酬献家惜金商変
盃酌村望赤羽沈

康平六年

題者　藤主人
講師　加賀
講師　主殿助

学生　為定

予北は一時　纔かに節を駐む
荊南の九月　蹔く陰を残す
酬献せし家は　金商の変ずるを惜しみ
盃酌せし村は　赤羽の沈むを望めり

〈現代語訳〉
予北の竹葉酒を飲めば、ほんのひととき、わずかに秋をとどめていてくれる。荊南の烏程酒は、秋の終わりの九月、しばらくでも秋の気配を残してくれる。盃を酌み交わしている家は、秋の去ることを惜しんでいる。盃を酌んで村を見渡すと、赤い鳥が沈んで行くのが見える。

〈語　釈〉
○予北　予章の北。予章は、春秋時代では揚子江の北、淮河の南の地域。漢代は、今の江西省・南昌。また江西省を流れる章水という河もある。竹葉酒の産地であるところから、竹葉酒そのものをいう。(『文選・巻35・七下・張景陽＝張協＝七命八首』「乃有荊南烏程、予北竹葉。浮蟻星沸、飛華蓱接。玄石嘗其味、儀氏進其法。」)　**○荊南**　湖北省を中心とする昔の楚の国。南方にあるので荊南という。烏程という酒の産地。前出『文選・李善注』によれば、予北の竹葉酒、荊南の烏程酒ともに名水に恵まれた高級酒であるという。**○駐節**　季節をとどめおく。ここでは、九月最後の日なので、秋という季節をとどめおく。**○酬献**　献酬。受けた盃を返すのが酬。酒をすすめるのが献。さかずきをやりとりすること。さしつさされつすること。**○金商**　秋の異称。五行で金と商が秋に配当される。**○盃酌**　盃を酌み交わすこと。献酬と同意。**○赤羽**　「赤鴉」であれば太陽の異称となり、太陽が沈む光景であるが、赤羽の用例は未見。赤鴉と同意か。

五一　大治元年九月十三日　月明酒域中　十首

詩題解説

摂政忠通が作文会を開催した。忠通はその前月八月には「摂政左大臣家歌合」を開催するなど、和漢を問わず文化的活動が目立っている。場所は忠通邸、詩題は忠通講師永範、読師敦光。一一二六年のことである。詩題は「月明酒域中」であるが、このまま、「月明は酒域の中」と読むことも可能であるが「月は酒域の中に明らかなり」と読むことができる。「酒域」は他に用例を見出せないが、詩の内容から推察して、現在酒宴を開いている場所・その領域を限定して此処ばかりは月が明るく照らしてくると強調した意味合いがあると思われる。さて一首目の作者は「殿下」である。一般に皇太子・皇子・皇女に対する尊称だが、古くは摂政関白にも使っているので、ここは、藤原忠通を指すと考えられる。なお、大治元年九月十三日の月は十三夜の月である。

五一—1　秋夜同賦月明酒域中　秋字　殿下

莫言明月照方遍
酒域之中影独幽
皓色不空藍水外
清輝只在玉山頭
入郷何客初看雪
問戸誰人自莅秋
乗酔如迎和暖節
怪猶応怪夜霜留

言ふ莫(な)かれ　明月　照らすこと方(まさ)に遍(あまね)しと
酒域の中　影　独り幽(かす)かなり
皓(こう)色は空しからず　藍水の外
清輝は只在り　玉山の頭(ほとり)
郷(さと)に入るは　何(いず)れの客ぞ　初めて雪を看(み)
戸を問ふは　誰人(たれひと)ぞ　自ら秋を莅(のぞ)む
酔に乗じて迎ふる如し　和暖(わだん)の節
怪しむに猶(なお)　怪しむべし　夜霜(やそう)を留(と)む

〈現代語訳〉

　秋の夜、ともに「月は酒域の中に明らかな」という詩を詠んだ。（秋の字が韻）

口に出さないでくれ。明月が遍く四方を照らしていると。

酒宴の中に、その月影を、おもむき深く落としている。

冴えた月が、皓々と照り輝いているので、青い水に映っていなくても決して空しくはない。

月の光は、美しい山々の上に輝いているのだから。

そこで酔ってしまったのは誰方ですか。初めて潔白な人に合いました。

酒数を聞いているのは誰ですか。自分から進んで秋を望んでいる人でしょう。

酔いがまわれば、ほんのり暖かい季節を迎える気分になるが、
充分に気をつけなければいけません。霜が降りようとする季節なのですから。

〈語　釈〉
○**莫言**　莫は禁止の助字。…してはならない。言ってはならない。　○**方遍**　あまねく。昔、天は円く地は四角と考えていた。大地にあまねく行き渡る。　○**酒域**　酒宴の会場。　○**影**　月の光。　○**幽**　かすか、暗い。　○**皓色**　月の清らかに冴えた白い色。　○**藍水**　あおあおとした水。また陝西省監田県の東、藍田谷から出て灞水に注ぐ川。　○**清輝**　清らかな月の光。
○**玉山**　美しい容姿の形容。ここでは宴会に集まった貴人達。　○**入郷**　この世のものとは思えない夢のような酔い心地。
○**問戸**　酒数を問う。　○**莅**　のぞむ。その場に行く。　○**和暖**　天気がのどかで暖か。

五一－2

酒域月明得自由
数巡時満望中幽
三溠辺畔誰争霽
一酔封壥只富秋
夜宴飲徒応県吏
暁帰遊子定郷侯
説言今有忘憂物
歌樹吟是相論不

左中弁　実光

酒域　月は明るく　自由を得たり
数々(しばしば)時を巡りて　満つ　望中幽(はる)かなり
三溠　辺畔　誰か霽(は)るるを争(きそ)ひ
一酔の封壥(てん)　只に秋に富めり
夜宴の飲徒は　県吏に応じ
暁帰の遊子は　郷侯と定む
説(よろこ)び言ふ　今　憂ひを忘るる物　有り
歌樹の吟　是　相(とも)に論ずるや不(いな)や

〈現代語訳〉
この酒宴で、十三夜の明るい月を、ほしいままに鑑賞する機会を得ることができました。この夜の月を指折り数えて待ち、今、見渡す限りおもむき深い眺めです。三溠路であっても、田の畔道でも　誰が雨の晴れることを競い合いましょうか。ほろ酔い気分で、この場に居ると、只、秋も最盛り、この夜の酔客である私は、県吏に応募しました。朝帰りの友人はきっと里の役人になることでしょう。こんなことが言えるよろこびを、今実感しています。日頃の憂いも忘れようというものです。声高らかに吟詠することの是非は論ずるべきでしょうか。どうでしょうか。今を充分に楽しみましょう。

〈語　釈〉
○**酒域**　酒宴の会場。　○**巡時**　時を巡って月が満ち欠けし、満月を待ち迎える。　○**望中**　見渡す限り。　○**三溠**　三差路。
○**辺畔**　田のあぜ道。　○**封壥**　壥は一家分の土地の広さ。天子や諸侯から与えられた一軒分の土地。　○**夜宴**　夜、宴会を開く。また、その宴会。　○**飲徒**　酒飲み友達。飲み仲間。作者自身。　○**県吏**　地方官。　○**暁帰**　あけ方になって帰る。「あかつきの別れ」の漢語的表現か。　○**遊子**　旅人の意であるが、暁帰を受けているので、友人ほどの意か。　○**説言**　言うことを喜ぶ。気軽に表現することができるよろこび。「言説」でイフナラク。　○**歌樹吟**　影印本では「歌謝吟」にも見えるが、何れも不明。歌謝吟であれば、歌うことによって感謝し、吟詠する。

五一―3

空碧月明照十州
箇中酒域望難休
随光提榼人来往
逐影引盃客逗留
陶令柳門霜鑠暁
嵆公竹径雪封秋
含毫独有衰翁在
酔後一時暫忘憂

式部大輔　敦光

空　碧(あお)く　月　明るく　十州を照らせり
箇中(ここ)は酒域なり　望むに　休(や)み難し
光に随ひ　榼(こう)を提(さ)げ　人々　来往す
影を逐(お)ひ　盃を引き　客　逗留(とうりゅう)す
陶令(とうれい)の柳門　霜は暁を鑠(とざ)し
嵆公(けいこう)の竹径　雪は秋を封ず
含毫(がんごう)す　独り　衰へし翁の在る有り
酔後の一時(いっとき)　暫(しばら)く憂ひを忘れむ。

〈現代語訳〉

空は碧く、月は明るく（仙人が住むという）十州までも照らしている。

ここは酒を飲んで月を賞でる所、どんなに眺めても見あきることはない。

月の光にしたがい榼（酒入れ）をぶらさげて人々が往来している。

月影をおいながら、盃をさそい合って、客が一ヵ所に留まっている。

陶潜の五柳先生の自宅の門には、月の光が降りそそぎ、白々とした月が暁をとじこめ、
嵆康の竹林の小径にも、雪のように白い月の光が、秋を閉じ込めてしまったようである。

たった一人、筆をなめながら文章を凝らしている、よぼよぼの翁がいるが、
酔ってほんのひとときでも日頃の憂いを忘れたいものだ。

〈語　釈〉
○十州　中国をとりまく海にある十の島。伝説で仙人が住んでいると言われている。『海内十洲記』という小説に、東方朔が漢の武帝の問いに答え、祖洲・瀛洲など、十洲について述べたことを記している。　**○榼**　口が小さく、身の部分が膨れて、左右に平たくつぶれた形の容器。　**○逗留**　一ヵ所にとどまっている。　**○陶令**　陶潜。彭沢の県令になったので、陶令と呼ばれる。字は淵明。
○柳門　陶潜が自ら五柳先生と称した。門に柳が植えられていた。　**○嵆公**　竹林七賢人の一人、嵆康。（四五―9参照）
○含毫　筆をなめる。文章に思いを凝らす。　**○衰翁**　老いぼれたおじいさん。自身を卑下していう。作者自身。

五一—4

何処月明足優遊
尋来酒域更淹留
金波湛盞期無算
紅桂落樽明折籌
忘殺暁憂携幾影
加添夜酌傾清秋
仙娥好去天将曙
定識庾公下自楼

散位　基俊

何処(いづこ)の月明ぞ　優遊するに足らむ
尋ね来たる酒域　更に淹留(えんりゅう)す
金波は盞を湛(たた)へ　期(とき)は算(かぞ)ふる無く
紅桂は樽に落ち　明らかに籌を折る
暁憂を忘殺し　幾影(きえい)を携へ
夜酌を加添し　清秋に傾けむ
仙娥(せんが)　好去せよ　天　将(まさ)に曙(あ)けむとす
定めて識(し)る　庾公(けいこう)の下(もと)　自ら楼(たかどの)なるを

〈現代語訳〉


何処からか、月の光がこんなにも明るく照り輝くので、のんびりと思いのまま楽しむことができる。

酒盛りの場を尋ね来て、更に久しく留まってしまった。

なみなみと注がれた酒が、月の光に写し出され、時間など気にしなくてよい。

月影は樽に写って、その月明かりの中で数とり(作詩)もできるから。

夜明け頃のわずらわしさは忘れて、大勢の人々と一緒に、
更に酒を注ぎ足して十三夜の美しい月に盃を傾けよう。

仙娥はもう帰るがよかろう、さようなら。夜はもう明けようとしている。

美しい詩で有名な庾信のもとにあっては、自然に楼で飲んでいる気分になることがよくわかる。

〈語　釈〉

○**優遊**　のびのびとして思いのままにするようす。　○**酒域**　酒宴の場。　○**淹留**　とどこおって進まない。久しくとどまっている。　○**金波**　月の光。月光が光って金色の波に見える。　○**期無算**　時がたつことを気にしなくてもよい。　○**紅桂**　月の異称。　○**折籌**　作詩することか。(四五一—13参照)　○**暁憂**　夜明け頃の煩わしさ。　○**忘殺**　意識的に忘れ去ることか。
○**清秋**　空気のすがすがしい秋。陰暦八月の異称でもあるが、ここは陰暦九月十三日であるので、十三夜の月ほどの意か。
○**仙娥**　仙女。女の仙人。(『菅家文草・巻二・一〇七・夏夜対渤海客、同賦月華臨静夜詩』「仙娥弦未満、禁漏箭頻加。」)
○**好去**　あいさつのことば。さようなら。　○**定識**　きっと……と理解できる。　○**庾公**　南北時代、北周の詩人。庾信。

五一―5

散位　橘　広房

明々月色望悠々
酒域蒼茫足勝遊
嵆宅盃間霜堯冷
衢罇□底凍空浮
新豊県露忘憂暁
下若村嵐勧酔秋
吏部池辺沈湎後
白鬢不顧欲登楼
明々たる月色　望みて悠々たり
酒域　蒼茫として　勝遊するに足れり
嵆宅の盃間　霜　堯(たか)く　冷ややかに
衢罇(くそん)の□底　凍(こおり)　空しく浮かぶ
新豊県の露　憂ひを忘るる暁
下若村の嵐　酔を勧むる秋
吏部(りぶ)の池辺　沈湎せし後
白鬢(はくしゅ)　顧みず　登楼せんとす

〈現代語訳〉

この明るい月の光のもとで、あたりを眺めていると、まことにのびやかな気持ちになる。

酒域を蒼白く照らし、心にかなう優れた遊びができる。

嵆康が、あびるほど飲んだ杯の間にも、霜が深く置くように冷ややかなこの季節。

ちまたに、置かれた酒樽の底までも、凍えるように空しく、浮いていて寒い。

名酒である新豊県の酒はとてもうまく、暁方まで憂いを忘れてくれるし、
美酒、下若村の酒も、さらに酔をすすめてくれる、すばらしい秋である。

吏部侍郎敦光様の池のほとりで、酒を飲んで泥酔しましたが、
白いあごひげなど気にしないで登楼しようと、改めて決心をいたしました。

〈語　釈〉
○**明々**　たいへんはっきりしているさま。　○**悠々**　遠くはるかなさま。　○**酒域**　（五一・解説参照）　○**蒼茫**　薄暗いようす。
○**勝遊**　心にかなった勝れた遊び。　○**嵆宅**　嵆康の家。　○**霜堯**　足の高い霜。深い霜。　○**衢罇**　衢樽。諸人が自由に飲むために便利なように、ちまたに設置してある酒で、転じて人望を得るたとえ。　○**新豊県**　県名として約十一ヵ所見られる。新豊酒という美酒を表現したもの。　○**下若村**　酒の名産地。下若酒。一名若下酒。美酒の名。　○**吏部**　官名。尚書省の六部の一つ。吏部侍郎は、日本国名で式部大輔。五一―3に式部大輔敦光の詩が見られる。藤原敦光をさすか。　○**沈湎**　しずみ溺れる。酒を飲んで溺酔する。

五一―6

酒域閑中望幾幽
月明漏転足優遊
玉山一酔空頽雪
藍水三溠只泛秋
予北露清明漢冷
高陽日暮夜氷流
蒼々今照忘憂地
対此、自然忘百憂

散位　菅　清能

酒域　閑中(のどか)に　望めば　幾ばくの幽ぞ
月　明るく漏転すれば　優遊するに足れり
玉山　一酔　空しく雪に頽(くず)れ
藍水　三溠　只に　秋を泛(うか)ぶのみ
予北の露は清く　明漢　冷やかに
高陽の日は暮れて　夜氷　流る
蒼々として　今照らせば　憂ひを忘るるの地
此に対すれば　自然(おのずから)　百憂を忘る。

〈現代語訳〉

酒域で、のんびりとした気持ちで眺めていると、何と奥深い雰囲気に包まれていることよ。雨上がりの月は明るく、勝れた遊びをするのには充分に良い環境だ。かの嵆康がひとたび酔えば、玉が崩れるように酔い潰れ、空しく雪山である玉山のように頽れ落ちたという。藍水のような清酒も、三溠のような濁り酒も、今はただ秋の気配が漂っているばかり。竹葉酒で有名な予北の酒も清らかで、明るい月夜の空は冷やかに、山簡が酒に浸っていた、あの高陽池も、日暮れとともに冷たい夜の水が流れている。月は蒼々として、今こそ輝きを増し、この美しさは、憂いを忘れさせてくれる酒宴の地だ。このすばらしさに対っていると、いつのまにか、全ての憂いを忘れ去ることができる。

〈語　釈〉

〇酒域　（五一・解説参照）　**〇閑中**　のどかに、のんびりと。　**〇幽**　ものしずか。奥深い。　**〇漏転**　雨が上がる。
〇優遊　勝れた遊び。　**〇玉山**　（美しい山の総称。）竹林の七賢人の一人、嵆康は、豪快な飲みっぷりで有名だが、深く酔うと、まるで玉で出来た山が崩れるように倒れこんだという。『蒙求』の標題に「玉山崩（頽）」がある。また玉山は、雪山のことをいう。また、西王母の住む崑崙山の西麓ともいう。　**〇藍水**　あおあおとした美しい川。　**〇三溠**　しろさけ。にごり酒。
〇予北　竹葉酒（五一―5参照）　**〇明漢**　月に照らされた明るい空。　**〇高陽**　山簡が常に出掛けて酒を飲んだ池の名。（五一―7参照）　**〇夜氷**　夜の冷たい水の流れ。　**〇蒼々**　蒼白い月の光。　**〇百憂**　諸々の憂い。多くの心配ごと。

五一—7

尋来酒域迥廻眸
明月皓然叶勝遊
酌宴瑤池宵凍冴
酔歌沛郡漢雲収
陶潜添戸閑居暁
山簡入郷倒載秋
蓬鬢漸衰覃艾服
雖携桂醑未忘憂

散位　重基

尋ね来りし酒域　迥(はるか)に　眸(ひとみ)を廻(めぐ)らす
明月　皓然(こうぜん)として　勝遊に叶(かな)ふ
瑤池(ようち)に酌宴すれば　宵凍　冴え
沛(はい)郡に酔歌すれば　漢雲　収まる
陶潜の添戸　閑居の暁
山簡(さんかん)の入郷　倒載(とうさい)の秋
蓬鬢(ほうひん)　漸く衰へ　艾服(がいふく)に覃(すわ)る
桂醑(けいしょ)を携(たずさ)ふと雖(いえど)も　未だ憂ひを忘れず

〈現代語訳〉
酒域を尋ね来て、遠く彼方まで眸を廻らしている。
明月が白々と輝き、優れた遊び（良い月見の宴）をすることが出来る。
（西王母がいるという）瑤池で、宴の酒を酌めば、冷ややかに宵の月は冴え、
（漢の高祖が旗揚げした）沛郡で、酔って歌えば　空の雲もおさまってしまうほどだ。
陶潜のように、酒数を増しながら暮らす、隠居暮らしの夜も明け、
山簡が、高陽池で酔いしれて、酒を飲み尽くして帰るような秋の日。
鬢髪も白くなって次第に衰え、五十歳で朝政に参与した。
高級酒、桂醑を持って来て飲んではいるものの、未だ憂いを忘れることができない。

〈語　釈〉
○**尋来**　来は助字。　○**酒域**　（五一・解説参照）　○**迥**(けい)　はるか。迥遠。はるかに遠い。　○**皓然**　潔白なようす。白いさま。
○**勝遊**　心にかなった勝れた遊覧。　○**瑤池**　西王母が住んでいるという、崑崙山にある池の名。酒域の比喩。　○**宵凍**　凍りつくような宵の月であろうか。　○**沛郡**　今の江蘇省沛県。漢の高祖沛公（劉邦）が、秦に反抗する兵を起こした地。酒域の比喩。
○**漢雲**　空の雲。　○**陶潜添戸**　陶淵明が、酒の量を増して飲み続ける遁世の暮らし。　○**山簡**　晋の山簡は、常に酒食を車に載せて高陽池のほとりで遊び、帰る時は必ず飲み尽くした酒樽を逆さまにして酔って帰ったという。『蒙求』標題に「山簡倒載」とある。
○**蓬鬢**　よもぎのように乱れた鬢の毛。　○**艾服**　五十歳で朝政に参与すること。　○**桂醑**　高級酒。

五一―8

月明何処命佳遊
酒域好中得自由
影結寒氷藍水上
光瑩湛露竹林頭
酔吟新地応埋雪
倒載晩行不出秋
書牖久雖疲照読
入郷一夜暫忘憂

散位　永範

月明　何れの処にか佳遊を命ぜむ
酒域　好中　自由を得たり
影は　寒氷を結ぶ　藍水の上（ほとり）
光は　湛露を瑩（あざやか）にす　竹林の頭（ほとり）
酔吟せし新しき地は　応（まさ）に雪に埋まるべく
倒載して晩（おそ）く行けば　秋を出でず
書牖（ゆう）　久しく照読に疲るると雖も
郷に入る一夜　暫く憂ひを忘れむ

〈現代語訳〉
月の明るい今宵、どんなところで優雅な遊びが催されているのだろう。酒域のこのすばらしい場所で、自由に楽しむことができるのだ。月影は、薄氷の張った藍水の上に射し込むように、きらきらと輝き、月の光は、なみなみと注がれた酒に輝くように、竹林の上を照らしている。新地で酔って吟じていると、まるで雪に埋ずもれているように、あたり一面真っ白に月が照り輝いている。すっかり飲み尽くして、夕方になって行くと、秋を出られず、（冬が来ないので）秋の景色は残っている。書斎の窓辺で、長時間、月明かりで読書をし、疲れているとはいうものの、酒域に入って、別天地にあるようなこの一夜こそは、暫く日ごろの憂いを忘れて楽しみたいものだ。

〈語　釈〉
○**佳遊**　すぐれて立派な遊び。ここでは詩宴。　○**酒域**　（五一・解説参照）　○**好中**　好も中もよろしいの意。具体的には、十三夜の美しい月の夜、酒を飲んで詩宴の催されている場所。　○**影**　月影。月の光。　○**寒氷**　冷たい氷。冬の氷。　○**藍水**　あおあおとした水。　○**光**　月の光。　○**瑩**　あきらか。あざやか。　○**湛露**　一面に置いた露。　○**新地**　新たに切り開いた地。ここでは詩題の酒域をさす。　○**晩行**　夕方に行く。　○**書牖**　書斎の窓辺。　○**照読**　雪や月の明かりで読書をする。　○**入郷**　酔いの境地に入ること。別天地に入るような酔い心地になること。（四六―1参照）　○**忘憂**　日頃の憂いを忘れる。

五一―9

月明漢霽幾悠々
酒域閑中思自由
酔客村閭望皓雪
飲徒壇場卜清秋
他郷雲暗無論戸
此地霜寒且折籌
蓮府忝陪詩席末
凡才独喜属佳遊

式部少丞　大江　時賢

月明　漢は霽れ　幾ばくか悠々たらん
酒域の閑中　思いは自由にす
酔客は　村閭にて　皓雪を望み
飲徒は　壇場にて　清秋を卜う
他郷の雲　暗ければ　戸を論ずる無く
此の地の霜は寒ければ　且く籌を折るべし
蓮府　忝くも詩席の末に陪り
凡才なるも　独り喜ぶ　佳遊に属るを

〈現代語訳〉
月は明るく、空は晴れ、何と悠然とした気分ではないか。
この酒域では、のんびりと思い通りに過ごせばよい。
酔っ払っている人は、村里を見渡しては、雪が降っているのではないかと思い、
酒飲みはあぜ道に行って、この清い秋を占ってもらう。（雪が降ると、稔りが豊かになるということなので。）
他所では天気も悪いので　酒宴で酒数を論じ合うこともなく、
此処では霜も降り寒々として（天気が良い）いるので、籌を折る宴会（詩宴）をすべきだ。
おそれ多いことに、関白忠通様の詩宴の末席を穢し、
才能はありませんが、独り喜んでおります。こんな遊びに名をつらねて下さったことを。

〈語　釈〉
○**漢霽**　好天気。　○**悠々**　遠くはるかなさま。　○**酒域**　（五一・解説参照）　○**閑中**　中は助字。のんびりと。
○**村閭**　むらざと。　○**皓雪**　白い雪。月の光が白く輝くので、まるで雪が降っているのではないかと見まごう。　○**飲徒**　酒飲み衆たち。　○**壇場**　田地の境・あぜ。　○**卜清秋**　秋の稔りを占う。前句皓雪に掛けて、雪の多い翌年の秋は豊作と言われているので、秋の稔りに期待する意で卜占をする。　○**他郷**　酒域以外の地。　○**論戸**　酒の数を論じ合う。酒宴の場につきものの語。　○**折籌**　かずとりをしながら、平仄を合わせたり、押韻を考えながら作詩をする準備をする。　○**蓮府**　大臣の役所。作詩時、左大臣・藤原忠通、右大臣・藤原家忠、内大臣・源有仁。

五一―10

酒域今宵興叵休
是依明月叶優遊
貪光土俗酔成富
翫影州民斟忘憂
下若村間迷白雪
高陽池裏湛清秋
幸陪東閤觴吟席
不奈其時庾氏楼

学生　成光

酒域　今宵　興（おもむき）休み叵（がた）し
是（こ）れ　明月に依り　優遊に叶えばなり
光を貪（むさぼ）る土俗　酔ひて富を成し
影を翫ぶ州民　斟（く）みて憂ひを忘る
下若村間　白雪に迷い
高陽池裏　清秋を湛（たた）ふ
幸ひにして東閤（とうこう）に陪（はべ）る　觴吟（しょうぎん）の席
不奈（いかんともするなし）其の時　庾（ゆ）氏の楼

大治元年九月十三日　講　永範　読師　敦光

＜現代語訳＞

月明酒域中と題する酒宴で、今宵は感興が尽きることなく湧く。それというのも、今宵この明月のお蔭で、優雅な遊びが実現できたからである。栄光を貪り続けている土俗達は、酔った勢いで、金持ちになった気分。主君の恩恵（月影）を受けている村人達は、酒を酌んで日頃の憂いを忘れる。下若村里に、雪が降ったのではないかとまどわされるほど、月の明るいこの酒域。高陽池は、すがすがしい秋景色で満ち溢れているような、この酒域。私は、幸いにも、文人の仲間入りが許されて、この詩宴で吟じておりますが、月を賞でる詩が、どうしてもうまくできないのです。（庾氏楼に匹敵するような、この酒域に招かれていながら。）

＜語　釈＞

○叵　かたい。できない。不可。可の字を反対に書くことによって不可。できないの意となる。　○是　指示代名詞。これ。酒域を指す。　○優遊　すぐれた遊び。この詩宴。第二句は六字であるが、四字目に月を入れてみた。　○土俗　土地の人。土着の人。　○州民　州人。身分のない人。一般庶民。　○下若村　（五一―5参照）　○高陽池　（五一―6参照）　○東閤　役所の東側の小門。賢人・文人を招くことを東閤を開くという。　○庾氏楼　庾公楼。東晉の庾亮が建て、この南楼で月を賞美したと伝えられている。（庾亮は、東晉の大臣。字は元規。二八九～三四〇。）庾信。

五二　承暦三年九月二十七日　菊花為上薬二十三首

詩題解説

承暦三年は、一〇七九年に当たる。当時の錚錚たるメンバーが顔を揃え、菊花が不老長生の上薬となること、籬で囲われて特別に栽培されたこと。白菊と黄菊があり、それぞれに薬効が異なること等々。かなり専門的に調査し、作詩している。陶潜の飲酒詩「采菊東籬下」を学んだ時から、なぜ菊が籬で守られているのか疑問であったが、答えが得られたようである。日本では他に『万葉集』額田王の「あかねさす紫野ゆき標のゆき野守は見ずや……」の歌で問題となる、野守にまで警備され、限定され（標野）て栽培された紫草とは？と同様にご領地をいただいて垣根を作ってその中で大切に栽培された大切な役目の菊とは、二十三首の本詩題に詠じこまれた作品を通して理解できたことは、大変嬉しい。陶潜が悠然として眺めた南山も、不老長生の山といわれている。仙薬籬菊を采って不老長生の南山を眺めたら解釈も一味変わってくるであろう。

五二—1　薬部　菊花為上薬（以芳為韻）

掃部頭　大江　佐国　序者
籬菊花開属季商
已為上薬吐芬芳
魏宮一来猶応売
酈県孤藂試欲嘗
仙雪唯慙秋岸白
金丹還揖晩籬黄
年々栽汝知其験
後代勿疑不死方
籬菊の花開き　季商に属す
已に　上薬と為り　吐きて　芬芳
魏宮　一来　猶応に売るべく
酈県の孤藂　試みに嘗めむと欲す
仙雪は　唯慙ず　秋岸に　白きを
金丹は　還た揖り　晩籬に　黄なり
年々　汝を栽え　その験を知る
後の代も　疑ふ勿かれ　不死の方

＜現代語訳＞　菊の花は最上級の薬となる

籬の菊の花が咲いて、季節はまさに秋である。
已に、菊は良い薬（不老長生の）となって、咲けばよい香りを放っている。
魏の国にちょっと行って来て売る相談をしてみよう。（みんな短命だから。）
酈県の、ひとむらの菊を、こころみに味わって見たいものだ。（菊の名産地だから。）
美しい雪のような白菊は、ただ秋の岸辺を白くしただけと恥じている。
金丹のような黄菊は、また集まって来て、くれなずむ籬を黄金色にしている。
毎年、汝（菊）を植えて、その薬効の著しいことを認識させられる。
後の代の人々も、決して疑うなよ、菊が不老の薬ということを。

＜語　釈＞

○**籬菊**　籬の中の菊。籬で仕切られた御用地内で栽培されている菊。（『白氏・3・〇九五六・秋晩』「籬菊花稀切桐落、樹陰離離日色薄」）
○**季商**　九月の異称。（五二—13参照）　○**上薬**　一番よい薬。（『嵆康・養生論』「神農曰、上薬養命、中薬養性。」）
○**芬芳**　よい香り。　○**魏宮**　魏の武帝の子で『典論』を著した長子の曹丕（文帝）も、『曹子建集』を著した第三子、曹植も共に短命であった。　○**一来**　ちょっと行ってくる。　○**酈県**　河南省南陽市の西北。甘美な谷水の上流に菊が群生していて、その滋液の流れ出た谷水を飲む村人は何れも長命であるという。　○**孤藂**　ひとむら。ここでは、ひとむらの菊。　○**仙雪**　白菊の比喩。
○**金丹**　黄菊の比喩。翻刻「金舟」を改めた。　○**汝**　菊。　○**其験**　不老長命の霊験。

五二一―2

稟地菊花嘉色黄
偏為上薬比何粧
沢蘭（良薬名也）君事藂端影
水麝（心法香異名也）臣称岸脚芳
朔売五湖応暁露
秦求東海是秋霜
日精独捨白頭士
不遺我知却老方

春宮権大夫　藤　資仲

地を稟(う)けし菊花　嘉色　黄なり
偏へに上薬となれば　何の粧ひに比べむ
沢蘭(たくらん)（良薬の名なり）は　君事　藂端の影
水麝(すいじゃ)（心法香の異名なり）は　臣称　岸脚の芳(かおり)
朔(はじめ)　五湖に売るも　応(まさ)に暁の露なるべく
秦　東海に求むれば　是れ秋の霜
日精　独り捨つれば　白頭の士
遺(わす)れず　我は知る　却老の方なるを

〈現代語訳〉


土地を給わって菊の花を植え、めでたい黄色の花が、今、真っ盛り。

この花は、ただ立派な上薬となるが、美しさはどんな粧いに比べたら良いのだろう。

沢蘭（良薬の名）は、君主に奉るもので、くさむらのあたりに影を落とし、
水麝（心法香の異名）は、臣下に賜るもので、岸辺に良い香りを放っている。

はじめ、洞庭湖のあたりで売られていたが、暁の露のようにすぐに消えてしまい、
秦の始皇帝が徐福に仙薬を求めるため、東海に使わしたので、秋の霜の時期に、美しい菊が花開いた。

その菊の花を、私だけがうっかり捨てたので、頭が白くなったように、一部分白い菊が混ざっている。

私は、この花が不老長生、若返りの薬であることを、決して忘れずに、いつまでも憶えておこう。

〈語　釈〉

○**稟地**　土地をたまわる。不老長生の薬として、菊の花が栽培されていたものと思われる。その為の用地としての土地を政府から賜っていたのであろう。　○**嘉色**　めでたい色。良い色。　○**上薬**　（五二一―1参照）　○**沢蘭**　割注にあるように良薬の名。
○**君事**　君主に奉ることか。　○**水麝**　割注に心法香の異名とあるが、心法香の意味不明。　○**臣称**　臣下がたたえられて賜るものか。　○**五湖**　洞庭湖付近の湖水。特に洞庭湖をいう。　○**秦**　秦の始皇帝をさすか。徐福に不老長生の薬を求めさせた。
○**東海**　日本国や朝鮮半島。　○**日精**　菊の花の異称。　○**白頭士**　白髪頭の人。　○**遺**　忘る。　○**却老方**　若返りの方法。菊花酒を飲むことによって老いを退け、若返ることができる。

五二一―3
皇太后宮権大夫　藤　師成

時菊一蘩幾許粧
已為上薬養中腸
陶籬日曬金丹練
楚岸露滋玉液芳
我忘仙方空老去
蒼華双鬢束秋霜
時菊一蘩　幾許(いくばく)の粧(よそお)ひぞ
已に　上薬と為り　中腸(はらわた)を養(いや)す
陶籬の日　曬(み)れば　金丹　練り
楚岸の露　滋(しげ)く　玉液　芳し
我は仙方を忘れ　空しく老去(おい)ぬ
蒼華　双鬢　秋霜を束(たば)ねたり

〈現代語訳〉
秋という時を得て、菊の花が一面に満開で、何というすばらしい景色であろう。花は良い薬となって、身も心も癒してくれる。あの陶潜の籬を思い浮かべ、はるかに見やると、不老長生の妙薬、金丹が練られているように、菊の花が咲き乱れ、あの屈原の楚の岸は、しとど露に濡れ、仙人になるための玉液が芳しく香っているように見える。私はうっかり仙薬である菊の効能のことを忘れていたために、空しく老い、白髪まじりの頭と鬢にも秋の霜のような白いものを束ねている。

〈語　釈〉
○時菊　秋の時節の菊。(『文選・潘岳・河陽県作詩』「鳴蝉厲寒音、時菊耀秋華」)　**○一蘩**　蘩は叢。むらがり生えている菊。**○幾許**　いくばく。どれほど。　**○上薬**　(五二一―1参照)　**○中腸**　はらわた。心の奥底。心のうち。　**○曬**　みる。はるかに見やる。　**○陶籬**　陶潜が『飲酒二十首(其五)で詠じた東籬の菊をさす。「菊を采る東籬の下、悠然として南山を見る。」　**○金丹**　翻刻では「金舟」とあるが、金丹の誤写と思われる。葛洪(二八三―三四三)の『抱朴子・内篇・金丹篇』によると、不老長生を得るためには、金丹を服用することが最も肝要であるという。金丹の金は、その火で焼いても、土に埋めても朽ちないことが重要視され、丹の最高のものは、九転の丹で、焼けば焼くほど、霊妙に変化する点が重要だとされている。この九転の丹を服用すれば、三日で仙人になるとされる。この金丹を作るためには、人里離れた名山で斎戒沐浴して身辺を清潔にしなければならないとも記されている。**○楚岸**　憂国詩人と称される楚の屈原が、自ら汨羅に投身自殺した川岸をいうのであろう。屈原の哀怨の情を悲しい秋のひびきに詠ずる詩は多い。　**○玉液**　道家で、飲めば長生するという液体。寿命を延ばし、身体を軽やかにする延命軽身の願いで、俗悪な地上世界から飛翔して、天上を自由に遊行する仙人になるための願望をかなえる身体錬金術。五穀を食べず、玉液という、自己の身体宇宙から湧き出る唾液を飲む術と言われる。　**○蒼華**　白髪まじりの頭。

五二―4

花菊一藂栽在場
已為上薬幾芬芳
採来自駐桃顔露
嘗得更消艾髪霜
絳雪応慙籬月白
金丹還揖岸風黄
送秋仙華何欣翫
□識素伝却老方

侍従　源　季宗

花菊一藂　栽(う)うるに　場在り
已に上薬と為り　幾ばくぞ　芬芳(ふんぽう)たらん
採り来り　自ら駐(とど)む　桃顔の露
嘗(あじわ)ひ得て　更に消す　艾髪(がいはつ)の霜
絳雪(こうせつ)は慙(は)ずべし　籬月の白きに
金丹は還た揖(あつ)む　岸風の黄なるに
秋を送る仙華　何ぞ欣翫(きんがん)するや
□識　素(もと)より伝ふ　却老の方

〈現代語訳〉
一むらの菊の花を植える場所を政府から頂いた。
すでに上等の薬として成長し、何とよい香りを漂わせているではないか。
採って来て、積極的に、桃の花に露がおりたような美しい顔をとどめ、
菊花酒を味わうことができて、白髪頭も消えて、若返るというものだ。
仙家の上薬とされている絳雪は、籬を照らす月の光の白さに慙じるべきであり、
仙薬の金丹は、岸に集まってあたりを黄色に染めている。
秋を送ろうとする今、仙薬の菊の花を、どうして、もてあそぶことができよう。
みんなもとより知っている、この菊が、若返りの不老の薬になるということを。

〈語　釈〉
○**栽在場**　菊の花を植える場所があるということは、五三―2、「藂地」とも呼応するもので、上薬としての菊を栽培するための土地を与えられていることになろう。　○**上薬**　（五三―1参照）　○**芬芳**　よいにおい。かんばしい香り。　○**桃顔露**　「桃顔はほころび、紅紛は眼に媚をなし、柳髪は風に乱れるよそほひ」と『平家物語・維盛都落』で描写されたように、桃のように若く美しい顔は、露を受けて美しく咲くものである。　○**嘗得**　得は助字。菊をあじわう。　○**艾髪**　よもぎのようにふり乱れた髪。　○**絳雪**　丹薬の名。仙家上薬。　○**金丹**　翻刻では「金舟」となっているが改めた。金を練って作った仙薬。　○**仙華**　不老長生の菊の花。　○**却老方**　不老・若返りの方法。

五二—5

一蘂花菊帯秋霜
施上薬名験已彰
岸口露薫還有利
籬頭雨洗剰伝方
宮人依是賜浮盞
羽客元来湌作粮
絳雪金丹雖勝絶
不如五美独芬芳

右中弁　藤　通俊

一蘂の花菊　秋霜を帯ぶ
上薬の名を施され　験(しるし)已(すで)に彰らかなり
岸口に　露　薫れば　還た　利有らん
籬頭を　雨　洗へば　剰(すなは)ち　方を伝ふ
宮人　是に依り　盞に浮かして賜ひ
羽客　元来(もとより)　粮(かて)と作(な)して湌(くら)へり
絳(こう)雪　金丹　勝(すぐ)ると雖も絶へ
五美　独り芬芳たるに如(し)かず

〈現代語訳〉
ひとむらの菊の花が秋の霜を帯びる頃となった。
上等の薬になると有名な花だが、まことに効き目もはっきりしている。
岸辺の露に薫れば、効き目も更に増すことだろうし、
垣根のあたりに雨が降って洗われると、更に仙薬の処方を教えてくれる。
（宮中に仕える）宮人は、菊が上等の薬であることから、さかずきに花びらを浮かべて、菊花酒を賜るが、
仙人は、もともとこのような薬草を、食糧として、日常食べているのだ。
仙薬としての絳雪や金丹は、すぐれていると言われるが、すでに絶えてしまった今、
菊の花が、美しく良い香りを放っているのには、到底かなわない。

〈語　釈〉
〇**一蘂**　ひとむら。一面の。　〇**上薬**　（五二—1参照）　〇**彰**　あきらかにする。広く世にあらわす。　〇**岸口**　岸辺。
〇**籬頭**　まがきのほとり。菊が仙薬として栽培されているので、その区域として垣根が張られている。その垣根のあたり。
〇**宮人**　宮中に仕える人。大宮人。　〇**浮盞**　さかずきに菊の花びらを浮かせて飲む菊花酒のことか。　〇**羽客**　羽衣を着た人の意で、仙人・道士。羽が生えて天に登り、仙人になることからいう。　〇**湌**(きん)　くらう。食う。　〇**粮**　糧。食糧。
〇**絳雪**　仙薬と言われるもの。仙家に伝えられる上薬として、玄霜絳雪の名が見られる。　〇**金丹**　翻刻は金舟とあるが改めた。（五二—3参照）　〇**五美**　五つの美徳をそなえた菊の花をさす。　〇**芬芳**　よい香り。

五二—6

散位　源　有宗

真菊花開晩墳傍
特為上薬一蘗黄
応尋西母東籬露
欲問茅君酈谷霜
嘗得更知増寿術
摘来偏信養生方
紫芝白朮同功用
豈若陰成（菊名）近播芳

真菊の花開く　晩墳(ばんい)の傍(かたわ)ら
特に上薬と為り　一蘗　黄なり
応に西母を尋ぬべし　東籬の露
茅(ぼう)君に問はむとす　酈谷の霜
嘗(あじわい)得て更に知る　増寿の術
摘(つ)み来て偏く信ず　養生の方
紫芝　白朮(じゅつ)と　功用を同じくす
豈(も)し陰成（菊の名）に若かば　近く芳を播(ま)かむ

〈現代語訳〉

真の菊の花が咲いた。晩れなずむ菊園の一隅に。

特に上等の薬となるこの花は、一面の黄色だ。

（長寿の秘薬を持つ）西王母を尋ねて行こう、菊を採りに。

茅山の君主、抱朴子にお聞きしよう。菊の名産地、酈谷の菊の様子を。

味わうことが出来て更にわかってきた、寿命を延ばす方法が。（菊の効能のすばらしいことを）

菊を摘んで来て、みんな信ずることができた、養生の方法が。

仙薬と言われる霊芝も、菊科の薬草白朮も、効用はみな同じことなのだ。

もし陰成菊のように素晴らしいならば近いうちに名声通りの種を播こう。

〈語　釈〉
〇真菊　菊には二種類あって、一つは、茎が紫色で香りが高く、甘味のあるもの。葉は羹として食べられる。これが真菊といわれる、まことの菊である。他の一種は、茎が青くて丈が高く、苦くて食べられない。これは真菊（まことの菊）ではない。　**〇晩墳**　晩壝と同義か。壝は盛土。菊が御領地で栽培されたものであるなら、一蘗ずつ盛り土をして育てられていたと思われる。晩れなずむ菊園というほどの意。　**〇上薬**　（五二—1参照）　**〇西母**　西王母　長寿の秘薬を持つと言われる道教の女神。　**〇茅君**　茅山の君主、葛洪。字は抱朴子。道教の思想家。　**〇酈谷**　菊の名産地。（五二—1参照）　**〇増寿**　寿命を延ばす。長寿。延寿。
〇紫芝　仙薬の名。紫色の芝。霊芝。　**〇白朮**　山野に自生する菊科の薬用草。　**〇陰成**　割注に菊の名とある。

五二―7

真菊新開幾壇場
花為上薬吐芬芳
一丸却老陶家月
五色延齢酈谷霜
玉液和来寒露白
瓊英練得鬱金黄
□陽宴飲優遊処
莫厭此時献寿昌

少将　隆宗

真菊　新たに開(さ)けば　壇場を幾(ねが)ふ
花は上薬と為りて　吐(さ)きて芬芳
一丸の老却　陶家の月
五色の延齢　酈谷の霜
玉液　和来(やわら)ぎて　寒露　白く
瓊英(けいえい)　練得(ね)りて　鬱金　黄なり
□陽の宴飲　優遊する処
厭(いと)ふ莫(な)かれ　此の時　寿昌を献(たてまつ)らむ

〈現代語訳〉
（葉の甘い）真菊が新たに咲いたので　祭壇を設けて、祝いの宴会を開いていただきたい。
花の方は良い薬となって、すばらしい香りを漂わせている。
ひとひらでも飲めば若返らせる、陶潜の家の月にちなんで、
五種類を飲めば寿命が延びる、酈谷県の菊に置いた霜のように、
（道家の仙薬）玉液が、和らいできたようだ、冷たい酒は白く、
美しい玉が連なって出来上がったような、菊花酒は黄色。
□陽の宴会では、思う存分楽しむところ、
どうか厭うことなく、今こそ長寿を祈って献酬しましょう。

〈語　釈〉
○**真菊**　（五二―6参照）　○**壇場**　祭礼を行うために土を盛り上げたところ。　○**上薬**　（五二―1参照）　○**芬芳**　よい香り。
○**一丸**　ひとかたまりの意であるが、菊の花なので、ひとひらの花びらの意か。　○**卸老**　不老・若返り。　○**陶家**　陶潜をさす。
○**五色**　美しい菊の花。　○**酈谷**　（五二―1参照）　○**玉液**　（五二―3参照）　○**寒露白**　翻刻は自となっているが、白に改めた。寒露は、晩秋から初冬にかけて置く冷たい露。　○**鬱金**　香草の名。しょうがに似た多年草。地下茎は黄色の染料や薬品として使う。　○**□陽**　翻刻は陽宴となっているが、句頭を欠字に改めた。　○**寿昌**　翻刻は寿昌々となっているが改めた。寿昌は、長命で盛んなこと。

五二一—8

菊為上薬媚砂場
百草衰中花独芳
絳雪争名秋岸雪
玄霜譲験暁籬霜
恒娥夜々応偸艶
方士年々欲採粧
玉蘂金葩堪養命
遐齢料識及無疆

菊は上薬と為(な)りて　砂場に媚(うるは)し
百草　衰ふる中　花　独り芳(かんば)し
絳雪　名を争ふ　秋岸の雪
玄霜　験を譲る　暁籬の霜
恒娥(こうが)は夜々　艶(いろ)を偸(ぬす)むべく
方士は年々　粧を採らむと欲す
玉蘂　金葩　養命に堪え
遐齢(かれい)　料識すること　無疆(むきゅう)に及ぶ

前淡路守　知房

〈現代語訳〉

上薬となる菊は、ご領地の平野に美しく咲き、
もろもろの草がしぼんでいく中を、菊だけは良い香りを放っている。

仙薬である絳雪は、秋の岸辺に降る雪のような白菊と名を競っている。

仙薬である玄霜は、暁方の籬に置いた霜のような白菊に効果を譲っている。（菊の方が効果が上だ。）

（月の精になったという）恒娥は、夜な夜な菊のいろどりを盗もうとし、（いろつやのまねをする。）

（道教の）方士は、年々菊の粧を採ろうとする。（美しい菊の姿をとり入れたいと思う。）

菊の美しい蘂も花も、命を延ばすことが出来、
長寿を思い知ること、まことに限りないものがある。

〈語　釈〉
○**上薬**　（五三—1参照）　○**砂場**　平地。ここでは御領地の菊園。　○**媚**　うつくしい。風光明媚。　○**百草**　いろいろな草。
○**絳雪**　仙薬の名。　○**玄霜**　玉液と同じ。仙薬の名。（五二—3参照）　○**恒娥**　姮娥と同じ。月世界にいる美人の名。もと、羿の妻。羿が西王母にもらった不死の薬を盗んで飲み、仙人となって月中に行き、月の精になったといわれている。　○**方士**　方術を行なう人。道士。道教の僧。　○**玉蘂**　玉の精。神仙の食するもの。ここでは菊の葉。　○**金葩**　葩は花。こがね色の花。また、五行で金は秋。秋の花。いずれにしても菊の花。黄菊。　○**遐齢**　長命・長寿。　○**料識**　はかり知る。思い知る。
○**無疆**　限りがないこと。際限がない。

五二一—9

菊花多少媚沙場
養得自伝上薬方
奼女占蔡宜蒿色
秦医遶架欲携粧
如霑玉液踈籬露
似連金丹古岸霜
非啻延齢残此処
秋風蕭颯吐芬芳

少納言　基綱

菊花　多少　沙場に媚(うる)はし
養ひて　自ら伝ふを得たり　上薬の方
奼(た)女は　蔡を占むれば　宜しく色を蒿(む)すべく
秦医は　架(たな)を遶(めぐ)らし　粧を携へむと欲す
玉液を　霑(うるお)す如し　踈籬の露
金丹を　連(つら)ぬる如し　古岸の霜
啻(ただ)に延命するのみに非ざれば　此処(ここ)に残れ
秋風　蕭颯(しょうさつ)として吐(さ)きて芬芳

〈現代語訳〉
ご領地の菊園一面に、たくさんの菊の花が、まことに美しく咲いている。栽培をして、自ら上等の薬を作る方法を会得した。仙丹を練る水銀が、その菊畑を占めているので、きれいな色に染め上げるのがよく、長安の医者が、たなをめぐらして、その美しさを引いて来ようとする。（美しく咲いた菊を、取りに来ようとしている。）（長生きするという）玉液の恩恵を受けているように、垣根から露がしたたり落ち、金丹が連なっているように見える、古岸に置いた霜のような菊の花は。ただ延命を願うだけの人でなければ、この場に残ってください。秋風がものさびしく吹いて、菊の良い香りを漂わせているではありませんか。

〈語　釈〉
○砂場　（五二一—8参照）　○養　菊を養育する。自生ではなく、栽培すること。　○上薬　（五二一—1参照）　○奼女　仙丹を練るための水銀。（『抱朴子・内篇・金丹巻四・仙薬巻十一』）　○蒿　気が蒸し上がる形容。または、つかれる。乱れる等の意もある。ここでは、色を蒸して染める。　○秦医　長安の医者の意か。　○遶　とりかこむ。　○玉液　道家の薬で、飲めば長生きをするといわれているもの。　○霑　恩恵を与える。恩恵をほどこす。　○金丹　翻刻は「金舟」となっているが、「金丹」に改めた。仙人が黄金を錬って作ったと言われる不老長生の妙薬。（五二一—3参照）　○啻　否定語を付けて、単にそればかりではないという意。　○蕭颯　ものさびしいようす。

五二—10

菊花縁底殖前場
上薬伝名勝衆芳
嘗気登時痾易瘉
湌英多歳老空忘
紫芝非偽応慙味
白芷称臣不論香
品惜蕭条残艶美
毎朝採得泛鸞觴

東宮大進　季綱

菊花　縁底（なんぞ）　前場に殖（う）うるや
上薬　名を伝へ　衆に勝（まさ）りて　芳（かん）ばしければなり
気を嘗（あじわ）へば　登時　痾（やまい）瘉（い）え易く
英（はな）を湌（くら）へば　多歳　老（おい）　空しく忘る
紫芝（しし）　偽りに非ず　味を慙（は）ずべく
白芷　臣を称（たた）へ　香を論ぜず
品（みな）　蕭条を惜しめど　艶美を残（のこ）す
毎朝　採（と）り得て　鸞觴（らんしょう）に泛（う）かべむ

＜現代語訳＞

菊の花は、どうして、ご領地内の前庭で栽培されるのか。

菊は上薬であるとの名声が高く、他のもろもろの花よりも勝れて香り高く咲くからだ。

その良い香りをかぐと、すぐさま病が治り、
その花びらを食べると、多年にわたって、老いゆくことを忘れてしまう。

仙薬といわれる霊芝は、仙薬であることに相違はないのだが、味はまずいものだ。

仙薬とされるハナウドは、菊に比べると、臣下のようなもので、香りは言うまでもなく悪い。

秋がくると、みな、もの淋しく枯れてゆくけれど、菊は、いつまでも美しく咲き残る。

その菊を、毎朝採取することができるのだから、りっぱな盃に浮かべて飲みましょう。

＜語　釈＞
○**縁底**　なんぞ。どうして。　○**前場**　前庭。ご領地をいただいて　○**上薬**　（五二—1参照）　○**嘗気**　香りを味わう。
○**登時**　即座に。すぐに。　○**痾**　やまい。病気。　○**瘉**　癒。いえる。病気が治る。　○**湌英**　花びらを食べる。湌は餐。
○**紫芝**　仙薬の名。紫色の霊芝。ヒジリダケ。　○**白芷**　ハナウド。芷は香草。仙薬の一種。　○**論香**　香りの善し悪しを論議する。　○**品**　みな。周辺のもののすべて。　○**蕭条**　もの淋しいようす。　○**鸞觴**　翻刻は「鸞解」とあり、影印本でもそのように見える。意が解せないので、解を觴に改めてみた。鸞は神鳥の名。尊いさかずき。（『文選・嵆康・雑詩』「鸞觴酌醴、神鼎烹魚。」
[注]銑曰、鸞觴盃也。刻為鸞鳥之文。」）

五二―11

花菊何因足断腸
自為上薬吐芬芳
日精本駐長生術
星彩久伝却老方
便湛玉漿籬露白
更嘲金液岸風黄
倩看凡種□洞尽
此草凌寒幾昌霜

刑部少輔　成宗

花菊　何に因りてか　腸を断つに足らむ
自ら上薬と為り　吐(さ)きて芬芳
日精は本より駐(とど)む　長生の術
星彩は久しく伝ふ　却老の方
便(うるわ)しく　玉漿を湛(たた)へ　籬露は白く
更(たがい)に　金液に嘲(たわぶ)れ　岸風は黄なり
倩(つらつら)凡種を看れば　□洞尽く
此の草　寒を凌ぐこと幾昌の霜ぞ

〈現代語訳〉

菊の花を見ると、どういうわけで、こんなにも深く感動することができるのだろう。

菊は、みずから上薬であることを自覚して、とても良い香りを放って咲いている。

「日精」といわれる菊の花は、もともと長生の術を身に備えた、霊薬であり、
星の輝きのように、若返りの妙薬として、久しい間、伝承されてきた。

美しく、玉漿（仙薬）をたたえているように、籬の中の白菊に露がおり、
お互いに、金液（仙薬）とたわぶれているように、岸辺の黄菊が風に揺れている。

そこで、つらつら、普通の花を看ようとすると、すっかり枯れてしまって見ることができない。

この菊花は、冬の寒さを凌いで、もう何年間盛んに、生き抜いていることでしょう。

〈語　釈〉
○**断腸**　深く感動すること。　○**上薬**　（五二―1参照）　○**芬芳**　よい香りを放つ。　○**吐**　花開く　○**日精**　菊の花の異称。
○**星彩**　星の光。星芒。前句、日精の対なので、菊の花の美しさを表した語。　○**却老**　老いをしりぞける。つまり、若返ること。
○**便**　古訓、「ウルワシク」と読み、玉漿の白と籬露の白とで白菊の縁語を作り、白菊にかけている。　○**玉漿**　道家で、飲めば長生きするといわれている液体。玉液と同じ。　○**更**　「タガイニ」とよみ、仙薬「玉漿」と「金液」・「白菊」と「黄菊」とが、お互いに。　○**金液**　不老長生の仙薬。　○**倩**　つらつら。つくづく。　○**凡種**　菊以外の平凡な草花。
○**尽**　枯れてしおれてしまう様子。　○**此草**　菊をさす。

五二―12

寒菊花鮮白也黄
況為上薬媚沙場
籬辺駐得長生術
流下伝来不老方
酈県秋風嘲絳雪
湖山暁露結玄霜
仙蘂幾動詩人感
文苑宜期万歳芳

中務少輔　有佐

寒菊　花　鮮やかなり　白也黄（また）
況（いわん）や　上薬を為すや　沙場に媚（うるわ）し
籬辺　駐（とど）め得たり　長生の術
流下　伝へ来たる　不老の方
酈県の秋風　絳（こう）雪を嘲（あざわら）ひ
湖山の暁露　玄霜を結ぶ
仙蘂　幾ばくか動かさむ　詩人の感（こころ）
文苑　宜しく期すべし　万歳の芳

＜現代語訳＞
この寒空のもと、菊の花はまことに鮮やかに、白や黄色に咲いている。ましして、菊が上等の薬になるといい、ご領地いっぱい、まことに美しい。そのご領地を区切る籬のあたりに、長寿の術がとどめられているのだ。流れ流れて、今日まで伝えられたのだろう、不老の方法を。菊の名産地酈県に秋風が吹き、菊の花が咲けば、仙薬といわれる絳雪など、問題にもならない。陶淵明の故郷湖山の夜露は、暁ともなれば霜が置き、菊の花が咲いて、仙薬である玄霜が出来上がる。仙薬となる菊のくさむらは、どんなにか詩人の心を感動させることだろう。文士達がこの良い時期に集い、詩宴が開かれたのだから、末永い繁栄を期待し、ことほぎましょう。

＜語　釈＞
○**沙場**　通常、平地の意であるが、ここでは、菊を栽培するために、帝から賜ったご領地をさす。　○**籬辺**　ご領地を区切るための垣根のあたり。　○**長生術**　長寿の仙薬である菊を飲食すること。　○**不老方**　年寄りにならない方法。仙薬である菊を飲食すること。　○**酈県**　（五二―1参照）　○**絳雪**　仙家の上薬とされている丹薬の名。（五二―5参照）　○**湖山**　淘淵明の故郷といわれる鄱陽湖のあたりの山。　○**玄霜**　五句目「絳雪」の対として用いられている仙薬名。絳は赤。玄は黒。　○**仙蘂**　仙草である菊のくさむら。一面に栽えられた菊園というほどのイメージ。　○**文苑**　文士達の集い。文学者の集まり。　○**万歳芳**　永遠に変わらず香り続ける菊に寄せる祝いのことば。

五二一—13

一種菊開媚季商
花為上薬有芬芳
挿衣欲験延齢術
浮盞自知苦口方
道士試嘗秋岸露
仙鶏誤舐暁籬霜
説言取地託根後
寿域従今日月長

東宮学士　有信

一種の菊開き　媚（うるわ）しき季商
花は上薬と為り　芬芳有り
衣に挿して　験（ため）さむと欲す　延齢の術
盞（さかずき）に浮かべて　自ら知る　口に苦き方
道士は　試みに嘗（あじわ）ふ　秋岸の露
仙鶏は　誤りて舐（な）む　暁籬の霜
説（よろこ）び言ふ　地を取り　根を託せし後
寿域は　今より　日月の長きを

〈現代語訳〉
一つの菊の花が咲くのは、美しい季節、まさに晩秋、九月。
この花は、上等の薬となるもの、香りもまたすばらしい。
着物に挿しはさんで試してみよう、延齢の術を。
盞に花びらを浮かべて飲んでみたら、何と口ににがいことよ。（良薬の味がする。）
道士が、試しに味わってみた、菊花酒を。
仙鶏は、間違えて舐めてみた、菊花酒を。
そして喜んで言ったものだ、領地を与えられ、菊を根づかせてからというもの、
長寿の境地は、今日より更に長くなったと。

〈語　釈〉
○媚　うつくしい。　**○季商**　旧暦九月の別称。暮秋。季節は、孟・仲・季の順。孟は、はじめ。仲は中間、季は末。秋は旧暦七月（孟秋）・八月（仲秋）・九月（季秋）の三か月。商は五音（宮・商・角・徴・羽）の一つで、秋に配当される。季商は、晩秋のこと。
○芬芳　よい香り。　**○挿衣**　菊を衣に挿しはさむ。茱萸を頭に挿したり、身につけ（佩）て、邪気を払う九月九日の習慣は、王維詩や『西京雑記・巻三』にも見られるが、菊を衣に挿すという例はめずらしい。　**○秋岸露**　菊花酒。　**○仙鶏**　（『老子・八十』「鶏犬之声相聞、民至老死、不相往来。」『陶潜・桃花源記』「阡陌交通、鶏犬相聞。」）などにより、鶏に仙を冠したのであろう。
○説言　よろこんで申し上げます。　**○取地**　領地を得ることか。　**○託根**　菊が根づいて繁殖する意か。

五二一—14

遶架菊花何擅場
久為上薬播芬芳
瓊娥貪艶奔秋月
桂父就聚擣夜霜
飛雪仙籬風比酘
玄氷甘谷水伝方
延年却老属斯草
酈県可誇不死郷

前長門守　惟宗　孝言

架（たな）を遶（めぐ）らす菊花　何すれぞ擅場（せんじょう）ならむや
久しく上薬と為り　播（ま）けば芬芳
瓊娥（けいが）は　艶を貪（むさぼ）り　秋月に奔（はし）り
桂父は　聚に就き　夜霜を擣（たた）く
飛雪仙籬　風は酘（とう）を比べ
玄氷甘谷　水は方を伝ふ
年を延べ　老いを却（かえ）すは　斯（こ）の草に属す
酈県にも　誇るべし　不死の郷（さと）

＜現代語訳＞

棚（垣根）をめぐらす菊の花は、どうしてこの場所をひとり占めにしてしまうのだろう。永い年月、菊は最高の仙薬になるといわれ、種を播いて栽培され、よい香りを放っている。瓊娥という仙女は、菊の花の美しさを、むさぼるように欲しがって秋の月に走って行き、桂父という仙人は、多くの菊の中にいて、つき固めて夜の霜を防いでいる。雪が舞っているような、神秘な籬の中の白菊は、菊花酒を作るために、二度重ねてかもし出し、氷のように冷たい黄菊は、不老長生の菊の名産地である甘谷の水を飲んで長寿を得たという。寿命を延ばし、若返らせることのできるのは、まさに、この草（菊）なのである。あの有名な菊の名産地、酈県にも誇るべきであろう、ここは不死の郷として。

＜語　釈＞

○**遶架**　たなをめぐらす。ここでは垣根をめぐらす。　○**擅場**　場所をひとりじめすること。独擅場。　○**上薬**　上等の薬。（五二—1参照）　○**瓊娥**　五二—5「恒娥」や五二—7「瓊娥」などと同じく仙女の名。　○**貪艶**　菊の花の美しさを、むさぼり欲しがる。　○**桂父**　仙人の名。（『列仙伝』「桂父、象林人也、常服桂及葵。」）　○**擣**　檮を「擣」と、てへんに改めた。たたく。つきかためるの意で、霜をつき固め、菊を守る役目。　○**飛雪**　白菊の比喩であろうか。　○**仙籬**　仙薬である菊のご領地を区切る籬であることを確認する表現。　○**酘**　酒を二度重ねてかもす。菊花酒の醸造法か。　○**玄氷**　黄菊の比喩か。　○**甘谷**　酈県の菊の名産地、下流の水を飲んで長命を得たことから、菊が不老長生の仙薬であることを知るという故事がある。

五二―15

花菊秋深擅瞼場
自為上薬吐芬芳
漢王使去応求艶
雲母方伝欲秘粧
露洞暁籬迷玉液
月臨寒岸練玄霜
仙藔元有延齢術
此地長契万歳強

少納言　重資

花菊　秋深まれば　瞼場(れんじょう)を擅(ほしいまま)にす
自ら上薬と為(な)りて　吐(さ)きて芬芳
漢王　使ひ去(きた)りて　応(まさ)に艶を求むべく
雲母　方伝へ　粧ひを秘せむと欲す
露は　暁籬を洞(つらぬ)き　玉液に迷ひ
月は　寒岸に臨み　玄霜を練る
仙藔　元より延齢の術有り
此地　長く契らむ　万歳強きを

〈現代語訳〉
菊の花は、秋が深まった今、眼前の庭いっぱい、ほしいままに咲き誇っている。おのずから最高級の仙薬となって、咲けば、良い香りが満ち満ちている。漢王（漢武帝）の使者が来て、この菊の美しさを求めている。雲母（キララ）の作り方を伝えて、美しい菊の姿を隠しておこう。白菊に宿る露は、明け方の垣根までもつらぬき、仙薬である玉液が出来上がったかと思われ、月光は、寒い岸辺を照らし、黄菊が仙薬である玄霜を練っているかのように見える。菊が不老長生の仙薬であることは、もともと知られていることで、この菊園は延齢の術をもっている。だから、このご領地で、末永く強くて枯れないことを、お約束願いたいものです。

〈語　釈〉
○擅瞼場　眼前の庭をほしいままにする。翻刻の「檀晩場」を改めた。　**○上薬**　（五二―1参照）　**○吐**　花開くこと。**○芬芳**　よい香りを放つ。　**○漢王**　漢武帝のことであろう。武帝の一生を記した『漢武帝内伝』によると、西王母からの神仙の術を学ぶというもので、生涯神仙を追い求めた王として有名。　**○求艶**　菊の美しいいろつやをほしがる。　**○雲母**　キララ。六角板状の結晶で、五色があり、薬用にもなる。　**○秘粧**　菊の美しい装いを内緒にする。かくす。　**○玉液**　仙薬。白菊で作られるか。　**○玄霜**　仙薬。黄菊で作られるか。　**○仙藔**　菊の植えられた神聖なくさむら。一句目の「瞼場」に呼応する。　**○万歳強**　永遠に強く枯れないでほしいというほどの意か。

五二一―16　　右衛門権佐　敦宗

菊為上薬種砂場
桑田対来養寸腸
蘂有延齢殊可秘
葩嘲苦口欲先嘗
籬伝仙洞羽人籙
岸嘆五湖商客方
豈只功能期寿考
尤憐此処貯芬芳

菊は上薬と為り　砂場に種(たねま)く
桑田に　対来(むか)ひて　寸腸(こころ)を養ふ
蘂は　齢を延ぶること有れば　殊に秘すべし
葩(はな)は　口に苦(にが)きを嘲(わら)ひ　先(ま)づ嘗(な)めむと欲す
籬は　仙洞に伝ふ　羽人の籙(ろく)
岸は　五湖を嘆く　商客(しょうかく)の方
豈(あに)　只に功能の　寿考を期(ねが)ふのみならむや
尤も憐むは　此の処　芬芳を貯するを

〈現代語訳〉

菊は、上薬となるので、ご領地に種を播いて植えられる。

風邪に効く桑の畑に向かい合って栽培されているので、体の養生ができると思いほっとする。

この菊のむらがり生えているところには、延齢の力があるので、特に秘密にしなければならない。

花びらは、口ににがい良薬なので、まずは味わってみよう。

この菊をとり囲む垣根は、仙人の住むほら穴の、道家の秘文、予言録に伝えられ、
高くなった所では、漢の茅盈が、弟と仙人の修行をした五湖（茅山）で、菊を売ってあげたいようだと嘆いている。

どうして、菊の効用として、長寿だけを願うのであろうか。（そんなはずはない。）

菊のもっともすばらしいのは、この場所に充ち充ちている、何とも良い香りなのだ。

〈語　釈〉
○上薬　（五二一―1参照）　**○種**　野性ではなく、種を播いて栽培すること。　**○砂場**　領有地。　**○桑田**　翻刻は桑日となっているが、桑田と改めた。桑は風邪薬の特効薬とされているし、蚕の餌でもある。　**○寸腸**　わずかばかりの真心。　**○蘂**　菊の園。　**○苦口**　口ににがい。良薬は口に苦しの意。　**○仙洞**　ここでは、仙人の住むほらあな。　**○羽人籙**　羽人は、仙人・道士のこと。籙は、道家の秘文・予言。修行を積んで道士となった者に伝授するものであろう。　**○五湖**　江蘇省茅山の側の太湖。茅山は、漢の茅盈が弟と修行し、ここで仙人になったと言われる。　**○商客**　行商人。五音の商（秋）と掛けるか。　**○寿考**　長生き。

五二―17

菊花深浅在砂場
上薬佳名逐年芳
自転金丹風底色
剰含玉液露中粧
陶籬酒泛延齢味
酈谷水伝却老方
仙草已施黄白彩
携来不限幾秋霜

大内記　敦基

菊花　深く浅く　砂場に在り
上薬の佳名　年を逐(お)ひて芳し
自ら　金丹を転(ころ)がす　風底の色
剰(あまつさ)へ　玉液を含む　露中の粧
陶籬の酒　泛ぶは　延齢の味
酈谷の水　伝ふは　却老の方
仙草　已(すで)に施す　黄白の彩(いろどり)
携(たずさえ)来て　限りなし　幾秋霜

〈現代語訳〉
菊の花が、濃い色も淡い色も、入り交じって、ご領地の平地に咲いている。
菊が上薬であるという評判は、年を追うごとに、ますます高まって来ている。
自分自身で、仙薬といわれる金丹をころがしているような黄菊が、風になびき、
そのうえ、仙薬である玉液までも含んでいるように見えるのは、白菊におりた露の姿である。
あの陶潜が、籬の下で采ったように、菊を酒に浮かべてみると、まことに寿命が延びるような味がし、
あの菊の名産地、酈県の谷水が流れて来て、若返りの方法を伝えてくれているようだ。
目の前に咲く菊は、もうすでに黄色と白色のいろどりも美しく、
これから後、毎年、秋になれば、限りなく咲き続けてほしいものだ。

〈語　釈〉
○**深浅**　菊の花の色の濃淡。　○**砂場**　平地。ここでは菊を栽培するためにたまわったご領地。　○**上薬**　（五二―1参照）
○**佳名**　ほまれ高い名前。　○**逐年**　年を追って。年ごとに。　○**金丹**　（五二―3参照）　○**風底**　風の中。ここでは秋風の中。
○**剰**　あまつさえ。その上さらに。　○**玉液**　（五二―3参照）　○**露中**　露をたくさん含んでいる菊。
○**陶籬**　陶潜が『飲酒』に詠まれた菊の垣根。（五二―3参照）　○**酈谷**　（五二―1参照）　○**却老**　（五二―2参照）
○**仙草**　不老長生の力をもつ菊。

五二—18

時菊秋深白也黄
花為上薬吐芬芳
年齢延得古籬露
性命養来寒岸霜
艶是姮娥奔月思
匂猶奇犬入雲方
重陽令節已過後
讌飲新辺近送香

左馬助　保俊

時菊　秋深まり　白也(また)黄
花は　上薬と為りて　吐(さ)けば芬芳
年齢　延べ得たり　古籬の露
性命　養ひ来たり　寒岸の霜
艶は是れ姮娥(こうが)　月に奔(はし)る思ひ
匂は猶(なお)　奇犬　雲に入る方
重陽の令節　已に過ぎし後
讌飲(えいん)の新辺　近く香りを送る

＜現代語訳＞
よい時を得て菊の咲く秋も深まり、白菊や黄菊でいっぱいだ。
花は上薬となり、咲けばたいそう良い香りを放っている。
人の寿命を延ばすことが出来るのだ、この古い垣根も露にしっとり濡れ、仙薬となる。
この菊は、生命を養ってくれるのだ、寒々とした岸辺に霜がおりて万物が枯れる頃でも。
菊の美しさは、月の精・姮娥のようであり、月までも昇って行きたい気分だし、
花の匂いは、奇犬のようで、雲に入るほどである。（雲母散）
九月九日の重陽の節句は、もうとっくに過ぎ去ったが、
宴を開き酒を飲む今年の菊の宴では、こんなにも近くに良い香りがただよってくる。

＜語　釈＞
○**時菊**　時を得た菊。　○**白也黄**　栽培されている菊は、白菊と黄菊であろう。　○**上薬**　（五二—1参照）　○**吐**　花が開くこと。　○**性名**　生命。いのち。また、万物が天から受けた、それぞれの性質。　○**姮娥**　垣娥を姮娥に改めた。月世界に居る美人の名。もと羿の妻。羿が西王母にたのんで得た不死の薬を盗んで、仙人となって月に奔り、月の精になったといわれている。　○**奇犬**　何らかの伝説をふまえているはずであるが不明。　○**重陽**　旧暦九月九日。九は陽の数で九が重なるから重陽という。五節句の一つ。年中行事として、盛大に宴会が催されている。　○**讌飲**　宴飲。宴を開き酒を飲む。

五二―19

式部少輔　菅原　在良
菊為上薬媚砂場
花裏便伝仙種芳
飃欲擣風籬下艶
浮応和酒盞中粧
漢朝方士求秋露
秦日童男老暁霜
此花素有延齢術
籬下尤宜挙寿觴
菊は上薬と為り　砂場に媚(うる)はし
花裏　便ち伝ふ　仙種の芳
飃(ひるがえ)りて　風に擣(むらが)らむと欲す　籬下の艶
浮きて　酒に和(なご)むべし　盞(さん)中の粧ひ
漢朝の方士　秋露を求め
秦日の童男　暁霜に老いたり
此の花　素より　延齢の術有り
籬下　尤(もっと)も宜(よろ)し　寿觴(じゅしょう)を挙げむ

〈現代語訳〉
菊は、最上級の薬となるもので、ご領地内で美しく咲いている。花の中から、そのままで伝えられている、菊が仙薬として、かぐわしく咲く姿だけでもよくわかる。花はひらひら揺れて、風にむらがっているようで、垣根のもとに何とも美しい。花びらは、さかずきに浮かんで、酒とよく調和し、さかずきの中を美しく飾っている。生涯神仙を追い求めたといわれる漢の武帝は、道士になって秋の菊を求めたという。秦代の方士、徐福は、始皇帝の命を受け、仙薬を求めたが、果たさず、暁の霜のように老いた。この菊の花は、もともと、年齢を延ばす術をもっている。陶潜の詠じた垣根のそばが、最も適切なので、陶潜にちなんで、めでたい盃を挙げましょう。

〈語　釈〉
○**上薬**　（五二―1参照）　○**砂場**　ご領地である菊園。　○**花裏**　花の咲いている中。　○**仙種**　仙薬となるべき種子。　○**飃**　風にひらひらと揺れる菊。　○**擣風**　風にむらがる菊。　○**籬下**　垣根のそば。　○**盞中粧**　さかずきに浮かべられた菊の花の美しい姿。　○**漢朝方士**　漢武帝が生涯神仙を求めたという。（五二―15参照）　○**秦日童男**　秦代の方士、徐福であろう。秦の始皇帝に命令され、海を渡って不老不死の仙薬を探し求めたが、ついに帰ることができなかった。日本の熊野浦に着いたとも言われ、和歌山県新宮市の南方にその墓もある。　○**寿觴**　めでたいさかずき。

五二一—20

時菊元来独擅名
花為上薬吐芬芳
姮娥偸艶応方月
道士就藂欲練霜
玉液称臣秋露白
金丹不敵晩風黄
便知仙草光花久
試拾其粧□得嘗

文章生　大江　家国

時菊は元来(もとより)　独り名を擅(ほしいまま)にす
花は　上薬と為(な)り　吐(さ)けば芬芳
姮娥(こうが)　艶を偸(ぬす)み　月に方(くら)ぶべく
道士　藂(そう)に就きて　霜を練らむとす
玉液　臣を称ふ　秋露白く
金丹　敵(かな)はず　晩風　黄なり
便ち知る　仙草　光花　久しく
試みに　其の粧を拾い　□嘗(な)むるを得む

〈現代語訳〉


晩秋に咲く菊は、もとよりその名声を独占している。

菊の花は、最高級の薬となるもので、咲けばとても良い香りがする。

月の精である姮娥は、そんな菊の美しさを盗んで、月の美しさも同じくらいでありたいと思い、
神仙の術を得た道士は、菊の園にいて、金丹という仙薬を練り上げたいと思っている。

仙薬である玉液は、菊をたたえて自分が臣下であるといわんばかり、白菊におりる霜も白い。

仙薬の代表、金丹は、とても黄菊の効力にはかなわないといわんばかり、晩れなずむ風に黄菊がいっぱいだ。

つまり、ここでよく理解できることは、仙草である菊は、こうしていつまでもほまれ高く、美しく咲いていること。

ためしに、ちょっとその一ひらを酒に入れて味わってみよう。

〈語　釈〉

○時菊　時を得て咲く菊。　**○擅名**　名声をほしいままにする。だれはばかることなく有名である。　**○上薬**　（五二一—1参照）
○吐　花開く。　**○芬芳**　よい香り。　**○姮娥**　垣娥を改めた。（五二一—8参照）　**○偸艶**　菊のいろつや、美しさを盗む。姮娥は夫の仙薬を盗んで月に昇ったので、偸（ぬすむ）という字を用いている。　**○方月**　月とくらべる。　**○道士**　修行によって神仙を得た人。　**○就藂**　くさむらの中にじっと居る。　**○玉液**　（五二一—3参照）　**○称臣**　玉液が菊の臣下として、菊を上位にたたえる言い方。　**○金丹**　（五二一—3参照）　**○仙草**　菊。　**○光花**　美しい光。名誉。ほまれ高いこと。
○拾　摘みとるのではなく、軽く拾ってみて。

五二―21

寒菊濃花白也黄
素為上薬幾芬芳
流移桃浦春波色
藂顧蓬山夜月光
雲母酸慚秋岸露
淮玉雪謝暁籬霜
飡来名有登仙侶
粉艶金葩試欲嘗

学生　文綱

寒菊　濃花　白也黄なり
素より上薬と為り　幾ばくか芬芳たらむ
流れは桃浦に移る　春波の色
藂は　蓬山を顧る　夜月の光
雲母酸は慚づ　秋岸の露
淮玉雪は謝す　暁籬の霜
飡来て　名有り　登仙の侶
粉艶　金葩　試みに嘗はむと欲す

＜現代語訳＞

寒菊が濃い色の花を咲かせている。白色もあれば、黄色もある。

もともと、最高級の花であるから、どんなにか、香り高いことだろう。

流れは、桃の咲く川（桃花源）にさかのぼり、春の波のように、黄菊が光っている。

菊の園には、仙人の住むといわれる蓬莱山から、ふりむいて見る夜の月のような白菊が、美しく咲いている。

雲母酸（キララ）は、恥じ入っている、菊の咲く秋の岸辺におりる露に。

淮玉雪は、感謝している。明け方垣根あたりにおいた霜に。

夕食に食べてみて、有名な菊であることがわかった。仙人になる仲間たちと。

白い粉おしろいで化粧したような白菊も、金色にも似た花びらの黄菊も、味わってみたいものだ。

＜語　釈＞
○寒菊　寒い時期に咲く菊の花。　**○素**　もともと。　**○上薬**　（五二―1参照）　**○芬芳**　芬も芳もよい香り。
○桃浦　桃花源のある仙郷の入口。　**○春波色**　春の輝かしい波。　**○蓬山**　蓬莱山。仙人が住むといわれている想像上の山。
○雲母酸　和名キララと呼ばれている京珪酸塩鉱物。紙のようにうすくはがれるので、装飾に用いられたが、その粉末は薬用になったという。　**○淮玉雪**　漢方薬の一種であろうが不明。　**○飡来**　夕飯を食べる。　**○登仙侶**　修行を積んで、仙人になろうとしている仲間たち。　**○粉艶**　白いいろつや。白菊をさす。　**○金葩**　金色の花びら。黄菊をさす。

五二一―22

真菊数蘗五美粧
花為上薬有芬芳
韓康欲採陶家露
漢武応求酈県霜
蘭苑无功非一族
竹籬謝験又他郷
今携仙草延齢味
嘗得試期寿域長

学生　兼衡

真菊　数蘗　五美の粧ひ
花は　上薬と為り　芬芳有り
韓康　採らむと欲す　陶家の露
漢武　求めに応ず　酈県の霜
蘭苑は功无(な)く　一族に非ず
竹籬は験を謝す　又　他郷
今　仙草を携ふ　延齢の味
嘗(あじわ)ひ得て　試みに期(ねが)はむ　寿域の長きを

〈現代語訳〉
まことの菊が幾むらか、五つの美徳を備えて美しく咲いている。花は最上級の薬草となり、香りが高い。後漢の薬売り韓康が、摘みとろうとしている、陶潜の家の酒にあやかりたくて。生涯神仙を追い求めたという漢の武帝は、菊の名所、酈県の酒（菊）を求めるべきであった。蘭の園は、何の薬効もなかったので、菊の仲間ではないことがわかる。竹で編んだ垣根は、（菊以外のものを囲む）効験がなかったので、これもまたよそのことだろう。今こそ、仙草である菊をもって来た、延齢の味がするでしょう。味わうことが出来たので、試みにお願いしましょう、長寿の領域が長くなることを。

〈語　釈〉
○真菊　まことの菊。（五二一―6参照）　**○五美**　論語でいう五つの美徳。・恵んで費やさず。労して怨まず。欲して貪らず。泰にして驕らず。威ありて猛からず。が菊には備わっているという。（『菅家文草・巻四・332）「結取三危色、韓将五美香」）　**○上薬**　（五二一―1参照）　**○芬芳**　良い香り。　**○韓康**　後漢の韓康。字は伯休。薬を長安の市で売ったが、絶対に値引きをしないことで有名。小女子にまで、その名を知られたという。掛け値のないことのたとえにもなっている。　**○漢武**　漢の武帝。生涯神仙を追い求めたという。（五二一―15参照）　**○陶家**　陶潜の家。　**○酈県**　菊の名産地。　**○嘗得**　あじわうことが出来る。菊を味わう。　**○寿域**　長寿の領域。

五二―23

花菊争開漸戴霜
久為上薬吐芬芳
自全一里薫風蘂
欲売五湖帯露粧
偏慕延齢宜満把
試期却老豈无嘗
貞心逐日勝凡草
裁得籬頭興断腸

源　有元

花菊　争ひて開(さ)き　漸く霜を戴く
久しく　上薬と為りて　吐(さ)きて芬芳
自(みずか)ら一里を全うし　風に薫る蘂(はなぶさ)
五湖に売らむと欲す　露を帯びし粧
偏へに延齢を慕へば　宜(よろ)しく把に満つべし
試みに　却老を期(ねが)はば　豈　嘗(あじわ)ふ无(な)けむや
貞心　日を逐(お)ひて　凡草に勝り
裁ち得し籬頭　興(おもむき)は断腸

承暦三年九月廿七日　三位侍従亭作文　　題者　孝言　講師　敦基　読師　有宗

〈現代語訳〉

菊の花が、先を争って咲き、やがて霜のおく時となった。

長い間、最高の薬草として、花が咲けば良い香りを放っている。

みずから一里四方にまで咲き乱れ、風に、はなぶさが薫っている。

あまりにも美しいので、茅山のそばの五湖に行って売ろうと思う、しっとりと露を含んだ菊を。

ひたすら延齢を願うなら、両手いっぱいに把るべきである。

試しに若返りを願うならば、どうして味わないでいられようか。

仙薬としての効果が変わることなく、日に日に、他の一般の草よりも立派になる。

垣根のあたりで、菊の花を切り取って、感慨無量なものがある。

〈語　釈〉
○上薬　最高級の仙薬。　○吐　花咲く。　○芬芳　よい香り。　○全一里　一里四方に咲き乱れる。　○蘂　しべ。はなぶさ。　○五湖　太湖の別名。また洞庭湖をさす場合もある。(五二―2参照)　○満把　両手いっぱい。　○却老　若返り。(五二―2参照)　○貞心　仙薬としての変わらぬ効能。　○凡草　一般の草。仙薬(菊)以外の草。　○断腸　感慨深いこと。

中右記部類巻十八・廿八　紙背漢詩集

五三　寛治某年三月某日　羽爵泛流来　二十五首

詩題解説

巻二十八の発見により巻十八にも大きな変化が表われた。詩題・作詩者・作詩年代等不明の点もほぼ解決、予測もついて来た。内大臣藤原師通邸で開催された「羽爵泛流来」と命題された曲水宴二十五首が後藤昭雄氏によって解明された。氏の理論・整理に従って順序を入れ替え、注釈を試みた。

『後二条師通記』によれば寛治五年（一〇九一）三月十六日、六条水閣で「曲水宴を催す」と記されている。おそらくこの記録と一致するものと思われる。

五三—1　七言暮春陪内相府曲水宴同賦羽爵泛流来　応教詩　掃部　惟宗　孝言

藍尾自然任岸廻
酔客交襟臨緑水
飲徒移座列青苔
周公勝躅伝斯地
門下誰又眉不開

藍尾　自然（おのずから）　岸に任せて廻る
酔客　襟を交へ　緑水に臨み
飲徒　座を移して　青苔に列れり
周公の勝躅（しょうちょく）　斯の地に伝ふ
門下　誰か又　眉　開かざらむや

〈現代語訳〉
　七言、春も終り頃、藤原師通様の曲水宴に列席し、ともに「羽爵泛流来」の詩題を命ぜられお応え申し上げた詩
一番最後に飲む藍尾酒も自然と岸の曲がり方に任せて廻らされ、
酔った客たちは、襟を交え、大変仲良く清らかな流れを眺めている。
酒を飲む人々は、席を移動して、青い苔の生えている岸辺にならんで座る。
周の姫公のすぐれた先例を受け継いでこの地に伝えているのに
門下生の誰が、愁いに沈んで（作詩できないと）眉を開かないでいるのだろう。（誰もいないだろう。）

〈語　釈〉
○藍尾　酒宴の最後に飲む酒を藍尾酒という。　**○交襟**　仲良く寄り添う。　**○移座**　本詩17・23番歌にも「移座池頭坐緑苔」と一句目に使われる。　**○周公**　周王朝の基礎を築いた大王で姓は姫・名は旦。孔子が理想とした聖人。　**○勝躅**　すぐれた足跡。
○眉不開　眉が開けば明るい顔。作詩のできた証拠。眉が開かないのは、作詩ができず眉間にしわ。

五三―2

周公故事待時開
羽爵泛流傍岸来
磧礫水遄興擁怠
潺湲石浅暫徘徊
有灘頻引入淵酔
春酒数巡知浪催
宜矣家門余慶意
花前主客催三□

左大臣　源　俊房

周公の故事　時を待ちて開かる
羽爵　流れに浮かぶ　岸に傍(そ)ひて来れたり
磧礫　水遄(すみや)かに　興は擁怠せり
潺湲(せんえん)　石浅く　暫く徘徊せり
有灘(ゆうだん)　頻りに引(さそ)へば　淵に入りて酔ひ
春酒　数々(しばしば)巡れば　浪を知りて催せり
宜矣(むべなるかな)　家門　余慶の意
花前の主客　三□を催(しょう)せり

＜現代語訳＞
立派な君主のもとで夢のようなうたげが、現在のこの時を待って開催される。
羽爵が流れに泛かび、岸辺をつたいながら流されて来た。
小石のあるあたりの水は早く流れ、興がわいてくるのをのんびり待ってはいられない。
さらさらと流れる水のあたりの石は浅く、羽爵は暫くの間さまよっている。
流水の激しい所があってしきりにさそわれると、すっかり深酔いするようだ。
春のこの酒がたびたび巡ってくると浪の具合を知って作詩すればよい。
何とよろこばしいことよ。名門の家の先祖の善行のお蔭で、幸せを得ることができ、
花の前の主人も客（師通様の繁栄を祈ります）

＜語　釈＞
○**周公**　（五三―1参照）　○**磧礫**　河原の小石。　○**擁怠**　怠け心をたすける。　○**潺湲**　水のさらさらと流れる様子。
○**徘徊**　うろつく。さまよう。羽爵がのろのろしている。　○**灘**　はやせ。水が迸流する。　○**淵**　水がよどんで深いところ。
○**宜矣**　よろしきかなと訓んでもよい。なるほど。いかにも。もっともである。　○**余慶**　先祖の善行のおかげで子孫に及ぶ幸福。
○**花前主客**　花の咲いている前に座主、内大臣藤原師通。

五三―3

［　　］

内大臣

［　　］風心

□酌随灘月袖閑
廻岸辺三雅添波
底石上一分洛隈
絃管宴遊傾耳聴
終宵朗詠興方催

□酌　灘月に随へば　袖は閑かなり
岸辺を廻る三雅　波に添へり
底石の上　一分の洛隈
絃管の宴遊　耳を傾けて聴き
終宵（よもすがら）　朗詠すれば　興は方に催せり

＜現代語訳＞
……不明……
岸辺をめぐってくるすばらしい三雅の酒盃は波に乗ってやってくる。
……不明……
管弦の詩宴に耳を傾けて聴き入っている。
一晩中詩を朗詠して、興は今こそ絶好調。

＜語　釈＞
前二句は全く見えず解釈のしようもない。内容的にも管弦を伴う詩は本詩題中、見られない。押韻にも疑問があるが、今後の科学的研究に委ねたい。例えば特殊な光線で水流れの文字を写し出すなど、期待した。

五三－4

幸遇嘉招蓋悦哉
況看羽爵泛流来
三溠将使游□勧
四字宜教浴鳥催
触石傾漂空欲覆
随波容興未能擡
非唯令節排黄閣
此処百花幾盛開

民部卿　源　経信

幸ひにも　嘉招（かしょう）に遇ひ　蓋（けだ）し　悦ばしき哉（かな）
況むや　羽爵の流れに泛び来たるを看をや
三溠（さ）　将に使はむとし　游□　勧め
四字　宜しく教ふべし　浴鳥　催（うなが）せり
石に触れて　傾き漂ひ　空しく覆らむを欲し
波に随ひて　容れし興　未だ擡（うご）かす能（あた）はず
唯に令節のみに非ず　黄閣を排（おしひら）くにあり
此の所の百花　幾ばかり盛りて開かむ

〈**現代語訳**〉

幸運なことにお招きいただきまして、何とうれしいことでしょう。

ましてこの会は羽爵が流されて、水に浮かんで来るのを見られるとは、どんなにうれしいことか。

三溠のすばらしい盃を使おうとしても一歩前に出ようとするのだが、
作詩の韻字をどうかご指導ください。水鳥が水遊びしているように羽を広げて待っています。

羽爵は石に触れては、傾きながらただよい、今にもひっくり返りそうだ。

波にしたがってタイミングよく詩を入れたくてもまだ動かすことができない。

ただ佳い時節に会ったというだけではなく、大臣のお邸を開放して下さったお蔭だ。

これからもこの園庭の多くの花のように、どんなにか盛んに開かれることでしょう。

〈**語　釈**〉
○**嘉招**　他人の招きをていねいに言うことば。おまねき。　○**蓋**　けだしと読めば「思うに」、なんぞと訓めば、反語となり「なんぞ悦ばざるかな」となる。両者ともに不適切。　○**四字**　押韻の四文字。この場合、指定された「来」と同韻の四文字をを揃えることにも頭を悩ませている姿がわかる。首聯に詩題を入れるだけでなく、与えられた韻字の四文字を探して上手に押韻しなければならない。

五三—5

□洛景闌羽爵催
黄醅□（緑）醑□（泛）□（流）□（来）
□（梨）□（花）□（所）逐渚□□（下）
□（樹）葉自随沙月廻
周旦古風伝暁□（水）
□（魏）年昔浪寄春苔
良辰偶接華筵客
誰識心中恭隗台

左大弁　大江　匡房

曲洛の景　闌（たけなわ）にして　羽爵催（もよう）さる
黄醅　緑醑　流れに浮かびて来（きた）る
梨花　逐ふ所　渚□　下り
樹葉　随ふ自（よ）り　沙月　廻る
周旦の古風は　暁水を伝へ
魏年の昔浪は　春苔に寄す
良辰　偶々（たまたま）　華筵の客に接し
誰か識らむや　心中　隗台を恭（うらま）ふを

〈現代語訳〉

都の春景色も、今やたけなわとなり、羽爵の宴が催された。

黄色のにごり酒。緑の清酒、波に浮かんで流れて来る。

梨の花は咲き乱れ、渚に散っていく。

木の葉も芽吹き、月は照らしている。

周旦（曹植）の昔の風流な遊び（曲水の宴）は、暁の水がしたたるように今に伝えられ、
魏の王羲之が継承した蘭亭の集いが、この春の苔の生えた水際に浪のように寄せられた。

このお日柄のよい吉日（上巳の節句）、偶然にも賓客である皆様方に接することができた。

誰か知っているだろうか。私は、内心この高貴な席にうやまいつかえていることを。

〈語　釈〉
○**闌**　たけなわ。　○**黄醅**　にごりざけ。　○**緑醑**　こしたよい酒。清酒。　○**周旦**　周公旦（五三—1参照）　○**暁水**　暁方のしずく。暁光（めでたい光）でも可能か。　○**魏年**　魏は曹操・曹丕・曹植、ともに詩文に秀れ、著書も多くが、特に日本への影響は『蘭亭集序』の筆で有名な王羲之がと思われる。（五三—7参照）　○**華筵**　筵は席・場所。華は美称。　○**隗台**　宮殿。

五三―6

羽爵伝名太遠哉
湛然唯見泛流来
酌霞屢酔桃花水
任浪還縈竹葉醅
蓮府旧風重足扇
昔寛弘年中、命曲水宴会、内相府尊閣継旧風、故云
蘭亭故事再相開
人間此会応希有
：不明：

左中弁　季仲

羽爵　名を伝ふるは　太(はなは)だ遠き哉(かな)
湛然として　唯(ひたすら)見れば　流れに浮かびて来(きた)る
霞を酌めば　屢々(しばしば)酔へり　桃花の水
浪に任せて　還た縈(めぐ)れり　竹葉の醅(はい)
蓮府の旧風　重足(じゅうそく)の扇(とびら)
昔、寛弘年中、曲水の宴会を命ぜられ、内相府尊閣にて旧風を継げり、故に云ふ
蘭亭の故事　再び相開けり
人間(じんかん)　此の会は　応に希有(けう)たるべし

〈現代語訳〉

羽爵をとばして作詩する有名な宴は、何と遠く昔から伝えられていることだなあ。落ち着いて静かにひたすら見ていると、羽爵が流れに浮かんで流されて来る。酒を酌んでしばしば酔っていると、桃花源で酒を飲んでいるように錯覚し、浪にまかせて羽爵がまためぐってくると、竹葉酒（にごり酒）を飲む気分だ。大臣がこの古くて風流な習慣をおそれ多くも継承された。

（昔、寛弘年間、曲水の宴を命ぜられ、内大臣が尊閣で再現した。故に云う。）

蘭亭で行われた言い伝えにならって、再びここに開催された。

この世の中で実際にこんな会が開かれることは、当然非常にめずらしいことである。

〈語　釈〉
○**湛然**　落ち着いて静かなようす。　○**唯**　ひたすら。（『左伝・昭12』「唯命是従」）ひとりの訓もあるが、大勢の宴席なので「ひたすら」と読んでみた。　○**霞**　仙人の用いる杯を霞觴と呼ぶことから推して、羽爵に入っている酒（にごり酒）。　○**竹葉醅**　酒の名にも残されている。竹葉青・竹葉清もあるが、醅がにごり酒の意味なので、ここでは桃花水・竹葉醅と対句でしゃれているのであろう。　○**扇**　扉と同義。　○**希有**　ごくまれなこと。ひじょうにめずらしいこと。　○**重足**　おそれ多くて足が重なってすすめないようす。

五三―7

碧流々上酌黄醅
羽爵得時泛易来
従習魏文猶幾転
依随巴字漸三廻
献酬礼任波心速
命飲巡応岸口催
曲洛風儀伝此地
花陰終日立徘徊

右中弁源師頼

碧流の流上に　黄醅(こうはい)を酌めり
羽爵　時を得て泛(うか)び　易(やす)らかに来たれり
従ひて　魏文に習ひ　猶(なお)　幾ばくか転ぜり
依りて　巴字に随ひ　漸く三廻りせり
献酬の礼は　波心の速さに任せ
命飲の巡は岸口の催さるるにおうぜむ
曲洛の風儀　此の地に伝へられ
花陰にて　終日　立ちて徘徊す

〈現代語訳〉

碧い流れの上流で、黄色いにごり酒を酌みました。

羽爵が（活躍する）時を得て、川に浮かび、ゆったりと流れて来た。

この宴は魏の文帝にしたがって踏襲し、更に何度も変更され、今日に至っている。

巴形(ともえ)に流れを作り、それが三廻りするように作られている。（だから）

盃のやりとりをする礼は、その時の流れの速さによって変わってくるので任せておけばよかろう。

飲むことを命じられる羽爵の巡り方は、川の出口にうながされるように合わせよう。

曲洛のすがたは、ついにこの地に伝えられた
丘は花の陰で一日中、立ってさまよいつづけた。

〈語　釈〉
○**黄醅**　醅はにごり酒。黄色にみえるのであろう。　○**得時**　曲水宴の主役ともいえる羽爵の出番の時がついに来たという程の気もち。　○**易来**　易(やす)らかに来るということは、ゆったりと。おだやかに流れくること。『詩経・小雅・何人斯』「爾還而入、我心易也」）　○**魏文**　魏の文帝。曲水宴の創設者。（五三―5参照）　○**巴字**　ともえの形に川の流れを曲げている。　○**波心**　波のまん中。水心。　○**岸口**　流れの出口。　○**風儀**　すがた。　○**花陰**　花の咲いている木陰。　○**終日**　一日中。　○**徘徊**　さまよう。

五三―8

権左中弁　源　基綱

槐庭勝槩最優哉
羽爵随流泛々来
灘月転将巡屢匝
岸風傾得酔相催
沙伝巴字昔春飲
波初周公前日盃
曲洛宴遊今見取
桃源花下列仙才

槐庭の勝槩（がい）は　最も優れたる哉（かな）
羽爵流れに随ひ　泛々として来たる
灘に月転ずれば　将に巡らむとして屢々（しばしば）匝（めぐ）り
岸に風傾けば　酔ふこと得て　相催（うなが）せり
沙は巴字を伝ふ　昔春の飲
波は周公に初まり　前日の盃
曲洛の宴遊　今見て取り
桃源の花下　仙才に列れり

〈現代語訳〉
大臣様のこのおもむきは、最高に優れたものであるよ。
羽爵は流れに随って浮かび漂いながらやって来た。
はやせに映る月は、揺れながら、ちょうど羽爵が巡っていこうとしている所へめぐってゆき、
岸を吹く風も傾きながら、酔いがまわってきた頃に酒も作詩も催促される。
砂は巴の字のように曲がった流れの形を伝え、ちょうど昔の中国の春の宴のようだし、
波は周公の時代に行われた（曲水の宴のように）その時使われたものと同じ盃を使われている。
洛陽で行われた曲水の宴の遊びが、今ここに再現され、
桃源郷のような花のもとで、仙人のように人よりすぐれた才能をもつ人々と列席している。

〈語　釈〉
〇泛々　泛然と同じ。浮かびただようさま。　**〇匝**　めぐる。　**〇月転**　月がうつっている。　**〇風傾**　その方向に風が吹く。通常、月は傾き、風は方向を変えるものであるが、逆に使っている。　**〇巴字**　巴の字のように曲がりくねったようす。
〇周公　（五三―1参照）　**〇曲洛**　日本に伝えられた曲水の宴というのであろう。

五三—9

太皇太后宮亮　源　道時
□逢三月衆花開
羽爵泛流幾往来
臨岸自為沈湎客
占汀還作忘憂媒
任□漸下応傾晩
落瀬遄過難酔催
今侍桃源希代宴
献酬不止楽優哉
□逢　三月　衆花　開きたり
羽爵　流れに　泛かびて　幾たびか往来せむ
岸に臨みて　自ら沈湎の客と為り
汀を占めて　還た　忘憂の媒（なかだち）を作せり
任□　漸く下りて　応（まさ）に傾かむとする晩（くれ）
落瀬　遄（すみ）やかに過ぎて　酔ひ難き催（もよおし）
今　桃源　希代の宴に侍り
献酬　止（とど）まらざるは　楽優かな

〈現代語訳〉

□逢三月にたくさんの花が開いた。
羽爵が川に泛かび流れ来て、幾たびも往き来している。
岸を眺めているとあまりの眺め（集まった大勢の人々は）の良さに自然に酔いしれる。
汀いっぱいに打ち寄せる波は、また憂いを忘れさせてくれる媒（なかだち）をしているようだ。
太陽が漸く沈みはじめ、もう日暮れも近づこうとする頃、
瀬に落ちこむように速く流れ過ぎるので、羽爵早く行ってしまい酔ってばかりはいられない。
今、桃花源のような有名な宴を模したこの酒宴にはべり、
皆と盃のやりとりが出来るのは、何とも楽しいことであろうか。

〈語　釈〉

○**衆花**　たくさんの花。　○**沈湎**　しずみおぼれる。酒色におぼれる。　○**占汀**　なぎさを独占するの意があるが、波がいっぱいなのか。人がいっぱいなのか。人工的に作られた流れであるので、人々がいっぱいのほうがよさそうである。　○**媒**　なかだち。意味よりも韻字優先か。　○**希代**　世にも稀なこと。

五三―10

芳辰計会水三廻
羽爵泛流方往来
傍岸漸行巡暫晩
逐灘軽重飲相催
勧依潭面戸先諫
酔任波心眉自開
曲洛佳遊今見取
花間携酒興優哉

右馬頭　兼実

芳辰の計会　水　三廻（めぐ）り
羽爵　流れに泛びて　方（まさ）に往来す
岸に傍（そ）ひて漸（すす）み行けば　巡ること暫（しばら）くして晩（く）れ
灘を逐（な）ひて軽く重く　飲むこと相催（うなが）す
勧めて潭面に依りて　戸　先ず諫め
酔へば波心に任せば　眉　自ら開けり
曲洛の佳遊　今　見取す
花間に　酒を携ふ　興は　優れたるかな

〈現代語訳〉

このすばらしい季節の企画（曲水の宴）は、水に泛かべた羽爵を三廻りすることである。

その羽爵が流れに泛んでまさに行ったり来たり（曲水の宴が）はじまった。

岸に沿って次第に行くと、何度も羽爵は巡りながら、日も晩れるまで続く。

はやせで作詩を競う者は、貴賤を問わず、互いに酒を飲むことを催している。

酒を勧めては水面を見ながら、酒量の多いことを諫めてみたり（引きとめてまずは諫めてみたり）

酔いがすすめば、波のように感動するが、眉が開くように安心するものだ。

昔の有名な曲洛での、あの佳い遊びを今ここで、しかと見ましたよ。

花の間に酒を携えて作詩するというこの高尚な酒宴は何とすばらしいことよ。

〈語　釈〉
○芳辰　良い季節。　○計会　会を企画する。　○漸　すすむ。　○軽重　身分の上下・貴賤。　○戸　飲む酒の分量。ひきとめる。さえぎる。　○波心　（五三―7参照）　○曲洛　（五三―8参照）　○佳遊　うつくしい遊び。　○見取　見さだめる。しかと見る。

五三—11

勝地前流宴席開
新伝羽爵泛往来
沙風吹害巡行□
灘月転将滴瀝催
遅速酔応因岸近
浅深戸被勧波廻
東周遺跡継東閣
万歳歓遊猶遠哉

大学頭　菅原　是綱

勝地の前流にて　宴席　開かる
新たに羽爵を伝へ　泛べて往来す
沙風　吹きて巡行の□を害ひ
灘月　転じて　滴瀝を催さむとす
遅く速く　酔へば　岸の近きに因るべく
浅く深く　戸は　波の廻りに勧めらる
東周の遺跡　東閣に継がれ
万歳　歓遊すること　猶遠なるかな

〈現代語訳〉
景色の良い前庭の流れの前で詩歌（曲水）の宴が開かれる。昔の姿をまた刷新して装いも新たに羽爵を浮かべて往き来している。さっと砂風が吹いては、羽爵が巡るのを妨害し、はやせに浮かぶ月が風に揺れ、酒がしたたり落ちているようである。遅かれ早かれ酔ってしまうとちょうど岸近くに行くように、大かれか少なかれ、酒数は波がうち寄せるように勧められる。東周時代の曲水の宴の遺風は、日本に渡ってこの東閣に受け継がれ、帝の幾久しい繁栄をおよろこび申し上げこの楽しみはとこしえに続いてほしいものだ。

〈語　釈〉
○勝地　景色のすぐれた土地。景勝地・当然師通の庭園であろう。　**○巡行**　盃のめぐりゆくこと。　**○滴瀝**　しずくがしたたること。波が激しいのでこぼれそうになる状態。　**○東周**　周の平王のとき外敵に攻められて、都を東の洛陽に移してからのちの周王朝をいう。　**○東閣**　東閤と同じ。賢人や文人を招くことを東閣を開くという。東側の小門。

五三—12

韶景漸闌歓会催
翫看羽爵泛流来
地形移得洛浜勢
水態相伝巴字廻
翠柳折籌春岸暗
紅桃添酔暁波閑
倩思蓮府勝遊趣
累葉槐門主作才

侍従　宗忠

韶景　漸く闌(た)け　歓会　催(もよお)さる
羽爵を翫看(がんかん)すれば　流れに泛びて来たる
地形　移し得たり　洛浜の勢
水態　相伝へたり　巴字の廻
翠柳に籌を折れど　春岸　暗く
紅桃に酔ひを添ふれば　暁波　閑かなり
倩(つら)つら思ふに　蓮府　勝遊の趣きは
累葉(るいよう)の槐門(かいもん)　主は才を作(な)せり

〈現代語訳〉

美しい春の景色が、今たけなわとなり、こんな楽しい集いが催された。

曲水のしつらえたお庭を心ゆくまでめでて、よろこんでいると、水の流れに泛ん羽爵がやって来た。

昔の曲水の宴が開かれた地形をそのまま移して、京の浜辺にみごとに再現させている。

水の流れる形も、昔の姿をそのまま伝え、巴の字の形に曲がっている。

緑の柳の枝でかずとりをしながら作詩しようとするが、春の岸辺は暗く、（うまくできない）

紅い桃のように酔って顔を赤らめる頃、夜明けの波は閑かである。

つらつら大臣の邸宅を思えば、心にかなった遊覧の趣があり、
先祖代々大臣家の家柄でも、主として才能を発揮なさった方なのですね。

〈語　釈〉
○**韶景**　韶気と同じ。春の美しいけしき。　○**歓会**　楽しい集まり。　○**翫看**　よく見て、めでてよろこぶ。　○**折籌**　詩作することと。柳の枝などを使って、平仄・韻字を整えて詩を作る過程の動作。籌はかずとり。　○**倩思**　つらつら考えてみるに。よくよく思うと。　○**蓮府**　大臣の邸宅。転じて大臣のこと。　○**累葉**　代代。　○**槐門**　大臣の家がら。

五三—13

曲水素為飫宴媒
泛然羽爵逐流来
漸遇潭月飲猶懶
被勧浪花籌忽催
巡自桃源春酔緩
酌従柳渚老眉開
林池形勝風光好
饒見終須倒載廻

前因幡守　知房

曲水　素より　飫宴(よえん)の媒(なかだち)をせり
泛然(はんぜん)として羽爵　流れを逐(お)ひて　来たれり
漸く潭月に遇ひて　飲めど　猶　懶(ものう)く
浪花に勧めらるれば　籌は　忽ちに　催さる
巡りて　桃源よりすれば　春酔は緩やかに
酌みて　柳渚に従へば　老眉開けり
林池の形勝　風光　好ろしく
饒見して　終(つい)に　須(す)べからく倒載して廻(めぐ)るべし

＜現代語訳＞
曲水の宴は、もともと酒盛り（宴会）を盛り上げるための媒介をしてくれている。水に浮かびただよう羽爵は、流れに競うようにやってくる。次第に夜となり、流れに浮かぶ月を見ては酒を飲むが、何かしらものうげで、波しぶきに勧められるように数とりをしながら作詩する詩宴は、たちまち始められた。羽爵は巡って来て、桃源境に思いをはせながら詩を作ると、春の酔いは緩やかに酒を酌んで柳の生えた渚まで行くと、我が老いた眉も柳の葉のように美しく開く。（詩が出来上がった。）池をめぐるこの地の景色は、まことに風光明媚で、飽きる程たくさん見て、ついには車に載せた酒食を倒すほど充分飲むのがよい。

＜語　釈＞
○**飫宴**　酒もり。宴会。　○**媒**　なかだち。仲介　○**泛然**　うかびただようさま。　○**懶**　ものうい。　○**籌**　（五三—12参照）
○**柳渚**　柳のある渚。作詩をする役に立っている。　○**林池**　仲間が多く集まっている池。　○**形勝**　地形がすぐれている。
○**風光**　けしき。ながめ。風景。　○**饒見**　たのしみ見る。　○**倒載**　（四—3・7参照）

五三―14

曲岸砂平藉緑苔
任流羽爵泛然来
湛霞漫与浪花転
斟露斜随灘月廻
周洛陽遊心底識
晉山陰会酔中催
旧風更扇偸為悦
此宴寛弘相府開

右京権大夫　敦基

曲岸　砂は平らかに　緑苔を藉(し)けり
流れに任せし　羽爵　ママとして来たれり
霞を湛たへ　漫ろに与ふれば　浪花転じ
露を斟みて　斜めに随へば　灘月廻る
周の洛陽に遊べば　心底　識り
晉の山陰に会へば　酔中　催せり
旧風　更(あらた)め扇(ひら)けば　偸(ひそ)かに　悦を為し
此の宴　寛弘　相府にて開けり

〈現代語訳〉
曲がった岸辺に砂は平らかで、緑の苔が敷き詰められている庭園で、流れにまかせて、羽爵が波に乗ってやって来るのが見える。お酒をいっぱいに満たしてたくさん与えると、浪しぶきが起こり、お酒を斟んでは盃を斜めに傾けると、早瀬にうつった月もめぐっていく。周時代の都、洛陽での優雅な遊びもこうであったかと　その真髄を知らされるようで、晉時代の王羲之の山陰の集いもこうであろうかと、酔い心地のうちで想像してみる。昔の風雅な曲水の宴の面影を、あらためてひらくと、ひそやかな悦びが湧いてくるものだ。我が国のこの宴は、心が広くゆったりしている大臣の館でとり行われたものなのだ。

〈語　釈〉
○**緑苔**　緑の苔が庭園に敷きつめられている。曲水のほとりの砂は平らに整備されている。　○**泛然**　浮かびただようさま。
○**湛霞**　羽爵の中いっぱいに入っているにごり酒。　○**漫**　とりとめがない。　○**浪花**　しらなみ。波しぶき。　○**斟露**　清酒をくむ。　○**灘月**　はやせに写し出されて揺れる月。　○**心底**　胸のうち。　○**晉山陰会**　（五三―5参照）王羲之。
○**寛弘**　寛大。　○**相府**　大臣の館。

五三―15

曲水本為宴飲媒
只看羽爵泛流来
紅螺一酌随灘去
緑竹十分逐浪廻
沈湎浅深砂雨勧
献洲遅速岸風催
周年芳躅今伝得
此地形勝誠美哉

少納言　源　成宗

曲水は　本もと　宴飲の媒を為す
只に羽爵を見れば　流れに泛かびて来たるのみ
紅螺　一酌　灘に随ひて　去り
緑竹　十分　浪を逐ひて　廻る
沈湎　浅く深く　砂雨勧め
献洲　遅く速く　岸風催せり
周年の芳躅　今　伝ふることを得たり
此の地の形勝　誠に美しき哉

〈現代語訳〉

曲がった川の流れは、本来、楽しい宴会を盛り上げてくれるようなものだ。（目的は楽しく飲むことだ）只、羽爵を見ると、水に浮んで、流れにまかせてやってくるだけだ。

あかにしの盃一ぱいは、早瀬にのって去ってゆき、
緑の竹杯にいっぱい注がれた酒は浪にまかせて廻っている。

酒に酔い具合、浅かったり深かったり、それも水しぶきが勧めてくれる。

盃のやりとりをするのは、遅かったり速かったり、岸吹く風がうながしてくれる。

周王朝の立派な行跡を、今この地で伝えることができた。

この地のすばらしい景色、何と美しいことよ。

〈語　釈〉
○紅螺　紅いほらがいのような形をしたさかずき。　**○緑竹**　竹のような緑色のさかずき。　**○沈湎**　酒に酔った顔。
○砂雨　水しぶき。　**○献洲**　献酬であろう。盃のやりとり。　**○周年**　周王朝の時代。（五三―1参照）　**○芳躅**　かおり高いりっぱな行跡。曲水宴をさす。

五三―16

左少弁　為房

曲水芳塵仍旧催
唯看羽爵泛流来
頻過波月巡猶速
被送岸風酌幾廻
宴飲儀伝周洛跡
献洲礼任□川才
今思蓮府佳遊美
万歳時筵斯地開

曲水の芳塵は　旧に仍りて催さる
唯に羽爵の　流れに泛かべて来たるを看るのみ
頻りに波月を過ごし　巡れば　猶　速く
送られし岸風は　酌みて　幾ばくか廻る
宴飲の儀　伝ふは　周洛の跡
献洲の礼　任すは　□川の才
今　蓮府を思へば　佳遊　美しく
万歳の時筵　斯の地に開けり

〈現代語訳〉
曲水の宴という風流な足跡は、古くからの習慣に従って催されるものである。唯羽爵が、水に泛べられて、流れにまかせて来るのを看ただけだ。波に浮かんだ月を見ながら頻りに流れ過ぎ、巡ってゆくとなおさら速くなり、岸から送られてくるそよ風に酒を酌んでは何回もめぐって行く。宴会の儀式を伝えてくれるのは、その昔の周の洛陽の風習であり、杯のやりとりをする礼儀は、□川の才能に一任されている。今大臣邸の詩宴を考えてみると、まことに立派な園遊が優美に行われ、帝の幾久しい繁栄を祈る宴会が、まさにこの地で開かれたことです。

〈語　釈〉
○芳跡　風流な行跡。　**○旧催**　旧くからの催事。つまり新趣向ではない。　**○波月**　流れに浮かぶ月。天の月ではなく、水流にゆらめき写っている月。　**○巡**　この曲水は三廻りして一巡となっている。（五三―7参照）　**○周洛**　周時代の都。　**○献洲**　献酬。さかずきのやりとり。　**○蓮府**　（五三―12参照）　**○時筵**　ちょうどよい時に行われた宴会。

五三―17

池塘移座藉莓苔
唯見流泛羽爵来
恐為俗禽先被妨
若依浮藻定遅廻
姫公雖飲在今識
相府燕筵温故開
大相国被行此宴、今日之儀、同彼旧貫
宜矣歓遊期億載
地形霊勝瀉蓬莱

左衛門権佐　有信

池塘に座を移し　莓苔（ばいたい）を藉（し）けり
唯に　流れの　羽爵を泛びて来たるを見るのみ
恐るるは　俗禽は為（よ）りて　先ずは妨げられむか
若（も）しくは　浮藻に依りて　定めて遅く廻ることを
姫公　飲むと雖も　今に在るを識り
相府　燕筵し　故（ふる）きを温（たず）ねて　開けり
（大相国にて　行なはれしこの宴　今日の儀　彼の旧貫に同じ）
宜矣（よろしきかな）　歓遊すること　億載を期し
地形は霊勝にて蓬莱に瀉げり

〈現代語訳〉

池のつつみに座を移して、こけを敷物にした。

何気なく流れを見ていると、羽爵が水に浮かんで流れて来た。

恐れることは鳥獣のように見まがわれ、まず妨害されるかもしれない
もしくは浮き草に引っかかり、きっと遅く廻ってしまうのではないということ。

周の姫公のように酒を飲むといっても、今までその風習が続いていることを知り、
大臣の酒宴は、今、その旧い風習にならって開かれた。

（大臣邸でこの宴は行なわれ、今日の儀式は、同様に昔の慣習を貫いたものである。）

なんと良いことではないか、億年にも及ぶ、きわめて長い年月にわたって、この遊びが続くように。

この地形の神々しいほどの良い景色も、神仏の住む蓬莱にそそぐようにはるか後世まで続きますように。

〈語　釈〉
○池塘　池の堤。　○莓苔　苺も苔もコケ。　○藉　敷く。　○浮藻　浮き草。　○姫公　周王の姓は姫。（五三―参照）
○相府　藤原師通邸。　○燕筵　酒宴。　○温故　前に学んだことを復習する。（温故知新）。

五三―18

媚景云闌羽爵廻
十分緑酒泛流来
酌従暁岸誰能勧
巡任春□又不催
晋月蘭亭風自扇
周年花水跡先開
幸陪蓮府曲□塘

右少弁　源　重資

媚景　闌と云ひて　羽爵廻る
十分なる緑酒　流れに泛びて　来たる
酌みて　暁岸依り　誰か能く勧めむ
巡れば　春□に任せ　又催さず
晋月の蘭亭　風自ら扇き
周年の花水　跡　先ずは開く
幸ひにも　蓮府に陪す　曲□の塘

〈現代語訳〉
春の麗しい風景も今やたけなわと言っては羽爵が巡って来る。たくさんの清酒が水の流れに浮かべられて巡らされてくる。酒を酌んでは、上座の岸での岸辺でしきりに酒を飲めと勧めているのは誰だろう。羽爵が巡ってくると、春□に任せてもう酒を勧めたりはしない。（作詩がいそがしいから）晋の王羲之が蘭亭で開いた曲水の宴のおもむきを自らの手で踏襲し、周王朝の安定した善政を辿りながら、まずは今日の宴が開かれた。幸いなことに、大臣様の宴会に陪席することができ、この曲水の堤に同席しています。

〈語　釈〉
○媚景　春の美しい景色。　○云闌　他に用例がないが、試訳してみた。　○緑酒　清酒。　○晋月蘭亭　東晋の王羲之ら名士二十四名が三五三年三月三日蘭亭に集まり、曲水の宴をした。その時の詩序が王羲之の作で有名。　○周公（五三―1参照）○花水　安定した世の中をたとえている。

五三—19

行家（菅原在良）

羽爵有時更往廻
便知斯処泛流来
□□□□水三溠
任泝洄王右軍跡
勧盃継姫之公歌
被春会催洛地東閤
還任西曹挙璅才

羽爵　時有りて　更に往き廻る
便ち斯の処を知り　流れに泛びて来る
□□□□水三溠
泝洄に任せし王　右軍の跡
盃継を勧めし姫　之公の歌
春会を　洛地の東閤に催され
還た　西曹を任せ　璅才（そうさい）を挙げむ

〈現代語訳〉

すずめが羽をひろげたような形の盃は、良い機会を与えられて、この酒宴で、往きつめぐりつしている。
すなわち、ここがどこであるかを知って、流れに浮かんで行き来しているのだ。
不明
さかのぼっていくことに任せた王は、王羲之ゆかりの地に到り、
さかずきを注ぐことを勧める姫は、之公の歌。
春には、この会を京洛の東閤で催され、
また、今は菅原家の西曹で詩会が行われているので、無能ですが、頑張ります。

〈語　釈〉

○**羽爵**　羽觴に同じ。すずめが羽を広げた形をしている盃。　○**有時**　よい機会を得る。　○**往廻**　行ったり来たりして、めぐっているようす。　○**三溠**　酒の名。　○**泝洄**　流れに逆らってのぼる。　○**右軍**　王羲之。　○**之公**　不明。
○**東閤**　役所の東側の門のわきの小門。前漢の公孫弘が宰相となり東閤を開いて賢人を招いたことから、賢人や文人を招くことを「東閤を開く」という。　○**西曹**　平安時代の文章博士である菅原家の秘書閣のこと。藤原氏の勧学院の西側にあったことからいう。大江家は東曹という。　○**璅才**　才能の無いこと。無能。　解釈不能。

以下三首は底本にはないが、鷹司本に依って翻刻者が挿入したものである。

五三―20

羽爵迎時宴席開
開著花　泛流来
先臨迅瀬巡頻□
長潭酌綾廻遅速
自然随浪引浅深
豈敢令人催□□
倩□日芳遊趣
明邑周公旧貫哉

散位　大江　公仲

羽爵　迎へし時　宴席開かる
開著の　花は　流れに泛びて来たる
先づ　迅瀬に臨めば　巡ること　頻りに□
長潭　綾を酌み　廻ること　速く遅く
自然（おのずから）　浪に随ひ　浅く深く引けり
豈　敢えて　人をして□□を催さ令（し）めむや
倩々（つらつら）　□日　芳遊の趣あり
明邑　周公　旧きを貫く哉

〈現代語訳〉
すずめが羽を開げたような形のさかずきを迎えて、この詩宴は開かれた。
まず、開会と共にあらわれた花は、流れに泛んで来た。
はじめは、早瀬にかかって、めまぐるしく盃がめぐってくる。
長いよどみで綾をつけて酌むと、盃は、遅くなったり速くなったりして廻る。
自然の波にまかせて、浅く、あるいは深く盃を引き寄せる。
どうして、無理に人に□□を催促する必要があろうか。（ない）
よくよく考えてみると、今日というこの日は、よい遊びの出来る日である。
賢明な国である周公の昔から、古い良い習慣を貫いているなあ。

〈語　釈〉
○**羽爵**　すずめが羽を拡げたような形をしたさかずき。　○**迅瀬**　流れの早いところ。　○**長潭**　長いふち。長く水がよどんでいる所。　○**酌綾**　不明。　○**倩**　つらつら。よくよく。　○**豈**　どうして（反語）
前首と同様、意味・内容不明である。

五三―21

曲洛芳遊引上才
羽爵軽泛逐流来
月灘松漲巡猶急
煙春閑飲緂催勧酔
風晴花　雨岸鎖
地々勢水々廻
月［　　　　　　］

勘解由次官　平　時範

曲洛にて　芳遊し　上才を引(さそ)へり
羽爵　軽く泛び　逐(お)ひて　流来せり
月は　灘松に漲(みなぎ)り　巡れば　猶急に
煙春　閑かに飲む　緂(だん)催し　酔ひを勧む

〈現代語訳〉
湾曲している所、曲洛で風雅な遊びをし、秀れた才能の人をさそった。
すずめが羽をひろげたような盃を軽くうかべて順に流れて来た。
月光は、灘の松いっぱいに光をそそぎ、盃はめまぐるしく巡る。
かすみけむる春の閑かな酒宴のように、あざやかに酔いをすすめている。
風は晴れ、花は□、雨にけむって岸は見えない。
地々勢　水々廻（不明）
（不明）

〈語　釈〉
○曲洛　曲がった洛水。曲水と同意であろう。　○上才　秀れた才能。またその人。　○羽勝　羽觴と同意か。すずめが羽を拡げた形のさかずき。　○灘松　みぎわの松。　○緂　あざやか。もえぎ色。だんだらぞめ。いろいろな色に染めわけたもの。
前首と同様、意味・内容不明である。

五三―22

有時宴飲楽優哉
羽爵泛流幾去来
斟酌浅深嫌石礙
□遅丁速任彼廻
岸花折朶籌頻記
堤柳展眉酔更催
相府□伝周旦徳
唯今曲洛蕭儀開

時有りて宴飲　楽優(たのし)き哉(かな)
羽爵　流れに泛びて　幾たびか去来する
斟酌(しんしゃく)すること浅く深く　石の礙(さまた)げを嫌(いと)ふ
□遅　丁速　彼(そ)の廻(めぐ)りに任(まか)す
岸花　朶(えだ)を折り　籌して頻(しき)りに記し
堤柳　眉を展(ひろ)げ　酔(え)ひて更に催せり
相府　□伝ふるは　周旦の徳
唯今　曲洛　蕭儀開かるのみ

藤原　俊信

〈現代語訳〉

機会に恵まれての今日の酒盛りは何と楽しいことではないか。

羽爵は流れに泛んで、何回も行き来する。

酒を酌んだ羽爵は浅く深く流され、石に妨害されることを嫌う。

羽爵の進み具合は、遅かったり早かったりするが、その廻り方に任せよう。

岸に咲く花の枝を折っては、しきりにかずとりをしながら（平仄と合わせ）記していく。

堤の柳は眉のような葉をひろげて（詩が出来たことを喜び）酔いながらも、更に催促する。

大臣邸で今、周旦が始めた曲水の宴を再現することが出来ました。

ただ、現地曲洛公旦では、ものさびしい様子で開かれているだけだそうだ。（粛然と曲水の宴が開かれている）

〈語　釈〉
○有時　よい機会を得る。　**○斟酌**　酒をくんでいる羽爵。　**○石礙**　水底から石が出ていて、流れのさまたげになる。
○折朶　枝を折る。詩作のために、かたわらの枝を折りながら、数合わせや平仄を検討する。詩宴や作文会には必出する折籌の動作。
○相府　大臣邸。　**○周旦**　周王の名は旦である。曲水宴の祖。　**○蕭儀**　ものさびしい儀式だけ。

五三－23

移座池頭坐緑苔
宜哉羽爵泛流来
先遮石瀬巡頻唱
偏□沙風酔易催
晋日宴伝斜岸畔
魏朝飲瀉曲塘隈
槐門月下偸為喜
恩喚何因及不材

散位　実義

座を池塘に移して、緑苔に坐せり
宜しき哉　羽爵　流れに泛びて来る（きた）は
先づ石瀬に遮られ　巡れば頻りに唱ふ
偏へに沙風に□　酔ひて易しく（やさ）催す（うなが）
晋日の宴　伝ふるに　岸畔に斜めし
魏朝の飲　瀉ぐに　塘隈を曲げたり
槐門の月下　偸か（ひそ）に喜びと為す
恩は何に因りてか　喚ばむ（さけ）　不材に及ぶに

〈現代語訳〉

池のほとりに場所をかえて、緑の苔の上に座った。

ああ良いことだなあ、羽爵が川の流れに泛んでやってくるのは。

はじめは石や早瀬に遮られた羽爵が巡ってくると、できあがった詩を頻りに唱えて発表する
また、いちずに砂風に吹かれて早く巡ってくると、酔いながらもやさしく作詩を催す（うなが）。

中国の晋時代に行われた有名な宴会（曲水の宴）も、我が国に伝えられ、岸辺を斜めにして作られた。

魏の時代に王羲之が行った（蘭亭の）宴を我が国に移すために水がまがりこんだ土手を利用して作られている。

大臣様の宴にお招き頂いたことに対して、心の中でひそかに喜んでおります。

このご恩は何によって大声で叫んだらよいのだろう。才能のない私にまで恩恵を受けているのに。

〈語　釈〉
○**移座**　本詩宴の1番歌孝言詩にも「飲徒移座列青苔」とある。（五三－1・五三－17参照）　○**宜哉**　よいことだなぁ。感激の語。
○**唱**　声を出して読みあげる。　○**斜岸畔**　巴形に川を作るための土木工事を行う方法。　○**曲塘隈**　岸のまがりこんだ所を作る作業。　○**槐門**　大臣の家柄。　○**不材**　才能がない。

五三－24

式武大丞　藤　友美

碧流羽爵湛黄醅
緩泛唯過堤流来
勧任沙風巡(尚)速
□従灘月酔初催
春霞数酌随波転
暁露十分逐岸廻
□命洛陽花下飲
周公宴席此時開

碧流の羽爵　黄醅を湛ふ
緩やかに泛びて唯に堤額を過ぎりて来たるのみ
勧むるは　沙風に任せ　巡りて尚速し
灘月に従ひ　酔　初めて催す
春霞数酌　波に随ひて転ず
暁露十分　岸を逐ひて廻る
□命　洛陽　花下の飲
周公の宴席　此の時開かる

＜**現代語訳**＞
碧い流れに泛ぶ羽爵には、黄色のにごり酒がいっぱいである。
ゆったりと浮かんで、ただ堤を通り過ぎてやって来ただけのことある。
（羽爵は風にのってくるので）酒を勧めるのは、風に任せていると、どんどん速く巡ってくる。
□は灘にうつる月に従っていると、（波に揺れる月のように）酔がはじめてまわってくる。
春霞のたなびく中で数酌の酒は波の間に間に羽爵と共にうつり、
暁の露のようにたくさんのお酒は羽爵の中で岸に沿いながら廻っていく。
□命、洛陽で花の咲いている下で宴会が開かれたというが、
その周公のはじめたと言われる有名な曲水の宴と同じものが、今この時にこそ開かれているのだ。

＜**語　釈**＞
○**碧流**　曲水の流れが碧い。黄醅の黄と対比させている。　○**堤額**　もとの川は大きい川。その川から庭園の中に曲水が引かれ、一時的に水が流され、ぐるぐる廻ってまた本流に流し込まれる。曲水宴の開催時だけ、堰があけられる。その流れのもとになる所であろう。　○**灘月**　はやせにうかぶ月は激しく揺れる。そのことから酔いのゆらめき状態と重ねる。　○**暁露**　たくさんのお酒のたとえ。　○**花下**　たくさんの花が咲いている下。

五三―25

宮内丞　藤　宗仲

閑対碧流籍緑苔　　閑かに碧流に対ひて　緑苔を籍けり
泛然羽爵起灘来　　泛然として羽爵　灘に起(た)ちて来たる
暁霞飛水石空礙　　暁霞　水に飛び　石　空しく礙(さまた)ぐ
［　　　　　　］　　不明
□□［浅深］□［見］　　不明
［巡行］遅速被波催　　巡行すること遅く速く　波を被(う)けて催(うなが)す
用［　　　　　　　　不明

〈現代語訳〉

閑かに碧の流れに向かって緑の苔の上に座った。

水に浮かび漂いながら、羽爵が、急流にもめげず、しっかり立ったままやって来た。

暁の霞が水にとび散って、川底の石は空しくじゃまをしている。

不明
不明
遅くなったり速くなったりしながら巡って行って、波にまかせて羽爵は酒をすすめてくれる。

不明

〈語　釈〉
首聯の詩題だけはかろうじて読み取れるが、以下解読不能。

五四　長暦二年三月三日　桃花薫水上　五首

詩題解説

「桃の花　水上に薫る」という詩題での五首が長暦二年（一〇三八年）後朱雀天皇・関白頼通時代の三月三日の作品。水に散って、水面いっぱいに流されていく桃花が、その香りを一緒に漂わせている、という一面と恵み深いお酒が流れにこぼれて落ちて川の流れそのものが酒（花の）薫りを漂わせているとの両面を掛けことばのように扱っているようで巧みにまとめられている。出席者も一流である。

五四―1

式部少輔藤原元範
桃花灼々媚春光
薫水上盃幾断腸
湛得暗匂迷浦散
酌将濃気□波揚
行遮曲岸手先染
居対廻流襟漸芳
宜矣今延詩酒客
遥思三日□林□
桃花　灼々として　春光に媚びたり
薫水　盃を上ぐれば　幾ばくの断腸ぞ
湛へ得て　暗かなる匂ひ　浦に迷ひて散り
酌み将ちて　濃き気　波に□ひて揚る
行(めぐ)りては曲岸に遮られ　手　先づ染め
居(お)りては　廻流に対ひて　襟　漸芳し
宜矣(よろしきかな)　今延(まね)かる　詩酒の客
遥かに思ふ三日□林の□

〈現代語訳〉

桃の花はまっさかりで、春の光の中で美しく咲いている。

薫り高い水の流れにむかって盃を上げるのは、何と感動的ではないか。

羽爵には、酒がたっぷりと満たされて、かすかな匂いをただよわせながら、浦に迷い込むように散って行く。

酒を酌んできては馥郁たる酒の香りが波に散らされて揚がってくる。

めぐって行く羽爵は、曲がった岸に遮られながら、それを助けようとする手がまず酒に染められる。

岸辺に座っている客達は、川の流れに向かっていると、次第に襟元まで酒が薫ってくる。

何とすばらしいことではないか。今ここに、詩作し、酒をいただく会にお招きいただき、
遥かに帝のご繁栄を、この三日を期にお祈り申し上げます。

〈語　釈〉
○灼々　花が盛んに咲いているようす。(『詩経』周南・桃夭「桃之夭夭、灼灼其花。」)　○媚　うつくしい。みめよい。風光明媚。
○断腸　元来は腸わたを断ち切られる程、深い悲しみを表現する語であるが、ここでは、激しい感動。　○将　もつ。ささげる。
○行　めぐる。

五四－2

東宮学士　藤原　実綱

水上何因足断腸
花薫盃酒自芬芳
雪匂緑蟻廻塘裏
霞染紅螺古岸傍
任浪巡行加異気
投流滴瀝類沈香
新迎三日佳期節
宜矣如今入酔郷

水上　何に因りてか　腸を断つに足らむや
花は盃酒に薫り　自ら芬芳たればなり
雪は緑蟻に匂り(かお)　塘裏を廻る
霞は紅螺を染め　岸傍に古りたり
浪に任せて巡行すれば　異気を加へ
流れに投じて滴瀝すれば　沈香に類す
新たに三日を迎ふ　佳期の節
宜矣　如今(いま)　酔郷に入るは

〈現代語訳〉


流れる水の上では、いったい何がこんなにも感動を与えてくれるのか。

花が盃に落ちそそぎ、酒と花の香りでよい匂いがたちこめているからだ。

雪のようなにごり酒が、馥郁たる香りをたちこめて、堤のまわりをめぐれば、
霞のような清酒が、あかにし貝の盃に染められて、岸の傍らにいつまでも停まっている。

流れくる浪にまかせて盃がめぐって行くと、普段の性質とは全く違ったすばらしい様子を見せ、
流れてくる盃に向けて、酒のしずくをしたたらせると、香木である沈香のような香りを放つ。

新たに、三月三日のよい時節に、このような催しを迎えることができました。

何とすばらしいことではありませんか。今、この時、酔って別天地にいる気分になれることは。

〈語　釈〉

○**断腸**　はらわたを断ち切られるような、非常な悲しみのたとえ。ここでは、たいそう感動する意か。　○**芬芳**　よいにおい。かんばしい香り。　○**緑蟻**　美酒の名称。蟻は、酒の表面に浮かぶカス。（『文選』謝朓・在郡臥病呈沈尚書詩「嘉魴聊可薦緑蟻方独持。」[注]銑曰、緑蟻酒也。」　○**紅螺**　あかにし。またはその貝殻で作った杯。　○**異気**　生活のしかたや、性質の異なること。
○**滴瀝**　しずくがしたたること。　○**沈香**　香木の名。　○**佳期**　よい季節。（『文選』謝荘月賦「佳期可以還。」）
○**酔郷**　酔って別天地にいる気分。

五四―3

桃花漠々満廻塘
薫水上盃幾断腸
鸚吻含匂潭月裏
鰕頭引気岸風傍
開臨暁瀬流霞染
落泛春波湛露芳
雖酌忘憂三雅味
独慙散木対□粧

散位藤原　明衡

桃花　漠々として　廻塘に満てり
水上に薫りし盃　幾ばくの断腸ぞ
鸚吻　匂りを含む　潭月の裏
鰕(か)頭　気を引く　岸風の傍ら
開(さ)きて　暁瀬に臨めば　流霞染まり
落ちて　春波に泛べば　湛(かん)露(ば)芳し
酌みて　憂ひを忘ると雖も　三雅の味
独り散木を慙じ　□粧に対へり

〈現代語訳〉

たくさんの花が、広々と連なっていて、堤の回りにぎっしりと咲き乱れている。流れの上に、馥郁たる香りを漂わせた盃を見ては、どれほど感動することか。おうむ鳥の口ばしの形をしたとっくりは、酒の匂いをいっぱい含み、水面に浮かぶ月にも似て、えびの頭の形をした管楽器を、息を吸って、岸辺で鳴らしているようだ。花が咲き、詩宴が開かれ、明け方の流れを見下ろすと、紅雲が立ちこめていて、花が散り落ちて来て、春の波間に泛ぶと、しげく置いた露のような酒が芳しく香ってくる。酒を酌んでは、日頃の憂いを忘れようとするが、この立派な器でいただくと圧倒される。私ただ一人、役にたたない身を恥じて、□粧に相対座しています。

〈語　釈〉

○□花　衆花か？　○漠々　広々と連なっているさま。一面に敷き並べているさま。（沈約・登高望春「登高眺京洛街巷紛漠漠」）○□腸　翻刻者に従って断腸とする。ただし、悲しみの表現ではなく、感動の強いことの表現。　○鸚吻　おうむの口の形をしたとっくり。　○潭月　水面に浮かぶ月。　○鰕頭　えびの頭。管楽器の一種か。　○引気　息を吸うこと。息を吸い込んで楽器などを吹くこと。（『文選』魏文帝・典論・論文「至於引気不斉、巧拙有素雖在父兄、不能以移子弟。」）　○流霞　たなびき動くもや。朝夕の紅雲。仙人が飲むといわれる酒。

五四―4

桃李桜梅綻碧塘
花薫水上染盃觴
匂和暁瀬流霞味
気入春波湛露粧
梁竹園遊林可咲
楚蘭台会岸何芳
詩朋酒客今為導
触物此時哉断腸

橘　義清

桃李桜梅　碧塘に綻び
花は水上に薫り　盃觴を染む
匂ひは暁瀬に和し　流霞の味はひ
気は春波に入り　湛露の粧ひ
梁の竹園にて遊べば　林　咲ふべく
楚の蘭台にて会せば　岸　何ぞ芳しからむ
詩朋　酒客　今導ふを為す
物に触れし此の時　哉　断腸

〈現代語訳〉
桃・李・桜・梅と春の花が、一斉に緑の堤に咲き乱れ、
その花は、また水の上にまで良い香りをくゆらせて、水の上の酒盃を美しく染める。
香りは、明け方の水の流れにうまく調和して、仙人が飲むという流霞の味わいがあり、
もやが、春の波に入りこんで、一面に置いた露は主君の恩の深さを表しているようだ。
梁王が竹を植えた庭園のような立派な庭で遊べば、みんなの笑い声が弾み、
楚の宮殿蘭台のようなお邸で会合すれば、岸辺は、何と良い香りに満ち溢れていることよ。
詩の友も酒の客も、今こそ志を述べる時が来ました。
こんなにもすばらしい物に接触するこの時こそ、はじめて大きな感動を得ました。

〈語　釈〉
○盃觴　羽觴のさかずき。　**○流霞**　仙人が飲むと言われている酒の名。　**○気**　かすみ。もや。　**○湛露**　一面に置いた露。
また、天子の豊かな恩恵。主君の恩の深さ。　**○梁竹園**　前漢の文帝の子、孝王が梁の国に封ぜられ、庭園に竹を植えたという故事
がある。（『地道志』「梁孝王東苑、方三百里、即兔園也。多植竹、中有修竹園。」　**○楚蘭台**　戦国時代の楚の宮殿名。（『戦国策・魏』
「前夾林而後蘭台強台之楽也」）

五四―5

林花得地足相望
［　　　　　　］光
過急□□浮浪艶
来遅不点任流粧
閑傾沙月紅顔染
頻酌岸風錦袖芳
非只遊春歓楽好
翠詩佳趣幾秋霜

刑部少丞源親範

林花　地を得て　相望むに足れり
不明
過ぐること急に□□　浪に浮きて艶やかに
来ること遅く　点ぜず　流れに任せて粧ふ
閑かに沙月に傾くれば　紅顔染まり
頻りに岸風に酌めば　錦袖芳し
只に　春に遊ぶには非ず　歓楽すること好ろし
翠詩の佳趣　幾ばくの秋霜ぞ

長暦二年作　題者義忠　講師孝親

＜現代語訳＞
たくさんの花が、広々と連なっていて、堤の回りにぎっしりと咲き乱れている。流れの上に、馥郁たる香りを漂わせた盃を見ては、どれほど感動することか。おうむ鳥の口ばしの形をしたとっくりは、酒の匂いをいっぱい含み、水面に浮かぶ月にも似て、えびの頭の形をした管楽器を、息を吸って、岸辺で鳴らしているようだ。花が咲き、詩宴が開かれ、明け方の流れを見下ろすと、紅雲が立ちこめていて、花が散り落ちて来て、春の波間に泛ぶと、しげく置いた露のような酒が芳しく香ってくる。酒を酌んでは、日頃の憂いを忘れようとするが、この立派な器でいただくと圧倒される。私ただ一人、役にたたない身を恥じて、□粧に相対座しています。

＜語　釈＞
○**桃花**　衆花か？　○**漠々**　広々と連なっているさま。一面に敷き並べているさま。（沈約・登高望春「登高眺京洛街巷紛漠漠」）○**断腸**　翻刻者に従って断腸とする。ただし、悲しみの表現ではなく、感動の強いことの表現。○**鸚吻**　おうむの口の形をしたとっくり。○**潭月**　水面に浮かぶ月。○**鰕頭**　えびの頭。管楽器の一種か。○**引気**　息を吸うこと。息を吸い込んで楽器などを吹くこと。（『文選』魏文帝・典論・論文「至於引気不斉、巧拙有素雖在父兄、不能以移子弟。」）○**流霞**　たなびき動くもや。朝夕の紅雲。仙人が飲むといわれる酒。○**秋霜**　白髪のたとえ。年月を重ねること。

作者紹介

凡例

。人名の見出し配列は、漢字一字単位の漢音による五十音順とし、同音は画数順とした。

。和名の訓読み方をその下に（　）付きでひら仮名で記したが、他の和本に見出し得ない名前に関しては、一般的な呉音で記した。

。詩作場所に関しては、本文中に明記されている場所をゴシック体で記し、推定される場所は（　）付きの明朝体で記した。なお、推定不可能な場合は、無記入とした。

。作詩者の逸話・エピソードに関しては、経歴の後に◇マークで記し、業績は。マークで付記した。

【あ】

安頼　あんらい（藤原安頼・ふじわらのやすより）～元永二年（一一一九）。父は文章博士成季。母は伊勢守大江広経の女。嘉保三年（一〇九六）文章生・**二九－14・六波羅蜜寺**。従五位下・出雲権守。元永二年（一一一九）11月12日没。

【い】

伊房　いぼう（藤原伊房・ふじわらのこれふさ）長元三年（一〇三〇）～永長元年（一〇九六）。父は参議行経。母は土佐守源貞亮の女。祖父は権大納言行成。長久四年（一〇四二）14歳・従五位下。寛徳二年（一〇四五）16歳・侍従。永承元年（一〇四六）17歳。・従五位上・左兵衛佐。同三年（一〇四八）19歳・正五位下・少納言・紀伊権守。天喜四年（一〇五六）27歳・蔵人。同六年（一〇五八）29歳・右少弁・左少弁。康平三年（一〇六〇）31歳・左少弁・**三四－1・於世尊寺**。康平五年（一〇六二）33歳・木工頭。治暦元年（一〇六五）36歳・権左中弁。延久元年（一〇六九）40歳・蔵人頭。同四年（一〇七二）43歳・正四位上・参議・右大弁。承保二年（一〇七五）46歳・従三位・左大弁。承暦四年（一〇八〇）51歳・従二位・権中納言。寛治二年（一〇八八）59歳・治部卿・**三九－3・長楽寺**・正二位・大宰権帥。同八年（一〇九四）65歳・遼（契丹）との私貿易が発覚、中納言を停止・降格。永長元年（一〇九六）67歳・本位（正二位）に復す。9月16日出家。同日没。

業績

◦和歌は『後拾遺集』に入集。又『栄花物語』にも、見られる。

◦能書家として、祖父行成の世尊寺流を継承し、『北山抄』・『十五番歌合』・『藍紙本万葉集』・「自筆請文」（『東大寺文書』）などが残る。「いみじき手書」と評されていた。（『古今著聞集』七・『十訓抄』十）

伊頼　いらい（源　伊頼・みなもとのこれより）生没年未詳。醍醐源氏。父は中納言伊陟。寛弘元年（一〇〇四）**二六－5**。（内御書所）・従五位下。

為康　いこう（三善為康・みよしのためやす）永承四年（一〇四九）～保延五年（一一三九）。出自は代々越中国氷見の豪族。治暦三年（一〇六七）19歳。上洛・算博士三善為長に学び養子となる。康和二年（一一〇〇）52歳・学生・正六位上・少内記。算博士・諸陵頭（治部省・諸陵寮）。長承元年（一一三二）83歳・正五位下。越前権介。某年・尾張介・**四三－3・長楽寺**。上総守。保延五年（一一三九）91歳8月4日没。

◇度々省試に臨むも失敗し、官途は不遇であったが、文人として、多くの著述を残す。

◇仏教関係の著述を多く残したが、自身も信仰に篤かった。(『本朝新修往生伝』)

業績

◦―仏教関係―『拾遺往生伝』・『後拾遺往生伝』・『世俗往生決疑』・『金剛般若験記』(上記二書は散逸)『六波羅蜜寺縁起』1巻・『叡山根本大師伝』1巻―算術書―『三元九紫法』(散逸)―文学関係―『朝野群載』28巻・『童蒙頌韻』1巻・『掌中歴』4巻(散逸)・『懐中歴』10巻(散逸)・『続千字文』1巻など。

為善 いぜん(藤原為善・ふじわらのためよし) 生没年未詳。父は従五位下肥前守理能。母は清原元輔の女。兄弟に為祐がいる。長元七年(一〇三四)中宮亮・一―12。(**関白藤原頼通邸**『日本紀略』)

為仲 いちゅう(橘 為仲・たちばなのためなか)〜応徳二年(一〇八五)。父は正四位下筑前守義通。母は信濃守藤原挙直の女。同母兄弟に資成がいる。和歌六人党の一人。永承二年(一〇四七)式部少丞・五位蔵人。同三年(一〇四八)駿河権守。康平四年(一〇六一)皇后宮大進・**四五―4**・**李部少卿亭**(式部少輔藤原明衡邸)。越前守。承暦四年(一〇八〇)陸奥守。応徳二年(一〇八五)10月21日没。極位は正四位下。

◇陸奥守として歌枕にかかわる逸話が残る。(『無名抄』)

業績

◦日記『橘為仲記』があったが散逸。

◦和歌は『後拾遺集』以下に入集・その他『橘為仲朝臣集』がある。

為定 いてい(藤原為定・ふじわらのためさだ) 生没年未詳。父は安房守高貞。康平四年(一〇六一)学生・**四五―15**・**李部少卿亭**(式部少輔藤原明衡邸)。同六年(一〇六三)**五〇―5**。延久元年(一〇六九)正六位上・丹後大掾。少内記。承保二年(一〇七五)播磨国官倉襲撃し、百姓を殺した罪で除名。常陸国に配流。永長元年(一〇九六)12月本位に復す。

為房 いぼう(藤原為房・ふじわらのためふさ) 永承二年(一〇四九)〜永久三年(一一一五)。父は正四位下但馬守隆方。母は右衛門権佐平行親の女。子に為隆・顕隆・朝隆・親隆らがいる。大江匡房・藤原伊房と並び三房と呼ばれる。延久三年(一〇七一)23歳・六位蔵人。延久四年?・逢殿助・**三〇―16**・**秘書閣**(内御書所)。同五年(一〇七三)25歳・従五位下・承保二年(一〇七五)27歳・遠江守。中宮少進・中宮権大進・左衛門権佐・正五位上。応徳三年(一〇八六)39歳・権左少弁・五位蔵人・絵所別当。寛治二年(一〇八八)

40歳・権左少弁・三九－10・長楽寺。同四年（一〇九〇）42歳・蔵人・左少弁・左衛門権佐・九－18・鳥羽院行幸。寛治五年（一〇九一）左少弁・五三－8（関白藤原師実邸・主催内大臣師通）。加賀守・中宮大進。同六年（一〇九二）44歳・加賀守在任中吉社の神民山僧らの訴により、阿波権守に左遷。同七年（一〇九八）45歳・許され帰京・従四位下。修理権大夫・春宮亮（後の鳥羽天皇）・白河院別当。嘉承二年（一一〇七）59歳・正四位上・蔵人頭・内蔵頭。天永二年（一一一一）63歳・参議・修理大夫・越前権守。同三年（一一一二）64歳・大蔵卿。永久二年（一一一四）66歳・正三位。同三年（一一一五）67歳・腫物のため4月2日没。

◇関白師実・師通父子の家司、及び右大臣忠実家の政所別当を務める。

業績

。著作として、日記『為房卿記』、儀式書の『撰集秘記』・『貫首抄』・『装束抄』などがある。

為祐　いゆう（藤原為祐・ふじわらのためすけ）生没年未詳。父は従五位下肥前守理能。母は清原元輔の女。兄弟に為善がいる。長元七年（一〇三四）施薬院使・一－17（関白藤原頼通邸『日本紀略』）。従四位下・駿河守。

為隆　いりゅう（藤原為隆・ふじわらのためたか）延久二年（一〇七〇）～大治五年（一一三〇）。父は参議為房。母は美濃守源頼国の女。同母兄弟に、葉室中納言顕隆及び『蓬莱抄』などの著者重隆がいる。寛治元年（一〇八七）18歳・従五位下・越前権守。同二年（一〇八八）19歳・甲斐守・三九－16・長楽寺。従五位上・中宮権大進・正五位下。康和元年（一〇九九）30歳・蔵人・木工頭。長治二年（一一〇五）36歳・右少弁。中宮大進・権右中弁・勧学院別当。天仁二年（一一〇九）40歳・従四位下・右中弁。天永二年（一一一一）右中弁・二七－4・中納言殿（藤原忠通邸）。備中介・従四位上・正四位下・左中弁・遠江守・出雲守。保安三年（一一二二）53歳・蔵人頭・左大弁。同四年（一一二三）54歳・勘解由長官・讃岐権守・参議。周防権守・従三位。大治五年（一一三〇）61歳・9月7日致仕・8日出家・同日没。

◇関白師通・忠実の家司を務め、寛治二年、忠実の元服に際して、理髪の役を務める。

◇新皇后高陽院西対に年中行事、障子を書く。

業績

。著作に日記『永昌記』がある。この名は、四条坊門（永昌坊）の第宅による。（『後拾遺応生伝』）

惟綱　いこう（藤原惟綱・ふじわらのこれつな）生没年未詳。父は従四位上備中守惟風。天嘉三年（一〇五五）

別当蔭子正六位上・二四ー9・勘学院。

惟俊　いしゅん（藤原惟俊・ふじわらのこれとし）生没年未詳。父は従五位下勘解由判官政綱。元永二年（一一一九）学生・**四九ー14・藤茂才文亭**。（文章得業生藤原能兼邸）久安四年（一一四八）従五位下・上野権介。従五位上・大監物。

尹時　いんじ（藤原尹時・ふじわらのこれとき）生没年未詳。父は正四位下甲斐守師季。承徳三年（一〇九九）散位・**四二ー6・長楽寺**。長治元年（一一〇四）散位・**四ー7・因州員外刺史書亭**（因幡権守藤原公明邸）。従五位下・刑部少輔。

【う】

右衛門督　うえもんとく（うえもんのかみ）作者を「右衛門督」とするのは、**二六ー2**一首である。作詩年代を寛弘元年（一〇〇四）とすれば、この年の右衛門督は斉信である。右衛門督の右下に「公」と小さく書き込み、公任を推定したようだが、作詩年代を『日本紀略』により寛弘元年とすると斉信となる。公任は、斉信が右衛門督に任じられると同時に、「左衛門督」に転じている。（『公卿補任』）

「斉信（せいしん）」を見よ。

右近中将　うこんちゅうじょう（うこんのちゅうじょう）**二六ー4**の作者は、「右近中将」と官職のみの表記で、氏名が明らかでない。作詩年代を「寛弘元年」とすると、その時期に、右中将であった人物として、「源俊賢」と「藤原兼隆」が考えられる。俊賢の場合、長保三年（一一〇二）に、藤原斉信が左中将に転じた後の任官と思われるが、その後の『公卿補任』の記事が、同四年に左中将に転じ、同五・六年には、再び右中将となり、記録が曖昧となっている。兼隆の右中将の任官は、長保四年（一一〇四）であるが、俊賢の左中将に転じた後をうけての事とも考えられるし、俊賢の「転左中将」の記録が誤りとなると「権右中将」としての任官となり、特定出来ない。ちなみに、俊賢と兼隆の主な経歴は左の如くである。

☆俊賢　（源俊賢　みなもとのとしかた）天徳三年（九五五）～万寿四年（一〇二七）。醍醐源氏。父は西宮左大臣高明。母は九條右大臣師輔の女。子に参議顕基・宇治大納言隆国がいる。御堂関白道長室明子は姉妹である。天延二年（九五五）17歳・従五位下・侍従。永年元年（九八八）29歳・右少将。左少将・蔵人・右中弁・蔵人頭・権左中弁・右兵衛督。正暦六年（九九五）37歳・参議。長保三年（一〇〇一）42歳。右中将・治部卿・正三位。同六年（一〇〇四）45歳・権中納言・正二位。寛仁元年（一〇一

七）59歳・権大納言。同三年（一〇一九）61歳・致仕。万寿四年（一〇二七）68歳・没。

☆兼隆　（藤原兼隆　ふじわらのかねたか）寛和元年（九八五）～天喜元年（一〇五三）。父は粟田関白道兼。母は大蔵卿遠量の女。祖父兼家の養子となる。女尊子は一条天皇の女御。長徳二年（九九六）12歳・正五位下・左少将。長保四年（一一〇四）20歳・右中将。寛弘五年（一〇〇八）23歳・参議・正三位・権中納言左衛門督。治安三年（一〇二三）39歳・中納言。正二位。長元八年（一〇三五）51歳・中納言を辞す。永承元年（一〇四六）62歳・出家。天喜元年（一〇五三）69歳・没。

右兵衛督　うひょうえとく（うひょうえのかみ）詩群**一九**については、「某年秋某日」とあり年代不詳である。しかし、作者群の中の「右大弁資」を「源資通」と推定することにより、資通が右大弁であった時期、寛徳三年（一〇四六）～永承五年（一〇五〇）の間であったと考えられる。（『公卿補任』）その間、右兵衛督であった人物は、『公卿補任』によると、次の三人である。

☆源　隆国　長元七年（一〇三四）～寛徳三年（一〇四六）

☆藤原良頼　寛徳三年（一〇四六）～永承三年（一〇四八）六月四日没。

☆源　経成　永承三年（一〇四八）～康平三年（一〇六〇）

この詩群**一九**以外に、作者名を「右兵衛督」とするものに、**六－3**・**四六－2**の二首がある。この二首については、「永承三年」・「天喜四年」と年代が明らかである点から、源経成と推定出来る。更に、**四六**の詩群の後書に「右兵衛督六条亭作」とある点から、詩宴の主催者が右兵衛督、即ち、源経成であると見る事が出来る。そうした『本詩集』とのかかわりから、**一九－2**の作者、右兵衛督は源経成である可能性は高いように思われる。

【え】

「経成（けいせい）」を見よ。

永光　えいこう（藤原永光・ふじわらのながみつ）生没年未詳。法名は阿念。父は文章博士敦光。異母兄弟に大学頭有光。子に文章博士光経がいる。元永二年（一一一九）**四九－13**・**藤茂才文亭**（**文章得業生藤原能兼**）。大治五年（一一三〇）対策及第。正四位下・陸奥守・内蔵頭・文章博士。安元年間（一一七五～七七）没。

永実　えいじつ（藤原永実・ふじわらのながざね）康平五年（一〇六二）～元永二年（一一一九）。父は文章

博士成季。母は伊勢守大江広経の女。嘉保元年（一〇九四）33歳・従五位下・甲斐権守。同二年（一〇九五）34歳・文章得業生（『中右記』『師通記』では翌三年とする）。同三年（一〇九六）35歳・文章得業生・**二九―11・六波羅蜜寺**。天永二年（一一一一）50歳・散位・**二七―8・中納言殿（藤原忠通邸）**。同三年（一一一三）51歳・文章博士・大内記。10年間文章道教官・蔵人・左兵衛尉・因幡守。元永二年（一一一九）58歳・従四位上・上総守・11月12日没。

業績

◦漢詩文は『和漢兼作集』に所収。

◦和歌が『金葉集』・『詞花集』に入集しているが、同名の清家男の信濃守永実のものと思われる。

◦永久元年（一一一三）に、改元の証書を草した。元永元年（一一一八）省試の判者。

永範　えいはん（藤原永範・ふじわらのながのり）嘉承元年（一一〇六）～治承四年（一一八〇）。父は文章博士永実。母は中原師平の女。永久二年（一一一四）9歳・学問料支給。元永元年（一一一八）13歳・文章得業生。同二年（一一一九）14歳・加賀少掾。保安三年（一一二二）17歳・対策及第・大学権助。同五年（一一二四）19歳・従五位下・左衛門尉。従五位上・大宮少進・正五位下。大治元年（一一二六）21歳・散位・**五一―8**。保延五年（一一三九）34歳・従四位下・文章博士・以後14年間文章道教官。伊豫権介。仁平三年（一一五三）48歳・式部大輔。加賀介・石見守。長寛二年（一一六四）60歳・大宰大弐・東宮学士。仁安三年（一一六八）63歳・従三位・非参議。宮内卿・正三位・播磨権守。治承四年（一一八〇）75歳・10月11日出家・11月10日没。

業績

◦詩文は『願文集』・『詩序集』・『言泉集』・『和漢兼作集』・『兵範記』・『山槐記』などに所収。

◦和歌は『千載集』以下に多く入集。

◦後白河・二条・高倉の三代の天皇の侍読を務める。

◦数回にわたり改元の勘文に携わるが、『長寛勘文』の執筆者の一人でもある。

【か】

家国　かこく（大江家国・おおえのいえくに）生没年未詳。父は従五位上掃部頭佐国。兄弟に通国がいる。正暦二年（一〇七八）文章生・**三六―6・遊双輪寺**。同三年（一〇七九）**五二―20・三位侍従亭**（源季宗邸）。同寛治元年（一〇八七）散位・**一五―16・内相府書閣**（内大臣藤原師通邸）。嘉保三年（一〇九六）度支員外郎（主計助）・**二九―7・六波羅蜜寺**。康和元年（一

〇九九）従五位下・土佐介。長治元年（一一〇四）度支員外郎（主計介）・**四－1**・**因州員外刺史書亭**（因幡権守藤原公明邸）。

業績

。延久五年（一〇七三）に、『史記』の「呂后本記」・「孝本本記」・「孝景本記」の書写・点合をする。（「奥書」）

家俊　かしゅん（源　家俊・みなもとのいえとし）～嘉保二年（一〇九五）。醍醐源氏。父は正二位権中納言源家賢。寛治五年（一〇九一）治部少輔・**一八－5**。**嘉保元年（一〇九四）**少納言。従四位下・陸奥守。嘉保二年（一〇九五）没。

◇嘉保元年（一〇九四）青侍十余人を率いて京中田楽をして歩く。（『中右記』）

家成　かせい（大江家成・おおえのいえなり）出自・生没年未詳。永保三年（一〇八三）学生・**二三－9**。

（内大臣藤原師通邸）

家盛　かせい（藤原家盛・ふじわらのいえもり）生没年未詳。『尊卑分脈』冬嗣公七男良仁流、及び真夏流の二つの系統にその名が見られる。ともに、父を盛仲としている。両系統とも、経歴を出羽権守とあり、何らかの混乱かと思われる。某年・**四三－6**・**長楽寺**。

家仲　かちゅう（藤原家仲・ふじわらのいえなか）生没年未詳。親家とも。父は従四位下肥前守義綱。承暦三年（一〇七九）学生・**三二－7**（親家）。寛治五年（一〇九一）学生・**一八－7**・**棲霞寺**（家仲）。嘉保三年（一〇九六）筑前大掾・**二九－13**・**六波羅蜜寺**。（家仲）

家能　かのう（平　家能・たいらのいえよし）生没年未詳。桓武平氏高棟流。父は従五位下伊豫守基綱。嘉承三年（一〇九六）散位・**二九－12**・**六波羅蜜寺**。従五位下。

雅康　がこう（平　雅康・たいらのまさやす）生没年未詳。桓武平氏高棟流。父は正四位下生昌。文章生。寛弘八年（一〇一一）勘解由判官・蔵人。同九年（一〇一二）式部丞。長和四年（一〇一五）従五位下。長元七年（一〇三四）右衛門権佐・**一－15**（**関白藤原頼通邸**『日本紀略』）。正五位・安芸守。

◇右衛門権佐の雅康は大江時棟に文字を問うたが返事をしてもらえなかったとの逸話がある。（『十訓抄』一・『古事談』六）

業績

。和歌は『千載集』に入集。

懐季　かいき（藤原懐季　ふじわらのかねすえ）生没年未詳。父は正二位権中納言・大宰権帥季仲・母は伊豫守高階泰仲の女。嘉保三年（一〇九六）治部少輔・三

六―5・双輪寺。永長二年（一〇九七）少納言・四七―6・大宮権大夫西院（藤原季仲邸）。康和三年（一一〇一）正五位下紀伊権守。

感義　かんぎ（藤原感義　ふじわらの〇〇〇）出自・生没年未詳。天喜三年（一〇五五）別当蔭子・二四―8・勧学院。

菅原　かんげん（菅原〇〇　すがわらの……）三三―5の作者。「文章生菅原」以下判読不能で、特定出来ない。

【き】

季綱　きこう（藤原季綱・ふじわらのすえつな）生没年未詳。父は文章博士実範。母は高階業敏の女。天喜四年（一〇五六）文章生。康平某年（一〇五八～六五）散位・三八―1・長楽寺。承暦三年（一〇七九）春宮大進・五二―10・三位侍従亭（源季宗邸）・対策及第。寛治四年（一〇九〇）従四位下・備前守・九―11・鳥羽院行幸。越後守。康和元年（一〇九九）大学頭。某年・三一―1・天竺寺。

業績

。編・著作として、『季綱往来』・『季綱切韻』（二書とも逸文が残る）・『検非遺使庁日記』11巻（散逸）がある。

。詩文は『本朝続文粋』・『本朝無題詩』・『殿上詩合』などに所収。

季宗　きそう（源　季宗・みなもとのすえむね）永承四年（一〇四九）～応徳三年（一〇八六）。三条源氏。父は参議基平。母は権中納言藤原良頼の女。祖父は小一条院敦明親王。姉妹基子は後三条天皇の女御、第二皇子の母。承暦二年（一〇七八）30歳・非参議・侍従・従三位。同三年（一〇七九）31歳・侍従・五二―4・三位侍従亭（源季宗邸）。同四年（一〇八〇）32歳・春宮権大夫。応徳二年（一〇八五）37歳・春宮権大夫解任。同三年（一〇八六）38歳・8月21日没。基子所生の第二皇子実仁親王の立太子とともに、春宮権大夫に就任したものの、応徳二年親王の薨去により解任される。

◇姉妹基子が後三条帝の女御であった処から、側近として、四天王寺御幸に供奉し、和歌を奉る。

季仲　きちゅう（藤原季仲・ふじわらのすえなか）永承元年（一〇四六）～元永二年（一一一九）。父は権中納言経季。母は備後守邦恒の女。子に刑部少輔懐季と少納言実明がいる。永長二年（一〇五六）11歳・長秋宮員外（皇后宮権大夫）・四七―2・大宮権大夫西院（藤原季仲邸）。康平元年（一〇五八）13歳・従五位下。延久元年（一〇六九）24歳・刑部少輔。少納言・右小

弁・左小弁。寛治元年（一〇八七）42歳・左小弁・二五―6・**内相府書閣**（内大臣藤原師通邸）。同二年（一〇八八）43歳・左中弁・三九―4・**長楽寺**（詩宴内大臣藤原師通邸『師通公記』）。某年・左中弁・三七―4・**長楽寺**。寛治四年（一〇九〇）45歳・正四位下・蔵人頭・右大弁・九―6・**鳥羽院行幸**。寛治五年（一〇九一）46歳・五三―16。寛治八年（一〇九四）49歳・正四位下・参議・左大弁・勘解由長官。嘉保三年（一〇九六）51歳・越州員外大守（越前権守）・三六―1・**双輪寺**。永長二年（一〇九七）52歳・長秋宮員外（皇后宮権大夫）・四七―2・**大宮権大夫西院**（藤原季仲邸）。康和四年（一一〇二）57歳・従二位・権中納言・大宰権帥。同五年（一一〇三）58歳・正二位・大宰府下向。長治二年（一一〇五）60歳。日吉社との抗争により解任・周防国へ配流・同三年（一一〇六）61歳・配所を常陸に改められる・出家。元永二年（一一一九）64歳・配所で没。・日吉社との抗争により、子の懐季・実明も連座で解任される。

業績

・著作として『季仲卿記』（肌の色が黒かったので「黒帥」とあだ名され、『玄記』とも呼ばれる。）

・詩文は『新撰朗詠集』に所収。

季任　きにん（藤原季任・ふじわらのすえむね）生没年未詳。父は正五位下常陸介永頼。天喜三年（一〇五五）蔭孫・二四―12・**勧学院**。康和三年（一一〇一）以前・勧学院別当。

季頼　きらい（藤原季頼・ふじわらのすえより）出自・生没年未詳。天喜三年（一〇五五）学生・二四―14・**勧学院**。

基言　きげん（惟宗基言・これむねのもととき）出自・生没年未詳。嘉保三年（一〇九六）少内記・三六―7・**双輪寺**。

基綱　きこう（源　基綱・みなもとのもとつな）永承四年（一〇四九）～永久四年（一一一六）。宇多源氏。父は正二位大納言経信。母は土佐守源貞亮の女。道時は同母兄弟である。承保四年（一〇七七）29歳・正五位下・少納言。承暦三年（一〇七九）31歳・少納言・五二―9・**三位侍従亭**（源季宗邸）。同五年（一〇八一）33歳・右少弁。応徳元年（一〇八四）36歳・五位蔵人。同二年（一〇八五）37歳・右中弁。寛治二年（一〇八八）40歳。右中弁・三九―6・**長楽寺**。寛治三年（一〇八九）41歳・権左中弁・正四位下。某年・権左中弁・三七―5・**長楽寺**。同八年（一〇九四）46歳・右大弁。周防権守。承徳二年（一〇九八）50歳・蔵人頭。同三年（一〇九九）51歳・左大弁。康和二年（一一〇〇）52歳・従三位・参議。長治元年（一一一〇四）56歳・正三位。嘉承二年（一一〇七）59歳・権中納言。天仁三年（一一一〇）62歳・従二位・治部卿。永久四年（一一一六）68歳・太宰権帥・12月30日没。
◇父経信の成した琵琶の流「経信流」（桂流）を受けつぎ、子の時俊・信綱・阿闍梨良祐に伝えた。又神楽の伝も、父より受ける。白河院時代、藤壺に琵琶の明匠八人に父経信と共に召された。（『古今著聞集』六）

基俊 きしゅん（藤原基俊・ふじわらのもととし）康平三年（一〇六〇）～永治二年（一一四二）。法号は覚舜。金吾入道とも。父は大宮右大臣俊家。母は高階順業の女。祖父は堀河右大臣頼宗。姉妹に関白師通室で、摂政忠実の母がいる。承暦元年（一〇七七）18歳・従五位下・左衛門佐。従五位上。永保二年（一〇八二）23歳。左衛門佐を辞す。嘉保三年（一〇九六）37歳・散位・**三六ー4・双輪寺**。大治元年（一一二六）67歳・**五一ー4（関白藤原忠通邸）**。保延四年（一一三八）79歳・出家。康治元年（一一四〇）83歳正月16日没。

業績

。編・著作として、『新撰朗詠集』・『新三十六人』（散逸）・『悦目抄』（散逸）などがある。
。詩文は『本朝無題詩』に所収。
。中古六歌仙の一人で詩人と言うより歌人としての業績が多く、『金葉集』以下に百首以上が入集。その他『基俊集』がある。「郁芳門院根合」・「宰相中将国信家歌合」・「左近権中将俊忠家歌合」・「雲居寺結縁経後宴歌合」・「堀河院百首」など多くの歌合せにも和歌が残る。
。歌学者として、「内大臣家歌合」など多くの歌合の判者を務め、「幽玄」・「余情」の語を初めて用いた。『万葉集』の次点者の一人である。・『千載集』の選者俊成は晩年の弟子である。

基俊 きしゅん（源　基俊・みなもとのもととし）出自・生没年未詳。母は関白藤原忠実の乳母。応徳元年（一〇八四）散位・**五ー2**。永長二年（一〇九七）散位・**四七ー5・大宮権大夫西院**（藤原季仲邸）。遠江守。元永元年（一一一八）従五位下・宮内少輔。伊勢の神人の訴えで罰せられる。保安元年（一一二〇）宮内大輔。

基親 きしん（惟宗基親・これむねのもとちか）出自・生没年未詳。永保三年（一〇八三）文章生・**二三ー五・浄土寺**（藤原師通邸）

義孝 ぎこう（藤原義孝・ふじわらのよしたか）生没年未詳。父は民部大輔敦舒。母は従五位下藤原朝野の女。中古三十六歌仙の一人で、一条摂政伊尹の男と同名により混同もあるので注意。長元七年（一〇三四）別当・

民部丞・二八―3・勧学院。康平元年（一〇五八）従五位下・伊勢守・土佐に遠流（伊勢神宮の御厨の物を焼き払った罪）。

業績

◦和歌が『後拾遺集』・『新古今集』に見られる。

義綱　ぎこう（藤原義綱・ふじわらのよしつな）生没年未詳。父は大納言資平。兄は権中納言資仲。実父は阿闍梨延園。某年・三―五。寛治七年（一〇九三）陸奥守。・『殿暦』の天仁二年（一一〇八）2月18日の記事に「義綱於近江国出家」とあるが、実父が阿闍梨である点から考えられる。

義忠　ぎちゅう（藤原義忠・ふじわらののりただ）寛弘元年（一〇〇四）～長久二年（一〇四一）。父は勘解由次官為文。子に能成がいる。寛仁元年（一〇一七）14歳・東宮学士（後の後朱雀天皇）。寛仁三年（一〇一九）16歳・従五位上・右少弁。同四年（一〇二〇）17歳・左少弁・文章博士。治安二年（一〇二二）19歳・正五以下。長元七年（一〇三四）31歳。東宮学士・一―11・（関白藤原頼通邸『日本紀略』）。長暦二年（一〇三八）35歳・正四位下・右中弁・大学頭。同三年（一〇三九）36歳・権左中弁。長久元年（一〇四〇）37歳・勧学院別当。某年・三―2。同二年（一〇四一）39歳・大和守・11月1日吉野川で溺死。侍読の労により、従三位・参議が追贈。溺死について『仁王経』の祟りであると伝えられる。（『今昔物語』）

業績

◦詩文は『本朝読文粋』・『和漢兼作集』・『類聚句題抄』に所収。

◦和当は『後拾遺集』他に入集。「東宮学士義忠歌合」の主催、「上東門院彰子歌合」・「女御生子歌合」に出詠。又、後朱雀天皇大嘗祭の和歌を詠む。

◦東宮学士として、東宮王子親仁親王（後の後冷泉天皇）の御湯殿の読書や読書始めの儀を務める。

◦長暦元年（一〇三七）・長久元年改元の勘文を奉る。

挙周　きょしゅう（大江挙周・おおえのたかちか）～永承元年（一〇四六）。字は多幸。父は式部大輔匡衡。母は女流歌人赤染衛門。匡房の祖父にあたる。江侍従は姉妹である。長徳四年（九九八）文章得業生。長保二年（一〇〇〇）対策及第。同三年（一〇〇一）正六位上・播磨少掾。寛弘三年（一〇〇六）式部少丞・蔵人。敦成親王家（後の後一条天皇）家司。同八年（一〇一一）東宮学士。寛仁三年（一〇一九）和泉守。治安三年（一〇二三）後一条天皇侍読。万寿二年（一〇二五）文章博士。同三年（一〇二六）三河守。長元元年（一〇二八）木工頭。同四年（一〇三一）侍読の労により正四位下・式部権大輔。同七年（一〇三四）式

部大輔・**一ー6**・（**関白藤原頼通邸**『日本紀略』）。同九年（一〇三六）丹後守。永承元年（一〇四六）大学頭。6月没。

◇和泉守の任果てた後、大病にかかったが、住吉明神のたたりと知り、母赤染衛門が和歌を御幣に書き奉ったところ、平癒したと云う逸話が残る。（『十訓抄』・『今昔物語』二十四・五十一・『古今著聞集』五他）

業績

。漢詩文は『本朝文粋』・『本朝文集』に所収。

。敦成親王（後の後一条天皇）・親仁親王（後の後冷泉天皇）・尊仁親王（後の後三条天皇）らの御湯殿の読書や読書始の儀などに奉仕する。

。長元元年（一〇二八）・長暦元年（一〇三七）・寛徳元年（一〇四四）各年号の改元の勘文を奉る。

挙長　きょちょう（藤原挙長　ふじわらのあげなが）出自・生没年未詳。元永二年（一一一九）**四九ー8・藤茂才文亭**（文章得業生・藤原能兼邸）。

匡房　きょうぼう（大江匡房・おおえのまさふさ）長久二年（一〇四一）～天永二（一一一一）。江都督・江帥・江大府卿などとも呼ばれる。父は従四位上大学頭成衡。母は宮内大輔橘孝親の女。天喜四年（一〇五六）16歳。文章得業生・学問料支給。同五年（一〇五七）17歳・丹波掾。同六年（一〇五八）18歳・対策及第。康平三年（一〇六〇）20歳。従五位下・治部少丞・式部少丞。治暦三年（一〇六七）27歳・東宮学士・従五位下・**四八ー4・李部少卿七条亭**。同四年（一〇六八）28歳・蔵人・中務大輔・正五位下。同五年（一〇六九）29歳・左衛門権佐・右少弁・**三〇ー4・秘書閣**（内御書所）。延久四年（一〇七二）32歳・備中介・同六年（一〇七四）34歳・美作守・従四位下。承保四年（一〇七七）40歳・権左中弁。同五年（一〇八一）41歳・左中弁。備前権守・式部権大輔。永保四年（一〇八四）44歳・左大弁。勘解由長官・従三位・式部大輔。寛治元年（一〇八七）47歳・左大弁・**二五ー4・内相府書閣**（内大臣藤原師通邸）・**三七ー3・長楽寺**。同二年（一〇八八）48歳・正三位・周防権守・参議。同四年（一〇九〇）50歳・参議・正三位・左大弁・民部大輔・勘解由長官・越前守・**九ー1・鳥羽院行幸**。同五年（一〇九一）・51歳・左大弁・**五三ー15**（関白師実六条亭）。同八年（一〇九四）54歳・権中納言。永長二年（一〇九七）57歳・大宰権帥承徳二年（一〇九八）大宰府赴任。康和四年（一一〇二）62歳・大宰府より帰京。正二位。天永二年（一一一一）71歳・大蔵卿・11月5日没。

◇白河院の別当を務め、堀河院乳母の実子が妻であったことから、それぞれの信任が厚かった。

◇漢文学の知識を背景に、広い範囲で業績を残すが、若い時から旺盛な知識力の持主であったこと、又、相人（人相見）として優れていたことなどを示す逸話が多く残る。（『古事談』五・六、『十訓抄』一・三・十、『古今著聞集』三）

業績

◦編・著作として、『江家次第』・『続本朝往生伝』・『本朝神仙伝』・『江都督願文集』・『江談抄』・『江記』・『暮年詩記』・『傀儡記』・『遊女記』『洛陽田楽記』・『対馬貢銀記』・『狐媚記』など数多い。

◦詩文『本朝続文粋』・『朝野群載』・『本朝無題詩』などに所収。

◦和歌は『後拾遺集』・『金葉集』・『詞花集』・『千載集』などに九十数首が入集。家集『江帥集』もある。

業任　ぎょうにん（今宗業任・いまむねのなりとう）出自・生没年未詳。天喜四年（一〇五六）散位・**四六―6**・**右兵衛督六条亭**（源経成邸）。某年・**一九―3**。

今製　きんせい（今製→今上天皇・ごれいぜいてんのう）万寿二年（一〇二五）～治暦四年（一〇六八）。父は東宮敦良親王（後の後朱雀天皇）。母は藤原道長の女。東宮妃嬉子。幼名は親仁。生後二日にして、母は薨去。以後、祖母であり、伯母である上東門院のもとで成長。乳母は紫式部の女賢子である。長元九年（一〇三七）13歳・親王宣下。改元されて長暦元年（一〇三七）13歳・元服・皇太子。寛徳二年（一〇四五）21歳・即位。康平五年（一〇六二）37歳・**一三―1**。治暦四年（一〇六八）44歳・崩御。

業績

◦著作として、『後冷泉院御記』があったが散逸。

◦和歌は、『後拾遺集』以下に七首入集。

【け】

経尹　けいいん（〇〇経尹……つねただ）学生の下を「経尹」と判読しているが、出自・生没年未詳。某年・学生・**四三―5**

経信　けいしん（源　経信・みなもとのつねのぶ）長和五年（一〇一六）～永長二年（一〇九七）帥大納言とも、桂大納言とも呼ばれる。父は権中納言道方。母は光孝源氏、播磨守国盛の女。（『経信母集』の作者で、琵琶の名手。）子に刑部卿道時・権中納言基綱・歌学者俊頼がいる。長元三年（一〇三〇）15歳・従五位下。三河権守・従五位上・刑部少輔。長暦三年（一〇三九）24歳・少納言。正五位上・従四位下・左馬頭・従四位上・正四位下・播磨守。康平五年（一〇六二）46歳・右中弁。六年（一〇六三）47歳・権左中弁。治暦元年（一〇六五）49歳・蔵人頭・右大弁・近江介。治暦三

年（一〇六七）51歳・参議・伊豫権守・従三位・中宮権大夫。延久三年（一〇七一）56歳・正三位・大蔵卿。同四年（一〇七二）57歳・従二位・左大弁。承保二年（一〇七五）60歳・権中納言。同三年（一〇七六）61歳・皇后宮権大夫。承暦元年（一〇七七）62歳・正二位。同五年（一〇八一）66歳・民部卿。永保三年（一〇八三）68歳・権大納言。寛治二年（一〇八八）73歳・**三九ー2・長楽寺**。（**詩宴内大臣藤原師通邸**『師通公記』）。同四年（一〇九〇）75歳・正二位・権大納言・民部卿・皇后宮大夫・**九ー4・鳥羽院行幸**。同五年（一〇九一）76歳・大納言・**五三ー14**（**関白藤原師実六条亭**『百錬抄』『中右記』）。某年・**三七ー1・三七ー2・長楽寺**。嘉保元年（一〇九四）79歳・大宰権帥。嘉保三年（一〇九六）大宰府赴任。永長二年（一〇九七）82歳・閏1月6日・任地で没。

◇歌人として高い評価を受けていた。（『近代秀歌』・『後鳥羽院口伝』）

◇『琵琶譜』（宮内庁書陵部蔵）も経信筆であり、（奥書）琵琶の名手として、殿上の管弦に、欠かせない存在であった。白河院の御幸の折、詩・歌・管弦の三つの舟を浮かべ、その道、その道の人を分けて乗せたが、経信は、思案の末、管弦の舟に乗ったとの逸話がある。（『十訓抄』十）

業績

◦編・著作に『師記』（日記）・『難後拾遺』・『後拾遺問答』（歌学書）がある。

◦詩文は『朝野群載』・『本朝続文粋』・『本朝文集』・『本朝無題詩』などに数多く所収。

◦和歌は『後拾遺集』以下に百首余が入集し、『大納言経信集』もある。

経成　けいせい（源　経成・みなもとのつねなり）寛弘六年（一〇〇九）～治暦二年（一〇六六）。醍醐源氏。父は備前守長経。母は淡路守藤原時方の女。祖父は大納言重光。女に後三条天皇の乳母の成子がいる。治安三年（一〇二三）15歳・諸陵助（式部省・諸陵寮）。右近将監。万寿四年（一〇二七）19歳・蔵人。同五年（一〇二八）20歳・従五位下・侍従。長元三年（一〇三〇）22歳・少納言。紀伊権守・従五位上・正五位下。長暦二年（一〇三八）30歳。五位蔵人・左少弁・権右中弁・従四位下・右中弁・従四位上・権左中弁・正四位下・民部権大輔・周防権守。寛徳元年（一〇四四）36歳・蔵人頭。修理大夫。永承元年（一〇四六）38歳・参議。同三年（一〇四八）40歳・**六ー3**。同四年（一〇四九）51歳・右兵衛督・備前守・従三位・検非違使別当・正三位・讃岐権守。天喜四年（一〇五六）48歳・右兵衛督・**四六ー2・右兵衛督六条亭**（源経成邸）。

同五年（一〇五七）49歳・従二位。康平三年（一〇六〇）52歳・左兵衛督。同四年（一〇六一）53歳・権中納言。治暦二年（一〇六六）58歳・7月9日没。

◇検非違使別当時代、左獄に火事があり、その際、獄囚を放免しなかった為、その子重資・師資らは、中納言程になったが、その子孫は絶えてしまったと云う逸話がある。（『十訓抄』）

◇石清水八幡宮に、強盗一〇〇人の首を斬る功により中納言に任ぜられたいと願をかけたとの逸話がある。（『古事談』五）

業績

。和歌が「高陽院水閣歌合」に見られる。

経通　けいつう（藤原経通　ふじわらのつねみち）天元五年（九八二）～永承六年（一〇五一）。父は権中納言懐平。母は中納言源保光の女。異母兄弟に、権大納言経任（権大納言斉信の養子）がいる。長保五年（一〇〇三）22歳・蔵人。寛弘元年（一〇〇四）23歳・二**六―6**・（内御書所）。同二年（一〇〇五）24歳・右中弁。従四位下・権左中弁・中宮権亮・従四位上。同九年（一〇一二）31歳・左中弁。正四位下・播磨権守・春宮亮。長和五年（一〇一六）35歳・蔵人頭・左京大夫。寛仁三年（一〇一九）38歳・正四位下・参議。従三位・讃岐権守・正三位・右兵衛督・太皇大后宮権大夫・治部卿・備前守・左兵衛督・右衛門督・従二位。長元二年（一〇二九）48歳・正二位・権中納言。同七年（一〇三四）53歳・左衛門督・**一―2**。（**関白藤原頼通邸**『日本紀略』）。寛徳三年（一〇四七）65歳・太宰権帥。永承六年（一〇五一）70歳・5月28日出家。8月16日没。

業績

。太宰帥として赴任後、安楽寺に文人・僧を集め、勧学会を年二回始める。（『安記』）

。和歌は万寿元年（一〇二四）「高陽院駒競後宴」の折りの歌があったと言われるが散逸。（『栄華物語』一九―3）

経任　けいにん（藤原経任・ふじわらのつねとう）長保二年（一〇〇〇）～治暦二年（一〇六六）。白髪大納言と称される。父は権中納言懐平。母は父に劣らぬ女手かきと称された「『大鏡』）太宰大弐佐理の女。権大納言斉信の養子となる。兄弟に権中納言経通がいる。寛弘九年（一〇一二）13歳・従五位下。長和六年（一〇一七）18歳・従五位上・侍従・右衛門佐。左近衛少将・正五位下・備後介・従四位上。長元二年（一〇二九）30歳・権左中弁・同三年（一〇三〇）31歳・蔵人頭・同七年（一〇三四）35歳・権左中弁・**一―5**・（**関白藤原頼通邸**『日本紀略』）。同八年（一〇三八）

39歳・正四位下・参議。備中権守・修理大夫。同十年（一〇四〇）41歳・従三位・播磨権守・左兵衛督。永承三年（一〇四八）49歳・正三位・権中納言。正二位・治部卿。治暦元年（一〇六五）66歳・権大納言・皇后宮権大夫。同二年（一〇六六）67歳・2月16日没。

業績

。著作『経任大納言記』（散逸。『殿暦』による。）

経範　けいはん（藤原経範・ふじわらのつねのり）生没年未詳。父は正四位下文章博士孝範。長元七年（一〇三四）進士（文章生）・**二八―9**・勧学院。侍読・式部大輔・文章博士・従三位。

兼胤　けんいん（藤原兼胤・ふじわらのかねたね）出自・生没年未詳。嘉保三年（一〇九六）散位・**三六―六・双輪寺**。

兼基　けんき（藤原兼基・ふじわらのかねもと）～永久四年（一一一六）。本名は道輔。父は従五位上肥後守重房。母は大蔵卿師経の女。承徳三年（一〇九九）宮内少輔・**四二―五・長楽寺**。従五位上・宮内大輔。永久四年（一一一六）53歳・10月没。

兼業　けんぎょう（高階兼業・たかしなのかねなり）出自・生没年未詳。康平六年（一〇六三）**一七―1**。

兼衡　けんこう（藤原兼衡　ふじわらのかねひら）生没年未詳。父は従四位下筑前守為道。母は高階忠臣の女。康平四年（一〇六一）学生・**四五―14・李部少卿亭**（式部少輔藤原明衡邸）。承暦三年（一〇七九）学生・**五二―22・三位侍従亭**（源季宗邸）。式部少輔・従四位下・大内記。

兼実　けんじつ（藤原兼実　ふじわらのかねざね）生没年未詳。父は正四位下美濃守基貞。母は民部卿藤原長家の女。又但馬守源章任の女とも。祖父は右大臣頼宗。大政大臣信長の養子となる。治暦四年（一〇六八）備中権介。寛治五年（一〇九一）・右馬頭・**五三―2・関白藤原師実六条亭**。康和五年（一一〇四）正四位下伊豫介。

憲房　けんぼう（藤原憲房　ふじわらののりふさ）父は太宰大弐惟憲。母は修理亮藤原親明の女。永承六年（一〇五一）皇后宮大進・**四四―5**。正四位下・丹後守・尾張守・阿波守・讃岐守。延久五年（一〇七三）10月7日没。

顕基　けんき（源顕基　みなもとのあきもと）長保二年（一〇〇〇）～永承二年（一〇四七）。法名は円照。父は権大納言俊賢。母は右兵衛督藤原忠君（一説に忠尹）の女。祖父は源高明。弟は宇治大納言隆国。藤原頼通の猶子となる。寛弘八年（一〇一一）12歳。従五位下。長和二年（一〇一三）14歳・侍従・右兵衛佐。右少将・備前介・播磨介・周防権介。治安元年（一〇二一）22

歳・従四位上・権右中将・蔵人頭。正四位下・左中将。長元二年（一〇二九）30歳・従三位・参議。同七年（一〇三四）35歳・宰相中将・一―4。（関白藤原頼通邸『日本紀略』）。同九年（一〇三六）37歳・4月22日出家。永承二年（一〇四七）48歳・9月3日没。

◇安和の変で祖父高明が失脚したが、父俊賢が家運を再興。顕基も頼通の猶子となり、順調に栄達したが、後一条天皇の崩御に逢い、「忠臣は二君につかへず」と云って出家、横川に隠棲した。（『古今著聞集』一・『栄華物語』三十三也）

業績

。和歌が『後拾遺集』他に入集。

元範　げんはん（藤原元範・ふじわらのもとのり）生没年未詳。父は正五位下備後守理明。母は和泉守源致明の女。式部少輔。刑部大輔。従四位下。長元七年（一〇三四）宮内大輔・**二八―2・勧学院**。

【こ】

護童丸　ごどうがん（護童丸）出自・生没年未詳。

公資　こうし（大江公資　おおえのきんすけ）～長久元年（一〇四〇）。父は薩摩守清言。女流歌人相模を一時妻とする。寛弘八年（一〇一一）越前権大掾。寛仁四年（一〇二〇）相模守。長元六年（一〇三三）遠江守。同七年（一〇三四）**一―13**。（**関白藤原頼通邸**『日本紀略』）。同八年（一〇三五）式部少輔。従四位下。兵部権大輔。長久元年（一〇四〇）11月7日没。

◇女流歌人「相模」の名は、公資が相模守赴任の際、妻として同道したことによる。又、公資が「大外記」の職を所望した時、小野宮右大臣の「妻相模を抱いて、秀歌を案じ、公事に支障を来たすであろう。」という発言によって実現しなかった。（『袋草子』）

業績

。和歌は、『後拾遺集』・『金葉集』・『千載集』などに入集。又、『玄々集』「賀陽院歌合」等にも見られる。

公章　こうしょう（藤原公章・ふじわらのきみあや）生没年未詳。父は正五位下少納言通輔。兄弟に因幡権守公明がいる。天永二年（一一一一）散位・**二七―11・中納言殿（藤原忠通邸）**。大治二年（一一二七）・太宰少弐・肥後守。長承元年（一一三二）筑前守を辞す。

公仲　こうちゅう（大江公仲・おおえきんなか）生没年未詳。父は広国。祖父は従四位下公資。（『大江氏系図』）。康平四年（一〇六一）**四五―19・李部少卿亭**（式部少輔藤原明衡邸）。某年・文章得業生・**三〇―17・秘書閣**（内御書所）。延久三年（一〇七一）正六位上・越中掾。某年・散位・**三〇―7・秘書閣**（内御書所）。嘉保元年（一〇九四）従四位下・流罪。承徳元年（一〇九七）召還・本位に復す。
◇嘉保元年（一〇九四）12月29日、散位藤原資俊宅に押し入り、放火・殺人により、隠岐国へ流罪。（『中右記』）

公明　こうめい（藤原公明・ふじわらのきみあき）生没年未詳。父は正五位下少納言通輔。兄弟に筑前守公章がいる。康和二年（一一〇〇）従五位下・因幡権守。長治元年（一一〇四）朝散大夫・**四―7・因州員外刺吏書亭**（因幡権守藤原公明邸）。

広業　こうぎょう（藤原広業・ふじわらのひろなり）貞元二年（九七七）～長元元年（一〇二八）。儒家七家のうち、西曹藤家日野流の祖である。父は参議有国。母は周防守義友の女。子に家経、権大納家広算がいる。長徳二年（九九六）20歳・文章生。同三年（九九七）21歳・文章得業生・蔵人。同四年（九九八）22歳・近江権大掾・対策及第。式部少掾。長保二年（一〇〇〇）24歳・従五位下・蔵人。筑前権守勘解由次官・民部権少輔。長保六年（一〇〇四）28歳・右少弁。寛弘元年（一〇〇四）**二六―1（内御書所）**。従五位上。同四年（一〇〇七）31歳・正五位下・東宮学士（後の三条天皇）。同五年（一〇〇八）32歳・備後権介・文章博士。右衛門佐・侍従・伊豫介・従四位下・正四位下。同九年（一〇一二）36歳・左京大夫・式部大輔。播磨守。長和六年（一〇一七）東宮学士（後の後一条天皇）。寛仁四年（一〇二〇）44歳・正四位下・参議。従三位。長元元年（一〇二八）52歳・勘解由長官・4月13日没。
◇治安二年（一〇二二）広業と大江通直との争いで式部省試が延期になり学生が騒ぐという事件があった。（『小右記』）

業績
。詩文は、『本朝文粋』・『本朝続文粋』・『扶桑略記』・『本朝小序集』・『本朝麗藻』・『類聚句題抄』などに所収。
。一条・三条・後一条三代の天皇の侍読を務め、敦良親王（後の後朱雀天皇）のお湯殿の読書や読書始の儀を務める。
。万寿元年の改元にあたり、勘文に携わり、省試判をも務める。

広経　こうけい（大江広経・おおえのひろつね）生没年未詳。父は遠江守公資。母は後拾遺作者。康平四年（一〇六一）下州前刺史（前下野守）**四五―3吏部少卿亭**（式部少輔藤原明衡邸）。延久元年（一〇六九）河内守。某年・前河内守・**三〇―3・秘書閣**（内御書所）。

業績
。『後拾遺集』に入集。（下野に下降する時の和歌）

広兼　こうけん（藤原広兼・ふじわらのひろかね）出自・生没年未詳。元永二年（一一一九）少内記・**四九―7**・**藤茂才文亭**（文章得業生藤原能兼邸）

◇『菅家文章』12巻・『後集』1巻・『菅相公集』1巻を北野廟に献納する。（奥書）

広綱　こうごう（藤原広綱・ふじわらのひろつな）生没年未詳。父は文章博士正家。承暦元年（一〇七七）文章得業生。寛治元年（一〇八七）勘解由次官・**二五―14**・**内相府書閣**（内大臣藤原師通邸）。同二年（一〇八八）勘解由次官・**三九―15**・**長楽寺**。

業績

。藤原在衡の説を家本の『後漢書』に点合。（書陵部・識語）

広俊　こうしゅん（中原広俊・なかはらのひろとし）康平五年（一〇六二）～。父は俊貞。女に藤原茂明室で、文章博士敦周・敦経の母がいる。文章生・承徳二年（一〇九八）37歳・少内記。康和四年（一一〇二）41歳。六位・外記。同五年（一一〇三）42歳・従五位下・肥後介。天永二年（一一一一）50歳・散位・**二七―13**・**中納言殿**（藤原忠通邸）。天永三年（一一一二）51歳・下野守。日向守。

業績

。詩文が『本朝無題詩』及び『詩序集』に所収。

。勧学会の作文の講師を務める。

。大納言宗忠主催の「尚歯会」に、藤原基俊らと出席。（『古今著聞集』四）

広親　こうしん（惟宗広親・これむねのひろちか）出自・生没年未詳。承暦四年（一〇八〇）学生・**七―8**・永保三年（一〇八三）学生・**二三―7**・（内大臣藤原師通邸）

広房　こうぼう（橘　広房・たちばなのひろふさ）生没年未詳。父は鎮守府将軍従四位上陸奥守以綱。一時大江匡房の養子となるが、後復姓。室は大江匡房の女。文章得業生。承徳三年（一〇九九）散位・**四二―10**・**長楽寺**。天仁元年（一一〇八）信濃守。元永二年（一一一九）信濃守・元の姓（橘）に復す。大治元年（一一二六）散位・**五一―5**・（藤原忠通邸）

行家　こうか（藤原行家・ふじわらのゆきいえ）長元二年（一〇二九）～嘉承元年（一一〇六）。父は正四位下文章博士家経。母は甲斐守公業の女。子に文章博士行成がいる。文章得業生。康平三年（一〇六〇）32歳・越州員外司馬。**三四―4**・**世尊寺**。同四年（一〇六一）33歳。前文章得業生・**四五―12**・**李部少卿七条亭**（式部少輔藤原明衡邸）。承保二年（一〇七五）47歳・正五位下・土佐守。承暦三年（一〇七九）51歳・文章博士。寛治元年（一〇八七）59歳・前阿波守・**二五―7**・

内相府書閣（内大臣藤原師通邸）。同二年（一〇八八）60歳・散位・**三九－5・長楽寺**。同四年（一〇九〇）62歳・従四位上・散位・**九－9・鳥羽院行幸**。某年勘解由・**三〇－6・秘書閣**（内御書所）。康和二年（一一〇〇）72歳・11月・出家。嘉承元年（一一〇六）78歳・2月19日没。

業績

◦詩文は『擲金抄』・『続本朝文粋』・『朝野群載』・『和歌真字序』・『願文集』などに所収。

◦和歌は『金葉集』に入集。

◦永保元年に改元勘文に携わり、永保は行家が選出。

◦師通の子忠実の読書始を務めたり、上表文の制作に携わる。

行職　こうしき（大江行職・おおえのゆきより）生没年未詳。父は成利。・**三〇－20・秘書閣**（内御書所）

行盛　こうせい（藤原行盛・ふじわらのゆきもり）承保元年（一〇七四）～長承三年（一一三四）。父は文章博士行家。母は文章博士藤原実範の女。寛治五年（一〇九一）18歳。学生・学問料支給。承徳二年（一〇九八）25歳・文章得業生。康和四年（一一〇二）29歳・院蔵人・対策及第。天永二年（一一一一）38歳・勘解由次官・**二七－九・中納言殿**（藤原忠通邸）。元永元年（一一一八）35歳・式部少輔。保安三年（一一二二）文章博士。長承三年（一一三四）61歳・11月22日没。

◇『後拾遺往生伝』に伝がある。

◇藤原忠実の家司を務める。

業績

◦詩文は『和漢兼作集』・『別本和漢兼作集』・『擲金抄』・『扶桑古文集』などに所収。

◦和歌は『金葉集』などに入集。

◦天治・大治の改元勘文。省試判に携わる。

光遠　こうえん（〇〇光遠……みつとお）出自・生没年未詳。永長（一〇九七）若狭掾・**四七－11・大宮権大夫西院**（藤原季仲邸）。

光俊　こうしゅん（平　光俊・たいらのみつとし）生没年未詳。父は光孝平氏・伊豆守祐俊。元永二年（一一一九）治部丞・**四九－六・藤茂才文亭**（文章得業生藤原能兼邸）。極位は従五位下。

孝言　こうげん（惟宗孝言・これむねのたかとき）長和四年（一〇一五）～。字は宗智。父は能登守教親。長元七年（一〇三四）20歳・文章生・**二八－17・勧学院**。長久四年（一〇三四）29歳・方略式。永承三年（一〇四八）34歳・**六－13**・天喜四年（一〇五六）42歳・散位・**四六－8・右兵衛督六条亭**（源経成邸）。延久三年（一〇七一）57歳・大学頭。**三〇－10・秘書閣**（内御書所）。承暦三年（一〇七九）65歳・前長門守・**五**

二ー14・三位侍従亭（源季宗邸）。同四年（一〇八〇）66歳・**七ー2**。永保三年（一〇八三）69歳・散位・**二三ー3**（内大臣藤原師通邸）。寛治元年（一〇八七）73歳・正五位上・**二五ー10・内相府書閣**（内大臣藤原師通邸）。同三年（一〇八九）75歳・掃部頭・**三九ー11・長楽寺**。同四年（一〇九〇）76歳・従四位下・掃部頭・**九ー14・鳥羽院行幸**。同六年（一〇九二）78歳・伊勢守。嘉保三年（一〇九六）82歳・伊賀守・**二九ー4・六波羅蜜寺**。承徳元年（一〇九七）83歳・伊賀守を辞す。

業績

◦詩文は『本朝続文粋』・『朝野群載』・『本朝無題詩』・『本朝小序集』・『王沢不渇鈔』・『詩序集』に所収。

◦『万葉集』次点者の一人。

◦藤原師実・師通の侍読を務め、漢籍を献ずる。（『師通記』）

孝親　こうしん（橘　孝親・たちばなのたかちか）出自・生没年未詳。橘氏の学館院を創設した氏公の公裔といわれている（『江談抄』・五）。女は大江成衡の室、匡房の生母がいる。長元七年（一〇三四）民部少輔・**一ー18**（**関白藤原頼通邸**『日本紀略』）。長暦三年（一〇三九）大内記・文章博士・長久元年（一〇四〇）大内記を辞す。

業績

◦長久元年（一〇四〇）年号の勘申、その他「大赦詔」や「願文」など『本朝文集』に所収。

国綱　こくこう（藤原国綱・ふじわらのくにつな）生没年未詳。父は従四位下刑部大輔元範。母は常陸介惟通の女。長元四年（一〇四三）給料の勅試。永承三年（一〇四八）学生・**六ー15**。康平四年（一〇六四）但馬掾。勘解由判官。刑部大輔。

国成　こくせい（藤原国成・ふじわらのくになり）生没年未詳。父は従五位下筑前守則友。母は伊豫守景舒の女。長元五年（一〇三二）勘解由次官。長暦元年（一〇三七）文章博士。長久元年（一〇四〇）美濃守。永承三年（一〇四八）**六ー2**。同六年（一〇五一）正四位上・式部権大輔・文章博士（**四四ー1**。天喜元年（一〇五三）式部大輔。康平七年（一〇六四）式部大輔再任。

業績

◦天喜元年に改元勘文、長元五年・長久四年などに、敕試の問題や出題に務める。

国仲　こくちゅう（源　国仲・みなもとのくになか）出自・生没年未詳。康平四年（一〇六一）起居郎（大内記）・**四五ー8・李部少卿七条亭**（式部少輔藤原明衡邸）。同六年（一〇六三）尚舎員外典局（主殿寮権助）・

五〇—1。

国長　こくちょう（……国長・……くになが）出自・生没年未詳。長元七年（一〇三四）学生・**二八—8**・**勧学院・藤原冬嗣三条亭**。長久三年（一〇四二）民部大丞・**一六—6**。

権中納言　ごんちゅうなごん。権中納言として、次の二首がある。

一六—1松竹不知秋と**二七—1対雪唯斟酒**は『公卿補任』『殿暦』などから推測して藤原忠通と思われる。

【さ】

左大臣源　さだいじんげん（左大臣源〇〇・さだいじんみなもとの……）**五三—12**・**羽爵泛流来**の作者名は「源」以下判読不可能だが、寛治年間に左大臣だったのは、源俊房である。俊房は、永保三年（一〇八三）から保安二年（一一二一）まで、左大臣を務めている。「しゅんぼう俊房」を見よ。

左大弁資〇　（さだいべんすけ）**一九—1月是為秋友**の作者名は「左大弁資」以下判読不能である。名前の一文字と思われる「資」の文字を持つ左大弁として「源資通」が考えられる。資通が左大弁であったのは、『公卿補任』によると、寛徳三年（一〇四六）～永承五年（一〇五〇）の間である。「しつう資通」を見よ。

佐国　さこく（大江佐国・おおえのすけくに）生没年未詳。父は従四位上式部大輔通直。曽祖父は参議朝綱。子に大学頭通国・家国がいる。長元七年（一〇三四）**二八—12**・**勧学院・藤原冬嗣三条亭**。長久四年（一〇四三）文章生・方略式。永承三年（一〇四八）**六—1**。天喜四年（一〇五六）散位・**四六—7**・**右兵衛督六条亭**（源経成亭）。延久年間（一〇六九～七四）従五位上・越前介・掃部頭。某年・**三〇—1秘書閣**（内御書所）。承暦二年（一〇七八）**三二—2**・**棲霞寺**。同三年（一〇七九）**五二—1**・**三位侍従亭**（源季宗邸）。

◇生前、花を愛し、その執着によって、死後蝶になった話が残る。（『発心集』）

◇長久四年（一〇四三）に文章生として、弓場殿における方略式を受けるが落第する。（『江家次第』）そのためか、官途には恵まれなかったが、多くの業績を残す。

業績

。編著作として、『拾遺抄目録』・『後拾遺集目録』（以上散逸）・『佐国記』（日記）・『悪心僧都伝』などがある。

。詩文は、『本朝続文粋』・『本朝文集』・『朝野群載』・『本朝無題詩』・『詩序集』・『表白集』・『新撰朗詠集』などに所収。

。和歌では『後拾遺集』編纂に助力する。（『袋草子』）
。『万葉集』の次点者の一人でもある。（『詩林采葉集』）

在良　ざいりょう（菅原在良・すがわらのありよし）長久四年（一〇四三）～保安三年（一一二二）。父は従四位上文章博士定義。母は藤原実方の女。兄弟に大学頭是綱がいる。『更級日記』著者の孝標の女は、叔母にあたる。康平四年（一〇六一）19歳・**四五―18・李部少卿七条亭**（式部少輔藤原明衡邸）。文章得業生・対策及第。承暦元年（一〇七七）35歳・従五位下・式部少輔。同三年（一〇七九）37歳・**五二―19・三位侍従亭**（源季宗邸）。寛治元年（一〇八七）45歳・大内記・**二五―11・内相府書閣**（内大臣藤原師通邸）。同四年（一〇九〇）48歳・正五位下・式部少輔・大内記・阿波介・**九―19・鳥羽院行幸**。同五年（一〇九一）49歳・式部少輔・**一八―2**。康平三年（一〇九三）51歳・**三四―5・世尊寺**。永長二年（一〇九七）55歳・文章博士・**四七―3・大宮権大夫西院**（藤原季仲邸）。康和六年（一一〇四）62歳・摂津守。天永二年（一一一一）69歳・侍読（鳥羽天皇）・式部大輔・文章博士・**二七―3・中納言殿**（藤原忠通邸）。保安三年（一一二二）80歳・10月23日没。
◇元徳二年（一三三〇）従三位を贈られ、北野三位と称される。
◇数度にわたり改元の勘文を奉り、証書の作成などに務め、又省試の判にも携わる。
◇鳥羽天皇の侍読として、初めて昇殿した折に、詩句を朗詠、天皇自らも笛を吹き管弦を賜ったことや、侍読に昇殿した折、たびたび酒を賜ったとの逸話がある。（『古今著聞集』四・一八）

業績
。著作に、『懐中抄』（散逸）。
。詩文は、『本朝続文粋』・『朝野群載』・『本朝小序集』・『本朝麗藻』・『本朝無題詩』・『教家摘句』などに所収。
。和歌は『新勅撰集』以下に入集の他、『在良朝臣集』がある。

【し】

師家　しか（藤原師家・ふじわらのもろいえ）万寿四年（一〇二七）～康平元年（一〇五八）。父は権大納言経輔。母は式部大輔資業の女。曽祖父は中関白道隆。同母兄弟に師基・長房・師信がいる。少納言・五位蔵人・摂津守。永承三年（一〇四八）22歳・右少弁。同六年（一〇五一）25歳・左少弁・**四四―六**。康平元年（一〇五八）32歳・従四位下・右中弁。9月4日没。
◇早世についての逸話が『今昔物語』三一に伝わる。

師基　しき（藤原師基・ふじわらのもろもと）長元四年（一〇三一）～承保四年（一〇七七）。父は権大納言経輔。母は式部大輔資業の女。曽祖父は中関白道隆。同母兄弟に師家・長房・師信らがいる。永承三年（一〇四八）18歳・右兵衛佐・**六―5**。康平六年（一〇六三）33歳・右中弁・正四位下。美作権守・播磨介。治暦元年（一〇六五）35歳・左中弁。同三年（一〇六七）37歳・蔵人頭。同四年（一〇六八）38歳・若狭守。承保四年（一〇七七）47歳・2月没。

師成　しせい（藤原師成・ふじわらのもろなり）寛弘六年（一〇〇九）～永保元年（一〇八一）。小一条入道と称する。父は権中納言通任。母は永頼の女。信理の女とも。寛仁五年（一〇二一）13歳・従五位下。美濃権守。万寿元年（一〇二四）16歳・侍従。右兵衛佐。同五年（一〇二八）20歳・従五位上・左少将。伊豫介・加賀権守・正五位下・従四位下・従四位上・正四位下・兵部権大輔。寛徳二年（一〇四五）37歳・備中守。丹後守。康平五年（一〇六二）54歳・近江守・太宰大弐。同六年（一〇六三）55歳・従三位・非参議。治暦四年（一〇六八）60歳・正三位・皇后宮権大夫。従二位・正二位。承保二年（一〇七五）67歳・参議。近江権守。承暦三年（一〇七九）71歳・皇后宮権大夫・**五二―3**・**三位侍従亭**（源季宗邸）。**承暦四年？・三―3**。同四年（一〇八〇）72歳・致仕。永保元年（一〇八一）73歳・出家・9月2日没。
◇祖父大納言済時の教えを汲み、香道に秀でていた。（『薫集類抄』）

師忠　しちゅう（源師忠・みなもとのもろただ）天喜二年（一〇五四）～永久二年（一一一四）。壬生大納言、または沢大納言とも称される。父は右大臣師房。母は右大忠藤原頼宗の女。子に師長がいる。康平七年（一〇六四）11歳・従五位下・侍従。宮内少輔・従五位下・**一四―1**。権左少将・正五位下・権左中将・美作介・従四位下・従四位上・近江介・正四位下・延久元年（一〇六九）16歳・東宮権亮・蔵人。同四年（一〇七二）19歳・蔵人頭。備後権守。承保元年（一〇七四）21歳・参議。同二年（一〇七五）22歳・権左中将・備中権守・従三位・正三位。同三年（一〇七六）23歳・従二位・左近衛中将・備後権守。美作権守。承暦四年（一〇八〇）27歳・左衛門督・権中納言。同五年（一〇八一）28歳・正二位・皇太后宮大夫。応徳三年（一〇八六）33歳・権大納言。寛治七年（一〇九三）40歳・中宮大夫。康和元年（一〇九九）46歳・按察使。同二年（一一〇〇）47歳・大納言。長治三年（一一〇六）53歳・12月致仕。永久二年（一一一四）61歳・9月20日出家・29日没。

師長　しちょう（源　師長・みなもとのもろなが）生没年未詳。村上源氏。父は正二位大納言師忠。母は藤原良綱の女。長元七年（一〇三四）兵部大輔・**一―10**・**（関白藤原頼通邸**『日本紀略』）。従五位下・弾正大弼。

師通　しつう（藤原師通・ふじわらのもろみち）康平五年（一〇六二）～承徳三年（一〇九九）。後二条関白と称する。父は摂政師実。母は右大臣源師房の女麗子。延久四年（一〇七二）11歳・従五位上・侍従・右少将・権右中将。正四位上・近江介。承保二年（一〇七五）14歳・従三位。承暦元年（一〇七七）16歳・正三位・参議・権中納言・左大将。同四年（一〇八〇）19歳・中宮大夫・正二位・権大納言。永保三年（一〇八三）22歳・内大臣・**二三―1**・**（内大臣藤原師通邸）**。寛治元年（一〇八七）26歳・内大臣・**二五―2**・**内相府書閣**（内大臣藤原師通邸）。同二年（一〇八八）27歳・内大臣・**三九―1**・**長楽寺**。同四年（一〇九〇）29歳・内大臣・正三位・左大将・**九―3**・**鳥羽院行幸**。寛治五年（一〇九一）**五三―13**・**（関白藤原師実六条邸）**。寛治八年（一〇九四）33歳・氏長者。嘉保二年（一〇九五）34歳・関白。同三年（一〇九六）35歳・従一位。承徳三年（一〇九九）38歳・6月28日没。

◇師通は指導力に富み優れた人物であったが時には太上天皇（白河院）にも大殿（師実）にも計らず独断で事を決する時もあった。（『愚管抄』四）

◇文人を招き、詩宴など度々催す。

◇和歌は『後拾遺集』以下に入集。

◇源経信につき琵琶を学ぶ。

業績

◦編・著作に、『後二条師通記』（『後二条殿記』・『後二条関白記』・『師通公記』などとも呼ばれる。）がある。

◦学を好み、大江匡房・惟宗孝言に師事し、儒学などを学ぶ。又、書にも優れ、多くの書を写す。匡房に『江家次第』の執筆を命じる。

師房　しぼう（源　師房・みなもとのもろふさ）寛弘五年（一〇〇八）～承暦元年（一〇七七）。村上源氏の祖。父は村上天皇皇子具平親王。母は同天皇皇子為平親王の女。姉妹が頼通室隆姫であった所から、父の死後、頼通の養子となる。寛仁四年（一〇二〇）13歳・従四位下・源姓を賜り元服、名を師房と改める。侍従。右中将・近江介・正四位下。万寿元年（一〇二四）17歳・従三位。同三年（一〇二六）19歳・権中納言・東宮権大夫。正三位・従二位・左衛門督。長元五年（一〇三二）25歳・正二位。同七年（一〇三四）**一―1**（**関白藤原頼通邸**『日本紀略』）。同八年（一〇三五）28歳・権大納言。長久四年（一〇四三）36歳・按察使。

康平七年（一〇六四）57歳・右大将。治暦元年（一〇六五）58歳・内大臣。延久元年（一〇六九）62歳・右大臣。承保元年（一〇七四）従一位。同二年（一〇七五）68歳・左大将・皇太子伝。承暦元年（一〇七七）2月13日致仕・17日出家・同日没。

◇師房の出生について、母は雑仕女とする話が伝わる。（『古今著聞集』十三）

業績

◦編著作に『土右記』（『土御門右大臣記』日記）がある。

◦和歌に優れ、『後拾遺集』以下に入集。その他「上東門院住吉御幸和歌」・「東宮御方和歌会」・「明尊九十賀和歌」・「内裏和歌会」・「白河院大井河行幸和歌」などの序題を献じ、永承四年内裏歌合の判者、「六条斎院歌合」の後見、数回の「源大納言家歌合」・「和歌雅会」の主催など和歌の方面の活動が著しかった。

師頼　しらい（源　師頼・みなもとのもろより）治暦四年（一〇六八）～保延五年（一一三九）。小野宮大納言と称す。村上源氏。父は左大臣俊房。母は美濃守源実基の女。修理大夫橘俊綱の養子となる。応徳元年（一〇八四）17歳・弾正少弼。左少将・従五位上・備中権介・正五位下。寛治二年（一〇八八）21歳。従四位下・従四位上。同三年（一〇八九）22歳・正四位下・右中弁。同四年（一〇九〇）23歳・正四位下・右中弁・**九－7・鳥羽院行幸**。寛治五年（一〇九一）右中弁。**五三－17（関白藤原師実六条邸）**。同八年（一〇九四）27歳・左中弁・蔵人頭。備中介。承徳二年（一〇九八）31歳・参議・右兵衛督。同三年（一〇九九）32歳・従三位・近江権守。康和三年（一一〇一）34歳・正三位。備中権守・備前権守・左中将・備後権守・大治五年（一一三〇）権中納言。同六年（一一三一）38歳・従二位・権大納言。長承二年（一一三三）66歳・正二位。皇后宮大夫・皇太后宮大夫・太皇太后宮大夫。保延二年（一一三六）69歳・大納言。同五年（一一三九）72歳・春宮大夫・12月4日没。

◇嘉保元年（一〇九四）蔵人頭在任中、殿中で淵酔し勘事に処され、又、天永四年（一一一三）右兵衛督在任中三年間出仕しなかった為、殿上籍を削られた事など問題が多かった。

◇保延五年（一一三五）祈雨奉幣の折、奉行を務め、大内記弁官など障りがあり出仕しなかったので、師頼が宣命を書き祈った所大雨が降ったとの逸話が残る。（『古今著聞集』一・『十訓抄』一・『古事談』二）

業績

◦和歌に優れ、『金葉集』以下に、25首以上入集。

師隆　しりゅう（藤原師隆・ふじわらのもろたか）出自・生没年未詳。康平六年（一〇六三）学生・**一七―3**

資光　しこう（藤原資光・ふじわらにすけみつ）父は従四位下右中弁有信。兄弟に範綱・実光がいる。嘉保三年（一〇九六）**二九―17**・**六波羅蜜寺**。康和五年（一一〇三）勧学院学頭・学問料支給。長治元年（一一〇四）学生・**四―10**・**因州員外刺史書亭**（因播権守藤原公明邸）。天永元年（一一一〇）文章得業生。永久二年（一一一四）対策。天治元年（一一二四）式部少輔。大学頭・大治元年（一一二六）大学頭を辞す。大治二年（一一二七）大学頭。天永元年（一一三一）2月17日没。

◇大治元年（一一二六）釈尊不参の儒士十七人に詫状を書かせ、大学頭を罷めたが、同二年（一一二六）復した。（『永昌記』・『中右記』）

業績

◦白河院第四皇子（後の後白河天皇）御湯殿の読書を務める。

資康　しこう（藤原資康・ふじわらのすけやす）生没年未詳。父は従四位下輔尹。天喜三年（一〇五五）別当蔭孫・**二四―7**・**勧学院**。勧学院別当。

資綱　しこう（源　資綱・みなもとのすけつな）寛仁四年（一〇二〇）～永保二年（一〇八二）。醍醐源氏。父は権大納言顕基。母は藤原実成の女。叔父に宇治大納言隆国がいる。長元四年（一〇三一）12歳・従五位下・従五位上。同五年（一〇三二）13歳・侍従。同六年（一〇三三）14歳・右少将。備中介・正五位下・従四位上・美作介・正四位下。長久四年（一〇四三）24歳・右中将。春宮権亮・右京大夫。永承二年（一〇四七）28歳・蔵人頭。同三年（一〇四八）29歳・播磨権介・参議。同六年（一〇五一）31歳・蔵人頭・右京大夫・右中将・**四四―2**・伊豫権守・皇太后宮権大夫。天喜五年（一〇五七）38歳・従三位。備前守・備後権守・周防権守。右京大夫・右兵衛督。治暦四年（一〇六八）49歳・正三位・権中納言。大皇太皇后権大夫・従二位。延久二年（一〇七〇）51歳・正二位。同六年（一〇七四）54歳・中宮大夫。承暦四年（一〇八〇）61歳・中納言。永保二年（一〇八二）63歳・正月1日出家・2日没。

業績

◦『後拾遺集』以下に入集する他、「賀陽院水閣歌合」・「内裏根合」に出詠。

◦後三条天皇の没後、静円と哀傷歌を交わす。

資時　しじ（藤原資時・ふじわらのすけとき）生没年未詳。出自については、『尊卑分脈』の「麿卿流」に、「従五位上頼清」の子として、「従五位下資時」の名が見える。応徳元年（一〇八四）散位・**五ー4**。

資成　しせい（橘　資成・たちばなのすけなり）生没年未詳。父は正四位下筑前守義通。母は信濃守藤原挙直の女とも。同母兄に和歌六人党の一人に為仲がいる。女は後三条天皇の皇子実仁親王の乳母。長元七年（一〇三四）学生・**二八ー11**・**勧学院**・**藤原冬嗣三条亭**。長暦四年（一〇四〇）正六位上・蔵人。長久二年（一〇四一）左衛門尉。従五位上・大和守。応徳三年（一〇八六）出家。某年春・**三ー六**。

業績

◦和歌に優れ、『後拾遺集』に入集。

◦頼資・資成歌合を主催する。

資宗　しそう（源　資宗・みなもとのすけむね）生没年未詳。光孝源氏。父は左衛門佐・陸奥守為弘。母は源邦通の女。永承三年（一〇四八）治部丞・**六ー14**。康平四年（一〇六一）左衛門少尉・**四五ー2**・**李部少卿七条亭**（式部少輔藤原明衡邸）。従五位下・上総介。

資仲　しちゅう（藤原資仲・ふじわらのすけなか）治安元年（一〇二一）～寛治元年（一〇八七）。父は権大納言資平。母は近江守知章の女。祖父は右大臣実資。同母兄に参議資房がいる。長元六年（一〇三三）13歳・従五位下。同九年（一〇三六）16歳・侍従・右少将。同十年（一〇三七）17歳・従五位上。備中権介・右少弁・左少弁。長久五年（一〇四四）24歳・蔵人。従四位下・右中弁。永承六年（一〇五一）31歳・権左中弁・播磨権介・**四四ー4**。同七年（一〇五二）32歳・春宮権亮（後の後三条天皇）。近江権介。天喜五年（一〇五三）37歳・左中弁・美作権介・修理大夫。治暦四年（一〇六八）47歳・蔵人頭・正四位下・参議。延久四年（一〇七二）52歳・従二位・権中納言・春宮権大夫（後の白河天皇）。承暦三年（一〇七九）59歳・春宮権大夫・**五二ー2**・**三位侍従亭**（源季宗邸）。同四年（一〇八〇）60歳・太宰権帥・赴任。応徳元年（一〇八四）64歳・権帥を辞す。出家。寛治元年（一〇八七）67歳・11月没。

業績

◦小野宮流の故事を伝承し、典礼に通じ、著作に『青陽抄』・『節会抄』があったが散逸。

◦和歌は『後拾遺集』以下に入集。家集に『後拾遺』、その他「内裏歌合」・「内裏根合」・「皇后寛子春秋歌合」などに出詠。

資通　しつう（源　資通・みなもとのすけみち）寛弘二年（一〇〇五）～康平三年（一〇六〇）。宇多源氏。父は贈従三位・正四位上修理大夫済政。母は摂津守源頼光の女。長和五年（一〇一六）12歳・大膳亮。寛仁四年（一〇二〇）16歳・蔵人。右衛門少丞。治安二年

（一〇二一）18歳・従五位下・式部少丞・侍従。蔵人・左馬助・左兵衛佐・従五位上・民部少輔・正五位下。長元元年（一〇二八）24歳・左少弁。右中弁・和泉守・従四位下・従四位上。同七年（一〇三四）右中弁・一—**8（関白藤原頼通邸**『日本紀略』）・同八年（一〇三五）31歳・権左中弁。右京大夫・攝津守・正四位下。長暦二年（一〇三八）34歳・左中弁・右大弁。長久四年（一〇四三）39歳・蔵人頭・同五年（一〇四四）40歳・正四位上・近江権守・参議。寛徳二年（一〇四五）41歳・左大弁。同三年（一〇四六）42歳・従三位。永承四年（一〇四九）45歳・播磨権守。同五年（一〇五〇）46歳・太宰大弐・正三位。天喜四年（一〇五六）52歳・美作権守・**四六—1・右兵衛督六条亭**（源経成邸）。同五年（一〇五七）53歳・従二位。同六年（一〇五八）54歳・兵部卿・勘解由長官。某年・**三—1**。康平三年（一〇六〇）56歳・8月17日出家・23日没。

◇太宰大弐時代、鎮西でも歌合を催す。

◇源家音曲の家柄で、郢曲・琴・笛・特に琵琶に優れていた。源経信の師でもあった。管弦者を伴って金峰山に詣で、帰途葛城山を見て感涙にむせび「葛城」を詠ったとの逸話が伝えられている。（『古今著聞集』六）

◇蔵人頭時代に、『更級日記』の作者孝標の女たちと、音楽の話をからませ、「春秋優劣論」を語っている。（『更級日記』）

◇歌人伊勢大輔・相模・藤原経衡らとも、交渉があった。

業績

。和歌に優れ、『後拾遺集』以下に入集。「永承四年内裏歌合」・「祐子内親王家歌合」などに、出詠、講師を務める。

資房　しぼう（藤原資房・ふじわらのすけふさ）寛弘四年（一〇〇七）～天喜五年（一〇五七）。父は小野宮実資の嗣子の権大納言資平。母は知章の女。長和四年（一〇一五）9歳・従五位下・寛仁三年（一〇一九）13歳・讃岐権守。右少将。萬寿二年（一〇二五）19歳・蔵人。長元七年（一〇三四）28歳・左少将・**一—7（関白藤原頼通邸**『日本紀略』）。長暦二年（一〇三八）32歳・蔵人頭・正四位下・右京大夫。長久三年（一〇四二）36歳・参議。寛徳元年（一〇四四）38歳・従三位・同二年（一〇四五）39歳・春宮権大夫（後の後三条天皇）。永承六年（一〇五一）45歳・正三位・天喜五年（一〇五七）51歳・正月24日没。

業績

。著作『春記』（日記）がある。

時経　じけい（藤原時経・ふじわらのときつね）生年未

詳。父は従五位下相模守親任。母は少納言統理の女。天喜三年（一〇五五）加賀掾・**二四―6**・**勧学院**・**藤原冬嗣三条亭**。康平六年（一〇六三）前賀州司馬（前加賀掾）・**五〇―2**。従五位下・伊勢守。承保三年（一〇七六）・6月没。

時賢　じけん（大江時賢・おおえのときかた）生没年未詳。父は文章博士有元。後、父とともに源姓にもどる。保安三年（一一二二）文章得業生。天治元年（一一二四）対策及第。大治元年（一一二六）式部少丞・**五一―9**。（**藤原忠通邸**）

時綱　じこう（源　時綱・みなもとのときつな）生没年未詳。光孝源氏。父は従五位上肥後守信忠。長久四年（一〇四三）文章生。文章得業生・給料の勅試。治暦三年（一〇六七）大学権助・**四八―5**。承暦年間・肥後守。寛治二年（一〇八八）**三九―12**・**長楽寺**。11月配流。

◇寛治二年、藤原実政の宇佐八幡の神民との争い事件で連座して目代を務めていた為、安房国に配流となる。

業績

。詩文は『朝野群載』・『本朝無題詩』・『新撰朗詠集』に所収。

。和歌は『後拾遺集』・『金葉集』に入集。

時棟　じとう（大江時棟・おおえのときむね）出自・生没年未詳。匡衡の養子となる。長徳三年（九九七）学生・省試・文章生。長保六年（一〇〇四）権少外記。寛弘二年（一〇〇五）少外記。同四年（一〇〇七）大外記。同五年（一〇〇八）讃岐介。同九年（一〇一二）安房頭。寛仁四年（一〇二〇）出羽守。万寿四年（一〇二七）御書所開闔。長元四年（一〇三一）正五位下・大学頭。長元七年（一〇三四）**一―16**（**関白藤原頼通邸**『日本紀略』）。長久三年（一〇四二）**一六―2**。永承三年（一〇四八）河内守。

◇匡衡の養子になった経緯について、道長が路上で出会った童子があまりにも賢い相をしているので、大江匡衡に養わせたとの逸話が伝わる。（『十訓抄』三）

◇生没年不詳ではあるが、『今昔物語』二八に、老齢まで、官途にあった事が知られる。

◇頼通邸で、平雅康が時棟に文字を聞いたら、時棟は答えなかった。側近くにいた平範国が「時棟は二度（古事談では三度）も課試に及第している人物に、文字を聞くべきではない。極めたる人物であるよ。」と戒めたとある。（『十訓抄』一・『古事談』六）

◇長徳三年の省試の「詩の病」について、父匡衡と紀斉名が争った。（『朝野群載』）

業績

◦詩文は『本朝文粋』・『本朝続文粋』・『本朝麗藻』・『類聚句題抄』・『新撰朗詠集』などに所収。

時登　じとう（菅原時登・すがわらの）父は文章博士在良。母は豊前守源長新の女。康和三年（一一〇一）給料宣旨。嘉承元年（一一〇六）秀才宣旨。元永二年（一一一九）散位・**四九―5・藤茂才文亭**。（文章得業生藤原能兼邸）・大治元年（一一二七）式部少輔。大学頭。長承元年（一一三二）文章博士。保延五年（一一三九）70歳・12月9日没。極位従四位上。

業績

◦釈奠の序者・省試の問題などを務める。

◦藤原忠通の子の御湯殿始の読書を務める。

時範　じはん（平　時範・たいらのときのり）天喜二年（一〇五四）～天仁二年（一一〇九）。父は桓武平氏高棟流・紀伊守定家。母は越中守藤原家任の女。延久三年（一〇七一）18歳・加賀掾。承保三年（一〇七六）蔵人。左衛門尉。寛治元年（一〇八七）34歳・前越中守・**二五―12・内相府書閣**（内大臣藤原師通邸）。同二年（一〇八八）35歳・従五位上・勘解由次官。**三九―13・長楽寺**。同四年（一〇九〇）37歳・五位蔵人・勘解由次官・**九―20・鳥羽離宮**（白河法皇）・勘解由次官・**三〇―8・秘書閣**（内御書所）。同五年（一〇九一）中宮権大進。嘉保元年（一〇九四）41歳・右少弁・右衛門権佐・左衛門権佐。承徳元年（一〇九七）44歳・中宮大進。同二年（一〇九八）45歳・因幡守。長治元年（一一〇四）51歳・近江守。嘉承元年（一一〇六）53歳・正四位下・右大弁。天仁元年（一一〇八）55歳・近江守・10月3日病のため官を辞す。24日出家。同二年（一一〇九）56歳2月10日没。

◇康和四年（一一〇二）49歳・関白忠実は初めて文殿を置き、初代別当となる。

◇嘉承二年（一一〇七）忠通の元服の時から家司を務める。

業績

◦日記『時範記』は因幡守在任中の康和元年（一〇九九）2月～3月にかけて、任地に下降した折の記録。

実季　じっき（藤原実季・ふじわらのさねすえ）長元八年（一〇三五）～寛治五年（一〇九一）。按察大納言と呼ばれる。父は権中納言公成。母は淡路守定佐の女。永承元年（一〇四六）11歳・従五位下。侍従・左少将・備中介・左中将。治暦三年（一〇六七）33歳・散位・**四八―3**。延久元年（一〇六九）35歳・蔵人頭・右兵衛督。同四年（一〇七二）38歳・参議。承保元年（一〇七四）40歳・正三位・権中納言・正二位。承暦四年（一〇八〇）46歳・権大納言。永保三年（一〇八三）49歳・大納言。寛治五年（一〇九一）56歳・12月24日没。

実光　じっこう（藤原実光・ふじわらのさねみつ）延久元年（一〇六九）～久安三年（一一四七）。父は右中弁有信。母は太宰大弐実政の女。出家して、西寂と号す。寛治五年（一〇九一）23歳・文章得業生。嘉保二年（一〇九五）27歳・献策。長元元年（一一〇四）36歳・勘解由長官・**四－8・因州員外刺史書亭**（因幡権守藤原公明邸）。嘉承元年（一一〇六）38歳・右少弁。文永二年（一一一一）43歳・右少弁。**二七－6・中納言**（藤原忠通邸）。永久三年（一一一五）47歳・左少弁・蔵人。保安元年（一一二〇）52歳・近江守。同三年（一一二二）54歳・右中弁。天治二年（一一二五）57歳・正四位下・右大弁。大治元年（一一二六）58歳・左中弁・**五一－2**。（藤原忠通邸）天承二年（一一三二）64歳・左大弁・参議。長承三年（一一三四）66歳・太宰大弐。保延二年（一一三六）68歳・従三位・太宰帥・権中納言。康治二年（一一四三）75歳・従二位・権中納言を辞す。天養元年（一一四四）76歳。久安三年（一一四七）79歳・没。

業績

◦和歌は『金葉集』に入集。永久五年「内裏歌合」に出詠。

実綱　じっこう（藤原実綱・ふじわらのさねつな）長和二年（一〇一三）～永保二年（一〇八二）。父は従三位式部大輔資成。母は備後守師長の女。万寿年間（一〇二四～二八）文章得業生。長元元年（一〇二八）16歳・対策。同二年（一〇二九）17歳・大学の助教。蔵人・宮内大輔。同七年（一〇三四）22歳・**一－21**（**関白藤原頼通邸**『日本紀略』）。長暦元年（一〇三七）24歳・東宮学士。寛徳二年（一〇四五）33歳・正五位下・五位蔵人・大学頭。永承二年（一〇四七）35歳・但馬守・大学頭再任。同三年（一〇四八）**六－4**。同六年（一〇五一）39歳・文章博士。康平六年（一〇六三）50歳・式部大輔。美作守。伊豫守・備中守。永保二年（一〇八二）70歳・3月22日没。

業績

◦和歌は『後拾遺集』・『金葉集』に入集。

◦数度の改元の勘文を務め、「治暦」は実綱の撰進。

◦関白頼通や関白師実の上表文・辞表など草する。

実時　じつじ（藤原実時・ふじわらのさねとき）生没年未詳。父は従四位下陸奥守朝元。母は治経の女。長元七年（一〇三四）進士（文章生）**二八－7・勧学院・藤原冬嗣三条亭**。従五位下・少内記。

実信　じっしん（藤原実信・ふじわらのさねのぶ）父は参議権中納言保実・母は讃岐守顕綱の女。嘉保三年（一〇九六）**二九－18・六波羅蜜寺**。蔵人。保安元年

（一一二〇）備後守。大治五年（一一三〇）出家。9月8日没。

実政 じっせい（藤原実政・ふじわらのさねまさ）寛仁三年（一〇一九）～寛治七年（一〇九三）。父は式部大輔資業。母は加賀守源重文の女。長元八年（一〇三五）17歳・文章得業生。長久元年（一〇四〇）22歳・対策。美作権大掾・蔵人・式部少丞。同五年（一〇四一）23歳・従五位下・宮内権大輔。永承三年（一〇四八）30歳・**六―10**・（**六―11**）。永承五年（一〇五〇）32歳・大内記・従五位上・東宮学士・美濃権守。天喜三年（一〇五五）37歳・東宮学士・**二四―4**・**勧学院**・**藤原冬嗣三条亭**。康平五年（一〇六二）44歳・従四位下・**一三―2**（殿上）。康平七年（一〇六四）甲斐守。治暦三年（一〇六七）49歳・甲斐守・東宮学士（後の後三条天皇）・**四八―2**。治暦五年（一〇六九）51歳・備中守・文章博士・東宮学士（後の白河天皇）。延久四年（一〇七二）54歳・近江守・左中弁。正四位上・右大弁。承保三年（一〇七六）58歳・勧学院別当。同四年（一〇七七）59歳・蔵人頭。承暦四年（一〇八〇）62歳・従三位・参議・右京大夫・但馬権守・左大弁。永保二年（一〇八二）64歳・正三位・勘解由長官・讃岐権守・式部大輔。同四年（一〇八四）66歳・従二位・太宰大弐。某年・**三―7**。寛治二年（一〇八八）69歳・宇佐八幡宮の神民と争い辞任・伊豆配流・出家。同七年（一〇九三）75歳・配所で没。

◇後三条天皇の信任厚く権中弁であった隆方を越えて、左中弁に任じられた事など、交情をめぐる説話がある。（『今鏡』『古今著聞集』三・『続古事談』一・『愚管抄』四）

業績

◦詩文は『本朝文集』に所収。

◦和歌は『後拾遺集』以下に入集。

実宗 じっそう（藤原実宗・ふじわらのさねむね）生没年未詳。父は従四位上大和守定任。母は因幡守時盛の女。康平四年（一〇六一）**四五―17**・**李部少卿亭**（式部少輔藤原明衡邸）。嘉承二年（一一〇七）常陸介。

実仲 じっちゅう（藤原実仲・ふじわらのさねなか）～康平四年（一〇六一）。父は従五位下甲斐守公業。母は播磨守信理の女。天喜三年（一〇五五）弾正少弼・**二四―3**・**勧学院**・**藤原冬嗣三条亭**。正五位下・右少弁。

実定 じってい（中原実定・なかはらのさねさだ）出自・生没年未詳。永承三年（一〇四八）左少史・**六―12**。某年・**一九―4**。

実範 じっぱん（藤原実範・ふじわらのさねのり）生没年未詳。父は従四位上但馬守能通。母は元尹の女。子

に成季・季綱がいる。万寿三年（一〇二六）対策。長元元年（一〇二八）蔵人・式部丞。同七年（一〇三四）一ー20（関白藤原頼通邸『日本紀略』）。天喜元年（一〇五三）文章博士。同四年（一〇五六）文章博士・四六ー3・右兵衛督六条亭（源経成邸）。大学頭。康平五年（一〇六二）病により辞す。

業績

◦詩文は『本朝続文粋』。『本朝無題詩』に所収。
◦康平元年改元の勘文を奉る。「康平」は実範撰出。
◦内大臣教通の上表文など草す。

実平　じっへい（菅原実平・すがはらのさねひら）生没年未詳。父は従五位下武蔵守修成。道真五世の孫。長暦三年（一〇三九）・文章生。長暦三年（一〇三九）・文章得業生。（『朝野群載』）。長久三年（一〇四二）・**一六ー7**。従五位下・式部大輔。

実明　じつめい（藤原実明・ふじわらのさねあきら）生没年未詳。父は太宰権帥季仲。母は高階泰仲の女。兄は正五位下少納言懐季。永長二年（一〇九七）侍従・**四七ー7・大宮権大夫西院**（藤原季仲邸）。康和五年（一一〇四）従五位上・讃岐権守。保延三年（一一三七）安芸権介

守賢　しゅけん（守賢もりかた?）出自・生没年未詳。元永二年（一一一九）学生。**四九ー15・藤茂才文亭**（文章得業生藤原能兼邸）。

守光　しゅこう（藤原守光・ふじわらのもりみつ）生没年未詳。父は従五位上盛仲。元永二年（一一一九）学生・**四九ー1・藤茂才文亭**（文章得業生藤原能兼邸）。従五位上・大監物。

◇老後、嘉応年中、重病にもめげず薩摩より釈奠に馳せ参じたが、釈奠は終わっていた。守光は名誉を重んじる侍学生である。（『古今著聞集』十五）

重基　じゅうき（藤原重基・ふじわらのしげもと）～長承三年（一一三四）。父は正四位下有佐。母は右京大夫通宗の女。（後三条院の子）。康和元年（一一〇九）従五位下・安芸権守。大治元年（一一二六）散位・**五一ー7**。長承（一一三四）・11月18日没。

業績

◦和歌が『詞花集』他に入集。忠通家歌壇で活躍。

重資　じゅうし（源　重資　みなもとのしげすけ）寛徳二年（一〇四五）～保安三年（一一二二）。醍醐源氏。父は権中納言経成。母は春宮亮藤原泰通の女。（阿波守藤原方正の女とも。）康平六年（一〇六三）19歳・諸陵権助（式部少丞・式部大丞）。治暦三年（一〇六七）23歳・従五位下・越前権守。延久元年（一〇六九）25歳・右馬助。承保二年（一〇七五）31歳・右衛門佐・少納言。承暦三年（一〇七九）35歳・少納言・**五二ー**

15・三位侍従亭（源季宗邸）。応徳元年（一〇八四）40歳・右少弁。修理右宮城使・摂津権守・左少弁。寛治五年（一〇九一）五三ー10・関白藤原師実六条亭。従四位下・従四位上。寛治六年（一〇九二）48歳・権左中弁。康和二年（一一〇〇）56歳・正四位下・蔵人頭。越前権守・修理左宮城使・正四位上。嘉永元年（一一〇六）62歳・従三位。永久元年（一一一三）69歳・正三位。永久三年（一一一五）71歳・権中納言。永久五年（一一一七）73歳・太宰権帥・宮内卿。元永二年（一一一九）75歳・従二位。保安二年（一一二一）77歳・太宰権帥を辞す。同三年（一一二二）78歳・8月出家。10月10日没。

◇重資の居宅の中御門第は、嘉承2年5月白河院の御所となる。

重隆　じゅうりゅう（藤原重隆・ふじわらのしげたか）永保三年（一〇七六）～元永元年（一一一八）父は有職で知られる、参議勧修寺為房。母は源頼国の女。同母兄に、葉室中納言顕隆がいる。蔵人（堀河天皇時代）。嘉承二年（一一〇七）22歳・皇后宮大進。天永二年（一一一一）35歳・右衛門権佐・二七ー15・中納言殿（**藤原忠通邸**）。大学助。元永元年（一一一八）43歳・中宮大進・9月1日43歳没。

◇死後冥官となり、冥界で来世の定まらない白河院に逢い、ある人の夢枕に立った。これを聞かれた子の鳥羽院は厚い供養をした。（『古今著聞集』十三）

業績

。著作に『蓬莱抄』（殿上人の作法故実書）・『雲図抄』（禁中における年中恒例の公事の指導書）がある。

「因幡権守藤原重隆家歌合」を主催。

俊信　しゅんしん（藤原俊信・ふじわらのとしのぶ）天喜三年（一〇五五）～長治二年（一一〇五）。本名は家通。父は文章博士正家。母は美濃守良任の女。曽祖父は参議広業。永保三年（一〇八三）29歳・蔵人。寛治元年（一〇八七）33歳・因幡権守・二五ー15・内相府書閣（内大臣藤原師通邸）。同四年（一〇九〇）36歳・散位・従五位下・九ー22・鳥羽院。同五年（一〇九一）37歳・宮内権少輔・一八ー3・同七年（一〇九三）39歳・宮内権格輔・三三ー3・浄土寺。康和元年（一〇九九）45歳・左衛門権佐・右少弁。同二年（一一〇〇）46歳・文章博士・周防介・東宮学士。長治二年（一一〇五）51歳・2月1日没。

業績

。長治元年（一一〇四）改元の勘文を奉る。

俊成　しゅんぜい（橘　俊成・たちばなのとしなり）生没年未詳。父は従四位下讃岐守俊遠。長元七年（一〇三四）学生・二八ー10・勧学院・**藤原冬嗣三条亭**。従

五位下・越中守

業績

。『詞花集』に一首入集。

俊宗　しゅんそう（橘　俊宗・たちばなのとしむね）父は従四位下備後守俊経。母は正四位筑前守橘義通の女。女に待賢門院安芸がいる。康平四年（一〇六一）文章生。**四五―1・李部少卿亭**（式部少卿藤原明衡七条亭）。従五位下・太皇太后少進。永保三年（一〇八三）8月22日没。

業績

。『後拾遺集』に一首入集

俊仲　しゅんちゅう（源　俊仲・みなもとのとしなか）出自・生没滅未詳。承徳三年（一〇九九）弾正少弼・**四二―4・長楽寺**。

俊定　（源　俊定・みなもとのとしさだ）生没年未詳。『尊卑分脈』に「俊貞」とあるのと同一人物か。その場合、父は従四位下肥後守俊経。兄弟に大宮少進俊宗がいる。康平四年（一〇六一）縫殿助・**四五―9・李部少卿亭**（式部少輔藤原明衡七条亭）。

俊房　しゅんぼう（源　俊房・みなもとのとしふさ）長元八年（一〇三五）～保安二年（一一二一）。堀川左大臣と称される。村上源氏。父は右大臣師房。母は摂津道成の女尊子。祖父は具平親王。同母弟に右大臣顕房、天台座主仁覚、同母妹に師実室麗子がいる。後、関白頼通の養子となる。寛徳三年（一〇四六）12歳・元服・左大臣頼通の養子となる。従五位上・侍従。永承元年（一〇四六）12歳・左少将・正五位下。近江権介・権左中将・従四位下・従四位上・正四位下。同五年（一〇五〇）16歳・従散位・非参議。同六年（一〇五一）17歳・左中将・近江権介・正三位。同八年（一〇五三）19歳・従二位。天喜五年（一〇五七）23歳・参議。康平四年（一〇六一）27歳・正二位・右衛門督・検非違使別当・左衛門督。延久六年（一〇七四）40歳・権大納言。太皇太后宮大夫。承暦四年（一〇八〇）45歳・大納言。按察使。永保二年（一〇八二）48歳・右大臣。同三年（一〇八三）49歳・左大臣。寛治四年（一〇九〇）56歳・正二位・左大臣・**九―2・鳥羽院行幸**。同年七年（一〇九三）59歳・左大将。同八年（一〇九四）60歳・従一位。永長元年（一〇九六）62歳・蒙輦車宣旨。保安二年（一一二一）87歳・2月26日出家・5月17日受戒・11月12日没。

◇母の出自・頼通との養子縁組などにより、順調な官位昇進のように見えるが、天喜五年、前斎院娟子内親王との密通により、後冷泉天皇の勅勘を受ける。（『栄華物語』三七）又、立太子問題で対立派に破れ、左大臣の地位にあったものの、実権は失われていた。

業績

。編著作として『水左記』（日記）がある。
。和歌は『後拾遺集』以下に入集。
。能書家として知られ、春華門の額が残る。
。『白氏文集』の加点をする。

俊隆　しゅんりゅう（源　俊隆・みなもとのとしたか）生没年未詳。本名は忠隆。村上源氏。父は正四位下・大蔵卿帥隆・母は大蔵卿源為房の女。某年・礼部治郎・**四三―1・長楽寺**。正五位下・大宮権亮。

淳中　じゅんちゅう（菅原淳中・すがはらのあつなか）生没年未詳。父は大学頭是綱。母は平義清の女。永保元年（一〇八一）文章得業生。御書所覆勘・少内記。寛治四年（一〇九〇）従五位下・式部丞。同七年（一〇九三）散位・**三三―4・浄土寺**。従四位上・伊豫守。

しょうはんじ（少判事菅原・すがはらの……）出自・生没年未詳。康平四年（一〇六一）少判事・**四五―10・李部少卿七条亭**（式部少輔藤原明衡邸）

信頼　しんらい（藤原信頼・ふじわらののぶより）生没年未詳。父は従四位下常陸介信通。母は木工頭宣雅の女。天喜三年（一〇五五）別当陰子・**二四―11・勧学院**。従五位下・上総介。

親家　しんか（藤原親家・ふじわらのちかいえ）家仲の本名とも。「家仲（かちゅう）を見よ。

親長　しんちょう（藤原親長・ふじわらのちかなが）生没年未詳。父は従五位上出羽守明通。（実父は大江親任）。承保三年（一〇七六）文章生。嘉保三年（一〇九六）宮内少丞・**二九―8・六波羅蜜寺**。

業績

。承保三年、釈奠の序を草する。

親範　しんはん（源　親範・みなもとのちかのり）～寛徳二年（一〇四五）。光孝源氏。父は筑前守道済。（道済の孫で父を懐国とする説もある。）長元七年（一〇三四）文章得業生・**一―23（関白藤原頼通邸**『日本紀略』）。**二八―6・勧学院・藤原冬嗣三条亭**。長久五年（一〇四四）大内記。

業績

。『後拾遺集』に和歌一首が入集。
。「師房家歌合」に二度出詠。

【せ】

是綱　ぜこう（菅原是綱・すがはらのこれつな）長元三年（一〇三〇）～嘉承二年（一一〇七）。父は従四位上文章博士定義。母は遠江守藤原相任の女。是綱以後、家名は高辻とも言う。叔母に『更級日記』著者の孝標の女がいる。氏の長者。天喜四年（一〇五六）27歳・文章得業生・**四六―9・右兵衛督六条亭**（源経成邸）。

康平三年（一〇六〇）31歳・式部大丞・三四―3・世尊寺。同四年（一〇六一）32歳・相模権守・四五―7・李部少卿亭（式部少輔藤原明衡邸）従四位上・武蔵守・常陸介。寛治元年（一〇八七）56歳・大学頭・五三―3・三七―8・長楽寺。寛治五年（一〇九一）62歳・大学頭・一八―1。同七年（一〇九三）64歳・三三―2・浄土寺。康和二年（一一〇〇）71歳・大学頭再任を請う。（『朝野群載』）。嘉承二年（一一〇七）78歳・3月2日没。極位は正四位下。

業績

◦詩文は『本朝続文粋』・『朝野群載』・『本朝無題詩』に所収。

◦嘉保元年（一〇九四）・嘉承二年（一一〇七）に省試判の判者を務める。

◦嘉保二年（一〇九五）藤原忠実の子の御湯殿の儀の読書を務める。

正家　せいか（藤原正家・ふじわらのまさいえ）万寿三年（一〇二六）～天永二年（一一一一）。父は正四位下文章博士家経。母は藤原能通の女。参議広業は祖父。永承年間（一〇四六～五三）対策及第・蔵人。従五位下。同六年（一〇五一）20歳・蔵人・左衛門少尉。四四―8。治暦元年（一〇六五）40歳・文章博士・若狭守。寛治七年（一〇九三）吏部員外郎（式部少輔）・三三―1・浄土寺。嘉保二年（一〇九五）70歳・正四位下・式部大輔。四一―1・東光寺。天永二年（一一一一）86歳・10月16日没。

◇正家は相人（人相見）としても優れ、白河院を八十歳の長寿と相し、又わが子俊信の官位が靭負佐（衛門府の次官）止りであると占いに出て口惜しがったと云う逸話がある（『古事談』六）

業績

◦詩文は『本朝続文粋』・『朝野群載』に所収。

◦和歌は『金葉集』以下に入集の他、「鳥羽天皇大嘗会和歌」の作者である。

◦善仁親王（後の堀河天皇）出生にあたり、御湯殿の読書を務め、践祚の後は侍読を務める。

◦数度にわたる改元の勘文を奉り、「承保」・「康和」は正家の撰出である。

◦献策の問題や省試判を務め、貴顕のための文章の制策にも務める。

成家　せいか（藤原成家・ふじはらのなりいえ）生没年未詳。父は正五位下宮内少輔成尹。母は散位平信忠の女。天喜三年（一〇五五）学頭蔭孫。二四―1・勧学院・藤原冬嗣三条亭。某年・学生・三〇―19・秘書閣（内御書所）。文章得業生。大学頭・信濃守。

成季　せいき（藤原成季・ふじわらのなりすえ）生没年

未詳。父は文章博士・大学頭の実範。母は壱岐守小野資通の女。祖父能通の養子となる。長和五年（一〇一六）頃・院蔵人。天喜三年（一〇五五）**二四―5・勧学院・藤原冬嗣三条亭**。康平四年（一〇六一）大内記・**四五―6・李部少卿亭**（式部少輔藤原明衡邸）。康平某年（一〇五八〜六五）散位・**三八―2・長楽寺**。承保二年（一〇七五）正五位下・式部少輔・周防介。永保三年（一〇八三）文章得業生。応徳三年（一〇八六）文章博士。寛治二年（一〇八八）従四位下播磨権介。同四年（一〇九〇）従四位下・文章博士・播磨権介・**九―12・鳥羽院行幸**。同八年（一〇九四）従四位上・備前守。嘉保三年（一〇九六）文章博士・**二九―2・六波羅蜜寺**。嘉承二年（一一〇七）3月出家。

業績

。著作『成季朝臣記』（散逸）がある。

。嘉保元年（一〇九四）改元の勘文を奉じる。

成光　せいこう（藤原成光・ふじわらのなりみつ）天永二年（一一一一）〜治承四年（一一八〇）。父は文章博士敦光。母は神祇大副大中臣輔清の女。大治元年（一一二六）16歳・学生・**五一―16**。学問料支給。豊前守・右京大夫・式部大輔・従四位下・文章博士。治承四年（一〇八〇）7月19日没。

成宗　せいそう（源　成宗・みなもとのしげむね）生没年未詳。醍醐源氏。父は法性寺座主大僧都仁暹。後仁暹の兄弟の正二位中納言経成の養子となり、成経を成宗と改めたか。母は参議資通の女。承暦三年（一〇七九）刑部少輔・**五二―11・三位侍従亭**（源季宗邸）。寛治二年（一〇八八）刑部少輔・**三九―9・長楽寺**。同四年（一〇九〇）正五位下・少納言・侍従・**九―17・鳥羽院行幸**。寛治五年（一〇九一）少納言・**五三―7（関白藤原師実六条邸）**。従四位上。永長二年（一〇九七）散位・**四七―2・大宮権大夫西院**（藤原季仲邸）。

政孝　せいこう（惟宗政孝・これむねのまさたか）出自・生没年未詳。承暦四年（一〇八〇）学生・**七―九**

政綱　せいこう（藤原政綱・ふじわらのまさつな）出自・生没年未詳。永保三年（一〇八三）**二三―10**。**（内大臣藤原師通邸）**永長元年（一〇九六）民部小録・図書少允。

清能　せいのう（菅原清能・すがはらのきよよし）生没年未詳。父は文章博士在良。文章生・雅楽助。永長二年（一〇九七）加賀少掾・**四七―10・大宮権大夫西院**（藤原季仲邸）。天永二年（一一一一）前加賀少掾・**二七―18・中納言殿（藤原忠通邸）**。大治元年（一一二六）散位・**五一―16**。極位は正五位下

盛仲　せいちゅう（藤原盛仲・ふじわらのもりなか）生没年未詳。父は甲斐守忠頼。子に守光がいる。元永二

年（一一一九）散位・**四九―2**。**藤茂才文亭**。（**文章得業生藤原能兼邸**）

斉信　せいしん（藤原斉信・ふじわらのただのぶ）康保四年（九六七）～長元八年（一〇三五）。父は太政大臣為光。母は左少将藤原敦敏の女。同母兄に参議誠信。姉妹に花山天皇女御忯子がいる。公任・行成・源俊賢と並び、寛弘の四納言と云われる。天元四年（九八一）15歳・従五位下。永観二年（九八四）18歳・従五位上・侍従。右兵衛佐・左少将・正五位下・播磨介・従四位下・左京大夫・右中将・美作守・左中将・従四位下。正暦五年（九九四）25歳・蔵人頭。備中権守・播磨権守。長徳二年（九九六）30歳・従四位上・参議。正四位下・勘解由長官・伊豫守・中宮権大夫・従三位。長保三年（一〇〇一）35歳・権中納言。同四年（一〇〇二）36歳・中宮大夫。同五年（一〇〇三）37歳・右衛門督。寛弘元年（一〇〇四）38歳・右衛門督・**二六―2**。**秘書閣**（内御書所）。同五年（一〇〇八）42歳・正二位。同六年（一〇〇九）43歳・権大納言。春宮大夫・按察使・寛仁四年（一〇二〇）54歳・大納言。万寿五年（一〇二八）62歳・民部卿。長元八年（一〇三五）69歳・3月23日没。

◇才幹に富み、兄誠信の官位を越した処から、誠信は恨み死んだ話（『十訓抄』九）など、多くの逸話が伝えられてい。（『十訓抄一・九・十『古事談』一『今昔物語』二十四『古今著聞集』三、『枕草子』八十二・八十三）

◇清少納言や紫式部などとの交流が知られる。（『枕草子』・『紫式部日記』）

業績

。詩文は『本朝文粋』・『本朝文集』・『類聚句題抄』・『本朝麗藻』・『新撰朗詠集』などに所収。

。和歌は『後拾遺集』以下に入集の他、「内裏歌合」・「上東門院歌合」などに見られる。

宣遠　せんおん（藤原宣遠・ふじわらののりとお）出自・生没年未詳。寛治五年（一〇九一）学生・**一八―8**

宣資　せんし（菅原宣資・すがはらののぶすけ）生没年未詳。父は文章博士在良の兄弟輔方。祖父は文章博士定義。永長二年（一〇九七）民部大丞・**四七―九**・**大宮権大夫西院**（藤原季仲邸）。大内記・文章博士・遠江権守。

【そ】

宗季　そうき（橘　宗季・たちばなむねすえ）出自・生没年未詳。永保三年（一〇八三）前上総介・**二三―4**（**内大臣藤原師通邸**）。寛治二年（一〇八九）散位・**三九―14**・**長楽寺**。嘉保二年（一〇九五）石見守。

◇嘉保二年冬、唐の鷹を手に入れたとの逸話が残る。（『古今著聞集』・巻二十）

宗兼　そうけん（藤原宗兼・ふじわらのむねかね）生没年未詳。父は正四位下近江守隆宗。母は肥後守義綱の女。嘉保三年（一〇九六）紀伊権守・**二九―6・六波羅蜜寺**。長治元年（一一〇四）散位・**四―5・因州員外刺史書亭**（因幡権守藤原公明邸）。長承元年（一一三二）和泉守。従四位上・少納言。永治元年（一一四一）出家。

業績

。和歌が『千載集』に入集。又、「中院雅定家歌合」に出詠。

宗憲　そうけん（〇〇宗憲・むねのり）出自・生没年未詳。永長（一〇九七）紀伊権守。**四七―8・大宮権大夫西院（藤原季仲邸）**。

宗光　そうこう（藤原宗光・ふじわらのむねみつ）～康治二年（一一四三）。父は従四位下右中弁有信。母は参議実政の女。承徳二年（一〇九八）文章生・方略式。長治二年（一一〇五）蔵人。天永二年（一一一一）散位・**二七―14・中納言殿（藤原忠通邸）**。天治元年（一一二四）大内記。従四位上・式部大輔・大学頭・右大弁。康治二年（一一四三）10月23日没。

業績

。大治元年の改元の詔書を草する他、省試の問題を務める。

宗国　そうこく（藤原宗国・ふじわらのむねくに）生没年未詳。父は弾正大弼・文章博士行家。母は大学頭藤原実範の女。天永二年（一一一一）**二七―12・中納言殿（藤原忠通邸）**。久安五年（一一四五）従五位上・下野守。

宗重　そうじゅう（藤原宗重・ふじわらのむねしげ）寛治五年（一〇九一）～天承元年（一一三一）。父は右大臣宗忠。母は美濃守行房の女。兄弟に宗成・宗能（宗隆）がいる。天永二年（一一一一）21歳・**散位・二七―16・中納言殿**（藤原忠通邸）。大治五年（一一三〇）40歳・初めて昇殿。天承元年（一一三一）刑部少輔（『分脈』では従五位上治部大輔）。8月12日没。

◇宗重の死について勘解由河原で殺害されたとする。（『百練抄』）

宗成　そうせい（藤原宗成・ふじわらのむねなり）応徳元年（一〇八五）～保延四年（一一三八）。父は右大臣宗忠。母は美濃守行房の女。兄弟に宗能・宗重がいる。承徳二年（一〇九八）14歳・従五位下。嘉承三年（一一〇八）24歳・従五位上。天永二年（一一一一）27歳・侍従・**二七―7・中納言殿（藤原忠通邸）**。因幡守。正五位下。保安二年（一一二一）37歳・少納言。

天治二年（一一二五）41歳・右少弁。天承元年（一一三一）47歳・右中弁。従四位下・備前守・権左中弁。長承二年（一一三三）49歳・従四位上・正四位下・蔵人頭・左中弁。保延元年（一一三五）51歳・右大弁。保延二年（一一三六）52歳・参議。近江権守。同四年（一一三八）54歳・4月26日没。

宗仲　そうちゅう（藤原宗仲・ふじわらのむねなか）生没年未詳。定仲とも。父は従五位下肥前守定成。母は上総介成経の女。寛治元年（一〇八七）宮内丞・**二五―17・内相府書閣**（内大臣藤原師通邸）。同二年（一〇八八）宮内丞・**三九―17・長楽寺**。承徳二年（一〇九八）甲斐権守。康和元年（一一〇〇）従五位上。

宗忠　そうちゅう（藤原宗忠・ふじわらのむねただ）康平五年（一〇六二）～永治元年（一一四一）。中御門右大臣と号す。父は権大納言宗俊。母は式部大輔実綱の女。曽祖父は堀河右大臣頼宗。異母兄弟に太政大臣宗輔がいる。子に、宗能・宗成・宗重がいる。承暦二年（一〇七八）17歳・侍従。従五位上・右少将・正五位下・美作介・左少将・従四位下・讃岐介・応徳元年（一〇八四）23歳・右少将・**五―3**。寛治四年（一〇九〇）29歳・従四位上・侍従・美作介・**九―10・鳥羽院行幸**。寛治五年（一〇九一）30歳・侍従・**五三―4（関白藤原師実六条邸）**。内蔵頭。同八年（一〇九四）33歳・右中弁。承徳二年（一〇九八）37歳・左中弁・右大弁・蔵人頭・勧学院別当。正四位下。康和二年（一一〇〇）39歳・讃岐権守・従三位・参議。備前権守・正三位。伊豫権守。長治三年（一一〇七）42歳・権中納言。従二位・正二位・左兵衛督・検非違使別当・左衛門督。保安三年（一一二二）61歳・権大納言。中宮大夫。大治六年（一一三六）70歳・内大臣。保延二年（一一三六）75歳・右大臣。同四年（一一三八）77歳・従一位・2月22日出家・29日受戒。永治元年（一一四一）80歳・4月2日没。

◇白河上皇・堀河天皇、及び関白忠実の信任厚く、典礼故実などにも通じ、『近代年中行事』を撰し、伊勢遷宮の行事弁などを務める。（『中右記』）

◇実務官僚としての素養を備えていたことは『中右記』に詳しい。寛治八年内裏焼亡時の適確な処置を語る逸話も残されている。（『古今著聞集』三）

業績

◦著作に『作文大体』。『韻華集』・『中右記』（『中御門右大臣日記』の略）などがある。

◦和歌は『続古今集』他に入集。

◦白河山荘に、三善為康（83）・藤原基俊（76）・中原広俊（70）・藤原敦光（69）・藤原実光（63）・菅原時登（62）らを招き、高齢者の詩宴「尚歯会」を催

す。（『古今著聞集』四）

宗輔　そうふ（藤原宗輔・ふじわらのむねすけ）承暦元年（一〇七七）～応保二年（一一六二）。蜂飼大臣と称される。父は権大納言宗俊。母は左大臣源俊房の女。曽祖父は堀河右大臣頼宗。右大臣宗忠は異母兄弟である。寛治元年（一〇八七）11歳・従五位下。同四年（一〇九〇）14歳・侍従。従五位上・右少将・備前権介・正五位下。永長元年（一〇九六）20歳・蔵人。従四位下・近江権守・従四位上。康和四年（一一〇二）26歳・右中将。美作権介・正四位下・備前介・美作介。天永二年（一一一一）35歳・権中将・**二七−2・中納言殿（藤原忠通邸）**。永久三年（一一一五）39歳・左中将。保安三年（一一二二）47歳・参議。近江権介・従三位・播磨権守。大治五年（一一三〇）54歳・権中納言。従二位・左衛門督・正三位。保延五年（一一三九）63歳・権大納言。正二位。久安五年（一一四九）73歳・大納言。同七年（一一五一）75歳・民部卿。久寿三年（一一五六）80歳・右大臣。保元二年（一一五七）81歳・太政大臣。正二位・従一位。永暦元年（一一六〇）84歳・致仕。応徳二年（一一六二）86歳・1月27日出家・30日没。

◇日頃蜂を飼い、人々から無益なことをと批難を浴びていたが、ある時、鳥羽院で蜂の巣が落ち、大騒ぎとなったが宗輔の適確な処置で大事に到らず終った。宗輔鳥羽院からお褒めに預かったとの逸話が残る。（『十訓抄』一・『古事談』二）

◇音楽道に優れた家柄で、白河上皇五十歳の御賀（康和四年）の儀式で舞人を務める。

宗友　そうゆう（藤原宗友・ふじわらのむねとも）生没年未詳。父は修理大夫宗季。文章生。元永二年（一一一九）能登大掾・**四三−4・長楽寺**。**四九−10・藤茂才文亭（文章得業生藤原能兼邸）**。仁平元年（一一五一）朝散大夫。越前権守。

業績

。著作『本朝新修往生伝』がある。

宗良　そうりょう（藤原宗良・ふじわらのむねよし）生没年未詳。父は従四位下安芸守忠俊。承徳三年（一〇九九）散位・**四二−8・長楽寺**。従五位下・河内守。

相範　そうはん（文　相範・ふみの……）出自・生没年未詳。康平六年（一〇六三）学生・**五〇−4**。

【た】

太皇后宮〇〇　（たいこうたいごうぐう……）五三の詩群の作詩年代を「寛治某年」とするが、『中右記』の記事によって「寛治五年三月一六日」と確定することが出来る。この日、右大臣藤原師通が、父関白師実の六条殿で「曲水宴」を催している。その日の出席者の中に、「太皇太后宮〇〇」に該当する人物として、「太皇后宮権亮藤原道時」がいる。「道時どうじ」を見よ。

泰盛　たいせい（藤原泰盛・ふじわらのやすもり）出自・生没年未詳。嘉保二年（一〇九六）文章生・**二九―15**・**六波羅蜜寺**。

【ち】

知仲　ちちゅう（藤原知仲・ふじわらのともなか）生没年未詳。父は従五位上出雲守基仲。母は大学頭実範の女。文章博士敦基は叔父にあたる。のち、美濃守知房の養子となる。寛治五年（一〇九一）文章生・**一八―6**。嘉保三年（一〇九六）文章生・**三六―8**・**双輪寺**。

知邦　ちほう（惟原知邦・これむねのともくに）出自・生没年未詳。承徳三年（一〇九九）学生・**四二―1**・**長楽寺**。

知房　ちぼう（藤原知房・ふじわらのともふさ）永承元年（一〇四六）～天永三年（一一一二）。父は左衛門佐源良宗。母は中納言藤原公能の女。太政大臣藤原信長の養子となる。民部少輔。某年・民部大輔・**三〇―5**・**秘書閣**（内御書所）。淡路守。承暦三年（一〇七九）34歳・前淡路守・**五二―8**・**三位侍従亭**（源季宗邸）。応徳二年（一〇八五）40歳・因幡守。寛治元年（一〇八七）42歳・前因幡守・**二五―8**・**内相府書閣**（内大臣藤原師通邸）。寛治五年（一〇九一）**五三―5**。某年・前因幡守・**三七―9**・**長楽寺**。嘉保三年（一〇九六）散位・**三六―2**・双輪寺。康和四年（一一〇二）57歳・従四位下・美濃守。天永三年（一一一二）67歳・2月17日出家・18日没。

業績

。詩文は『本朝群題詩』・『新撰朗詠集』に所収。

。和歌は『金葉集』に入集。

知明　ちめい（藤原知明・ふじわらのともあき）**四―11**の作者として、「藤原知明」の名が見えるが、これは「藤原茂明」の初名である。（神田本『白氏文集』奥書）知明・茂明を同一人物とすると、『本詩集』に二首存するが、そのうちの一首**四―11**は長治元年（一一〇四）の作で「知明」、もう一首は元永二年（一一一九）は茂明となっているので、改名は長治元年から元永二年の間であると考えられる。『白氏文章』の書写は嘉承二年（一一〇七）であるから、その頃であろう「茂明（もめい）」を見よ。

知〇　ち〇〇（平知〇・たいらのとものぶ）**四二―11**の作者は「文章生平知〇」とあり、名前の一字が判読出来ない。平代で四二の作群の制作年代、即ち、承徳三年（一〇九九）頃に生存していた人物に、範国（「はんこく」参照）の孫「知信がいる。知信については、『殿暦』や『中右記』に、詳しい。

仲親　ちゅうしん（惟宗仲親・これむねのなかちか）出自・生没年未詳。承暦四年（一〇八〇）文章生・**七―5**。永保三年（一〇八三）文章生・**二三―6（藤原師通邸）**

仲隆　ちゅうりゅう（藤原仲隆・ふじわらのなかたか）生没年未詳。父は正五位下宮内少輔・太皇太后大進仲実。天永二年（一一一一）**二七―19・中納言殿（藤原忠通邸）**

忠行　ちゅうこう（藤原忠行・ふじわらのただゆき）生没年未詳。父は正四位下武蔵守行実。天喜三年（一〇五五）別当蔭子・**二四―10・勧学院**。大学助。

仲嗣　ちゅうし（高階忠嗣・たかしなのただつぐ）出自・生没年未詳。承暦四年（一〇八〇）文章得業生・**七―4**。

忠通　ちゅうつう（藤原忠通・ふじわらのただみち）永長二年（一〇九七）～長寛二年（一一六四）。法性寺関白と称する。父は摂政忠実。母は右大臣源顕房の女。嘉承二年（一一〇六）10歳・正五位下・侍従・右少将・右中将・従四位下。播磨権守。正四位下。従三位。天永二年（一一一一）15歳・従二位・権中納言。正二位。永久三年（一一一五）19歳・内大臣。左大将。保安二年（一一二一）25歳・関白。この年より37年にわたり摂政・関白の座にある。保元三年（一一五八）62歳・関白を辞す。応保二年（一一六二）66歳・法性寺で出家。長寛二年（一一六四）68歳・没。

◇保安二年（一一二一）より保元三年（一一五八）まで三十七年という長きにわたり摂関の地位にあったが、その間父忠実・弟頼長との骨肉の争いに終始した。

◇政治家としての業績は多大であるが、文化の面でも多くの業績を残す。詩文・和歌に優れ、度重なる「詩宴」「和歌会」を主催したことが、『中右記』・『殿暦』などに見える。

業績

。著作に『玉林』（『法性寺関白記』）がある。詩文は、『本朝無題詩』に所収の他、『法性寺関白御集』がある。

。和歌は『百人一首』に採られた他、『田多民治集』がある。

。書にも優れ、鎌倉時代以降に唱導された「法性寺流」の源流となっている。

忠貞　ちゅうてい（菅原忠貞・すがはらのただきだ）生没年未詳。父は民部大輔為紀。母は菅原雅規の女。『分脈』・『菅原氏系図』に父為紀の兄弟に同名の忠貞がいる。これは父輔正の死後、兄為紀の養子となったと考えられる。氏の長者。式部少輔・少内記。治安三年（一〇二三）大内記。長元五年（一〇三二）文章博士。能登守。長元七年（一〇三四）兵部権大輔・一一9（**関白藤原頼通邸**『日本紀略』）・信濃守。極位は従四位上。

業績

。三條天皇の皇后娍子の法事の折の願文を作る。（『栄花物語』・巻25・「みねの月」）

。長暦元年（一〇三七）改元の勘文を奉る。

忠範　ちゅうはん（忠範）出自・生没年未詳。長元七年（一〇三四）**二八一5・勧学院**。

忠理　ちゅうり（藤原忠理・ふじわらのただみち）生没年未詳。父は従五位下散位国信。寛治五年（一〇九一）一八一9。同七年（一〇九三）学生・**三三一6・浄土寺**。永長二年（一〇九八）文章生・**四七一12・大宮権大夫西院**（藤原季仲邸）。従五位下・豊後守・勘解由次官。

長国　ちょうこく（中原長国・なかはらのながくに）父は大隅守重頼。大隅守。寛徳元年（一〇四四）但馬介。永承三年（一〇四八）**六一9**。同四年（一〇四九）周防介。大外記。天喜二年（一〇五四）没。

業績

。和歌が『後拾遺集』以下に三首入集。

朝通　ちょうつう（大江朝通・おおえのともみち）。生没年未詳。父は従四位上式部大輔・大学頭通直。兄弟に佐国がいる。長元七年（一〇三四）**二八一13・勧学院**。文章生。従五位下・宮内大輔。

◇長元九年（一〇三六）諸儒が、朝通に穀倉院学問料下賜を請う願文がある。（『続本朝文粋』）

陳性　ちんせい（菅原陳性・すがはらののぶさが）出自・生没年未詳。長元七年（一〇三四）木工允・**二八一4・勧学院・藤原冬嗣三条亭**。

【つ】

通家　つうか（藤原通家・ふじわらのみちいえ）生没年未詳。父は権中納言経季。母は但馬守能通の女。異母兄弟に太宰権帥季仲がいる。従四位上・右京大夫。某年・左京大夫・**三〇一2・秘書閣**（内御書所）。皇太后宮亮。

通景　つうけい（大江通景・おおえのみちかげ）出自・生没年未詳。承徳三年（一〇九九）大外記。散位・**四二一9・長楽寺**。元永二年（一一一九）散位・**四九一3・藤茂才文亭**（文章得業生藤原能兼邸）。保安元年（一一二〇）伊勢守。

業績

。元永元年（一一一八）釈奠講師（『中右記』）

通国　つうこく（大江通国・おおえのみちくに）永承四年（一〇四九）～天永三年（一一一二）。父は従五位上掃部頭佐国。兄弟に家国がいる。藤原明衡の門弟。因幡大掾・文章生・**三〇—18・秘書閣**（内御書所）。承保二年（一〇七五）27歳・方略式。承暦二年（一〇七八）30歳・起居郎（大内記）・**三二—4・棲霞寺**・寛治元年（一〇八七）39歳・散位・**二五—13・内相府書閣**（内大臣藤原師通邸）。承徳三年（一〇九九）51歳・大蔵大輔・**四二—3・長楽寺**。嘉承二年（一一〇七）58歳・従四位上・伊豆守。天永三年（一一一二）63歳・大学頭・5月22日没。

◇康和四年（一一〇二）頃、藤原忠実の家司を務める。（『殿暦』）

業績

。長治元年（一一〇四）に、『白氏文集』の「新楽府」の句より、歌題20を選び、「新楽府廿句和歌題并序」を作る。（『朝野群載』）

通俊　つうしゅん（藤原通俊・ふじわらのみちとし）永承二年（一〇四七）～承徳三年（一〇九九）。父は太宰大弐経平。実母は高階成順の女（伊勢大輔の女）。養母は従四位下藤原家業の女。兄弟に歌人通宗がいる。康平二年（一〇五九）13歳・従五位下。因幡権守・従五位上・兵部少輔。延久六年（一〇七四）28歳・少納言・蔵人。正五位下・左少弁・右中弁・従四位上・越前権守・正四位下。某年・散位・**三〇—9・秘書閣**（内御書所）。承暦三年（一〇七九）33歳・右中弁・**五二—5・三位侍従亭**（源季宗邸）。承暦四年（一〇八〇）34歳・蔵人頭。左中弁・右京大夫・正四位上。応徳元年（一〇八四）38歳・右大弁・参議。伊豫権守・従三位。寛治元年（一〇八七）41歳・右大弁・**二五—3・内相府書閣**（内大臣邸）。同二年（一〇八八）42歳・正三位・越前権守。大蔵卿。同四年（一〇九〇）44歳・正三位・右大弁・右京大夫・越前権守・**九—5・鳥羽院行幸**。同八年（一〇九四）48歳・権中納言。嘉保二年（一〇九五）49歳・治部卿。承徳三年（一〇九九）53歳・8月16日没。

◇妹の典侍経子は、白河天皇の皇子覚行法親王を生んでいることなどから、白河天皇の側近として、政治的にも大きく、係わっている。

業績

。著作として『後拾遺集目録序』がある。

。詩人としての実績より歌人としての実績が著しい。『後拾遺集』の撰進、同集以下に多数入集。「後三条院住吉御幸和歌」・「殿上歌合」・「内裏歌合」・「郁芳門院根合」・「高陽院歌合」などにも出詠。

【て】

定家　ていか（平　定家・たいらのさだいえ）生没年未詳。桓武平氏高棟流。父は正五位下中宮大進行親。母は周防守藤原頼祐の女。長久二年（一〇四一）正六位上・蔵人・大膳亮。検非違使・右衛門権佐。永承二年（一〇四七）紀伊守。同六年（一〇五一）散位・**四四―7**。治暦元年（一〇六五）正四位下・尾張守・某年・**三―4**。

業績

。日記『定家朝臣記』（天喜元年（一〇五三）～康平五年（一〇六二））がある。

定義　ていぎ（菅原定義・すがはらのさだよし）長和元年（一〇一二）～康平七年（一〇六四）。父は孝標。姉妹に『更級日記』著者がいる。子に大学頭是綱・文章博士在良がいる。氏の長者・式部少輔・民部少輔。長元七年（一〇三四）23歳・弾正少弼・**一―19**（**関白藤原頼通邸**『日本紀略』）・**二八―1**・**勧学院**・**藤原冬嗣三条亭**。長久三年（一〇四二）31歳・弾正少弼・**一六―3**。永承三年（一〇四八）37歳・**六―7**。天喜二年（一〇五一）40歳・文章博士。同四年（一〇五六）45歳・文章博士・**四六―4**・**右兵衛督六条亭**（源経成邸）。康平五年（一〇六二）51歳・大学頭。同七年（一〇六四）53歳・12月26日没。極位は従四位上。

◇寿永三年（一一八四）3月26日・贈従三位。元徳二年（一三三〇）11月24日・贈従一位・京北野天満宮に和泉殿社として、摂社に祀られる。

◇『更級日記』の大井川の件「せうとなる人抱きてゐて行きたり」の「せうと」について「原本注記」に「定義後大学守文章博士今奉號和泉殿云々」とある。

業績

。康平元年（一〇五八）改元の勘文を奉る。又献策の問題をつとめる。

。詩文は『本朝続文粋』。『類聚句題抄』に所収。

定実　ていじつ（藤原定実・ふじわらのさだざね）生没年未詳。父は権中納言伊房。母は太宰大弐高階成章の女。治暦四年（一〇六八）従五位下。寛治二年（一〇八七）讃岐権介・**三九―8**・**長楽寺**。同四年（一〇九〇）右京大夫。承徳元年（一〇九七）従四位上。元永二年（一一一九）正月22日病により出家。

業績

。能書家としての父伊房の血を受け、天仁元年（一一〇八）の大嘗会の屏風の色紙形を始め、右大臣忠実の上表文などを書き、右大臣の書役を務める。

。父伊房の書写した『北山抄』の校合をする。

定頼　ていらい（ふじわらのさだより）長徳元年（九九

五）～寛徳二年（一〇四五）。四条中納言と呼ばれる。父は四条大納言公任。母は村上天皇第九皇子昭平親王の女。寛弘四年（一〇〇七）13歳・従五位下。同五年（一〇〇八）14歳・侍従。右近少将・右中弁・勘解由長官・蔵人頭・左中弁。寛仁四年（一〇二〇）26歳・参議・右大弁・勧学院別当。治安三年（一〇二三）29歳・左大弁。長元二年（一〇二九）35歳・権中納言。同七年（一〇三四）権中納言・**一―3**（**関白藤原頼通邸**『日本紀略』）。長久三年（一〇四二）47歳・正二位。同四年（一〇四三）48歳・兵部卿。寛徳元年（一〇四四）51歳・出家。同二年（一〇四五）52歳・正月19日没。

◇父は才名を謳われた公任で、定頼も和歌に優れ、中古三十六歌仙に数えられる。和歌は『後拾遺集』以下に入集。その他『定頼集』がある。又、「上東門院菊合」や「加陽院水閣歌合」に出詠。

◇能書家としても知られる。

◇風流才人として、小式部内侍・大弐三位・相模らと交流があった。

◇「百人一首」に採られている小式部内侍の「大江山」の歌は定頼よの問いかけによる返歌である。自身の歌も「百人一首」にも採られている。

殿下　でんか。**五一―1**の作者は「殿下」とある。殿下とは一般に皇太子・皇子・皇女に対する尊称だが、古くは、摂政関白にも使った。この殿下は大治元年当時摂政であった藤原忠通を指すと考えられる。「忠通（ちゅうつう）」を見よ。

【と】

道時　どうじ（源　道時・みなもとのみちとき）寛徳二年（一〇四五）～保安元年（一一二〇）。通時とも。宇多源氏。父は帥大納言経信。母は従四位上土佐守貞亮の女。承保二年（一〇七五）31歳・美作介。寛治元年（一〇八七）43歳・太皇太后宮権亮・**二五―5**・**内相府書閣**（内大臣藤原師通邸）。某年・太皇太后宮権亮・**三七―6**・**長楽寺**。寛治四年（一〇九〇）46歳。正四位下・太皇太后亮・**九―8**・**鳥羽院行幸**。嘉承元年（一一〇六）61歳・蔵人頭。同三年（一一〇八）63歳・刑部卿。保安元年（一一二〇）76歳・8月22日没。

敦基　とんき（藤原敦基・ふじわらのあつもと）永承元年（一〇四六）～嘉承元年（一一〇六）。父は文章博士明衡。母は安房守平実重の女。弟に文章博士敦光。子に令明・茂明がいる。蔵人（後三条天皇時代）。康平三年（一〇六〇）15歳・学問料の支給。同四年（一〇六一）16歳・**四五―13**・**李部少卿亭**（式部少輔藤原明衡邸）。康平六年（一〇六三）18歳・**五〇―3**。某

年・式部丞・三〇ー15・秘書閣（内御書所）。承暦二年（一〇七八）33歳・朝請大夫・三二ー3・棲霞寺。同三年（一〇七九）34歳・大内記・五二ー17・三位侍従亭（源季宗邸）。同四年（一〇八〇）35歳・大内記・七ー3。応徳元年（一〇八四）39歳・柱下史（大内記）・五ー1。寛治元年（一〇八七）42歳・内御書所覆勘。同二年（一〇八八）43歳・文章博士・右京権大夫・三九ー7・長楽寺。同四年（一〇九〇）45歳・従四位下・右京権大夫・文章博士・越中介・九ー13・鳥羽院行幸。寛治五年（一〇九一）・右京権大夫・五三ー6（関白師実六条亭）。嘉保三年（一〇九六）51歳・二九ー3・六波羅蜜寺。長治元年（一一〇四）55歳・前上野介・四ー2・因州員外刺史書亭（因幡権守藤原公明邸）。嘉承元年（一一〇六）61歳・7月16日没。

◇父明衡・弟敦光同様、官人としては不遇だったが、多くの業績を残し、「当時の文人、敦基の弟子に非ざるなし」との評価を受ける。（『中右記』）

業績

。編・著作として、『国後抄』（『国史後抄』とも）16巻・『柱下類林』360巻（一部を残して散逸）がある。

。詩文は『本朝続文粋』。『朝野群載』・『本朝無題詩』などに所収。

。改元勘文・証書の作成や省試の問者に携わる。

。関白家（師実・師通父子）の家司を務め、種々の文章の作制に携わる。

敦光　とんこう（藤原敦光・ふじわらのあつみつ）康平六年（一〇六三）～天養元年（一一四四）。父は文章博士明衡。母は安房守平実重の女。明衡晩年の子。四歳で父に死別し、同母兄の文章博士敦基の養子となる。応徳元年（一〇八四）22歳・五ー5。嘉保元年（一〇九四）32歳・文章得業生・対策及第。同三年（一〇九六）34歳・図書権助・二九ー9・六波羅蜜寺。承徳二年（一〇九八）36歳・式部丞。康和元年（一〇九九）37歳・従五位下。長治元年（一一〇四）41歳・大内記・四ー6・因州員外刺史書亭（因幡権守藤原公明邸）。嘉承二年（一一〇七）45歳・文章博士。天永二年（一一一一）49歳・文章博士・二七ー5・中納言殿（藤原忠通邸）。永久三年（一一一三）51歳・大学頭。周防権介・元永二年（一一二〇）58歳・文章博士・四九ー2・藤茂才文亭（文章得業生藤原能兼邸）。保安三年（一一二二）60歳・式部大輔・但馬権守。大治元年（一一二六）64歳・式部大輔・五一ー3（藤原忠通邸）。右京大夫。天養元年（一一四四）82歳・4月病のため出家・10月28日没。

◇父明衡同様、多方面に業績を残すが、官人としては、不遇で、「参議任官を請う状」（長承元年）を草するが、容れられなかった。

業績

◦編・著作として『柿本影供記』・『弘法大師誕生記』・『三教勘注抄』・『中禅寺私記』・『本朝小序集』・『本朝帝記』（散逸）・『続本朝秀句』（散逸）・『本朝無題詩』・『敦光朝臣記』（日記）・『三教指帰注』などがある。

◦詩文は『本朝文粋』・『本朝続文粋』・『朝野群載』・『表白集』・『本朝無題詩』・『類聚句題集』・『新撰朗詠集』・『教家摘句』などに、百首以上が所収され、大江匡房の旧宅を過ぎる時の詩が後京極良経の「詩の十体」に撰ばれている。敦光の死によって「平安時代の漢詩の幕は閉じられた」と評価される程大きな存在。

◦多くの改元の勘文を奉るが、「大治」・「天承」は敦光の撰による。

◦堀河・鳥羽・崇徳の三代の天皇の侍読を務め、多くの詔勅を草する。

◦堀河天皇の皇子（後の崇徳天皇）や、白河上皇の第二、第四皇子（後の後白河天皇）の御湯殿の読書を務める。

敦宗　とんそう（藤原敦宗・ふじわらのあつむね）長久四年（一〇四三）～天永二年（一一一一）。父は参議・太宰大弐実政。母は藤原国成の女。蔵人（後三条天皇時代）・対策及第。某年・散位・**三〇－14・秘書閣**（内御書所）。承暦三年（一〇七九）37歳・右衛門権佐・**五二－16・三位侍従亭**（源季宗邸）。左衛門権佐・文章博士。応徳元年（一〇八四）42歳・左少弁・摂津守。寛治二年（一〇八八）46歳・父実政の流罪に連座解任。嘉保三年（一〇九六）54歳・前摂津守。**三六－3・双輪寺**。承徳二年（一〇九六）56歳・赦免・式部少輔。文章博士・式部権大輔・大学頭・東宮学士。天仁元年（一一〇八）66歳・正四位下・丹波守。天永二年（一一一一）69歳・9月16日没。

業績

◦詩文は『本朝続文粋』・『三十五文集』・『本朝無題詩』などに所収。

◦省試の問題などを勤める。

◦摂政忠実家の家司として、多くの文章の制作などに従事する。

【な】

内大臣　ないだいじん（内大臣）

内大臣として次の四首がある。

二三－1・永保三年（一〇八三）九月某日　内大臣

二五－2・寛治元年（一〇八七）十一月二日　内大臣

三九―1・寛治二年（一〇八八）三月十三日　内大臣
五三―13・寛治某年（一〇八七〜九四）三月某日　内大臣

右の四首のうち、年代の最も早い、二三の永保三年に、内大臣であったのは、藤原師通である。師通が内大臣であったのは、嘉保元年（一〇九四）父師実の辞任によって関白になる迄の間であるから、右の四年の年代はすべて含まれることになり、四首とも師通の作と推定される。「師通（しつう）」を見よ。

【の】

能兼　のうけん（藤原能兼・ふじわらのよしかね）父は文章博士友実。母は大学頭棟綱の女。姉妹は源三位頼政の母。元永二年（一一一九）文章得業生・**四九―9・藤茂才文亭**。（文章得業生藤原能兼邸）保安五年（一一二四）3月5日没。

能任　のうにん（藤原能任・ふじわらのよしむね）出自・生没年未詳。天喜三年（一〇五五）蔭孫・**二四―13・勧学院**

【は】

範綱　はんこう（藤原範綱・ふじわらののりつな）生没年未詳。本名は永綱。父は散位永雅。母は肥前守成季の女。歌人範永は曽祖父。出家して「西遊」と号す。康平四年（一〇六一）学生・**四五―16・李部少卿亭**（式部少輔藤原明衡邸）。従五位上・。

業績

。詩人と云うより歌人として知られる。『詞花集』・『千載集』に入集。「右衛門督家歌合」や「中宮亮重家歌合」に出詠。

範国　はんこく（平　範国・たいらののりくに）生没年未詳。桓武平氏高棟流。父は行義。母は源政明の女。長和五年（一〇一六）文章生・蔵人所雑色。寛仁元年（一〇一七）蔵人。同二年（一〇一八）左衛門尉。長元四年（一〇三一）甲斐守。同七年（一〇三四）散位**―14**（**関白藤原頼通邸**『日本紀略』）。同九年（一〇三六）従五位下・五位蔵人・右衛門権佐。長暦元年（一〇三七）正四位下。同二年（一〇三八）美作守。永承元年（一〇四六）春宮大進。同三年（一〇四八）伊予守。延久二年（一〇七〇）上野守。

業績

。著作として、『範国記』（日記―長元九年四月〜十二月）がある。
。和歌が「左大臣類通歌合」に「前甲斐守範国」として見える。

【ふ】

文章生菅原〇〇　ぶんしょうせいすがわらの……（文章生菅原……・もんじょうせいすがわらの……）**三三―5**の作者について「文章生菅原」以下判読不能である。作詩年代の「寛治七年」（一〇九三）に、菅原氏で文章生であった人物は特定出来ない。

文章博士　ぶんしょうはくし（文章博士・もんじょうすかせ）**三四―2**の作者として「文章博士」以下「菅定」が推読されている。作詩年代を「康平三年」（一〇六〇）とすると、菅原代で文章博士であった人物は「定義」である。定義は、天喜二年（一〇五一）に、文章博士になっている。「定義（ていぎ）」を見よ。

文綱　ぶんこう（源　文綱・みなもとのふみつな）生没年未詳。光孝源氏。父は従五位下縫殿頭頼兼。某年・**三〇―21・秘書閣**（内御書所）。承暦二年（一〇七八）学生・**三二―5・棲霞寺**。同三年（一〇七九）学生・**五二―21・三位侍従亭**（源季宗邸）。

文範　ぶんはん（藤原文範・ふじわらのふみのり）出自・生没年未詳。永承三年（一〇四八）**六―6**。

【ほ】

保俊　ほしゅん（藤原保俊・ふじわらのやすとし）生没年未詳。父は従四位下安芸守忠俊。母は常陸介基房の女。承暦三年（一〇七九）左馬助・**五二―18・三位侍従亭**（源季宗邸）。承徳三年（一〇九九）散位・**四二―2・長楽寺**。従四位下・左衛門佐。永久四年（一一一六）正月20日没。

方賢　ほうけん（伴　方賢・とものまさかた）出自・生没年未詳。長久三年（一〇四二）**一六―5**。

【め】

明衡　めいこう（藤原明衡・ふじわらのあきひら）永祚元年（九八九）～治暦二年（一〇六六）。字は安蘭、又は耆楽。父は正五位下敦信。母は良峯英樹の女。子に文章博士敦基・敦光がいる。寛弘元年（一〇〇四）16歳。文章生。長和三年（一〇一四）26歳・学問料の支給・文章得業生。長元五年（一〇三二）44歳・対策及第・左衛門権少尉。長元七年（一〇三四）46歳・**一―22**（**関白藤原頼通邸**『日本紀略』）。右衛門尉・**二八―5・勧学院**。長久三年（一〇四二）53歳・散位・**一六―4**。永承三年（一〇四八）60歳・**六―8**。永承四年（一〇四九）61歳・出雲守。天喜三年（一〇五五）**二四―2・勧学院**。同四年（一〇五二）68歳・式部少輔・**四六―5・右兵衛督六条亭**（源経成邸）。某年・式部

少輔・**八—1**。康平四年（一〇六一）73歳・式部少輔・**四五—2・李部少卿亭**（式部少輔藤原明衡邸）。同五年（一〇六二）74歳・正五位下・**一三—3**・（殿上）。文章博士。同六年（一〇六四）76歳・従四位下。某年・**一一—1・一二—1・二—1・秘書閣**（内御書所）詩欠。治暦二年（一〇六六）78歳・9月老齢のため文章博士を辞す。10月18日没。

◇各文野に沢山の業績を残すが、叙位・昇進が遅く、長元七年（一〇三四）と長久二年（一〇四二）の二度にわたり、省試の際、不祥事を起こす。

◇若い時より、頼通に仕える。

業績

◦編・著作として、『本朝文粋』14巻・『明衡往来』3巻・『新猿楽記』・『本朝秀句』（散逸）がある。

◦詩文は『本朝続文粋』・『朝野群載』・『本朝無題詩』・『類聚句題集』・『新撰朗詠集』・『教家摘句』などに所収。

明輔　めいほ（紀　明輔・きのあきすけ）生没年未詳。父は大外記兼輔（『分脈』では権少外記）。中納言紀長谷雄から五代の孫。某年・学生・**一五—1**。**三五—1・世尊寺**。文章得業生。

◇生没年未詳とするが、父兼輔が三条天皇御即位の時に大外記として奉仕していることが『権記』に見えることから、明輔の生存年代は一条・三条・後一条天皇の頃と考えられる。

【も】

茂明　もめい（藤原茂明・ふじわらのしげあき）寛治七年（一〇九三）頃～。父は文章博士敦基。祖父は文章博士明衡。初め知明と称す。長治元年（一一〇四）・**四—11・因州員外刺史書亭**（因幡権守藤原公明邸）。蔵人。元永二年（一一一九）・学生・**四九—11・藤茂才文亭**（文章得業生藤原能兼邸）。保安三年（一一二二）・文章得業生。天治元年（一一二四）・対策及第。保延六年（一一四〇）・式部少輔。文章博士。

業績

◦詩文は『本朝無題詩』・『詩序集』に所収。

◦嘉承二年（一一〇七）～永久元年（一一一三）にわたり、『白氏文集』を書写、保延六年（一一四〇）に、三男敦真に伝授する。

【ゆ】

友実　ゆうじつ（藤原友実・ふじわらのともざね）康平五年（一〇六二）～承徳元年（一〇九七）。本名は保実。父は大学頭季綱。母は兵部少輔親経の女。文章得業生・能登少掾。寛治四年（一〇九〇）29歳・献策及

第・正六位上・式部少掾・**九―23・鳥羽院行幸**。同五年（一〇九一）30歳・内蔵人。嘉保元年（一〇九四）33歳・院別当。承徳元年（一〇九七）36歳・従五位下・勘解由次官・11月27日没。
◇関白師通の信頼厚く、師通室の家司を務める。

業績
。詩文は『本朝続文粋』に所収。

友房　ゆうぼう（藤原友房・ふじわらのともふさ）生没年未詳。父は正四位上国成。（叔父国長の子）。母は土佐守藤原登平の女。康平四年（一〇六一）正六位上・越前掾。某年・**三〇―11・秘書閣**（内御書所）。承暦二年（一〇七八）礼部侍郎（治部大輔）**三二―1・棲霞寺**。天仁元年（一一〇八）従四位下・大和守。

有元　ゆうげん（大江有元・おおえのありもと）生没年未詳。村上源氏。父は源有宗。大江匡房の養子となるが、後復姓。承暦三年（一〇七九）**五二―23・三位侍従亭**（源季宗邸）。同四年（一〇八〇）**七―6**。寛治元年（一〇八七）給料宣下。嘉保元年（一〇九四）文章得業生。同三年（一〇九六）**二九―10・六波羅蜜寺**。承徳二年（一〇九八）対策及第。嘉承二年（一一〇七）式部少輔。保安三年（一一二二）文章博士。天治元年（一一二四）美作介。天承元年（一一三四）従四位上・讃岐介。

業績
。天治元年（一一二四）・大治元年（一一二六）・天承元年（一一三一）に、改元の勘文を奉る。
。大治四年（一一二九）白河上皇第五皇子の願文を草する。（『中右記』）

有光　ゆうこう（藤原有光・ふじわらのありみつ）康和元年（一〇九九）～治承元年（一一七七）。父は文章博士敦光。母は源親長の女。元永二年（一一一九）21歳・**四九―12・藤原才文亭**（文章得業生藤原能兼邸）。保安三年（一一二二）給料宣旨。保延三年（一一三七）39歳・従五位下。康治二年（一一四三）対策及第。若狭守・摂津守。正四位下・大学頭。治承元年（一一七七）79歳・11月4日没。

業績
。詩文は『擲金抄』に所収。

有孝　ゆうこう（有孝）**二八―14**の作者は有孝とあるのみで姓を欠くが、『小右記』治安元年（一〇二一）8月22日の条に「勧学院歩あり……、見参す」とあり、「学生有孝」の名が見える。年代的には合致するが出自・生没年は不詳である。

有国　ゆうこく（藤原有国・ふじわらのありくに）天慶六年（九四三）～寛弘八年（一〇一一）。初名在国。字は藤賢。父は正五位下太宰大弐輔道。母は近江守源

守俊の女。貞元二年（九七七）35歳・従五位下。同三年（九七八）36歳・石見守。永観二年（九八四）42歳。越後守。寛和二年（九八六）44歳・蔵人。永延元年（九八七）45歳・左中弁・五位蔵人。同三年（九八九）47歳・正四位下・右大弁。永祚元年（九八九）47歳・勘解由長官・春宮権亮。正暦元年（九九〇）48歳・従三位・蔵人頭。同二年（九九一）49歳・秦有時殺害事件に関与除名・同三年（九九二）50歳・復位。長徳元年（九九五）53歳・太宰大弐・弾正大弼。同二年（九九六）54歳・有国と改名・正三位・大宰府赴任。長保三年（一〇〇一）59歳・帰京・従二位・参議。同五年（一〇〇三）61歳・勘解由長官再任・**二六－3**・伊豫権守・播磨権守。寛弘七年（一〇一〇）68歳・修理大夫。同八年（一〇一一）69歳・7月11日没。

◇一条朝の代表的公卿の一人と数えられる。字に「藤賢」とあるように、御堂関白道長に近侍し、知恵者ぶりを発揮する。逸話が多く残る。（『古事談』・『十訓抄』など。）

◇判大納言善男の後身（生まれ変わり）であるとの逸話がある。（『古事談』）

業績

。詩文は『本朝麗藻』などに所収。『勘解由相公集』2巻があったが、散逸。

有佐　ゆうさ（藤原有佐・ふじわらのありすけ）～天承元年（一一〇六）。父は正四位下顕綱。母は美濃守平経国の女（侍従の内侍）。母が尊仁親王（後三条天皇）の寵愛を受け、落胤であるとの説もある。承暦三年（一〇七九）中務少輔・**五二－12・三位侍従亭**（源季宗邸）。甲斐守・土佐守。康和五年（一一〇一）紀伊守。近江守・皇后宮亮。天承元年（一一三一）没・極位は正四位下。

業績

。後三条院崩御の時の和歌が、『金葉集』に入集。

有俊　ゆうしゅん（藤原有俊・ふじわらのありとし）長暦元年（一〇三七）～康和四年（一一〇二）。父は式部大輔・文章博士実綱。母は備後守源道成の女。同母兄に有綱・有信・有定がいる。姉妹に『中右記』の著者宗忠の母がいる。康平二年（一〇五九）23歳・学生。蔵人（後冷泉天皇時代）。某年・散位・**三〇－12・秘書閣**（内御書所）。永保三年（一〇八三）46歳・勘解由次官・**二三－2**（内大臣師通邸）。寛治元年（一〇八七）50歳・右衛門権佐・**二五－9・内相府書閣**（内大臣藤原師通邸）。同四年（一〇九〇）54歳・従四位下・安芸守・**九－15・鳥羽院行幸**。嘉保元年（一〇九四）58歳・安芸守重任。康和四年（一一〇二）65歳・正月5日没・極位は正四位下。

◇関白家（師通・忠実）の家司を務める。

業績

。詩文は『本朝文粋』・『和漢兼作集』・『新撰朗詠集』に所収。

有信　ゆうしん（藤原有信・ふじわらのありのぶ）長久元年（一〇四〇）～康和元年（一〇九九）。父は文章博士実綱。母は備後守源道成の女。同母兄弟に有綱・有俊がいる。姉妹に、『中右記』の著者宗忠の母がいる。天喜三年（一〇五五）16歳・文章生。蔵人（後冷泉天皇時代）。康平四年（一〇六一）22歳・文章得業生。某年・散位・三〇―13・秘書閣（内御書所）。承保三年（一〇七六）37歳・東宮学士。承暦三年（一〇七九）40歳・五二―13・三位侍従亭（源季宗邸）。寛治元年（一〇八七）48歳・散位・二五―1・内相府書閣（内大臣藤原師通邸）。寛治四年（一〇九〇）51歳・正五位下・兵部権大輔・九―16・鳥羽院行幸。寛治五年（一〇九一）52歳・左衛門権佐・五三―9。嘉保三年（一〇九六）57歳・右少弁・二九―5・六波羅蜜寺。承徳三年（一〇九九）60歳・従四位下・右中弁・和泉守・7月11日没。

業績

。詩文は『本朝無題詩』に所収。

。後冷泉院の蔵人として、崩御に逢い、悲しみの歌が『詞花集』に入集。

。永長元年（一〇九六）改元の詔書を草す。

有親　ゆうしん（惟宗有親・これむねのありちか）出自・生没年未詳。永保三年（一〇八三）学生・二三―8（内大臣藤原師通邸）

有宗　ゆうそう（源有宗　みなもとのありむね）生没年未詳。父は美濃守資定。母は上野介藤原家成の女。曽祖父は為平親王。子に大江匡房の養子となった有元がいる。康平四年（一〇六一）散位・四五―5・李部少卿亭（式部少輔藤原明衡邸）。同五年（一〇六二）散位。従五位下・一三―4（殿上）。延久五年（一〇七三）和泉守。承暦元年（一〇七七）従四位下。同三年（一〇七九）散位・五二―6・三位侍従亭（源季宗邸）。同四年（一〇八〇）散位・七―1。承徳二年（一〇九八）陸奥守。某年・三七―7・長楽寺。

祐俊　ゆうしゅん（平　祐俊・たいらのすけとし）光孝平氏。父は正五位下伊賀守師範。子に光俊がいる。承保三年（一〇七六）文章生。承暦四年（一〇八〇）七―7。寛治五年（一〇九一）散位・一八―4。嘉保三年（一〇九六）散位・二九―1・六波羅蜜寺。承徳三年（一〇九九）散位・四二―7・長楽寺。長治元年（一一〇四）散位・四―3・因州員外吏史書亭（因幡権守藤原公明邸）。天永三年（一一一二）伊豆守。

業績

。承暦二年（一〇七七）釈奠の序を文章生として書く。（『水左記』）

【ら】

頼恒　らいこう（頼恒・よりつね）出自・生没年未詳。長元七年（一〇三四）二八―16。

◇『小右記』治安元年八月二十二日の条に、「今日勧学院歩のあり」としての記事中「学生恒頼」の名がある。「頼恒」と「恒頼」と書字ちがいとも考えられないこともないが、確定出来ない。ちなみに二八の詩群の作者「有孝」の名も同記事の中に見える。

【り】

隆兼　りゅうけん（大江隆兼・おおえたかかね）～康和四年（一一〇二）。父は権中納言匡房。文章得業生。承暦二年（一〇七八）蔵人。寛治四年（一〇九〇）従五位上・兵部少輔・九―21・鳥羽院行幸。承徳元年（一〇九七）加賀権守。康和四年（一一〇二）従四位上・式部少輔・5月4日没。

◇父匡房に先立っての死は、匡房を悲しませ、『江談抄』を書くきっかけとなる。（『江談抄』）

業績

。詩文は『本朝続文粋』・『本朝無題詩』に所収。

隆綱　りゅうこう（源　隆綱・みなもとのたかつな）長元六年（一〇三三）～承保元年（一〇七四）。醍醐源氏。父は権大納言隆国。母は左大弁経頼の女。同母兄弟に、権中納言隆俊。大納言俊明がいる。永承七年（一〇五二）20歳・従五位下。権右少将・八―2。能登権守。侍従・左少将・従五位上・備後介。康平二年（一〇五九）27歳・正五位下。同三年（一〇六〇）28歳・蔵人。従四位下・正四位下。治暦三年（一〇六七）35歳・蔵人頭。同四年（一〇六八）36歳・参議。備後権守・権右中将。延久三年（一〇七一）39歳・従三位・修理大夫。承保元年（一〇七四）42歳・正三位・9月26日没。

・兄隆俊とともに、後三条天皇の近臣として仕える。

業績

。和歌に優れ、『後拾遺集』他に入集。

隆俊　りゅうしゅん（源　隆俊・みなもとのたかとし）万寿二年（一〇二五）～承保二年（一〇七五）。醍醐源氏。父は権大納言隆国。母は左大弁経頼の女。同母兄弟に、参議隆綱・大納言俊明がいる。女に、右大臣源顕房室の従二位隆子（太政大臣雅実・白河天皇中宮で堀川天皇母の賢子らの母）がいる。長元八年（一〇三五）11歳・従五位下。紀伊権守・左兵衛佐。長久元

年（一〇四〇）16歳・従五位上・権佐少将。正五位下。近江権介・蔵人・従四位下。永承元年（一〇四六）22歳・権右中将。永承六年（一〇五一）27歳・蔵人頭・正四位下・権右中将・**四四—3**。修理大夫・伊予介・周防権守。康平二年（一〇五九）35歳・参議。同四年（一〇六一）37歳・従三位・右大弁。近江権守。同八年（一〇六五）41歳・正三位・権中納言。皇后宮権大夫・従二位・治部卿・中宮権大夫。延久三年（一〇七一）47歳・正二位。同六年（一〇七四）50歳・太皇太后宮大夫。承保二年（一〇七五）51歳・3月13日出家・没。

◇弟隆綱とともに、後三条天皇の近臣として仕える。

業績

。和歌は『続古今集』に入集。

隆宗　りゅうそう（藤原隆宗・ふじわらのたかむね）～康和四年（一一〇二）。父は従二位良基。母は伊予守平範国の女。承暦三年（一〇七九）少将。**五二—7**・**三位侍従亭**（源季宗邸）。正四位下。近江守。康和四年（一一〇二）3月4日没。

隆頼　りゅうらい（惟宗隆頼・これむねのたかより）出自・生没年未詳。永長二年（一〇九七）学生・**四七—1**・**大宮権大夫西院**（藤原季仲邸）。天永元年（一一一〇）勧学院学頭。

◇生没年未詳ながら、『本詩集』の詩の一句に「行年六十有余身」とあり、永長二年には六十歳を過ぎていた。

◇勧学院の学生が酒宴をした折、席順を「才次第」とした所、隆頼が自分から上座についてとの逸話が伝えられる。（『古今著聞集』四）

業績

。和歌一首が『詞花集』に入集。

良基　りょうき（藤原良基・ふじわらのよしもと）万寿元年（一〇二四）～承保二年（一〇七五）。父は権中納言良頼。母は源経房の女。長元十年（一〇三七）14歳・従五位下・侍従。阿波権守・左兵衛佐。長久元年（一〇四〇）17歳・右少将。従五位上・美濃権守・伊予介・正五位下。同四年（一〇四四）21歳・蔵人。従四位下。播磨介・備中介・皇太后宮亮。康平二年（一〇五九）36歳・権右中将。東宮亮・周防権介・**四八—1**・**李部少卿亭**（藤原明衡七条亭）。同四年（一〇六八）45歳・蔵人頭（後三条天皇）。正四位下・近江守。同五年（一〇六九）46歳・正三位・参議。延久二年（一〇七〇）47歳・東宮権大夫・周防権守・従二位・同三年（一〇七一）48歳・大宰大弐。承保二年（一〇七五）52歳・4月19日任地にて没。

業績

。『後拾遺集』に一首入集。

良兼 りょうけん（藤原良兼・ふじわらのよしかね）生没年未詳。父は正四位下近江守隆宗。母は肥後守義綱の女。従二位参議良基は祖父である。天永二年（一一一一）・前和泉守・**二七―10**・**中納言殿**（藤原忠通邸）。従五位下・隆奥守。

業績

。『貞観政要』に加点。（奥書）

【れ】

令明 れいめい（藤原令明・ふじわらのよしあき）承保元年（一〇七四）～康治二年（一一四二）。父は文章博士敦基。祖父は文章博士明衡。弟に文章博士茂明がいる。嘉保二年（一〇九五）22歳・給料宣旨。同三年（一〇九六）23歳・学生・**二九―16**・**六波羅蜜寺**。長治元年（一一〇四）31歳・文章得業生・**四―9**・**因州員外刺史書亭**（因幡権守藤原公明邸）。嘉承元年（一一〇六）33歳・対策及第・大内記。天永二年（一一一一）38歳・左衛門少尉・**二七―17**・**中納言殿**（藤原忠通邸）。康治二年（一一四三）70歳・8月24日没。

業績

。詩文は『和漢兼作集』。『詩序集』・『朝野群載』に所収。

。藤原頼長の師として、『孝経』・『文選』を講義授する。

索引

【さ】

【わ】

【不明】

後　記

駒沢大学中国文学ゼミで、平安朝の漢詩文を夏期合宿で輪読しはじめたのが、二十年も前のことである。当初は夏休みの中の一週間近く、多くの会員が参加し研究に励んだ。教授・助（准）教授・講師・卒業生・院生の協力のもとに、活発な意見交換を展開し、早朝から深夜まで、与えられた課題に熱心に取り組んだ。最終的には代表者が整理し、再検討を繰り返し、完成したものである。最初、大塚雅司氏による『都氏文集全釈』が完成し、続いて島田伸一郎氏が『田氏家集注釈』を完成させた。この二名は、いずれも駒沢大学大学院博士課程単位取得者であり、汲古書院より刊行された。

その後、私は駒沢大学を停年退職するが、ゼミは依然として続けられ、大正大学大学院博士課程単位取得者で駒沢短期大学講師になられた清水浩子女史を中心に『風俗通義』の輪読をした。これは大東文化大学大学院生にもご協力をいただき、明徳出版社『中国古典新書続編』㉖に編入出版された。続いて、昭和女子大学大学院日本文学研究科修士課程修了の伊野弘子女史を中心として『中右記部類紙背漢詩集』の注釈にとり組んだ。未発見の漢詩群も想定される中で、研究紀要や論集などにも、本詩の一部が引用されたり、論評されたりしているものを散見する機会が多いので、とりあえず現在目にすることのできる資料、つまり中右記巻五・巻七・巻九・巻十・巻十八・巻二十八の紙背に記された漢詩群の注釈を試みた。本来が紙背文集であるため、虫損以外にも、浸湿による墨流れや、糊継ぎ部の不手際など解読不明部分が多いことは残念である。科学的な調査が進めば浸湿部の墨跡も解明される可能性は大いに期待されよう。

本書もまた汲古書院の石坂叡志社長、編集部の小林詔子さんのご好意により出版することができたことを、心から感謝申し上げます。

中村　璋八

執筆者紹介

中村　璋八（なかむら　しょうはち）

1926年、神奈川県生まれ。

東京文理科大学漢文学専攻卒。同大学院特別研究生、駒澤大学教授を経て、駒澤大学名誉教授。文学博士。

著書　『緯書の基礎的研究』『重集緯書集成』『五行大義の基礎的研究』『五行大義校註』『日本陰陽道書の研究』『都氏文集全釈』『田氏家集全釈』『中国算命術』など。

伊野　弘子（いの　ひろこ）

1933年、大分県生まれ。

昭和女子大学大学院文学研究科文学修士課程修了。駒澤大学宗学研究所を経て、愛国学園講師、NHK 学園生涯学習局漢詩教室講師。

著書　『翻刻　知恩院本冥報記』（学苑・昭和女子大学研究紀要）、『冥報記全釈』一～十八（学苑・昭和女子大学研究紀要）、『冥報記注釈』（教育同人社　2011）。

中右記部類紙背漢詩集

平成二十三年六月二十日　発行

訳注者　中村璋八　伊野弘子

発行者　石坂叡志

印刷　モリモト印刷

発行所　汲古書院

〒102-0072 東京都千代田区飯田橋二-五-四

電話　〇三（三二六五）九七六四

FAX　〇三（三二二二）一八四五

ISBN978-4-7629-3584-8　C3092

KYUKO-SHOIN, Co., Ltd. Tokyo